女儿滩

NVER TAN

李佳 著

团结出版社
UNITY PRESS

图书在版编目（CIP）数据

女儿滩 / 李佳著. -- 北京：团结出版社，2023.6
ISBN 978-7-5234-0126-2

Ⅰ. ①女… Ⅱ. ①李… Ⅲ. ①长篇小说-中国-当代
Ⅳ. ①I247.5

中国国家版本馆 CIP 数据核字（2023）第 072808 号

出　　版：团结出版社
　　　　　（北京市东城区东皇城根南街 84 号 邮编：100006）
电　　话：（010）65228880　65244790
网　　址：www. tjpress. com
E - mail：65244790@ 163. com
经　　销：全国新华书店
印　　刷：成都兴怡包装装潢有限公司

开　　本：170mm×240mm　1/16
印　　张：24
字　　数：370 千字
版　　次：2023 年 6 月第 1 版
印　　次：2023 年 6 月第 1 次印刷

书　　号：ISBN 978-7-5234-0126-2
定　　价：78.00 元

自　序

　　祖母去世后，父亲写了些断断续续的故事奠祭祖母，故事里大部分都是讲的祖母或与之有关。我是故事的第一位读者。读的时候好多章节让我涕泗横流，因为笔下主人翁的苦难让我不寒而栗。当然主人翁经历过许多，宽容的胸襟让我肃然起敬。可父亲总感到缺少了点什么，又不想动笔修改，他说修改比推倒难，就像建房屋要一气呵成，展现在人们视野里是全新的面貌，而修改就有斧凿印。他把零乱的故事能顺理成章的希望寄托在我身上，换个角度斧凿印或许能少，就给我说了他感到遗憾的地方。我就不妨试着拿起自己刃口并不锋利的斧凿开始修补成这本书。原名《长河滩》，那是祖母出生的地方，现在的书名是我想的，在父亲的话语里盛赞着母亲不简单的同时，总也离不开和母亲同时代的女人，我就干脆把原书名改成现在的名字让父亲更好受些。

　　女儿滩也罢，长河滩也行。上大学前的那年秋天我又回到过那里，滩上尽是一望无际的芦花。秋天的芦花是灰色的，到了冬天才白，灰也好、白也罢，不好看。可是祖母却喜欢，她说虽然芦花开不成上品，芦秆也难为栋梁。但没芦苇小河就干涸，没小河就没有大河。芦苇生在驿道下，柔情似水，向风雨点头，但不向过客献媚；船过处，能托起纤绳，送船一程；风霜袭扰，宁断不弯，褪尽春秀，洗却铅华，用生命承前启后朴实地陪伴着河野。我敬佩极了，老人把在世人眼里朴实无华的芦花竟看得那样伟大，我不由得浮想联翩，由衷地赞叹。我祖母就是伴着女儿滩的芦苇长大的，她纤秀的身材像芦苇，纯似水注，秀惠如竹，是滩上有口皆碑的周正女儿。"周正"一词在老家滩上，不单是长得"漂亮"，还有做人到位的"规矩"。她有着传奇的一生，故事虽不能载入《史记》，却有血有肉，小说故事的主人翁是祖母，故事脉搏跳动的主旋律也离不开爱和恨。爱和恨离不开"滩"，她本是滩上的女儿，滩又叫作女儿滩。当然滩不是为祖母命的名，可是因为有了祖母，滩又多了些名声是真的。

人同芦花，能够前赴后继，可单个的生命终结却再不可复起，祖母不可重启的生命里，发生过令人魂牵梦萦的故事，故事就将她有限的生命之光无限续燃。女儿滩不宽，由于祖母的缘故，在我心中胜过了法国的塞纳河。因为滩上是我上三代人童年的苦中乐园，避风港湾，是一条赋予我生命的母亲河。我以女儿滩为荣，与女儿滩同脉连枝，荣辱与共。我写作没有心血来潮，只是抱着一个永不放弃的目的，就是通过从心中畅流出来的章节语段，圆续着儿时的梦，赞美家乡，赞美祖母，赞美伟大的女性。我笔下的女儿滩，飘扬的花絮，清澈的细流，水揉成的女人，我都感到十分亲切，不仅局限于血缘，还有独具特色的地域性风土人情的文化。

人间琵琶千般曲，不比摇篮慈吟声。我学的声乐，念着祖母就想泣歌，如今开始笔耕，借着敲打键盘咏叹。创作和唱歌同属于文学艺术，血脉相通。祖母把我带大，祖母的故事又把我带回女儿滩。我边唱边写，笔尖上流淌着泪花，我把歌声融入这部小说，献给早已魂归芦苇故里的祖母，以及祖母那个时代的女儿滩上的先人。再美妙动听的歌声只能绕梁三日，无声的笔耕却像永远开不败的芦花。

是为序。

内容提要

　　居住在江东海西头的男女都是来自远方的移民，远离家乡落户女儿滩。从四面八方汇集来的芸芸众生，经历过了辛酸和磨难，知道要获得美好生活，必须丢下幻想，收敛自私，不能再像滩上的一盘散沙。桂娘做到了，她如同滩上一尊女神，给乡亲们呈献出秀惠、清纯、智慧和干练。大半生中，作为妻子，爱情得失交加；作为女人恪守着伦理，维护着尊严，不失大体，又没有半点矫揉造作。处于动乱的半生中，没有扭转乾坤、惊天动地的英雄故事，但女儿滩的乡亲们却几代人忘不了有过这么一个小处秀惠如竹、大处力挽狂澜的长得标致的女人。她爱滩，不让沙流失；护荡，让百鸟繁衍后代有个栖身之处；集结大家的力量，挺起纤秀之躯与为行船纤夫托走纤绳的芦苇同在。

目　录

第一章 门前弃婴

女儿滩，一条名不见经传的河。九湾十八汊，如同一条条绿色玉带，镶嵌在黄海和长江相交的中国最东部的冲积平原上。说滩，因为河岸下无水的地方比有水的地方宽。年刚过，滩上苇尖儿刺破薄薄的残冰，挣脱出土，一夜召唤，伴随着晨曦撒在水面的粼光，万箭齐穿，把河滩装扮成一片绿洲。其实滩也是河，只是比河床浅些，水大时滩被水淹过，水小时又露出水面。滩中间的河床有五丈来宽，挺深的，艄公的竹篙没头才能着底，但那是夏天。冬天也能见到河底，当然也有半竹篙深，只是冬天的水特别清澈。春天的滩那就漂亮了，根根芦箭穿出水面，舀一瓢水扬起，翡翠般的一条玉带乘风飘过，吓走站在芦尖儿上的蜻蜓，扯破如镜的水面，跃入水底又吐出泡泡泛上来，水面上涟漪阵阵，芦箭摇曳，芦箭上又飞来许多蜻蜓。女儿滩西接长江、东连黄海，但只有流淌在这中间方圆十里地界内的才算女儿滩。

女儿滩引人浮想联翩的是清晨，男人们还在床上打着哈欠，一缕温馨的晨曦已揭开了十里河滩的面纱，这时候是女人的世界，她们早已站在河沿的砖阶上，最大限度地卸下身上的伪装，能放肆地坦怀，让身体随心舒展；水里打着赤脚，像葱笋尖般的脚趾诱引着鱼虾，晨风拂动着秀发，晓雾洇着丰乳，岸上没有行人，河心没有行船，砖阶两侧的芦苇成了遮羞的天然屏障；下水前，先看着水中的倩影，洗衣前捧把水润湿心口，被嬉弄的水向对岸荡起涟漪，引来河对面闺蜜的张望，满滩上都是像芦里的五彩鱼鸟"咯咯"的甜笑声。当太阳露出半个脸时，她们掩着怀，趿着鞋，端着衣盆，提着水桶无声无息地上岸回家了。鱼沉入水中，鸟飞进芦林，清波不再荡漾，两岸炊烟四起。喧哗结伴而来，岸上车水马龙，水上帆樯如织，女儿滩像世界一样，开始浑浊。

热闹的地方，在主河床南段六丈来宽的河两岸。一座明末清初小青砖砌的一拱桥，清秀的连着两岸。桥正中平台长二丈来许，两边各有石材坐台成双。南来北往的客人，从两侧沿桥拾级而上，借坐台就能歇脚。北看鱼鹰腾扑滩间，南观船过橹摇翻浪。伴随着绵长委婉一声"茶来了"，一身白褂短打，腰捆青布扎带的河东茶小二干净利索、三五步就蹦上了桥台。一杯雨前军山茶香味四溢，你能不接？递茶、摇扇、打伞，待茶毕，尚暖的一方毛巾和满脸的恭维笑容就来到客人跟前。茶小二笑当然带来收获，客人肯定不好意思白喝。

桥两岸共有二十来户人家。桥东王姓为多，杨姓次之。桥西姓较杂。都能算女儿滩人。滩上人要谁能说出祖居几代在滩上的人家真不多，大多是外来户。行船的，拾荒的，捕鱼的，逃狱的，总有各种理由住下不走，仅先来后到罢了。有钱的造屋，没钱的搭棚，人喜欢热闹，都沿着拱桥两头的滩上住。但滩上谁也不记得那座桥是哪年又是谁造的，看样子年代不比河北的赵州桥年代短，桥两侧的砖头都剥落了一层皮。河东酒店、面店、茶馆店，最北首还有个江湖郎中医馆，后来紧就一个南面的弄道西侧，又让一个拔牙的搭了三五张方桌的门面。桥西由南向北一字儿排开是磨坊、铁匠铺子、烧饼铺子、剃头店、裁缝店、卖鱼的、修锁的、杀猪的。再向北就是一个公立初小学堂。离桥七八里路还有个窑厂，窑厂和学校之间，靠河边姓崔的人家办了个给牛和猪配种的场所。

清光绪三十四年，闰年，二月二十八日。喧哗了一天的女儿滩，深夜特别宁静。春风轻拂过滩头的吐芽垂杨，跃过桥洞，顺势把河两岸满树桃花上过沉的雨滴吹干。河面风过处，碧波荡漾。天，蓝浓欲滴，繁星灿烂，漫天辉映。子时刚过，滩头的东南方上空，一颗流星跃起，燃放着自己，给沉寂的夜空添上春的花絮。这一刹刚过，桥东面店王老先生后院一声婴儿啼哭，打破了夜的沉寂。隔壁豆腐店门里的一声狗叫，引起两岸吠声一片。河西，被狗叫引起的几声沙哑的男伢哭声飘过了河东，刘裁缝家的窗口亮出一缕煤油灯光。刚过三十的裁缝奶奶（方言，对已婚女人的一种称呼）赵三娇，起身给两岁的儿子把尿，睡眼惺忪，没理好儿子的裤子，逼得儿子的尿全对着自己腿。她有些恼火，没来由地掐了一下儿子屁股，儿子放声大哭，正在做着好梦的裁缝骂了一声她不爱听的脏话，引得姑奶奶火起，把儿子往踏板上一扔，揪着裁缝挂在床帮上的辫子一拖一搅，裁缝痛得尖叫起来，当然少不了骂，三娇有些不上道理了，用一双裹裹放放不怎么雅观的番芋脚，猛蹬了一下跌倒在踏板上的裁缝的裤裆。裁缝彻底醒了，捂着痛处咬着牙不敢再骂了，他夫妻间打架是常事，奶奶是常胜将军，败军之将言不得勇，识时务者为俊杰。他忍着疼痛起身点灯、抱儿子、哄儿子，给奶奶找裤子，看到窗外闪了些人影，赶紧拉起窗帘，家丑不能外扬。

刘裁缝店的大门对着河东面店。面店老板姓王，人都称他王老先生。儿子叫王洪，十八来岁年纪，唇红齿白，属那种跟唱戏的梅兰芳差不多的样子。但书读得不多，不是他不想读，是王老先生不让他读，将他早早停学收在家中，功课由母亲王门孙氏夫人亲授。滩上的沈老先生说，伢儿没正经上什么学堂，其实比在学堂学得好。王家原来是扬州人，老先生原先还是个当官的，何故弃官不做来这里不得而知。

王家开的面店不大，临河两间房，灶搭在外头，里头一间供客人吃面，一间喝酒。炒菜和隔壁侄儿豆腐店王贵伙用一个灶台。面店东隔壁还有个小四合院供一家老小生活。老先生开面店只是顶个日常开销。不做官了，家有万贯总有尽的时候，有个事做，人充实。老两口闲些时教授王洪诗词歌赋，小王洪拉得一手好二胡，店就热闹起来了。外头热闹，里头老先生陪客喝茶，一家人倒也过得悠然自得。这王家面店算得上滩上热闹的地方，连行船的也常停靠下来讨杯茶，喝杯酒。

正堂屋里的摆设基本都是扬州带来的老古董，二尺来宽、丈五长的"八仙过海"的根雕香椿茶墩朝西，正面紫檀圣橱左角上竖棵印度花梨五福桩根，茶墩上摆的金丝楠木的茶盘，盘边儿上巧雕着翻江倒海、首尾衔接的九龙戏珠图。茶盘上摆着的紫砂杯壶带八小盏儿、茶漏、鼻壶儿、盖儿、碗儿，宜兴产的贡货；金丝楠木小桶里，竖着金丝楠木的茶钳、金丝楠木的划儿；台湾泥烧成的老拇指大的"相公脚"尖儿上，镶了只小"知了"，一杯滚烫的洗茶水从它身上过，浅灰色的陶器通体上，划出一道彩，世上知道的是金黄，可老先生家的是变出了"绿"，那物器叫"茶宠"。王老先生家的那茶宠叫"知足常乐"。茶案上什么名茶都有，云南的普洱、武夷山的大红袍，吉安的白茶，西湖的龙井，那是待客的，他不喝，专喝老太太炒的焦味实足的大麦茶。

王洪十二岁那年，老先生请滩东头的老瓦匠杨柏步新砌个灶，一天的工夫，一个先生、一个瓦匠竟交了朋友。老瓦匠要把女儿给王洪做媳妇，老先生酒喝多了，满口答应，当场还换了帖。王夫人摇头也不行。两男人选了个日子杨瓦匠就把女儿送过来了。商量好了，媳妇进王家门先当女儿，等王洪到了弱冠年纪圆房。等夜里老夫人长吁短叹，老先生细想想才感到酒不是个好东西。杨家姑娘比儿子大四岁，哪有女人二十四岁才成婚的？还有，儿子大了待不待见？

媳妇叫杨素，属惠灵纤秀的那种女子，但有些娇滴。老先生没等儿子弱冠年纪就给两人圆了房，他是顾及着姑娘。老先生担心的事发生了，他们把小夫妻送进新房，半夜里却听到儿子在院子里拉二胡，拉的还是陆游跟唐婉儿"钗头凤"，滑音用了抖弦，弦里塞满了"难，难，难""错，错，错"。慢慢地，来喝酒的客人想听的胡弦声没有了，王洪把二胡撂在灶后柴火堆上，上面布满了蜘蛛网。店里的生意也冷落了许多。

　　夫妇相拥无眠。老先生知道自己做错了桩事，看看夫人，但绝没"你怎不阻拦的"嗔怪的意思。多少年了，妻子是只随不唱，不做官了，她还保留着官场上的习惯。王洪十八岁了，不见杨素有喜。加上扬州那边传来好友入狱，老先生的心思越来越重，身体也越来越差。前年抱了一个男婴冲喜，取名王浩。一年多过去，媳妇的肚子没有变样。夫人劝心事重重的先生别做多想。八月的一个深夜，两人忽然听到几记轻轻的敲门声。夫人正想问谁，听脚步声知道人已远去。先生赶紧起床，左近右邻懂先生出身非凡，有个三病六痛的，滩北郎中高海天不在时，深更半夜求急人来敲门是常事。先生开门一看，月似银盆，天上一轮，河里对映，满滩的芦头尽是银色。门前没人。要关门时，脚下一声啼哭，一个竹筐放在避风墙角。老先生大吃一惊，忙提着筐回到屋里，灯下一照看，筐内装着一个挺喜气的女婴，对他们摇舞着一双小粉手。夫人一声"阿弥陀佛"，赶紧把伢儿抱起来。先生查看竹筐，棉垫上有块素绢，拿起来时，绢上散发着佛门檀香，绢上写着几行字，字架纤秀，一看就知道出于妇人手："浮根不净、遁入佛门，情缘难尽、逆债牵魂。深知施主乃高德之人，才求援手施恩。生命降世，错对皆与性灵无关。收此女亦同等造七级浮屠。若日后能俸帚于左右是她造化，罪下定晨钟暮鼓为恩人祷告，求菩萨保佑王门代代平安，班列佛门。"后面无签名，只写着伢儿的出生年月：光绪三十四年，二月初七日，丑时生。夫妇二人四目相对，默默无语。正无主张时，西房门打开，媳妇披着睡衣探着身子问："父和娘怎起来了的？"老先生说："伢儿，你们也起来，我们有事商量商量。"两人赶紧穿好衣裳来到内屋，一看当然震惊。大家沉默半个时辰，老先生用商量语气说："儿啊，这小人是看准我王家来的。收与不收在你们，不收，就让她在王家住上一夜，明日送育婴堂。一夜一世都是缘分。为父只是说为人在世行善为本，能度人时则度人，生她、弃她的人纵有千般难言之隐，也不该弃之不顾，是个罪过。但千过万过，伢儿无过。可否能收了她，收一是收，收俩成双，就算浩儿有了个伙伴？"王洪在点头，素儿埋头捏手指头。老先生一声叹息，说了声："老天啊，难为老夫了，只恨力不从心。"伢儿一声啼哭划破了夜静，老夫人说："他父，别急，从长计议。"她把伢儿往儿子手上一放，赶紧去灶屋煨粥，伢儿饿了，在舔嘴唇。老先生看着儿子，眼神里既是无奈又有希望。王洪说："父亲，儿子收了她。"素儿抬头看丈夫一眼，神情中含着诸多的怨。王洪抱着伢儿来到院子里，院子里栽着棵桂花树，树冠幽黑浓密一团，满院子都是花香。老先生说，伢儿选择了桂花开的时候来，桂花溢香不显山显水，就叫她"桂娘"吧。

　　按照滩上的规矩，捡来的伢儿也得有娘家，第二天，王洪夫妇抱着桂娘来到荡西滩口育婴堂，登记、上号、缴银子，这就有了姓：育婴堂的伢儿就姓"育"。小名桂娘，大了，育桂姑娘，假如和浩儿圆房，官家造册，就是"王门育氏"了。

桂娘长到五岁，显得瘦小。养母杨素对桂娘不怎样待见。王家先收王浩又收桂娘，她自己却不得怀孕，千万别怪了她。结婚五六年了，王洪对她还是相敬如宾。夫妻间的事，做媳妇的总不好告诉公婆，她不是个没廉耻的女人。日子一长，素儿变得暴躁起来，就拿桂娘出气，先只在屁股上打几下，后来不对了，只要王洪说几声"伢儿懂什么"就打得更厉害，桂娘身上有了青紫斑。桂娘最怕的是晚上裹脚，那是极痛苦的事。痛了当然哭，哭就挨打。给桂娘裹脚是杨素关在房里裹的，谁也进不去，再说了，脚裹得越小越好，老夫人也是过来的人，她知道裹脚的苦楚，杨素打桂娘是在管教，都是为伢儿好。就这么裹一次打一次，几把鸡毛掸子都散了骨架。桂娘看见那挂在墙上只剩几根鸡毛的掸子就哭。那两年，院子里的桂花树就没好好儿开过花。老先生心里在滴血。

桂娘六岁生日晚上，老妇人下厨房炒了几个桂娘喜欢吃的菜，一家坐在一起为伢儿过个生日。王洪把不敢靠桌前的桂娘抱上了凳子，爷爷又把伢儿拉到自己身旁。桂娘偷偷地看娘一眼，赶紧就想下凳，让爷爷一把抓住。老先生叫大家都坐下，捂住老是要咳嗽的嘴说了几句话："儿啊，你们生日我从来没为你们过过，原因是为父把过生日看得平淡。人生平安就是生日，这句话，你们慢慢悟。明朝江南沈万三，妻妾成群，子孙满堂，家缠万贯，却从来不庆寿的。他说他的生日早忘了，就当天天生日。为父今天破个例，为桂娘六岁生日下两碗面，是因为为父和你娘身体每况愈下，和儿女渐行渐远，今天借桂娘生日，也算为你俩补过个生日。'生日''日生'尽藏禅理，只是希望家里什么都好。俗话说家和万事兴，但倾巢之下无完卵，为父为世事郁闷，连累儿女，误了家和。给你们道个歉。为父官场不学圆滑，遭人暗算，避到此地落脚谋生，也连累了儿女跟着颠沛流离，原算是躲过一劫，图了点清静。苍天无情，老有所错，我和你母亲做错了你们的一桩婚事。你们至今没有亲生儿女，为父是懂点医理，脉弦顺畅，阴阳调和，早添璋瓦是顺理成章的事，为何琴瑟不能和鸣，个中详由只有你们清楚。为父母当先做主配成你们的婚姻，是有些越俎代庖，但洪儿从小内向，也无青梅竹马，风气开放也只是近些年的事。事至如此，望洪儿能深明大义，不计为父过失。人生一世，草木一秋。你能以德为重，携妻教子，平平和和度好日光，让为父和你母亲有限时日，心无牵挂，了此残生，你就是孝了。"话毕，老夫人已是泪流满面。

王洪跪倒在地，痛哭不已。呜咽中只听到重复几句："为儿不孝，万求父母宽容。"王老先生扶起儿子，举起酒杯对着素儿说："古人云，'慈母有败子，小不忍也'。官场遭事，洪儿相连，做父母的心中总感歉疚，难得有小错，总不忍重责，内心耳濡目染积成伤痛，又自沉五内，性格显偏内敛。真应了古训：'爱其子而不教，犹为不爱也'。你们结成夫妻，洪儿心底没去痼疾，却伤害着你。父之过啊，这杯酒向媳妇谢罪。"话说完，举起杯一饮而尽。咳嗽随着杯酒下肚，连连不止，老泪纵横，两腿战栗，王洪又一次跪倒地下，紧抱老父双腿，放声痛哭。媳妇吓得不知怎么好，又是为老先生捶背又是拿痰盘接痰。老先生好不容易止住咳，吩咐媳妇坐下说："今天为父借点酒意，斗胆说你几句，言轻言重，别往心里去。你祖辈也曾是个大家，亲家是个瓦匠，但和我谈得来，酒逢知己千杯少，为父贪杯却酿成错。父错、母错、夫错，千错万错已成错，但儿女没有错啊。桂娘既然来到王家，就应视为骨肉，骨肉至亲。家境虽不宽厚，食衣还能无虑，相夫教子，应尽恪守。两小若不可教，慈母之心感召，佛尚说万物皆属可度，何况两小天性清纯，更应顺势教诲。人总有天年之期，除延承王氏香火外，床前为你们问个冷暖也是好的啊。怎能把心底苦楚撒在伢儿身上呢！说重点，苍天不容啊！"说着，抱起桂娘说，"伢儿，怪不得娘的，是爷爷平日说得少了，爷爷对不起你。"杨素满面羞愧，也缓缓地跪在王洪旁边，她也有一肚子话，是愧、悔、恨、怨，还是委屈？不知怎么回公公一句，杨素长跪不起。桂娘猛挣脱开爷爷，凄楚地叫了声"娘"，扑向杨素。娘儿俩紧紧相抱，哭得痛心疾首。老先生松了一口气，好像心里有块石头落了地。

第二章 辫子风波

天边，隐隐几声春雷。惊蛰刚过两天。河滩上凉爽的春风从东南捎来一阵春雨，没在老先生门前留多久就悄悄然向远处去了。雷声过后，夜显得奇特的静。只有打鱼船在水面行走的声音，偶尔有两声渔翁憋不住的咳嗽。滩北一只渔船桥下刚过，渔翁即停住摇动的橹，任凭小船飘行。一看就知道他渔足半舱了，他该收手。对大自然的东西绝不能赶尽杀绝，说给它们留下活路，其实不如说是留给子孙。他看见两条鳜鱼自作聪明绕过网去，悄悄钻进了荇行芭草下，也没下罾，说了声"小样的蒙老夫哩"！他轻轻躺下，把身体摆成个"大"字躺在船板上，闭着眼任船荡漾。学堂河边，先生带伢儿栽的一排垂柳，捏不住只是要飞舞的花絮，紧张地看着它们飞向河心，当听到她们淌水发出的阵阵嬉笑声时，才放下心来，轻松摇曳，甩落头上的雨滴，任凭春风梳理。

民国八年。桂娘十岁。中国在发生着巨大的变化。人民打倒了中国最后一个皇帝，但没想到到处却又冒出无数个"皇帝"，要做皇帝的权贵你争我夺像争台唱戏；中国内斗不止，外患不断，老百姓说的"水深火热"大概就是说的桂娘十岁前后的那个年代。王老先生终日长吁短叹，说伢儿来得不是时候。

刚刚跨入夏天，早晨显得特别闷热，太阳还在海边梳妆，杀猪匠蒋荣青肉铺子旁已围着十几个男男女女。大家看着臂膀粗圆、身高却不满五尺的杀猪匠，一双肉嘟嘟如同婴儿般大小的手，轻巧地挥舞着三五斤重的大砍刀，把猪身腰分四块，然后抽出削刀剔骨，熟练巧割，一边啧啧叹赞，一边寻找对象打俏骂骚。他们评张家短、论李家长，唯恐天下不乱，嚼舌根子能嚼得嘴巴子冒泡。女儿滩的早晨，除了蒋汉林的渔摊儿，就数这里热吵。蒋荣青目不旁视，专心剁剐剔削，仿佛"两耳不闻窗外事，一心只杀有毛猪"，其实晓得好多人眼睛看着他哩。当把半片肋条、坐墩的分割完了，他就坐了下来抽着水烟，就等买肉的主顾挑选了。老花样，买肉的谁也不先说买，俗话说"吃肉图肥"，都要等上段的槽头肉、下段的"墩"肉卖掉，正是五花三层的，带厚膘的"前夹心"肉摆在铺子上，大家才往前来。但这年代，能把猪养肥的主不多，有的人猪只养到七八十来斤就托青侯杀了，心痛也要杀，等钱周旋过日子。这样的猪、破开了肚连油星子都掏不出，你真分不出案上摆的是猪肉还是狗身。

一台烟抽完了，没人说话，即使说的还是天气。蒋荣青不急，继续装烟，但今天脸上好像疲惫不堪得很。左边人要抽，他却将烟台递给右首。至于还没人提买肉的事他倒不担心，杀了十几年的猪，还没有卖不掉的肉。楼堂馆所，起房造屋，婚丧喜事，滩上上万人的就没一家？总有要急着买了肉去忙其他事的人，他们不图瘦肥、只图实惠。这些人蒋荣青绝不欺负，给个价钱和分量的公道。

蒋荣青没精打采，在旁边的一张破竹椅上坐下来，懒洋洋地按照习惯，将头上一顶像戴了五代人涂满了猪油的瓜皮帽摘下，把散下来的辫子重新在头上盘三圈，留下用布条子扎着的辫尾巴咬在嘴里，抬眼看路的两头，应该有开"头刀肉"的主顾来了。可他帽子一摘，人们惊呆了，十几张刚才还闲不住的嘴，张开的合不拢，要开口的张不开：青侯的辫子没了！只剩下油溜溜的、留有几处刀口的一颗青皮头。青皮头上没剃落的头发杂乱无章、长短不一，像入冬坟头上的枯草。场上鸦雀无声，蒋荣青马上明白做错了件事，今天是不能摘帽的！原是白里透红的脸，在瞠目结舌的众生相下，渐渐生成了酱猪肝色。他慌乱地从肉墩子上抓起瓜皮帽扣在头上，高声地嚷叫："看什么、看什么?! 有什么稀奇古怪的？"这才让大家清醒过来，"轰"的一声炸开了锅。最老实的烧饼店老板范五也熬不住要说话。他低声地说："老弟怎弄的？你的辫子……辫子呢？"他说着，把自己的辫子从背后抓到前面来看看，仿佛也怕莫名其妙地没了。辫子长、短，粗、细，扎什么绳子，有说相，还碍着身份，更不能没有了，那是对朝廷的不恭，辱没了祖宗，他们都以为祖上都扎辫子，过年挂的祖宗画像总是那样，滩上人很少晓得扎辫子的不是他们祖宗，是把祖宗赶出京城的满人。

青侯正没下台阶的由头，好心的范五多了事，还追问了两次，他恼羞成怒，对范五吼了一声："滚！狗抓老鼠多管闲事！"范五知趣地退入人群，也不敢提买哪块肉了。他退了，人群里却有人追着他说："五哥，你成狗啦？你不守着烧饼店怎去老鼠窝里看薅毛去了？"人们哈哈大笑。范五恨不得脚下有个洞钻，蒋荣青更是发着无名的火。他是个好人，发火时只是拿剁肉的刀胡乱砍案台边挂着另半片肉的老杨树。他刚拿刀，就听到人圈外有女人说话："别剁树，刀转了刃又要磨半天。"蒋荣青手就举着刀在那里。顿时人群鸦雀无声，知道来的女人叫周红，就是蒋荣青的老婆。她说："早上好好儿的，怎来卖肉就遭猪打狗骂？是哪个欺负青侯？"肉摊是她男人开的，人们纷纷让道，没人还嘴分辩，男不跟女斗。周红把男人头上的帽子抓下来往河里一撩，说："辫子给老娘夜里剃啦! 赵二关门早，回家灯盏没油了，黑里看不清，就剃成这样，惹谁碍谁啦? 骂得这样难听?"人们转过脸去看天，没人招事。她朝范五走来，她个子高，范五比她矮半头。她指着范五的鼻子说："五哥你嘴里吐不出干净话? 辫子掉了有什么大惊小怪的，你怎么变着法子骂人呢?"她把人群里说的话都堆到范五身上了，范五老实。说着话她就拧范五的耳朵，范五当然喊冤枉："妹子，马善人骑，人善人欺，我就问了一句，不，两句，好像三句，对，我敢发誓，就是三句。绝没多骂半句，你问大家。"他艰难地扭着脖子向周围人求证，多希望来个帮他说话的人。人们都背过身去了，看看天，看看水，看看挂着半爿猪肉的老杨树，仿佛不知道身后发生了什么事。不帮老实人的忙就算了，还有人轻轻说了句足够范五气得要吐血的话："看五哥平日里老实，骂人还是有词儿的。""枕头上学的，有唱戏的教。"还有人补下句，唯恐天下不乱。范五说："你们……你们……"看样子他悲哀得想死的心都有。他老婆徐碧是唱戏的出身。范五骂人本来没有的事，有人挑、有人和就有了，周红气得拧耳朵向上提的手又加了把劲，范五在踮脚了。周红说："五哥，你要了个戏子就学不了好? 怎能像狗似的逢人就咬? 青侯跟你无仇无冤，怎能骂这样恶毒的话?""妹子，我男人骂的哪句恶毒的话说给我听听，我给你出气，我出钱，好似杀一头猪，请你男人先把他舌头割掉。"周红没想到说曹操曹操到，"戏子"真来了，来的是范五的老婆，叫徐碧。周红信口说个痛快，因为徐碧从来不到滩上买东西，就是在家里对着镜子唱戏。她说"要了个戏子就学不了好"是有口无心，原以为徐碧听不到的，现在不仅听到了，还问"骂的哪句恶毒话"，她可一句都回答不出，手还拎着人家男人的耳朵。周红愣在那里，头皮发麻，全失去了刚才的威风。她应该不是个横蛮的女人，况且没理啊。蒋荣青的辫子一下子没了，人家好奇，就像有人把鼻子割掉还行走在光天化日之下，惊吓了路人一样。蒋荣青没了辫子，大概由于剃刀匠手艺不好，剃得像狗咬的一样，人家不奇怪吗? 只怪范五嘴快，问了一声，那问也是关心。周红没来由地对范五这么两下子，还扯到人家老婆，徐碧来了，她当然下不了台了。

蒋荣青卖肉，周红从来不来，她是个爱干净的女人，嫌生猪肉腥气，嫌在肉上乱飞的苍蝇，还嫌来买肉的男人堆在一起散发出的气味。今天来，事出有因，因为男人头上的辫子是她剪的。男人一夜没睡，早上到点儿又来卖肉，她是放心不下，怕男人下刀剁肉时剁了手，想给他张笑脸让他安心。事情经过简单得很: 杀猪卖肉的全是抹黑起早，吃了夜饭去人家杀猪，有时候不是一头、两头的事，忙时能忙到深夜，杀完了猪，自己还得带一头半爿的第二天大早来卖。昨天蒋荣青杀了三头猪，到家已是半夜，挨到家也像被杀猪的剔了骨头，累得不行，躺下就睡。周红是被猪腥气熏醒了，睁眼一看，男人的辫子就堆在她鼻子下，臭味和腥气味全是那里发出来的。她作呕，好不恼火，拿起剪刀就是一绞，只能算绞不能算剪，辫子太粗，剪刀又不锋利，剪和扯连在一块就算绞吧。男人当然没了半点疲倦的样子，既不还手也不挣扎，连高声责备求饶都没有，晓得是自己的不对。他不该不洗就上床啊，就是上床也别躺老婆身边。周红把二尺来长的辫子扔在踏板上嘤嘤哭起来，他都不知道从何劝起。慢吞吞地下床去洗澡，洗澡也不知道从哪里着手，原来是先解辫子，现在没了。他拿着舀着水的瓢无所适从要哭。总算洗好澡，头上忽然没了辫子，有种就像下身没穿裤子一样的感觉。天快亮了，还得去卖肉，怎跟人说吧？他不敢埋怨奶奶，只是这事她有些过分，心里当然痛快不了的。周红看着男人不声不响的去洗澡了，也觉得过分，辫子是男人的脸面，一把留在头顶上的头发分成三缕编成一根，再在收尾处扎绸带，就那辫结也有个说相。男人有根好辫子，脸不好看也能争些光彩。周红来到场上，蒋荣青坐在水桶上发呆，周红拉了拉他的手就先回了，蒋荣青跟着她来到厨房，看到周红烧水，寻刀，知道要给他剃头，他剃头一直是去的赵二剪头店，她可从来没剃过，他又不敢说，再说深更半夜的人家也不开门。周红在他杀猪工具包里找了把剔骨头的刀，将就了事。一晃就是天亮，蒋荣青戴上帽子上滩来卖肉，从被剪辫子到出门没说一句话，周红就怕这个，在家坐立不安。她就怕人拿她男人的辫子说三道四，男人再积闷火要生病的，想想也就来了，果然老远就听到人们哄堂大笑声，还有范五的问话。她把没来由的火发在老实人身上。

也是周红合该有事，徐碧从来不来肉摊的，今天有个票友请她去三官殿唱堂会，顺道送钥匙给范五，结果看到这一幕，其实她来了一阵子了，只是站在后头看戏。她经历多了，又是个有心计的女人，她看得出来，自己的男人没有错，叫他骂人还没学，人骂他也从不还嘴，周红在找两腿走路不济事的人摔跤。徐碧看见蒋荣青的头晓得原因了，那剃的样子比薅的差不多，还带着冒血的口子，估计夜里两口子吵了架。她想，你夫妻吵架也不能把气泼在外人身上啊！还拎着我男人的耳朵说我戏子，她越想越恼火，向两个人前走去。范五看到奶奶来了，晓得大事不妙，不由得一阵紧张，他不希望奶奶为他讨公道，马上转换了脸色，不仅不喊疼了，还笑嘻嘻地问徐碧："娘子，你怎来啦？肉还没买呢！"徐碧戏唱的是花旦，范五按她的吩咐，娶进门就叫的"娘子"。他在想着主意怎样让娘子不跟周红吵。姐妹俩平时好得很，都是从外地嫁过来的，滩上交个闺密不容易。不能为了他点委屈翻了脸。徐碧不理睬范五，还是奔周红来，这时候的周红像成了泥塑的，脸红得像挂在树枝上的猪肝。范五忙转过身来把两人隔开,屁股对着奶奶。一只手去抓周红拎耳朵的手,一只手指着另一只耳朵,说:"妹子,来,再拎这只。"边吩咐边对周红使眼神。周红头脑里一片空白,任由范五挪动。范五又转过身来对徐碧笑着说:"娘子,你不是说官人耳坠子嫌小吗?官人请妹子拎拎。肉还没开始卖哩。"他指着被周红拎得发红的耳朵,"娘子看看,官人的耳坠大了许多了吧!"徐碧哭笑不得,范五叫她娘子,徐碧就叫他官人。她恍然大悟,晓得男人在为周红找下台的台阶,怕她为他向闺密讨公道,拆散了一对好朋友。可是周红还有一句说戏子的话,她气也难消。范五像她肚里的蛔虫似的,说:"娘子,妹子刚才说官人跟你做了这么多年夫妻,连一句戏都没学好,刚才还怪着我哩!"徐碧听了,恨不得哭的心思都有。她拿起周红还抓着范五耳朵的手握在手心,对范五说:"你啊,红妹是恨铁不成钢哪,不过你贴的烧饼滩上没第二家比你好的。"说着从胸口掏出钥匙往范五手上一丢,拉着周红的手说:"妹子,跟姐去三官殿唱堂会去。"男人们目瞪口呆,他们真不甘心,本来少不了的一场大吵大闹怎说没了就没了?别小看了三寸高的范五。

徐碧原是在京城做御史的朱姓官人的外室,让朱姓官人夫人知道了,偷偷地出钱请人贩子把徐碧卖到窑子去,但不能在京城,能卖多远就卖多远,结果东腾西倒,就卖到女儿滩来了。人贩子拉着徐碧在桥上一站台,范五的父亲就看中了这姑娘,滩上绝没这个长相。他买回来给范五做奶奶。儿子长得实在缺了些,要个漂亮姑娘也难。在滩上范家算得上不错的人家,有蛮大的院子,也有靠街面朝河沿的烧饼铺。范五不单难看,个子矮,人说他是武松的哥哥,卖烧饼的武大郎投的胎。和唱戏的徐碧是绝不相配的。

徐碧的嗓子滩上人早领教过了,一声"咦——呀——","朝天蹬"贴着脸颊的腿肚子又纤秀又白,一身柔骨走路像春风摆柳。当时要买她的好几家,单单卖给了范家是有原因的。被卖到范家的时候,范五父母怕她逃跑,婆婆成天看着,夜里把夫妻反锁在房里。没两年,老两口竟前后一天死了,人们私下议论是被徐碧害死的。因为范五老实,有人要代他报官请仵作,范五不肯,因为他晓得绝不是娘子害的,娘子不是这样的人。有人又请滩上最有名气的医生高海天来看,高先生连看都没看,说他知道范家夫妻有心脏病,他给配过多少帖药。人们没话说了,但无论男人或女人,跟范家疏远了许多,防人之心不可无,还把徐碧当成扫帚星。但周红常来,她不信什么星不星的,她只知道徐碧心里苦,知道徐碧苦的还有郎中先生高海天,徐碧和周红成了河东郎中店里的常客。徐碧嫁给范五两年都不怀孕,滩上人又议论了,认为年轻时放荡过度,坏了子宫,说"唱戏的比婊子只好个嗓子"。有次高海天请范五和蒋荣青两对夫妻喝酒,徐碧酒喝多了话就多,她说她就是婊子,

"女戏子谁愿做？特别唱旦的，你看着台上风光，台下就不是人！班主、教武功的师傅，地皮、恶霸，当官的，有财有势的，见了唱戏的漂亮女子都猪狗不如！呜……"周红劝她别哭："你女儿身子还在，高先生擅长妇科，叫他好好给你调理调理，不愁怀不上伢儿。"一提这话她更哭得厉害，说："我命苦哇！他……他……他……我说不出口，你问……要不是念着他是可怜人，我早……"她瞪了身边范五一眼。范五像犯了大错似的，闷头不说话，额头上冒出豆大的汗珠。徐碧边哭边说："你们可不晓得人贩子为什么单单把我卖给了范五？他把我从京城押到河北，又押到山东，不舍得早卖，因为我长得漂亮，留着被人糟蹋。那人没钱了，官人奶奶又追得紧，这才到了滩上卖的，卖给范五是看他老实，把我选个老实人不再受欺负，也算我用身子给他们支付了费用。没想到范五又是这样的。呜呜呜……"大家听了心里都不是滋味，也不好劝。劝也无从劝起。喝完酒大家离开了郎中店，徐碧边哭、边走、边回头，仿佛不想离开郎中店。高海天又倚着门看着她，好像也想流泪。到了桥头范五忽然对徐碧说："娘子，你跟妹子他们先走，我褂子落在高先生那里了。"范五回到家很晚很晚，只是跟徐碧说："你空了就去高老弟那里坐坐，跟他唱唱段子开开心，他说有话和你说。"

刘布奇奶奶赵三娥是个喜欢贩话的女人，嚼舌根的女人最喜欢"偷窥"。蒋荣青夫妻送徐碧回来的时候她倚在门口嗑瓜子，屋里没点灯，像吊杀鬼似的贴在门上。她看见两女一男，人家看不见她。徐碧酒多了，走路摇摇晃晃。她听徐碧哭哭啼啼地跟周红说："说我不生伢儿是因为我做过婊子？谁懂我的苦楚？是他范五没用！"周红想掩她的嘴，还给她咬了手。周红把徐碧送到屋里好一阵，才看见范五匆匆忙忙回来。三娥认为有故事，第二天就去找高海天看病。她跟高先生是老"相好"了，也只是捏把屁股的事。高海天算是规矩人，但在这个滩上过分规矩了又让人感到生分，他掌握分寸，只是他差不多靠四十了吧，还"小女子至今未婚"，由不得就多了些女人口里的闲话。

三娥走到郎中店，大门洞开，高海天在柜台里给人配药，屋里没人，背朝着她，她悄悄走到他身后捏了先生屁股一把。高海天说："规矩点啊，赵骚娥。"他把三娥叫成"骚娥"。三娥踮着脚坐在柜台上，说："昨夜里你这里热闹得很哩。"高海天正在给等盘上抓药，三娥一看是当归、赤芍、熟地，还有红花。她说："都是补阴货色，给徐碧抓的吧？我说他们没伢儿，问题肯定是那狐狸精。你得还范五清白，徐碧还在吐范五的臭水哩。""瞎说，"先生说，"徐碧不是这样的人，你乱嚼舌根子。"三娥屁股一扭，从柜上利索地跳下来，说："你也给那狐狸精迷上了吧？还帮她说话，难不成范五真的有毛病了？"高海天说："都没毛病，这生伢儿是急不得的事，你都快四十的人了，怎么就只下了一个蛋？想要就要，想养就养，你不就是头母猪了？"三娥气得要抓他打。高海天说："我扒你裤子啦！"她"吱儿"一声飞快地跑了。三娥走了，先生叹了口气，他为老天不公叹气，他知道两人没伢儿怪不得徐碧，是范五睾丸只有黄豆大，天生的缺陷。和徐碧成亲的时候他才十四岁，自己不懂，徐碧是被公婆捆着进了新房的，范五进屋前，娘还教给儿子怎样对付那买来的女人的手法。其实范五要动真的徐碧并不反对，她不准备逃了，连生她的父母都不晓得姓甚名谁、往哪里去！这个世界茫茫人海中只要一个漂亮女人出现，就围来一群狼或许是疯狗。可是范五帮她解了绳子却蜷缩在床头。她原以为他小，后来才发现没用，她撕心裂肺大哭了一场。

昨天夜里四个人走了，高海天在收拾碗筷，范五又回来了。一进屋对着高海天就下跪，说："先生，你帮帮我。"高海天赶紧拉他起来，说："老弟，有事你说，这样万万使不得的。"其实他晓得范五的病，当先范五的父母给人贩子交银子领人走时，他就为徐碧的命运叹息。范五说："你得答应，要不我就不起来。"高海天一口一个答应。范五起来了，说："先生，我娘子苦命，我是没根的人你懂，叫她走，她不走，说她生下来就只碰上我这么个把她当人的男人，她认命，不谈男男女女的事了，就这么守着我。说归说，可她喜欢看公母猫儿打架，我不怪她，她还年轻啊，当然有七情六欲。就这么叫她守着个太监过日子不是个事。先生，你暗地里收了她吧。"高海天大吃一惊，想不到要他答应这个事连连摇手说："老弟，这万万不行，你走吧、走吧。"高海天已是三十七八的人了，今天寸心大乱。范五抓着门框不走，他说："你不答应我就不走。"说着又要跪下。大路上传来咳嗽声，是行船背纤的人要从门口路过。高海天急得不行，使劲地关门推人，范五就像个石磨。高海天没办法了，说："老弟你起来，我们从长计议。"范五站起来，高海天关上门。至于他们怎么说的就不得而知了，只是范五回到家就跟徐碧说了那么句话。说高先生有话跟她说。

后来果真徐碧去了，是范五送她去的，她扭扭捏捏不肯过桥，范五先拖后推，看她过了桥才回。范五要回家，徐碧扭过头来看他，似乎想不去，范五急得像陀螺转，又挥手又摇手不知所措，好像在求她。徐碧眼泪汪汪一步一回头地去了。这一切三娥都看在眼里。两家也没什么过节，女人家就喜欢管这些事。徐碧去了郎中店，三娥就跟范五买了两个烧饼给脑子简单的小光棍费拖拖，叫他去侦察。费拖拖儿回来报告情况时嘴皮子上挂着芝麻，他看着隔壁范五贴的脆饼，说："姨，戏子一进去，高先生就关门，还在门环儿上挂个牌子。"三娥掩着嘴笑，敲了他个毛栗子，又跟范五买了个脆饼给拖拖儿。她最熟悉那牌子了，上头画着高海天的自画半身象，戴着礼帽，左手雨伞，右手药箱，意思是"出诊"了，店里没人。

喜欢多这些事的不止三娥一个，在隔壁剪头赵二的奶奶三娇也是把好手。赵二是三娥的哥哥，三娇三娥是姑嫂。两人长相都一般，就忌妒上了漂亮的徐碧，人家不光长得好看还能跳能唱。丑女人喜欢骂长得漂亮的女人，不是恨人，恨的是漂亮，其实漂亮与人之间没有等号。一传二、二传四，没看见徐碧跟高先生好的也说"亲眼看见"，就这时候她们骂徐碧的同时，有好事的女人乘着跟范五买烧饼时，给范五挑是非，也不好意思直说徐碧出轨，转弯抹角地说，比如说要是徐碧去郎中店看病，千万别让她一人去，郎中孤鳏一个正当壮年，你奶奶又长得漂亮，两人在一起容易出事。范五笑笑，说："没事的、没事的，他们只是说说笑笑唱唱戏，没事的，没事的。"说着还给关心的女人赔个笑脸，卖的烧饼也只收一半的钱。

时间长了，有些话就传到周红耳朵里了，是蒋荣青回家说的。买肉的人闲着无事就是传消息，消息都是奶奶道听途说过来的。最近说的消息是郎中店隔壁的牙医吴二遇到的事。吴二和郎中店两屋隔断用的芦帐。徐碧去隔壁的时候吴二正在给人拔牙，那天隔壁老是响，他烦躁起来，连病人坏牙旁边的好牙一起拔了，既坏了名声还赔了人家钱。拔牙的人走了，他是个老实人，邻居就得互相照顾，平时又处得不错，出屋来敲隔壁门，他怕贼进了郎中店。门环上挂着高海天出诊的牌子，没锁，推却推不开。吴二是个好人，忙回店拿把锁把门锁起来，这下放了心，就是有贼也不得出来。他回屋去，只不时地看着靠河的窗外，假如郎中店有贼给他锁在里头，要想逃走只有跳窗子，他静等先生出诊回店。他真的听到隔壁有人跳窗子，伸头一看，竟是先生。晓得人家在屋里。他把高海天从河坎上拉上岸，问那出诊牌子怎么回事，高海天说昨天忘了摘下来了。他把先生送到门口，打开锁，徐碧从里面出来，吴二恍然大悟，原来是这两个人在里头，弄得他好生没趣。高海天拍拍他的肩，什么都没说。后来满滩的人都传着徐碧跟高海天好了，问吴二，吴二说："是好，但也只是唱唱戏，消个寂寞，别瞎嚼蛆子，就在我隔壁。"但人言可畏，高先生在滩上掉了身份，虽说他是没妻室的人，但徐碧是有夫之妇啊，欺谁都行不能欺范五，范五是老实人，人都同情弱小。但没人敢跟高海天说三道四的，还得请他看病，只有把臭话像粪全泼在徐碧头上，说是狐狸精勾引了高先生，去郎中店私会还要范五送，不送就用"远走高飞"回京城要挟范五。

蒋荣青回来把东一句西一句卖肉时听到的新鲜事告诉奶奶，原来他不嚼舌根的，因为今天听到的事是有关周红好朋友徐碧。周红就请徐碧夫妻和高先生来家里喝酒，算是还高先生上次做的东，其实是想弄清楚怎么回事再商量法子堵说是非人的嘴。范五不肯去，说要给磨坊邢寡妇套牛，他拿磨坊的面，寡妇给他的面价打折，条件是闲点就来给她套牛。套牛拉磨是男人做的事，寡妇家没男人。徐碧走了，其实她清楚，高海天去，范五是不会去的，他巴不得奶奶跟高海天在一起，奶奶看高海天的眼睛特别亮，他不吃醋，只要徐碧高兴他就高兴，他才不管人家说什么哩。高先生不但会看病，还会唱戏，他唱的是须生，奶奶唱的是旦，男才女貌，多好的一对，只是现在没法子了，表面上他范五还要点面子，那面子是留给祖宗的，阴间的祖宗晓得范家院子里有儿、有媳就能安心在西方极乐世界打纸牌、搓麻将，至于床上的事他们也无暇关心。你说跟着去了，岂不是根蜡烛？

范五帮寡妇套牛拉磨回来已是半夜了，徐碧还没回来，他打着灯笼来到蒋家，顺便给奶奶拿了件衣裳。隔着窗棂一看，高海天走了，两个女人一会儿哭哭笑笑、一会儿打俏骂骚，花生壳子盖了一地，桌上一滩黄酒，蒋荣青蹲着给两人拾落在地上的筷子。女人笑，他也笑，女人哭，他还笑，范五从来没看到杀猪的这么高兴过。他想推门，两个女人又半痴半醉地在咬耳朵说着悄悄话，仿佛怕被蒋荣青听见似的。两女人都趴在桌上不想动了，他才敲门，还做作地咳嗽两声，青侯问"谁呀？""吱昂"一声，开了门，还没等他看清谁来了，徐碧从桌上爬起来笑骂开了："你个杀猪的，还能是谁啊，我家官人呗。"范五进来她叫范五蹲下，范五就蹲下了，徐碧拎起他的耳坠，说："红妹子揪你你还替她说鬼话哩？你老实招供，可有短处落在她手上？"说着不由得自己笑了，"你就是上了她的床她也不待见，我倒忘了。"她看见范五因为被她拎着耳朵，身子侧在地上，可拿着她的衣裳却举得高高的，怕拖在地上沾了泥，不由得要哭，抱着他狠狠亲了一口："死鬼，你还记得外头有个人没回呀？没回正好，隔壁不是有个骚娥嘛！""我的亲娘唉，三更没回，急死我了，你还在说风凉话，先生哪？怎先走了？"两女人互相看了一眼，这下真哭了，晓得范五问的是高海天。

范五牵着徐碧的手要走了，临走时向蒋荣青道谢，一看青侯头上连残余的几根头发都剃得精光，他说："老弟不留辫子了？"徐碧兰花指头戳着他的额头说："你落后啦，都什么时候了，外头都叫民国了，清朝没了，皇帝给日本人抓到东北去了，谁还留辫子？女儿滩天高皇帝远，也不知道外头的事。"说着对周红挥挥手说了声"爸爸唉"又"啪"地做了个飞吻走了。范五后来才知道，蒋荣青去赵二店里理发，吩咐赵二还照留辫子的规矩理，剃周围、留中间，中间的几根毛千万别动，就当招财进宝，长长了扎辫子。河东王老先生进来了，他说是来剪辫子的。老先生说："青儿，别留了，我也剪，麻烦，还不卫生。"老先生做什么都是滩上的风向标，他一开头，那一两个月赵二剪头店从来没有这么好的生意过。光卖头发就发了笔小财。

第三章　桂娘缠足

自从老先生为桂娘过了个生日，桂娘的日子好过多了。一天晚上，到了给桂娘缠足的时候，杨素坐在床前，等桂娘过来，老夫人跟在后面，暗暗地叹气，知道伢儿极不愿意，每天都是如此。桂娘畏缩地往娘面前走，三五尺距离如同千里，到踏板前挪不动脚了，低头抽噎。她不敢抬头看娘的眼睛，其实杨素已对伢儿好多了，但毕竟不是亲生，再好也难同于嫡亲，有时候心里也有作祟的东西。"过来啊，姑娘。"杨素向女儿伸出手。桂娘腿抖得更厉害。"过来。"素儿又说了一声，身子往前倾了些，说话的语气没刚才温和。伢儿脚没挪，腿曲着靠近踏板。"过来!"素儿直起腰来，她不再伸手拉了，声音冷冰，带着不可抗拒的震慑。伢儿两条小腿晃起来，幸亏奶奶在身后抓着瘦削的肩，要不肯定会瘫在踏板前。老夫人又叹了口气，把伢儿抱上踏板跟媳妇并排坐下，她把伢儿的脚轻轻地搁在自己腿上，脱鞋，解带，把狭长的裹脚一层层打开，像从机上落布，哗啦啦拖开、不下七八尺长短。一双已变形的粉红小脚"千呼万唤"才出来，像剥掉壳的红菱，在冰天雪地中颤抖。脚上只有一只大拇指算完整，看得清爽，其余被压在脚的侧面朝下，粘连在一起，已分不出哪是二弟、哪是三妹。脚背拱起，像受到摧残蜷缩着的小猫。杨素去了厨房，回来时捧着泡着各种药材的热水，吹了吹，用手指头试着水温。认为差不多吧，抓起桂娘的脚放到盆里。就这么点工夫，老夫人看着伢儿仿佛度过了十年时间或是等待上刑场的前奏，不由得轻轻摇头。水似乎有点烫，雾气袅袅，桂娘的脚像在温水里挣扎的青蛙。半袋烟的工夫，杨素把桂娘的脚擦干，取出玻璃罐子里的明矾粉，一层层地洒进早已无知觉的五脚趾缝隙中，再沿着脚面、脚底擦上一层，然后在怀里掏出两件像织布用的小木梭的圆棒棒，垫在脚底凹陷的地方，再熟练地从脚尖开始，先十字交叉，再层层相扣，由前到后的使劲缠紧，怕伢儿夜里偷偷解开，再用针线缝上。伢儿不断扭曲着身子在疼痛中反抗，把专门为她准备的、挂在床挡板上的一条老布巾咬在嘴里，那条毛巾早已成了百孔千疮的漏风帘。看看差不多了，再给伢儿穿上鞋，做完了这些，杨素抱起伢儿往踏板上用劲一墩，桂娘杀猪般地叫起来。婆媳俩都听到垫在女儿脚底的木梭撑断了骨头的响声。

这不是杨素的"创举"，是老祖宗急功近利的经验。以前给桂娘裹脚没怎当回事，老先生的一席话唤起杨素本有的良知，所以后来认真了，今晚还准备了小木棒，用这东西来得快，先折断脚背骨，等明天晚上打开后塞把明矾吸干烂了的血肉，就这么周而复始……桂娘昏倒在地，杨素毫不犹豫地拉起来还要她站立，这事没得商量，女人都是这样过来的。姑娘疼醒过来了，下唇咬出了血，但不哭了，扭头看着漆黑一团的窗外，面部毫无表情。这种厌世的眼神让老夫人心碎。她看看媳妇，在想着怎样和她说，她不是不让给伢儿裹脚，这事本来就是慢慢来的，现在媳妇要三天办完三十天的事，伢儿要受多大的痛苦？她还是暗暗叹息，母爱来不得半点虚假，那是天性。杨素看到婆婆的神情，仿佛有些内疚，或许是怕惧，把桂娘揽过来抱在怀里。她说："儿啊，谁叫你我生成女儿身？谁叫你娘把你送到我王家门口？裹不好脚嫁不到好的人家，看着你受罪我也心疼，我不把你缠好，等你长大要骂娘，左近右邻也饶不过我啊。"桂娘跪下了，说："娘，假如能不裹就不裹，我不嫁人。"面部表情冷酷得很。杨素看了不寒而栗。老夫人心在战栗，知道伢儿心里在滋生扭曲的东西，她严厉地对桂娘说："姑娘，不好这样的，你娘也是一番苦心。是裹还是不裹、怎样裹，我们跟你商量。"桂娘"哇"的一声哭了，杨素把她拉起抱着，两人哭成一团。好一阵了，一家人早围在身后没人劝。杨素听到老先生的咳嗽才住声。抬头一看，一家人都泪眼汪汪，王浩在哭。老夫人接过桂娘坐在床沿，看着老先生的脸说："他爷爷，伢儿不愿做的事就顺着走吧，这地方民风淳朴，也没人计较个脚大脚小的，过日子的图个实在，时势发展也不知是什么样子，家里有个留着天足的姑娘过日子，跑起路来也方便，你说呢老爷？"老先生说："接到几封同僚的书信，晓得天下之事早已变化，仅滩上消息闭塞而已。夫人所见极是，顺其自然吧。"素儿不然，对着老先生说："父亲的话媳妇不是不听，桂娘长大后，因为足没缠好，浩儿责怪为娘，我可担当不起哟。"还没待老先生回话，王浩从老夫人身上拉下桂娘跪在杨素前说："我不要桂娘缠足，也不怪娘，只要桂娘不哭！"看着素娘还紧锁着个眉头，王洪轻轻对杨素说："别犟了，父亲母亲都发了话，那就该随儿所愿。"桂娘感激地对王浩侧身行了个"万福"，忍痛站起。她从桌上拿出剪刀，连剪带扯，飞快地拆开脚上的布条，把两根木棒扔得老远，匍匐跪行到杨素前说："求娘饶了我。"又转过身，跪在老先生、老夫人和王洪的跟前磕头说，"桂娘不知事，不是大人的过错，天性如此。这生我不指望什么造化，就是死心塌地执帚王家侍奉高堂。"说完磕头不止。杨素不知道是羞愧还是自责，掩着脸转到外头去了，王洪把女儿揽在怀里，说："儿啊，娘也是为你好。"

民国九年冬。一场大雪，彻底封盖了女儿滩人走出河泽地的路。西北风刮得过早，大大小小的河岔结了厚厚的一层冰。滩上没来得及收割的芦苇，水下半截被严冰紧裹，上半截被凛冽寒风吹得一顺儿地向东南弯下了腰、不停地被堆积着雪花。河两岸的泥泞小路，被漫天大雪一层一层的盖得严严实实。滩上汉子推出独轮小车想赶个小集，摸着路走不了三五百丈，就滑在雪窝动弹不了。

柜台上的老钟早已敲过九下，王记面店今天多了些客人。还都是女儿滩上熟得不好再熟的老少爷儿。大雪连飘几天，冰天雪地的，年轻的男男女女起床也没事做，干脆煨在被窝里耗时间取乐。多少年来就是如此，来年八、九、十来月，就成了滩上婴儿呱呱坠地丰产的季节。折腾完了，女人继续睡。男人趁女人被蒙着头，翻箱倒柜，偷走奶奶藏着的铜板，悄悄去桥东的王家面店吃碗面、喝两口，然后天南海北地吹。冬天早上王家面店里就像蒋荣青卖肉的摊前一样，全是男人的世界，离了奶奶就山高皇帝远，皇帝又疲倦在梦乡。到这里都说着同一个话题，就是谁家奶奶最听话，没人说自己怕奶奶的，哪怕绝对是滩上有名的雌虎也能说是温猫。吹的是哄堂大笑的气氛，吹牛又不要缴税，何乐不为？当然这里也传递着外头的消息，过于闭塞的地方让人压抑，人走不出去，沉淀的沉闷也只能在新消息中透口气，哪怕是假消息。何况滩上也有几个人常上县城。

剃头匠赵二跟王洪要来一壶酒、一碗面。早上喝酒不要菜，只要一把花生米。花生米不要钱，炒好了装在柜台上的大罐子里，罐子旁边放着一叠小碟子，要吃自己抓。滩上人实在，也知趣，抓花生米也就那么一小碟。过酒，菜只是个点缀，俗话说一只虾头能就二两老黄酒就是这个道理。请人坐馆子只说"喝酒去"，有谁听说"吃菜去"的？滩上最大的酒坊算徐家酒坊。店门口的对联是"天不管地不管酒馆；富也罢穷也罢喝罢"。横批只两字："酒违"（谐音："久违"）。整副对联与菜没半钱银子的关系。

今天赵二吃相有点难看，王贵发现他吃了半壶酒，花生米却抓了三次。这不是酒品是人品！问他是不是从牢里出来的还是……大家哄堂大笑，等的就是"还是"这半句话的后头，当然跟她奶奶三娇有关，说请高先生去看看。赵二不搭王贵的问话，他左顾右盼在找人。王贵要把他装在碟子里的花生米拿走倒进罐子，赵二不肯，他说："哥，我真饿了。""饿就多点碗面。"王贵毫不留面子，堂弟王洪不好意思说，他才不管哩。"添碗面就添碗面，但面钱要毛平给。"他嘟嘟囔囔说着。小铁匠毛平独个儿端着碗蹲在灶膛后，他是个不入群的人。他有滋有味地吃着面，靠灶加汤方便。忽听赵二说要他出面钱，唬地一下站起来，说："平白无故的为什么？"赵二说："你昨天乘船去城里卖锹，玉姑娘拉我去打铁，打了一夜就打了一根钉，你玉姑娘拿走了，她饱我饿，饱女人不知饿汉子饥，当然没个好吃相。钱是不是该你给？"话刚说完，店里人笑喷了，没想到剃头匠这样会损人。笑得还没直腰，只听见"啪"的一声，毛平捞起灶台上的勺子向赵二打来，幸亏王洪眼疾手快截在手中，趔趄了一下，力道太大，毛平是个打铁的，出手能伤人。毛平还不甘休，撸袖子捏拳头，拿出了一副要拼命的样子。赵二说的玉姑娘是他奶奶。高海天出来圆场，他说："老弟，别打他，那副丝瓜筋身板经不起你打铁的拳头。是真是假，你叫沈玉妹子来对证不就好了？"毛平当真，出门对着河西就喊："她娘……她娘……"他家就在河对面。毛平是个老实人，以为先生是出的好主意。赵二可给吓坏了，一把掩住毛平的嘴。这下子屋里乱得乌七八糟，有两个笑得在灶门口打滚。毛平还在蹦上跳下要喊沈玉姑娘，赵二跟高海天求饶，说："先生你说两句吧，沈玉姑娘来了还得了的事？她可是说笑不得的。"高海天说："你应我句话就行。"赵二说："我叫你伢，叫你爹爹，叫你祖宗。别说一句话了，千句万句……"高海天挡住他要说的话，说："今天大家的面钱你请下客。"赵二马上苦起了脸。高海天不理他，对毛平翘翘下巴，指指对河的铁匠铺子，意思明白得很。赵二急了，说："出、出、出。"他松了口，毛平也给高海天拉了回来。王洪说："大家把我这里当着家，我高兴，这顿面钱我请。"高海天连连摇手说："洪哥儿，赵二剪辫子发了大财，这几个钱出不起？"大家这才想起来了，说先生不说都忘了，赵二就卖头发也够大家吃上一冬！赵二更规矩了，连连作揖，他听说杂货店盛家儿子也想开剪头铺子，他正愁老客要走呢，小气不得的。连说："请、请、请。"他先跟王洪打招呼，说着实饿了，面又烫，酒又不能填饱。昨天去城里买剪头椅子，早更头才回来，着实饿，只有先吃花生米。王洪说："放开肚子吃，你不看见你侄女在往罐子里装嘛。"他回头看，果真桂娘站在小凳上往罐子里倒炒熟了的花生。王洪说："二哥，你说说去城里的情况，可有新消息？"赵二说："还真有，我在北河梢等船，看到招工的布告。大资本家张万的弟弟张千办厂在招人，男女不限、老少皆宜。布告上就这么写的。做洋碱的，浇锅子的，做纸的，榨油的，好几十个大烟筒几十丈高，插在半空里根本就看不到顶！"他越说越精神，说得唾沫飞溅。看到对面人掩着面碗才停下，用袖子擦了擦嘴角上的白沫。

王洪给摆在灶台上一排碗里捞面，漫不经心地问赵二："招工布告你看啦？""看啦！"他又开始摇头晃脑要说话了，"布告上文字配人头，女人头、男人头，有的下方用红笔打钩，有的没打钩，无论打钩不打钩都是说明重要性。"王洪笑弯了腰，指着赵二的额头说："我说二哥上城一天就这么出息了，认识布告上的字儿了！"大家"轰"的一声闹开了，赵二大字不识几个，绘声绘色地说了这许多，还看了布告，全是现编的货！办厂的状元张謇变成千，还给他加了个哥哥张万。赵二给王洪挑破了谎，涨红了脸就是找不到个地洞钻。他悄悄问洪哥："那上头画人头是什么意思？"王洪说："北河梢码头上常贴布告，你说有人头像我就知道了，布告种类名目繁多，枪毙布告，海捕文书，寻人启事种种不一。要招人做事的广告是没有贴人头像的。"一番话说得大家恍然大悟，连骂赵二个杂种骗人。王洪连忙为赵二辩护："二哥没有说谎，我早已晓得，城里变化是大了，乡下人涌到城里做工的越来越多，种田人穷，资本家办厂从乡下招工好招，对穷人也是多了个生路。二哥把听到的话，和看过的榜上告示估摸着猜想，理解错了，人家说张謇，他听音为张千，权当笑话，没有恶意，别计较，别计较，二哥吹了一通，大家又吃得开心，还不要花费，多好的事！"大家又笑骂了一阵，见赵二连连作揖也就罢了。笑归笑、闹归闹，王洪看着伢儿们大了，自己早有了心思。征得一家同意，桂娘十二岁那年春，王洪把桂娘送到城里当纺纱徒工。同船去的还有做豆腐王贵的女儿王珍，铁匠铺毛平大女儿毛惠，刘裁缝那个和桂娘同年的儿子大富。

第四章 陈海兄弟

桂娘做工的厂在城里的唐闸镇。状元张謇弃官下海在这儿办了个叫"大生"的纺织厂。厂门对着运河，码头十分气派，牌坊就高三丈，横梁上刻着"大生马头"四个刷着朱底的大字。"马"字令人费解，本应为"码"，却是用的"天马行空"的"马"；先人造字以形为意，"弯弯曲曲"为马身，"滴滴嗒嗒"为马蹄，这"码"变了"马"，这也罢了，马下代表四蹄的四滴水却用三滴。后来王洪回来问父亲，才晓得张謇先生用心良苦，"码"换"马"蕴藏着他对实业的希望，有"石"之"码"，只能停泊系缆，他要"大生"扬蹄奔跑，兴旺发达；奔腾之马永远有一只蹄子扬在空中。

唐闸本来是个三五十户的小镇，大生厂一开，人气渐旺，有了大镇的气派。最喧哗的就是沿河十多个码头，装货船往来如织。王洪带着伢儿们到唐闸镇时，正是码头抢在收工前头最忙的时候，伢儿们哪见过这般气势？个个目瞪口呆，手指头咬在嘴里。

伢儿们跟着大人上了岸。大生厂钟楼上的德国造大钟连敲六下时，王洪带孩子们向杨素的堂姐彩莲家走去。正逢华灯初上，头顶上像忽然从南方飞来一串屁股上通亮的萤虫，丢下火球，瞬间又去了北方。就这时候，从工厂大门口涌出许许多多穿着补丁叠补丁的男女，手提着空空的饭盒，疲惫不堪地穿过弄堂口，消失在夜幕中的脚步显得十分沉重。刚才还热闹非凡的镇子这时候还不如老家了，没有鱼跳，没有虫鸣，更没有水鸭子叽叽喳喳地传情呼唤，死一般的沉寂。

桂娘和姨妈第一次见面。看见家里的人来了杨彩莲当然高兴，她比杨素儿大不了多少，但热情却赶不走一脸憔悴，让人总有暗暗生怜的感觉。只有王洪知道这个妻姐经历的沧桑。她内心的悲痛不是老家来了孩子就能消失得无影无踪的。

彩莲现在已不叫彩莲，邻居都叫她陈妈，她随了丈夫陈海的姓。还是大生公司打第一根桩的时候，她夫妻就来到这里。彩莲跟父亲在扬州任上学会了珠算，现在在公司做会计。陈海是个木匠，在公司修缮科，他还有个弟弟陈山，是个瓦匠，也跟哥嫂来到唐闸，在镇子上自揽活做。彩莲生了两个女儿，一家五口日子算过得可以。

彩莲早为孩子们在东屋里搭了上下铺。王洪送孩子进了这个屋子心就有些犯堵。这屋原是陈山睡的，只是早已回滩去了，他们兄弟也是女儿滩的人。三年前的夏天陈山在这里做了桩遗憾终生的错事。

那天晚上彩莲加班回来迟，吃完饭已是半夜，兄弟俩喝了酒都睡去了。原来彩莲洗澡都是在她自己屋里洗的，她怕瓢响盆动的惊动了伢儿和陈海，就将就着把盆凑在灶后。陈山的床就在灶后芦苇帐墙隔壁。

陈山被尿逼醒了，摇摇晃晃起身方便，芦苇帐缝隙里透过来灯光，他醉眼惺忪无意打眼看到了不该看的场景，醉令智昏从里屋冲出来了，彩莲使劲挣扎，又不敢叫喊，她知道陈海看到的结果，在这事上绝没有什么兄弟不兄弟的，只是骂了声畜生就昏了过去，醒来时已不见陈山了。

彩莲拖着两条沉重的腿好不容易挪到女儿的床前，她想到许多，听着伢儿均匀的呼声和阵阵梦话，不断地改变着主意，最后她和衣躺在伢儿身边。六点钟刚敲过，陈海照例起了床，看到妻子睡着也没惊动，出门买烧饼，回来放在桌上，推开虚掩的房门叫老二，推门一看没人，问彩莲可曾看见老二，彩莲继续做她的事。陈海惊奇，进屋一看，凌乱不堪的屋子里连鞋和衣服都不见了。陈海一头茫然，可彩莲心中清楚，陈山没脸再在这里了，应该已搭便船回了老家。

陈海想回家找弟弟，彩莲悲哀地摇摇头说："天下没有不散的筵席，由他去吧。他回老家总有他的道理。"她把陈海的被盖捧到陈山的床上，说孩子大了，以后就分开睡。彩莲原本想一个人静静让时间医治心中的创伤，但却发现怀了孕。她一个人深夜跑到码头上痛哭。天亮了一个人到医院打胎，偏偏陈海又寻来了。当然不肯，他不知道内情。生了两个女儿，他正要个儿子。怎么怀上了又要打的？他百思不得其解。陈海是个粗人，他不知道彩莲推算着日子，这孩子不是他的。

一个要堕，一个要留，两人在医院里争得不可开交。彩莲凄楚地抬头对着苍天哭，说："冤家，你怎不问肚子里的孽障父亲是谁？""谁的？"陈海像被雷击。彩莲嘶喊着："你亲弟弟的啊！"看着陈海摇摇晃晃像个十足的醉汉，她心似刀绞，踉踉跄跄冲回了家。夜里，她把那天的经过告诉了陈海。彩莲说："别怨恨陈山，三十大几的人了，我们有错，光顾着自己的日子，没关心着他。长这么大，你兄弟没红过脸，他寻的钱全补贴给了家用。这一路过来，相互拉扯，伢儿也多亏了他。你嫌我身子脏，我们就离了吧，我单独过，有个合适的，再帮你娶上。"陈海跳起来："胡说，我死也要和你死在一块，你别想其他心思了吧！""这伢儿呢？"彩莲摸着自己显眼的肚子。陈海说："留着吧。"彩莲扑在陈海怀里哀哀地哭，哪一个男人能这样的？她说："事已发生了，兄弟间总不能杀个他活你死，九泉之下父母懂了不会闭目，你如不嫌弃，那就这样凑合着过吧。"陈海硬硬的汉子，擦干了泪水，抚摸着彩莲的已夹杂着几根白发的头发："认了，只要你不再伤心，只是委屈了你。"

到了要生伢儿的头个月，陈海买足了产妇要吃要用的东西，亲自划船送彩莲回到滩上，到了桥下，托了王洪把彩莲送回老家，没上岸，回了唐闸。

灯光下，已瘦得病秧秧的陈山跪在彩莲脚下，不断地抽打着嘴巴，羞愧的泪水顺着脸颊淌。彩莲叹了口气，扶起了陈山："起来吧，男儿膝下有黄金，错不在你一个，我也不好，不该……"她想说什么自己也不清楚叹了口气说，"过去的就让他过去吧。是你哥哥送我回家的。"

以后的日子，陈山摇船把土地上长的、河里网的送到唐闸，到门口丢下东西从不进门，返身就回女儿滩。彩莲回滩，陈海送到王洪屋下也不去老家。彩莲两边走着，脸上的表情四季都是秋霜，女人的微笑永远失落。就像大生的织布机没有灵魂，只有机械的运动。关于跟陈山生的孩子的情况靠桂娘传递消息，她怕带过来引起陈海的心病，眼不见着静。思念留在夜里。陈山酒后酿成的大祸让一家人终生留恨。兄弟俩至死都没见上一面。这是老话了。王洪将孩子托付给妻姐仍回滩上去了。

孩子们做工一晃就到年底，正心急火燎地等家里人来接回家过年时出了大事——毛惠死了。

桂娘跟毛惠都在纺纱车间，桂娘做白班。做夜班的毛惠下班正要换衣服回陈妈家，师傅叫住了她。工厂要在年关前多出货，要惠儿加班。姑娘想早些下班去镇上买些布请裁缝做件好衣裳。滩上裁缝刘布奇做衣裳的手艺着实差了点，穿他做的衣裳要给公司的同事笑煞人。师傅的话她仿佛没听见，嘟着个嘴儿站着不动。

师傅姓邵今天是领班，她也不情愿，可是捧的公司饭碗由不得她做主。家里也有好多事情，作为主妇，绝不是毛惠想做件像样的衣裳过年那样简单，况且她家的情况特殊。毛惠耍孩子脾气不是时候，邵师傅正满腹牢骚。拿起戒尺对姑娘的背抽了一下，毛惠尖叫一声，捧着腰朝天倒下。邵师傅刚想骂她装死时，见一口鲜血从她嘴里喷出才慌了手脚。送到公司里的医院，又逢深夜，等把医生从梦中叫醒已错过了时间。桂娘听到消息赶到工厂一直陪在毛惠身边。当毛惠停止了呼吸，要被转移到太平间去，桂娘紧抱着同乡撕心裂肺地呼号阻拦，其他两个孩子像惊枪的雀儿失魂落魄。

桂娘拽着推车踉跄着进了太平间。太平间在公司靠围墙的西角落，没有绿树成荫，全是一人高的野草，中间被踩出条能推车的小道，车在坑坑洼洼的道上行走，毛惠的尸体被颠落下来，推车工像拣只死猪羊似的一抓一扔，桂娘心疼极了，追上去抓着毛惠，紧靠着推车，鞋掉了也没敢拾，她怕毛惠再被颠落。

太平间一共两间屋，隔壁大概是太平间杂物堆间，桂娘看见邵师傅被关进去了。隔墙表面已在剥落，隐约能听到邵师傅沙哑的哭声。屋子里已停着四具尸体，四盏角灯闪着绿光，冷风飕飕，显得阴森可怕。看守一把年纪了，面部表情冷漠如霜，大概是被这个环境住久了的缘故，近墨者黑。他见桂娘没跟推车人走，一言不发，拿着拂尘敲她那抓着毛惠的已是僵硬的手，眼睛瞪着她"哼"了一声。桂娘给老人跪下了，她说："爷爷，你就可怜可怜我这姐姐吧，她家开的铁匠铺子，连冬天都是暖烘烘的，从小到大没在这样冷的屋里住睡过。让我陪陪她吧。""她死了。"看守人嘴里蹦出冰冷的三个字。"没有。"桂娘看着毛惠，对老人轻轻摇摇头，"她的手已被我焐暖了，爷爷你摸。""那你坐下吧，把我的老棉袄盖在姑娘身上。"老人大概被感动了，叹口气，像这样的孩子少有。差不多大年纪的伢儿，见了死人躲还来不及，这姑娘竟这样淡定，她没把死人当死人，只是那清澈的眼底布满忧伤。风掀起盖在毛惠脚上的白盖布，老人把它重新盖好，还结结实实地掖好，大概老人在这个岗位上第一次容得活人陪着死者，或许死者也难得有人愿陪。生死两重天，人情薄如纸，敬畏两字，活着的人，对死人畏惧的多，心灵作祟。老人破天荒地不仅让桂娘留下陪着毛惠，还找来把椅子陪她坐下。

邵师傅失手打死毛惠，她彻底崩溃了，除了哭就是哭。天就要亮了，知道公司的人已经去滩上接毛惠的亲属，她无颜面相对。房顶上有个钩，邵师傅挣扎向凳上爬去。

这边的老者摸着桂娘的头，寻着话跟桂娘说，无非想安慰安慰她。桂娘有一句没一句地应付着老人，她抓着毛惠的手在想着小时候亲密无间的许多事，哭个不停。

"噫？闹鬼了？"老者站了起来，他侧耳听着隔壁。桂娘不哭了，她也听到隔壁"咣当"一声。忽然跳起来飞快地奔过去。推开门一看，邵师傅吊在二梁上。两人听到的是她踹凳倒地的声音。

老人冲进去抱着邵师傅的身子，喝叫惊慌失措的姑娘扶凳站上去解绳。老人抱着邵师傅拍打着胸口，邵师傅长舒口气活过来了，仿佛昏迷不醒，但眼角在滚落泪珠。桂娘大哭大叫着邵师傅。老者估摸着上吊的女工，一是没力气说话，二者或许无颜见桂娘。他给女工打掩饰，说："刚吊上去，没事，你得让她静静，抓着她哭闹，她还真的要给你弄没了气的。"她不摇也不喊了，趴在师傅身上还是哭。老者叹口气，说："你不放心，就抱你师傅去隔壁吧，那里还有一堆人呢，顾不了两头。"桂娘这才想起毛惠，跟着老人来到隔壁。

小小的屋子里，躺着一个活的，五个死的，就她们一老一少守着，在黑暗中的小屋，像大海中的孤岛，仿佛跟世界隔绝了，跟这上万人的公司更没有任何关系。只有门对面黑咕隆咚的墙脚下坐着几条野狗，还闪着绿光的狗眼和垂涎欲滴的猩红舌头，证明这屋子还连着世界。狗瞪眼看着屋里的尸体，桂娘的心凄凉得很。假如她和老人不在这里……她不敢往下想了。老人说："孩子，我对这状元办的公司已失去了信任，这里死个把人是常见的事，特别是童工。给几个钱呗，毛姑娘也就这个命了。不过她还算命好，有你这个姑娘陪着，嗒——"他指着最里头的一个台子说，"都躺在这里四天了，家离得远，厂里送的信不知道还有没有收到，到月底做父母的瞟着钱，女儿竖着来，躺着回，唉……"

天快亮时，来了几个壮汉，说这两间屋要用，把几个遗体和邵师傅挪另一处去，说着叫桂娘驮着邵师傅先出去。桂娘说去哪儿，领头的说爱去哪儿去哪儿。桂娘摇摇头，不肯。她说："邵师傅刚才上吊了，现在还昏迷着，出了门，离工厂好一段路。能请个医生来看看好吗？"语气中带着哀求。来人"哼"了一声，说："上吊？那是畏罪自杀。真死了拿不到一分钱的。"仿佛上吊也是为拿工厂的补偿。那人显得极不耐烦，不由分说，推开桂娘，像拖死狗似的拽着拖邵师傅的两条胳膊就走。邵师傅似乎有了知觉，已在哼哼。桂娘拦在门口，哭着说："你们不能这样！毛惠是邵师傅打死的不假，怎样处理自有公论！你们不能这样对待她！"那人说："这姓邵的是你亲娘还是奶奶？去，别耽误老子做事。"桂娘不哭了，瞪着带着血丝的眼球，一字一句地说："是亲娘，因为我叫她声师傅。你知道女人为什么出来做工？是因为要养家糊口。看样子你家没女人在外头做工的，要不然不会这样。请你别碰她，她就是我娘。"桂娘抱起邵师傅掩在墙角。那人还想过来，她开始胡乱地挥舞着拳头，突然凶得像只被激怒了的小狮子。那男人害怕了，他们还是头一回看到这样的女工。

一言不发的老者说话了，他对大汉说："老朽今天就守这一班了，等送完了毛惠这孩子我就回老家。这女工我也不指望公司派医生来，她也死不了，但她身子虚弱得很，你们还真的不能乱来。孩子说得不错，谁家没有女人？这女工都已这样了，生不如死，你们就发点慈悲，过分了就是为虎作伥了。到天亮也就两个时辰，用这屋不急在一时。"说着就把来人往外赶，他说，"这里两间屋子是老朽的工作场所，就算给个面子，我守完最后一班，到明天八点，我也走了。你们爱怎么闹腾就怎么闹腾。"

老者说完就关上门，叫桂娘抱着师傅坐在椅子上，他从里屋拿出妆盒，对桂娘说："姑娘，看看老汉给你好姐妹化个好妆。她是个喜欢打扮的孩子，不是为了做件时髦的衣裳也不至于走得这样早。黄泉路上没老少，人生下来，就像从高山上朝着海走。只是孩子没福，走得匆忙了点。不过，我们能给她弥补些。"后来桂娘才知道，老人年轻的时候是个有名的化妆师。

女儿滩的人到第二天的中午才到公司码头，王老先生陪着来了。码头上还是车水马龙，号子连天，绝没死了人的哀伤的气氛。管码头的人挥舞着小旗，叫要靠码头的小船滚开，摇船的大声说是女儿滩来的。他以为一提女儿滩，这些人就知道是什么事了，会客气些。结果没人理睬。老先生叹了口气，按他的想法，照道理说公司会派人守在这里迎接，死人的事啊，死者为大，还有比这事大的吗？他吩咐船老大把船退出码头，找了个僻静的岸坎上岸。

老先生带着大家到公司门口说明来意。警卫按章程登记，一个不落，完了才打电话叫人来接他们到厂部。似乎这么大的工厂，死个人是司空见惯的事，没有理由和其他事情区别对待。接待的是个姓花的中年男子，西装革履，油抹分头，手指上套着老大指箍。他指着办公桌前的椅子叫两人坐下，自己叼着烟接着电话。老铁匠气得好几次要站起来都给老先生摁住了。

总算接完电话，外面又摁响了门铃。姓花的说："进来。"算是秘书的人进来了吧，说："科长，接待室有个重要的客人在等你。"他对着镜子抹了抹头发，从办公桌后走出来了，对着老先生说："你们坐坐稍等片刻。"老先生手一拦，说："那儿也死了人吗？混账东西！"向科长报告消息的年轻人还站在门口，他看见老先生的腿在抖颤。"请你给张先生打电话，说女儿滩故人王某等他。"老先生指着桌上的电话说。"哪个张先生？我们这儿姓张的多哩。你年纪不小了，怎学会骂人了？"姓花的科长有些不耐烦。"骂你是轻的，没我拦着，孩子爷爷的拳头早捶到你脸上了。打，我找你们的董事长。不过，我知道你不够格和他通电话，一层层地往上通报。老朽不把你们这班浑然不知什么样是'大生'含义的东西整醒悟过来，对不起状元对我的信任。"老先生指着电话机说。"张……"姓花的怕听错了，问了一声。"你耳朵没问题。"老先生盯着他惊愕害怕的眼球寸光不移。

毛惠的死，惊醒了"大生"高层，实业救国是从民生大计着手，但民众是由具体的每一个人组成的，如一棵树不能算森林、一粒流沙不是沙漠一个道理。老先生用孩子死的前后情况跟老朋友作了深刻交谈，甚至毫不忌讳地说，公司用的人还不及他孙女儿的良知，弄得朋友面红耳赤。

桂娘扶着毛惠的灵棺登上码头时，看到贴在门口开除邵师傅的通告。她停下脚步，哀声问棺里的毛惠："姐，念着她往日的好，我想为师傅求个情，她一家数口过日子就靠她在公司里做事。我们的小同伴还得靠她带着，她对你犯了大错已懊悔得生不如死。这一开除，她生的路就被堵死了。姐，给她条活路吧。"她抚棺痛哭。

一同送行的人见灵棺不走了，不知道怎样回事，公司安排送行的以为死者家属对谈的抚恤条件要反悔，连忙回公司汇报。一会儿主事的来了，看见桂娘跪在老铁匠面前哀求老人原谅邵师傅，她知道，要想公司收回开除的决定，只有老人出面才行。在赔偿问题上，老人没提一点要求，公司怎么说怎么办。人都没了，争多少钱有什么用？老先生抚摸着孙女儿潸然泪下，他看着铁匠老兄弟。老铁匠只是点头，说："只顾了惠儿的事，少想了她师傅。这就去、这就去，老哥，"他拉着王老先生说，"姑娘的心愿说不上也是惠儿希望的，我嘴笨舌短，你跟我回头去求求情吧，就这事上，惠儿不服安排也是有责任的，不能全怪师傅。"灵棺停在繁忙的码头上，周边早已围来好几层人。听懂了桂娘和老铁匠商量的事的内容，无不动容，纷纷称赞。好事者买来好多爆竹当码头放起来为毛惠送行。公司主管不等两老人开口即满口答应。桂娘跪谢了码头上善解人意的脚工，扶着棺缓缓下船。

港风掀起她头上的孝布，凄冷的阳光下腮帮上没一点润色，面颊特别憔悴，走路踉跄，不看额头还以为是个老妇。桂娘无心理纱，对着棺里儿时就是伴的毛惠说："姐，我已给你做了条好裙子，回去就给你换上，妹子陪你在家过年。"

那年桂娘还不满十四岁。

桂娘是年后过了正月半回唐闸的。陈妈叫她去看看邵师傅。虽然公司保留了她的工作，可是她良心上受着煎熬，天天在痛苦中度过。她上不了班，桂娘去了，进了屋子，她几乎认不出来师傅了，一副见老的样子，生人看了绝对想不出是三十来岁的女人。见桂娘来了，邵师傅哭，但哭不出泪来，浑身颤抖。她向徒弟伸出像鸡爪似的双手，仿佛来了救星。床后破旧的要散架的窗棂轧轧作响，毛惠死了后，桂娘是这个屋子迎来的第一个外人，窗户仿佛也向客人倾诉着它的孤独和忧愤。

邵师傅想挣扎着起身，没力气说话，眼神里桂娘读懂了，她是说家里凌乱不堪，实在不好意思，或见笑的意思。桂娘摇摇头，这才打量着屋子。邵师傅住在江边小街上又脏又窄的渔巷尽头，三间也好、四间也罢，房子沿河拐角建的，有些不伦不类。床头有个书柜，里面摆满了书，但一看就知道早没翻过了，不仅蒙上厚厚的灰尘，柜子和屋顶还被蜘蛛织了几道网。桂娘这才知道师傅还是个女秀才，不由得暗暗敬佩。但屋里破旧的家具和对面灶房的脏兮兮的碗锅瓢勺，实在与书香联不起来，姑娘能想象得到，师傅过的日子糟糕透顶。

桂娘只听说邵师傅有两个伢儿，大的是女儿，天生智障，年龄应该和自己差不多，儿子被离婚的丈夫带走了。桂娘想着师傅的日子心里正唏嘘不已，里屋忽然有了响声。邵师傅挣扎着要起来，额头上沁出汗珠。桂娘摁住说："别动，我去看看。"邵师傅说："别……"想拉住她，桂娘已走进里屋，一看不由得倒吸了口气：屋子里臭气熏天，地面上一塌糊涂，破鞋烂袜，浸在污物里已失去原来面目，一个个头和自己差不多的女孩躺在其中玩耍。

隔壁师傅在喊："姑娘，你出来，我……我……我过会儿来收拾……"中气不足，话语断断续续。桂娘说："你别动，我来收拾。"说着时，她已跳到床上推开临河的窗户，初春的风带着丝丝凉意从窗口进来一会儿，又走了，它仿佛对这家人也生疏得很，但走时带走了屋里快要发酵的浊气。桂娘打了个冷战，从床上跳下来，脱下褂子盖在女孩儿身上，女孩儿一丝不挂。假如不痴不傻，站起来应该也是亭亭玉立的。老天作祟人，桂娘叹了口气。她蹲下对姑娘说："斑鸠，别动啊，我是你姐，去灶房拿水帮你洗。"女孩儿叫斑鸠，桂娘听邵师傅说过。斑鸠看着不相识的自称姐姐的姑娘，肯定感受到从来没有的温馨，居然点点头，两脚并拢，把两只脏兮兮的手藏在背后。桂娘要哭。

把斑鸠洗干净，使出浑身解数把她抱到邵师傅身边时，桂娘已疲惫不堪，汗流浃背。她从里到外收拾一番已到深夜。邵师傅挣扎着起来了，看着里外焕然一新只是哭，但似乎有了些力气，说不上也是人逢喜事精神爽的效果。这个家已久违客人了。儿子寄在住上海的母亲家，读六年级。她和智障女儿相依为命，你说邵师傅在公司老是加班、加班的日子里哪能心静如镜？

第二天，桂娘跟陈妈商量，搬到邵师傅家住了。

第五章　清明情结

　　邵师傅在桂娘精心照料下，开始从绝望中复苏。她并不恋生，只是放不下斑鸠。桂娘搬过来住的一段日子里，斑鸠那还有少许正常的知觉里，第一次感受到除了母亲外还有人间的另一种她渴求的爱。简陋的住所里窗明几净，很少有人光临的深巷小屋，窗口飘出五音不全的歌声。洗得干干净净的床上，常给两个异姓姐妹因为蒙着眼睛做着老鹰捉小鸡的游戏，又被搞得乱成"狗窝"。斑鸠玩得酣畅淋漓就躺在桂娘胸前酣睡，绝不会考虑她那肥胖得像母鸡的躯体压在纤秀的小鸡身上对方的感觉。这时候，桂娘像个母亲，哼着"风儿停了，树叶儿也不摇了，小鸟鸟要睡了……"的催眠小调，轻轻拍打着斑鸠的项背。邵师傅就站在门口，望着徒弟疲惫不堪的脸色一次次地潸潸泪下。她在给上海母亲的信中说，是她的徒弟王桂娘救了她和斑鸠，她在王姑娘的大爱中重生。大概过了半个来月，邵师傅就上班了。

　　大生公司由于多种原因，大部分工段开始放假，邵师傅管的这工段也在停工范围。适逢清明时节，镇子上尽是绵雨纷纷的鬼天气。邵师傅跟桂娘神色凝重地说："姑娘，你带我去滩上看看毛惠。"那态度毋庸置疑的真诚，她说："我已跟王珍说了，请她来帮我照顾斑鸠几天。"她带了几件换洗衣服就跟桂娘搭了便船到女儿滩去，同去的还有陈妈，也就是桂娘的姨娘彩莲。滩上她还有一个家，那个无可奈何的家不仅住着陈山，关键还有一个儿子，孩子是无罪的。彩莲顶着挨乡人骂的臭名一直两边行走。她想糊涂着过日子，但生活就是那么现实，儿子需要有母爱，过日子得有柴米油盐。她过得并不轻松，心里沉重。对着两边的子女半面笑脸，另一半面流着畸形婚姻的泪，但她不知道自己错在哪里，只有归责于老天在作弄她是个女人。

　　一大早出发，行了好一阵船才行到滩上。船一靠码头，陈妈就悄悄地走了，她不希望乡亲看到自己。师徒俩突如其来地回来了，老先生一家人高兴得不知所措，河东、河西都能听到杨素喊"我姑娘又回来了"的高兴声音。两个多月有着不知多少年没见女儿那种望眼欲穿的感觉。面店来了好多人，不仅是看桂娘，还看客人。邵师傅不仅是打死毛惠的凶手，还是徐娘半老风韵犹存的女人。他们早听说桂娘师傅是个出了名的美女子，乡下人喜欢凑热闹、猎奇，女人，尤其是漂亮女人，一睹为快。男人饱眼福，女人最要看的是什么女人还能够长得比自己聚神？聚神就能招蜂惹蝶，大生厂上万人的，漂亮聚神的女人还能安顿？

小小的面店，中间的桌子收拾出来了，摆满了临时拼凑的菜肴。来了客人当然引来好多乡亲。桂娘的师傅来了，他们都想一睹芳容。门口有男人猛地扯着嗓子在尖叫："你做什么啊？哎呀，快放了，能轻点吗？"大家回头看，原来是蒋荣青的耳朵给老婆周红扯得老长。徐碧笑了，说："妹子，这是唱的哪出戏啊？"拖拖儿跳起来指着青侯说："碧姨，我知道周红拎青哥耳朵的原因！"蒋荣青头不好动，脚却闲着，对着拖拖儿一蹬，拖拖儿只顾说话、没防，连撞几个人还是倒在地上，他骂道："你个猪杀的！别人看脸，你专盯着桂娘师傅的屁股！"引得哄堂大笑。女人前仰后翻，胸口两垛肉像货郎摇着的手鼓。当然也有内敛的女人，暗暗地抿着嘴笑。王贵的女人还躲在隔壁的门缝里"偷窥"，滩上女人最算她不待见生人的，敢"偷窥"，是因为邵师傅也是她女儿的师傅。她老想过来拉着邵师傅说说话，可是不敢，露脸、露脚是她心里的雷池，王贵的女人不敢越这一步。滩上也有好多人还不识她庐山真面目。

邵师傅给热情的乡亲弄得满脸绯红，她的个性并不适应这样的场合，但知道人家并无恶意，说明没有把她当作外人，所以不恼火。她只是应付着，看得出来，她的心烦乱得很，她是个罪人，来滩上给徒弟忏悔的，没有心思跟着欢乐。她在寻找桂娘，希望她出来解围。大家已看出来了，这城里的师傅拿文人的话说，算得上大家闺秀，滩上的女人勉强是小家碧玉。只是这位大家闺秀虽然应付得体，但心不在这屋里，俊俏的脸上始终布满着悲伤。躲在门缝里偷看的王珍的娘心里说："要说她是杀人犯，打死我也不相信！"

桂娘在爷爷屋里。杨素解了围，对大家说："散了吧，坐船一整天，客人也累了。邵师傅是专程赶在明天来祭奠毛惠的，让她早些歇息。"王洪白了妻子一眼，这时候怎提毛惠的事？场合、时间都不适宜。果然，屋里顿时鸦雀无声，仿佛一下子堕入萧瑟的深秋。

毛惠的新坟就在铁匠店南侧，墓后移栽过来的慈孝竹叶儿还没有全舒展开来，显得憔悴和萎靡不振。墓碑对着滩湾，老芦枯黄，新芦已经出水。埋得深深的石碑被号啕大哭的邵师傅抱着在颤抖，邵师傅当着活人，她哭得死去活来，任谁劝也劝不住。桂娘匍匐转身在老铁匠面前哭着说："爷爷，只有你劝了，惠姐死了，她哀哀楚楚浑浑噩噩了几个月，好不容易从死亡线上回头了，这一哭，怕……怕……"

老铁匠点点头，推开桂娘，对邵师傅说："姑娘，哭得活孩子你就哭，哭不活就停住，你这不是在念你徒弟，是在揭活人的伤疤！"像一袭乌云上爆起的炸雷，在墓的上空划过烁人的闪电。不仅邵师傅停住了哭，陪哭的也只剩抽噎。桂娘去拉师傅，却发现师傅已经昏厥。

一场奠祭，邵师傅的真心悔恨让滩上人另眼相看。当时在场有个年轻人，看着邵师傅哀哀痛哭不能自已的样子竟泪眼婆娑，既怜悯又生心疼。桂娘和毛惠娘沈玉姑娘半搀半抬着邵师傅回去了，他一直目送过桥，架着客人的桂娘跌跌撞撞，他心里有着也想冲上去替代的感觉。但晓得那是"造次"，做不得的。他叫杨立，是桂娘的舅舅，杨素的弟弟。

邵师傅在王家躺了整整三天，夜里暗自伤悲。桂娘把邵师傅拖起来沿河散步。师傅老想去桥西，她不肯，就桥东，怕邵师傅过了桥西又奔徒弟的坟地，那会触景伤情。桂娘搀着师傅在滩东小道上信步由缰。春三月不再是春寒料峭，芦苇开始展叶，阳光明媚，滩河像一条流动的翠。林子里花香正酝酿在蕾里，但鸟语早已清脆。桂娘听到师傅在轻轻吐纳气息，心里好过了许多。邵师傅任凭徒弟主宰脚步，一会儿东、一会儿西，不由得让她想起学生时期学的几步迪斯科。当然她也知道徒弟难得地在闲空里寻找着已经远去的童趣。桂娘胡咧咧的一个带步，邵师傅一个趔趄，不由得轻轻一笑，用巴掌敲了桂娘一下头。桂娘转身拥着师傅，她好开心。这是师傅来滩后第一个笑脸，虽然还带着苦涩。

邵师站稳脚跟，随意转头朝东望去，远处隐隐一片绿荫，在晨霭中仿佛是海市蜃楼。这不由得引起了她的兴趣。她拉着徒弟的手不由自主地奔去，原来是河边一排婀娜多姿的杨柳在春风中恣意摇摆。桂娘指着前面的村庄说："那就是我外婆家。"说着就自作主张拉着师傅的手向前走去。

外婆这村子叫杨家湾，二十来户人家，但不都姓杨。桂娘外公祖上开过私塾、教过学，滩上的人习惯了，谁在扎堆住户里有名声、面子大，这人家的姓就成了这村的名；村子有条进出拐过三道弯的小河，小河两岸长着一式杨柳，最老的树干有箩粗，老人说上二百年的树都有。"杨家湾"就是这样来的。到杨素外祖父那一代败落下来，杨素的父亲杨六公用泥瓦匠手艺谋生。

桂娘还没进院子就大声叫"外婆"，只顾低头跨门槛，却跟出门来的人撞个满怀。她很恼怒，在外婆家她是不怕谁的，想责备几句，抬头一看却大叫一声："舅舅！"后面还跟着外婆和母亲杨素。原来几人早看到了师徒俩在杨柳树下悠然自得地散步，没有惊动她们。邵师傅难得有这么个好心情，多希望滩上的春色能帮这女人释放忧伤。

邵师傅站在离门口两三丈的地方，她没想到徒弟带她来亲戚家。杨素带着老人和杨立出来了，她彬彬有礼地问声好，说："桂娘，你和外婆好好说说话，我就先回去。"桂娘看见师傅说这话时脸色有些变化，红润，带着年轻女人的羞怯，她以为是因为刚才一路景色让她心旷神怡才这样的。正想去拖她，外婆已在挽留："姑娘，你说这话就见外了，已到家门口却不进来坐坐吃杯茶，是嫌我老太婆家里脏还是乡下？"邵师傅当然脚挪不开了，只是脸色更红，她看到外婆身后的男子看着她，见她要走着急的样子难以言表。她说了声"恭敬不如从命，只是叨扰了"，给桂娘拉着手进了院子。这下徒弟的舅舅如释重负，瞬间松开紧绷的眉头，剑眉下的大眼睛对她释放着让人轻松的柔光。她是个过来的女人，第六器官的灵感强烈得特别神奇，她却轻松不下来，脚步竟有些零乱，心里显得慌张。她都不知道怎这个样子的，三十四五岁的人了，还早已生儿育女。只是这徒弟的舅舅也长得太人模人样，一米八几的个子，既文质彬彬又高大伟岸，没女人会不多看一眼的，特别那灼人的眼神。"他太太真有福气"，邵师傅没来由地发出一声叹息。

外婆家的院子不小，瘦死的骆驼比马大，杨家的架子还在。东墙角栽着竹，西墙角是蜡梅，正中摆着一副早不用的石磨，磨顶上是紫藤架，到了秋天，在这花团锦簇的紫藤架下就着石磨品茗下棋肯定有另一番趣味。邵师傅仿佛有种触景生情的感觉，呆呆地站在磨前久久不愿移步。回到厨房开始做饭的老太太在窗口朝外看得清清楚楚，对旁边淘米的女儿说："她师傅肯定是生在大家里。"

杨立吩咐桂娘说："叫师傅进屋里坐坐，身子刚恢复，累的。"语气间充满着关爱，桂娘看到师傅听到这句话双颊泅出淡淡的润红，心里暗暗称奇。她对师傅说："今天太阳从西天出来了，平常家里来生人，舅舅躲在书房里不出来。今天还会说句疼人的话。"她不由得想起清明夜里娘的话来，说舅舅看着邵师傅哭得死去活来，他也泪眼婆娑。她忽然心里出现了个奇怪的念头，要是这两人走到一块儿可真是天生一对、地配一双的了。想完自己却叹了口气，不可能的，师傅已经是两个孩子的女人。这世道对男人是宽容无度，对女人，唉……她不往下想了。想也无趣，倒有些早早离开外婆家的念头，或者说早早回唐闸。人生像没有倒流的水，女人为人妻为人母，留不住的青春就是人老珠黄，这就是命。她要拉师傅走前又看了舅舅一眼，她感觉到舅舅看师傅的神情是纯真的，没半点逢场作戏的成分。桂娘忽然改变了主意，她想为女人抗争一回，就从师傅这儿试试。

她背着手装着个大人似的腰肢一扭一扭地从杨立身边朝屋里走去，擦肩时斜了舅舅一眼说："累的、累的，你去问啊，师傅的腿又不在我肚皮下。"杨立面红耳赤，只是说着："你……你个死丫头，我告诉你娘！"外甥女儿进了屋，他没了拐杖，手不知道怎样摆，愣愣地看着正看着他的客人。邵师傅扑哧一笑，说："我也是第一次领教杨先生的外甥女拿捏人的本领。罢、罢、罢，恭敬不如从命，我也不知道什么时候闻过书香了。"说着向屋子走来，杨立还呆呆地当门口站着。看客人真的进来，有些大喜过望或受宠若惊的样子，慌作一团地转身领路。其实两人都感到有些紧张。杨立是因为他这两丈见方的领地除了娘和姐姐，还没有女人来过，当然桂娘那个"黄毛丫头"不算；邵师傅自从丈夫离开家后，一人带着痴呆孩子过着公司和家、两点一线的生活，从来没在公司以外单独接触过男性，更不要说用客人的身份进男人的书屋了。

邵师傅一进杨立的房间，眼睛一亮，屋子和屋子里的摆设都陈旧，可是窗明几净，满屋书香。床上，被子叠得方棱方角。邵师傅一看床头只摆着一个枕头时，心情出现了莫名其妙的一丝轻松，当做着许多猜测和遐想时，有些慌乱，脸红。桂娘大摇大摆地把屁股搁在床帮横躺在床上，拍拍身边的空处对师傅说："师傅，你也来躺躺。"弄得邵师傅面红耳赤，她找不出词儿对答心无瑕疵的徒弟。这徒弟老成时比大人还大人，纯真时仿佛七八岁，她还不知道那张床师傅是不能随意坐的，这时候她倒希望自己是徒弟而不是师傅，最好是不要懂得人间许多繁文缛节。

她装着阅览屋子里的摆饰转身来避开尴尬。这一转不打紧，满屋的书让她目不暇接。她紧走几步盯着东侧那架子上的书，都是她学过的纺织专科教材，她好激动，这男人和她是同行！她取出一本，翻过几页，思绪带着她飘向沪上。桂娘从床上跳下来来到师傅身边，师傅看着窗外遐思。"嗳……嗳……嗳、嗳！"直到桂娘用手指抵着她腰窝儿她才回过神来，嗔骂了声"小赤佬"。"骂我什么呢？"师傅说的上海话，桂娘当然听不懂。师傅连忙道歉说："对不起啊宝贝。"杨立哈哈大笑。他好生惊讶，原以为桂娘的师傅就是个普通纺织女工，但从她端庄举止和气质上他又有些不相信，加上在毛惠坟前的吊唁后悔和悲痛欲绝情真意切，着实让他刮目相看，他对这女人产生了是性情中人、相见恨晚的感觉。现在她捧着他大学里的课本好像勾起往事，莫不是校友？他开始兴奋起来。问客人："邵师傅，你怎么对这本书也感兴趣的？"说着，他走到书架前又拿起一本书翻开某处似乎在讨教，两人头竟凑到一块儿去了。桂娘好生惊讶，似乎还有些窃喜，要是……要是……她想入非非，倒暗自为师傅高兴。她想让她们好好说说话不做蜡烛，假装满不高兴地嘟嘟囔囔着，说："我不陪你们玩儿了，什么舅舅师傅，都是过河拆桥的'大赤佬'。"她也鹦鹉学舌，说着竟自悄悄走了。

桂娘来到厨房帮厨，向外婆和娘报告她的惊天"发现"，娘在擀面，外婆在切肉，一听桂娘的消息，外婆呆若木鸡。要说杨立三十多了，是上海一个大纺织厂的

"白领"，就是找女朋友高不成低不就，到今天还是孤家寡人。老太太急得很，可他总说："皇帝还没急哩，婚姻事是'水到渠成'。"可他已三十六岁了，渠里还是干涸得很，怎么一下子看中了寡妇？老人对外孙女儿瞪着眼睛，说："瞎说！除非你师傅是能摄人魂的狐狸精。"桂娘有些不高兴了，翘着嘴不满外婆说的话，只是说："老封建，老脑筋。"杨素说："上城做了两年工就学会了几句时髦话，没规矩，幸好是外婆。"她笑着打圆场，对女儿的话也是满腹狐疑。

等祖孙三做好了饭，外婆吩咐桂娘叫舅舅带客人出来吃饭，两人已熟得像久违的朋友，只是邵师傅含蓄，笑，也是抿着嘴，桂娘高兴，师傅已从悲伤中释放出来，她对舅舅好生感激。坐桌时外婆当然把客人分派，邵师傅推了几次也没推掉，只得坐下。外婆叫桂娘陪师傅坐，杨立却说："去去去，毛孩儿端菜去。"他竟自坐在客人身边，接着未聊完的话题又喋喋不休地说着，弄得邵师傅面红耳赤，避又避不开，不知所措。直到杨立看到母亲有些恼意才停了话语。

吃过饭邵师傅就急着回滩，她看到了老人不欢迎她跟杨先生在一起。其实，她只是感到跟杨立有共同的话题，又短暂地在外头没有对智障女儿的挂牵心无旁骛稍稍放开了点。她绝没想到提起往事这校友如此健谈，当年的学校生活，对纺织专业的共同爱好说起来都是喋喋不休。至于其他，邵师傅还没有其他意思，当然男人跟女人在一起，要说都是像左手碰着右手那样也是自欺欺人，特别有着共同话题又谈到忘情处总有些肢体接触，那感觉，肯定带着电。当她看到杨立连从凳子都要挤过来时，她的心才全部感受到对方的灵魂在对她灼烧。她惊愕了，加上老人的脸色，她礼节性地吃了几口饭就逃之夭夭了。桂娘外婆看着儿子给邵师傅夹的菜，像山似的置在刚认识几天的女人碗里，用筷子敲了一下儿子的头说："你中了邪吧？她是个寡妇。狐狸精。"儿子说："她是个女人。"老太太气得跑进房里哭去了。一顿饭吃得不愉快。桂娘放下碗筷来到外婆身边，倒在外婆怀里抱着腰没说话，头贴着外婆的胸口像埋在秋天的云朵里，外婆那急促的呼吸声像破旧的风箱发出来的，那声音说明外婆在变老，也有被气的成分，她伤心。桂娘想替师傅说两句话的，师傅绝不是狐狸精，连狐狸都不能算，不幸的婚姻造成的生活现状早已让她忘记了自己还只是三十来岁的女人，脂粉类的东西早已束之高阁，冰冷如霜的表情让对她美色垂涎三尺的男人视为雷池。她是个蛹，把感情禁锢在茧里，更甚者，根本不想破茧成蛾。但桂娘现在一句都没敢说，只是为师傅感到委屈。为什么寡妇想嫁工人就成了"狐狸精"呢？抚着外婆的背想着好多事。外婆也是二婚的人，第一个丈夫抽大烟抽死在外头。外公在她家造屋，偶尔能听到一个带着孩子的女人的叹息和抽泣声。他无意中朝里屋瞥了一眼，有些吃惊，这女人竟生得如此周正，满面哀怨时更楚楚动人。就这么干了七八天活的工夫，外公居然喜欢上了这寡妇女人。女人这孤苦伶仃地一哭，怜悯又加了要娶这寡妇的分量。杨瓦匠在她家造屋应该也只需十来天的事，但他的心走不了了，拖了双倍时间，就是找机会跟寡妇接触。总有收工的时候，他急了，干脆找来媒婆去说亲。媒婆临行时，他又悄悄附着她的耳朵说了几句话。媒婆知道他是铁了心要娶，笑他是"鬼迷心窍"。

外婆的公婆是开明人士，说只要媳妇想嫁，他们不阻拦，毕竟年轻。孩子带走不带走都尊重媳妇。但外婆不同意，说她看到小瓦匠，长得人模人样，又有这样的好手艺，想娶她是出于可怜，恩赐的男人她不嫁。媒婆说："姑娘，杨瓦匠生得有缺陷你不懂？腿瘸的！"外婆惊愕，说："我怎没看到？"媒婆说："他看中了你，还不想办法掩饰？瓦匠翻高上低的又不是练操，你看得出来么？但人好，有主见，纯女子不娶，他不拿一条腿害人家，称十斤的秤配称十斤的砣，要娶就非得带点缺陷。"外婆给媒婆说得笑了，说："这话是瓦匠说的还是你编的？"媒婆恨不得要下跪说："求求你了，我老婆子哪有这张好嘴？"外婆居然答应了，结婚后才发现外公不瘸，怕她自卑说自己是个寡妇不配不肯嫁，是骗她的。两人结婚后恩爱得很。

桂娘猛然坐起来了，她想到能成全舅舅的主意。外婆正在难过中，也不知道外孙女儿一惊一乍是怎么回事，只是责备孩子："怎么带回来个狐狸精？"桂娘真的有些生气了，说："师傅不是狐狸。"说着连招呼也没打就回去了，她不放心师傅。

第六章　终成眷属

桂娘在外婆跟前讨了个没趣，想回家搬救兵。她认为祖父能镇住外婆。桂娘回家把发生的事的经过告诉了二老。结果两人相互看看谁都没有说话，仿佛这事与他们无关，或者早已通晓。原来邵师傅给毛惠上坟的时候，老先生就站在杨立旁边，他看到年轻人不单为邵师傅忏悔和痛苦的真诚原谅了她，看她的眼神竟带着同情，怜悯，恨不得把这朵要入污泥里的花捧在胸前。年轻人动了情！他正和夫人说着这事，结果孙女就回家报了消息。老夫妻既欣慰又摇头，心想只是太快了些。古人说的"一见钟情"就这么来的？

桂娘着急了，问祖父祖母："你们到底是支持还是反对？要是同意就得镇住老顽固。"老先生笑了说："你说呢？要叫我说也得有个道理啊。"桂娘低下头扒着指甲，她低声地说："外婆也是二婚。怎轮到别人就说人家'狐狸精'？"桂娘不敢大声说，她真的感觉到师傅好，是个好人，好人就应有好报。她的眼泪出来了，抬起头来看着祖父祖母，似在乞求二老出面成全师傅，也似在控诉世俗对女人的不公，暗下隐隐带着对外婆的不满，同是女人，还曾有过相似经历，怎对待别人却拿起世俗的眼光评头论足的？

老先生看在眼里，知道孩子想的是对的，但世俗就是块顽癣，要根治不是一件三下五除二就能解决的简单事，孩子太天真。他叹了口气，对老夫人说："假如杨立是真诚的，邵姑娘应该要有个归宿了。"桂娘朝祖父感激地看了一眼，退了出去。

她来到里屋，还是没见师傅回来，老夫人进来了，说："不碍的，都是经历过多少生死劫了，事情来得突然，心里乱，肯定在哪个隐蔽的地方歇着。有些工夫，我正好跟你说说。奶奶晓得你跟师傅好，但婚姻的事你别给她们过多的操心，都是三十开外的人了，师傅的事由她自己做主。但你跟舅舅说，对师傅是认真的就好，怕就怕他把你师傅搀上船，半路上他上了岸。师傅是梅开二度，不能再有周折了。舅舅一上岸，你师傅就肯定跳河，救也救不活的。"老人忧心忡忡，摸着桂娘的头，看着窗外下起了小雨，轻轻地叹息，"这鬼天。"她从身后拿把伞给桂娘，说："去吧，我这是说说，有些杞人忧天。"

桂娘寻了好多地方不见师傅，她又想到舅舅书房。天已黑了，桂娘来到外婆院子门口，大门半开半掩。狗子大黄站在檐下抖落着毛上的水，一看就知道在哪里跟朋友玩没能及时躲过雨劫。见桂娘来了，摇摇尾巴，算打个招呼，坐在门旁舔着身上的水珠。它跟她熟透了，去面店肯定能叼根带肉的骨头。外婆的房里灯亮着，娘已走了，外公回来了，两个花白脑袋像皮影人头在窗户纸里像啄米的鸡，一个急中风，一个慢郎中，一个唾沫四溅，一个扬汤止沸。两人在争论不休，桂娘晓得外婆在对老瓦匠外公诉说师傅的不是。她放心了没进去，知道外公鬼点子也多，软硬兼施，外婆会摇白旗的，外婆不是外公的对手。

桂娘踮着脚悄悄地来到舅舅窗前。师傅果然在这里，窗户纸上也有两颗脑袋头影子在摆动，只不过演的文戏，外婆那窗户影子上演的是一文一武。师傅还是捧着书看，舅舅的头老借在书上指指点点往飘着秀发的头上黏。师傅在退，舅舅进，像盯饭的苍蝇。桂娘了解师傅的心情，久违了的书对她来说像他乡遇上的故人，家里那些被蒙上厚厚一层灰的书籍不是不想看，是生活像层屏障把两"闺密"无情隔开。桂娘对舅舅的"不要脸"羞得用双手掩着脸不想看，窗户里一声"别"附带着书抖落在地上的声音才让她放下手来，发现师傅在舅舅怀里挣扎，脸别在一边。桂娘重重地咳嗽一声想给师傅解围，还有层意思是警告舅舅：不带这样欺负人的！结果她发现没有效果，师傅投降了，贴在窗户纸上的两个葫芦影子叠到一块去了。桂娘羞得飞快地往外婆屋子跳去，黄狗不知道朋友遇上什么事情，蹦跳着追过来。

外婆屋里的灯刚灭，一股煤油味从窗棂缝里飘溢出来。还没等桂娘喊，外婆就知道是外孙女的脚步，说了声："死丫头，我以为你再不来外婆家的呢，就不晓得下雨？"老人开门让桂娘进来，再点燃油灯，才发现外公拿着芭蕉扇靠着床头也没睡。他把春天当夏天在扇风啦。桂娘好奇，说："外公，就这么热？"外公嘿嘿嘿地笑着说："不扇不得了，我不热，你外婆热，热得要着火哩。"桂娘看看外婆，又看看外公，"噗嗤"一声笑了，她放心了，知道外公已经拿下"敌城"。

桂娘接过外公的扇子对外婆扇起来，外婆说："你爷儿俩要冻死我啊？"抢下扇子丢在踏板上，说："去去去，谈可以谈谈，可千万别谈谈谈谈就谈到床上去了！我杨家可丢不起这个人。"外公俯身拾起扇子轻轻给了她背上一家伙，说："你怎么跟伢儿说这话的？就不会紧紧口舌？"桂娘被外婆赤裸裸的话弄得满脸绯红。门没关，狗早进来了，围着桂娘转。外公说："我出去抽台烟，你陪外婆上床，说说话。"老爹出门去了，影子在月光里拉得老长。背驼了些，早年的英俊留在给人家砌的墙里了。外婆看着眼睛有些发红，桂娘给外婆捏肩，说："外婆，别老欺负外公。"外婆别过头去，半天说了一句话："你小东西跟你娘一样，也帮他说话，他是我能捏的柿子吗？"鼻腔里已发出了嗡声，还开始抽泣，"你，你外公，还有你舅舅你娘，一个个联起手来欺负外婆，就怪你带来个……把那女人带回来了。"桂娘出了一身冷汗，外婆终于把"狐狸精"三个字收回去了。只是手紧了些，外婆"嗳呀"一声喊疼说："死老头子进来进来，你外孙女儿要谋财害命！"

外婆总算静下来了，抓着伢儿的手想说话，桂娘抢着说了："外婆，我说您老什么好呢？舅舅没女人谈，您老难受，如今有个女朋友还不一定谈对象您又难受，可不操心？他们不是我，是大人了，分寸自己要掌握的。"老太说："对、对、对，不是你，反正你的那个现成的，飞不走的。"桂娘稍用小力捏了下外婆，她心里甜美得很，外婆的话她好受用，知道说的是她跟王浩的事。老太"嗳呀"地叫了一声，说："都大人了，你也晓得怕丑！不知道你爷爷什么时候帮你们办，你大舅就是我十三岁生的。"桂娘这下真捏重了："叫你说！"老太太对门外高叫："她外公，你进来，细东西真的要谋财害命了！"

老头在外头痴痴地笑。老太是个好女人，寡妇再嫁时得有多大的勇气，外还带着孩子，那孩子就是桂娘的娘杨素。她怕自己一时糊昏了心娶了她，过一阵子就后悔，她就没日子过了。婆家回不了，娘家绝不要，过了这多年了，还疑神疑鬼的怕他休了他，他就处处顺着她的心让她"欺负"。他倒希望外孙女儿常来走走。这孩子不是素儿的骨肉，可是懂事，让人疼让人亲。他听桂娘在屋里劝老太："外婆，舅舅的事你别管，我看倒蛮合适。都是有文化的人，又学的一样学问。"外婆叹口气，说："外婆不古板，关键是……关键是……给人家要笑话的。再呢，立儿现在看中了人家，要是过了阵子有了想回头的念头，那就把你师傅的这一辈子彻底毁了。"桂娘听了一凛，外婆跟爷爷怕的是一样的，她真得问问舅舅。外婆招招手，悄悄吩咐桂娘："嗳，去看看。"桂娘抿嘴笑，没有嘲讽外婆，下床向外走去。出门指着屋里的外婆跟外公做了个鬼脸，悄悄来到西屋老地方。东窗的灯火刚被吹灭，也散发出来煤油气味。她不知道什么时分了，该不该敲门，她知道偷听人家说话是不光彩的，可自己却站在人家窗下，这样一想，自己倒弄得满脸通红，她急退出几步来到篱门前，屋内突然传出了师傅的声音："不行，这样不行，杨立，你让我想想……"桂娘紧张极了，两腿打晃不知走还是不走。随着一阵屋门被猛地打开，师傅冲了出来了，舅舅紧跟在后面，慌叫着"邵媚、邵媚，你听我说、你听我说……"。两人出了门都看到了站在黑暗中的桂娘，猛然站住，装着糊涂。桂娘说："嗬，都出来啦，我才到呢，天刚放晴的，怎又打起雷来了？"她上前两步，师傅衣裳凌乱。桂娘这才晓得师傅叫什么邵媚。她拉着师傅的手，对杨立说："舅，天也不早啦，我带师傅回去了。娘在瞭。"邵媚低着头不敢往门外走，外公就坐在门口纳凉。老瓦匠看见儿子跟桂娘师傅出来了，早向屋里走去。桂娘说："外公，我带师傅回去啦，你早点上床，下半夜了吧？""这就走啦？"外公在黑里说着客套话。桂娘勾着师傅腰的那只手在师傅的肚皮上点了点，意思是你得打招呼啊，别露馅。邵媚对着黑通通的门里打招呼，说："外公，我走啦，早些睡。"边说着话，像偷着什么贵重东西似的急切地朝门外溜去，桂娘像她挂在腰上的油瓶，连拖带拽着走的。直到看不清杨家院子大门了，她才停下，桂娘一放下手，齐眉的短袖褂子门襟被风吹开。她回头朝外公家望去，听见外公在说着舅舅："儿啊，说你什么呢？回屋去，好好想想，为父长着眼睛。"杨立说："父亲，绝不是你想的那样，我……我得跟桂娘师傅说几句话。"舅舅追出来了。邵媚像身后追来了狼，丢下桂娘跑了。桂娘干脆不走，她已看到舅舅过来了。

杨立一看只有桂娘一个人，焦急地问外甥女："师傅发火了吗？你怎不陪她走的？"桂娘说："没看她发火，听到你的脚步声，她自己慌慌地跑的。"杨立问："师傅说什么了吗？""没有。"桂娘边回话边打开伞，天又飘起了雨。杨立说："我送你回家吧，想跟你师傅说几句话。"桂娘没作声，只是问："舅舅，你了解我师傅吗？""说了些，你说给我听听。"两人走到滩上的砖砌石拱桥，天开始放晴。桂娘收下伞，望着自家的院子，她跟师傅住的小屋的灯就没亮。桂娘知道师傅像惊恐的兔子，躲在黑暗中喘息。

桂娘正想跟舅舅说师傅的故事，河下开始有了摇橹声，鱼鹰船纷纷向渔摊行来，天要亮了，渔摊主范六拎着秤在码头上等，打的鱼交给滩儿上就了事，然后躺在船头盖着脸睡上一觉，等蒋六卖掉鱼下来给钱。

杨立没心思听故事，他关心邵媚惊慌失措地从他屋里跑出来和外甥女怎说的。桂娘盯着舅舅焦急的眼睛，说："舅舅你说实话，可曾做对不起我师傅的事？"她在想着师傅出门时狼狈的样子。杨立急了，说："我对天发誓，要是……"桂娘掩他的嘴，她知道舅舅的为人，绝不是口是心非的男子。她说："那为什么师傅身上……"桂娘说不下去，她还小，好多男女之间的事只能简单地意会，更羞于出口，只是用狐疑的眼神看着杨立。杨立也没法把真情说给桂娘，他不好说，桂娘是外甥女。他心上在嘀咕。两人说得投机，又靠得那样近，恨不得头抵着头，天热，你师傅身上散发着诱人的女人味，是我不好，情不自禁地闻了她白皙的手腕，没想到她像被蜂蜇了一下神经质地抽搐，我慌了，不知怎样解释，她却没有发火，仿佛像中了邪，愣愣地看着我，还向我又靠近，我有些慌张，说天好闷，就去床上找纸扇子，转身时，她已解开颈下的纽扣，也说："真的，怎这么闷？"灯光摇曳，你师傅好美！唇红齿白，颈下露出那部分简直是玉。我痴痴地看着，心跟着摇曳的火光狂躁地蹿动，节节骨骨在燃烧，我像个醉汉晃荡着脚步想抱抱她，你师傅迟疑了一下却没躲闪，我犹豫不决的时候她的眼眸子里开始泛出蓝光，嘴角在抽动，身体在抖颤，似渴望我去做些什么，那神情有着不可自控、迫不及待、如饥似渴。我迎上去了，她扑上来了，两人都像视死如归、扑火的飞蛾。那时候外头正电闪雷鸣，我们浑然不知，她紧贴在我的胸膛上下蹿攀，仰头喘息，我……对，我想起来了，她的那两条纤细的双臂像一对白蛇缠得我透不过气来，我大脑里已没了知觉，只觉得周身膨胀得要爆炸，像落水者狂抓乱舞。突然一道闪电，她像被电蜇了一下，惊叫一声跳开了，向门外冲去。再后来，再后来，你都看到了。

　　一场如梦的经过在杨立脑海里过了一遍，他只是看着桂娘迷茫不解的眼睛，没有说出口。嘴里嘟嘟囔囔，反复说着"我真的没做什么，我真的没有做什么，我也昏了头……你把师傅叫出来，我道歉……""奇怪，你没做什么，你为什么要道歉？"桂娘看着如痴如醉的舅舅又不解又可怜。她断定，两人一定做了什么，或许都是对的或许都有错。她还小，绝不知道受感情支配的行为不是一加一等于二那么简单。她只是说："舅，你理解我师傅吗？才认识几天啊？"杨立说："我们挺谈得来的。有共同话说就行了。"他忽然想起来了，桂娘说她师傅，仿佛还有故事没全说。想问时滩上已热闹起来，蒋六的渔摊上涌满了人，渔舟走了，他们夜里捕的鱼全在蒋六的渔盆里哭泣，生命对它们来说，到了尽头，盯着它们的买主不是在夸耀它的美丽，是在和蒋六商量买回家是煲汤、清蒸、还是红烧；蒋荣青的肉摊前还是挤着三五层的客，只是不往前靠，总是跟肉案保持着三两尺距离，不像渔摊前买鱼的，谁都不想当第一个买主。

　　杨立叹了口气，这时候追到姐姐家也不合适，面店也快上客了。他对桂娘说："你说吧，打断了你的故事。"桂娘说："师傅她结过婚。"她没头没尾地来了一句，不是接前面的故事来的。"舅懂。"杨立回答，只是好奇。桂娘说："她不能再生伢儿了。""……"桂娘指着愕然在那里的杨立说："蔫了吧。还没弄懂人家是怎么想的，就要做夫妻，你还行，我师傅是女人，一个离了婚多年的女人，你们的共同话题多了，可做夫妻又是另外一回事，本来心早死了，遇到你，死灰复燃，但终归不是年轻人，想得多了，她不能再经折腾了啊，舅舅！看你，一提不能养伢儿你就蔫了吧。"

　　师傅和桂娘本来还能待几天的，天一亮邵媚就急着要回唐闸，老先生一家劝留无用，只好备好船送她走，桂娘不放心，执意陪师傅乘船离开了家。船是杨立小学姓马的同学的。初小读完后，家里供不起马同学续上，就学了行船。风里来雨里去，算得上滩上的弄水好手。租的刘三和的一只客船成日就停靠在杨家那湾岔河里。他和杨立打小儿就好，杨立和邵媚的事他夜里才知道的。师傅决定明天回唐闸，桂娘和杨立分手后就去马同学家，叫他把消息告诉杨立。

　　马同学亲自驾的船。转弯就奔大港。坐在乌篷里的桂娘看着对面的师傅心好疼。好端端的一个美人，一副失魂落魄的样子，显得楚楚可怜。桂娘只是回头看着滩上，家门口的桥慢慢地远去，看桥上的行人已模糊不清。桂娘心中十分焦急，难道马同学没给杨立带到信？她看看马同学，还咳嗽一声，马同学像什么都没看见，什么也没听见，他摇着他的橹。前面就出滩口了，转弯朝南是去唐闸的方向。已听到通扬河翻腾的浪涛声，艄公马同学搁起了橹，已在挂帆。师傅掀起背后手绢大的窗户上的一块挡光布朝外看去，马路上挑担的、提篮的，熙熙攘攘、人来人往，但她似乎很失望。她放下窗帘，带着惆怅把早晨的太阳光堵在外头，她不是在堵光，是在赌气，桂娘坐到师傅身旁，倚在师傅胸前，抬头看着师傅想找点什么话说说，可师傅看着乌篷顶不想说话，桂娘心疼自己为师傅做错了一件事。

　　师徒静静地相拥着，放弃了希望，等待着船扬帆起航。但不知何因，马同学坐在桅杆下迟迟不升帆，仿佛扯帆的葫芦出了故障。船像一匹放牧的马，在微浪的水面上信步由缰。桂娘好惊奇，想问马同学，突然船向外侧了一下，乌篷门口落下个人来，没等来人躬下身子，桂娘看到了她最熟悉的浅蓝色裤腿和脚下回力牌白色运动鞋。"舅舅！"桂娘从篷舱内跳了出来，不是马同学用竹篙抵得着力，小小的乌篷险些弄翻。桂娘问："你怎到这时候才来？"马同学斜靠在桅杆上笑，他看着杨立说："你人是上了我的船，那送你来的船工钱你还没给呢！"桂娘这才转过身来看到了要离去的鱼鹰船，王汉林坐在船头上吆喝着抓鱼的鹰，顺着马同学的话说："船工钱不急，倒是喜酒不能少了我老汉。"杨立抱着拳连连作揖："林叔，帮我留一对青鱼！"

　　桂娘拉着杨立说："舅舅，你答应林爷喝酒倒爽快，可曾问问别人？"杨立摸了摸外甥女儿的头，走进了船舱，早站起来的邵师傅，脸色苍白，浑身抖颤，特显得不知所措。杨立抚着她似乎发冷的双肩，低下了头，男子汉的嘴唇凑近了女人的前额，邵媚再也自持不住了，软瘫的身体依偎在杨立身上。

第七章 叶落归根

杨立跟邵媚在唐闸结婚的那年冬天，大生公司根据业务状况开始裁员。邵师傅叫桂娘跟他们一起去杨立就职的上海一家工厂去。桂娘放不下家，老先生身体每况愈下。他们只好去了，师徒俩依依不舍，杨立搀着斑鸠、扶着邵媚登车去了，桂娘哭了，她看着师傅有了归宿高兴。

公布解聘员工名单的榜上一共1200人，桂娘不在其内，堂姐王珍却在列，可是王珍已怀孕。桂娘住在邵师傅家，陈妈家那东头的屋子就王珍一个人了，陈妈又忙，无暇顾及，王珍和同班的小管师傅偷吃了禁果。王珍处朋友，家里绝不知道，王贵夫妻只盘算着收入，等女儿在唐闸做了几年家里有了些积蓄，那时女儿也大了，在滩上找个吃得住苦的男孩入赘到王家，做豆腐的营生就能交班。夫妻俩绝没有让女儿嫁出去不回家的想法。况且王贵奶奶是个视名声为命的女人，要是知道女儿出了这等丑事那还不出人命?!王珍怀孕，桂娘和陈妈浑然不知，等解聘名单公布了，王珍跳河寻死，小管把她救上来一问才知道情况。陈妈跺脚，先恨自己关心得太少，然后说姑娘太糊涂，这不是瞒得长久的事，她看着王珍的肚子就想着陈山，心里永远去不了的隐痛。王珍抱着陈妈，说不想活了。因为小管的父母可以接收孩子，但让儿子跟王珍回滩是万万办不到的。陈妈也不晓得怎么办了，唯一的办法是回滩请老先生劝导王贵，放女儿一条生路，成全了他们。可是让王珍挺着大肚子回滩，王贵夫妻是永远抬不起头来了，但不回去留在这里没有工作也不是个长久之计。桂娘沉思了半天，对陈妈说："姨娘，您老人家去上面疏通一下，我的名额让给珍姐。"陈妈跟王珍以为听错了，愣愣地看着桂娘，这饭碗不是只简单的瓷碗，里头含着金子，特别是对女人，在外头能挣银子，那是不得了的事!女人在大生做工，就等于祖上烧了高香。自从桂娘那批孩子进了大生，后来再没人能"位列仙班"，为这事，大富的父母刘布奇和三娥打得不可开交。他们算了一笔账，要是大富不回来，做上三五年，拿回来的大洋回滩能买十来亩好土地。三娥把怨气全泼在刘布奇身上，说他鼠目寸光，其实是谁的过错王老先生最清楚，那时间大生少人，不同意大富辞职，因为公司需要熟练修机的男工，大富是个没主意的孩子，父叫他别回去，在滩上挣钱不容易，他有亲身体会，在滩上剪个头一角五分，一个月也挣不到四块大洋。但三娥坚持要让儿子回家，说毛惠事件证明工厂不是安全的地方，是她软硬兼施加恫吓，人事科才放行的。

桂娘不到万不得已的时候不会出此下策的。不这样，怕是又一条人命回不了滩去，王家岂不成了千古罪人？她左思右想，决定牺牲自己成全王珍。三年相处，陈妈知道姑娘的脾气，桂娘决定的事，用邢磨坊养的三头牛都拉不回头的，只是说："我试试看，也不知道行与不行。"她还想给桂娘留条缝隙。桂娘知道陈妈的好心，依在姨妈胸前摇摇头。陈妈眼泪都要落下来了，她是个会计，又是个过日子的家庭主妇，知道这孩子一慷慨解囊，不仅是少了大洋还丢了前程。她叹了口气，去了公司人事科。桂娘和王珍都如释重负。王珍抓着桂娘的手不知道说什么好，桂娘像没事人儿似的说："姐，你一夜没困，好好歇息，我到街上转转。"真的要走了，她恋恋不舍，只是不好跟王珍吐露。她到半夜才回来，陈妈一家还有王珍急得团团转，一看孩子回来了才放下心来，也没问，其实桂娘的眼睛已告诉了大家，肿了，她沿着三年前来时的路上转了半天，最后倚在码头前牌楼上痛哭了一场。

桂娘主动辞职回家时，母亲杨素生了一个男孩，眼下又怀了胎。晚年得子王家当然欢喜。但添丁就添口，日子已是日不敷出。本来桂娘的工资早已成了家里日常开销不可少的一部分，现在有些难了。桂娘跟父亲王洪说，她想养猪，看着店里的下水大手大脚地倒在河里实在可惜。王洪看着女儿，心里暖暖的。儿子王浩在读书，王洪成了家里过日子的顶梁柱，眼见得挺不住了，女儿回来又是欢喜又是愁。他点点头，说："为父无用，为难了孩子。"第二天就约了蒋荣青去镇上买猪苗。晚上回来的时候，桂娘没看到车上装着小猪，却坐着个如花似玉的女人。车后跟着西装革履的男子，杨素认得是被老先生留在家中的流浪人修锁匠刘福贵的儿子刘林。坐在车上的女人抱着一只沉甸甸的皮箱，刘林手拿着大盖帽和走在车后的蒋荣青谈笑风生。

杨素赶紧进屋向老先生报告，说灶后老爹的儿子回来了。老先生一愣，这孩子都走了五六年了，杳无音信。两年前的冬天，他父亲刘福贵来面店讨饭，王洪搀扶进来让他吃饱喝足，他看着面店灶后，竟睡下不走了。老先生也没赶，在灶后收拾了一下让他住了下来。现在他儿子回来了，老先生为他高兴。家里毕竟不同过去了，日子过得捉襟见肘。家里马上要添丁了，王洪夫妻有些怨言，老先生不说一句，吩咐家人不得怠慢，好似店里多了个常客。他也是没有办法，像吞了只苍蝇，加上刘福贵仿佛有些装痴卖呆，成天不言不语，他自我安慰，归咎于思子得的心病，心中不快只是不说罢了。这一住算算就半年光景，请客容易送客难。刘林回来了，老先生总算松了口气。他吩咐夫人说："烫壶酒，给孩子接风洗尘。"

他来到门口老远就打招呼说："林儿回来啦！可喜可贺哇！"他指着刘林扶着下车的姑娘，说："这姑娘是……"没弄清楚他是不会冒失的。刘林高叫着伯父，说是你侄媳妇。姑娘下车了，恭恭敬敬地叫了声"伯父"。老先生说："快进屋啊，多周正的姑娘。"刘林说："不啦，我们回家，明天再来看您。"蒋荣青说："回个屁家，你那几间房子倒啦，倒长得一水的好草。"刘林愣在那儿，问了声："那我老爹呢？""还记着家里有个老子啊，你个龟孙！"灶门后一直不愿动弹的刘福贵蹦了出来。王洪说："林弟，你家的房子倒塌了，老人家一直就住在这里。"刘林呆若木鸡，看着那女人。他成了无家可归的浪子，只好把皮箱从车上提了下来，跟大家进屋。

老先生问刘林，这几年在哪发财，刘林说先在扬州被政府军拉了兵，兵当了三四年，就溜出来跟朋友一直在淮安那里做些布生意。老先生心想，怪不得手拎着大盖帽，原来当了几年兵，只是不晓得在哪个部队，再问时，刘林支支吾吾也不想说。老先生心生疑虑。刘林夫妻就这么住下来了。第二天，刘林一大早就起来了，他说夜里跟太太商量，出外也寻些钱，请洪哥帮个忙，在滩上选个地方盖房。这也正合王家人的意。桂娘回家了，本来刘福贵不走就不太方便，就一口承诺说："只要林弟信得过，我来帮你操办。"王洪趁第二天去滩西买肉，打听木匠活儿这方圆几十里谁最行，刘裁缝说荡西李三。一提李三，大家话就多了，原来李家还挺有名气的。李三父亲早亡，木匠李三就剩下寡母和哥哥。李三打了一只船，船停靠荡西河下，岸坎上搭了个土墙房。岸上去不了的，田是地主顾家的，就这点地方，还是李三答应每年帮顾家做十八个木工活儿才给搭的。李三聪明，十三岁跟蒋荣青的伯父蒋五老师傅学徒，三年出师，还要"送"师傅三年，说白了，就是帮师傅白做，不拿工钱的，投师纸上写好了的，有"中"有"保"。学徒三年，李三什么都能做了，等出了师，蒋五接活儿李三做，还让他露了大脸。他胆大心细，性子稳，造房起屋、钉船、雕花、圆料、方料、粗料、细料不回，不懂的问师傅，师傅不说自己捉摸，他做得风生水起，名气越做越大。东家喜欢了，发赏钱，李三拿了赏钱，一半给师哥师弟，一半给师傅。三年送师，人见人爱，蒋老木匠的活儿越来越多，但多半是冲着李三来的。如今李三早已离开师门，自挂了招牌，背着锯斧带着三四个徒弟，走滩东、串河西，女儿滩上李三的名气不下杀猪的蒋荣青、放老鸦的王汉林，烧饼店范五，铁匠毛平，但木匠就是木匠，说起房钉船，木匠里李三名声很大，就像杨素的父亲老瓦匠，和医生高深海不好比大小一样，只是这世道上三教九流，手艺人上不了台盘的。虽然少了他们一天都活不成，没办法，没人认，三教九流里入行也像梁山泊英雄排着座次。

荡西小木匠李三，王洪也早有耳闻，只是还有些不放心，让街邻七嘴八舌这么一番夸耀，也就想见见，英雄不问出处，他提了肉正要走时，只听人圈外的铁匠毛平高声说："洪弟，李三来了!"大家回头一望，一个六尺来高的青年人向肉铺子走来。范五"嘿、嘿、嘿"地对着王洪笑说："说曹操曹操到，不是来了吗?"王贵说："你应该说，说烧饼、烧饼到。"蒋荣青说："说拉稀，郎中到。"他们两个只要碰到范五就要说两句，记着被他奶奶凤仙花徐碧弄得挺尴尬的"深仇大恨"。范五性子好，晓得蒋荣青的话中话，不计较，朝肉摊旁的树杈上看看，那儿挂着猪尾巴，意思明白得很，你那头上的"猪尾巴"被你奶奶薅了!他不说话，心里在说，兄弟啊，你们是恩将仇报，不念着我的好还损人。他眯着眼睛笑，他不会跟人干嘴仗的。他拉着李三的手拖到王洪的跟前："侄儿，来见见人，王洪叔正要找你哩。"李三来到王洪跟前问了声"叔好"，没等王洪回话，又扭头朝着肉摊上打招呼："师哥，你忙。"蒋荣青是他师傅蒋五的亲侄儿，青侯不是学的木匠，李三也得叫他"师哥"。王洪心想，这年轻人蛮晓得理套的，出师这么多年，还记着师门的情分。他上下一打眼，小伙子唇红齿白，脸也白，浓眉大眼，宽额角、方下巴，一头乌黑的短发硬得像刷子。上穿无袖白布紧身衫，腰系深蓝三道打腰带，下着大筒短身藏青三尺腰裤，脚上布袜、圆口老布鞋，行虎步，有些外八字，说话响亮。眼神透出豪爽、谦和，诚厚，讨人喜欢。李三说："叔来买肉啦?"王洪"嗯"了一声，还是看着李三，但没想到他喜欢的小木匠以后就成了他的女婿，这是后话。王洪说："小师傅可能借步说几句话?"李三说："行，叔吩咐。"边跟王洪向外走，边回头对蒋荣青说："青哥，我娘心里潮着，想吃点肥肉，先把我留块，我转来结账!"王洪拉着李三到面店坐下，就把刘林要建房的事说了，问李三可能接下来。李三一口应承："叔们看得起我三儿，感激还来不及呢。"事情就这么定下来。风水先生帮选了个日子八月二十二，房地就在河东药店李晨的正对岸。笔直的滩岸，到了这儿伸进去一块地，约七丈远去了，上面野柳沿堤丛生，芦花连成一片。风水先生有一说，这地是个宝，叫"龙饮水"。

八月二十八，秋高气爽，卯时刚过，辰时接上，刘林房地上，六十四响"二踢脚"爆竹在空中开了花，挂在杨树上的十二条二百响鞭，像十二条火龙，在爆炸中狂舞，飞蹿的火星如同天女散花。王洪和李三，亲自到刘桥镇上的"三和"木行的水排上，挑桶口粗的福建产杉木。七架梁、排七柱结构的屋，七十七根木头，又拣粗的，刘三和为他们拆了"排"。糯米汁砌墙，白灰带线，长出山、大弯脊、高挑飞檐出八尺。这气派，真让人眼馋。三娇赶到现场一看，回家把赵二骂得抬不起头："你个挨千刀的杀货，比比刘林，人家娶老婆住高楼大厦，我跟上你住的鸡窝，放个屁像在地震。人家锅里煮着鱼肉，我家满锅头发。连马桶盖子上都沾着一层。抬屁股擦屎，你儿子说我像稀毛秃子。人比人，气死人，你去西荡找棵树吊死算啦！"

天黑了，刘林跟王洪回到王家。吃过晚饭，老先生留下了二人和老爹刘福贵，说想跟他们说说话。儿子回来了，老头也没病了，老先生叫老夫人又挑了几件自己从来没穿过的新衣给了刘福贵，老先生吩咐王洪烫了壶酒，漫不经心地跟刘林拉起家常："林儿建这么好的房子，花不少的钱吧？外面的生意好做？"刘林似乎不想说外头寻钱的事，只是说："伯伯！你老人家别管了，只是往后要用钱，侄儿我全包！"老先生一阵沉默。吩咐洪儿，天不早了，送刘林去房里睡觉。自己草草洗漱就上了床，老夫人看先生翻来覆去睡不着觉，刚有好转的咳嗽又复发，晓得先生有了心思，也没问，夫妻一场，丈夫想告诉她的话，你不问他也会说的。"刘林财路不正。"老先生睡前就只说了一句话。

第二天早晨，老先生吩咐王洪、刘林："和李三说，开工了，场上散落，不怕君子，小人得防，赶紧搭两间简易房给林侄儿一家住着，又监工又看场。"刘林说："大伯，我已和洪哥说了，请人看更，多付点钱罢了。"老先生说："不行，伯伯这里还有个情由，万万不敢再留贤侄。"老先生说得斩钉截铁。连王洪也感到不解，怎么父亲下起逐客令来了？正要打个圆场，却被父亲扬手打住。刘林有些想法了，老先生家生活上是不宽裕，莫不是忙着忘了给生活费在发牢骚？工地又没人能说说话，烧煮都得自己动手，哪儿有这里舒服。想了想，跑到房里向太太要钥匙开箱子，随手拿了两根金条回来放在手上说："老伯，不就是钱吗？这下可以了吧！"还没等开口，尾随在身后的太太伸手想取回一根，笑着说："伯伯，先给一根吧，最后结账再添。"老先生给他夫妻这么一来二去，气得浑身发抖，脸色苍白，晕了过去。

听到祖父在灶房里和刘林争什么，桂娘放心不下跑过来一看，大吃一惊，抱着老人回头喊祖母。老夫人懂些医理，赶来一看，吩咐孙女儿放爷爷平躺下来，嘴里塞了几粒麝香丸，含着泪说："他父，你是不是有些杞人忧天了？孩子们已在起房造屋了，上梁那天还准备请你去喝杯酒呢。"刘林万没想到弄成这样，讨了个没趣，拿两根来，女人还要抽走一根，不是在明里打人家的脸嘛。他感到十分歉疚，帮助王洪把老人抱上里屋去。但心里也有不满。怎么发财，发谁的财，真的包藏祸根的财，我敢拿回来吗？女儿滩天高皇帝远，没人寻到这里来的。

　　第二天高海天来了，他知道了昨夜发生的事情，对刘林说："我是个郎中，人家挺着大肚子快要生了，你们在这里确实不便，叫李三抓紧赶着先搭两间你们搬过去。你们先搬到我的医馆里住下，我就在隔壁拔牙的吴二店里凑合几天。"刘林连连点头，说那就打搅了。夫妻临走时老先生拉着刘林的手问："能听老伯一句话？""您老吩咐。""不义之财，归原处，千万别花；属你之财，放暗处，开源节流。为伯已属待去之人，话无恶意，如不中听，莫放心上。"刘林点头，谢了王老先生，带着老爹和女人走了。

第八章　浑浊世界

刘林是刘福贵的独子，家里穷，父子俩修锁谋生。修锁的台子紧靠蒋荣青的肉摊。肉摊靠着学校，沈先生教他跟蒋荣青识两个字，他学得进，能跳着字看懂书报，蒋荣青就不行，杀猪的"刀"和刀上的"刃"，还有杀猪要把力气的"力"分不出来的。更别把烧汤烫猪毛的"汤"和"烫"拿出来考他了。谁笑他还恼火："汤不烫还叫汤？叫水吧！"在滩上修锁生意不好，没有多少富户。穷人家外出不锁门，里头门闩却少不得的，不是怕家里被贼偷了东西，恰是怕人莽撞进来屋里有穿得松散的女人。刘林娘守不住贫寒，儿子还没断奶就离家出走，有人看到她在扬州给人家当奶妈。刘林长大了，看着从桥下过往的商船，就想离家外闯。十六岁那年，他拿走父亲所有钥匙铜坯卖了，帮去扬州的船背纤北漂找娘，其实连娘的样子他都不知道。上了岸刘林举目无亲，也不知老娘在哪里，幸亏有个修锁的手艺，买了副钢叉竖在胸口，上头挂一串匙坯、三五把旧锁，随着行走，锁和匙坯在权上碰撞出响声。这就省了招呼，大街小巷里都晓得修锁的在门口。要是谁把他叫进门来修锁，他就打听有没有带卷舌口音、"父"叫"芽"，骂人叫"背锹儿"的通州女人在哪家做佣人的——还做奶妈是不可能的了，她娘过了年纪，应该早挤不出奶来的。刘林嘴甜，又长得秀气，像唱戏的奶油小生惹人欢喜，滩上人说他像漂亮的母亲，多少还有些生意，但也只能糊口。到扬州城的第二年秋过，茫茫人海找母亲已是不可能的了，又不想就这么混，可去哪呢？刘林无精打采地举着权子心不在焉地来到了城西口彭家巷58号，大门"吱昂"一声开了，出来个老者，打量他半天，把他招呼进去说有锁要修。院子挺大，他拿着锁心不在焉，三拨两拉，弄断了锁簧，这才猛然一惊不知如何是好。老先生在旁边看着摇头，说："青年人，你有心思啊。"刘林埋着头："嗯。""哪里人？""通州女儿滩人。""家里还有什么人哪？""芽。""回去过年？"刘林摇摇头。老者说："我有条路，不知你可愿意走，有吃有穿，说不上还有个前途。"刘林眼睛一亮，连忙放下手中的锁，跪在老人面前："老伯伯，如有一条好道，你就是我的再生父母！"老人把青年人扶起："你不要行重礼，这是两厢情愿的事，你愿意走，有你的前程，也是帮了我的忙，不要你谢，我也不谢，两抵。"刘林感到奇怪，站起来问到底什么事？老人说："你坐下听我说。"

原来老人有两个儿子，都在"丁"的年龄，按政府规定，两丁抽一，他两儿子必须有一个去当兵。他不想让儿子去，想叫刘林代役。老者说："你要能代劳，我可向在部队当师长的亲戚荐举，你动身时老夫修书一封，分到他下面，说不上还能混上个前程，到时衣锦还乡也是可能的。另外，老夫再给你一份银子算是酬谢，你思量思量。"刘林一听大喜，连忙磕头称谢。老者"呵、呵、呵"地笑了："这就有劳贤侄了，以后可是要以一家人相称才是，遮人耳目，应付官场，来来来，请坐，咱们爷儿俩从长计议，那锁你就不必赔了。哈、哈、哈、哈！"刘林也跟着"嘿、嘿、嘿、嘿"地傻笑不停。出门几年，第一次这么笑。

刘林顶老者大儿子顾介成的名，由老者当师长的亲戚指名来到淮阴小王营当了兵，说是他的侄儿。团长姓陆，欣然接收，见刘林长得也是眉清目秀，样子机灵，一高兴，对着刘林胸口就是一拳："好小子，我那些细皮嫩肉的贱货，怎就生不出你这样的种？罢了，你叔叫你过来，我可不能真的叫你弄枪舞刀的当个毯兵，就在我院子里混。对外就说，俺是你老子！干的湿的随你说！"一问刘林还粗通文墨，更是高兴。刘林脑子灵巧，逢办差一开口就是："我干芽吩咐……"后来就干脆改口称"芽"。先是勤务兵，后升副官，三年一混还弄了个警卫连连副。刘林大盖帽一扣，扎上皮带，背上盒子炮，确实人模狗样。团长真把他当成儿子了，家里事儿一概全托他办理。太太、姨太太看他嘴甜也都喜欢，跟着男人叫，没"儿子"不开口，成了"母子"就不怎么避嫌了，买件贴身衣裳也敢当着刘林的面换。只是刘林毕竟年轻，又来自乡下，碰到这样的事他总把脸转过去。太太、姨太太们窃窃嬉笑，知道他还是个雏，干脆有意在他面前摆弄风骚了。

团长叫陆国栋，五十来岁年纪，这个年代，手里有部队就能像螃蟹横行。他在淮阴城里欺行霸市寻钱，欺男霸女玩女人，有了枪就有了一切。他说："只要老子跺跺脚，三十万人的淮阴城能地动山摇！"他有十个妻妾，叫"十全十美"。原配费氏贤淑、忠厚，男人不识字，但会做官，男人变了，变得她不认识，对丈夫心灰意冷，就成天吃素念佛，但她只是不争，要惹急了她也会发威的，她有资本。她养的儿子在广州总统府行营里当侍从，高文化，在日本留过洋。

刘林要是本分，还真的能衣锦还乡。但他没办法本分，一个在染坊讨生活的人皮肉上不沾蓝黑是办不到的。陆国栋就是个例子，除非改朝换代。刘林的"差"其实都在团长家当，当的是"等差"，九个姨太、一个正室，每人差一桩事就是十桩。女人们规矩倒也罢了，上梁不正下梁歪，陆国栋专门拈花惹草，这些女人能守寂寞？加上刘林是个嫩口，又是奶油小生，姨太们有事没事地就像叫"哈巴"似的唤他，开口就是："儿子唉，过来！"刘林"是"了一声去了，下人知趣地让开，他毕恭毕敬地敬礼，姨太"扑哧"一笑，抓着他的屁股又捏又掐，刘林不知所措，心惊肉跳，不断地躲避，女人存着心，放不过他的，百般挑逗，就是女儿滩桥上的石狮子经这番周折也会动起来。

　　姨太太们挑逗刘林，有的当真，有的寻开心。他不是怕姨太，是怕姨太的丈夫，干"芽"知道了，不是枪毙的事，要大卸八块的。怕就躲。他跟陆国栋说："芽，让我下连队吧，练一身本事能报效国家。"心里想，你这后院是口烧锅啊，这样下去不是被淹死就得挨烫死。陆国栋哈哈大笑，说："你还要打仗？你懂个毬！看在你叔的分儿上才留你在家当差。我都不想打仗，你还打仗？要管兵？家里不是有一个班？而且是加强班，你管好了就立了功！老子头疼得很，我是管不好的，你去管，只要他们不缠着我，你就立了功！三年后再提个营副当当。"刘林啼笑皆非，又说不得实情。他知道这差事推脱不掉的了，只有硬着头皮当。陆国栋看着目瞪口呆的刘林，白脸红得像一朵花，惊讶地捏了捏他的脸蛋儿说："好家伙，长得像唱戏的梅兰芳！"他忽然撂下一句话说："小子，叫你管一个班，是骗骗哄哄，让骚娘儿们高兴高兴，假如让我发现你跟七娘、八娘的哪个骚货在……在……"他想不出合适的词儿，忽然想起来了，"对，下操，假如我发现你跟哪个七娘八娘的下操……"他从桌上抄起把刀，"就骗了你，成全你做太监！"他咬牙切齿，像要把刘林生吞活剥的魔王，挥手一砍，刀起桌角落，吓得刘林直打哆嗦。可是姨太太们却像没事人似的，把刘林当着挨要的猴子，涌上来叽叽喳喳地捏一把掐一把。告状的二姨太揪着他的耳朵问："你懂什么叫下操？"刘林磕头如捣蒜，说："不懂！不敢！"是不敢还是不懂？不懂娘教你啊！"刘林已经倒在地上了，湿了裤子。陆国栋走了，姨太太拉他半天才拉起来，二姨太说："你们看看，看看，童子尿味儿就是和老狗的不同。"刘林羞得无地自容，幸亏大太太给他圆场，让他去换裤子他才溜了。他要疯了，找了个地方躲了起来，姨太太们找不到了，集体找陆国栋告状，说儿子狗仗人势摆架子，不待见她们。陆国栋晓得小白脸不是摆架子，但他最怕女人联合，派人把刘林找来让女人出气，刘林来了，他喝令刘林把裤子扒到大腿再爬下，吩咐姨太太脱鞋抽。二娘打叫"二娘"，三娘打叫"三娘"，像在耍猴，引得女人们掩笑闪了腰。刘林哪遭受过这罪，多希望身下忽然陷出个大洞。他认错求饶，姨太太满足了，陆国栋才让他站起。刘林站起的时候只是腿有点儿酸，屁股没怎么伤，女人们只是要他，谁都没真打。陆国栋对二姨太说："这小子交给你，带回去好好调教。大家散了、散了！"

　　二娘叫紫娟，刘林战战兢兢地一手提着裤子一手被二娘拖着向她的住所走去。他的裤带不知被哪个娘们儿抽走了。陆团长的后院很大，每个女人都有自己独立的小院。刘林刚进院子，背后的大门就被下人关上，他魂飞魄散，不知道这女人要怎么处置他。他不肯往屋里走，二姨太一把拽着，仿佛牵着一条不听话的哈巴狗。她一进门就大叫大嚷，说打板子打出了一身臭汗，她要洗澡。下人们把水倒进木桶知趣地出去了，看着被吓得不知所措的刘林招招手说："儿子，来呀，帮我脱衣裳。哎哟……手疼得抬不起来了。"她扭扭肩膀，仿佛十分疼痛，对刘林用下巴示意着腋下。看着刘林不敢上前，冷笑一声说："还欠揍？那我去告诉你芽。"

　　这一声"芽"刺疼了他的心，面对女人肆无忌惮地羞辱他，刘林开始恼羞成怒了。他放下裤子直起腰来，像被逼得快要疯的狗，喉咙里滚动着低吼的闷雷，只要对方进攻，它就准备孤注一掷以死相拼了。二姨太并没有感觉到，看他还没过来，有些恼火，指着刘林说："别看你长得人模人样的，其实就是条哈巴狗。跟我们差不多，在给老狗当玩物。你要是个男人就上呀，跟老娘上床报复他！软不蜡塌的东西，敢吗？"

　　刘林被彻底激怒了，周身在燃烧。他不笨，知道这女人要做什么，冲过去抓着二姨太的裤腰，像拎着一捆柴火往床上一撂，三两下就把女人的衣服扯成碎片，像山似的压上去。他没把身下的尤物当着女人，只看成了能洗涤耻辱的堆积物。

　　女人哭了，她没有想到被她压根儿看不起的刘林并不是任人宰弄的宠物，他骨子里藏着男人的傲气，爆发出来的力量能排山倒海。她身上已是一片片青瘀，却毫无疼痛的感觉。她坐起来抽打着像条被抽了筋骨、蜷缩成一团、头蒙着被子在号啕大哭的刘林，说："起来！男人就要这样！这世界上没钱没势的人，要极尽所能对付不公平！刚才的劲哪里去了？你别把我看成紫娟，看着老狗不就对了！来，再来！"来不了了，紫娟就是紫娟，要是陆国栋，估计刘林不会善罢甘休，糟蹋一个娇弱的女人还算男人吗？他扯着头发抽打着嘴巴，为刚才的冲动痛不欲生。二姨太一把捧住刘林，凄哀地叫了一声："我的亲亲……"抱头大哭，拉着刘林躺在怀里，像抚慰着一只受伤的公猫。

　　二姨太说："我不是水性杨花的女人，我是在寻找着报复。我知道你怕，你在担心。但谁叫你来这里的？只要在这后院子里当差，哪个姨太不对你个个虎视眈眈？因为老狗不是人，把我们圈在屋里为所欲为！除大娘子外，哪个心甘情愿？不是被穷逼的，就是被枪逼的，这个世道，生个女人就是罪过，长得周正罪上加罪。我不怕老狗懂，早死早升天，这日子我早过腻了，哥，起来……我们这些女人生着法子戏弄你，是在装疯卖傻，你只看见笑，却看不见哭，我的亲亲……"

刘林跟二姨太好上了，刘林长这么大还是第一次跟女人上床。事后他有些后怕，见了陆国栋如同老鼠遇上猫，要么绕道而行，要么退到墙角浑身抖颤，陆国栋看他一眼，就认为老狗知道了他跟二姨太"下操"的事，老狗是在想是唤军犬来撕咬呢还是一枪毙了他？陆国栋看见刘林惊恐万状的样子却哈哈大笑，认为二姨太调教有方，当着所有太太的面赏了二姨太和他各一百块大洋。他拍拍刘林的肩膀说："龟儿子嗳，别像个女人，挺起腰杆来做事，你娘是恨铁不成钢啊！是不是打得太重了？让大家看看？屁股上还是……不会把你的命根子剪了吧？你可还是个没开啼的鸡哩！"他笑得前仰后合，快喘不过气来。几个姨太忙上前有的拍背有的抚胸，好一阵他才缓复过来。

刘林给他这么一羞辱反而不害怕了，看着陆国栋像马戏团的驯兽员似的，打一板子赏一块肉，他眼球里喷射出火光。他真的被逼得快要疯了，右手已搭在腰间的驳壳枪上。老狗看见了，指着他又是一阵狂笑，说："真是个雏货，说翻脸就翻脸哪！你二娘'打是爱、哄是害'，欢喜着你哩，还跟娘动刀动枪的？你会打枪吗？"他以为二姨太真的下手狠了些刘林要跟紫娟拼命，不怀好意斜眼看着刘林的裤裆。刘林彻底被激怒了，他真的要拔枪。二姨太就在他身边，急促地一转身抓着刘林，屁股对着老狗，她哀怨地摇摇头，说了句只有刘林听得到的"你是在找死哪"？还抓着刘林的双手使劲地捏了一把，刘林像喝多了酒的醉汉被淋了一盆冷水，怒火被浇灭。二姨太放心了，摇着他的手开始撒娇，说："我也是没有办法，你芽叫我调教的嘛，不就叫老妈子打了几板子，又不是面捏的人，红的肿的过几天不就好了？要不……"她把刘林的手抬到粉腮上说，"要不，你打几下二娘出出气？省得像个好斗的公鸡？"刘林转身走了。陆国栋说："嗬，不是没有脾气哇？我喜欢！"一场险情就这么被二姨太化险为夷了。

刘林爱上了二姨太紫娟，但紫娟却开始远离刘林，她原只是逢场作戏，却发现这来自什么小镇上的农家青年不是兵痞，她不想害他。这院子人和鬼怪都有，这种偷鸡摸狗的事总有一天要被人看见的，自己死了不要紧，别连累了刘林。偶尔的相聚，她对刘林说，只希望刘林念着她，她心里苦，满兵营都是男人的世界，浑浊的世界里像刘林这样纯真的，如同满天乌云里偶尔能看到的星星。成天被陆国栋关在笼子里，连个说说心里话的人都没有。老狗除了来床上胡闹一番啥也不干，谁把他侍候好了就多给几个钱，像逛窑子，然后就一觉醉到天亮。

她躺在刘林怀里痛哭着诉说自己给陆国栋做姨太的经过。那年她和村里的姐妹们来城里赶集，巧碰着骑着马逛街的老狗，老狗看见紫娟眼睛都直了，二话没说吩咐手下"请"到兵营里去。她寻死觅活不肯，当然由不得她了，他对跟她同来的姐妹说："喂，小姑娘们，你们别逛街了，回去代我陆某带个信给她芽，叫他来商量大事。"一家人听到这个消息如雷击顶，父亲跌跌撞撞地赶来兵营。老狗客客气气地请他坐下，说："老丈，我陆某是个粗人，今天无礼了，我千载难逢骑马上街，一上街就碰上了姑娘。这叫'三生有定'的缘分，撞喜哪！你女儿我是讨定了的，老丈你可别拂了我的一片痴情，更不要逼我先礼后兵。你先拿五十块大洋回家补贴家用，然后呢，你女儿就像在我这里替国家当兵，我逢月就给姑娘发饷。老丈你看行吗？"一个种田人哪经过这阵势？看着桌上的枪，还有在院子里背着枪走来走去的兵，要不是给女儿壮胆早倒在地上了。他向陆国栋跪下来求放了他的女儿。陆国栋连连摇手说："这不行、不行，我陆某在淮阴一言九鼎，不能因为你女儿坏了规矩，我说收了你女儿的房，你这么一跪我就放了，往后我还能带兵？起来起来，别逼着老陆用粗。"父亲知道这当官的铁了心要娶女儿，心如刀绞，对女儿说："儿啊，为父生愧对你了。逼急了，生不得死不成，怎好呢？"父女俩抱头痛哭。等两人哭完了抬头看看屋里，当兵的都走了，只有一个老妈在旁，她手里又捧来几卷大洋，对她父亲说："老弟，团长又加了五十大洋，你拿着回去吧，多少能补贴家用。给团长看中了就没退路的，这淮阴城里他最大，惹怒了他'人财两空'。"忠厚的庄稼人除了哭，还能做什么？门前的兵撤了，院子外几千人兵，你出得去吗？

姑娘对父亲磕了三个头，说："我认了。"没有对父亲半点埋怨。请老妈叫来陆国栋，派人把父亲和钱送回家。还好，陆国栋说话算数，按月给钱，像当兵的发饷，她一分不花，到月底就请侍候她的妈妈送回家去。她就这么人不人、鬼不鬼地过着日子，给家里送钱尽着孝，拿身子换一家人的平安。她告诉刘林，姨太太都是在这样过日子，强装个笑脸讨个欢喜，按月拿例子钱，和婊子没二样，只是好听点。她倚在刘林怀里笑笑哭哭，哭哭笑笑。刘林也陪她哭笑，听着二姨太诉着心里的苦。既为二姨太愤愤不平，可又奈何得了？他对紫娟说："姐，你跟我逃走回老家去吧！"紫娟又哭起来，摇摆头，说："我是要走啊，走得了吗？家里人的命系在我身上哪……"

两个人相拥着，没心思亲亲爱爱了，都陷在悲痛中。

眼看天要亮了，紫娟说："我俩没有成鸳鸯的命，露水夫妻要害了你。遇上你，做了一回女人，我知足了。明天开始，我就跟大太太去念佛。每月供家里钱，兄弟姐妹成了依赖，我不能死，在这院子里做个走肉行尸。只是求你一件事，四姨太青霞是我的好姐妹，你走时把她一起带走，有情分就做夫妻，没情分就做兄妹，她是个苦命人，从小父母双亡，先做戏子遭人欺凌，被卖身来到这里，她不买老狗账，显清高，老狗是什么人，经常打她，她早想跳出这火坑了。她无牵无挂，不像我们，就是没个去处。兄弟，你看在我的面上，想办法带她远走高飞吧。你是个重情义的人。"刘林从小到大渴望的母爱仿佛在二姨太身上得到了，当然还有女人真心的爱的滋味，他还沉浸在幸福之中，忽然紫娟做出这么个诀别的选择，还叫他接收另一个女人，他暴跳如雷，大喊大叫着说："你把我刘林当成什么人了？"紫娟痛哭，说："冤家……你看着办吧，这世道……我没得选择……"军营里的起床号响起，她狠心地把刘林推出院门。刘林晚上又去二姨太的院子，妈妈在屋里等他，捧出一缕发青丝，说："孩子，别逼她了，要是还来，她说就削发去庙里。"刘林拿着头发号啕大哭，妈妈慌慌张张地把他拉到屋里说："你把这里当哪里了？千万不得任性的！"

转眼就到了九月初一。陆国栋团部的后院灯火辉煌。每逢初一、十五的晚上，是卢氏在自己屋里召集全家聚集在一起吃饭的日子。陆国栋守着这个规矩，他算是个识相的人，卢氏毕竟是糟糠之妻，更重要的是在广东总统行辕侍从室当秘书的独子向着母亲。他还指望着死了后，唯一的儿子清明日子来给他上坟呢。今天的夜饭吃得并不开心。往常聚会，姨太太们为争宠，拿出十八般武艺在陆国栋面前唱拉弹唱、打俏骂骚。因为在他面前有一摞银圆，谁表现出色就得丰赏。今天却个个噤若寒蝉，原因是二姨太在佛堂守着青灯念佛，陆国栋三番五次地叫马弁去叫，她就是不来。个中原因除站在陆国栋身后的刘林外，没人知道。陆国栋肚子里窝着一团火，这不是明摆着要拆他的台吗？"十全十美"只剩九个了，拿着钱养着这些婊子还变着法子摆臭架子？

陆国栋几杯闷酒下肚，郁郁寡欢，免不得烦躁起来，他憋不住了，腾地拍案站起来，环顾桌子一周，女人们表面上被吓得抖抖颤颤，其实都在窃窃私笑，对老狗变化无常的红黑白脸早已习以为常。他恼羞成怒，转过身来骂刘林，他说："婊子养的，可是你得罪了她？给她打了屁股恨在心里，不听话惹怒了她？"刘林不想，但也不敢抗争，毕竟做了对不起老狗的事，心里害怕，被吓出一身冷汗，根根头发竖起。"愣在这里干什么？念佛念佛，那么多人在念佛，有多少菩萨在听？她不是要成仙，是要下凡吧？"他盯着刘林的脸，仿佛想知道究竟。刘林被吓得又是一阵心惊肉跳，做贼心虚，以为老狗听说了些他跟紫娟好上了的事，脸色惨白，但还得强装着笑，但笑得龇牙咧嘴。陆国栋不知就里，以为刘林在笑他，扮着鬼脸的讽刺地笑，抓着他的衣领："嗯？你也敢笑老子？哦，是不是她个臭婊子要你跟她……你拒绝了她，把她得罪了？"刘林就剩要下跪了，他还不想死，但事发突然，他还没有想到解围的办法，脑海里一片空白，只是在警告自己，就是要死，也不承认和紫娟"下操"的事，男子汉，一人做事一人当。他看了四姨太青霞一眼，心里说："对不起了，四姨太，你姐吩咐的事只有来世了。"他闭上眼睛，心想，老狗，你要杀要剐听便吧。我跟紫娟好上的事，你想吓也吓不出来的。

"咳，咳……"坐在对面的大太太咳嗽了，随后慢条斯理地说："一个月就两顿团圆饭，你就不能省点心？还跟孩子发什么威风？看孩子被你吓成这样了？儿啊，你换裤子去吧。"大太太卢氏解了围，陆国栋这才闻到了尿臭，低头一看，哈哈大笑，刘林脚下湿了好大一块。刘林从绝望中回过神来，对大太太投去感激的目光，回过头来狠狠地盯了老狗一眼。老狗又笑，他拍了一下刘林的肩膀，说："儿子，我喜欢你这个脾气，像老子，是个虎种！"他以为这小子受了委屈不服哩。绝不提下操不下操的事了，就凭几句话一吓就尿裤子的人，再加他三个胆也不敢持枪上阵！他低头看了看刘林贴在大腿上的裤子，摇摇头，这小白脸怎么长得这样可爱的？活像个瓷娃娃，怪不得院子里的女人都欢喜他哩，他拉着刘林的手捏捏，也有种想抱在怀里当宠物玩玩的想法。陆国栋认真看着刘林，怀疑这个老上司的远房侄子是不是女扮男装？刘林使劲挣脱出手，心里有着被侮辱的感觉，他憎恶地看了他一眼。陆国栋彻底放心了，这婊子养的就是个银枪蜡烛头的货，让这些烦人的姨太太放在院子里养去吧。他挥了挥手说："二娘太宠你了吧？她婊子立牌坊就让她立去，"他手对着满桌女人一挥说："三娘、四娘、五娘的，你还得伺候好了的哦。特别是四娘，她心里苦着哩，大家都有个爹妈，她孤身一人哪，又没个生养，你可得伺候好了的。"刘林又盯了他一眼，心里说："你还有得生养吗？"紫娟已告诉了他，老狗早没生育能力了，曾经请孙中山身边的名医司朝清先生看过几回，杀人无度，自伤八百。华佗再世也无力回春。

刘林想走了，大太太旁边传来"哼哼"的声，刘林一看是四姨太青霞。陆国栋说："宝贝怎样啦？"青霞说："头晕哩，要吐……哇……"话没说完就是一口，险些喷在桌上。陆国栋有些不满了，说："怎么这么娇嫩？是不是也不待见了？"大太太说："又来了，你不晓得女人的事，病来如闪电，病去如抽丝。妹子，你去歇息去吧。"陆国栋对刘林挥挥手说："你带你四娘走吧，好好侍候。没个省心的。勤务兵！"他对门外喊了一声，两个当兵的进来了。陆国栋对女人们挥挥手说："散了散了，都是不识抬举的贱货。今后的什么团圆饭不吃了！"他大手一挥，把桌上的大洋"哗啦"一下全撒落在地上，气冲冲地出了营房逛窑子去了。

刘林扶着青霞慢慢地出了大太太的院子。暗淡的灯光，映着门外弯弯曲曲的鹅卵石小道，小道像头顶上的树杈，枝枝丫丫通向各个姨太太住的独立小院。四姨太的手臂搭在刘林的肩上，刘林感觉到她周身软得无力自持，傍着他在走路，手臂在抖颤。他架着四姨太好不容易进了属于她的院子，她像被抽了骨的绵羊向地面倒去。刘林一把抱住，"妈妈，妈妈……"刘林向屋里喊人，青霞扯了他的衣服，微微仰起头低声地说："冤……家……你……你……你……"她哆哆嗦嗦地想站起来，"别喊人了，抱奴回……房……"凄凄哀哀，一口京韵京腔味道，刘林听了要哭。他知道四姨太是唱戏的，旦角。他不由自主地抱起四姨太往她房里走去。

那天刘林没能回他的住所。青霞抱着他放声大哭。伺候她的妈妈进来把窗户掩得严严实实，对刘林说："少爷，她是个苦命人，说她是个戏子，其实她心里比那些贵人干净得多。你就陪陪她吧，反正不是外人，老爷几个月都不来房里了，来了她也不待见。我去弄两个菜。"她叹着气出去了。

四姨太在吃饭前没有什么病，陆国栋抓着刘林的衣领时，她心儿一阵狂跳，浑身酥软。老狗一生杀人如麻，惹急了根本不在乎一个小白脸。刘林跟二姨太好了的事她全部知道了，是紫娟告诉她的。在九个姨太中，她们两人亲如手足、无话不说。紫娟把托刘林带着她远走高飞的话告诉了青霞。二姨太知道刘林是个痴儿，不痛下决心，他是不会丢下她去跟青霞好上的，所以她选择了跟大太太去念佛，连晚上的家宴都不参加，就是要逼刘林死了跟自己好的心。她知道刘林是个真情汉子，因为爱她，一定会把她的托付当事办的。

等妈妈炒好菜过来，青霞已在刘林怀里睡着了。老人不忍心把她弄醒，对刘林说："少爷，几年来这孩子就没睡个好觉。就让姑娘睡吧，她把你当作了依靠。她和二姨太都是好姑娘，只是鱼和熊掌不可兼得。那孩子一时半会儿走不了的，她身上像被老爷捆绑着炸药包，一犯过，导火索连着住在洪泽的一家老小。你就听二姨太一句话，想办法带这姑娘走吧，要不然……"妈妈说着说着就掏出手帕来了，"这孩子是只野兔，被老爷逮住了关在笼子里养能活吗？迟早要……"是要死还是要疯，老人没往下说，她掩门低着头出去了。

临到半夜，四姨太醒过来了，凄凄哀哀又是一番哭，刘林经过了和二姨太之间的男女事，知道了表面强悍的女人其实内心柔弱得像坨棉絮，时时刻刻都在期盼着有个能让她依附的郎君。妈妈走时拉灭了所有灯火，院里屋外昏黑一片。四姨太把遮掩身躯的衣裳当作老狗囚禁她的牢笼，哭喊中撕扯掉一切，连想拦她的刘林，手上、脸上、胸前也被刺利的指甲划了一道道血痕。刘林没有恼怒，也没有肉体疼痛的感觉，抱着黑暗中像珍珠般洁白无瑕的裸体轻轻拍打着颈背，他仿佛抱着婴儿，闻着丰颊，亲着额角，抚摸着在胸前流淌的黑发，说着"没事的没事的，你姐吩咐我了，要照顾好你，我在哩，我在哩……"这时候的刘林不再是陆国栋眼里的

"小白脸"，是张飞，是关公，是让青霞这根饱经风霜的紫藤攀附的参天大树。

青霞渐渐平静下来，她抱着刘林进入鼾睡，再没有噩梦，如同一只在大海里没舵的小船被接进了港湾。刘林抚摸着她的手无意中触碰到她的敏感处，她伸展着腰肢，本能地在梦呓中缠着刘林开始蛇游。刘林开始还像棵干枯的树杆着不动，慢慢地、慢慢地，麻木的身躯表面被云腾雾绕氤氲，接着渗入骨髓。他也曾因为脑门里忽闪着二姨太的影子想把她推开，迟了，动作显得苍白无力。

军营里的起床号响，刘林倒不想回去了。青霞说："郎君，五更长夜瞬间逝，两枝红烛相拥眠。缠缠绵绵事，恩恩爱爱久，不在朝暮才永年，贪婪片刻误恨天。郎君啊，哥，没有你，我度日如年，遇上你，我又不想孤独终生，带我远走高飞……这事得从长计议，此屋你不能久留，走吧……"

刘林被青霞赶出门时，兵营里已是一片下操声。军营大门口传来"立正！""敬礼！"的声音，昨晚被二姨太、四姨太的事，闹得不愉快后出去逛夜总会的陆国栋，拖着疲惫不堪的身子由马弁搀扶着从外头回来了。老狗即使四更出去，五更也是准时回营，几十年来一直保持着军人精神，这一点深得上峰的赏识，陆国栋知道轻重，哪一天被上峰免职，哪一天就是条在淮阴城里流浪的狗。刘林理着着装、提起精神向操场走去，耳中不时传来几房姨太院子门被悄悄地打开传出的窸窸声，晨曦刚刚泛起的朦胧天色里，几个男人像偷油的耗子，分别从各个门缝中钻出来，一闪而过，在院门外雾腾云绕的树林中消失。

刘林赶到操场，陆国栋已一身戎装，精神抖擞地站在观摩台上。"一，二，三——四！""一，二，三——四！"声嘶力竭的练操声冲破了清新早晨的寂静。

光阴似箭，一晃进入腊月。从来不怎么待见陆国栋的四姨太，居然吩咐从门口经过的刘林，说："儿子唉，到你芽的办公室去一下，说晚上四娘请他来吃饭。"刘林毕恭毕敬地"哦"了一声，等四姨太进去了才离开。无论哪个姨太吩咐事情，他都是这样。

晚上七点来钟光景，陆国栋来了，刘林手腕上搭着陆国栋脱下的军装跟在后面。"小狐狸精，今天太阳从西天出来的了，竟想起请我吃饭？耐不得寂寞、熬不过去了吧？女人就是女人，哪有不飘骚的？"陆国栋还没进院子就大声喊叫。四姨太站在廊下迎着陆国栋施了个"万福"。廊灯刚亮，淡雅的灯光映着轻施粉黛的青霞，夜风从廊前飘过，撩起她鹅黄色旗袍，一副虽然没裹过，但比三寸长不多少的天足支持着的两条纤细的腿像出水的秋藕。她摇摇晃晃，特显得弱不禁风，秋波满目地望着进来的陆国栋没敢下台阶，一副"盈盈一水间，脉脉不得语"的娇态让陆国栋的身子彻底酥软了。他擦了擦眼睛，仿佛怀疑是天上嫦娥落在四姨太院子里了，一个箭步冲过去把她抱起，说了声："我的卿卿，老早就这样多好，何必自找苦吃？真是疼死老子了！"

刘林跟着二人来到屋里，蜡光摇曳，一盆海棠摆在花几上，屋里被烘得暖融融的，空气中飘逸着梅香。一桌好菜早摆在那里，妈妈在厨房里忙碌，两个使唤丫头分站两边。还抱着姨太没放的陆国栋惊愕在那里："我的卿卿，今天不是摆的鸿门宴吧？我可没带周仓。你跟龟儿子串通好了想谋财害命？"青霞从他身上挣脱下来，说了声："栋郎……你可知道今夕是何年？三年前，你、你、你……"几声旦角的诉白后，青霞凄凄楚楚地掩面哭起来了。陆国栋忽然拍打着脑袋，他想起来了，今天是三年前，他花了四十根金条把青霞从戏班子里强娶回来成婚的日子。他连说："娘子，对不起对不起，只怪为夫公务繁忙，把大喜的日子忘了精光。"

青霞似乎没领情，扳着兰花指点着陆国栋的额头唱起来了："细思往事心犹恨，生把鸳鸯两下分……"蛾眉冷竖，怨目怒睁。她原本有个青梅竹马两小无猜的师兄，结果生生地给陆国栋用钱用枪拆散。这两句是《春归梦》里张氏的唱词。青霞是真恨哪，所以唱得情真意切，陆国栋听了还有点不寒而栗。青霞没有理他，她已进入了情境之中，不仅往下唱，还边唱边舞起来："终朝如梦还如病，苦依熏笼坐到明。去时陌上花如景，今日楼头柳又青。可怜侬在深闺等，海棠开日到如今……我的潘君……你去了哪里……"青霞师兄姓潘。她的心飞出去了……

青霞只顾得哭得个痛快，没看见陆国栋脸已变色，刚才进屋的情趣和忘了结婚的纪念日的内疚已在减退。刘林看得清清楚楚，被吓出一身冷汗。隔壁的妈妈端着菜来了，她摁住了边歌边舞的青霞，说："太太，老爷不来，你天天盼望，老爷来了，你又气他，幸亏老爷念着你和在广州当差的公子年纪差不多，宽宏大量不跟你计较。你还不宽衣就座、给老爷倒酒赔个不是啊！"她摁着青霞肩的手重重捏了一下，青霞醒过神来了，用袖口摁了摁眼角，对着陆国栋一声念白："栋郎，念你太深，心在生恨，奴家被栋郎关进深闺早不见春。你不该忘了给你娶过来的日子的，噫噫噫噫……"她头俯在陆国栋胸口撒娇起来。陆国栋最怕女人这一着了，刚才的火被一下浇灭。骂了一声："婊子养的，还真是我的错了，喝酒喝酒，老子多喝几杯，给你赔个不是。"说话间，丫头已拿过酒来。青霞扭头朝又去了灶间的妈妈喊着："妈妈，再拿一瓶来，奴家今天和老爷各喝各的，不醉不休！""好哇！臭婊子，跟老子扛上了？"

青霞吩咐妈妈说："妈妈，你辛苦了一天，跟她们早些歇息去吧，留儿子在这里伺候就行了。"妈妈应了一声带着丫头走了。刘林不离左右，两人喝起来。虽是对饮，也是觥筹交错，上来陆国栋就自罚三杯，接上来互敬。陆国栋已有了醉意，还不忘事情。他指了指酒柜，说："把那酒拿来，老子总得把欠你在床上的事，今夜一并补上来的。"说着就当着刘林是根木头似的，亲了青霞一下，动手不规矩了，青霞借故拿酒推开了他。

青霞来了，摇晃着酒瓶嘲讽他说："我的栋郎，你就凭这酒催劲算得了什么英雄汉哪？"陆国栋眼前已出现了幻影，指着青霞说："小东西，你看不起老子哪？好，今天就不喝它，还喝瓶里的，让你看看老子怎样干操的！"原来陆国栋全凭青霞拿在手上的酒在床上催劲，姨太屋里都备着这酒。青霞怕老狗酒后动粗，吩咐刘林坐在二人中间。陆国栋看着身边插了根蜡烛总感到不舒服，挥手想叫刘林让开。刘林说："芽，儿子还没敬你酒哩。"不由分说，先把陆国栋的杯倒满，又拿青霞的酒瓶自斟，恭恭敬敬站起来敬。陆国栋说："你龟儿子也跟着四娘欺负老子？"把杯中酒一口喝下对着瓶吹起来，一会儿烂醉如泥。青霞吩咐刘林把陆国栋拖到床上去，她不放心，连唤"栋郎，栋郎"没有应答。看着刘林连拖带拽，把他身上的衣服扯下来还是不醒，她放心了，从他裤腰上的皮带上拿下一串钥匙，叫刘林爬到床下拖出只皮箱。她挑出一把钥匙打开锁，青霞转动密码的盘子，箱子开了，四十根黄灿灿的金条整整齐齐地摆在里头。刘林被惊得目瞪口呆，青霞老早就说了她的身世，他也知道这金条的来龙去脉，但没看见过，真的亲眼看见，当然免不了一惊。青霞又从床后拿来一只样式差不多的箱子，也是沉重得很，打开一看，装的砖头。青霞把它锁上，叫刘林塞到老地方。事情办妥，她轻轻敲了敲窗户，妈妈进来了，还有个男人跟在后头。青霞把箱子交到那男人手里，又给妈妈塞了个沉甸甸的包。没说一句话，两人从后门走了，院子后头就是一条河，青霞从窗里看着一妈妈抱着箱子乘船消失在夜幕中。她回头把钥匙物归原处指了指院子外，刘林点点头开门走了。

进了腊月，四姨太跟大太太说，想去扬州大名寺代大娘上炷香，顺便添几件衣裳、自己跟自己过个年，说得挺伤心的。崔氏边流眼泪边劝她别哭，念她年纪轻轻的就孤老终生。大娘对她好，四姨太能陪她念佛，多了个说话的人。她跟老狗一说，又说了许多四姨太的好话，陆国栋准了，还派了小白脸当跟班。小车一直送她俩到扬州，四姨太只带了换洗的衣裳，刘林全副武装，上车时陆国栋吩咐刘林说："龟儿子，别急着回来，陪你四娘在扬州好好玩几天。陪不好，骗了你！"他巴不到四姨太走，最好这些姨太都去，叽叽喳喳天天吵得他实在头疼。他们是腊月初八那天吃了"腊八粥"走的，到了扬州两人跟司机就住下来了，刘林跟司机开的一间普通房，四姨太开的上等房。到了第三天去大明寺上好了香，四姨太对司机说，她要在这里给大太太娘做法事，吩咐他开车先走，做完法事她要在扬州玩几天。司机刚走，妈妈的男人，就是那夜里摇橹接妈妈的那个汉子把箱子送到旅馆，原来时间都是约好了的。刘林带着青霞从扬州坐船回到镇上，正好遇上到买小猪的王洪，王洪一高兴，不买猪了，推着四姨太和箱子回家。

第九章　起房旧事

　　"九·九"重阳，秋高气爽。今天是李三大显身手的日子，刘林起这么大的房子他是掌作师傅！富利华堂的一正两厢房架已竖起来了，就等上梁。吉时良辰是晚上亥时，届时灯笼高照，宾客满堂，端着酒杯就看他李三，风光啊！眼下还只过寅时，卯时未到，李三在房前场地上忙碌，他有些紧张，所以神情凝重，徒弟们没一个敢靠近他，师傅责任重大哇，刘林这房子起的，耗材耗工和设计气派，南坝头的张万三，三官殿的顾五那些院子都比不了。他看着面前的大梁，金黄的芦席盘绕在身上，像一条金龙缠在腰间，梁粗有三尺，中间贴着福、禄、寿红字。李三抚摸着"福"字，百感交集。梁一上，就立显出了刘林是滩上第一大家了。李三浮想联翩，看到滩上第一大家的房，就想起造房的李三，想着李三的手艺，想着李三的人品，然后就会追溯着李三的娘，李三的祖祖辈辈。人是个奇怪的东西，有时候"想"字比秀才写的"地方志"或者"家谱"还厉害，传得广、传得深，最后还成了"源远流长"，写书的说那是野史。其实被传的人根本就没想上"正史"上去，什么野史、正史，"死"就"死"了，一死百了，不是有句话嘛，"万里长城今犹在，不见当年秦始皇"，做事只要上对得起天，下对得起地，背后没人骂对得起祖宗就行。李三估摸来看热闹的宾客不下三五百。阵势他不怕，只是小心为是。五年前，师傅帮张三万家建房，就出过大事，现在想起来他就心有余悸。

　　那时他还在给师傅打工。张三万请李三的师傅蒋五木匠掌作。张三万有钱，砖瓦木头只谈好不谈价钱，买的根正梁最了得，是李三带着师弟们去木行帮拖回来的，二尺八粗的云南松中间带点挺，三尺里头不见疤。师傅亲自开的尺，掐根八寸、开裂不用；去尾三尺五、太细不配，中间只留一丈七尺五，师傅拿着墨斗、划齿画好了线，吩咐大徒弟赵海如照线动锯。赵师傅锯完细头擦擦汗，来到粗头犯了难，一共画了两道线，提着锯子问坐在堂屋抽烟的蒋五："师傅，里外线两道，我照哪根取？"师傅水烟台正抽得得劲，忽听徒弟问话，抽得急，猛一阵咳嗽，气接不过来，只顾咳嗽，手对着徒弟连画了两下，意思"你过来下"，赵海如以为说是第二道线，"噌、噌"几锯子，头下地尾下地，中段搁在凳子上。

晚上上梁了，东家用"三牲"祭祖，四方叩拜，庭前燃香，匠人们坐在桌上喝酒，有人看着沙漏，在等吉时良辰。到点儿了，蒋五咳嗽一声，对下首的瓦匠师傅说了声"请"。掌首的瓦匠是滩东杨家湾的杨师傅，就是桂娘的外公。一行人束装齐整，跟着蒋师傅鱼贯而入。到了卧在屋架中间的主梁前，二位师傅在东家的陪同下，并排南坐，吃着糕粽，（高中），一炷香完，亮月子正好腾起来了。二人抱拳相互行礼毕分别向左右排柱走去。这时候来看上梁的人是里外三层，那根正梁已搁在排柱的下横担上。站在柱顶上的青壮汉子提着绳索在待命，蒋五杨百步相互客气一番各执斧头和砖刀，开始蹬梯，两人回头对主人说了两句祝福话："手执金斧龙伸腰，东家就此'步步高'。""银刀在手吉星照，步步高上龙抬头。"等他们到了下横担，正梁也在缓缓而起，这时是起房造屋最庄严的时刻，全场没半点杂声，蒋五这时候没咳嗽了。木头已被吊到排柱的上横担，上抬三尺就着柱顶，只要正梁上两端的孔套进装在柱顶上的楔木榫上，上梁就大功告成。

这时候坐在下柱横担上的两老师傅要上去的，抬木头、吊绳索，用力气的事不要他俩做，主梁的眼套柱顶上的榫叫"楔合"，楔合就是"公配母"，是上梁中最神圣而又庄重的任务，这任务只能是匠人中有身份的人去做，两师傅要假模装样地摸一摸的，这是规矩。"楔合"了就完成了"上梁"任务。为了"楔合"，两师傅像皇帝似的由徒弟搀扶着继续向上攀登，木匠在东、瓦匠在西，都到了上横担上，背靠中柱，手扶着黄澄澄的大梁。蒋五扫了西头一眼，说："升。"夜静极了，蒋五师傅说得轻，在场的人仿佛听到的是军令。这边李三，那边刘六各捧着大梁，下托上拉，李三手摸着梁的孔，眼盯着柱上的榫调整着木头位置。眼下他是主角儿了，都是木匠活儿，西头是瓦匠做"现成事"的。只要有力气，谁都会"公配母"，孔套榫。上上下下几百人，李三最紧张，他得兼顾两头，打撑的排柱，总归有些移动，他手把着梁，把着西头是在拉还是在推，凭感觉借大梁力道调排柱位置。他师傅蒋五不急，胸有成竹，建张三万这样的好房子无数了，在女儿滩，木匠手艺比他好的没有。

蒋五见徒弟们已把木头托过了中柱顶，轻松地说了个"合"字，只要听见头顶上李三斧头拍木头的响声，他就准备说"口话"了。"口话"就是好话，一套吉祥话，放之全滩建房造屋的人家都愿意听的祝福话。他是稳操胜券，说完口话下去拿喜钱，蹬梯前已打眼瞟过，张三万手中拿的红包挺厚实，东家不是小气人。这是他最高兴的时候，徒弟们天天围着他转，就是瞟着上楼的喜钱，这喜钱不含在工钱里。他闭上眼睛靠在二柱上小憩一会，想着今天的"口话"从哪段唱起，绝不知道头顶上已出了大事。抱着木头的李三已经准备放手了，只等西头榫入孔哩。绷紧的弦要松时，忽然发现朱八在往西头拖，心里"咯噔"一下，怕意会错了，低声问："西头可是要长？"朱八："嗯。""长多少？""巧一金舌"，杨百步的大徒弟朱八说要向西移三寸，古语说的"三寸不烂金舌"不知道是不是说的大梁上的榫头。李三学木匠时就记着了柱榫和梁眼尺寸是三寸。师傅说历古就是这尺寸。李三"哗……"一身汗珠子暴出来了，他腿在打抖，汗珠滴在脚下师傅头上。排柱在摇晃，蒋五知道了，他晓得出了事。这时候他想起徒弟赵海如问"哪道线"下锯的事。两腿发软坐不住了。李三晓得师傅此时此刻的心情，低声说："师傅别急，抓着柱子，下面多少人在看着。"扛木头的师弟说："哥，我吃不消了。快想办法。"他也知道榫对不到眼了。李三急中生智，吩咐师弟："再用把力，顶！"木头又抬高了五寸，他伸手拔掉楔木上的榫，吩咐："合！"两头都落下了，只是大梁成没榫的太监。李三急中生智先糊过眼下再说，几百双眼睛盯着哩，出这差错不晓得会发生什么事的，顾五就是张三万的妻侄子。两头斧头声起，西头是实响，东头是空声，李三像在敲木鱼。这梁算上好了，"八字八满"，匠人要说口话的，跟主家道个吉祥。李三晓得师傅的魂已不在身上了，他已闻到空气中散发出来的尿骚味。不能冷场，他得代说，反正词儿现成：

府上造房又造庄，斧（富）声隆隆震四方。

西头接了，那头是杨师傅杨百步：

砌墙砖头半是金，头斧（富）二斧（富）张府上。

李三想不说了，选个结尾，等"放下"斧后，放了鞭炮再说："三斧声远过江去。"杨老师傅知道李三的意思了，蒋五是个热闹又喜欢出风头的人，梁合了榫，说这口话他从来当仁不让的，今天却一言不发，一定是那头出了事。杨百步把口话接过来："财神福星上了堂，三师傅——"老瓦匠问李三，"谁家栽得招凤树？""荡南当头张家庄！"没等李三开口，梁上梁下、匠人客人齐声唱和。要拿喜钱了，年轻匠人"和"得最得力，只有李三和蒋五师徒软瘫在横担上。

那头的瓦匠都下去了，这头木匠还没动，李三在找绳子捆绑大梁，蒋五瘫在横担上下不去，张三万拿着喜钱包还在下头等他哩。蒋五没昏，要哭，看着徒弟帮他圆场，心里酸得很，三寸的差分、损了他一世英名，他恨死了徒弟赵海如，恨死了那根让他咳嗽的水烟台。他也想早些下去、早些结束，问题是下去也得费翻周折，不说裤子的事了，腿不听使唤，凭自己下去是不可能的事了。别的徒弟以为师傅高兴的，还想在高处风光风光，要扶他下去，他摇摇手，说等李三。

西头匠人下去了，东头师徒还没下。不晓得谁多了嘴，说道："刚才小木匠亮的口嗓子不错嘛，张东家这大的排场，小木匠师徒还不愿下来，是要等东家吩咐再亮个口吧！东家，起房造屋千年一遭万年一回，小木匠多亮一嗓子，你老三万变六万，六万再翻，小木匠，你就亮吧！东家喜钱再包厚实点！""好！"张三万没说话，场上的人一齐和，唯恐事情不大，就怕静了场。李三没退路了，低头看看师傅。蒋五低声说："伢儿，说吧，为难你了，别顾我。"他晓得李三心放不下他，"只是有点冷。"他下身湿了，在打战。李三脱下上衣丢在蒋五胸前，抬头清清嗓子。别人还以为他脱衣服是为了说口话，不知道是给师傅御寒，又拍鼓起巴掌来。

亮月子已升到头顶，人们兴致勃勃地看着他的脸，亮晶晶的发光，只以为他蹦上蹿下冒出的汗，不晓得他是急的、吓的，忧心忡忡。他晓得这纰漏大了，师傅一大把年纪承受不了的，一日为师，终身为父，他得代师傅承担。张三万又在催："事已是八字八满，李三，你说吧，唱吧，喜钱在这里哩。"李三说："东家，这就说了，府上发财不在匠人声高，公子中举不在匠人捧好，张家坟头青烟起，屋檐盘龙步天桥，你张家起得这等一等一的屋，我不献丑几句对不起三万老伯。只是高堂是瓦、木二作联手造的，口话还得二作联袂。杨老先生，小可先献丑了！"他抱拳三个礼，一对张三万，二对杨师傅，三对攒动着的人头拱了拱手，对着亮月说（唱）起来：

> 嫦娥捧月亮四方，张府破土建华堂。
> 黄道吉日竖玉柱，又选良辰上金梁。

不知是谁，在下面喝了一声"好"！巴掌又噼里啪啦地拍起来了，确实了得，作诗讲究的是平仄，说口话要的是抑扬顿挫，李三不光嗓子好，响亮，还吐字清楚，又是夜深人静的时候让人听得特别舒坦。平时都听蒋五唱，也没得李三亮嗓子的机会，今天他是被逼上梁山的。李三说完了四句，就等地下瓦匠"和"了，那头"和"的人是杨师傅的大徒弟朱八：

> 紫微星君要来住，高楼入云不识路。
> 金龙送来玉凤马，重阳不识秋风处。

唱得也不错，只是用的假嗓子，声音尖尖的，不壮阔，绝对比不上李三。朱八也估摸梁没上好，他听出东头空斧声了。木匠遇了难事，瓦匠不能冷眼旁观，他得卖劲配合李三，假戏真唱。朱八没点破破绽，相反还帮忙说口话，李三从心里感谢。他带头喝一个"好"，巴掌拍得连天响，一班木匠当然跟着和，也是"好、好、好"地喝彩，站在地上的主客也高兴起来了，柱上梁下一片热烈气氛。鞭炮响起来，二踢脚，窜天猴，百子鞭，盘金龙，张三万的名头不是白来的，有钱，起房造屋是人生大事，今天起的是个庄的前院。他要热闹，他两手掩起喇叭对李三大声喊："小木匠，别只听鞭炮，多唱两嗓子！"他扬着手上的红包说："给你的喜钱我另外包！"李三接着朱八的"口话"又唱了：

> 紫微星君刚坐下，问我大梁取哪山？
> 生在云贵登月台，春三二月披新妆。

西头尖嗓子接着了：

> 披亲妆、披新妆，三月四月吐芳华。
> 五月六月蹿蹿长，秋七八月烤太阳。

李三接：

> 九月十月笑风霜，冬去春来百年过，
> 还没成材还要长，千年才长百丈长。

朱八：

> 锯树工八百，落枝又成双，
> 丈丈量量来鲁班，鲁班说它松中王。

李三：

> 翻过八座山，穿过十条江，
> 财神问它去哪里？
> 女儿滩上张三万！
> 你要没钱问他借！

朱八：

> 越过八道梁，滚过十面坡，

寿星问它哪里去?
女儿滩上张三万!
寿星是弟他兄长!

两人合:

松王来到张府上,我贴福字福就到,
你贴禄字,粮满仓;寿字五代同堂喜,
造屋就要松中王。

"圣斧喽!"李三趁大家拍手叫好闹得不可开交的时候,把斧头往没人的空档一扔,蹲身抱着师傅像猴子似的从梯子上滑下来。

第二天大早,张家人开门清理爆竹飞屑,看到一个打着赤背,斜背着锯的年轻人跪在台阶前,大吃一惊,一看就是昨夜说口话的小木匠,问小师傅犯了什么错,行这样的罚礼?他知道李三学古人负荆请罪。李三说:"老伯,等东家起来再说罢,我昨夜就没回家。"家人忙叫醒了东家。张三万匆忙起床,问发生了什么事弄成这个样子?李三说:"李三犯了大错,才来负荆请罪,东家不宽恕李三不能起来。"东家说:"有事好商量,你弄这个排场做什么?"李三说:"恳请东家饶,否则不敢起来。"张万三说:"出了什么大事要你这么担当?你说。你不起来我是不答应的。"李三起来了,搀扶着东家进屋,东家坐下,李三站着,把大梁锯短的事一五一十说了个清楚,他把责任全拉到自己身上来了。告诉东家,年轻、粗心,他下料时没仔细看里外线,大梁一丈七尺五,看成了一丈七尺二,大梁是上去了,只是搁着,还要换。师傅早早亲自去了"三和记"木行。一番话,说得东家呆在板凳上,这李三怎做出这样的事?人一辈子能起房造屋几次?轮到我怎么这么倒霉?乡亲们懂了,我这老脸怎么放?越想办法心里越窝囊,站起来又坐下来,又站起来围着桌子搓着手、转着圈。李三大气不出一口,只是毕恭毕敬地站在桌子角旁低着头。只要东家下手,他肯定送上前去给他打决不躲闪的。张三万气过了,自认倒霉,叹口气叫李三坐下,心想事发生了,就是打死了他也挽不回。李三不坐,说:"李三不敢。""坐下!"李三晓得大事不碍了,说了声"谢谢",但屁股只搭凳小半个。东家说:"你敢来,说明了你有了补救的办法,换梁不难,就是这事怎么对外人交代?"李三连忙站起:"换梁换柱古来常有的事,老祖鲁班修太岳庙,梁取短了,雕两只张嘴的鲤鱼衔首尾头,原来太岳庙没有香火,这一换却旺了香火,手捧着香,拜了神仙还照(罩)着鲤鱼龙门,哪儿求得这等好事?贵府柱已竖,巍巍然然，梁已合，风风光光，东家你满意吗？""满意啊。"张三万说。"所以要换。"李三说。张三万说："多奇怪的话，老夫给你绕糊涂了。"李三说："为什么要换正梁，因为太圆满，满就盈，月圆则缺，再不可聚财；功德圆满就'息'，息即'寂'，圆寂二字用于得道高僧的'升天'，佛家解签、中签最好，上上签不肯不解的，前途到了尽头。东家，留点缝隙有个忍让，我总觉得东家你自己选的那根正梁根粗尾细、算下来超过了八比六的吉利数，不配尺寸，三十四根柱担力失衡。换根对径三尺二、背挺正八寸的广东檀香木，香飘千里，房还是你的，真是赠人玫瑰手留余香，是流芳百世的好事。你说呢，东家，这根檀香梁算我李三孝敬府上的，我跟刘老先生说好了，我分五年付清，他今天就送来，我师傅押船，不要东家一分钱。"张三万连连摆手，说："伢儿啊，难得你一片心，谁没个错事，但能想得这样周到是少有的。就这么办，你寻的钱是一斧头一斧头砍下来的，苦钱，不要你的我的，我张三万九牛一毛，就是风口飘走的钞票也比你寻半世的钱多。就这样换吧，别掩掩饰饰的换，丑木头好木头谁都认识，檀香木做梁女儿滩没第二家，你怎晓得刘木行有现成的料的？老夫谢了。"李三说："我经常去木行，那根木头是刘老板的镇行宝，平常不肯卖的，晓得我做错了事，给东家用算代我赔个不是。"张三万感动啊，说他有钱是真的，可比不上刘三和，人家卖了多多的面子？他看看眼前白白净净的小木匠，心想，可惜姑娘嫁了人，要不肯定招他做女婿！

　　都是过去的事了，今天刘林家造房。李三离开师傅不知道造了多少屋了，但自己当首，造像刘林家这样气派的府居他还是第一次，所以不敢掉以轻心，天刚放亮，他就来到工地细细查看，直到认为万无一失了才坐下。卯时刚到，临时搭的待客的屋里蒸汽腾腾，鱼香肉香。匠人们陆续到来，正准备开早席，忽然听到荡西枪响。中国多年兵荒马乱多年，但这地方很少听到枪声了。人们有些慌神。刘林到底当过兵，说："不要慌，我出去看。"说着跑到屋里拿出了从淮阴偷着带回来的枪出去了。还没到半袋烟的工夫，三十几个全副武装的政府兵，押着刘林走进工地，刘林被打得鼻青脸肿，五花大绑，脚上剩了一只鞋。大家吓得战战兢兢，女人惊叫，有几个人想贴着墙往外溜，一个当官的朝天"咣、咣、咣、咣"一盒子炮，"谁要跑？跑得过老子的子弹快？"没人跑了，女人噤若寒蝉。当兵的说："你们听着，我们是淮阴行辕的政府军，奉命前来捉拿冒名顶替混入军队、拐骗军官家眷、偷取枪支、盗窃军饷潜逃回乡的刘林。谁阻挡视同犯窝藏罪，格杀勿论。"

　　惊慌之余，大家终于弄明白刘林起房子的钱的来处，部队派人来追剿捉拿归案的。他们稍放些心，开始窃窃私语。

　　刘林跟青霞是腊月初八离开淮阴，十一回女儿滩的。到了腊月二十四，陆国栋见两人还没回来，派人去扬州接，谁知道原来住的宾馆里只住了两夜三天就退了房。去哪儿，宾馆里是不知道的。他心生怀疑，马上去查四姨太的房间，才发现金条被拿走了，他暴跳如雷，说射鹰的被鹰啄了眼，发誓不捉到一对狗男女他誓不为人。他有办法找到人，小白脸是上司介绍过来的，他亲自去徐州，司令十分生气，派人跟他的人去了扬州。那天顾老先生坐在书房正在打盹，看到当兵的闯进来了，问他："这儿是顾介成的家吗？"老先生已站起来了，还没答话，他儿子从里头出来了，说："本人在此，你有何事？"军官一看，不对呀，他生怕弄错，就问："这儿另外还有没有同名同姓的顾介成？"老人站起来回答："军爷就问得奇了，小儿从小就叫顾介成，一家何来两个？"陆国栋派的是警卫连方连长，也不敢大意，扬州不归陆国栋管，况且这儿是司令亲戚家。连连作揖："下官鲁莽，多多包涵。只是事情重大，又有蹊跷，才有此误闯。请问老先生，四年前，也有个顾介成和公子同名同姓同时辰，府居也是同出一门的，和下官的团长的上司还是亲戚，来到下官的团里当兵，怎么这样巧呢？"一听此话，老者心里"咯噔"一下，有了心事。来人看在眼里，晓得那顾介成跟这里有联系，正要再向下询问时，老先生咳嗽了两声，吩咐大家散去，把连长请到客厅，叫儿子带兄弟们厢房坐下，好好招待。军官见老者突然热情起来，也不推辞，坐下喝茶。

两人寒暄一番，军官就想进入正题。老者说"且慢"，叫来管家轻轻耳语，管家点头转去，一会儿捧着一盘十卷大洋来到客堂，放在桌上。顾老先生挥挥手令其退下。老先生说："请问，顾介成出了什么事？"军官心里有了底，老儿和顾介成有联系，就把顾介成在部队犯的事说得个一清二楚。老者听了一身冷汗，口里不停地骂着"畜生，畜生，这如何是好？"。他晓得闯了大祸，右巴掌敲着左手背在屋里打转，连长不急了，慢慢地喝着茶，等着结果。老者不转了，为客人加茶，他对连长说："老朽发昏做了个下策事，只是请军爷出个主意。"就把事情经过说了一遍。连长说："这就不好办了，换丁、欺国；犯事、乱军，根底都是由你造成。此事重大，主犯我捉拿不到，只有请老先生淮阴委曲走一趟了。"顾老晓得这事脱不了身，把银子推向军官，说："大人老远来扬州，这点心意务请大人收下，在下到了淮阴后，能行方便时，还得请大人暗中行个方便。"军官见老儿说得诚恳，没做多大推辞，和盘收下。拱拱手，说我们在门外恭候，有些得罪了，望海涵。顾先生见部队撤出，赶紧叫来家中人役，告知委由，并吩咐大儿子顾介成，收拾银子速去徐州找姨父，这事只有请他出面才能摆平。随后，顾老先生叹了口气说："该我家破财，人不会有事，但钱是省不了的，他姨父也不是个省油的灯。"

一行人到了淮阴，顾老儿只是被软禁了几天还放回来了，司令说情陆国栋不敢不放的。只是叫顾老儿打听到假顾介成居住在哪里的消息。顾老儿认真回忆，好像记得他说住在什么女儿滩，本姓刘，出来寻找做奶妈的娘，会修锁。这就好办了，有地名有姓，还知道是做什么的，陆国栋还是叫姓方的连夜去找，并吩咐说："你带一个加强排，明天一大早骑马动身去找什么女儿滩，挖地三尺也要把那一对狗男女抓到。奇耻大辱，活要见人，死要见尸，抗拒就地正法，只是四十根金条得保证一根不少。"姓方的连夜在部队里打听，谁晓得哪儿有个女儿滩？果然有人懂，说通州的。第二天就到了通州，没怎么费神就找到刘林建造房屋的地方。

第十章　重阳喋血

第二天刘林就是上梁的日子。太阳还没升起，方连长一拨人早早地埋伏在屋地西边芦苇里，东边是河，不需把守。他本来想等看见四姨太再下手的，但是李三来得太早，他不晓得这掌作的木匠一头的心事。刘林出来了，边跟李三打招呼边打着哈欠。手下要动手，方摇摇手。今天是个上梁的日子，瓦、木二作，大工、小工，包括做菜的厨子都早早地来了，院里人多不便发手。他命令退后一段路，还是藏在路边芦苇里，他朝天开了一枪，院子里没声音了，他料定刘林会出来的。果然刘林提着枪出来了。当兵的冲出芦苇，刘林发现不好，想跑，给姓方的对着头敲了一枪柄，被五花大绑押回来。

刘林和姓方的认识，也是朋友，刘林帮姓方的办过事，那时候的刘林在团里是要风得风、要雨来雨，他是个乐施好善、为朋友两肋插刀的人。见了老方，知道事情败露也不求饶，老方说："世界上女人多的是，你怎能动了老狗女人的心思？闹着玩玩可以，也不是你一个，但怎能当真？还带走金条？"刘林不说话，说什么呢？人家是奉军令来的，不会看着老面子放过他。他只是问二姨太可好？姓方的说："你害了紫娟了，自从你跟青霞私奔走了，她就绝食，昏糊中尽说着想你的胡话。她可糟了大罪了，被老狗……唉，别说了，你个畜生该死！"刘林痛哭流涕。

满场的人像受惊的兔子，各找着地方躲起来，只有几个胆大的开始走动。李三走到刘林跟前问到底出了什么事，这时候他想起父亲王老先生说的话。刘林一言不发，只是苦笑。方连长说："你要问，我就告诉你。老刘冒名顶替人家当兵，又拐回团长的姨太，还顺手拿回四十根黄鱼。"李三一听顿然失色、不再作声，这才想起父亲的担忧。这房子是起不成的了，他叹了口气准备收拾家伙走路。方连长说："我公事没办好谁也不能走。四姨太在哪里？金条在哪里？刘林，你好事做到底，交代清楚了，跟我回去交差。"围过来的人又渐渐后退，唯恐当兵的来问自己，谁都知道四姨太的下落，但不愿告密，被抓走肯定没命的了，至于金条的事没人懂的。方连长看着刘林，刘林苦笑着说："都是我的错，一人做事一人担，我跟你走就是。"方摇摇头："老狗的脾气你不懂？不找到四姨太和金条，我交不了差的。叫她带着箱子一起走吧，我不为难她的。"刘林还是不说。方连长对场上人说："谁知道四姨太的请检举，我赏二百块大洋。"无人应答，他等了一会，还是没人说话。他说："那就怪不得我方某人了。"对手下下令："桥东桥西挨家挨户地搜，搜着谁家就烧房屋，把房主捆绑带走。窝藏罪犯，胆大包天，我就不相信找不到人。"他看见刘林神情失色，又对要走的手下耳语了几句。

方连长挺佩服这里的人，讲义气，刘林宁可一人担责也不肯供出四姨太；有人晓得那女人在哪里，可就没人愿意拿二百大洋。他只有靠搜碰运气了，刚才跟手下耳语，是吩咐别动真烧房子，拢共只来了三十来个人，众怒难犯，真烧了，这里的人跟你拼命那可不是好事，他不想为陆国栋的事把自己搭在这里，女儿滩更不属淮阴管辖的了。场上的人们开始骚动，都想离开回家，可是当兵的拿着枪守在门口。王洪过来了，人们跟在他后头，姓方的下意识地抽腰间的枪。刘林摇摇头，对王洪说："老哥，你别动手，一人做事一人当，只是希望老方放青霞一马，金条我去拿。"方连长点头。王洪说："老百姓手无寸铁，打是打不起来的，我就是想看看长官出来办事的文书。"方连长就怕这一着。他说："都是自家人，走得匆忙疏忽了这事。你们要走就走吧，我这就跟刘老弟去取箱子。"他心想，只要刘林归案，金条不少，也好交差了。他敬佩刘林是个男人，他要保女人。这事好办，回去就说四姨太投河死了不就交了差？正要收场时，搜捕的兵回来了，还搜到四姨太，四姨太后头跟着顾五的跟班朱功。

今天刘林贺梁看热闹的来了无数桌，朱功跟几个混混儿来蹭酒喝的，当兵的把着院子他们想溜没溜掉，龟缩在灶后，一听当兵的说谁检举出跟刘林回来的女人就奖二百大洋，他大喜过望，这钱太好拿了，他在灶后扒个洞悄悄去了桥头。他来的时候就听到四姨太跟徐碧在烧饼店唱《断桥》，徐碧唱的白娘子，四姨太演的许仙。财迷心窍，二百块大洋哪，四姨太又不是土生土长的人。他等当兵的到了桥头就指着烧饼店说："我叫朱功，我检举，那女人在烧饼店唱戏，听见枪响躲在里头。"当兵的去了，他又像小偷似的躲在蒋荣青的肉案下，看见四姨太被当兵的抓来、他跟着来领赏了。

大家看见四姨太被抓来黯然失色，四姨太来滩上也两个来月了，来往不多，说不上好，也说不上坏，就是唱唱戏，碍不着谁。只是既然是刘林的奶奶，也就是滩上的女人了，没人愿意她出事、希望她好。看着朱功馋涎着脸皮伸手跟当兵的要大洋，肺都气炸了，正没处出气，就朝他来，不知谁喊了声"打他个婊子养的"！拳头木棍的都朝他来了。当兵的识相，打朱功是滩上的事，他们押着刘林四姨太退到一边，方连长追问金条。四姨太说："那钱本来就是我的，为什么要交？"方连长说："你啊，到底是女人，那么多金子老狗能给你吗？人都是他的，还怕金子飞了不成？放在你屋和放在他屋有什么区别？"她这才恍然大悟，连声骂："老畜生！乌龟王八蛋！"刘林叹了口气，他对方连长说："当初答应带她回来，我不是看着金条，是看上青霞的人。不说了老哥。"他对四姨太说："青霞，是我害了你，没有我去当兵，你就不遭横祸。金条拿给方大哥，我跟着他去，求他放你一条生路。滩上人好，我托他们给你找个好人家，日子有得过的。"他朝方连长跪下，说："老哥，算我求你了。"四姨太抱着刘林抱头大哭，说："不求同生，但能同死，这一去，老狗饶不了你的，你一上路，我绝不苟且偷生。"那里朱功被打得趴在地上动弹不得，人们渐渐地围过来了，见这个样子也是掩面不忍看下去。方连长说："老弟，先把东西拿来，再从长计议吧。"王洪说："军爷派人跟青霞去拿东西，我请长官赏个脸，去我小店坐坐。你放心，都是我刘老弟的不是，让军爷一班兄弟跟着长途奔波吃尽辛苦，我弄杯酒赔个不是，你放心，绝不碍你办公事。"方连长是个明白人，他看得出来，这姓王的在滩上算是个有头面的人，面相也厚诚。再说确实肚子也饿了。说了声"恭敬不如从命"，吩咐手下一个排长跟姨太去拿箱子，他带着其余的人押着刘林跟王洪去了面店。

好一会工夫，排长和青霞才把箱子拿来，这时候的青霞不像个样子了，眼神迟钝，衣冠零乱，还打着赤脚，纤纤小脚满是血，但自己仿佛并不知道，进面店只盯着刘林看，满是恩爱的目光让人怜悯、痛惜，她向刘林走去，摸着他手上的绳子叫声"郎君"。方连长顾不得问部下发生了什么事，没等四姨太拿钥匙开锁，他用枪托把箱子砸开，金光耀眼，全场人都惊呆，除王老先生外，滩上估计没人见过这么多的金条，有的连金条是什么样的都不知道，只是听说，以为和油条差不多。金条分两层，摆得齐齐整整，金条间用红绸缎浆成的板子隔着，像老瓦匠杨百步砌的墙抹的银灰带口。金条垒得方方正正，但左下角缺了一只角。方连长皱着眉蹲下看，他数了数，说："不对啊，四姨太，怎少了一根？"他晓得团长的德性，当兵的死三五十个不要紧，为国捐躯，白布一裹，挖个坑一扔，青山处处埋忠骨，何必马革裹尸还，政府给二十块大洋抚恤金，他落一半。死的人越多，他越肥。这四十根金条却绝不能少一根，每一根都是他的命。方连长问四姨太，青霞已神志不清，他只有问刘林了。刘林正用下巴蹭青霞的头发，零乱的黑发中夹着几根枯草，他有着不祥的预兆，青霞被带过去的兵痞子糟蹋了。刘林已看到她的胸口，有着一道道红白相间像疯狗啃的牙痕。刘林转头看拿箱子进来的排长，排长正侧头躲避着他的视线。刘林眼睛里冒着火，骂了声："畜生！乘人之危糟蹋手无寸铁的女人，连畜生还不如!"他正怒火中烧,哪里听得见方连长在问他的话。姓方的顾不得理那拨人做了什么事了,他要的是那根少了的金条。方连长站起来狠狠地抽了排长个嘴巴,说:"回去跟你算账,四姨太就是残花败柳,也还是团长的姨太,你回去等吃枪子儿吧。"排长跪下了,头磕得咚咚咚地响。幸亏滩上的乡亲没让进屋,屋里外人只有刘林、四姨太还有王洪,其他都是当兵的,要不然一定又是场轩然大波。他转身把四姨太从刘林身上拉开,问刘林:"老弟,你知道老狗的脾气的,少根金条确实交不了差,我上有老、下有小,这玩笑开不得。"刘林正为青霞被糟蹋心情极坏的时候,排长已默认了,老方就应该给他一枪,只是轻描淡写地训斥了两句,两手又挨绑着,身后还站着防他万一的两个兵,心中怒火没处发泄,对着他大声"呸"了一下。还没来得及开口骂,就被姓方的一个大嘴巴:"你还有资格在我面前摆威风?还以为是陆国栋的干儿子?不看老交情,早给你身上开了几个洞。说,还有根金条哪里去了?"王洪想帮刘林打招呼,"没你的事!滚一边儿去,惹急了,一把火烧了你这狗窝。"姓方的翻脸不认人了,顺手给王洪推了个趔趄,"说,金条!"他用枪口对着刘林的头。刘林清醒了,到这时候,他不怕死,但知道要连累乡亲,这班人说是政府军,其实就是土匪。你说陆国栋那样的官能带出好部队来?他想着那根金条。想得额头上冒汗也想不出来,他看看青霞,青霞却指着他挨打的红面颊又是京韵京腔地道白:"真该……掌嘴……"接着唱起《杜十娘怒沉百宝箱》来了:

(二黄慢板)
月暗星稀二更后,真个天惨与地愁。想当初在院中百般赌咒,说什么天久地长到白头,到如今夫妻们难持守,谁知恩爱反成愁。
……
对残烛观蜡泪,我暗自伤悲,李干先薄情郎甚是可恨,梦寐中还不忘那不义之银!

唱"还不忘那不义之银"时又指着当兵的方"官人"。弄得姓方的哭笑不得,只是说"去、去、去",他晓得四姨太是废了。吩咐王洪:"把她弄走。"话刚落,通向院子的朝东大门被推开,桂娘搀扶着素娘进来了,后面跟着老夫人。她们在门外听得一清二楚,又不敢进来,素娘还怀着孩子。她们连拖带骗把青霞带走了。老先生从院子里进来,他是来劝刘林的,现在不是玩硬的时候,姓方的是当差,他要命的时候顾不了许多,原来的情分时过境迁。老先生不进来还罢,一进来,刘林想起来了,那根金条是当生活费给了老先生的。刘林晓得老先生不贪财,要拿出来的。他说:"王伯,那根金条应该在你这里。"老先生一脸惊讶:"在我这里?""对啊,老伯,就是那天说生活费的事,我拿来放在桌上的,拿来两根,青霞拿回一根,还记得吗?"老先生想起来了,只是没说话,当时他被气得浑身抖颤。

姓方的看看这当中有些故事,金条是给谁藏起来了,他以为有人就是不想拿出来。他吩咐手下:"去,从藏这箱子的屋烧起,往这边烧,直到把那根金条烧出来为止!"那排长只等离开,说了声"是",带着人飞也似的走。老先生指着姓方的:"你……你……你……"一口鲜血喷出,像根木柱直挺挺地倒下去,幸亏桂娘眼疾手快,一把抱住。"欺人太甚……叫乡亲、乡亲……筷子成捆方能打狼!"桂娘说知道了,拿了铜盆跑了出去。老先生看屋里只剩杨素,问:"你娘呢?"坐在床前的杨素已被吓得不知如何是好,她怀着孩子,腿软软的,浑身打着哆嗦,说:"娘……追……追青霞去了。"

桂娘走上桥头就看到北滩的火光,畜生放火了。桂娘敲着盆,乡亲们跳出来了,纷纷奔朝着火光奔去。桂娘站在桥上,看到姓方的在豆腐店门口没走,她大声喊:"擒贼擒王,抓住那当兵的,就是他叫放的火!"姓方的见势不妙,连忙趁混乱钻进人群逃去河西。

医馆被烧了,还连烧了吴二的牙馆,吴二的娘为了搬里面一张据说在上海买的拔牙的椅子,搬不动、就用身子罩着,结果被活活烧死。人们发了疯,抓当兵的就打,那排长对着天开枪,以为枪响人们就不敢动了。谁知道更加激怒了大家,不知是谁说了句"就是这畜生糟蹋了青霞!"蒋荣青对着他把刀扔过去,正中喉咙,血箭似的喷出。他带来放火的兵一个都没能溜走,被剁成肉泥。

姓方的溜到三岔路口,吩咐把刘林绑在马背上,只等抓青霞的手下一到就跑。他胆战心惊,滩上人是疯子?惹急了就像原始野人!抓青霞的兵还没回来,那群疯子已过来了,吼声能压住十门榴弹炮。他急忙上马,刘林在前头的马背上挣扎,马在原地转圈,他干脆就是一枪,抓着箱子,对着马屁股一鞭,飞似的溜了。

人们咒骂着转回来,遇到王洪在寻老夫人和青霞。

有人看见说是往刘林的房地走的,青霞在前,老夫人在后,青霞跑得很快,脚上的血流了一路,老夫人年纪大了,腿又不便,追不上人,只能顺着血迹走。她追到房地看不见青霞,却看见李三蹲在地上看着竖着的排七柱发呆。李三满脸灰黑,衣裳像飘零的幡旗,一看就晓得是从火海里出来的。老夫人问:"小师傅,你看见刘林屋里的了吗?"李三见是老夫人,忙站起来叫了声:"王奶奶,她往河边去了,我问她去干什么,她笑,先说'怒沉百宝箱',我发现她不对,就去阻拦,她说'解手',我不好跟着她去了。"老夫人说:"不好!小师傅,你去看看!这姑娘脾气犟，说不上做出格的事！"说着她往河边走去，昨夜一场雨，泥泞得很，老夫人跌了几次。李三已到了河边，河边长着茂密的芦苇，他喊："刘太太！刘太太！青霞！青霞……"只听见河水浪头哗哗地响，芦苇摇晃着头，哪有青霞的影子？李三哭的声音都出来了："刘太太，你、你、你、你上来吧，可别躲我，当兵的走了……"他越说声音越低，说青霞"躲"，连自己都不相信。他"扑通"一声跳下河，这凹湾是滩上最深的地方，水深流急，不会水的人在这里落水没见救上来的。李三连唤了几口气，水底下都不见人的影子。人们纷纷聚过来了，下水的很多，李三脸色冻得铁紫，实在熬不过去了，坐在滩上喘息，没人问结果，个个垂头丧气。岸上围满了人，瘦骨嶙峋，佝偻着身子的老铁匠已拿来黄纸烧起来。一个时辰过去了，男来女往，岸坎上的一片芦苇被践踏在泥泞里，一里路内的河面已没遮蔽，水面上一目了然，姑娘生的希望没有了，她期盼的生活还只是个开始，有人给她算账，青霞在女儿滩只过了五十六天带一夜。徐碧"哇"的一声放声大哭，《断桥》的戏还没唱好，怎说走就走了？人们不由得想起朱功畜生，就是他告的密！叛徒最不能饶恕，青霞跟刘林来到滩上做夫妻就是女儿滩上的女儿，英雄不问出处，随她来之前是婊子、是唱戏，还是乞讨的女子。群情共愤，那顾五的跟班，阴险狠毒，助纣为虐，只要有钱寻，连娘老子都能送给春窑。人们在人群里搜，也是气疯了，朱功偷鸡不成蚀把米，一块大洋没拿到，晓得乡邻饶不了他，还不逃之夭夭？住在桥洞里的费拖拖儿说："那人早往徐家园方向跑了！"

徐碧从滩上摇摇晃晃地过来了，她悲痛欲绝，边走边唱，还带着段念白："青儿，青儿，跟你娘子的戏还没唱好呢，你怎说走就走了？"说着就向河中间走去，幸亏被周红一把抓住，她半身在水里，望着像水漫金山扑棱扑棱的浪头唱起来：

青妹慢举龙泉剑，妻把真情对你言。
你妻不是凡间女，本是峨眉一蛇仙。
只为思凡把山下，与你来到西湖边……

徐碧唱得好个伤心，催人泪下，满滩的呜咽声盖过浪声，连烧纸的老铁匠都老泪纵横。正伤心时，从南边来了只老鸦船，放老鸦的王汉林艰难地摇着橹，船顶着浪来。大家不哭了，看着王汉林一板一眼地摇着，仿佛船沉得很，风大浪高，摇得能让船身不颤。船上十几只捉鱼的老鸦像两队列兵，整整齐齐相背站在船两侧还不扑棱，知道船上有他值得保护的东西。人们心提到嗓口等着船靠岸。果然，青霞躺在船舱里。

　　费拖拖儿不需人吩咐，亲自下船把青霞的尸体抱上岸，他寻着停灵的地方。王洪吩咐搁在没上屋顶的大梁中间，又叫他带两个人把刘林的尸体弄回来搁在一起。他跟老铁匠商量两人的丧事怎么处理，老铁匠说，这事得听刘福贵的。这时大家才想起怎么就一直没见刘福贵？费拖拖眼尖，说："你们看，刘福贵在那里！还有桂娘，刘老头在作揖，好像要说话哩。"他指着桥上。大家抬头看去，果真刘福贵在桥上。

　　高拱的桥上没一个行人，消瘦的刘福贵更显得形影孤单，他又穿上了讨饭时的破袍，袍子要不是用草绳捆着腰，穿和不穿没什么区别，除了两袖子能让它挂在身上外，其余的都是像染坊从染缸里捞出的布块挂在高高的杆子上，随风飘荡，刘福贵像干柴棍子似的身子在夜晚中，和桥砖一样，呈现出死灰色。他赤着脚，身体前仰后合，风不大，却架不住自己。

　　刘福贵的身子就这么摇摆着，拖拖儿耐不住了，朝桥上高喊："喂，刘福贵，你有话就说，有屁就放，别摆了好吗？你这么摆着大家难受。洪叔问你话哩，刘林哥跟他奶奶躺在这儿怎么办？"他是没家的小流浪汉子，但从不认为人微言轻，大事面前他是当仁不让的。刘福贵先是高举双手连连作揖，接着开始说话了："各位老少，我刘福贵不是人，直到当兵的一把火，才烧得我心头流血。我身后的王家姑娘的善良让我彻底悔悟。老先生不愧是'先生'，贤中翘楚才能称为'先生'。老先生教子有方，人见人慕，我生逆子却给乡亲带来重祸。害人的金条，"他举起右手，宽大的袖子滑下，手臂骨瘦如柴，一个黄灿灿的东西在像鸡爪的手上托着，"是我藏起来了，我藏着金子想着养老。就这么一念之差，给滩上引来一把大火，给老先生带来不白之冤。"他把桂娘拉到身边，涕零满面，"吴老太死了，逆子死了，跟他回来的姑娘死了，我还有什么脸面活在世上……"

　　他说话的声音越来越沉，摸着桂娘的头，说"桂娘啊，你说人生不容易，只要愿回头，路还有得走；你说儿子不在了，你养我老。你不计恩怨，我却在良心中被烧烤……"他跪在桂娘脚下，再说什么大家已听不见了，只看到桂娘在使命地拽他起来。

　　刘福贵站起来了，像回光返照，竟有了力气，身子不再摇晃，挺直在桥栏前，用沙哑的声音在喊叫："我刘福贵借桥的高处给女儿滩谢罪了！"他举起金条，"这金条，请姑娘换点碎货，重葬吴二的娘，再建牙医馆、郎中屋，李三侄儿辛苦工钱也得拿，多余的留给滩上修桥补路。"他低头看着汹涌澎湃的浪头一波又一波，由远至近，经过桥下又向大海奔去，继续说着："早潮晚汐，我这肮脏的身躯将随汐而去，不能再给滩上留下污秽。至于逆子夫妻尸体，拖拖儿侄子，拜托你了，就给他们身下的木头点一把火吧。苍天在上，刘氏父子惭愧!"说完，刘福贵爬上桥栏向河中跳去，爬桥的神速绝不像个风烛残年的人，桂娘一把没有抓住。他张开臂腿、昂着头，零挂的衣服和白发苍髯在空中飘扬，像个从绵云中飞下的仙。这样子，可能是他这一辈子留给滩上的人眼里最好看的。也没人下河去救，心已死，何必留生;也没人在骂，死者为大，刘福贵只是自私，没有像朱功那样自私到善恶不辨，更没像顾五那样，自私到为虎作伥。

老先生想叫刘林夫妻搬走，是怕他们给家里带来祸，自己年纪大了，生死已不在乎，可还有老小一家，媳妇又要生产。可是刘林以为老先生要钱，还拿来两根金条，老人一气之下昏倒在地。家里人只顾抢救老人，谁也没想着桌上金条的事。青霞只拿走一根，还有一根扔在桌上。灶门后的刘福贵一直盯着金条，见屋里没人了，他起身藏起来。刘林认为王家收了;王家认为刘林拿了，如果今天刘福贵不拿出来，将是个天大的悬案。

刘福贵投河了，引来在刘林房地上的人们阵阵叹息。最难过的是小木匠李三。拖拖儿在给搁在油漆光亮的木头上的刘林夫妻化妆，乡亲们在木头下面棒来芦苇，还有一叠叠黄纸，马上要烧了，他心里生着说不出的滋味。木匠起房是给人住的，只起不烧;扎库匠造屋是给鬼住的，先起后烧。他看着烧着了木头的火，不知道自己是木匠还是扎库匠了。

火借风势狂虐起来，吞噬了木头，吞噬了两具尸体。多少天的杰作就这么付之一炬，李三的心也在被燃烧。人们渐渐散了，一路上回头看着天空中似乎是被大火烧红的残云唏嘘不已，场上只剩被没散尽的烟雾裹着的李三，呆若木鸡。

第十一章　窑前卖面

　　转眼就是龙年。冰雪消融，芦尖儿出水，女儿滩一片春意盎然。傍晚，西下的太阳离地平线还有一树头高时，东滩河岸上，老先生拄着龙头拐杖，静静地站在滩边，斜阳把他修长的影子定格在小麦正借力拔节的田里。

　　王浩要跟王洪的舅舅去美国求学了，自己年事已高，应该是生离死别，但老先生却是催促成行，滩再大，比世界还是太小，得让伢儿高飞。他带着孙儿和孙女来转转，对岸就是刘林被烧了的宅地，高高的土坟已吐出草尖。他百感交集，那里头埋着刘林和青霞几捧带着松木味的骨灰。他并不想给孩子们说教，他们太知事，经历着苦难，磨炼着骨气，特别是桂娘，在刘福贵绝望的时候不仅能用善良给他洗涤灵魂，还想着请老汉说明情况为他解脱委屈，老先生为孩子的知事唏嘘不已。

　　二月二十八日，一家送王浩到江边，直到望不到帆影才返滩上，当夜老先生走了，时年七十一岁。老先生回光返照时忽然想起什么，目光盯着桂娘，嘴唇在蠕动，似乎有个遗憾事非说不可，可是已无力说了，只是抓着桂娘的手颤抖走了。桂娘知道祖父想说什么，对着老人看着她的目光摇头，只是凄楚，感激，绝没哀怨，孙女儿知道祖父想起了今天是她十六岁的生日。都忙着送王浩远行，大家都忘了，桂娘也没想起来，只是老人的满带歉意的眼神提醒了她。就这眼神，让她记着一辈子。

　　家里一下走了两个大人，空寂了许多。一家人郁郁寡欢。办完了老先生的七数，王洪拉了一夜的胡弦，怕给人听了心烦，是两膝夹着琴筒子拉的，琴弦发出像蚊虫被闷在罐子里挣扎哀叫的声音，老夫人和杨素带着孩子睡觉去了，桂娘在屋里轧第二天早上的面，"嘎、嘎、嘎"的轧面机声盖不住"蚊吟"，父亲的二胡声让她刺心地痛。父亲叹了口气，终于不拉了，把二胡装进布袋挂上墙壁，她心在颤抖，仿佛听到蚊虫在布袋里鸣咽。桂娘知道家里老底都掏空了，自己从工厂回来，家里彻底断了"月供"，加上母亲又生了个妹子，过日子已是捉襟见肘，父亲日日发愁。

桂娘全身心在面店里帮着父亲做事，但一直听着面客的话语。有人在谈西港口砖窑，因为砖好，生意红火得很，窑工就有三四百。滩上方圆八十里有三处窑，西港窑老板姓沈、东港窑胡姓，还有八塘圩子腼老崔。有段民谣说沈砖：胡老板，砖头下河就要散；腼老崔，尿冲就是一个眼；只有滩上沈老板，卖砖好像闹粮荒。方圆百十里，说砖就说女儿滩，说滩就说"沈窑"。沈老板叫沈万和。面客说着窑上生意好，桂娘听在心里，她想起了唐闸镇，热闹是因为人气旺，她想去窑上看看，可好在那里做点生意，有生意就能养家糊口。她边听着面客说天南海北，边看着忙碌不休、为生计发愁的父亲，想着里头嗷嗷待哺的两弟妹，心飞到窑上去了。

王洪老坐在灶门后发呆，面客散了差不多了，他开始捧起父亲抽的水烟台，心事重重。面粉已跟对河邢寡妇磨坊赊了八袋，年成不好，面客记账的多，还越来越少，人家不好意思老记账，他也不好意思都欠邢寡妇的。滩上闹着春荒，人们都去窑上讨事去了，他正冥思苦想，女儿坐到他身边来了，她对父亲说出了想法。王洪说："去窑上做什么呢？"桂娘说："到底做什么，看看再说。"他问姑娘："你去过啦？"桂娘摇摇头，她说只听面客在说，窑工在家吃过早饭，寅末卯初上工，辰时就饿不济力，巳时腹背相贴，要挨到午时吃饭，眼花头晕，没力气做砖了。吃早了没下顿，就带了那么多吃的，吃迟了拖不得，午前午后肚子里总得填补点东西，才有力气做事。窑上不贴，家里不送，做窑工的比磨豆腐的王贵叔还苦。她抓着父亲的手说："我们去试试？"

第三天，父女俩第一天准备停当了，送完面客担起面担子就上路。面担前冷后热，冷的是柴火、风箱、炉子，面板上一摊子碗、瓢、锅、勺、篱子、叉；后面是面板盖着的木桶。木桶里是焖的骨头汤，面条、香油、酱油、熬猪油；葱花、蒜花、香菜花、辣酱、甜酱、豆瓣酱全罩在面板上。两人在窑厂南檐下放担子、支炉灶。风箱把锅底鼓得通红，水翻起来，投一把面条也不吭喝，沿着盖桶的板摆上十个碗，一勺酱油、几条姜丝、十来颗葱花，碗里做好功课，那边面条也腾上来了，一瓢凉水顺锅边倒下，扬汤止沸。面条在水面"养"着，她看见窑棚里做砖的人在向这里探望，舀一勺汤，叉一叉面，滴三五滴香油，葱味酱味麻油味飘过去了，几个窑工手都没洗往这里赶，香味勾出了肚子里的饥饿。有认识的说："这不是洪哥儿父女嘛！"王洪连连作揖。窑工说："哥儿来这里卖面？"王洪说："对啊，哥儿们不来找我、我来找你，久不见面，面就糊了。"他像遇上老朋友诙谐着调侃。父女俩说着就开始下面，窑工咽喉里在翻浪头，你看看我、我看看你，没人口袋里带钱的。王洪知道，说："我今天来探探路，哥儿们想吃就是有生意。来来来，面带的不多，动动筷子尝尝咸淡，今天的面不收钱。"说着把一把筷子给了大家。

"儿啊，"他叫着桂娘，"把馒头拿出来，半个一个的给伯伯叔叔填个肚子。"

面怎么空的、汤怎么没的、馒头谁拿了没人记得。做砖的张强抱拳给父女俩打招呼，说："洪哥儿，你就天天来嘛，别做好的，只要饱的，这个点儿我们就少个馒头少碗面！你帮了我们，当然你也是生意。你怎么想到这个主意的？"王洪看看女儿，女儿正在洗碗没抬头。"姑娘在算账吧？亏了个大洞！"外头传来一声吆喝，大家不回头就知道沈老板来了，女人般的声音，赶紧让开路。王洪慌作一团捞围裙擦擦手，绕过担子出来跟来人打招呼："当家的！小可真没规矩！本来收了担子就来跟你老招呼的，不试不晓得怎么跟你老说！"

桂娘赶出来给沈伯伯道了个万福，沈老板抓着她的手，吩咐张强："把面担子挑过去，今天的账记在我身上。走——"沈老板拖着桂娘就走，"老太天天说你哩，说你是个能姑娘！"桂娘忙扯去头上的毛巾，窑工才看出她的脸蛋，好漂亮！桂娘的脸被火烤的、被热气蒸的、两颊绯红，眼睫毛沾水，鼻尖挂着汗粒，嘴抿着，酒窝儿润润的、圆圆的、不深不浅，好看极了。桂娘低着头躲在沈老板背后。"怕丑哩，姑娘，大生厂里那么多人你都不怕，还怕我这些窑花子？他们不敢吃你的，有伯在哩。"桂娘跟沈老板没见过面，但晓得他是个好人。她抬头打量沈老板，五十上下年纪，脸膛白净，一头软发盖着前额，小鼻子、小眼，淡淡的眉，两唇凹瘪像没了牙齿的老太，一脸和气相不笑自喜。胖身材，赤脚草鞋。外相和装扮既不像老板又不像做脚，不伦不类，像跑堂的又像账房先生。王洪在后紧赶几步说："老哥，小弟冒昧在贵窑上摆摊儿，连招呼都没打，别太介意，小弟这赔不是了。""嘿唉，洪哥儿，你想哪儿去了？请还请不到啦，这不，你是在帮老哥的忙。"

父女俩跟沈老板来到窑上"办公"的地方，三间草房，中间一间宽敞点，对着个大门的后墙，有张断了一条腿的方桌，供奉着挂在墙上的财神菩萨，桌子两旁的土墙上开着两个三尺见方的大窗子，家里显得亮堂。他这窗子开得是不合滩上的习惯，堂屋大门是财门，只进不出，后墙开窗就是"漏"，守不住财，前进后漏啊。滩上人建屋后墙不开窗、更不开门。死鬼刘林建的那房是正屋五间，前面二、四间开窗，第三间开大门，乍看是三间，实建是五室，据说是宋代遗传下来的建筑风格，格局叫"明三暗五"，"五"的谐音"捂"，把财捂住。沈老板何故后墙开窗，王洪心想，他从小跟父亲去了兴化，大概是那里的习俗吧，或者是从窗子里朝后瞭人方便？

沈老板让父女坐下，这才有工夫细细打看王老先生捡回来的姑娘，他感慨万分："小小年纪，滩上名人。面店开到窑头上，这主意是你想出来的吧，姑娘？"

桂娘只是憨笑，没说话。王洪以为女儿第一次跟沈老板见面有些畏惧，其实她在想着爷爷说的沈老板小时候的故事。

沈老板两代人都是做砖出身，父亲是老窑花子，他从小离娘，八岁就跟父亲在兴化亲戚的窑上学做砖。这个窑是他一手办起来的，窑上的师傅无论大小，都是他的徒子徒孙。他乐善好施，知道窑工的难处，但凡人都有个毛病，你解决了窑工的饭食，他就认为应该这样做。先是吃饱，后要吃好，食堂是个洼水的地方，不好办，最好是外来人做这事，外来的和尚好念经，好做就做，不好做就拍屁股走路。他正想着请谁来的事，有人来告诉消息，说王洪父女在窑前卖面，他高兴极了，窑工是苦人，来这里开店的得凭良心，王洪父女来再合适不过了。

桂娘跟父亲坐下，满屋子里的水烟味呛得桂娘冒眼泪水。王洪反正在抽水烟了，却有着亲切的感觉，只在暗里品着是"甘"字的、"肃"字的、还是"合"字的烟丝。沈老板对着里屋里喊："客人来啦，他娘，出来呀。"随着一声像咪猫样地答应："哎，来了、来了。"一个身材比沈老板还高半头的老太太掀开房门帘儿出来了，出来的先是一双像男人样的大脚。王洪父女老早就站起来了，知道是沈老板的太太在应答。听声音先还以为老板娘年轻，出来了一看，却老相得很，像书里说的"鹤发鸡皮"，虽老相，却一脸慈相。老太太直奔过来，桂娘要行礼，被老太太搁住，说："哎，这爷俩百闻不如一见，我的亲闺女哎！"她抓住桂娘的手，"让老太婆细细的看看。"她左瞧右看，好像看不够。桂娘满面飞霞、一脸桃花，但是大大方方，说："沈妈妈，桂儿生就一副野相，别这样看，看得我挺难为情。"老太太呵呵呵地笑，忽然眼睛一红哭起来。沈老板赶紧拉开她，用手袖口给她揩眼泪，嗔怪着说："人家是客人，别留下笑话。"桂娘看着心里挺感动，两人恩爱得很。老太太回过神来拉着桂娘说开了家常，那边沈老板和王洪扯着窑上开面店的事。王洪向沈老板打招呼，说明了来窑上摆摊儿的委由，又赔了个不是，求个宽容。沈万和听了哈哈大笑摇着手，说："我俩是周瑜打黄盖、愿打愿挨，都不说客气话了，商量着怎么做。"王洪说："小弟听你的。"沈万和说："那我就不客气了。窑上我比你熟，你们在家轧好面、包好馄饨，做好点心。我派个人来店里担，桂娘跟着担子过来就是了。空担儿，姑娘就委屈点捎回去，这儿卖呢，你大嫂帮衬着。你大嫂老是笑我惯着她，这回好，也让她动动手脚、伸伸腰。品种多点，粗食为主，春天的荠菜、夏天的菱、秋天的河藕、冬天的慈姑、芋头蕃芋的什么都行，只要能填肚子不伤人，小本生意，一分、二分的小买卖薄利多销。记着，白面货千万别上窑来，不是他们不会吃，吃不起啊，他们吃了，家里就没指望了，好吃的谁都想吃，像吗啡。你们只记账，别收钱，我晓得你父女是好人，人只能救急不能救穷，穷没底。记账，我从他们的工钱月底里扣。这样做，没人好嚼蛆。"王洪这才晓得沈老板老早就打好了算盘，他眨巴眨巴地看着沈老板，佩服极了，不知道怎么应答。还是桂娘边和大妈拉家长里短，边用耳朵搜着两个长辈人的谈话，话一完，桂娘紧抱着大妈："大妈，你二老真是帮了我家的大忙，要不嫌桂娘不懂事，我就做你老的干女儿，边开面摊儿，边好好侍候着你老人家。"老太太"哇"的一声真的哭开了，她生了两个儿子，又不在身边，就少个女儿说说话。"儿啊，真的？""真的！""我还真有这福分啊？"王洪忙拉着沈老板的手说："老哥，嫂子不嫌伢儿，这杯酒就喝定了，我女儿是个好姑娘，懂得知恩图报，大嫂和你老哥有个三病六痛的，她会尽心照应，二来，我们来窑上开个面摊子，也就有个亲家偿个脸的了。"沈老板两口好是高兴，老太竟跑到老头子前抱着男人脸当馒头咬，沈老板嘴里只说客人还没走，让人笑话，可就是不躲不避，让老太太疯了个够。倒是桂娘父子俩红着个脸连忙走到了大门外边。

　　桂娘起先笑的就是想着爷爷说沈老板娶太太的一段故事。沈老板叫沈万和，父亲一手烧窑的好手艺，被兴化办窑厂的亲戚请过去了，他跟父亲也去了兴化。人家近墨者黑，他近泥者喜欢泥。连走路两手都捏着泥巴。父子俩住在老板张九的西厢房南屋。张九就一个女儿，叫云姑。比沈万和大十一岁，独女，野气，又长得人高马大，长相耽误了婚姻。因为有钱，又娇生惯养，从不做事的。窑工靠做事吃饭，没人陪她玩，沈万和来了，她就叫他陪她玩，也捏泥巴。两人就这样黏着、一步不离。大人从没把他俩往婚姻事上想，更没有想差这么大年纪两人间会发生什么事情。两小无猜，万和能当着云姑拉裤子尿尿，云姑尿也不避他就地解急。也是缘分到了，有一天两人玩得过了头，沈万和躺在云姑的床上睡着了。云姑来睡时，小子朝天大字一个占着，云姑把他推到里头躺下，两人睡在一起也不是头回的事，云姑睡了，小子梦里一个翻身，右臂、右腿扣在云姑身上，云姑给压醒过来，她喘不过气，她推，谁晓得推开又回来，再推还回来，像秧田里的蚂王，比蚂王还扣得紧。云姑一身汗，沈万和一阵梦话，手把云姑身上嘟嘟肉当泥巴捏搓。二十四五的大围女，已是八月里开裂的石榴，只是不曾有个男人碰她。这下好了，成熟的身子不管哪块地落也经不住沈万和一捏一放，像着了电似的莫名其妙地在骚动，她不再挣脱了，就让小子折腾，渐渐地抓着小子的手还在迎合，云姑开始喘气了，最后她骑在沈万和身上。天亮了，沈万和也晓得两人做了什么，不好意思看云姑。云姑在哭，他认为自己肯定做错了事，盘着脚不敢抬头。云姑停住了哭，偷偷地看着沈万和，一张娃娃脸白里透红，平时还就没有仔细地看过天天跟在身后屁颠的小眼睛男伢儿，一脸糯相其实挺惹人喜欢的。她把错推到他身上，故意嘟着嘴，说："你小小年纪，看似老实，怎做这事的？"似嗔似怪地说着话，自己也为倒打一把暗自笑起来。沈万和毕竟年纪小，也不知错在哪里，做过的事他模模糊糊地记不清。他拉起被子盖住那最难看的地方，头埋得更低。云姑看着他的样子着实好笑，挪动了身子，捏着他肉下巴，万和不敢动弹，她爱怜地把他抱在怀里，万和总有着极不自然的感觉，但由不得自己，人家个儿高、力气又大，只是在轻轻地在挣脱着，云姑不觉间又被他的挣脱给弄得躁动起来，她抱得更紧，万和唯恐云姑继续生气，不挣扎。只是身子被箍得透不过气来，喘息着，粗粗的鼻息喷在云姑的乳房上痒痒的，云姑放松了箍着的手，抚摸着他滑溜溜的头发，说"你坏"，万和听得出来，云姑不生气了，就温顺地依偎着，像一只听话的猫。云姑问他："弟弟，你愿娶姐做老婆吗？"万和不回答，只是把稚嫩的脸向乳沟里埋得更深。两只手闲久了难受，自然而然地又在云姑身上寻找着做砖的泥巴。

经了些事情两人仿佛一下子都大了，万和小，云姑大，万和什么都听云姑的。万和不好再像做砖的人那样只穿裤衩裸着上下，不仅下身有裤子，上身有褂子，最难受的是脚上还得有鞋。他不是寄人篱下的客师的儿子了，成了窑上的哥儿，云姑是他的姐、管着他，不准去做砖，不准去烧窑，早饭送到床前，脚水端到跟前。双方的父母都看出来了，云姑的父母暗地里高兴，平地里捡来个听话的女婿；万和的父亲却不高兴了，是儿子娶媳妇哪？还是自己要填房？云姑跟他只差九岁。他准备熬到年底结算工钱回女儿滩，明年不来了。他白天把儿子要么锁在屋里，要么带在身边一步不离，晚上是绝不再让他出屋的。其实凭那把锁是锁不住的，只要两人要好，别说凭一把锁，就是铁链子也是根草绳。到了年底，云姑怀孕了。云姑的父亲找万和的父亲"问罪"：我请你来管窑，可没有叫你带儿子来，你看，你儿子做了什么事，吃我的住我的，还……我就这么一个儿，你看着办吧。到这时候了，老烧窑师傅垂头丧气，欲言又止，好说什么呢？儿子是跑到人家床上去的。云姑的父亲说："老弟，你得了便宜还想卖乖，好像还有苦难言？"他手伸到腰里，万和的父亲以为对方在掏绳，他伸出双手，认罚认绑，人家在笑，掏出的是酒不是绳，酒能办事，云姑的父亲带来了酒，两碗酒下肚，万和的父亲就忘了痛苦，趁过年云姑跟万和就在兴化做了婚配。第二年兴化发大水，云姑父亲一家收拾了值钱的家什，随亲家来到了女儿滩。一不做二不休，干脆，沈万和也办起了窑场。

几年后双方老人都入土了，沈万和当了老板。夫妻两人一直恩恩爱爱，沈万和反过来把云姑当菩萨供着，不准洗衣、不准烧饭，不准做这做那，唯恐她扭伤了腰，晒黑了脸。可毕竟年纪不饶人，五十大几的女人，三个伢儿一生，老早没了姑娘相，他们最后生了个闺女，两人欢喜极了，漂亮，像个洋娃娃，可惜惹天花死了。云姑一夜白了头。两人在一起，不认识的还以为是母子。儿子去上海学生意，做得挺好，在上海成了家，叫他夫妻把窑盘给人家去上海住，他们不去的，特别是沈万和的手已离不开泥巴。夫妻俩身边没有伢儿有时候也感到孤独，孤独时就想着死去的女儿，要是还在，恰恰和桂娘一般大，你说桂娘认云姑做干娘，这不正合了沈万和夫妻的心意吗？从那以后，王洪父女俩在窑上办个小店，沈老板夫妻指点，小小面摊子开得比女儿滩老面店还红火。桂娘一晃十七岁，长得漂亮，人也机灵、谦和，人见人爱，那些窑花子，特别还没有成家的男人，有时没时的借个机会来买个馒头，要碗茶水，虽晓得娶不到的，可是看看也是高兴，窑上来了个开面店的小美人儿的话传了开去，桂娘无意招蜂惹蝶，但保不了蜂蝶不飞，有人暗中算计着姑娘。

第十二章　土匪唐九

王洪看见上窑来卖面解决了家里的生计高兴，但听窑工说西荡来了股海匪，怕女儿长得周正又在窑上抛头露面忧心忡忡。毕竟十七岁了，全部成了女人形，他看到那些窑工看女儿的样子就心痛，只恨自己没本事让孩子在家读书绣花。他卖面时一步都不离女儿左右，真是眼观六路耳听八方，时刻防着可有生面孔或海边口音。

西荡从海边来了土匪，这事儿是从沈万和给窑工搭的棚子里住户传出来的。西荡口有一块荒地，那儿离窑不远。好多窑工拖儿带小，沈万和就在这块地上给他们搭了一排棚子住。窑厂和兵营一个样，铁打的营盘流水的人，棚子里的住主经常更换，当然有时也有些空棚。那里也没人专门管理，空棚子里就有专门来给窑工操皮肉的女人，她们看中的是窑工月月能拿到铜板。当然名气大了，来嫖的男人不一定全是窑工。窑工养不活家人，少数女人为了伢儿活命，半羞愧半含泪偷偷卖身，当然也有两厢情愿的男女。好多光棍窑工的血汗钱就是给其他兄弟的女人在挣。男人不痴，拿多少钱给老婆，能支多少天也懂，剩下的日子谁支撑？闷头过日子，有人上过老婆的床他心知肚明，不能说，也不敢说，男人不说还有谁说？只要家不散，谁来了都和睦共处。近来棚户里又多了些不相识的男人，来路在卖身的女人们之间传说，认为是西荡新来的土匪。他们嫖，公道，不胡作非为，包括女人不愿卖身绝不勉强。这些嫖客，女人认为的理由，一是海边上的口音，二是出钱大方，三是出门后上午往东，回头朝西，西荡是归宿。女人们最欢喜他们当中背筐挑担的来，那是荡里的采购。要是这些人从棚前过，出来的女人就多，都争着往棚子里拖，心眼儿多的女人最有办法，吩咐伢儿出去叫"芽"！这招最灵，土匪迈不开腿了，抱着伢儿进棚子。棚户里的女人知事，进来的男人采购的东西不多拿，不能影响伢儿的"芽"回荡交差。

窑工从奶奶嘴里知道土匪头子叫唐九，女人们从他们上床的做派上认为唐九是个管束这班土匪的能人。该给她们的分文不少，女人信得过，会少收。男人不肯，女人不让，推来挡去，成了《镜花缘》里写的君子国的人在做交易。女人感动啊，有的女人给土匪的恩爱比给丈夫的同事多，给的是真温柔。什么叫生活？不死就是生，有吃有穿才能活，特别看着伢儿高兴她们情愿。所以才知道了他们的首领叫唐九，没妻室也没有丫鬟，没上过岸，棚户里的女人都赌着"福气"，暗暗地盼能侍候一回。这时候她们的想头没人知道根底是什么了，连她们自己都不知道。敬佩？新鲜？物以稀为贵的那种稀奇？反正不单只是为钱。

窑旺起来了，助长了滩上人气，但人们的担心慢慢在消，唐九来了，没上滩来抢劫。原来那些小股土匪还上来收个保护费什么的，虽不杀人越货，但有吆五喝六。据说原来的土匪全给唐九收拾了，现在滩上反而安静下来。有人说得神乎，说唐九收拾荡里的几路队伍只花了两台烟的工夫。有个土匪曾给相好的女人说了刚来的经过。

唐九来到西荡转过几条港汊一看，好地都给人家占窝了，他干脆找了个地方先住下，然后派人四处请客。第二天就来了两拨人马，大摇大摆，挂着枪，虚张声势报出字号，无非要敲诈几个拜见礼，唐九早看出他腰里挂的盒子炮是假的。唐九说："烦老兄把这荡里的众兄弟都请过来，初到贵地，认个熟脸，拜见礼准备好了，一并给罢。"来人当然欢喜，约定第三天后午未时来讨杯酒。唐九拱拱手说："烦老兄贵步，无论西荡东荡还是南北荡，有一处算一处，有一个算一个，只要有队伍一个都不能少，省了我胡某拜山头的工夫。我把柜子底的铜钱都拿出来了，一起孝敬。"他们欢天喜地地走了，逢人就说来的外乡同行老胡仗义。到了约定的时候，客人都来了，据说共五路队伍，多的二十来人，少的三五个。来的人见老胡这里瓢不动勺不响，也不像要招待他们的样子，说："老胡，你在戏耍我哪？有酒就倒酒，没酒就拿钱，各路英雄给我面子来了，你就这样搁在干滩上？""来了，来了，酒也好，钱也罢，在后头哩。"唐九吩咐手下，"叫他们来吧。"手下点燃爆竹朝天一撂，"嘭……啪……"响了两声，是个"二踢脚"。各路英雄豪杰看着唐九的脸，不晓得他葫芦里卖的什么药。好胆大啊，当土匪的就怕别人晓得"龟缩"的地方，越隐蔽越好，他倒好，还对天放爆竹！爆竹的硝屑还在天上飞舞，四面八方从芦苇丛里撑出了船，大港里还响起"机器快"的声音。无论船大小，都插着青龙旗，龙头上写着好大个"唐"字。各路"英雄"目瞪口呆，这旗谁都认识，是威震黄海的海匪唐九的旗号，这才认真地看坐在高处请他们来的新客，跟传说中的长相绝无二样，八尺个子、四方大脸、面如赤枣、眼如铜铃、剪的寸头，毛发如鬃。他们慌得跪下磕头如捣蒜，说着"有眼不识泰山，罪过之类的话"。唐九只是叫他们写下住在哪里，叫什么，家里还有什么人，哪里是丈人家，写完了叫他们回去想些办法，初来乍到，来得匆忙，粮草未备，请他们尽个地主之谊，给他们来的七八十人糊弄点吃的。没人敢抗命的，匪就是匪，家住哪里，家里什么人都告诉他了，那是告诉他们，不听话就杀了全家，连丈人家也难幸免。土匪们各自回去捧吃喝的去了。后来这几小股土匪，归的归，散的散，西荡归了唐九。

唐九来得确实匆忙，是得罪了官府躲来避祸的。自力更生养活人还要有个时间。要度过眼前三两个月的难关就得借。他派出探子滩上走访，没有大富户，都是小本买卖，豆腐店、磨坊、铁匠铺子、烧饼店、杀猪、剪头裁缝铺，河东还有个王家面店。这些是万万动不得的，只能自己糯糊着过日子，哪有多少闲钱？探子说："只是有一家富些，烧窑的老板沈万和，光雇窑花子就将近二三百哩。只是靠这里太近，就在荡东头。"唐九吩咐，叫往远处探，兔子还不吃窝边草，说是借，有得还定会还，没得还，就是"大圣菩萨借狼山，借就借了"的事。探子出了滩，只有往大镇跑了，大镇当然有大户，最有钱的是三和木行。唐九想了想，也只有向他借了。

唐九不想强行，真只想借。农历七月十四，他叫师爷给三和老板写封信，让新结识的好弟兄薛飞送去。薛飞连夜摇着橹出船到了木行，找个隐蔽的河湾停下来，一身轻装来到老板家。老板住街东头，靠桥。这条河通着女儿滩，五十来丈宽，一双大桥全是桶口粗的木头，能走得了轿子走得了马，还能并排走两辆四匹马拉的大挂车。桥是三和造的，这镇子叫三和镇。薛飞蹿到桥头四处张看，靠三和家的院墙西角有棵老槐树，他利索地爬上去，傍枝倚杈站稳，掏出一把刀，信绑在柄上，左臂挽树，右手扬刀，刀带着信飞也似的脱手而去，直插在堂屋门前右首的一棵石榴树根上二尺处，然后如同灵猿越谷、腾空前跃，落地无声。眨眼间，消失在黑暗中。

三和家人早晨打扫院子，一眼就看到了石榴树上耀眼的刀，刀闪着光，柄上系着红绸带，他胆战心惊地拔刀、取信，匆匆来到主人卧室窗下，手轻弹着窗户，呼喊老爷："老爷，有事，您起来。"好一阵才听到老板翻身起床下来穿鞋的声音。三和听到护院敲窗声，晓得肯定有事，披衣开门，打开护院递过来的信，看完信心头一沉。信封上写着：三和先生台鉴，无签名。拆开信封，信上写着如下内容："先生台鉴：在下唐九，冒昧打搅贵府。如今世道当权者只顾中饱私囊，为民谋生者甚少。子民者，衣可不遮体，因肌肤本发自父母，天地生合，无羞之谈，而食不可短一日。如今兵患不断，天灾连年，饿殍遍地，无人顾及。在下之辈等也是无奈为苟延残喘，聚众做祖上蒙羞之事，依江湖无界而存，傍善人怜悯之心而生。在下虽属盗辈，但盗亦有道，内曾杀富济贫，外曾抗倭卫疆。乙丑年冬，海上败事，落难女儿滩。初来乍到，一行人外无衣御寒，内无食抗饥。世间万物，贱者，命，贵者亦命也，佛祖示喻普天下之善人：救人一命胜造七级浮屠。老先生南修天宁寺，东建明召塔，北佐海王庙，西赠三官殿，佛事做尽，上苍已记老先生好生之德，如再垂怜施舍贵府沧海一粟，拯救女儿滩草荡中上百条赤条条垂危性命，善事大矣。在下所求，为人所不齿，实属时势所迫，无颜亲自来贵府求赐求庇，只有派下人行此鬼魅之为，万望老善人慈悲为怀。青山常在，绿水长流，滴水之恩当涌泉相报，在下若能东山再起，定本息完归，并率众西拜，求佛祖常降祥云于贵行，保贵门子孙平安，家业兴旺。海闸唐九叩首。"

三和先生把信放在桌上，背着手在大堂里走来走去。他是经过大风大浪的人，见事多了，能沉得住气。这是件棘手的事，俗话说：救急不救贫。土匪所需，有急时，有贫时，得罪不得，又怕应付无限。唐九之名通州无人不晓，正如信中所言，杀人越货有之、劫富济贫亦有之、扰民有之、卫疆亦有之，是个难缠的主，听说遭官府围剿败落远方，已销声匿迹，没想到却潜蛰在女儿滩上。思忖半天，他想暂搁一搁看看深浅。三和算得上富甲一方，农、工、商，行行涉足。家业大了，通官府、建保安，一般盗匪从不惹他的。这次唐九来了，他要看看，初来乍到，不了解刘某人也有可能，敢飞刀传讯是有点不把他放在眼下了，刘三和心中不快。

过了三天，木行没见什么动静。三和放了心，唐九是在量力而行，太岁头上不想来动土。七月十八，是个潮兴的日子，由东向西的黄海潮、经女儿滩桥下涌进王家湾，拐过弯来，就把三禾镇桥东的木排腾起半丈。早晨三和先生正在洗漱，看护木排的崔四慌慌张张地进来大声喊叫："老爷，不好了、不好了！云南松木排全被潮水冲散了！"老爷子一凛，那是十几万两的银子从外地进过来，用小指头粗的钢筋打捆连排，别说潮汐了，海浪也不会散排。赶紧套上短褂匆匆赶到王家湾口，上千根木头在潮水中像鳗搅腾，顺着汹涌澎湃的水流向下游漂去。他赶紧派人请来政府的一个水上巡长，巡长带人来了，一看就皱起眉头，这没法办啊，潮太急，他手下没不要命下水的。眼下有潮，你捆牢啊。这灾，不属兵管。三和说，拇指粗的铁条连起来的排，没人祸不可能散排。巡长说，那我查，说完就要走，查不是马上有结果的。查出来的时候那木头也漂没有了。

三禾送客回到厅里长吁短叹，他关起门来，静坐了半天。家人既不敢敲门，又不敢作声，只是在院子里团团转。晌午后，老爷子总算开了门，毕竟是经过风浪的人，外表看不出什么惊吓。他吩咐管家，备好三百匹上好的灰色卡其布匹，八百斗大米，另带五十坛封缸陈酒加二百两银子，放在王家湾排坊的船上。船头上挂块牌子，上面书个唐字。事儿办完，第二天看排的又是大清早的敲门、开门，敲门、开门，这一次弄的动静太太，惹得老爷的儿媳抱着孙子躲在被窝里直哭。三和匆忙开了门喝道："你能不能轻点？杀人不过碗大个疤，吵吵嚷嚷成何体统？"看排的说："老爷，大喜啊大喜，冲散了的木排一根不少，全捆扎好在老地方！"老爷二次奔向王家湾，望着还是滔天大浪的河面，近千根云松服服帖帖地被捆扎在一起。他服了，唐九不是河匪，是海匪，这点潮汛奈何不了他，拆散时他派人在下游湾处拦截，你仗义了，他原封不动送回。这一夜间，运排、扎排、连排，一气呵成，真是神人。他问看排的人："物件可曾拿走？"看排人说："留下了银两。"这三和连说："非草寇，真英雄也！"两掌合一、朝东作揖，高声喊着："唐壮士，山不转水转，后会有期！"

内乱的战火越烧越旺，偏僻的女儿滩不断地涌来逃难的人群，其中不乏有钱的主。沈万和的砖越来越不够卖，人手少了开始招窑工。唐九派了两个来窑上"埋线"。桂娘到窑上办面店的消息传到了西荡，两个小土匪回荡告诉唐九，说窑上来了个卖面的姑娘，十五六岁，长得太周正了，长这么大，就没见过这么像样的女人。唐九有了想见桂娘的念头。

唐九通州海闸人，祖辈也曾当过官，到他父亲手上家境已经败落。唐九从小生性顽劣，曾跟在祖父父亲在海上杀过倭寇。唐字大旗曾让倭寇望而生畏。但保家卫国的大事仅靠民间是不行的，他父亲眼见得政府昏庸、民不聊生，报国无门，心灰意冷，再无心国事，终日沉溺于杯中，最后，连妻儿生活也无心去管。

唐九生性刚猛，又常惹祸，父亲唐子龙酒后忘性，不问是非，随手拈物就打。儿子挨打，从不反抗，错就该罚；可唐九恨父亲，因为父亲酒醉了糊涂，经常打母亲，母亲没有过错。唐九对父亲老打母亲心已生恨。有次母亲为劝丈夫少喝点酒又挨了打，儿子看不过去了，夺过棍子向门外摔去，唐子龙第一次看到儿子和自己逞强，酒后失控，抄起烧火叉对着儿子打去，母亲发了疯似的扑过去，铁叉重重地落在女人的背上，血直喷着儿子的脸。母亲直挺地倒地，唐子龙看这才发慌，送到医院，保住了命，下肢却永远失去知觉。唐九心里恨不得有天杀了老子，可人小，斗不过，想着哪天大了，不报娘仇誓不罢休。

一天下午，唐九带着一群发小偷吃堂伯唐子才家的杏子，熟的吃，生的踩，唐子才指望着一树的杏子熟了，卖钱换些油、米、盐、柴，杏给糟蹋了跑到堂弟家狠狠告了一状。唐子龙气得暴跳如雷，拿鱼叉顺着海堤寻儿子，太太躺在床上哀号求他，他听不进去冲上堤岸，唐九看见父亲来了没走，反正溜不掉，晚上还要回家。父亲粗暴地骂着脏话，凶神恶煞地过来了，唐九想起躺在床上的娘，他要报仇。十五岁了，个子不算高，不足七尺，可浑身是劲，一个三脚猫师傅还曾教过他点功夫，让酒已掏空了身子的唐子龙哪是他的对手。唐九两脚叉开八字，双手叉腰，只等着老子放马过来。唐子龙倒拿着鱼叉，冲步朝前，对着儿子的头打来时，儿子头稍一偏，左脚跟儿一旋，人到了父亲侧面，唐子龙扑了个空，想转身时已迟，儿子右脚顺着老子上身前倾的当儿，轻轻向后一勾，老子就地爬下，鱼叉杆根子着地，一断变俩，唐九接着从空中落下的断叉杆，对着父亲屁股死命地打，边打边说："这是娘夏天的账，这是娘冬天的账，这是娘去年的账，这是前年的债。"直到打累了，把断叉杆子扔下海滩，看都不看爬不起来的父亲，扬长而去。他打累了，跑到邻居顾叔家要了碗饭，筷子也没用，三口下了肚，躺在顾叔的灶门后就想睡觉。忽然听到母亲老呼唤"九儿"的声音，冲出来一看，老娘趴在海堤上抱着父亲哀哀痛哭。唐九默默地先后抱着父母回家。从此以后他变了，不再惹事，很少说话，喜欢蹲在堤上，对着大海向远处眺望。

唐九十七岁那年冬天被海匪掠到船上，同被掳去的共三十几个男女。船开走的时候，他看到父亲在岸上的人群里痛不欲生、奔走呼号，他第一次跪在甲板上对父亲叩头。他说："老爹，别哭，儿子平生没求您一件事，今天被土匪绑着走了，我能回来的，您老放心。我把娘交给您，你得答应我，别喝酒，不打娘，娘在我回，娘没了我回来扭头就走！记着啊老爹！"唐子龙望着儿子痛哭不已，他说："儿子啊，改改脾气，为你娘！你不回来，你的亲娘死不瞑目的！"唐九又对着岸上磕了三个响头，海船在岸上一片哀号声中向海的远处开去。

第十三章　　魔穴逃生

北风哀号，大浪滔天，海闸口的冬天见不到孤帆只影。唐子才在惨白的落日余晖里像个醉汉似的在海堤上踉跄地走来走去。他的小儿媳就是在三年前的今天和唐九一道被绑走的。来堤上盼生还的不多了，烧纸钱的却日益增加，今天空手来堤上就他一个，他坚信儿媳一定会回来，因为唐九在船上。唐子才从午后就站在搭跳板的老涯嘴上向海天一色的远方眺望。他先前还对着来烧纸钱的邻居咆哮如雷，说给活着的人烧这东西是寻晦气，乡亲没有理他，说他酒醉骂人不算，或者是个疯子。

西风夜静，深蓝色的海水在渐渐变黑。唐子才也累了，抓在手上的瓶子里的酒所剩无几，拖着沉重的脚步要下堤时，忽听到海风中传来一声号角，回头一看，远处出现一条直冲过来的大船。他扔掉酒瓶，返身回到老涯嘴，船渐渐近了，他看得分明，是龙头大船，双帆劲鼓，如箭般射来。桅杆高挂百脚旗，两旁三角旗飘扬，稍近一看，船尾上一面大方旗上的骷髅标记吓得他挪不开脚步了，三年前的那天夜里，来洗劫海闸的就是这条船！唐子才酒醒了，也不想媳妇唐玉姑娘了，堤下还有亲人哪，得报警！可是两腿哆嗦，迈不开步，连喊也喊不出来，这时船头已顶到海岸。一个人从船上跳上岸，对唐子才大喊一声："是二伯吗……二伯！"唐子才一看就是三年前被抓走的侄子唐九！他怕看错了人，揉搓着眼睛又看，唐九说："二伯，我是唐九！你看！"他指着开始从船上下来的男男女女，说，"全回来了，一个不少，还有嫂子唐玉！"唐子才一把抓住唐九，满脸老泪，猛地抱着唐九说："你个龟儿子唐九！真让你娘说着了?!"他跳上船头，媳妇玉姑娘是被抬着上岸的，还有那班被抓的女人。他抱着玉姑娘大哭，只要性命无忧回来就好！

那个冬天的夜，海闸的村庄灯亮到天明，三年的期盼，三年的悬念，本是绝望的海闸人，没想到今天能亲人重逢，还一个不少，太感突然。人们像疯了似的对着大海咆哮，在滩上狂奔，疯了，忘记了是冬天，有人竟跳进了大海，谁也没有劝说，谁也没有阻挡，没有比骨肉团圆更值得庆祝的事。高兴时还没心思想着许多难言的尴尬：离家三年的女人在船上怎么过日子的？在家的男人可守得住孤独？怪谁呢？都以为被海盗绑走的人肯定不在人世间，绝没有第二个人有着唐老太太那种知道儿子一定会回家的自信。

唐九抛开了向他拥挤过来的乡亲发小，冲下堤坝，撞开大门高叫一声"娘"！屋里漆黑，唐九还是从芦帐缝隙透进来的火光里看到那给他生命的破床，娘倚在床头，老爹在她身边，像遭雷击似的定格在那里，能确认两老还活着的是那双眼睛射向他的惊骇的目光。"娘！"……还是没有应答，唐九却听到紧压着床沿的芦帐在哆嗦。"娘！"唐九扑过去了。"儿哇……"老人总算明白是真事，积蓄在心里的三年对儿子的思念一下子像海啸般地爆发了。老爹呆若木鸡，看着娘儿俩你箍着他，他锁着你，仿佛希望还原于子没离母腹的当初，他总算明白过来，披着老棉袄像多余人似的去了门外。等儿子拿来件大衣披在他身上，亲切地叫了声"芽"，他才滚落下眼泪，暗自庆幸老太没驾鹤西去。要不然他这把老骨头早已被敲碎。

唐九怎么能带着被掠走的乡亲皮毛无损地回来，那些老浪人哪儿去了，被掠去的男人、女人这几年怎么过的，都是个谜，因为回来的人说起旧事都缄口不言，或问东语西，搪塞而过。但没有不透风的墙，总有人说难管住嘴，因为经过的事都是刀刻在心尖上。

唐九等人被绑上船后，经过十几天海上颠簸，船到了一个岛上，他们是被蒙着眼睛上岛的，上岛后，女人被单个分开关着，男的分做杂役，挨打是常事。唐九想逃了几次，看得紧，没成，后来就死心了，有办法跳到海里去，也游不到家，大海茫茫，你不晓得东西南北，家在何方。走不了，就学乖巧，干脆当个听话的海匪，有了漂洋过海的本领，再走不迟。脑子一灵，年纪又小，他在海匪里乖巧地周旋，不久就成了老海匪的心腹。海匪是日本人，船上的海匪都是孤家寡人没家眷的，见唐九听话又机灵，吩咐他叫他"欧多桑"。叫就叫吧，唐九也不问什么意思，倭寇话他不懂，中国话老海匪却知道说好多。后来才知道"欧多桑"是儿子。老海匪欢喜上了唐九，真把他当儿子看待，唐九小，老海匪想找个接班的，人总有个不能动的时候，几十年了，他对身边的人没一个合意。老匪有心，唐九有意，虽然两人想的是南辕北辙的事，但都在向"满意"努力。又是一次海行，遇到另一路海匪，双方动起手来，对方十分凶悍，这边被杀了十几个人，老海匪也被砍伤，眼见落了下风，唐九跳前跃后杀红了眼，一看光凭己勇难挽败局，灵机一动，看准了对方发号施令的头领位置，左穿右迁闪到对方身后，擒贼先擒王，控制住对方就是胜利。对方只顾前面，没想到身后有人偷袭，唐九左手勾勒住匪首的颈，右手反刀刃于颈下，大声嘶吼着说："要活就叫他们放下刀！"说时刃已入肉，血顺着唐九的手腕流了出来。对方匪徒从来没看到过比他们还能拼杀的人，呆呆地看着匪首。唐九说："小爷数三下，刀不放下，人头落地！"说着刀刃又深了一分。他数"一"，刀刃拉一拉，他数"二"，刀柄推一推，像木匠锯板前后来回。匪首眼珠子要爆出来了，喉咙里滚动着声音，他不好说话，只是做着要大家服从的手势。唐九成功了，海匪们丢下武器，刀又在甲板上不甘愿地碰撞。老海匪见到了起死回生的机会，一声令下，把呆若木鸡的敌人全部捆绑起来，他艰难地走到匪首跟前，接到唐九的刀一拉，一道血直喷天空，太阳光下闪出弧光。这一仗，让一船强盗彻底服了唐九，老海匪回到巢穴正式收唐九做了儿子，对他放松了警惕，连枪支弹药，金银财宝、软细藏处的钥匙都交给了唐九。唐九获得信任，开始培植亲信，把船上操舵开机的技术活儿让自己人学着干，也不断地交着几个比他多来几年的生死哥儿。到了离开家乡的接近三年的忌日前一个月，一个完整的计划在他肚子里生了根。那天晚上，唐九派亲信放哨。密不透风的大棚里，亮灿灿的风灯十二盏高挂棚顶，八十多个土匪围成十桌，喝酒行令闹成一团。老海匪叫唐九入席，唐九就是推托，一会儿说查哨，一会儿说换厨房几个兄弟轮着来坐，仿佛他就是老海匪的儿子、二当家，既为老匪分摊繁杂事务，又极体恤下面的兄弟。老海匪感慨万分，那次海闸血洗就是天意，要不怎么有这么惹人疼痛杂种上船来接班？老海匪吩咐大家尽兴地喝，不醉不休。当真的醉了爬不起来的时候，都不知道酒里早给唐九下了药。唐九看见海匪们像陷在烂泥塘里的狗时，知道到了时候。第一桩事是先放出被海匪们折腾了三年的女人，只给她们剪刀，绝不给锤或榔头。哪地方伤害了她们剪哪地方，慢慢修理，不许一剪丧命。老海匪死得最惨，唐九用四根绳绑扎两只手、两只脚，四面钉桩，十字定位，用手拉葫芦慢慢向四处拉，血只准一滴滴地流，老海匪眼都不眨，说："天不负我，总算把儿子培养成材！接我的班只有这杂种才配！"说完咬舌死了。这些话只是私下里传，也没人去考证，只是说什么的都有，说唐九该痛痛快快地一刀了事，不该使用这么残忍的手段，心狠手辣尤胜老匪。有的说怎么杀都不为过，老海匪抓他们来船上那天杀了多少人？三年里家里多少人痛不欲生？抓来船上的女人可还是原来的女人？但这最后那句话没人说过，但没人不晓得，关于男女的事人最敏感。

　　唐九回家后就用带回来的船在海上谋生，他把娘接到船上，老爹不肯上船，唐九也不勉强，推倒老房重建好的给父亲住着。唐九把船停靠在闸口前，管开闸放闸，管船户间的纠纷，收拾欺凌船户的海霸，凡做这些事就收费，人们愿意，算公道，绝不欺行霸市，他不敢，因为老娘住在船上。老娘上船不是图享福，是教儿子怎样做人。有时候唐九也押海镖，船上插的青龙旗，龙头上书写的唐字老远都能看见。海上的生意做起来了，虽然都是刀头舔血的事，他不怕，也做得风生水起，

"唐"字镖局的名头在黄海上算是头一把交椅。他开镖局不仅押货，也押人，还接保护村庄的事，三百里海岸线里的村子都请了他做"坐镖"，坐镖就是不押车船赶路，保一村之民不受海匪骚扰，"坐镖"就是"安保"。黄海边上他第一个建了像万里长城那样的"烽火台"，五里路搭个三五丈高的架子，哪个村来了匪，村里锣响，架子上点火，一个传一个，比八百里加急的马快。唐字号的船在海上巡行，见架子上火起，就风驰电掣地开着船来了。抢劫的匪被唐字号的人抓到了，假如杀人或奸淫妇女，绝不是轻轻松松一杀了事，是绑在瞭望台上"烤猪"，人倒挂着，头离地一丈，下面堆柴生火，要把人烤出油来。法子是吓人的，特别是对既奸又杀女人的海匪没一点姑息。据说唐九最恨这种人，他最同情女人，也是据说在被老海匪抓上船的三年里，为让海匪放心，跟着做过糟蹋女人的事，那些手无寸铁又无缚鸡之力的女人极度耻辱感和绝望的眼神像刀子似的插在他的心上。对这种以恶报恶的法子老夫人是不肯的，罪恶极大一杀了之就行，这种行刑的办法是能给恶人震慑，可也吓着胆怯的孩子妇女。为防不测，他亲自给镖局立了章法，规定绝不许做奸淫妇女的事。从海上回乡的八九年中，唐九镖局生意做得风生水起。在被官兵围剿前，已经有了三百多人。官兵是什么原因剿他，说法不一，但与官船有关。

有的说唐九抢了一只船，软细不少。说是江、浙、沪一带有个二品官的家眷，路过海闸从水路回家，正好碰到唐九带着一干人在巡海，两船背向行驶，相遇时靠得较近，押船的官兵对他们耀武扬威，那天天气晴朗，老太太被人推着车坐在船头，也是好奇，随便看了官船一眼，押船的把总大发雷达霆，吩咐停船，带着几个兵卒上船兴师问罪，说是藐视朝廷，官眷是看不得的，不仅要回避，还当跪接跪送。把总指着老太太说："这把年纪了，连这点规矩都不懂？本官来了，你还稳坐不动？"他不晓得老太太根本就不好下来跪接，腿早瘫了。老太太在椅子上欠欠身子，算是打招呼。唐九从舱里出来时，当兵的已把老太太从椅子上拖下来，逼着跪下。谁对母亲不敬?! 唐九是锱铢必较的人，哪能看见娘被这般侮辱，一时怒起，把上他船的六七个人统统杀了。老太太挡都挡不住，他喝令手下一不做、二不休，上官船将财物洗劫一空、扬长而去。

没多时，政府派兵来剿"匪"，"匪"当然就是唐九的镖行了。政府海军派军舰从上海吴淞口出发，杀倭寇都没这么神速，，一天工夫就来到了海闸，唐九有些大意，大部队没避风头，只是把老太太送到岸上。木船和军舰对抗，土炮和官炮对打，人再武猛，还是落了甲午海战的下场，大船被击沉。唐九和一拨兄弟靠一身水性保了条命，政府到处张榜通缉，悬赏捉拿，海闸无法再待下去了，唐九带着剩下的九十四个人，从受保的村庄买了十来条船，顺内河向西逃，顺路缴获了日本浪人一只机器快船，沿水道溜，鬼使神差就来到女儿滩。原本仅作权宜之计的，到了女儿滩一看，不想走了，这世外桃源，是部队休整的好地方。再说，这几年来，海里来、浪里去，刀头喋血的日子弟兄们也腻烦了，能有这么个皇帝老子都鞭长莫及的地方让部队休养生息，还真是谢天谢地了。就这样，海上漂泊了多年的唐九，到女儿滩的西荡安营扎寨。

第十四章　麻子闹春

西荡方圆五十里，来去尽是水路，从滩上去西荡入口在窑工住的棚户区西头。来到河边但看不到入口，漫天芦苇遮盖着进荡暗河道。棚户大概有三十六七家，最西头一家是做砖瓦的师傅张强。高挑的个子，四方大脸，做砖瓦的也有长得英俊大方的。人好，还有做砖瓦的好手艺，老板沈万和把他当家里人看待。身胚又大还机灵，沈老板安排他住在最西头，像个守护神似的照看着大家。张强的奶奶叫卢珮姑娘，也跟他在一起，还有上下只差几岁的五个女儿。

珮姑娘生的第一个是儿子，但不是张强的，是她娘家隔壁费麻子惹的祸。卢、费两家起房合一个山墙，墙是芦帐做的。费麻子住在西头，就是一间屋，还是孤家寡人；卢家三间屋，老的睡东屋，珮姑娘睡费麻子隔壁。帐不隔音，隔壁的呼噜声对方都听惯了。姑娘知事晚，隔着芦帐住个牛力精壮的男人，她从小就叫的麻子哥哥。哥哥嘛，也没什么防的，她小时候麻子哥哥经常抱她。麻子二十八了，早到惹事的年纪，姑娘那年才十五。费麻子小时候生的天花坏了脸，蛮周正的脸上大豆小疤连成一片。虽世道不好，少胳膊断腿儿的姑娘也有，可没有个愿嫁给麻子，太穷。费麻子难过啊，常做娶老婆的梦，恍恍惚惚过日子夜里最难过。本来失眠，翻来覆去睡不着，有天夜里又被隔壁姑娘的呼噜声搅得更烦躁，他起床走到帐前想跟姑娘说说，忽然鬼使神差地生了坏念头。隔壁的妹子大了哇，不是抱在手上的伢儿了，她娘昨天还在托九婶子做媒，说伢儿过了年就十六岁了，女大不中留，想招个女婿，叫九婶留心。一想这事，费麻子满脑子就是姑娘的影子。想着想着，就想着男女之间好多事，重新回来在床上翻来覆去、像范五贴烧饼。半夜过了，屋里的蚊子从帐子缝口钻进来咬他，燥热又是一身汗，费麻子拿着芭蕉扇乱扇。帐子给扇掉下来了，他干脆盘腿坐起来静神，明天还要下稻田拔草，水草疯狂，比稻长得快。这一静神，就出了事，隔壁姑娘大概起身解手，夜深人静，尿声太清晰了，他紧张的心飘到了嗓子口，转身下床，双手就拨芦帐。"谁?"大概还没尿好尿的珮姑娘吓了一跳，提在手上的马桶盖掉在踏板上、静静的夜间特别的响。这一响把费麻子吓醒了，毕竟是近三十的人了，连忙回话："珮妹，是麻子哥，起身碰芦苇帐了。"
那边姑娘大概松了口气说："我说呢，哥，慢着点，吓了我一跳。"那边摸索着寻
到马桶盖了，然后上了床，浑圆的身子压得床上芦板"吱吱昂昂"地响，一会儿
工夫姑娘就打起了呼噜。姑娘没心没肺，麻子一夜没睡，他想了好多。求婚？人家
肯吗？就凭这间草屋？还有这张脸？罢了念头他又不愿。人不就是凭双手吃饭嘛，
脸面不平碍不着种地。她也嫁不到城里去。他想了好多丑男娶到美女的故事，比如
梁山泊矮脚虎王英娶的扈三娘，有的段子就是生米煮成饭的婚姻。

　　费麻子竟心想事成。他等隔壁没人的时候把芦帐缝隙的绳剪断，夜里轻轻拨开
就进了姑娘这边，姑娘睡得太死，等发现了要闹的时候，麻子说了声"我是麻子
哥"，嘴就被嘴堵住。

　　等糊涂的娘发现女儿的肚子大了才慌张起来，问姑娘是谁的？姑娘低头说了，
老太找费麻子算账，麻子不赖，说是欢喜珮姑娘。他跪在两老的面前说他愿姓芦，
给他夫妻当子孙。珮姑娘也是这样说，她娘倒也不问了，父不同意，还抓母女俩打
了一顿。他在窑上挖泥，认识做砖瓦的张强，人是穷了点，但长得人模人样的，个
子有六尺高，虎背熊腰，关键是脸面光鲜，虽然日晒夜露，白净却晒不黑。关于女
儿肚子的事，他没瞒张强。珮姑娘张强认识，就是胖点，蛮惹人欢喜的，他穷，从
来就没想过能娶到奶奶。现在有人把女儿送到门来，他是走路拣了个元宝，还告诉
他姑娘怀着麻子孩子的实情，说明把他当人看的，他二话没说就答应了。珮姑娘是
个没主意的姑娘，父亲说什么就是什么，也没哭哭啼啼黏着费麻子就嫁给了张强。

　　珮姑娘特别能生养，拿张强的笑话说，从老婆身上跨一下就怀孕，六年里头生
五个。先娘家还来张望，后来就不来了，姑娘跟费麻子生的儿子给父母带回去了，
算个孙子，卢家有个挖坟帽的。珮姑娘粗茶淡饭，几年下来身体变苗条了，窑上有
人就盯上了她。伢儿多，全靠张强一人打工，日子过得拮据。老有人借接济到张家
来，其实是想珮姑娘的主意，珮姑娘确实耐看，养了那么多伢儿不落架子。

　　有天老卢家叫张强回家一趟，说跟费麻子合的那堵芦帐墙躺了，要修。张强晓
得老丈人不好意思说，自从珮姑娘嫁给他，费麻子就没省心过，经常寻衅滋事，说
那个被丈人带回去的伢儿是他养的，不信可以对簿公堂、滴血认亲，他要伢儿。张
强晓得是他的，但面子上不能认这个账。他是个实在人，认也没事，天底下这种事
多，不是他一个，但丈人死要面子，生的熟的谁都晓得，不需要用张纸盖火。他忙
着做砖，要寻钱养家哪，回去得少，听说费麻子已经神经错乱了，不光推倒隔帐，
说还要烧房子。丈人脾气不好，但生性不会打架。叫他回去收拾麻子，费麻子怕张
强。张强的样子挺和善的，只是个子高，身胚大，拳头不比碗口小，比费麻子高了

一头。费麻子欺忠怕恶。张强没吃饭就去的，去前请桂娘卖完面帮送些馒头或什么的去家里，奶奶是离不开男人的女人，珮姑娘跟桂娘是好朋友。

张强到了丈人家就找费麻子，费麻子躲在灶后草里头，张强一找就找到，屁股大的地放哪藏得住人？张强没有打他，客客气气地请他帮忙修帐，他带回一瓶酒，说修好一起喝。费麻子战战兢兢地出来跟着修帐。做砖瓦他不行，夹芦帐他老手。两人做着活，张强有句没句地说着话，手没闲着，麻子胆子渐渐壮了。帐修好了又喝酒，两人成了朋友。张强说："老哥。"他比费麻子小，叫他老哥，"你地里活做完了就来窑上，我跟沈老板说，要么跟我学做瓦，要么跟丈人下荡挖泥，别闲在家里，三家并一家，上阵父子兵，打虎亲兄弟。"他看见麻子眼睛红润润的，晓得说"丈人"两个字时没带"我"字，心在激动地感受。卢老头本应该是他丈人哪，就因为脸上高低不平；伢儿明明是他的，天天相见却不肯承认（他晓得儿子对他也不待见）；珮姑娘要不到，凭他这条件再找女人，他晓得是一生无望了。想着后半辈子不晓得怎么过，眼睛红润起来。一是情敌没把他当外人，能说出这样的话，二是难过。没想到张强又悄悄地给他说出下面的话："麻子哥，我晓得儿子根子姓费、不姓张，是你的，是谁的就是谁的，我张强男子汉大丈夫，没有丑不丑的事，老爹本是论你叫丈人。珮姑娘给我生了五个女儿，是我本事不如你老哥。可是你不能只顾你的感受，不顾人家哪。面子比里子重得多，你怎晓得你的那张麻子脸不待见人的？男大当婚、女大当嫁，那得要明媒正娶，你是偷着把人家女儿肚子搞大的啊，搞时可曾问人家芽娘肯不肯嫁给你？两老人把女儿养到十五岁，就是灌水也灌了几水缸。你不是明媒正娶，是暗里采花！是暗火执仗！你做这事时可曾想过丈人的感受？假如换你呢，你的女儿被人也这样……"费麻子头闷着一言不发，但还在寻找理由，嘟嘟囔囔地说："姑娘愿的嘛。"张强桌子一拍："她多大呀！才十四五岁哪，还是个伢儿，一口叫你一个哥，你脸上的麻子怎不臊得鼓起泡来啊？"费麻子低下头，脸磕在桌面子下头一言不发。隔壁有女人在哭，还有男人的叹气声，两人都晓得是珮姑娘的父母。张强把费麻子的耳朵一拎，说："喝酒！男人别老做没出息的事，跟老人还拆芦帐！想认儿子你要有担当。跟我去窑上做事，儿子要上学识字，要成家，这要给真金实银的，你有吗？就这一脸的麻点还有一间风吹就倒的草房？"费麻子头点得像啄米的鸡，说"去、去，跟丈人挖泥，他老了，我有力气。"张强手往前一劈，说："慢！"，费麻子不知道说错哪里了，抬头盯着张强的脸。张强说："我跟你说，明里你不好叫丈人，没这道理的，你还没听清我说的话？你得给老人留张面皮。你只好把'丈人'叫在心里，嘴里只能叫'伯伯'，不好叫'丈人'的。你要大家都好，就遵这礼数，遵了这礼数，对老人又好，又去窑上做事，我向你保证，你养老送终的事，我张强只要不死在你前头、我包了。披麻执杖肯定是你儿子。"费麻子跪下来对张强磕头，"哦天、哦地"地哭。

张强把两老人叫出来，灶屋里的话，房里都听到了，卢老爹老太涕泪交零，没想到揉泥团的女婿有这样的心肠，这样的品行，这样的肚量，还这样能说，给沈万和做砖头是大材小用，草鞋套在状元脚上了。老太抓着女婿的手恨不得也跪下才好。三个男人喝起酒来，老太炒菜。天不早了，张强想回去，却下起雨来了。他忧心忡忡，早上没想到下雨这样快，沈老板给他搭的棚子被风吹掉一个角，只要下雨就往里灌，本来说好下午修的，现在却下起来了。丈母看见女婿脸上不好看，问什么事？她心疼女婿也惦记女儿和伢儿，张强笑笑，说没事。继续陪丈人，他像吃了只苍蝇似的不舒服，有什么办法呢，有些事并不是全能遂人愿的，就像怕下雨就下起来了，什么都随遇而安，将就着过吧。奶奶伢儿的事，他不担心，桂娘要去的，这丫头，自从王洪父女把面店开到窑上，人奇怪得很，有什么事都喜欢跟她说说，也才十七八岁哪。

王洪父女卖完了面，天就下起雨来了。桂娘急急忙忙冒雨带着吃的往张强家赶。风狂雨大，雷鸣电闪，她赶到张家时孩子们躲在桌子底下，房门却关着。她问孩子："娘呢？"大女儿叫娟子，指着屋里，说进去个不认识的伯伯。桂娘脑子轰地一下，敲门不是不敲门也不是，珮姑娘并不是个随便的人。她没冒失，侧着耳朵贴门听屋里的声音，女人在骂"畜生"！桂娘知道在屋里的是个坏人。她使劲打门，边打边喊，说："珮姐，开门！开门！"门开了，从屋里闯出一个蒙面人来，桂娘被撞倒在地，转过身来抱着那人的腿不放，那人见是个小巧的女人，恼起火来又踢又打，孩子被吓得尖叫，那人做贼心虚，怕尖叫声引来别人，猛一挣扎就逃之夭夭了，桂娘翻起来追过去，那人出门往西溜，桂娘直追到河边，那人跳上船，提篙一点，船钻进了对面的被芦苇掩着的河道里无影无踪。桂娘直跺脚，那人套着只露出眼睛的头套，那眼神她似曾见过，背有些驼。低头一看，那人跑落下一只鞋。她拾起来带回去了，桂娘发誓，一定要找到这个家伙，给珮姑娘出气，没王法了，光天化日之下，乘人之危调戏妇女，滩上还得安宁？她知道溜走的肯定是西荡的土匪。都说新来的土匪做匪守道，她不相信了。

桂娘往回走的时候，天已不下雨了，父亲王洪慌慌张张地迎面跑来，看见了女儿才放下心，在扶棚子，看见她手臂上一圈紫色，知道是被强人打的，心疼得很，桂娘却像没事的人一样，强忍着疼痛一瘸一拐地在前面走。老远就看见珮姑娘带着孩子朝她张望，孩子们咬着馒头。桂娘吩咐珮姑娘跟孩子，父亲回来后千万别提刚才发生的事，他会闯到西荡拼命的。土匪的情况还没弄清，不能轻举妄动。

棚子是不能住了，顶全塌下来了。桂娘帮珮姑娘收拾起能用的东西，父女领着孩子朝窑上走去。半道上碰到张强和他丈人，后头跟的人是个麻子，桂娘没见过，但听说过，好事鲜有人知，乱七八糟的事没人不懂。

张强的丈人不放心大风大雨中的棚子，丈母不放心随时要倒的棚子里的女儿，两人都担心几个外孙女，雨还没停，丈母就催老爹跟张强走，天好了，老爹还要下荡挖泥；费麻子也跟着来了，因为他瞭到了希望，他信得过张强。张强说了，只要他对老人好，保证他跟珮侯养的"偷侯"给他披麻执杖、给他送终。费麻子相信鬼，他老担心去了阴间被人耻笑，黑白无常拿链子锁他去阎王前销号，知道他没儿没女、安排住舍都是按照阴间规定的，道师说，阴间的房屋叫"地狱"，共一十八层，阴阳两界从地面分，一十八层是从平地往下数，没儿没女的是肯定缺德事做多了被打在十六层，比那些男盗女娼、杀人越货、忤逆不孝的人只高两层。道士告诉他这阴间的规定后，他夜不能寐，瘦得脸皮挂拉下来像块抹布，圆麻点被拉成蛆子大小的凹坑。他恨卢老爹生生地拆散了他和珮姑娘，所以他就报复，就拆隔墙，反正要被阎王打到十六层去，最多也就是下十八层地狱。这下不愁了，他要用努力换取卢老爹对他的信任，张强说了："认不认，看行动，对老人好，这事就成。"他下决心跟老爹来窑上挖泥，只叫伯伯，不叫丈人，为这承诺、他跪在张强面前发过誓了。并保证关于捅芦帐和珮姑娘之间的陈芝麻烂谷子的事缄口不言。说句良心话，费麻子除了脸上不光鲜，做事真好，他种的八分地比人家亩半都收成多，他会变着法子套种、夹种，不仅卖力气，也有眼光。他说跟老爹下荡挖泥，只要老爹摇橹，不要老爹动锹，他愿意多做，挖泥也要用巧力。他敬老爹一杯酒，说："伯伯，你就把我当儿子，不行，当着一条狗也可以，强老弟要养六七口人，他顾不得你。有我在呢，别担心，两人一条船，你老就歇息。"他看着老爹低头不语，眼角红红的，还以为是被他的话感动了，并不晓得老爹在骂他，要没你糟蹋我女儿，我能把女儿嫁给这么个穷得叮当响的窑花子吗？骂归骂，恨归恨，他还是让费麻子跟着来了，人老了，不中用了，挖泥不靠赌气、靠力气，前些年还可以，这两年不行了，人家一天能挖四船，他只能挖三船还吃力，一船是一船的工钱，船是租的，按天计的租金。老爹急于寻钱，孙子大了，他总得再盖两间屋，他看中了费麻子和他合垛墙的屋，往西还有空地。要是有了钱，给他搭到旁边去就好了，这就"九九归一"、成了方圆。他同意费麻子来，不仅是张强说了，麻子愿来，最主要的是他要用钱，姑娘不能就这么给他了，就是他租的挖泥船，人家也收租金，绝不能便宜了他个畜生。只是今后两人天天在一起，看着费麻子还是像吞了只苍蝇，他跟女儿做的那些龌龊事实在刻骨铭心。小杂种，你不是要对我好吗？老爹还不晓得张强暗里答应麻子死了给他披麻执杖的事，还以为怕了张强的拳头。老爹在前头走，费麻子走最后一个，他老是吩咐老爹说："伯伯，刚住雨，路滑着哩，别跌跟头。"老爹手抓着张强的衣角似乎听进了他的话在点头。他还是不晓得老爹在骂他，咒他，在祷告说："老天在上，菩萨有眼，十八层地狱一定要留一间给后头的麻子。"也难怪老爹，谁家的女儿给人糟蹋了都是奇耻大辱。这恨不是三句话二两银就能抹平的。

三个男人路上碰到桂娘和孩子安然无恙，放下大心。桂娘告诉他棚子倒了，去跟老板商量商量找个临时落脚地方。泥泞的路上谈笑风生，都说着轻松事，张强和丈人还有费麻子还带着酒意，刚才发生的绝不轻松的事除了桂娘父女都刻骨铭心，珮姑娘是个没心没肺的人，仿佛不记得了跟在桂娘后面似乎要去住高楼。几个小孩子吃饱了肚子，早已乐不思蜀，把躲在桌底下和坏人闯进里屋，娘的惊叫声忘得干干净净。

三天后，那块棚户区热闹非凡，沈万和把棚子推倒了，请来木匠李三，泥瓦匠杨百步在重建。窑工见老板这样对他们，感激得很哪，都跟在匠人后头来卖力气。桂娘是第二次见木匠李三。第一次就是李三给刘林建房的时候，父亲把他请来在面店里跟刘林见面说起建房的事。她只记得这年轻的木匠老偷偷地看她，偶然目光相接，会莫名其妙地脸红，她有些好笑，走千家踏万户的匠人脸皮还这样薄？

杨师傅年纪大了，攀高上低的都是李三，活儿做得利索，又是一副笑脸，露出一嘴的白牙。他知道杨老师傅是桂娘的外公，桂娘有种这小木匠讨好外公的感觉，她有些好笑。带着伢儿在场地上转来转去的女人，闲着没事，看着匠人帮她们建房子，匠人中有个李三长得特别周正，一问还没成家，估计还是只没叫的小公鸡，因为脸红得快，就换着法子跟李三搭讪。有的有心引诱，当着他的面给伢儿喂奶，或是用屁股蹲他的腿；有的就是逗个乐子，悄悄地在他身上抓把捏把。李三来了两三天，工地上就比原来热闹起来，老是响着"咯咯嘎嘎"的女人浪声。除了卖完面条来到工地上给外公打下手的桂娘外，匠人们都是男人，起房造屋原本是很庄重的事，老百姓家里都要选日子，用三牲供祭后才开工，工地上女人还要禁步。这里不要，沈万和不讲究，他只要房子牢实。匠人们对光天化日下，有女人在起房造屋的工地上这样"浪"是头回见识。只有老瓦匠晓得，住这房子的窑花子的奶奶们，打俏骂骚免不了的。这些女人是这世道上最底层的人，她们在贫穷的生死边缘上挣扎，"浪"是不愿屈服，就是死，也要像飘落河底的砖屑，先激起水面浪花。窑花子是男人，所以还比她们高一层。匠人们从来没有"享受"过这等待遇，女人们看着自己的男人上窑去了，就肆无忌惮起来，从棚子缝里偷窥着匠人，再品头品足，为了证明自己品得正确，指指点点，浪声此起彼伏，旁若无人。匠人们也不见怪，做事更加得劲。桂娘脸皮薄，虽然在大生厂做工时，男女打俏骂骚司空见惯，但纺织厂是女人的天下，几百个人的车间，只有几个修机器的男人，只要发现女人对他注意起来，就像过街的老鼠溜走，唯恐被女人们捉住。那里织布机响得震耳欲聋，只看到女工们放肆的眼神，没这儿口无遮拦、春话随口就来，还动手动脚的情景。但匠人们就是喜欢，连外公也笑眯眯的。老人只听不看，他把自己当作多余的人。匠人们见老师傅也权当没看见就大胆放肆起来，他们为李三打抱不平，胆大的对着浪得狠的女人悄悄招招手，有不嫌把事弄大的女人就来了，都不是省油的灯，剁砖斧凿声反倒成了尖叫、春骂、淫声秽语的伴奏。外公斜瞄着被女人围攻得躲躲闪闪的李三，无奈地摇头微笑。从他眼神里能看到老瓦匠挺喜欢那小木匠。桂娘不习惯这场面，羞红着脸要溜，外公悄悄地对她说："姑娘，你看那小木匠，他老是朝你看哩，谁要是嫁给他也是个福气，是个靠得住的匠人。"说着这话时又看了外孙女一眼，似有些惋惜。桂娘听懂外公说话的意思，看明白外公眼神，是说假如不是早跟王浩定了亲事，她跟小木匠倒是蛮好的一对。

第十五章　荡匪绑架

　　腊月初八。桂娘卖完了面，吩咐父亲先回家，她给张强家做了一钵头"腊八粥"。桂娘来到张家，就忙着收拾。淘米水流了一地；脏鞋袜浸在水里；桌椅板凳上趴满了红头苍蝇。家里乱七八糟，跟当家女人的光鲜脸面不配。卢珮姑娘不懒，从小给娘娇养惯了，不晓得怎么收拾，三五天桂娘都得来一回。她在张家吃了饭才离开的。

　　砖窑上，上午是个热闹的时光，像个小集镇，充满了生气和活力；下午，摊贩走了，窑工劳作了大半天，也渐渐地泄了力气。到了傍晚，就是有个女人从身边经过，顶多瞄上一眼了事，嗅着浓烈的香味过瘾，搬动两条腿，像背着山。这时候的沉闷就是窑景；到了晚上，除窑膛口向黑暗透亮着火光，到处万籁俱寂。狗叫声能传出四五里远去。

　　大概二更天光景，睡在床上的沈万和夫妻都听见王洪在窗外问话，虽然轻言低语，声音只比蚊哼高点，但听得清清爽爽："嫂子，你老病犯啦？桂娘在你这边吧？"平常云姑有个伤风咳嗽的，桂娘就陪她过夜。云姑说："我好的啊，伢儿没回去？"两人一着急，倏地起床开门。王洪说："要么还在张家？"两人也没客套，跟着他匆匆忙忙往张强家赶来，也不见桂娘。三人心里都一"咯噔"，王洪问珮姑娘："桂娘什么时候走的？"珮姑娘说："吃完饭就走了啊？"大家面面相觑。娟子从床上爬起来说，"我听到有人在喊桂姨的。是个男人声音。"这下连张强都紧张起来，他们都想到西荡土匪。一阵心慌，向西荡口走去。

　　通向西荡的路只有三尺宽，覆盖着厚厚一层半死不活的"扒地草"，它们不知用了多少个春秋，是从路的两侧拼命一点一点地向路中央爬过来，只是想触摸到对方，最好缠绵在一起，哪怕经受路人的踩踏。还真有地方被路人踩露出了泥土，张强提着灯笼，照着路面，大家细细地看着可有些蛛丝马迹，但没看到女人的脚印。走到荡边，只能从打鱼人拖船下荡撕开的芦苇口子看到水面，突访的来客惊动了沉睡的野鸡，"嘎……嘎……嘎……"扑棱棱冲天飞起。鸟去了，西荡恢复了死一般的寂静，斜月下的水面闪着阴冷的光。

大家跟着张强下滩，蹲下来仔细地看着湿漉漉滩土上的脚印，有两个脚印特别清新，踩下的脚窝极深，应该上船时肩扛着重物。蹲在张强边的王洪在颤抖，他在苇草里捞起了一把勺子，那勺子是女儿舀面汤天天用的。

沈万和抓着恍惚要倒的王洪，说："洪哥儿，别急、别急！听李汉文说，唐九不是劫色的人。吉人自有天相，别伤心乱了分寸，容大家想想办法。"王洪抓着沈万和的双手还是不能自已，张强急忙把灯笼交给云姑，挟着王洪另一只臂。四人就这么站在荡边许久，沈万和知道就这么守着也不是个办法，生拉硬拽着拖王洪往回走。王洪是一步三回头，心里全乱了方寸，畜生唐九，我王洪得罪你什么地方了？为什么拿我女儿出气？他真走不动了，一屁股墩在地上，回家怎么跟老夫人交代呢？

王洪天亮前才回到家，一看就晓得母亲一夜未眠。王洪按大家编好的话应付着老夫人，说是云姑寒腿病犯得比以往都重，留姑娘过夜什么的。王洪从来没说过谎，老夫人"哦、哦、哦"地应着，她已看出儿子不诚实的尴态。儿子从来不说谎，今天说谎骗她肯定是出了大事情。她说："那就让她好好陪陪云姑吧。你一夜没睡，躺躺去。店就打一个早上的烊也不要紧的。我可得睡会儿了。"

儿子说："哦，不碍的。"转身走了，出门竟忘了把门带上，老夫人看在眼里。她和衣靠在床头，心里不是滋味，姑娘能出什么大事呢？一会儿，媳妇杨素风风火火地跑来了，说："娘，你得说说王洪了，先把水往油罐里倒，再拌面又舀油。怎么啦？我问他昨夜去哪儿了？他说去珮姑娘家去了。我问张强可在家，他说不在。娘，你说，你说，他，他、他……人家男人不在家，你跑到人家到天亮才回来，做什么啦？"杨素是个没心没肺的女人，还要说什么，给老夫人打挡住了，说："姑娘，你去屋里带伢儿，别在这里叨叨咕咕的了。"老夫人是第一次跟媳妇说不客气的话，她心里烦。杨素看了婆婆一眼，嘀咕着说："你儿子做得对吗？还不能说？"眼圈红着跑了。

老夫人起床了。灶房里确实是给王洪搞得一塌糊涂，她默默地收拾着东西，说："儿啊，忽然不去窑上卖面，你得去打声招呼的，去吧，这儿有我。"她推着儿子走。姑娘有什么事你得去啊，待在家里就诓着我没用。老人没点破。

王洪来到窑上，店门口站满了人，王洪陪着笑脸打招呼："哥们，今天可得打招呼，起来迟了，面没来得及轧，多担当点。"沈老板从里面走进来，说："洪哥，他们都懂了桂娘的事，不瞒大家了，商量着看怎么办。我把李先生请来了。"李先生叫李汉文，是他的账房先生。李汉文说："洪哥儿别慌，唐九是我三姐夫的堂侄子，我多少了解点他。唐九不是个下三滥的人，假如姑娘被他抓到荡里不碍大事的。他绝对不会做奸淫妇女、杀人越货的事。更何况兔子不吃窝边草。先沉住气，如今天没有消息，明早我亲自下西荡一趟。"王洪像捞到根救命稻草，抓住李汉文的手，连说"拜托、拜托……"，恨不得跪下。

一天一夜无话，晚上王洪根本没敢回家。他请卢珮姑娘去家里跟老夫人说，沈老板来了雅兴，请了几个票友来聚聚，叫他拉把二胡，叫她来拿二胡的。夜里就不回家了。卢珮姑娘是个不带心眼的女人，别人怎么吩咐、她就怎么说，说完就想走，她也想着桂娘的事。杨素儿还记着昨夜王洪说的话，看她极不顺眼，说："是在你家拉二胡，还是在王老板家？"老夫人知道怎么回事，训斥了她一声："别过分了啊，姑娘，把二胡拿给她。"杨素不敢作声了，规规矩矩地去墙上取二胡。珮姑娘根本不晓得杨素说的什么，回身拿着二胡走了。

王洪就在沈万和家坐了一夜。大清早，李汉文来了，一看没有消息，就准备下荡。张强来了，匆匆忙忙送来一封信，说是谁塞在他门缝里的。李汉文打开一看，舒了口气，说："姑娘是在西荡，无大碍、无大碍，老弟，我就念给大家听吧。"他咳嗽了一声念道："王洪先生台鉴：晚辈唐九草莽行事，为先生带来心忧甚歉。虽落草为寇，但小可不行不耻之事，令爱在此安然无恙，请放心。究为何故强请令爱，待日后细禀，今日只是报个平安。另有不敬之嘱，万望先生和沈老板听之一二：不报官府、不强闯荡，在下斗胆呈词，若有上述之举，在下无奈，已属匪类，难改恶习。近期令爱会平安回滩，冒犯之举，余容续陈。顺祝滩、窑安泰。唐九（师爷代笔）×月×日。"念完了，大家放心了许多，最起码有了消息，王洪还皱着眉头，李汉文看出王洪心里的担忧，他毫不怀疑地摇了摇头。说："洪哥儿，你就按唐九要求做，谅他不敢胡来的。"

搁下此话后的第三天深夜，桂娘完好无损地被唐九手下送出荡，平安回家。总算事告了一段落，家里人皆大欢喜。桂娘仿佛去哪里闲散了几天，没有半点虎口逃生后心有余悸的神色，她在三天没有生火的锅台上忙碌起来。杨素却喋喋不休、问这问那，都是关于女人名誉最要紧的话。桂娘不生气，不厌其烦、信誓旦旦地向她保证，她还是半信半疑。王洪紧锁眉头说："你希望伢儿什么样子才满意？"她不说话了，咕咕囔囔地还围着桂娘看来看去。这时候的桂娘不是她的女儿，是儿媳了。老夫人从桂娘的眉宇间能看到些东西，事情经过肯定惊心动魄，远非简单，伢儿只是不想说罢了。她对杨素轻喝了一声说："你进屋去看伢儿去吧。"

店里打烊熄火。王洪吩咐女儿说："今夜你跟奶奶睡吧，这两夜她有些咳嗽。"桂娘点点头，她知道父亲的用意：她不是儿子，好多事父亲不好多问，女儿也不好说。祖母跟孙女儿亲，又会体贴人，桂娘落下什么心病，老夫人会给她开方子的。果然，桂娘躺在老人怀里还没等祖母问，先是一阵大哭，然后竹筒倒豆子什么都说了。

那天桂娘出了张家门，通向西荡的小道上有人在喊："姑娘好啊，请你帮个忙行吗？"桂娘扭头一看，路边坐着个戴着草帽的男人，双手捧着脚在哼哼，应该是受了伤。她连忙赶了过去。那时是往西去，太阳的边儿开始咬着芦花。"脚怎么啦？"桂娘问。"被玉米秆戳了。"桂娘弯下腰看他的脚。那人却乘机把她摁倒，嘴里塞上布团，还捆了起来，装进麻袋。"姑娘，对不住了。"他边打招呼、边抄起麻袋上肩，向荡边跑去。

一只小船早在河下。桂娘听到摇橹声，知道在水上了，晓得被土匪劫持她害怕极了，因为不知道土匪为什么劫她。小船箭似的在水上飞行，土匪边摇橹边说话："姑娘，我只是奉命行事，管不了你善良不善良，我家老爷应是个本分人，今日却抓你入荡，是因为你长得太好看了。女儿长得漂亮可不是个好事情。"她这才晓得土匪"劫色"，更害怕了。说话间，船已慢了下来，只听汉子一声"咕咕"水鸟叫，岸上问："到手啦？""到手。"她听到搭跳板的声音。汉子把桂娘扛上肩，走了一阵子停了下来，大概到了目的地。抓他的汉子说话："当家的，人给你带到了。""谁教你如此请客的？还不快快松绑？"有人在训斥，声音洪亮略带沙哑，似乎还有些恼怒，听口气就知道是要劫她的人。"不这样会请得来吗？猫也咬人的。"抓她来的人不敢大声辩护，解麻袋时低声嘟囔着。"拿把椅子，给姑娘坐下。"桂娘听到那人在吩咐，只是声音不在近处。她虽然自由了，却难站稳，摇摇晃晃，有谁抓她的手仿佛要扶她一把，她用力甩开。"还挺有脾气的哈！"身边响起一阵笑。她刚从麻袋里出来，眼睛见不得光亮，晕晕乎乎的，手摸索着椅子想找个支撑。睁开眼睛，被烛光映得难受。她揉了揉眼睛，看清了眼前两丈开外站着许多男人，短打、长袍，说不上奇装异服，但各种打扮都有，确实是一群流浪汉。桂娘看得有些可怜起来，畏惧也减了几分，但还是讨厌。这班人的神态，虽说没有打家劫舍、杀人越货那样的凶神恶煞相，但看她的眼神中，总含着男人看女人那种让人极不自然的怪异，多少有些色迷迷的，她受不了，像被他们用竹竿梢撩她的前襟。更让她难受的，"啧啧"声刺耳得很。

桂娘打眼看了下眼前一群家伙，仪态举止都差不多，没有人像匪首的样子，唐九那样有名声，假如在其中，应该是"鹤立鸡群"。她更害怕了，仅闻声不谋面，是不是要手下先给她来个下马威？她身体紧缩着，仿佛这就能保护自己。求生的本能，她战战兢兢，却没忘顺着刚才说话人的声音方向寻找着匪首，她知道自己的命运被那人捏在手心。是个什么长相的人呢？假如五大三粗，一副淫棍相，她就想着怎么死了。

她没坐下，抓着椅子的靠背、抿着嘴，叩着牙，想让密切的叩牙声，逼着腿不打战：别怕、别怕，在土匪面前有什么怕的！船要靠岸的时候，听到抓她的人和岸上人的对话，她就知道这班人是土匪了，说的半白半黑的话。是土匪，头儿就应该是唐九，两年前她就听说过唐九占荡为王的故事。原本说他是侠义汉子，怎做起绑架的事来了，还劫色!？驼子糟蹋卢珮姑娘，据说投了西荡，原本还想有机会碰到唐九，请他主持公道、惩罚一下驼子的呢。她有种受了欺骗的愤怒，这班土匪！她越想越气，气带来了胆量，牙不叩了，腿不抖了。桂娘推开椅子，揉着发麻的手腕，准备着只要有人向她走近，就拎着这把椅子跟你打，打不退就砸自己的头，反正没便宜让你占。她不巴望匪首出来了，抬头朝高处看去。这是一个七八丈见方大开间的屋，全木架结构，应该算是唐九的议事的"堂"。外边早已黑咕隆咚，屋里却亮堂堂的，四周用两丈来高的竹竿挑着插着红烛、箩大的灯笼，暗角里燃着两根松枝，淡淡的烟四处飘逸，空气里全是脂香味、蛮好闻的，心想这土匪倒会享受。她绷紧的神经松弛了许多。有人咳嗽了一声，她警觉地抓着椅子看着前面。那些堆在一起的人赶紧让开了道，稍暗处出来个汉子，还没看清面目，样子高大，壮实。桂娘想他应该是匪首唐九了，心又扑通扑通地跳起来，大半是害怕，毕竟唐九不是一般的土匪。姑娘是个内心要强的人，她的害怕不会露在脸上，绝不会大叫大嚷，只是做着最坏的打算。她故意别开脸去再细细地打量起屋子来，看唐九说什么。屋是简单的木结构三角屋架、芦帐顶、芦帐墙，满屋的新芦气味，蛮好闻的。刚才咳嗽的人又咳嗽了一声，她躲不过去了，丑媳妇总得见公婆，才回过头来看着咳嗽的人：三十上下的年纪，丈一二的个子，古铜色皮肤；四方大脸，豹头虎眼；半指长钢刷般的头发，乌黑如墨；一双剑眉斜挑额沿。桂娘的感觉这人是剽悍、孤傲，落魄和匪气的混合体。他上身白衬衣，外面套一件湖蓝色的新棉无纽扣背心，衬衣对襟开处缝着整整齐齐的七对黑色百脚蜈蚣结；白色袖口，套四寸长的黑色松紧扎；衬衣下摆置在青布长裤里，裤腰上系着三寸宽的黄腰带；白粗布绑腿直打到离膝盖下一寸处方休；蒲扇大脚，穿粗布白袜，踏金黄色苍蒲草鞋。一身利索短武打扮，说他是土匪，不如说他更像走江湖的侠士。桂娘不害怕了，仿佛对他生了一些好感，但气还是生着的，就带些"冲"："咳嗽什么？有话就说，你用这种下三滥法子，光天化日下把我绑到这里做什么？就不怕雷劈？"桂娘"冲"完，揣想着对方会怎样对待她，不管了，怕也没用，想骂就骂，土匪就是土匪，没理可讲，她用主动进攻壮着胆。男人欺负女人，是因为女人好欺负，你拿出胆量来说不上也能吓倒对方，她豁出去了，大不了就是一条命。但她把兴师问罪的话说出来，心里还是打着嘀咕的，怕凭一时兴起枉送了小命，家里还有祖母、父母、弟妹。桂娘心里又开始打鼓，但脸上不甘示弱，抿着嘴，瞪着眼，仿佛时刻准备着，她不知道自己怎么瞪眼眼也瞪不大，更别说眼露凶光了，她天生就是个慈善面相。但她心里想着，只要对面唐九敢对她动手动脚，她就跟他拼命。桂娘猜对了，咳嗽的人就是唐九。桂娘的虚张声势还真震慑住了他。唐九对姑娘先入为主、咄咄逼人暗暗佩服，小小年纪，能如此镇静真属少见，他从心里已敬了三分；再细细打看，虽不如人传的美如天仙，但端庄、大方，慈眉善眼特见长，确实长得周正；不足是瘦了点，环肥燕瘦，瘦让人见了多了些惜怜，要下手也不好意思下手。唐九反背手走到她面前来了，他说："姑娘能如此镇定自若，倒还是让我刮目相看了。我叫唐九，是个海匪，你听说过吗？"

唐九自报家门，以为能吓对面的姑娘一跳，但桂娘没跳，反而轻松了许多，唐九背着手一摇一摆地向她走来，她就好笑，这人是在装模作样。她摇摇头，一本正经地说："我只关心正经人，不关心下三滥货色，什么唐八、唐九，我没听说过。"她想挫挫他的锐气。平白无故被你抓来，你知道误了我多少事？回家晚上还要擀面做馒头，晓得给你抓到这里来，大人还不急死了？想想真有些生气了。唐九给桂娘不软不硬地怼了有些下不了台，想发作又怕下人笑话。他心里折腾了一会，自认晦气，怪不得别人，是自己理亏。他开始找台阶下，给桂娘赔不是了，唐九说："姑娘别急，你先坐下听我说两句。"旁边人先还为姑娘捏把汗，看见唐九没发脾气心就放下来，帮打圆场，大概跟在唐九后头来的先生是个师爷，举止和长相文气。说："姑娘坐下跟我家老爷说话。"桂娘识相，顺坡下驴，在人家屋檐下总得低头，有个长者出来打圆场应见好就收，对师爷行个躬身礼算是谢座。唐九已坐下来了，见桂娘不卑不亢，心中有了几分佩服，说话也开始学斯文。他说："姑娘，在下两年前就来到贵地蜗居了，生性鲁莽，因久闻姑娘芳名，动了粗念，这是万万不该的，冒犯了姑娘，在下就赔个礼吧。"说着要作揖，他以为姑娘不敢受的，所以手心护着手背是慢吞吞地往上举的。哪晓得桂娘"哼"了一声动都没动，师爷在旁边暗笑，看来这姑娘准备受这大礼了。跟唐九共事多少年了，除了他娘，还没见他给谁认过错的。唐九面红耳赤，狠狠心就真要行礼，桂娘识相，知道不是逞强的时候，连忙说："别、别、别，小女子受不得壮士礼的。刚才说笑话了，实早闻大名。壮士你是黄海里的一条蛟龙哪，滩上早有议论。壮士你祖上也是荣耀得很。我算滩上有幸的人，第一个能见上真佛，但就没想到被骗子装进了口袋，仿佛哪家的羊遇上小偷，只是瘦了些，没有油水。"说得她自己抿嘴笑了。唐九自嘲自解，一句

"姑娘好一张伶俐的嘴"脱开了尴尬。他靠着桌转角坐下，见桂娘应答自如，他反又不知道怎么往下说了。桂娘看着唐九尴尬的样子放心了许多，要真是个坏人对她不需要这么客气的。唐九思忖了半天，忽然说了句："小姑娘如此淡定，就没有想到我会怎么了你?"桂娘低下头，没想到唐九说得这样直白，脸上布满了晕红。她不敢看唐九。好半天，她抬头看着高处，四周烛光摇曳，稍显暗色的屋顶下，像飘逸着天亮前的雾霭。她摇了摇头，叹了口气，目光盯着屋顶，仿佛那就是天空，她像被关在笼里的鸟，自说自话："飞不出去、飞不出去的，世道如此混乱，我个小女人就是根草。我王桂娘平常不善说话，被壮士抓到这里来当然害怕出现最坏的结果，就学着油嘴滑舌，掩盖着恐惧。滩上人都说着壮士不扰民的好处，假如还做伤天害理的事就伤了乡亲的心了。不会的、不会的。壮士是身躯的强者，良心未泯，应该不会弱肉强食。何况我一个滩上卖面的女人，不值得让壮士没了名声。"

桂娘说完话，回过头来，忐忑不安地面对着唐九，她是生死一搏了。她惊讶，唐九额前竟冒起汗珠来。她有些惶恐，说："壮士是不是怪我言重了?"唐九越发汗多，对付倭寇他有办法，对付这样的女人他毫无经验，何况是自己错了，唐九开始后悔，不应该抓桂娘来西荡，但就此罢休又不甘愿。他借用挪动着坐在椅子上的屁股掩盖着尴尬，说："在下把姑娘请来，也只是因为久不外出，想请姑娘讲些外头的话开开眼界。"桂娘放心了，以为说阵话就能放她走。但唐九接着又说："今日已得罪了姑娘，就看我张老脸住个三五天吧。"桂娘心里"咯噔"一下，站了起来，她额头上开始冒汗了。看了唐九一眼，慢慢坐下。看似唐九面容和蔼，但神色里没得商量。土匪就是土匪，她心里虽害怕又焦急，但警告着自己，可不能惹急了他。

桂娘说："你是名贯江海的大人物，给我这么大的面子我还会不识相? 你这里弟兄众多，不嫌我下的面呛口，一定要留下我，就到后面厨房做个火头军可行? 我家就是开面店的，千万别嫌我的手艺。只是……"她在想着怎样让唐九放弃久留她的念头。"姑娘但说不妨的。"唐九见她吞吞吐吐，叫她说出"只是"后头的话。"那我就直说了。"桂娘说，"你兄弟把我抓上船的时候，那把舀面汤的勺子我落在荡口了。滩上人火星子性子，虽说百家姓，溯源不同根，但谁家出了事即刻成了一家人。几天见不到我，特别那些窑工，我担心，怕他们做出出格的事。凭那把勺子，他们估摸我在这里。进荡也难，就守着荡四方，壮士总不能不出荡吧? 眼下秋冬相交，荡里随便哪处生起把火来，将是不得了的事。我死了不足惜，可是先生你一世英名就没有了。"

唐九脸挂不住了，桂娘说的是绵里藏针的话，可是事实。他还没有马上要离开西荡的打算，绝不会得罪滩上乡亲，把桂娘抓过来，只是一时兴至，现在倒弄得下不了台。他不自然地"咳、咳、咳、咳"地咳嗽了几声，说："姑娘想得多了，请姑娘来，在下绝没恶意，还就只是想听听外头的消息。总不能两耳闭塞，孤陋寡闻，藏在荡里像只冬蛰的田鸡。""谢谢、谢谢，壮士高抬了我，那我就恭敬不如从命。"她怕唐九反悔，干脆逼他一下，说，"唐先生，你总得让我家里人懂我在这里啊！时间长了，免不得家里人忧心忡忡，一个女人忽然没有了，这种消息比瘟疫传得还快，不出明天就会把滩上弄得人心惶惶，到时候先生你想说个清白，就像进了染缸的布，要洗也洗不掉色了。"桂娘把对唐九的称谓由壮士改为先生，又把唐九的面子涂了一层好看的脂粉。唐九连连称："放心，放心，在下一言九鼎。这就给姑娘家送信。"随即吩咐师爷，"高先生，给姑娘家修封报平安的书信。"就这样，一封家书按桂娘吩咐，连夜送到张强家，大家见桂娘平安无事，才算放下来心来。

第十六章　化险为夷

　　桂娘稳住唐九，生着法子让他书报了平安，心情好了许多，她答应住下了。唐九好高兴，吩咐手下多准备几个菜，为桂娘压惊。他请桂娘坐在右边，说伴角坐，好说些话。桂娘连忙摆手说："我还是坐左边去的好，就是个上不了台面的身份。"她往左移的时候，忽然灵机一动，说："桂娘就是个下面娘，长得让先生见笑，要不，就坐先生对面？"唐九大笑，说："好、好、好！"他知道姑娘还防着他。唐九喝酒，她喝茶，别扭极了，虽然见识不少，但这样的场合估计滩上也没人碰过。小小年纪，人微言轻，面对的又是杀人无数的名匪。礼数从小就熟悉，虽说应对算是得体，但还是惴惴不安。毕竟才十七岁哪。

　　酒席上桂娘一心二用，边应付唐九，边想着唐九酒醉饭饱后……不，要是他喝醉了可会发酒疯，或借酒意装疯？她打了个冷战。唐九以为她冷，大声吩咐身后的汉子说："炉子里加些柴火。"

　　罢、罢、罢，不多想了，桂娘用双手抱着身子，装着真冷的样子，打岔说："荡里湿气就是比滩上重。"她侧头跟添柴火的汉子说了声"谢谢大哥啊"，忽然心里警觉起来，似乎这人背有些驼！她想起张娟子说是个驼子欺负她娘的事来。"这位兄弟好面熟啊。"她又认真地看了一眼。那人面对着炉子，弯着腰，她看不清，是要他搭话。"哦？我倒想不起姑娘来，今天是第一次见，姑娘长得真周正，怪不得我大哥把姑娘请到荡里来呢。"说着他站直了恭维地回答，桂娘悬着的心落下来，人家不驼，自己看花了眼。说了声"大哥和我在大生公司的一个师叔长得好相像，也是有缘啊"。她解嘲自己。

　　折腾到现在，桂娘也饿了，还是中午在张强家吃了碗"腊八粥"，肚子早在叫唤，看着满桌的菜肴，只要唐九说声"请"，她就不准备客气了。菜不丰盛，都是荡里的土产，桌上只有一碗肉，她想应该是为她准备的，这也让她感慨万千，唐九不是个花天酒地的汉子。她像在家里吃饭一样，既不粗鲁，也不装娇，在祖母王老夫人身边长大，养成了大大方方，还有点文静的性格。

　　唐九看在眼里，越发佩服。他夹了块肉放在桂娘碗里，桂娘说了声"谢谢。"也增加了对唐九的好感。桂娘虽说咀嚼肉时目不斜视，但眼角的余光还是发现唐九看着她，不由得又有些紧张，就一男一女面对着吃饭总不是好的情境，她在想法子解脱这尴尬的场面。她看看添柴的汉子，忽然想起一句话来，对唐九说："滩上人说，'二人不赌钱，一人不喝酒'，先生，这么多菜，我不会喝酒，扫了先生的雅兴，要不叫这大叔来陪先生几杯？"

　　"好一个会解窘境的姑娘！"桂娘刚说完话，里屋传出个老太太声音，朗朗的。添柴的汉子赶紧揭开帘子，一个坐在轮椅上的白发老妇被推了出来。推椅子的比坐在椅子上的妇人小不了多少，一看就知道是一主一仆，穿得算是整洁，但谈不上华贵。桂娘大喜过望，她估摸着是唐母，连忙起身，叫声"大娘"！利索地搀扶老人下椅。老人除腿脚不便，精神倒也爽朗，一看面相就知道是个善良人。桂娘心里一块石头落了地，老妇人是救星。她高兴了，问唐九："要是不错，老夫人是先生的高堂吧！"老人拉着桂娘的手惊讶地问："姑娘，你才多大啊？怎么这么会说话？"由不得桂娘分辨，摸着姑娘的脸颊，疼爱之情溢于言表。推车妇人对老夫人说："这姑娘就是小九说的滩上王老先生的孙女，桂娘。你看，耳闻是虚，眼见才实，真长得周正！"介绍名字时，推车妇人还特地加重了欢乐的语气。

　　桂娘这才知道唐九要抓她来不是一天的事了，这里早在谈论她。她心里恨恨的，要是自己也像老太太瘫手瘫脚，或像费麻子脸上高低不平那样多好！她心里想事，并没有耽搁回老夫人的话，蹲下凑在老人跟前，说："大娘，我是滩上开面店王洪的女儿，叫王桂娘，不懂事理，莽莽撞撞的，让老夫人见笑了。"唐母抚摸着桂娘的手，没有回话，又仔细打量一番，直摇头，对唐九说："儿啊，你的心思为娘清楚，婚姻大事你心眼儿高，但这伢儿你不配。"老人说得太直白了，弄得唐九面红耳赤，说："娘，你怎能这样当着姑娘的面说这话呢？"桂娘彻底明白过来，唐九抓她来是想要她做压寨夫人的，她心狂跳起来，面红耳赤，但表面上没有惊恐万状的神情。两老太太看在眼里，佩服得五体投地。

　　唐九早过了成家的年纪，他从来没个合适的。老夫人也着急，服侍她的沙婆婆告诉她，今晚唐九要去抓个姑娘来看看。她叹了口气，儿子也大了，操了这行，哪还可能来个名媒正娶的？抓就抓吧，但吩咐儿子，绝不许伤害人家。再说，兵荒马乱、世道炎凉，逃荒要饭、路边卖身求生的女子多的是，说不上就真"抓"个合适的来，说得过去就行，只指望知事知理，能为唐家延续个香火。所以桂娘被带到大堂，两人就在堂后看，一看就上了眼，赶紧叫沙婆婆给她简单地换了衣裳出来了。但她和桂娘一照面、一对话，心里凉了，这伢儿是颗珍珠，儿子是颗野果，上不得一个盘的。

唐九听到娘的话心里当然不自在。他是个孝子，不敢顶撞，但总感觉母亲太看低了自己。桂娘心中有数，知道要平安无事出西荡，只有依靠唐老夫人了。她抱老人入席，人不大，服侍得十分得体，她在家服侍祖母惯了的。老夫人连说："多懂事的姑娘，我怎没福气的？生了个只会冲冲杀杀的龟儿子！"说得唐九脸都没地方放，周围的弟兄笑话着他，桂娘不晓得，只有老夫人在的时候，唐九才不敢对他们吹胡子瞪眼。

当夜，唐老太太带着桂娘来到她的卧室，唐太太要认桂娘做干女儿，又不好意思说，跟沙婆婆捣了句鬼话，说："叫姑娘当媳妇不肯，可肯做个女儿？问问？"沙婆婆笑起来了，说："多好的事啊，姑娘要肯的，你俩做母女是注定的缘分。"沙婆婆还没说，桂娘就猜出个七八分，连忙对老夫人跪下叫了声"娘"磕了三个头。沙婆婆说："多乖巧的姑娘，我还没拿香哩，她就找拜起菩萨来了。"

沙婆婆对桂娘说："姑娘，今夜我就自个儿放假了，老太太交给你，要没服侍好挨打板子我可说不上话，你们是娘儿俩，我是个外人，是祸是福就在你自己了。"说着朝桂娘挤了下眼睛。桂娘感激得很，沙老太在告诉她平安回家的一条路。唐老太累了闭着眼要小歇会。桂娘紧走几步跟上沙婆婆悄悄地叫了声"干娘"。沙婆婆脚打了下顿，没敢抬头，黄土堆到颈了，带"娘"字儿的称呼今天是平生听到的第一声，她要哭，加快脚步去了隔壁屋里。

桂娘跟老夫人一宿无眠，老太太说的都是儿子小时候的故事，她一生的心血全润泽在六尺高的儿子身上，三十要到的人了，路是走得正的，脚步不稳，江湖气重，怪不得他，不古世道的罡风强雕刻着他的骨骼，她只能扶扶、说说，做母亲的惭愧。桂娘把自己的身世细说给老太太，这是她第一次告诉外人，连对干娘云姑她都缄口少言，怕的是人多话多，传讹了，人们传话喜欢添油加醋。她告诉老太太，王家待她胜同己出，传讹了的话会伤老祖母和父母的心。鸡鸣五更，母女相互诉说着伤心话，一夜都是泪泅涟涟，只恨相认太晚。沙婆婆来侍候唐老太太起床梳洗，老太太装嗔吆喝说："没叫你呀，我儿在哩，你歇息！"后堂传来鼓声，沙婆婆说："我是来提醒您老的，烟烛已点好了，怕菩萨等着了急的哦。"老太太早诵经从不耽误的，她来催老太太起来拜佛。看着一老一小的眼睛都是通红，她叹了口气，给桂娘侍候老太打着下手。老太太洗漱好了，沙婆婆也没走，用老太太的话说是"死皮赖脸"地跟在后面，她悄悄地对桂娘说："姑娘，老太太从来没有这么精神过。她真把你当女儿了，你多来看看她，孤独，滩上又不能去，去了也是两眼抹黑、没个亲人。我们这些人，人们传说着土匪唐九是红眼睛、绿鼻子，你看到了少爷，其实都是常人，我们这些'土匪'，不仅没虎狼相，还不如你，有家难归，像漂流的浮萍、没半点根基。平常就是有个买卖来了，有个人认识也不敢交结，人心隔肚皮。我跟老太太看得出你是可信的伢儿，说不上还能帮帮少爷。别怕少爷怎么你，我看得出来，他欢喜你，虽野性，但不是胡来的人，又有老太太这副挡箭牌，姑娘你把心放到肚里去。"沙婆婆看着下人把老太太推进屋里去了，晓得老太太只要见了泥菩萨就像见了肉身菩萨一样，虔诚得很，早已像做戏的入了"境"，悄悄地对着桂娘说："姑娘，我看得出来，你认老太做干娘，又这么殷勤，也为防身吧。放心，还有我哩。"桂娘心里打了个激灵，转头又叫了声"干娘"，这下两人眼眶儿都红了，沙婆朝佛堂瞟了一眼，"嗳"地应了一声，叫了声："好姑娘，我老太谢谢姑娘。"

老太太已在佛前念经，沙婆婆告诉桂娘，《大悲咒》《心经》是老太太早晚必念的，少爷不听话时她就狠劲地念《大忏悔文》。对"经"桂娘一窍不通，沙婆婆说："姑娘，我也不懂，但'阿弥陀佛'这句哪本经里都少不了。简单的四个字，对着菩萨念时说不出一种感觉，能压火，压愁，念久了能四大皆空，反正能让人静气平和。好多事我们这些人都是力不从心的，怎么办，急也急不得，撂也撂不落，就闭着眼睛念这句。当然到菩萨门前念最好，有句话叫'万念俱灰'，其实真的没了办法也就有了办法，念'阿弥陀佛'呗，念念就心无二念了。不信你试试？姑娘？"说着她真的进去了，站在老太太后头，两手"合十"念起来。桂娘也跟在她后头念起来。老太太已入魔，手数着楠木珠子，坐在轮椅上身子前仰后合、旁若无人地念着大悲咒："……南无喝啰怛那哆啰夜耶……南无阿唎耶……"可是桂娘却入不了"境"，在虎口里做不到"四大皆空"，进进出出都是锋利的牙齿。

唐九也是一夜未眠。毕竟是男人，叱咤大海的汉子，却不能叫一个小姑娘诚惶诚恐，他的自尊受创、心里烦躁；但他看中了这姑娘，既文而雅之，又敢爱敢恨，他从来没遇到过这样的女人，你说她长得漂亮，也算不上天生丽质，但就是看了一眼不能忘记。这姑娘，眼神里含着一股延绵不断的纯朴清韵，像在海空中飘逸着的一团棉花云。唐九有过女人，从来不缺。出自寒门、富门的都有，窑子也曾去过，在女人身上寻欢作乐是被海匪抓去船上开始的。那时已是绝望，糟蹋女人想让自己醉生梦死，后是心计，要得到老海匪信任要坏事做尽、十恶不赦。老海匪想收他做蟛蜞子，最后一次验证他的匪性和忠心，就是要他当海匪们糟蹋堂嫂唐玉姑娘。他明知不能为而必须为之，提起酒坛想喝个酩酊大醉，喝了半坛，被老海匪打碎坛子，他急红了眼提起拳头朝海匪挥去，老海匪失望的眼神让他猛然惊醒，半道里拳头瞬间转变了方向，拳头落在嫂子脸上，唐玉姑娘的门牙被打掉两颗。他像发情的狮子，当着老海匪像对付牲口那样糟蹋着嫂子，但他掌握分寸，装着是个乳臭未干的稚儿，一点都不懂男女之间的事，引得海匪们狂笑不止，说他除了打打杀杀，其他什么都不会，有海匪要上来给他"指导"，老海匪挥挥手，说："这小子能接班了，女人就赏给他吧。"车裂老海匪时，他是叫嫂子开搅车的，四根绳索四个方向，拉着老海匪的手脚扳动搅盘，嫂子没用，悲伤和痛恨早已不能自已，用这种惨绝人寰的方法，也无法解恨。大船往家乡海闸开的时候，他跪在堂嫂面前不知道怎样求恕，他回去怎样面对家人乡亲？堂嫂一拳头捣向唐九的嘴，唐九吐出嘴里的血，血里也带着牙齿，嫂子捡起数了数，也是两个。她说："这事我们两清。起来。"堂嫂在命令堂弟。唐九起来了，堂嫂招招手，大家却跟着她朝唐九跪下。堂嫂说："你是英雄！你是菩萨！你是祖宗！"说一句她带着大家磕一个头，"自从上了这条船，我们就没想着能回家。是你救了大家，做嫂子的还在乎那个拳头，还在乎被你糟蹋？更何况你没糟蹋！你懂人伦！就是真糟蹋了，嫂子也不恨你，范蠡为了灭吴，还让自己老婆西施给吴王睡了三年哩。什么嫂子？嫂子也是女人，你趴在我身上乱掐乱咬，没做成苟且事，我知道你心里在滴血，那不叫糟蹋，是在救命哪！我不打你不行，我是唐家人，还是你没出三服的嫂子，你不好对我这样的。我晓得你别无选择，只因为你脑子不糊涂我们才重见天日。离家不远了，大家听着，三年在海上的事，从今天开始一页翻过。谁要是说出去就是畜生！"活着回来的男人十七个，女人二十三个，个个咬破了指头，她捧来一坛酒，血滴进去，酒倒出来，不是什么断头誓，一坛酒喝个精光。旧事陈账烂在肚子里。唐九从海上回来开始发誓再不找女人。可是被娘逼久了就不想坚守誓言了，他是个孝子，找个女人就是给娘添个孙子，让老人家高兴，娘受的罪他做儿子的刻骨铭心，所以一听手下的说窑上来了个下面的丫头长得如何如何，他说不妨请过来认识认识，又不是名门闺秀也就是个抛头露面的卖面姑娘，还真有你们说的好看？但他吩的是"请"，没说绑。见第一眼就不由得吃惊，竟一见钟情，桂娘再一机灵，唐九就想娶她了。可是他看得出来，这念头只是一厢情愿。

　　唐九原本想跟姑娘认真谈谈，可是给娘搅过去了，还认了"母女"，望着"母女"把他这个主角撂在大堂谈笑风生地往后堂走去，他徒生烦躁，走出大堂来到河边。深秋的夜，凉风飕飕，他却躁得冒汗，敞开褂子迎着风吹。启明星亮了，阵阵晨雾袭来，眼前伸手不见五指，尽是雾蒙蒙一团，不知向哪里走。他不辨方向在堤岸上跟跟跄跄，好几次险滚下堤岸，连十海里以外、倭寇放个屁都能听见这样机警的唐九，一直跟在后面的师爷的脚步声和叹息声他根本没听到。是师爷又是管家还是老大哥的高嵩也是没睡，偷偷地跟在当家的后头，他是被老海匪抓在船上的山东人，在船上和唐九成了莫逆之交。家里的亲人都被日本人杀死了，他出谋划策协助唐九杀死老海匪就没回故乡。前后算来跟唐九已十年多了，早摸着了唐九的脾气：虽有一身正气，可骨子里还是匪气，这桂娘要是成了压寨夫人，倒还真成了这班人的福气。姑娘不是凡人，没有运筹帷幄的本事，也手无力缚鸡，但能治人，能治人的女人是神，是仙。她治人不是凭嘴，凭什么呢？高嵩也说不准，特别是像唐九这样的一介武夫就能听她的。师爷跟在唐九后面，万一和他相商，好出出主意，他想促成两人的好事。他只顾遐想，忘了前面，当一阵浓雾朝他喷来，看不到唐九了，他才有些慌张，顾不得忌讳，扯起嗓子四处直喊唐爷。唐九就在他身边，只说了一声"吼丧啦？"今天唐九脾气算好的了，师爷暗自庆幸这声算不得骂人。

太阳已有树头高了，沙婆婆带桂娘去河边小屋吃早饭，还没进屋就闻到粥香。唐九早在那里等候。她没有受宠若惊，却有些慌乱的感觉，叫了声"唐先生"，转头看看沙婆婆，仿佛让她给自己壮些胆，但沙婆婆已进厨房去了，她越发紧张，回过头来见唐九目不转睛地看着她，忙低下头来，昨晚烛光朦胧，白天却看得清晰，唐九的眼神像放着电，她显得极不自在。

天晴朗得很，不大的房子，本来朝南的房墙上就开着老大的窗户，屋顶上又置了个天窗，柔和的阳光毫不费力悠闲地进来了。不知道什么缘故，在这温馨的屋子里，桂娘却产生了害怕。假如说昨天她气壮如牛，那么今天就显得胆小如鼠了。因为昨天唐九想杀她也就是一刀的事，今天唐九早早地就来陪她吃早饭，不晓得唐九又要说出什么话来，她反而忐忑不安。她小心翼翼地抬头看了下唐九，心没由来地"咯噔"一下。昨晚她全处于恐慌中，根本没敢细看唐九，只有个模糊的大致轮廓。大白天就不一样了，又靠得这么近，连唐九腮帮上的汗毛在阳光下悠然自得地飘逸她都看得清清爽爽。人长得威武，下巴上留着柔软而又透着韧性寸来长的胡须；是副武者骨架，文者面孔的男人，这副长相滩上还找不到第二个人。她情不自禁地又偷偷地瞄了一眼。瞬间她仿佛有怦然心动的感觉，她不知道为什么会是这样。她开始懊恼，又有些害怕，想离开，又说不出个理由。她坐在唐九的对面，抿着嘴，垂眉低眼，不正面迎接他的目光，表面上仿佛面不改色，其实心慌得很，她两只脚绞在一块，盘着手指头，反正都在桌下，唐九看不见，她用下意识的动作抵抗心乱。为了不让对方看出，也不时地微微抬头眯眼抿唇，给唐九露出微笑。她看到唐九眼圈儿红红的，周边有些发黑，显得憔悴。她感到吃惊，这是没睡好觉的神态。"土匪也有睡不着觉的时候？"她想起了母亲杨素说的故事，说土匪睡觉都是睁着眼的，因为杀人越货的人始终防着他人哩。但她认为面前的名匪不应该是娘说的那种人，心里又宽慰了许多。

"姑娘夜里睡得好的吧！我老唐粗人一个，昨天得罪了姑娘，可不能太计较的。"尽管桂娘装着淡定的样子，唐九早已看出她的紧张，"惴惴不安"在眯着装出一双小眼睛里忽闪，他打着招呼。桂娘心里骂着说能睡得好吗？除非猪。嘴里却应付着说："蛮好、蛮好，跟干娘说了一夜的话哩。"男人欠觉脸色显黑，姑娘欠觉，却是面如霞锦。桂娘看见唐九跟她说话时还目不转睛地看着她，心跳得更加厉害，感到脸庞发烘，脑门嗡嗡作响。她连忙侧过脸去，根本不晓得脸上的红晕已遍布颈周。假如她还像昨天那样应付就好了，慌慌地把头侧过去犯了大忌：秀美的侧面相让唐九一览无遗！颊似桃花，脖颈如玉，粉红色的耳缘环绕在晶莹剔透的耳周。唐九惊呆了，他由不得自己，转过桌角慢慢向桂娘走来。桂娘已从墙上看到唐九移动的影子，脑门嗡嗡作响，心跳如擂鼓，没来由地夹紧大腿，仿佛有种要失禁的感觉。

"哎哟，吃饭了，姑娘还不站起来援老婆子一把？"端着盘子的沙婆婆早已站在门后看着，见唐九如痴如醉地向桂娘走去，晓得大事不妙，连忙跨进屋来。

沙婆婆的这一声招呼，让恍惚中的唐九回过神来，知道失态了，尴尬地转过身去。沙婆婆在身后说话："嗳，你兄妹俩就没人来接个盘？滚烫的粥哪，不接盘也该挪个地方，我不能就这么端着啊"唐九回过身来，他伸手接盘，寻找着话搪塞尴尬。他说："婶子，还就这些菜哩？我想来厨房看看的，王姑娘在这里，你就没做些点心什么的？""人家开饭店的，还吃你的点心？"沙婆婆"嘿嘿"地笑着回话。唐连说"也是，也是"。一场危机悄悄过去了。一顿早饭，桂娘也没了昨天的礼数，稀里糊涂地吃完，更不记得吃的什么，只听见坐在对面的唐九"呼啦、呼啦"大口喝粥的声音。沙婆婆嘴可没闲着，喋喋不休地说着菜咸粥烫打岔的话。她不经意地看了唐九一眼，一颗悬着的心方落了下去。善良的老女人也是一身冷汗哪。那不仅是姑娘一个人名声的事，唐九也彻底毁了。

一顿早饭，沙婆婆始终没有离去，连老太太在里头唤她也没离开一步。她不断地问着桂娘有关滩上的风土人情，也说着"少爷"唐九的好多趣话。等高先生来了她才放心地收拾碗筷离开，走时还笑着对桂娘说："姑娘，你陪着你哥哥说说话，他是个大人，事多，脑门里烦闷得很；你是个小孩，逗逗他。我还要进去给你干娘梳洗去哩。""嗳！"桂娘朝着她回话，一脸的感激。转过头来时，唐九接过高先生的手巾在擦嘴。

桂娘壮了壮胆，小心翼翼地问唐九："唐先生，家里尚有好多事情待我操持，冒昧请问，今日可能让我回滩？"唐九沉思片刻回答："在下有几件事想坦率相问，但望海涵。"桂娘说："客气了，但说无妨。"其实心里像有猫爪子在抓挠，慌得很，桂娘晓得他要提亲。唐九说："在下南拼北闯，唯我独尊，心中实是空空荡荡，多么希望有一位如同姑娘这样识大体之人结成知音，不知姑娘可能垂怜？"桂娘听了放了些心，难以启口的话说得并不鲁莽，心想倒也是直爽之人，她想着怎样说，低头不语。她理了理心绪，抬起头来，对唐九说："桂娘让先生高抬了，本是无根浮萍，容王家垂怜，收归宗内，自小已被父母婚配，就单谈报恩也应从一而终。此事只能让先生失望了。"唐九一脸茫然，呆呆地看着桂娘，人家已早有婚配，那些嚼舌根子的东西怎没说的？早说了就不做这糟心的事了，现在怎么办？唐九心乱得很，不知道怎么说话了。桂娘倒反而过意不去，推心置腹地说："先生，我王桂娘真不值得你这样看重。说心里话，先生的气质、貌相、胆识远非常人能比，我在你身边，只能诚惶诚恐，我是下里巴人，你比阳春白雪。唐先生，你不愁没有凤凰栖你这棵梧桐树的。今日一别，望先生保重，对汇集旗下的兄弟众人以德导之，来滩上安生，就是一家人。"她理理衣襟转身要走了，唐九要伸手拉她作挽留，又不敢冒昧，人家是个姑娘。桂娘迟疑了一会儿却自个儿转过身来，她问唐九："我想问先生，你可容得下手下奸污妇女的事？"脸色一下变得肃重，还有些咄咄逼人，唐九不知道桂娘突然问这话何意，有些丈二和尚摸不着头脑，以为在指桑骂槐，有些恼羞成怒，说："姑娘，我待你为客，你却欺人太甚，你在借喻骂唐某人？我容不得你信口雌黄的，你在说我吗？还是另有所指？"桂娘见唐九发怒了，没有害怕，反而高兴起来，说明他容不得这事的，要不然会嬉皮笑脸、轻描淡写搪塞而过。桂娘说："先生别急，请坐下听我说桩事。你今天不请我来，我也想来讨个公道。"她就说了驼背想糟蹋珮姑娘的事来。唐九气得七窍生烟，吩咐师爷高嵩，集合人马，叫姑娘认人。高嵩说："老爷，驼背的就只有彭四，先不要声张，叫人把他请过来说议事不就行了？姑娘躲在帐后看呗。"唐九说行。高嵩派人去了，不一会儿去的人回来禀报说，彭四夜里就不见了。原来彭四看见被抓来的就是坏他好事的姑娘，晓得不好连夜溜了。

唐九气得暴跳如雷，说就是彭四逃到天涯海角也要捉拿归案。高嵩说，彭四是个人精，一时不容易抓到。不如不提这事，让他放松警惕，听不到要抓他的风声，认为没事了自己要出来的。桂娘问，彭四是你们从海闸带过来的老人吗？高嵩说："不是，不是，原来是沈老板窑上做瓦的。他嫌做瓦苦，自己来投奔先生的。"桂娘恍然大悟，怪不得似曾相识，原来是张强的搭档，只知道早离开窑上了，没想到在西荡入了伙，还窜到张强家做坏事。

事情说开了，桂娘放了心，只是说今后对来投奔的人多个心眼就行了。

桂娘要走了，心早飞到家里，她歉意地对唐九说："先生虽然用这方法把我找来，也是高抬了我。女儿滩上都是苦人，壮士绝不会长时间龙困沙滩，但只要在这里一天千万做个善邻，我冒个大，先代滩上乡亲向先生叩首道谢了。"慌得唐九忙上前抓住桂娘双肩："姑娘真要折杀在下了。"唐九摁着桂娘重新坐下，低头叹了口气，他说："我娘已认姑娘为女，我们之间应以兄妹相称，为什么姑娘不能委屈叫声哥哥？"桂娘叹了口气，照实说罢，断了唐九的念头，最少眼下少了节外生枝。她说："一个滩头乡姑，人你已见了，目不识丁，穿一身粗布，面带菜色，再简单普通不过、值不得你这么兴师动众的，还坏了你的名声。老夫人心地善良，贫寒中不忘教子守道，吃了那么多辛苦，你被抓到海上三年，你娘没寻短见，是因为放不下你。你平安回来了，是指望你做大事的，老人用心良苦，真属不易，桂娘敬佩得很。要不是家中上有祖母、下有小弟，还真愿侍奉老人左右，聆听教诲。高堂认桂娘为女，此等恩泽，当以孝顺为报。至于先生，又当别论。俗话说，道不同不相为谋，先生扯大旗行走江湖，洗不掉海上三年沾染的不良习气，行事尚有乖戾之嫌，若哪天先生能像曾祖那样，一言一行上保国家，下护草根，值得我桂娘叹服了，再称兄妹不迟。"唐九长这么大，还是第一次有人当面说他的不是。怪不了人家，毕竟人家说得对。只是留着面子，她还是对用强的办法把她抓来耿耿于怀，没直接骂你土匪就不错了。唐九尴尬地笑笑，再没挽留，吩咐管家："送客。"

第十七章　难成眷属

　　桂娘回家后，白天像没事人一样帮父亲打点着生意，夜深人静的时候，她悄悄地爬到祖母床上。老夫人房门半开半掩，枕边还添了个枕头，仿佛知道伢儿要来似的。她睡不着啊，辗转反侧，听桂娘窸窸窣窣的脚步声，看着伢儿像个小偷似的站在床前又不想上床来，一阵眼热，知道孩子犹豫了，以为她在梦乡，怕扰了自己的觉。老人轻轻咳嗽一声，撩起蚊帐说："上来啊，奶奶在等你哩。"桂娘一下子钻进祖母的被窝，像一只受过极大惊吓的猫，老人那像绵云般松软的胸脯，她当成了猫窝。她抖抖颤颤，仿佛还要往奶奶心房里钻。老夫人不停地拍着项背，说"别怕别怕，有奶奶在哩!"她总算静了下来。老人就这么拍着、摇着，只希望孙女早些入眠，绝不问她心里有什么忧伤。

　　桂娘渐渐打起鼾来，老人顾不着酸痛的胳膊，一动不动。半夜过后，桂娘把手臂挣脱在被外，老人轻轻地挪进被里，尽管那样小心，桂娘还是被惊醒了。老人知道孙女连梦里都防着什么。

　　桂娘没了睡意，看着奶奶心疼她的样子，知道不说些什么，老人心里绝不得安宁的。她装模作样地伸了个懒腰，仿佛睡足了似的，又把面颊贴在奶奶的胸口，看着窗外的一轮弯月，问老夫人说："奶奶，你怎不问这几天我怎么过来的?"老夫人说："嘴你长着，奶奶做不得主的。想说就说、不想说就好好睡。"她装着发嗔。桂娘闷了半天没回话，忽然"哇"的一声哭起来了，粉拳没来由地在老夫人身上乱敲，仿佛她在西荡遇到的惊涛骇浪都是奶奶的阴谋。老夫人毫不避让，知道伢儿心里难受，没地方发泄啊。她对桂娘说："你要说就说吧，别憋着心里难受。"结果她又不想说了。

　　院子里王洪的劈柴声把桂娘惊醒。天亮了，她赶紧爬起来去帮忙，老夫人一把摁住了，说："你还没告诉奶奶，这几天是怎么过来的呢，趴着，别动。"老人是想着法子让孩子多躺会儿。桂娘乖乖地趴下来，头枕在奶奶另一条手腕儿里。她眼睛看着帐顶，自说自话地讲着被唐九抓去的遭遇，说得像撑着小船去荡里拣鸟蛋，遇到一条半死不僵的毒蛇那样有惊无险的简单。老夫人"哦、哦、哦"地笑着，仿佛她全信了。连桂娘半夜里在梦中惊叫，不断地对着她要散的骨头又踢又咬的都没告诉她。

灶屋里的面香钻到两人房里来了，店门口已有面客在跟王洪打招呼了。老夫人把胡编乱造故事的孙女儿一把推起，说："干活儿去，还蛇啊鸟蛋的呢，蛋呢？"老人掐孩子的面颊。桂娘做了个鬼脸跳下床走了，老太太看着背影潸然泪下。才多大的孩子啊！她不知道媳妇为什么要把孩子受惊吓，或者孩子真的被"那个"了的详细过程非要弄个一清二楚？清楚了又能怎么样？这世道，找谁来为百姓主持公道？孙女平安回家就是烧高香了。她知道这场磨难对桂娘已是刻骨铭心，桂娘不想说给大人听，说了徒增烦恼。但有一点她绝对放心，孙女的身体没给土匪"那个"，要不然，凭孩子的个性，她没法把"故事"说得那么平淡的。想到这里，她倒念起土匪的好来。姑娘再聪明，长得这么水灵，又不会拳脚，在土匪窝里能全身而退是不可能的。老夫人倒想见见那没"怎么"着她孙女儿的、那叫个什么唐九土匪头来。

面店剩下一两个客人的时候，王洪打了个招呼，挑起担子要去窑上看看。桂娘要跟着去，杨素不肯。她要孩子歇下。桂娘跟父亲使了个眼色。王洪心领神会，吩咐杨素说："要不，浩儿娘你就辛苦点吧，收拾下碗筷，我肩有些疼，孩子把我挑下担子吧。"

两人赶到窑口，老远就看见面店前热闹着哩，窑工们边吃面边跟捞面的珮姑娘说着笑话。怪不得那些汉子，这女人就是不长心眼儿的，桂娘老远就看见珮侯忙得裤腰松落，半个屁股早漏出来大胆透风，两个汉子们端着面碗转到她身后去了，他们盯着一坨白花花的肉看。她还侧身看着脚跟，以为人家给她买面的铜钱滚落地下了。桂娘抿着嘴笑，拉着父亲直奔干爹沈万和办公室去了。

一个月后，棚户女人发现西荡口多了三间新草屋。屋前檐下晒着几张渔网，屋后系着一条小船，一个一条胳膊、沉默寡言的中年汉子大概是新屋里的主人，他天天在院前屋后忙碌着。有时看见他撑船送人下荡割芦，有时看见他渡三官殿女尼河西采药，没人进出荡口，他就下网捕鱼捞虾。能干得很，一条胳膊的人，利索程度不比健全人差。后来又打听到了，残疾人叫王洪山，是王洪的堂弟，从扬州来投靠叔叔王老先生的，没想到叔叔早死了。王洪介绍他去三官殿当了护院。至于怎么不做护院来荡口了没人知道。女人们看着他窃窃私语，能在土匪出没的地方落脚，肯定是条汉子。其实这就是那天桂娘拉着父亲在干爹屋里商量的结果。桂娘告诉干爹说，唐九是"官逼民反"才来到西荡当"匪"的，即使落到这个地步，还一心想匡扶正义、劫富济贫。她想请大家跟他交个朋友。唐九的人马躲在西荡，就是买个油盐酱菜的，上岸来也是偷偷摸摸。我们不妨对人家好些，唐九是敬他一寸、回人一丈的汉子，滩上山高皇帝远，万一有个什么事，他还能帮着大家。说句贬低了他的话，女儿滩就像个大户人家，要过日子，也得找个养家护院的吧？沈万和没有想到姑娘想得这么远，对王洪说："老弟，你王家先祖积着厚德，菩萨把这么知事的姑娘送到了你王家了！"这桩事第一就想帮了他的大忙，假如唐九想打家劫舍，他沈万和可是第一个遭殃的人哪！他抓着王洪的手激动得连连摇晃。

就这么着，王洪山撑的那只船把滩和荡串起来了。由窑到荡口的那条路，疯长的草知趣地退缩回去，留下一叠叠潮湿的行人脚印。滩上人下荡再不提心吊胆地防着土匪，唐九的人上岸也是大摇大摆。荡口有了生气，棚户里的女人看着一只胳膊的壮实汉子没有家眷，当然放不得他的，悄悄地来的，聚群来打俏骂骚的经常发生，后渐渐地静了下来，个中原因只能从女人们失望的眼神中猜测，有的说王洪山上头残，下头也残，根本没有对付女人的工具；有的说他就是个冷血动物。反正女人们对他失去了兴趣。

荡里却热闹起来。西荡那芦草搭的大堂顶上居然竖起了"黄海德义团"的大旗！唐九名声在外，各路好汉闻名纷纷投奔过来，一时间唐九又兵强马壮。他是带兵之人，晓得管辖部队，现在一点都不敢马虎，只要手下有人去滩上偷鸡摸狗，消息马上在那人回去前先到，"三堂会审"在等着他哩。

七月十六，是唐老夫人的五十大寿的日子，港里停满了送客来贺寿的船只。桂娘上灯时光才到的，沙婆婆两眼望穿，才看到她最熟悉的从暗河河道里穿出的小舟。桂娘还没站稳，她弓着腰一把将桂娘拉上岸，说："老太太瞟急了哩。"桂娘亲亲热热地叫了声"娘"。这个童养媳出身的女人，比她大一轮的男人死了，她被婆家赶出门外，是唐老太太收留了她，这辈子还没想到有伢儿叫她"娘"的。要不是老太太又派人来催她，她真恨不得抱着桂娘大哭一场。

大堂里灯火辉煌，高朋满座等着寿星登场，寿星不急不忙，在桂娘侍候下，还躺在温汤里泡着澡哩。她说这一辈子就没这么享受过。屋里烛光摇曳，缭绕的热气像天上绵延不断的彩云，除了老人一头白发飘逸在汤盆外，看不见她鸡肋似的身体。她似醒似睡。桂娘坐在桶外她的身后，娘儿俩头靠着头，姑娘用弯曲着的两根食指给老人抹着眉骨："娘，重了吗？"她不说话，只是连连流泪，这下没人劝，因为她闭着眼睛在唱歌：

海边摇来一条船，迎风挂起两张帆。

船头摆着两张椅，两张椅上人一双。

小姐姓魏公子唐，迎亲人儿守两旁。

跳板铺的红地毯，一直红到床踏板。

糕果粽子在柜上，花生枣儿撒枕旁。

腹中空空已一日，娘说怕屙在船上。

一进新房就来茶，头碗汤圆堆芝麻。

二碗红枣加红糖，三碗两个荷包蛋。

三碗都是水和汤。哎哟……

新娘晓得上了当，两腿夹紧尿一张。

堂屋新郎在敬酒，不知新娘望断肠。

两眼汪汪瞟睽人，想要说尿羞难当。

婆家伴娘像看贼。挑亮烛火瞟新娘。

新婚马桶三月香，金箍银盖摆身旁。

挪动两脚想坐起，伴娘压着小肩上。

悄悄言，轻轻语：当客解手多笑话。

再熬半袋烟，进来是新郎，

裤子他来脱，抱在马桶上……

一脸奸笑像下刀，尿不听话流得慌。

婆婆给的下马威，就是叫你尿裤裆……

哼着哼着，老太太像个婴儿在桶里困着了。

桂娘才晓得唐九的娘家姓魏；老人又想到年轻出嫁时候的事。做娘的难，不是养了儿子才难的，从娘家出门上了夫家接亲船起，就没过过安生的日子。老夫人唱着歌竟倚着桂娘的手弯儿睡了，桂娘一动不动就这么守着，眼看着放在桌上的包裹，嘴朝沙婆婆努了努，沙婆过去打开一看，还有一套料子和做工不比给老夫人的差的新衣裳，沙婆婆用疑惑的眼神看着桂娘，反手指着自己，桂娘点点头。这下轮到老女人哭了，只是不敢放声。都是女人，服侍唐老太太的人前呼后拥，她就是服侍人的命，今天第一次有人把她当人。

她把老太太梳洗好了，推着车来到大厅。大厅内灯火辉煌，高朋满座。唐九今天是一身短打扮，上身一件大红无袖对襟褂子，宽大的下摆、罩着白色吊脚灯笼裤，打惯了赤脚的蒲扇脚穿上了白底黑帮新圆口布鞋。见母亲出来了，忙迎上去，堂内乐班子吹弹起来。桂娘抱着老太太到寿字前的红木高靠背椅子上坐下，唐九的父亲早坐在主位旁。老头看着桂娘，叹了口气，多了一句话就又添了个麻烦："多好的姑娘，我儿子怎就没这个命的呢？"唐九在旁，脸上显得有些挂不住了。桂娘似乎看到唐九心生恼意，知道要有麻烦，后悔让伯伯回了荡口。她悄悄捏了捏身边的沙婆婆，沙婆婆捏了捏她的手，桂娘稍稍放了些心。

酒过三巡，唐九已是两脚在交叉出步。桂娘趁唐九出敬时对老太太说："娘，家里祖母身体欠安，我不能陪你太久，等过了这一阵子女儿定神来荡里住几天行吗？"老太太说："回吧，回吧，老身知道你放心不下家里，不容易啊，姑娘，是老身拖了你。乘他敬酒去了，早些走，不打紧的。"说着吩咐沙婆婆悄悄从后门送桂娘到港边。

船走了一截，桂娘心里稍稍宽了许多，只是叹了口气，唐九心里还是放不下她，她不敢往下想了，就像回家的路，走一段是一段吧。

船进了第二道港道，芦苇里突然飞出个人来，像张着翅的大鸟直落船头，乌篷船仅是微微颤动了一下，船工只看功夫，不看身影，就知道是唐九上了船。惊得尚未开口时，船那头又突然猛地翘起，这头沉了下去，就这么把船工弹到芦苇里去了。唐九接过慢慢倒下的篙杆轻点一下，船像箭似的往前穿去。桂娘惊叫一声："你……"刚才不是看见他酒多了，脚在打叉步，装的？她紧张得心要飞出来了，问唐九："为什么不在厅里招待客人？"唐九不答话，船已像箭似的飞向岔口穿去。越行越窄，前头漆黑一团。桂娘早已不知所措，她不知道唐九想做什么，这里是没人能帮助她了。她全处在惊恐中，"咚咚"心跳如敲鼓。船慢慢停了下来，唐九把篙杆摔向芦里，带着酒气的粗促呼吸声渐渐逼近，她想站，站不起来，想退进篷舱，却挪不动脚步。四周鸦雀无声，死一样的静寂。她想喊叫，却喊不出来，像被人卡捏着嗓子。脑子里一片空白。压下来的黑影越来越粗，像座冰山，她的心快跳不动了。但还剩下一点的知觉就是想到死。她想投水，芦苇像两堵漆黑的墙。她绝望了，像一只被逼在墙角的羊羔，只能任凭狼的叼撕。剩下一点本能，扭过头，两手扣紧着胸，下意识地做无用的守护，当山压在胸口时，她吐出了一句话："英烈唐门，竟出畜生！"轻得像风，软得像棉；硬得像钢，锋利能削铁。山不动了，寒气退潮，唐九像断线的木偶，瘫在她脚下。

姑娘渐渐地恢复着意识，靠着船篷的竹板强撑着身体。凌乱的秀发在风里扬起。她抬头望着星空，深蓝一片。低头看着蹲在舱里的唐九，心绪乱极了。她有些后怕，要是刚才能挪得动腿跳下河去，自己死了不要紧，但后果不可以想象。滩上一腔热血的男女饶不了他的。到那时……桂娘不敢往下想了，本来好心办的好事，最后两败俱伤，她成了红颜祸水，千古罪人！

桂娘理了理凌乱的衣裳和心绪，对呆若木鸡的唐九说了只有自己才听得见的一声话："起来吧。"唐九木讷地移动着身子，在船板上半蹲半坐。桂娘半侧着身体，坐在唐九的对面，从河面捧起一把清凉凉的水泼在脸上。船在左右摇晃，河水被荡起涟漪。桂娘想说什么，没说。她从没有过自己的儿女情长的经历，不懂得怎样处置眼前的场面。她抬头望着黝黑的尽头，心沉向河底。唐九始终低着头，港面终于恢复了平静。一片枯叶从老芦上飘来贴着水面，掩盖着水底的一颗星星，她叹了口气。

不知什么时候开始，空气中已散尽了浑浊的酒气。渐渐地，桂娘的心绪复归了正常，看着面前把自己生活搅得乱七八糟的冤家，想说什么，但还不晓得从哪儿说起。没想到唐九对她跪下了，匍匐几步，拖着桂娘的手抽打他的耳光。桂娘根本没想到发生这么一幕，死命地挣脱被捏麻木了的手，她成功了，唐九捧着脸却"呜呜呜"地哭起来，她劝又不会，拉也不行，她怀疑这是能叱咤风云、翻江倒海的唐九？她心碎了，男儿有泪不轻弹，唐九啊唐九，我没有怪你，人都有七情六欲，像这样的汉子，致命一线能守住了自己，你是个不简单的人。桂娘蹲下来双手捧着他的双颊、泪光粼粼地看着唐九，她说："九哥，桂娘今天开始叫你九哥，这一页翻过去吧，你是做大事的人，桂娘不值得你如此器重。男儿膝下是黄金。别让过往神灵看不起你这曾杀人如麻的草莽英雄。"唐九紧紧抱住桂娘，泪流满面，对着天"啊——"的一声大吼，鸟惊乱飞、整个芦苇荡都在摇晃，那片停留下来的芦叶，随波远去，星和月刹那间显得特别明亮。桂娘没有挣脱，她知道唐九这一抱是把她当着亲妹子了。她提起衣角给他擦眼泪，说："九哥啊，你的眼泪不能用在我身上，因为你姓唐，不同寻常人家的男子汉。生在多事之秋，百姓连活着都艰难，多盼有个肝胆男儿为老百姓过点日子讨点说法，九哥，你不能再陷于儿女情长中不能自拔。作何为，多掂量。"

"儿啊，教训得好哇！只可惜了你是个女儿身。唐九啊唐九，你枉为唐家的后人！"二人这才回头一看，后面二丈开外早停着三只小船，船上的人都听了两人说的话。前面的船上坐着唐老夫人，左边站着的是沙婆婆。桂娘急忙向老人跪下："女儿不孝，大黑夜的惊动了娘，娘，你今天是大寿的日子啊。"她真的感到惭愧，不应该这么早就走的。老人指着儿子骂："你这畜生还不扶起姑娘，难道是一定要羞死老身？"桂娘不待唐九扶就站起，跳上那条船。老太太把桂娘拉在怀里，只是说："伢儿，委屈你了，畜生他本性还是不坏，只是爱你情深，偶陷迷乱，既你不嫌老身龌龊，叫我声娘，还得卖个面子原谅他一次的。多事之秋，浪子回头，用一身武艺能为滩上做点什么也是好的。你说呢，闺女？"桂娘说："娘亲，九哥没做什么，你言重了。他看中了女儿，也是女儿福浅。女儿早已不是待字闺中之人，无法违命，难以晨昏侍候娘亲，还得请您和九哥见谅。"转头对唐九说："九哥，赶紧送母亲回去，天快亮了，堂里还有客人。今日就此一别，我会常来看望你们的。"沙婆婆在对前方招招手，桂娘这才看见，王洪山摇着船来接他了。她晓得这一切都是沙婆婆的安排，注定她有惊无险。她离开了大厅，沙婆婆就看见唐九匆匆跟着走了，知道大事不好，告诉了老夫人，老夫人吩咐高嵩备船，远远跟在桂娘船后。当唐九要对桂娘行不轨，唐老夫人要喝时，桂娘那句"英烈唐门，竟出畜生"唤醒了唐九的良知。

第十八章　浩气长存

王浩回来了。那是阴历八月十六的下午。

桂娘打点好小店的杂事，跟着挑空担的父亲回家。阳光洒在马路上，像蜂蜜在流淌，身上暖融融的；滩边摇摆着灰白的芦花，飞絮满天，有几片嬉弄着姑娘秀气的鼻梁，她拍不到驱赶不掉，脸上痒痒的。桂娘的心情从来没有今天这样轻松过。王洪担挑着的两个空担，被照射下来的影子，像欢腾的猴子上下跳跃。桂娘童趣大发，跃东跳西去踩"猴头"，一不小心，脚踩空了，身子向前扑去。王洪正在算账，没防着闺女淘气，一个踉跄向前，扁担离开了肩，两只桶滚向河去。父女俩倒在玉米地里，一脸灰土，相互看看，都禁不住哈哈大笑。王洪第一次看到藏在爱女心灵深处迟现的童趣，反而有些辛酸。自己无能啊，他内心滚动着无限歉意，，把女儿紧紧抱在怀里。桂娘抱着父亲的腰，耳贴着父亲的胸口，清晰而又有力的心跳声，让桂娘感觉到好安谧、温馨。

对面滩上撑出一只渔船，渔翁用脚底敲打着船板，他是在催站立在船帮上的鱼鹰下河。熟悉的声音惊动了父女俩，知道是放鱼鹰的王汉林。桂娘老不情愿地松开父亲，为父亲拍打身上的泥土。她有些嗔怪渔翁惊醒了她的白日好梦，扬起毛巾喊："汉林叔，甩两条鱼上来，赔我！"王汉林好奇怪，说："鬼丫头倒打一耙了，担子滚下河把鱼吓走了，不赔我鱼，还要我赔鱼？"桂娘笑弯了腰，好一会儿才直起身来说："叔，不赔鱼了，把担子捞上来，跟我们回去喝酒去。"王汉林说："有什么好事吗？父女俩这么高兴？你们先走，担子我带过来。"桂娘挥挥手，勒着父亲的腰，让父亲半拖半抱着回去了。一过桥，桂娘才松手，像燕子似的向家飞去。掀开门帘直喊奶奶，猛地撞着屋里站着的一个青年。桂娘羞得直往后退，又撞上了跟着的父亲。王洪连退两步方稳住脚跟，待王洪要扶闺女时，青年人前抓住桂娘的双肩，桂娘没有防备，倒在他的身上。桂娘急得满脸绯红，连连挣扎，青年人说："妹子！"王洪认出来了，是儿子王浩！"父亲！"王浩喊着。桂娘张大了的嘴巴，仿佛在梦里。她躲到坐在桌前的奶奶身边去了，才悄悄地打量着昼思夜想的不速之客。王浩转身看妹妹，百感交集。兄妹青梅竹马、两小无猜，同命来到王家，待遇却不一样的。母亲从小便将怨恨发泄在妹妹身上，作为哥哥，明明晓得妹妹小鸟依人，天资聪慧，心地善良，可世道就是重男轻女，他也不能自已，要想把妹妹解放出来，他只有读书，能站立水中经得住浪头，才能托起桥面。他在美国读书，心却在家，想得最多的就是替自己撑着家的桂娘。望着面前的想念的人，王浩恍惚着。四目相对一会儿，总算紧紧抱在一起。也不知道多少时间过去了，等两人抬起头来，才发现天已黑，月光透过东窗泻了一地。

夜深了，西头房里灯火始终亮着，一家人陪着孙老夫人母亲，三代人没半点睡意，因为她（他）们面对着王浩一个惊人的决定：他弃学回国是要参军抗日。蔡廷锴将军的侄子蔡飞是他的同班同学，一同回来的，已约好禀报家人后就赴上海，将军带兵驻守在那里，上海成了抗日前线。他说是回来征求家人意见，其实谁都看得出来是客气话，桂娘看见他某地某时去上海的船票都已买好了，哥哥再不是"两耳不闻窗外事，一心只读圣贤书"的学童，鼻翼下的绒毛长成钢须。这"征求"实质是"决定"。

王浩的决定，桂娘是最后一个懂的，是母亲杨素儿呼天号地地哭时暴露了秘密。她没有劝阻母亲，面无表情地去了自己的屋里，像喝醉了酒，摇摇晃晃，步子失去了蹦跳着追父亲担子影子时的欢乐。一家人就在房门口，素娘停住了哭，想去敲门，被老夫人喝住了，她知道媳妇担心是多余的，孩子绝不会轻生。只是这事发生得太突然，对孙女儿绝不公平。她又不能责备孙子，他是大义，没做错。老夫人叹了口气，对王浩说："孩子，你去劝劝妹子吧。"

桂娘却打开门出来了，说："奶奶，国难当头，男儿当强。让他去。我们——结婚吧。"一家人惊愕在那里，王洪默默地转身去了门外的小屋，一会儿河边慢慢响起胡弦声，过了一阵，有人附和：

自叹年来运不济，子孙零落却无遗。
心怀东海波澜阔，气压西江草树低。
怨处咬牙思旧恨，豪来挥笔记新诗。
男儿不展风云志，空负天生八尺躯。

和的是冯梦龙的一首诗，声音沙哑，初听起来悲怆，细品却是豪壮得很的。

桂娘要结婚，王浩不肯。家里人都晓得王浩不肯的原因，战场无情。桂娘也懂，但她为什么坚持呢？老夫人想到深处禁不住涕泪涟涟，默默地为孩子们准备婚事。

结婚那天桂娘自选了一套自己缝的衣裳：下身是淡绿铺底、布满层次清晰的浅蓝根、嫩红嘴的滩芦吊脚裤；上身是青色芦花衬映，淡黄线条由低到高绕过周身的大对襟妇装；脚着水莲花绣口的圆口鞋。脸上不肯施半点脂粉，唇上不涂一丝膏色，她坐在河旁对着太阳，让老夫人给她按滩上的规矩绞脸，幸福镶嵌在淡定中，老夫人心里在哭泣，她不知道老先生的在天之灵作何想，会不会责备她？怀前还只是个十七岁的伢儿！在王浩启程前她坚持着结婚，假如孙儿真有不测，假如她怀上孙儿的伢儿，今后她漫长的人生怎么应对？两根丝线本来在她手中一剪一拉娴熟得很，一生中她为多少要出嫁的姑娘绞过脸，从没失手的时候，可是今天却老卷着孙女的刘海。

婚礼没法再简朴了，待客人散尽已是二更。灶房北侧临时整理了一块地方，王洪、素儿带着小的睡着，西屋让给王浩做了新房。王浩和桂娘一直在祖母房里不肯离开，老夫人心里矛盾，经风历雨的年纪了，想得多，她看出孙儿的心思，不肯"圆房"，她心在喋血，催不是，不催又不是，她的心不知道想偏向何方？鸡鸣四更，老夫人读懂了桂娘向她哀求的目光，假装不高兴了，说："别黏在奶奶这里了，困了，奶奶要睡。"看着两伢儿离开屋子潜然泪下。

天都没亮全家人都起来了，王洪打开篱门，惊得呆在那里，满滩鸦雀无声，却有上千人赶来送行。老夫人对着两岸连连施礼："王家何德何能，孙儿从戎应尽责任，惊动乡亲，老身这里有谢了。"慌得两岸众人连呼"使不得、使不得"，齐刷刷跪地还礼。沈万和派的是条崭新的龙船，估计装饰了一夜，样子威武得很。摇橹工一式新衣两边稳坐待命，桥上当中一面大鼓立起，王洪扶着背着行装的儿子一步步下着台阶，王浩踏上船头，对两岸乡亲连连作揖，说了声"谢了！珍重！"船头一声鼓响，吆喝"开船！"两岸鞭炮齐鸣，船、顺风南下，箭似的穿向前去。船尾搅走一片浪花。第二天，南京，蔡廷锴将军的帐下多了个"海归"儒将。

三年后的一个初夏。

从王家面店前的河下南来北往的船又是已成千上万，拱桥还是那样古朴，桥下的河床还是那样一丈来深、清澈见底，连艄公都不忍向水中下篙；穿过桥的船，划破了两摊新芦泻在水面的浅绿；船尾的舵，顺着河床，精心雕刻着船尾的波浪：它先将水面由深至浅，轻轻分成两半，八字形水带，如同孔雀开屏般背向翻卷。当船离去，两摊嬉闹的水花，即刻返身腾扑，搅成一团。短暂的骚动，又激起了温和的波浪，渐渐地，像亲倦了的情人融到一处去了，好得连神仙都分不出你我。滩心恢复平静，站在桥上的人又看到古老而厚朴的河床。岸绿渐浓，水清依旧。日头从不记载已去的三年时光，有的人说三年恍惚而过，太短，对桂娘和王家人说，不是那样的，如同漫漫长夜，还是寒夜。

太阳早已一竿子高，钟才打过了六点，白日头开始见长了。三年前的那场婚礼，桂娘已改变了在王家的身份，女儿成了媳妇。面店还继续开着，婆婆杨素也早早起来给王洪帮助，桂娘身体大不如往常。对岸磨坊邢寡妇看见她绕过拎水的婆婆杨素挟着一盆衣服下了水榭。和煦的阳光祥蔼地伴着她，她一个台阶、一个台阶地下，婆婆回头吩咐着什么，转过头去在抹着眼泪，桂娘踩的台阶是石头砌的，方方正正，凿着人字槽防滑。可是桂娘走得摇摇晃晃，十分艰难。似乎走得滞重。每走一个台阶，她都望着大河出口的南方。牵着牛出来寻草的邢寡妇看着疼惜地叹了口气，她看着才二十岁的姑娘日复一日地在河边无数次往返：机械地淘米、洗菜、提水、清衣，做什么总有些丢三落四的——越发瘦弱的身躯好像缺少了原来最精灵的东西。她不忍再看下去，摇着头吆喝着牛走了，吆喝声在清晨十分响亮，仿佛叫姑娘提起精神，但姑娘好像没有听见。

铺盖在河面上的一层雾幔被阳光慢慢拉开。桂娘总算走到了临水最后一个踏阶，她缓缓地抬起头来，望着面前的一洼滩水似乎茫然得很。好一阵子了，她应该想起了要做的事，收回目光，蹲下弱不禁风的身子放盆，却看到了自己倾向河面的身影：不满五尺的身段还很俏丽，蓝花短围裙，体贴地系在三寸腰间，深灰色大襟衫袖口，卷起了宽宽的三道，露出圆润的如同秋藕般的双腕。只是杏眼无神，蛾眉萎垂，清秀的面颊藏着悲伤，凌乱的头发应该多时没梳理过，粘在一起像打着结。一切，都显得那么憔悴。

三年前，王浩去了南京，和同学会合，找到了刚从"剿共"前线回来的蔡廷锴。蔡将军十分欣赏这两个海归青年人，只是叹息，生不逢时，不忍心派到下面去，准备留在身边。王浩坚决拒绝，蔡将军磨不过青年人，就推荐他来到88师孙元良师长部队，成了戴青天白日帽徽的524团的副官，亲率八百壮士浴血奋战沪淞口的谢晋元，就是该团的副团长。当跟随蔡廷锴将军带领十九路军驻扎上海，大战在即时，王浩已是524团三营副营长，据守着闸北四行仓库。1937年秋天，鬼子对上海全面进攻。王浩所在的中国政府部队十九路军浴血奋战，四千四百余官兵壮烈牺牲；七千人负伤，数万无辜百姓魂葬枪林弹雨中。女儿滩的英雄王浩和524团的战友们，掩护大部队撤退，血战四行仓库，在日军重重包围中，孤军浴血奋战四天五夜，击毙日军两百多名，最后血洒疆场。王浩和八百壮士留给战友的最后一句话："热血唤醒万众起，眠亦战姿卫国家。"战斗打响前，他吩咐战友，假如他牺牲了，就选择四行仓库靠长江的东侧，以红旗披肩、持枪立正的姿态站立在那里。

他如愿了。

日本鬼子侵略中国的炮火，阻住了传递信息的鸿雁，待两眼望穿信息来时，已是两年后。桂娘哀伤、悲愤，昏厥在老夫人身边。老夫人心脏病突发，先孙媳妇而去。老人家自王浩离开女儿滩的那一天，压根儿就没有指望着伢儿能平安回来。这是什么时代啊？苍天！面对着凶残的侵略者，仅凭落后贫穷国家的经济根基，没有一个国家的政治支柱依靠的炎黄子孙的一腔热血，生还概率能有几成？可是能拦吗？不能，如再没有忠于祖国的这些儿孙们愿意用热血唤起同胞共同奋战，国将会永远不国矣。国将不国，何谈有家？王氏家族能出如此后生，这是国之幸。王浩走后，白发念黑发，人前藏悲、夜伴凄楚。难啊，总有献出者，落到谁家都是一样。老夫人平常开导着桂娘，可桂娘比谁都懂，挺住饱含的泪，反过来还劝老人别多想。

待桂娘苏醒过来，睁开了双眼，看到了父母和滩上的亲人紧紧地围在床前，硬生生地撑了起来，她谢绝了亲人的劝说，下了床，当看到了祖母也躺在乡亲们为之连夜准备的棺木上，如同五雷轰顶，再坚强的女人也不能从两个亲人离她而去的痛苦里自拔，她扑在祖母的身上，厮打着、呼喊着，直到确认已属没法改变这永别的现实时，她停住了一切，她接住云姑递过来的毛巾，慢慢擦干了眼泪，静下心来帮老夫人细心地整理着着装，再把部队送过来的王浩的遗物放到老夫人摆在案桌上的照片旁，她抱了抱公公、抱了抱婆婆，亲了亲小叔叔，加入了奠祭的行列。她知道，这逝去的人，不单属于她，也不属于王家，是属于女儿滩九湾十八汊的乡亲们。王浩走后，她为他生下了一个漂亮的女儿，女儿为有这样的父亲骄傲，女儿滩为有这么个男子汉荣光！

春去秋来，一晃又是一年。

多少个晨昏，桂娘来到河傍，她捧着浩的战友送过来的，还浸渗着她最熟悉的浓浓气息的白衬衣，背着双亲，泪流满面。她原来很不容易流泪，以为泪流尽了。可不知道现在怎么那么懦弱，特别只要看到女儿王雁把"父打鬼子去了"这自己告诉她的话老挂嘴上，桂娘心里就特别堵得慌。看着别人家的伢儿有父亲抱着，雁儿就裹着自己要父亲，"打鬼子去了"变成了对女儿交代的"常话"，"爸爸去了远方"，女儿不懂，父亲打鬼子再也不会回来看他还根本不知道的骨肉，做母亲的欲哭无泪。

离别的那一天，老夫人把有限的时间留给了她俩，可进入了只有两个人的世界的时候，王浩只肯轻轻地拥抱着桂娘。桂娘用双手想解开自己一针一线为丈夫缝的衬衣被王浩拒绝："桂娘，我这次去前线，等待我的是枪林弹雨，日寇不被消灭我誓不回家。你年轻，哥哥不能耽误了你。"桂娘双手没有停止："王浩，我和你来到王家，是苍天的安排，命同芦苇贱，但宁断不弯腰。什么都别说，你要保家卫国我绝不拦。生还，我接你；死去，我葬你。胞妹做不到，只有妻子才能这样。王家列祖、列宗在看着我，为了国家你准备血洒疆场，但别以为我血冷如霜。你不会嫌弃我，也不可能让我高山仰止。"还说什么呢？儿女情长、英雄也有流泪的时候："媳妇，我不是高山，你却是山前的竹，山顶的松。为夫此去生死未卜，连累你，我心难安啊！"桂娘蛾眉倒竖："一己自私，陷我不孝，王氏满门待我们不薄，更何况你即使捐躯，也是为国。天可见怜我等真心，能为王氏留下一条血脉，王门堂氏桂娘我应当！"

待到夫妻重整穿戴时，东方早已晨曦布满。桂娘的大义，女儿十个月后来到滩上，桂娘给女儿取名雁儿。女儿滩芦苇丛中，河雁到处可见。

自从王浩牺牲后，杨素常陪桂娘娘儿俩睡，老是劝她再选个好人家。前年先说"才二十一"，去年说"才二十二"，桂娘看着昏暗的屋顶，都是摇头。

站在水阶上的桂娘忘了洗衣，等涌来的水浪浸湿了她双脚时才从凄楚的回忆和期盼中惊醒。抬头一看，涟漪泛荡着金光，日头已掠过树头。她牵住了思绪中脱缰的马，脱下鞋、卷起裤腿，干脆脚踩到水下，洗好衣裳还要和公公王洪去窑上卖面。小腿每往水下一寸，寒意就多一分。她干脆一下就踩到水下最后一个石阶上，浑身惊凛了一下也就那么冷。她拎起婆婆的褂子一掀一抖，像天上的一片云彩向水面悠悠飘落，她的心又开始神往南方。是一阵浪头拍打船头的声音把她惊醒，扭头一看，桥北来了一条大帆船。是条新船，帆高三丈，无风自威。风助船行，以摧枯拉朽之势碾压着船头下的浪花，船，直插桥下。帆、桥就要相撞了，桂娘吓得面无人色。这桥下从来没过这么大的船，手中的衣服滑落在水里都毫无知觉。就这时候，从桅杆下钻出个年轻人来，如白猿攀岭般顺着桅杆爬上帆顶，那神速和轻灵把桂娘惊呆在那里。高大身材，白皙的皮肤，四方脸，浓眉大眼，上身穿无袖白褂对幅紧身衬衫，下着宽腰大筒、深蓝土布裤，脚蹬白底、黑面、圆口布鞋，腰扎五寸宽的深灰色紧身带。只见他手搭桥栏，腾空一翻跳上桥面，顺手推桅、帆随桅倒，船缓缓而行，带着系着纤绳的桅杆擦过桥底，桅杆上的帆像块天上的绵云簇拥在船面；船快过去了，距他十四五丈外的纤夫抛来带绳的纤板，"扑棱棱"像衔泥的燕子向他旋飞过来，他伸手成掌，用大拇指将纤板压在掌心，顺着纤板的惯性在桥面上轻盈地转了两圈，姿势优雅得很，好像跳舞。纤夫没跑上三五步，年轻人已提着纤绳，将纤板凌空甩起弧圈，只听风声猎猎作响，纤板成了一圈黑线。船穿出了桥洞了，年轻人并不着慌，跃上桥栏，猛地将纤板向桥下斜刹地抛去，带着绳的纤板从桥那边飞起，他像燕子似的早已站在那边桥栏上，年轻人伸出五指，将纤板稳稳接在手中，一个旋转，将带着纤绳的纤板抛向滩边，飞跑过来的纤夫伸手接住，背在身上紧走几步，桅缓缓树立，帆缓缓升起，纤夫弓腿弯腰迈着结实的步子，唱着"嗨、嗥，嗨、嗥"的纤歌背着船继续前行。还没等桂娘回过神来，年轻人已张开双臂像展翅的大鹏从桥栏上腾空而下、眨眼间他稳站在掌舵人身边，他朝着惊呆了的桂娘笑笑，显得落落大方。船远去了，碧蓝如玉的河水又成了静待闺中的秀女。滩边留下一串串纤夫清新的脚印。

桂娘呆呆地看着远去的船影，刚才一瞬间的紧张压得她还没缓过气来。

第十九章　扬帆飞鸿

　　桂娘端着衣盆转身回家，上两步、退一踏，听着屋里的面客议论："谁家的后生？""荡西小木匠李三。""好身段，试船？""一身手艺，尤其造船。这条船是他接的老坝港姜三麻子姜老板的活，今天交验。""船真屋假，这个年纪就能接这么大的船，胆大，不简单。""聪明啊，还孝顺，寻的钱捏不住，大部分给了徒弟。""有钱人不学木瓦匠。""可是也不能只顾别人，他兄弟都是光棍，奶奶丈母娘还没给他生哩。"议论纷纷，如数家珍，不知道是嘲还是赞。

　　钟敲十点。月光让院子里的桂花树扯碎撒在桂娘床沿上。姑娘看着熟睡的雁儿没有一点睡意。到底什么原因自己说不清楚，只是心上有些莫名其妙地慌。她认出了那年轻人是小木匠李三。听说家境很差，尚未婚配，说媒的不少，配成的不多，家里还有寡母和也没成家的哥哥，顾五臭败他家"是一双筷子带只老瓷碗"还傲得像滩上的"八旗"贵族。媒婆也说李三眼光有些高，在李三的娘凤婶儿面前发牢骚，知子莫若母，自己养的儿子自己最清楚。人不在面儿，要的是"里"子，这"里"子，就是家穷不能穷了人的志气，娶老婆是图过日子，过日子要"顺事顺理"，这个世道本就日子难过，娶了个不知事达理的女人，就如同雪上加霜、伤口抹盐，过不得安生的日子的，那不叫"过"日子了，还不如不娶，李三当然想娶老婆，但绝不"将就"。

　　今天李三试船，一身了不得的身手湿润了桂娘心中已近干涸的泉口。上床后，她心里乱极了，辗转腾挪的时候，婆婆杨素过来了。"姑娘，今天又有人上门提亲。"杨素随便说了句闲话，她不准备回房去了，说陪雁儿睡，其实她要跟姑娘说说话。桂娘给婆婆摊被，说："不啦，你二老要不嫌，我就带着伢儿住在王家。""说什么话呢？姑娘！"杨素忽然没来由地问了一句，"那人你就真没想过？对你可是真心。我跟你芽不是多你，是不希望你守我们一辈子。有个疼你的男人守着你，我死也闭目。"说着，杨素盯着媳妇的眼睛。桂娘摇摇头，她知道婆婆说的是唐九。自从唐九知道王浩牺牲了就经常来看她，也接她跟雁儿去荡里住住，但绝不是说要娶她的事，唐九不是趁火打劫的人，是真心为她打"岔"，人逢悲事容易想不开，专在一条道上想。王浩一死，唐九怕她悲出病来，她是他妹子！唐九接她、她也去，王洪夫妻送她上船；去了也住，老夫人跟她说说话，为她解闷。但唐老夫人从来不跟桂娘提谈婚论嫁的事。桂娘不笨，娘儿俩希望她能嫁过来，对她好是真心。

就这么又是一年过去了，大家都看到唐九对桂娘的心思，连王洪都看得出来，但他不发表意见，也吩咐杨素别做伢儿的主，一切随缘，他不是个要媳妇给王家立贞节牌坊的公公，况且他还是个父亲，还有他知道老先生真有在天之灵会怎么想。姑娘温顺，但极有着自己的主见。

桂娘见婆婆提唐九的事又是一阵心乱，比白天受李三那条船的撞击还大。要说唐九对她的爱，她在冷漠地对待，那是冤枉了她，在唐九用痴情织的网里她做过无数次挣扎。她在唐九炽热的追求中几近融化，举在胸前抵挡的盾已薄如蝉翼。她崇敬他，正直、血气方刚，路见不平像梁山上的好汉。他爱她，真诚得不含半点怜悯；答应他，似乎勉强，做他的妻子却心非所向。不是爱不爱的事，是什么呢？她也说不出来，就这样拖着。她决定不再拖下去了，伤着唐九也伤着自己，还伤害着唐老太太和自己的家人。她准备违背自己的良心嫁给唐九。就这时候，桥下飞来一只船，船上飞出李三，那推桤甩绳、接板抛板，一蹿一跳、一起一落，一个普普通通的乡间小木匠，像手捏着她心中的钟摆、鬼使神差地让她停下了作出嫁给唐九的决定。

杨素见提起唐九媳妇就不说话了，晓得心结没解，只好叹了口气不再提，她也难得说这事，王洪吩咐的话她不敢违的。只是她既是婆更是娘，做娘的心里都是想的儿女的碎事。她脱衣躺下，跟雁儿睡一个被筒，无非是让伢儿别缠媳妇，让姑娘睡个踏实些。桂娘脱衣吹灭灯火，却倚在床头没有躺下，杨素看见黑暗中姑娘的眼睛闪着几许鲜亮，她好奇。好半天，桂娘说："娘，今天桥下来了好大艘船。"杨素问："你说的早上？我听吃面的人在说。荡西李三在试船。"桂娘身子扭动了一下，杨素开始警觉，她想起了一桩事，从被窝里爬起来对姑娘说："前天你三娥姨娘的姨妹子还给你给李三提亲来。"她盯着姑娘的眼睛，揣度着姑娘有什么反应。桂娘又是在扭身子，说背痒。杨素忙伸手给她挠背，姑娘背上在洇着汗，还没到冒汗的季节，是心的烦躁。似乎婆婆给她挠痒并不自在，桂娘说："娘，我自己来。"她把婆婆的手往被里拽，"别受了凉。"婆婆心里一凛，鬼丫头难不成看中了小木匠？姑娘不愿说，她也不问，等明天再说吧，她要告诉男人。雁儿醒了，说要尿尿，杨素要拉她起身，桂娘摁住婆婆自己拉着伢儿起来了。上床后，杨素以为桂娘要睡了，忽然姑娘却问了句话："三娥姨的姨妹子是谁？"三娥就是对河裁缝刘布奇的奶奶，大富的娘。杨素说："荡西李二枣的奶奶二婆，二婆是小木匠的堂嫂子，就这么转过来的，想着你的亲事的人多着哩我的儿……那小木匠也是个好年轻人，只是……"她不说了，说了被王洪懂了又要挨说一通，她晓得自己不是个行事缜密的女人，比老夫人差多了，她娘杨老太太说只抵婆婆半个脚指头。她承认，她想说的"只是……"有好多层含义，比如唐九那头怎么弄？人家对你那么好；比如李三家穷，快三十岁了还娶不上老婆就因为穷，他家里还有没要上老婆的哥哥；比如……她不敢往下想了，小木匠到现在没娶上老婆不等于不曾挨过女人，三娥是个有话熬不过半夜的人，她来说媒还说了好多这些事。

"娘，一定要把我嫁出去吗？"桂娘不晓得婆婆要说什么，她也不想打听，只是按自己的心思在想，她问婆婆。杨素嗔怪地说："你又来了，娘不多你，巴不倒不出去。只是……"这时候的"只是……"不是那个"只是"了，她叹了口气，杨素真的希望媳妇有个好归宿，王家已经对不起她了。她的心思又去了云天雾海，想着姑娘的苦难和这么知事要哭。"娘，你实在要女儿改嫁，就嫁李三。""啊……"杨素听到媳妇的话在黑暗里张大了嘴，惊愕。

五月十八。座钟刚敲八下，桥北六条迎亲船披红挂绿、稳稳停泊在滩边上，船虽破了点，一看就是滩上渔户的命根子打鱼船，但今天洗刷得清清爽爽。随着高昂的唢呐声起，一串串鞭炮在水面上开花，东滩新芦枝摇叶舞，西滩棉田百鸟惊飞。新郎李三在徒弟簇拥下踏上跳板下了船，穿过迎亲的乡邻人群，来到桂娘堂屋。还没等李三坐下，桂娘叫人把他拉进房，吩咐李三脱下租来的礼服，换上自己一针一线缝出来的土布新装，再吩咐大徒弟多带些瓜果烟茶，打发五条借来的迎亲船早早返回，免得耽搁了大家一天的生意。领头的那条船留下，它是李家起源的家当。

昔阳西沉，鸳鸯游进芦苇丛中。桂娘用手巾不断地擦着杨素——再不是婆婆了，是娘——桂娘给杨素不断地揩泪。桂娘带着雁儿——这是她坚持的，也是新婆婆李凤婶坚持的。提了个装着换洗衣服的青布包裹，李三要搀扶她上搭着船的跳板，她摇摇头自己走过。她还不习惯男人的热情或是亲昵，尽管离开王家的今天，要扶她的男人就成了她的丈夫。

桂娘从下水阶去船上就没回头，走得很快，仿佛让人有种早想匆匆离开王家的感觉，只有王洪知道，姑娘怕中间发生变故，送亲的人群中还有个伤心欲绝的男人，他戴着帽，蹲在不起眼的墙角落——唐九。姑娘要嫁给李三的消息除沈万和夫妻外没人知道，直到今天李三披红挂绿的船靠在河下才掩不住了。左邻右舍来了，他也来了，只是坐在桥中间的石栏上远远地看着这里。滩上没人认得他，又戴着草帽，帽檐扣得靠近眼眉。王洪早看见了他，去请不妥，不请也不妥来，心慌慌了一天。桂娘说，他不是个惹事的人，随他去，长痛短痛总得痛一阵子的。说是这样说，其实她心里绝不痛快。上船时候，她狠狠心不回头，但心有着被从背后射过来的箭穿透的感觉，箭头带着悲哀和愤怒的火。直到上了李三家水阶，桂娘还有心被灼伤的感觉。

李家陋居称得上是"草庐"，她答应了这桩亲事，但没来看过，她嫁的是李三不是屋。现在看着屋了，桂娘知道了什么是穷。家是穷，但蛮清爽。人困一张床，吃饭一只碗，家有千间只住一间，只要日子过得不磕磕碰碰，住的用的简单应该是好事。她是个容易满足的女人。

这地方叫"荡西"，是以在西荡的西边起名的，离西荡拉直线大概四五里路，沿弯弯曲曲的港湾去就不止了。李三的屋子篱笆外就是堂哥二枣家；两家南头有个大地主叫顾寿，这荡西一百亩左右的好土地都是他家的。顾寿没有了，留下两儿一女。老大顾五、老二顾七，女儿是姐姐，叫顾淑芬。顾寿在时把小儿顾七送去日本学医，改学号顾三禾。姑娘从小就由父母许配给徐家园酒坊前的司家庄司朝清为妻。顾家园里就剩顾五。顾五上学没长进，但会敛财，太贪婪，为财能六亲不认。三十五六了，也没成亲。看了许多，没他中眼缘的。姐夫司朝清在日本留学时认识了孙中山先生，据说也回了国，先在淮阴军营，军营里传着传染病，他除了擅长妇科，还是传染病专家，后又回了广州，姐姐顾淑芬一直在丈夫身边，顾五就没人管了。有人栽没人扶，顾五就长成了棵斜（邪）树；树上还趴满了一堆苍蝇——总有几个不三不四的人跟在身边。

李三的祖父打鱼为生，渔船就停在顾家西田下的河边。顾家常来买鱼，跟李三祖父交了朋友，老顾家叫李家上岸，老李家领了他一半情，没上岸，但在岸下的浅滩上搭了几间"水"屋，不占土地但占岸坎，也算领了顾家的情。船就系在坎下。坎上有两块顾家的地，南边是好田，北边是坟场，田四面是河，进出都要从顾家院子里走。顾寿的父亲从别处移居过来时这地就荒着，他在田头起了房也没人问，更没人争，几年一种，土地就变成顾家的了，只是有人在坟场葬人顾家也不挡，没人跟死人较真。

李三祖父住下了，延伸到李三这一代兄弟多了：李三，李三的哥哥元宝，李三的堂兄李京、李虎、李二枣。两家堂兄弟，老的就剩凤婶，自从李二虎和李二枣成了亲，两家就分开来住了，李三堂兄弟的屋落南，屋朝西，南山墙开了门朝阳，屋后是河，河那边就是顾家长庄稼的田。本来中间有条坝，顾五把坝那头挖了，无非是怕李家有人从坝上过来在他田里偷粮食，坝就成了"断头坝"。这坝就不碍顾家什么事了，李二枣兄弟就在断头坝上搭间屋，兄弟多，都挤在一个屋。这时候顾五当家了，他带着家丁朱功绕过河来到李家，房子已搭了一半，他叫拆，李家兄弟倒茶拿烟打招呼，顾五正眼都不看一眼，指着老大李京说："你李家是得寸进尺，我爷爷给你们在滩上搭屋，先是一间，后是一双，然后你祖上分别下蛋，一个蛋就一个窝，给你脸了蹭鼻子上，连坝头上还搭房！我不是我爹爹顾汉，也不是老侯顾寿，我是顾五，没他们好说话！就这么让你们东搭西建，再十年八年的还不建到我屋背后去？我家老二还要回来呢，哪里来的地方起房子？你可拆？不拆我拆，没了王法！"李京还是作揖打招呼，顾五斜了他一眼，他最看不起这李家的老大，说："你还充李家的老大？自己的女人都守不住，丢人现眼的，让开。"李京拿烟的手在哆嗦。他哆嗦不是为顾五说他守不住女人的事，是想把断头坝上的房子起起来没了希望。

李京兄弟三个，李虎、二枣成了家，李京没有。二枣的女人叫二婆，本来是李京的，是李家从小带回来的小媳妇。二婆跟兄弟三人一起长大，李京老实，二婆却看中了滑溜溜的二枣。她和老大成亲的那一天，老人把两人送进屋，二婆一脸不情愿，嘟巴着嘴坐在床沿。老实巴交的李京不知所措在旁捏指头。二婆见他半天也没什么动静，心里生气，就把他往外撵，李京却没反抗，扭着身子像狗熊似的出去了，带门的时候还回过头。二婆多希望他不出去啊，扑过来咬她——她偷看过公公咬婆婆的。李京却真走了，只吩咐她一句说："被别落在地上，地上湿，明天还要还给人家。"原来这床被盖是婆婆偷偷地借的蒋九姑娘——二枣干娘家的。说完就走了，二婆哦天哦地地哭起来，干脆把被掀在地上。她正哭着，屋后吹来一阵风，抬头一看，窗棂被谁推开了，外头黑咕隆咚，一个猴子似的人蹿进来，没关窗，抱着二婆就咬。二婆被抱着就知道是二枣，就这样生米煮成了熟饭。

老的小的都奈何不得，二枣从小被哥哥们惯野了，没人能降服。李京那天其实没走，他还在门外，他晓得跟二婆结婚了两人夜里应该做什么，可是没胆气，心里也急。二枣从后窗里进去了，他到娘屋里捧了床被去船上住了，他没哭没闹，难过往肚里吞，他是老大，家丑不外扬，再说了，他是老大，什么事总得让着弟弟的。

那天顾五来李家阻挡时，场地上只有李京、李虎在，二枣夫妻到荡里割芦头去了，屋架子竖起来要编芦帐。李京、李虎见顾五要拆房，作揖求情，顾五装着没看见，这对糯瓜不欺没人欺了。问李京拆不拆？其实没什么拆的，就打了两面墙。李京见顾五凶神恶煞，朱功又在旁煽风点火，晓得不拆不行，说拆就拆吧，到对河坟场寻块地搭建个棚也行，顾五不光是富户，还是保长，惹不起。这时候，河滩上传来女人骂街的声音，顾五顺着声音看去，岸滩上翻出个五尺不到个子的小女人，脑后盘着结实的发髻，赤着一双小脚，"咚、咚、咚、咚"地跳过来，只有三五丈远了，顾五更看得清爽，二十来岁，小个子、小鼻子、小嘴，一身都配得小巧玲珑，但没想到这等泼辣。这女人边走边脱上衣——后来才听说打赤膊是这女人打架的一贯架势——她端着气，把褂子裹成一团，指着顾五破口大骂："哪个叫拆的？敢拆我房子的人他娘还没生呢！"嘴里说着，手没停，转身抄起搁在草垛上的一杆五齿鱼叉对着顾五冲过来。顾五还在发呆，鱼叉已到跟前，幸好李虎眼快手捷，伸手握住鱼竿，叉齿只离顾五肚皮一寸距离。顾五瞪着双眼，张着嘴，脸色铁青，他财大气粗，一个狂人，没想到还有比他更狂的。只是事发太突然了，他不知如何对付，竟呆呆地站在那里。

　　二婆鱼叉舞不起来，又蹦又跳，指着顾五骂："你个××的，住瓦房、吃鱼肉，李家和你邻居了几代人，没吵没闹，念着你爹爹的好处。到你手上就变了，巴掌大的地方还不放过？这些田是你顾家哪年买的你拿政府发的田契来啊！哪本田契标着这断头坝长多少宽多少？啊?！我命不值钱，戳死你划得来！"顾五没想到二婆凶悍得比他养的母狗还恶，跟班朱功见苗头不对，拖着东家就走，顾五却犟起来了，脑子一清爽，匪气从根底上来了。他自小到大，没吃过这么大的亏，这样走了以后还怎么在女儿滩方圆几百里混？挣脱开朱功的手，指着二婆也骂开了。二婆猛地从李虎手中夺过鱼叉向顾五掷去，幸亏二枣发现得早，一个劈手，鱼叉失了准头，刺向朱功，鱼叉齿钻进朱功的左腿。亏得朱功穿的套裤棉花厚，只进了皮肉，没能往深处去。但齿是个倒齿，进易出难，朱功杀猪似的嚎叫。二婆见没钉上顾五，顺手又拔鱼叉，这不打紧，朱功的腿上被连皮带肉生生地拉下一块来。二婆又随手拿起削芦头的刀直奔顾五。顾五哪见过这阵势，拔脚就溜，他应该往西去，原路打回，可是被吓昏了，往东退去。那头没路，是断头坝，坝下河深，他还在水里下了老榆木尖头杆。二婆拿着砍刀边砍边骂："咱俩一起死，这日子反正没法过！"顾五退着步子走的，回头一看，才知道进了绝处。眼见得二婆手舞着砍刀向前步步逼近，顾五向捧着腿在地上游动的朱功吼道："你个死狗把这个疯货拉开啊！"可朱功怎顾得了他？他又朝二枣喊："二枣你管不管你家的疯狗？啊管不管？"二枣摇头："说她是疯狗，我管不了的。"顾五听到了二枣的口气，怪他骂了他的奶奶。连忙说："我说你管不管你奶奶？"二枣还没说话，二婆举着刀已到了顾五跟前，顾五跪下了，抱着她的腿说："二妹，你搭、你搭。田里岸上随你搭。饶了五哥行吧？啊？"二婆已在喘气，也在想是砍还是不砍，刀还举在头上。顾五绝望了，感到颈后凉飕飕的，以为就要死在坝头上。

　　"二婆，东家答应啦，放下刀吧。"二婆背后有人说话了，声音像块吸砍刀的磁铁，顾五不敢看二婆的脸，他在看地下的影子，那举着刀的手放下了，他舒了口气，听得出来，说话的是二婆的婶子、李三的娘凤婶。顾五知道得救了，像泄了气的皮球软瘫在坝头上。

荡西一转三十里，没人不认得凤婶，天大的事，凤婶出面，都能给个七分面子。顾五来的那天，凤婶正在给大儿子元宝理渔网，听到南头在闹腾，不放心匆匆赶来，半路上碰上李京，他是来搬救兵的，他晓得二婆发急起来比疯狗还疯，除凤婶没人能劝住。二婆就是跟二枣再好也有个牙齿咬舌头的时候，二枣的身上青一块紫一块是常有的事，要想解脱，只有说声"凤婶来了"。二婆被凤婶拉回去了，打开抽屉找出外伤药叫李三给朱功敷伤口去，李三不肯，凤婶说："不看僧面看佛面，顾五的爹爹跟你爹爹是朋友，没他爹爹，我们还不晓得在哪里漂。"

二婆家的房子搭成了，不管大小等于多了个屋，这样李京就能上岸不住船上了。凤婶和两个儿子商量，也搭，往河心扩，不占顾家地。就这样修成了现在的院子，一半在坎上一半在水里，三面插上篱笆。河里养鸭，院里养鸡，篱笆上挂扁豆丝瓜，清清爽爽的，和桂娘住了二十年的滩上的瓦房虽不能比，又是另一番风光。没有船过车行就没有喧哗，也没多少人来客去，清静得很，桂娘就是想过这样的日子。

婚事都是按照桂娘意思办的，一切就简，去滩上接她的也只就二婆夫妻。她本就是个不铺张的性格，还有一层意思只有父亲王洪知道，就是怕惊动唐九。要是按规矩，船靠李家院下的水阶，就要鞭炮齐鸣。荡旷寂得很，东荡空中雁鸣，西荡都能听到清晰的叫声，更别说放鞭炮了。她踏上李家院子水阶，唐九母子听到迎接她的鞭炮声响，心里是何滋味！

二婆领着桂娘穿过搭满了瓜棚的院子来到屋里，她环顾了一下将要重新生活的陌生环境，抬头一看忍俊不禁，她看到梁上挂着盛饭淘箩，离淘箩口尺来高的绳子上系着只瓢，她笑的是知道那瓢不单是挡着房顶上要掉进饭菜里的草屑，更是防着老鼠。那些梁上君子想在夜深人静的时候从屋顶上下梁偷吃，悬在淘箩上方尺许的瓢壳是个隘口，细东西爬在半圆瓢壳上就下不去了，瓢下仿佛是悬崖绝壁、万丈深渊。细东西会急得在绳索上像猴子爬杆、蹿上蹿下，被绳子串着的瓢和淘箩像风吹动的铃铛。有次她从窑上卖面回家，从门缝里就看到过爬在瓢壳上、看着淘箩里的鱼肉望洋兴叹、团团乱转的那些家伙的贼相。桂娘心里一下子轻松了许多，对这里有了似乎熟悉的感觉。院前狭小的港湾传来轻微浪声，少了宽阔的王家门前滩上浪花喧哗，她又感到了温馨，她似乎觉得真的好累，想上床睡上一觉。

这种温馨的感觉只是一会儿工夫，桂娘走进新房，看到床上铺设的被褥时，那感觉顿然消失殆尽。这被褥她再熟悉不过了，那是唐九接她在西荡小住时，亲手缝制的。当时她问老夫人说："九哥哪个兄弟娶媳妇？这锦缎怕是从江南买来的吧？滩上没几户人家有的。"老夫人只是"嘿嘿嘿"地笑，说："到时候你就知道了。"

这床被褥原来却是为她跟唐九结婚准备的！桂娘眼前一阵眩晕，摇摇晃晃站立不稳。二婆一把扶住，问她说："怎么啦妹子？"说着半抱半拉着桂娘走向床边。桂娘没去床边，就着靠马桶的凳子坐下。她闭着眼想压下心里的浪头，不容易啊，唐九对她的好，历历在目。滩上能够太平，与西荡这把大伞罩着有着重大的关系，这关系又离不开唐九对她一往情深。她不敢往深处想，满腔愧疚得要放声大哭，看着被褥仿佛就看到唐九哀怨地看着她。

"儿啊，怎么啦？哪里不舒服吗？"是婆婆凤婶在她耳边轻轻地喊着。她猛然一惊，这不是任性的时候，人家盼子结婚是大半辈子的事，何况老人已近风烛残年。她抓起凤婶的手，笑着说："娘，好一阵不坐这么长时间的船了，有些晕。""哦，只是晕船我就放心了，三儿，"凤婶喊站在门外不敢进来的儿子，"你别喝酒了，服侍姑娘早些歇息吧。""不要了，娘，外头有客人，让三哥去照看些，千万不能失了礼数，我想静会儿，好吗？娘？"她看着娘儿俩出去了，头埋在桌上咬着嘴唇想哭，还是憋住了，不能光顾着自己的感受，李家是在办大喜事，不得没来由地尽想着哭的。

外头也就四五桌人，无非就是李家兄弟们和隔河蒋九婶儿一家，李三的徒弟占了半壁江山。徒弟见李三进去没多久就出来了，笑问他是不是冒冒失失地想跟师母做香香被赶出来了！见师傅一言不发，笑也是勉强，都不作声了，埋头规规矩矩喝酒。其他客人也是面面相觑，抬头看着李三，仿佛个中原因写在新郎脸上。李三尴尬地提起酒壶给大家敬酒，人出来了，心还在房里，桂娘为什么不高兴呢？正在他闷闷不乐的时候，桂娘走了出来，一脸的微笑，说没想到这么晕船，在里面坐了一会儿，失了礼数。她从李三手中把酒壶拿来给客人敬酒。大家又活跃起来，李三这才把心放到肚里，神色上阴转晴天。

客人散了。凤婶把雁儿带到她屋里去了。李三今天可没有喝多少酒，一是凤婶子再三叮嘱，二是他有着心思。桂娘敬客时只喝了两口酒，这是李家门里的大事她晓得分寸。两人坐在床前，李三看着脸色红扑扑的桂娘却没有一点恨不得要咬一口冲动的念头。端庄的女人，仿佛像佛堂里一尊观音。李三是走千户、踏万家做手艺，又长得一表人才，三十多岁，风花岁月经过，不是个坐怀不乱的人。早为刘林造屋时，他跟着王洪走前跑后，已成了王家的长客。他暗中慕仪桂娘，赞叹王浩的福分，但仅是男人的心思，却从来没有过非分之想。天公作美，新船为媒，催开了桂娘心中接近枯萎的二度梅。他想桂娘、爱桂娘，但王桂娘不是他所经识过的那类女人。是什么呢？没法比喻。可曾有人对垂眉润颊、粉颈纤手的观音动过欲心的？他晓得自己配不上桂娘，但运气就是来了，鬼使神差，桂娘就坐在身边。只是他不晓得今天怎么了，心里惴惴不安，没了往日摸女人的胆气，他也坐在床沿上，只是坐得远远的，像隔着墙。桂娘抬起头来喊了一声："三哥，你坐过来。"李三一惊，起了一身鸡皮，"嗳"了一声，僵硬地倾了倾上身，屁股却没敢挪动。还是桂娘伸出手拉着他，才胆大地坐到桂娘身边来，桂娘听到了李三的心跳。桂娘翻过李三的手看，一手老茧，但不僵硬，毕竟年轻，肥厚、粗糙，像滩上柔软的泥土里爬动的贝壳，有着灵魂。手掌上纵横交错的纹理，镶嵌着一道道黑线。她笑了，她晓得这是木匠特有的特征，就像她在大生厂做工、身上离不开缠着的纱头；回来卖面时，头发里洗不掉淡淡的酱油味一样，还有外公杨瓦匠，手上的纹路里尽藏着泥土。木匠手掌纹理里的墨汁就像酒肆门口一面"酒旗"，告诉别人他是做什么的。桂娘轻轻叹了口气，她的一生要交给的是和王浩极具不同气质的男人。祸兮？福兮？她摇了摇头。李三呢，桂娘抓他的手，他紧张得腿肚子在抽筋，太粗糙了，娘老说他，缝在被上的棉线没几天就给手上的老茧拉断。听见桂娘叹气，吓得李三想把手抽回，又怕拉破了桂娘手指头上的皮。桂娘抓住没放，挪了挪身子，头轻轻地靠着李三的肩头，李三的头"咚"地一下麻木了，他屏住呼吸，唯恐身子摇摆让桂娘跌下来。一会儿他听到桂娘已发出轻轻的鼾声，除了微微起伏的胸脯，一动不动，像一只海上颠簸了许久的船，如今系在无风港湾的榨丁树下。鸡叫三更，李三心绪已恢复正常，他了解桂娘，他熟悉桂娘，女儿滩的人没有人不熟悉桂娘，和女儿滩所有乡亲一样，他十分敬重王家人，十分敬重桂娘，娘说他能娶了桂娘为妻，是祖宗积的德。

风从河沿刮上来，悄悄拍打着窗棂，窗台上的烛火飘忽不定，桂娘打了个冷颤。李三怕她着凉，轻轻叫醒说："雁儿娘，天不早了，早点睡吧"。桂娘离开了李三的肩膀，揉着惺忪的眼睛，仰着脸看着李三，她说："三哥，今天我和娘睡去，夫妻日子长着，行吗？""行、行、行，怎么都行！"李三边说边捧被，像犯人得到释放一样，他想把新被捧到娘的房间去。桂娘阻止了他，说："三哥，我困不惯新被，把它搁在橱里，家里有什么盖什么，只要暖和就行。"李三高兴极了，说："好、好、好！困这我也不习惯哩。等过了明天，我上街膯两条新絮！"他捧起被像当个旧物似的把被扔到橱顶。桂娘一惊，知道李三懂了这被的来路，暗暗叹了口气，任由他搀扶着去了婆婆凤婶子的屋里。

　　桂娘钻进婆婆的被筒，被窝里暖和得很，婆婆在被窝里摸着给媳妇解纽扣。凤婶说："儿啊，不嫌吧？一床老人味。"她身子都没抬，伸手抱住婆婆的背，什么都没说，趴在婆婆胸前竟打起鼾来。第二天早上日头高挂，李三起床烧好早饭，热了又冷、冷了再热，没敢敲门，以为婆媳俩还睡着，直到雁儿一身新衣，从门缝里钻出来，才知道，娘儿俩早醒了，说了一早的话。

第二十章　梅开二度

　　桂娘从婆婆嘴里知道了李三家祖上一些事。李三的曾祖李奉贤是道光二年钦点榜眼，外放通州任盐运使，就驻扎在海边。通州盐是贡盐，源于范仲淹围海屯田的故事。说范老头巡查坝情时看到一群人围观老者斗弈，只听得一声"好棋"引起全场如雷轰动，地上下棋人缓缓起立，一老者整整长袍，拂拭沾在身后的泥土，对着正在擦汗的对手深施一礼道："承蒙老哥有意软手一着，才使在下跟老哥手谈百年，险胜此盘。承让，还是惭愧。"对方回道："老弟台棋艺猛进，功力已非昨日，后生后浪推前浪，可敬可贺！"范仓监目瞪口呆，年岁都差不多，仅比自己大些罢了，却手谈已达百年？那他们多大啦？问那老者："伯台高寿？"对方施礼："高寿不敢，方过茶寿。"茶寿者，一百单八岁也。范仓监慌得连忙施礼："下官不知通州竟有如此长寿尊者！"老者说："高抬了，观棋者有几位还是老朽兄长辈。半载身子入土的人了，还盘膝于荒郊，嬉娱于童爱，让大人见笑了。"范仲淹更是不敢细问，老者都百岁开外了，身子还只埋下"半堆黄土"，旁边还有兄长，这等如林高寿荟萃、笑游于江海之间，古朴民风，淡泊政事，朝看日出，晚议汛落，神仙也不过如此。可慕、可佩！后来他细究通州人长寿之故，才知与久食通州海闸盐有关。范仲淹回京城禀报，龙颜大悦，钦点通州盐为贡盐。通州也有了盐运使之设。李奉贤钦点盐运使，不知是几朝几代的盐运使了。

　　李奉贤一次押运贡盐到京陵海面遭倭寇偷袭，寡不敌众，兄弟们一一战死，他鲜血染红了战袍，护甲粉碎，身上前后总有二十几处刀伤，战到只剩最后一人，倭寇也十死九伤，双方悬殊对峙，活着的敌人握着倭刀围着李奉贤转，李奉贤血流如注，但气闲淡定。他心里有底，只要耗着，对方坚持不了多久。一个头目劝说将军投降，他微微一笑说："尔等些小还配谈投降二字？小偷小摸，丢尽了日本人祖宗的脸面。"他不想多说话，剩下的气力容不得多费嘴舌。他聚气丹田准备用一己之力与他们同归于尽。五个倭寇成扇面围上来了，说时迟那时快，李奉贤提剑指西击东，一道弧光闪过，五处血喷如注。李奉贤丢下武器艰难地将海难信号升到桅杆才缓缓倒下。当他醒来的时候，已是十多天以后的事了。可当朝的道光皇帝因爱妃病重，正好在海闸贡盐未到前死去，竟听信谗言说妃子死与李奉贤没及时送来海盐有关，给了个"斩立决"的封赏。幸好知州体恤无辜，从牢里拖出一个死囚"验明正身"在刑场上代了。李奉贤摇一只乌篷船在西荡立脚，他望着满滩的芦苇，难得看得到的几处炊烟，长叹一声，吩咐家人，就此隐姓埋名苟且偷生。日子长了，远别了刀尖上噬血的日子，倒也活得自在。就这样一代代传承下来，到了沈凤姑娘、即李三的母亲凤婶嫁到李家来的时候，还是打鱼、狩猎、砍竹、编筐谋生，清贫，但过得自在。

鸡鸣三遍，婆媳俩就醒了，相拥着倚在被窝里。桂娘头偎在婆婆凤婶的肩上，听她说着李家祖上的事，挺感人的。鸡叫她就起来了，说从今天开始烧饭扫场，还有早上喂鸡鸭的事她来做。凤婶说"那哪能哩"，把她摁下，说："儿家穷，委屈了你，还有更委屈的事儿为娘可不掖不藏，还得跟你说说。你挺得过关，我领情，你有想法，我不难为你，照理说我不应该为三儿说个情，但事因却是为娘的没能耐。他父亲走得早，我只是在这荒荡野地养活了两条命，延续了李家的香火，教他们怎样做人。到今来，我交给媳妇的不是个最好的丈夫，责任在我，不在李三。直言后，感到委屈尽管跟为娘讨个说法。"桂娘心想，可能婆婆还有关于李三的故事，既然认的人，就是认的命，不是杀人越货，能知人冷暖识大体就是乘龙快婿。她把婆婆的被角向上提了提，六十来岁的人了，一脸风霜可能从来就没留过铅华，善良人家不盼望子女一定要龙腾凤飞，但，传后续宗，保留古朴而厚重的门风，老人看得很重。窗外，一轮弯月开始西沉，两岸映在水面的芦苇影子，封盖了河床的一切。那影子下面，总显得那么神秘。桂娘叹了口气，前面的路是什么样的，谁也弄不清，何必还苦苦地撩开芦苇深掘河底弄个究竟？她想了想说："娘，你想说就说，不想说也无妨，日子是朝前过的，不能老沉在过去的事里。人不和天抗争，但天给我的命中三分地，你不能不珍惜。就像荡鲤，芦苇留给了光亮一线天，它就欢腾，再过一阵子芦苇长高了，封杀了黑夜，可没办法遮住太阳。黑着的时候，埋着头过，理顺着气过；亮着的时候，别浪费了大好时光，等着亮着的时候你还抱怨着黑暗，寻找着不公，你希望有个说法时，就没想到，那挡不住的黑暗，可还是要来的。由它去吧。"凤婶哭了，又捂住了嘴——雁儿从奶奶和娘的中间爬起来了，骨碌碌地看看奶奶，又看看娘。娘儿俩才发现，天早已亮了，太阳光从芦苇夹板做的窗户缝里钻进来，那么柔和、那么流畅。

这年的秋天，雨水特旺。往年"东天日头西天雨"，说是还能看到日头，可这个秋，一连十几天就难看见太阳。雨刚停，太阳从乌云边上悄悄地探出头来，像人，也想有个透气的时候，滩上顿时金光四射，人们捧出要挤出水的被子接收阳光的洗礼。但他还是没露脸，人们以为他在摆着架子，或是矫情，半抱琵琶半遮面？一会儿，人们失望了，原本不起眼的那块乌云却在厚积薄发，渐渐地，连那点从边缘上撒出来的亮也吞噬干净。昏沉沉的天，人们已辨不清是早晨、还是黄昏。人们不骂乌云，却骂太阳，说菩萨也骗人。桂娘打开篱笆门时，李三兄弟早已走了，今天他们又试船。那船比上次把桂娘惊得吓掉了手上衣裳的还大，是"和记"木行的，长二十六丈长，吃水丈二。船行到面店桥北，李三不由得想起往事，不由得从船上跳上桥，又从桥上跳船，轻灵得像只欢快的猴子，哥哥元宝说："你就发疯吧，桂娘没在这里，蹿上蹿下的别险了脚！"王洪在给客人下面，推开窗户喊："三子，叫少师傅们上来歇歇脚啊！"那疼爱之情难以言表。李三说："父亲，不啦，雁儿娘瞟着哩。"高海天巧在里头吃面，端碗出来说："小木匠你现在狠了，姑娘给你骗回去了，就不把丈人当回事！"李三慌忙从桥栏上跳下来抱拳打招呼说："叔，你说我敢吗！今天这船就要送木行去，明天我跟桂娘来看大家。"说着跳下从桥底下穿过的船走了。其实这些都给桂娘看到了，今天验船，桂娘按凤婶的吩咐，就在桥西蒋荣青的肉摊上买肉。她听到人们在大声议论李三试船的事，还是把李三说得威风得不得了，不由得想到愿嫁给他也是看他试船。她想这家伙就是靠这一勺子汤显摆，这一显摆就捉到女人的芳心，想到这里脸不由得红了。其实人家说李三的本事她也暗暗得意。买肉不急了，父亲对跟船南行的女婿大声吩咐说："早点回家，孩子瞟你哩。"李三说："今天你姑娘放我的假，船送走了，我和徒弟去要徐家酒坊喝酒去了。"桂娘抿嘴笑，都是自编自说的话。她知这一喝，他是不醉不归。娘、奶奶、伢儿，还有酒，他说是他四条命，没一条能少。凤婶子问过，到底哪条命最重要？他说娘。凤婶子戳着他的额头说："你也学会说谎！昨天说奶奶，前天说雁儿，我们好骗！其实酒才是你的命！"李三说冤枉了他，不要命才喝它的！桂娘想着丈夫也是好笑，做木匠也能成名人。她悄悄从人们背后去了桥东。好多天没来看芽娘了。桂娘来到面店，娘杨素又是跟她说李三试船的事，说得眉飞色舞，丈母娘夸女婿越说越欢喜。桂娘解下了素儿身上的围裙来父亲身边帮厨。王洪告诉女儿，窑上的面摊儿他交给珮姑娘在弄，万和干爹请了隔沟徐碧姨帮着她。沈万和晓得这班浑蛋男人，见色也能开胃。父女多少时不说这么多话了，姑娘在身边王洪脚步灵巧了许多。桂娘却暗暗伤心，她真怀念过去的日子，虽然贫苦。

桂娘下午两点钟光景才回荡西，父亲王洪给她带了块肉。到了篱笆门口听到婆婆和一个女人在说话，就驻足停下，她不是喜欢"隔断听话"的人，她是怕打断了婆婆和客人的话兴。她不想听，可是两人说话的声音特别高。只听婆婆在劝着客人："闺女唉，你早回去吧，三儿奶奶要回来了，问起来我也不好说话。不同于过去了，他是有了家室的男人，让我图个安顿吧。"客人是个女人，在哭，客人说："婶子，过去的事翻过一页去了，只是想跟三哥说说话，没别的意思。崔玲不是那种厚颜无耻的女人，我巴不得三哥夫妻好。我走啦，你保重，我这给你和三哥做的鞋，如不合脚先将就着，眼下我的心乱透了，针老是扎着手，唉……"屋内的呜咽声变成了两个人。桂娘听不下去了，慢慢地推开门，桌上的饭菜一点没动，一老一少两个女人抱着哭成个泣人儿。两人见桂娘回来了有些慌张，凤婶推开客人，拉到桂娘跟前说："玲姑娘，这就是李三刚过门的媳妇，叫桂娘。你叫嫂子吧。"那叫玲姑娘的还没开口叫，她又对桂娘说"儿啊，她叫崔玲，徐家园酒坊的，是老身的干女儿。"桂娘打眼一看，崔玲这才有机会叫了声"嫂子"，还道个万福。桂娘"嗳"了一声答应着，细细打量着不速之客：二十一岁上下，秀气得很，这样标志的女人，女儿滩方圆几十里真不多见。就是憔悴，像进春的蜡梅。桂娘从话中已听出这女人和李三不是一般的感情，只是百思不得其解，既然好，为什么不做夫妻？百思只是百思，就是不对也只是李三，与这女人没关系。她不由自主地有了同情，还难受。崔玲姑娘给桂娘看得不好意思起来，像偷东西被抓住的小偷，低着头擦过桂娘想走，桂娘拉着她说："既然是干妹子，留下吃了饭再走啊。怎么生疏起来了？"凤婶儿说："丫头，由她去吧，出来时间长了，她家里还有伢儿等她。"

　　李三回来的时候已很晚了，酩酊大醉，一到家即黏上枕头，可桂娘却翻来覆去睡不着了。凤婶儿披着衣来了，坐在床帮上抓着媳妇的手，给她说起崔玲姑娘和李三的往事。

　　崔玲姑娘，娘家三角渡人，父亲曾中过举，没做过官。家里薄薄几亩田，勉强糊口。家里开学堂，父亲教书补贴家用，也应该过得下去。偏偏玲姑娘的娘却得了个肺痨，这病生在富人家尚能喘延生命，崔家不行，三五年一过，田卖了还得靠学生家里接济。那年玲姑娘十四岁，出落得如花似玉，好心的人就介绍了门有钱的亲，意思让崔先生一家有个靠奔。这户人家就是荡西徐家园酒坊老板徐宾的儿子叫徐贤，是个独子。知书达理。虽是生在酒坊，却不喝酒，口碑不错。徐宾送徐贤来崔老先生家念书看到过玲姑娘，媒人一说，两家满意。

　　玲姑娘是十六岁那年嫁进徐家的。一对新人拜完天地，新娘子顶着盖头静坐在新房等着新郎，直到天近二更，客散人静，姑娘才听到房门开、门关两声响，一股浑浊的酒气搅和着房里的蜡烛味。新娘听到声响，心跳加快，她晓得接下来要发生的事。但新郎没挑开盖头，却是吹灭了灯火，抱起她像扔枕头似的往床上一摞，还胡乱撕扯着她的衣裤。玲儿不敢出声，出门前，娘再三叮嘱，已为人妻不同在家之时，逢事万不可使小性子，委曲求全，顺夫之心要切记。由于是大户人家出身，说到房事时也只是含糊点到而已。新娘尽管紧张，嫁鸡随鸡，嫁犬随犬，上了花轿就成了徐家的人，上了床也只得随男人心意。自己没经识过，什么是对的什么是错的，也说不清，只是不像书上说的，对方不是怜香惜玉，却粗野得很，钻心的疼痛让姑娘咬破了嘴唇，又不敢喊，燥、急、怕，玲儿昏过去了。

第二天早晨醒来想拗起身子，却疼痛得不能动弹，耳边的男人的呼吸声阵阵响起，她记起了昨天的噩梦，艰难地侧过头，想问徐贤怎这样狠心的。头还没侧过来，徐贤已慢慢地坐起来，晃荡着头，擦了擦眼睛，看到了在哭的姑娘，说："我什么时候睡的？怎么记不清昨天晚上怎么进来的了？"崔玲原以为夫婿要说几句知心的话来宽慰自己，没想到在说着自己听不明白的事，姑娘家虽落魄了，却还是父母的掌上明珠，从来没受什么委屈，她放声大哭了。徐贤见崔玲哭了，才真正地看着她来，大吃一惊，姑娘身上像被狗啃了似的。徐贤死命地抓着自己的头发，回忆着昨天的事情。崔玲是他俩拜完了天地双双进入洞房的，他兴奋地要揭红布盖头时，父亲徐宾在外叫了一声："儿子快出来，亲朋好友入席要敬酒喽！"他留了句"我马上回来"的话给崔玲就出去了，再后来就是轮桌敬酒，他只敬不喝，记着屋里等他的新娘，可是父亲一定要他喝，不能失了礼数。徐宾这样说，客人当然也就跟着闹，徐贤就喝了，这桌敬到那桌，徐宾像牵着条狗。后来他就不记得了，是徐宾扶他进了房间，但不是新房——对，那是西房，是父亲睡的那张床，当时他要起身，头却有要裂开的感觉，父亲端来一碗水叫他喝下，后来就浑然不知了。怎么到了新房的，这床上的一切又是怎么回事？徐贤着实记不起来，他抓着崔玲的手问："崔玲，你说、你说，怎变成了这个模样？我怎么不记得了的呢？"崔玲原以为能等来一连串的忏悔，新婚的男人大概就是这个样子，娘说过凡女人结婚头一夜，总有些事情的。崔家是个书香门第，姑娘从不知道什么风花岁月，但她知道第一夜会发生什么事情，就没想到有这么痛苦。痛苦就痛苦，没想到徐贤自己做的事情竟不认账。崔玲痛不欲生，痛哭起来。恰逢徐贤的母亲二姑娘进来叫儿子儿媳起床，今天媳妇要带着丈夫"回门"去娘家的。小夫妻俩说的话她听得清清楚楚。她就想着昨晚上的蹊跷事，儿子醉了，不晓得和妻子和房经过，她自己晚上也一醉如泥，也是徐宾劝她喝的，但她能喝，三斤不醉，酒坊的女人都能喝酒，昨天喝了两碗却是被徐宾抱着上床的。有一种不祥之兆，让她心惊肉跳，来到她和徐宾的房间，徐宾还在打鼾，她掀开被子一看，一阵昏眩，天塌下来了，重重地栽倒在地上。儿子跟在娘后头，早已看得清清楚楚，徐宾的衣裤上沾着血。

徐贤疯了，不识家，也不识人。崔玲儿几次寻短见都被婆婆救起，婆媳抱头痛哭，婆婆只是劝说，命来不易，你没有错，如你一死，你父母又怎能活？婆婆既要顾儿子又要顾媳妇，没几个月，一病不起。临断气时拉着崔玲的手说："儿啊，徐家对不起你，这也是命。人啊，有时候生也不易，死也不易，徐贤已是没救了，由他自生自灭，可你娘家没兄没弟，指望着你，好死不如赖活，徐家的家底丰厚，挺起腰板往前走，你待好一班子做酒的，老畜生奈何不了你。"

　　经了这场风风雨雨，十六岁的姑娘一下长大了好几。在酒坊的师傅和家人帮衬下，她像模像样地送走了婆婆，掌管起酒坊。酒坊里都晓得徐宾的丑事，没人把他当人。只是崔玲发现自己怀孕了，哭得昏天黑地，投河两次，都被酒工救起来。堂姑妈徐妈不敢让她单独睡了，怕她犯浑，劝说的话还是她婆婆的老话："孩子，你一死不要紧，三角渡的父母亲谁养？只要你在，我就能帮你每月给二老送钱。"她问徐妈，肚子里的孩子怎么办？徐妈说，你不想留就打掉，等聚了些钱，找个好人家不就好了？她想想也是。两人就商量着打胎的事，徐妈就想到了荡西凤婶子。

　　女人要打胎都是因为胎来得不光彩才要打的，打胎的地方就要掩息，女儿滩打胎的地方都是在西荡那里，荒芜，又靠土匪窝，没人会没事去那里的。凤婶不会打胎，但她住在西荡边儿，屋前的河就通西荡，河里又有条船，打胎的婆子都是带着要打胎的女人从她院子里借船下荡的，做这行的婆子都和她成了姐妹，后来有人要打胎都托她联系，同时也给两个钱。她不要也不行，因为打胎的女人就怕别人知道了，拿钱堵嘴。凤婶子哭笑不得，拿吧，实在是罪过，人家是万不得已才找她来的，都是女人，她同情和怜悯心远远超过了对这些女人不守妇道的厌恶和憎恨。只是完事了根据不同身份总得吩咐一句说："下次不能啊，不能图得一时，会伤了身子。趁着还年轻，找个规规矩矩的人嫁了好。"这是对种种原因还单身又守不得寂寞的女人说。要是个有夫之妇，她又是另一说："你跟他就跟他好好过日子，实在不想跟他过了就离婚，这么不人不鬼的要出大事的。害人害己。"黄花闺女怀孕了，又是另一番说辞。当徐妈送来崔玲姑娘时，凤婶子早已听说了徐家园徐宾的丑事，真有些义愤填膺，拍拍胸脯，说这忙要帮的。她叫徐妈回去，跟酒坊里说："姑娘去三角渡娘家养病去了。"她要先给姑娘调养好身子才能打，姑娘来的时候弱不禁风，受刺激已是病恹恹的。

　　大概过了一个来月吧，凤婶子约好了打胎婆，常送女人去打胎的元宝又不在家，她就叫李三不去人家做事了，送崔玲姑娘去。两人都熟得很，姑娘在家里已住了几十天了，都是规矩人，见面都低着头。李三估计是找娘打胎的，来家里的女人十有八九都是，他不会问的。只是这女人一看就不是放荡的女人，看着实在楚楚可怜。她和母亲同居同行，叫母亲一口一个"娘"，把母亲的眼泪都叫出来了，他看得出母亲喜欢她，有时候看看姑娘，还拐过眼神看他，弄得他耳臊面赤，嘴里一句"莫名其妙"。

李三只有去了，打胎的地方他熟，哥哥元宝经常带他去，那里野鸡蛋特别多。在西荡南头的角落上，四面环河，像个小岛。母亲给她找的打胎妈妈叫八姑。凤婶子送崔玲姑娘上船的时候，说了一千个"姑娘，别怕，朱八姑是三儿的干娘。下手轻着哩"。李三听着心烦、心羞，他不像哥哥，他不喜欢听些风花岁月的事。元宝不同，每年都要撑船送打胎的女人十几个，对男女的事已习以为常，长得人模人样，只是比弟弟黑了些，还是个没结婚的"童男"，坐在他船上不少动心的女人，加上打胎的女人不敢请人陪的，孤身一人又不知道被送到什么地方，碰了个不好的天，荡里芦苇高立，四面阴森森的，河面越行越窄，来打胎的女人怎么也不会放元宝走，剩下就是顺理成章的事，是女人裹着元宝，不是元宝裹着女人。女人怕啊，反正不是黄花闺女。

李三摇着船到了打胎的"孤岛"已是一更天，两人上岸来到打胎婆婆搭的草棚，草棚地下铺着厚厚的稻草，靠后壁砌着烧火的锅箱。李三朝外喊："八婶……八婶娘……八娘……"没人应答，却从棚子周围的芦苇中窜出七八条野狗，条条毛发苍苍，龇牙咧嘴，两只眼睛在黑暗中发出绿光，嘴里还垂着血红舌头。围成个半圈，前跪站后跪紧盯着姑娘，对李三懒得理睬，畜生们都知道那男人不会给它们带来好处，只有这女人身上马上要出现它们需要的夜餐，还丰盛得很。狗们又侧着头望着李三来的方向，李三晓得狗在瞟打胎婆婆，那老太太是给他们做菜的厨子。狗们就这样等着，嘴里在低沉地鸣吼。崔玲哪经得过这等阵势，人早已倒在地下，她伸出双手紧紧裹住李三，浑身哆嗦得牙磕声如同蚕食。李三也害怕，不过比崔玲姑娘好多了，不单是个男人，还晓得来这里肯定要发生这些事，哥哥元宝老是拿来这里打胎的女人说故事。狼嚎的野狗、窜飘的鬼火，往他身上裹的女人，原以为他吹牛，说没女人不往他身上裹的，有的是没出嫁的小姐，有的是有钱人家的小妾，还有就是寡妇最多，不管什么人都被这里的狗吓得要死，四面是河，也不晓得狗是怎么过来的。哥哥问过打胎妈妈，怀疑狗是她养的。妈妈要抽他，说没狗吓，女人往你身上裹吗？怕狗的女人就别做那些肮脏事。妈妈念你是四婶子的儿子才给你撑船，念你要不起老婆才让你带人先到的。富人三房四妾，你是一个没有。三房四妾的要用银子养的，自从叫你撑船送女人来，可止"三房四妾"的数？来这里的狗不咬人，只吃打下来的"下水"。妈妈说，"下水"就是没成形人的魂灵，既不是人，又不算鬼，半阴半阳，留着他就找我算账，我打的胎啊——他说的有道理，你不打我出来，我就是个人了，不找你找谁？哥哥说，十有八九狗是妈妈养的。只要有钱人家的女人来这里，她就叫哥哥再要钱，哥哥带着人进去了，她在外面教唆狗，狗呜咽着叫，像哭，比狂吠还可怕。女人吓得要疯了，叫他出来求妈妈，说别让狗叫了，前头给的钱不算，这里再给。手伸在钱袋里胡乱地抓，往哥哥前头一扔。妈妈听见钱落在地的响声进来了，也听不到狗"哭"了。事情了了，地下的钱她只给哥哥一半，哥哥想多留几个，她说："宝贝儿，你知足吧，嫖娼你还要出钱哩，这里是'二姑娘的裹脚、倒贴'。"原来只以为哥哥讲故事，今天才百闻不如一见，李三不仅见了哥哥说的红了眼睛等吃"下水"的狗，崔姑娘也裹上了他。李三从来没摸过女人，崔姑娘两手将他一抱，吓得他赶紧想推开，崔姑娘死都不放，牙齿上下碰撞，说话已不清楚："小……木……匠……三……哥……哥，我……再给你……钱……"李三不挣脱了。哥哥没吹，人也裹上来了，还给钱，都对上了号，只是没等他要罢了。崔姑娘指指腰里的包，李三明白她的意思，钱在里头。他没掏包，也没有再挣脱，反而把她抱起来，安慰她别怕："这里有三哥哩。"这里的狗不见血时不咬人，话出口就后悔了，崔玲突然像着了魔，一阵抽搐，箍着他背的手指头掐进了他的肉，钻心的痛让他大声喊叫："妈妈——八婶……娘——八婶娘——"叫得乱七八糟。草棚门被推开，他叫的又是妈妈又是娘的女人进来了，四十八九岁，和凤婶差不多年纪，只是长得五大三粗，样子和杀猪的蒋荣青相像，黑肤色，三角眼，鼻子红红的，嘴大、唇厚，一脸的横肉，要是不看隆在前头像扣着盆的胸，没人说她是女人。李三跟她亲得很，是家里的常客，坐着不走，就是到了饭时候也不走，娘从来不催的，你不走就一起吃饭，不嫌没菜。这女人倒好，她不看娘的脸，却吩咐元宝，说："儿啊，妈妈不讲究吃菜，荤腥气闻多了，酒不能少，做那活儿就是靠酒壮胆，去，打酒去。"那女人从来不叫他的。哥哥不理睬，闷头扒饭，她就用筷头敲哥哥的头。说："你鬼东西精得很哩，怕花两个钱？前天邢老爷的三奶奶来打胎，漂亮吧？我不唤狗，她往你身上裹？她好上了个白脸，还不一定看上你哩。你不光占便宜了，还多藏了十六个铜板吧！把妈妈当痴的啊！"说着又敲了一下。娘也不说话，在灶上边炒花生边笑。吩咐在灶下烧火的李三，说："压点火，哥才买的花生，没晒干，急了皮焦心不烂。"哥哥说："钱买花生米了。"八婆哈哈大笑，她转过头看着抿着嘴笑的娘，说："舍不得两个买酒的钱你就说实话，还教儿子说谎。他会说吗？"这女人抓住元宝往裤袋里伸的手，一拖一攥，铜板儿哗啦啦地从哥哥袋口掉在地上。一个不少，十六个。娘笑，她更笑，窗棂被笑声震得哐当响，桌上的碗乱摇晃。她前仰后合，又放了好大个屁，臭得很，把哥哥熏跑了。娘追出来了，喊着："宝儿，去滩上打酒去！"那女人伸手在胸口摸，胸口本来就大，颈下的钮子在大笑时就被撑崩了，露出的奶子和黑布褛子分不出颜色。她看着烧锅的李三，李三以为她在捉蚤子，她边摸边向他招手，他不想靠她的身子，身子上有股难闻的气味。娘进来了，说："儿子，快来啊，八婶娘在叫你哩。"说这话时娘正好走到妈妈旁边，她对着娘背心就一拳，说："小儿子也鬼精，都是跟你学的、你教的。你让小儿子叫我八婶娘了？"李三从娘眼神里看出端倪来了，赶紧过来，屏住气，屏气前叫了声"八婶娘"。八婶娘从胸口摸出块银角子，要往李三手里放，李三看看娘，"娘说叫你拿就拿呗。"八婶娘说，他伸手了，八婶娘却又收回去了，一反常态，轻轻地说："叫我一声娘，别又是婶，又是八娘的。"说这话时，她的眼睛红了，带着颤音。"娘。"李三低声叫了，他最看不得女人的眼泪，看到就鼻腔里发热。朱八奶奶"哇"的一声抱着李三号啕大哭，褂子全崩开了，七八个银角子全掉在地上。她两个奶子在李三脸上揉，腥气味大得很，李三没嫌弃，没躲更没推，只是把被乳房夹住的鼻子屏住呼吸，他忍受着，像只猫，乖乖地依偎着，老女人的敲锣打鼓似的心跳声里他慢慢地感到母爱的温馨。妈妈要叫他认她"娘"不是一天了，朱八姑娘结过婚，她是个粗人，男人娶女人是过日子的，她不会烧煮，不会针线，连扫个地，屑子都刮不进畚箕里，男人吃不消走了，孤身一人。她跟娘做了姊妹，穿的吃的都是娘包了，家离这儿不远，就在对河。她外头寻的钱大半给李家贴补家用，娘也不跟她要，给也不客气，父亲死得早，奶奶死前病了好多年，看病抚养儿子、李三学手艺欠着债，娘不是个贪财的人，不容易。李三看着打胎婆婆朱八姑娘进来了，就想起老多关于这个女人的事。

第二十一章　徐家酒坊

朱八姑进来时一手提着灯笼，一手提着水桶，狗排着队跟在后头。八姑一看是李三，高兴起来嗓门就大了："哈哈！是儿子送来的？平常叫你来你不肯，太阳从西天出来了？看今天的货长得周正？"李三说："娘见笑了，哥今天下荡割芦没回来，儿子垫个趟。"八姑吆喝开身后的狗，放下水桶提着灯笼，蹲下看紧贴着李三胸口的崔玲，说："给我看看，有多水灵？能让我儿子动了心的女人不多的。"说着抄起崔玲的下巴，"啧啧"着嘴说："哦哟，是聚神。"打胎婆说的"聚神"就是漂亮，长得好看。"怎就随便让人破瓜的呢？再聚神挨破了瓜就不值钱的，这就是女人的命，唉……"她仿佛在为女人打抱不平。八姑转过脸狡黠地看着李三，说："儿子，不是你破的吧？这货长的能配你啊！"李三说："娘说什么呢，住在我家都一个月了，叫什么还不晓得。"妈妈晓得是真的了，李三一脸的委屈。她说："好好好，别像个女伢儿。我给你们生把火，两三天没来了，棚子里潮气大。"挺和善的，崔玲心情好了许多，只是抱着李三腰的手没放，抬头看着李三的脸，一脸感激的表情。李三朝她摇摇头，抱着她的手又箍紧了些，意思是"别怕"。妈妈全看在眼里，说："鬼东西还会怜香惜玉了。"锅膛里燃起了火，牛转身都困难的小棚子里顿时处处就有了暖气。妈妈说："不冷了吧，过一会儿还要暖，儿子，你和我出去？我出去抽台烟。"她低下身来对崔玲姑娘悄悄地说："衣裳不要我给你脱吧？外头的狗还没走远呢。"崔玲姑娘又是一阵毛骨悚然，仰起头哀看着李三，指甲又掐进了李三背心的肉里，只是换了个地方。一种绝望无助的样子让李三心悸。李三看得出来，姑娘不肯他走。妈妈出去了，到了门口又回过头来朝李三使了个眼色。接着对崔玲姑娘说："你是老手了，我儿子还是童子鸡哩，让你讨便宜了，姑娘，教教他。我赶狗走，不要你再付钱了，帮我儿子服侍好。""娘！"李三高叫起来，"说什么呢，朱八侯！"语气中很生气，也不晓得妈妈有没有听见，朱八姑已带门走了。

李三要走，女人不放，指甲从他肉里拔出来十指绞在一起，扣成死扣。李三急了，用力掰她的指头。姑娘用腿缠李三的腿，腾出手来撕扯衣裳，边缠边脱，气喘吁吁地说："三哥哥，亲哥哥，你是活菩萨，你是我男人，你是我嫡亲哥妹，救救我，我救救，要不是芽娘要我供养我早跳了河。你留我一个人在屋里，不被打死也要被吓死，你是菩萨、你是我再生父母、你是……给你、给你……你就是我男人……亲亲郎，亲亲哥……"语无伦次地说着，说着，就扯裤子，但搅着李三腿的两只小脚没松，袜子早挣脱了，像被剥了皮还垂死挣扎的兔子，她想往李三身上爬，人却昏厥了，李三却不走了，喊："姑娘，你醒醒，你醒……娘！娘！八娘！朱八姑娘！"李三声音凄切，也是语无伦次。八姑进来了，一看这样，叹了口气，说孝女碰了个倔驴。她准备着汤水。李三出去了，姑娘醒了，满脸是泪，哭也哭不动了。对妈妈说："妈妈，我记着你的恩，动手快点，免得受罪！"李三在门外说："姑娘，三哥没走，在门口守着。没事的，妈妈是我的娘，你也叫娘，刀嘴豆腐心，跟我娘是姊妹。""嗳……娘…亲娘……"崔玲姑娘在里头哭着答应。

应该妈妈在动手了，崔玲儿在里头歇斯底里地喊："三哥，进来吧，你把我别看成人，是猪，是狗，是畜生，是婊子……"那声音凄惨得很，李三拒绝不得的，他进去了。灯笼移到了头顶，姑娘躺在草上，两手吊在头后的两根柱子上，大腿根下撒了一摊豆荚灰，这哪儿是打胎，是在杀猪，杀羊！是五马分尸！姑娘脸色铁青，等着妈妈宰杀。李三浑身跟着姑娘抖颤，他不知道能帮什么忙。妈妈又点了个小灯笼，她叫李三拿着，指着要动手的地方努努嘴："照着点儿，妈妈眼睛不好用了，放低下。"已是这样了，李三想跑也不好跑，姑娘的手在绳套里动，他晓得要他抓，他照做了，干脆背过身去。朱八在做什么就不晓得了，只听到姑娘先是哼，牙齿咬得咯咯嘎嘎地响，接着开始叫，接着就是吼！周身抖颤，绑手的柱子被拖得摇晃不停。姑娘忽然一个猛子跃起，尖叫一声，柱子被她连根拔起，李三赶紧摁住姑娘上身，姑娘人像跃起的鲤鱼，落下就不动了，一股血腥味直冲鼻息。他扭头看朱八，被吓呆了，朱八姑也呆在那里，被喷了一脸的血。

娘说，朱八姑娘是打胎中的顶端好手，活儿干净利索，死人的事很少的，但财口抬得高。崔玲不缺钱，凤婶儿就请了她。看着一言不发的八姑，李三知道不好，忙叫"娘，娘，娘！"八姑醒过来了，慌慌张张地说："儿子，要出人命了，胎不是胎了，是人！横在里头，拖不出口、压不离窝，血崩了，快送滩上高先生那里想想办法，看看可有救的，得通知她家里做打算，钱我不要了，你拿去。"随手从腰里解下包往李三手上一扔，手忙脚乱地摇船逃之夭夭了。

李三呆若木鸡，脑子里一片空白，朱八走了，把人撂给了他！他发着懵，看着下身还在涌血的女人吓得不知所措。外头的狗大概闻到血腥味，不追八姑转身往棚子跑来。头狗已从芦帐缝隙里探出了头。李三醒过来了，想起八姑最后说的话：上滩上找高先生。他忙脱下褂子卷成团往姑娘下身胡乱地塞，手哆哆嗦嗦解绳，幸好绳结是活结，只是被崔玲挣紧了些。狗进来了，冲向崔玲下身，棚里扬起带着血腥灰尘，狗也被灰蒙了眼，借这档口李三一手抱起了姑娘，一手把灯笼晃在草上，草烧起来了，狗吓得四处逃窜。李三唤着"姑娘，姑娘"，姑娘已不省人事，李三抱着她跳上船，拾起橹，飞快地向滩上摇去。

高先生掌灯起来开门，半夜后接待了这不是夫妻的一对男女。先止血，后把脉，皱着眉头，说："小木匠，我只能简单处理一下，怎把奶奶怎弄成这样的？赶紧去司家庄找司先生！"说着不由李三分说，协助李三帮崔玲姑娘送上船，他不放心，也跟着船走了。后来才晓得自己张冠李戴、错怪了小木匠。

高先生中医为主，治慢病，司朝清先生是西医，两人都擅长妇科。幸亏李三当机立断，橹摇得快，崔玲姑娘不仅命保住了，还早产了两个女儿，只是身子调养了一年多才好转过来。在司家庄住了一阵子后，徐妈来和凤婶子商量，姑娘出来这么长时间，徐宾没找她，是因为儿子徐贤闹得厉害，徐贤见徐宾就打，用刀用棍，碰到什抄什么，打得徐宾遍体鳞伤，打得不敢进门。没人帮徐宾解围的，都是讽嘲看笑话，暗地里说"打得好"！徐贤也不找崔玲，也不打酒坊里的工人，见了酒坊的下人畏畏缩缩，见徐松和徐妈就是嘻嘻地痴笑。说疯不疯，他打徐宾；说正常也不对，痴笑。

崔玲姑娘上娘家久了，徐宾也悄悄地跟徐妈打听消息。徐妈心想，你还没被儿子打够？没好气地回话说："到庙上做尼姑去了！"你说家里是这样子，姑娘怎能回来呢？身子又脆弱得很，还有两个伢儿。想托凤婶照顾。凤婶为难，这不沾亲、不搭故，住在李家算什么？再者，她还有两个没结婚的儿子在家，人言可畏，说出去既害了姑娘，也害了兄弟俩。可是经不住徐妈硬求，就答应了，徐妈忙拉着姑娘跪下磕头。崔玲抱着凤婶的腿，呜呜咽咽哭个不停，凄凄哀哀地叫着娘亲。二婆二枣，一院子的人无不涕泪俱下。姑娘又给元宝、李三兄弟俩磕了头，改口叫"宝哥""三哥"了。她抓着李三的手说："三哥，天下像你这样的男人不多，没有你，我已死了。往后我这身子就是你的。千万别嫌我这身皮囊。皮囊不干净，与猪狗没区别，像蒋荣青卖的肉，但心是干净的，带着灵性。三哥你总是要娶亲的，就像你学木匠，娶亲前在我身上试试斧凿。你放心，我不会给你当妻，我不配。"姑娘一边说一边哭，虽是一番胡言乱语，但晓得要报恩，她没有拿得出的东西了，就剩身体。李三一边拉她起来一边责备，说："胡说什么呢，磕了头就算了一家人了，别胡思乱想！"他由不得怜惜，抱着姑娘也哭起来，他想着在荡里打胎的经过，不寒而栗，狠狠盯了刚来的朱八姑一眼，八姑捧着烟台低头走了，说："就是鲁班起房子也有个失手的时候。谁晓得两东西横在里头当房梁?"

崔玲姑娘在李家住了十一个月。两个伢儿在李家长大的，叫李三是"父"，不晓得第一声是哪个教的，有的说是徐妈，有的说是凤婶，有的说是对门屋里的二婆，有的说是崔玲姑娘。外人只以为是李三养的。伢儿的第一声叫，李三感到十分别扭，后来看到崔玲哀哀凄凄的样子心又不忍，也就应了一声，结果崔玲的神情瞬间阴雨转成晴天。凤婶子暗下叹了口气，心想，就这母子三人住在这里，还有人来相亲吗？她伤心，好人也不是都能做的，好人好"欺负"，姑娘赖着就不走了。不就是帮这姑娘打胎给朱八姑牵了个线，竟弄成这样一个结果。可是看着善良的儿子，为了崔玲姑娘，无怨无悔，他愿意背这黑锅，她也没办法。

自从崔姑娘离开酒坊，徐宾不曾有好日子过。给儿子打得不像样，徐贤打他的时候，满坊六七十号人仿佛没有看见，没人劝的，更没人说儿子大逆不道。儿子彻底疯了，今天要放火烧东屋，后天要烧西屋，徐宾给搅得离疯也不远。幸亏碰上了个好人，他堂兄徐松，无论徐贤怎么闹，徐松把酒坊治理得井井有条。徐松是正人君子，该他的照章程拿钱，不是他的，分文不取，徐宾放心。家里乱成这个样子，父子俩看病要钱，过日子要钱，堂妹徐妈管账，徐宾给徐贤搅得没心思料理账上的事，全靠徐松兄妹。他看见徐妈经常往外跑，手提着蓝花布撅头，晓得里头装着钱，老太是老实人，不是回家，是看那个贱人去的。他不问，也不查，不是不想，是不敢，眼下他最怕徐松兄妹俩摆挑子。特别是徐松，他一走，那些人都是他的徒子徒孙，徐家酒坊肯定是树倒猢狲散了。再要拢也拢不起来，开酒坊、摆铺子，一旦歇作，柜台积灰，梁上蜘蛛织网，想东山再起就难了，况且眼下徐家园酒坊名声臭得很，不是酒不好，是老板徐宾扒灰睡媳妇的事，至于生意没少多少，是冲着徐松兄妹。徐宾晓得轻重，不仅开只眼闭只眼，还比平常尊重他兄妹。看见伙计跟着徐松只顾做事，连正眼都不看他时，心里把牙咬得咯咯轧轧地响，只恨力不从心。

酒坊门口有两间屋，是徐宾开的小酒店，一是出酒样，二是招呼客人。那天徐贤疯得厉害，抓起门杠将徐宾往死里打。徐宾抱着头鼠窜，最后龟缩在柜台下才逃过一劫，直等听到徐贤丢下杠子的声音才爬出来，徐贤手舞足蹈地走了，徐宾战战兢兢地坐在柜台前喘息。恍惚中门口进来个人，叫他"徐老板"，他模糊的视线开始清爽，一看认识，荡西三官殿背后顾五的跟班朱功。两人一起在滩上面店喝过酒吃过面，朱功也常来酒坊帮顾五买酒，一买就是几坛。八文一斤的酒他回去说是十二，多出的四文，酒坊给他算回扣。徐宾含糊其词地和朱功打了声招呼，心有余悸地看看外头，疯儿子确实走了，他看见了畜生走桥的背影。这才胆子大起来，扑打着身上的灰土，人模狗样地吩咐下人熰酒切菜，两人喝起来话就多了，又是老朋友，朱功来这儿喝，徐宾去滩上就着王家面店也请朱功。朱功说："老哥不嫌小弟多话啊，大家说是你儿子疯了，媳妇被小木匠拐跑了，还生了两个女儿，有这回事吗？"徐宾眼睛瞪得大大不信。朱功赌咒发誓地说："我看见你媳妇带着两伢儿啊，千真万确，我亲耳听见伢儿叫李三'父'的。不过……"徐宾还是瞪着眼急等着下言。朱功不说了，伸出筷头去夹盘里的猪头肉，徐宾用筷子夹住了朱功的筷子，说："老弟，别吞吞吐吐的，不过什么？你得告诉哥。"朱功说："我不好意思说，怕是误传的，有人坏你的名声。"徐宾说："没事，我不在乎，老弟你说。"朱功说："小木匠的哥哥李元宝说，伢儿根本不是他弟弟的，也不是你儿子的，说是你……"他不说了，怕说错了给徐宾打嘴巴子。徐宾等的就是这句话，全身松弛下来，嘴里说："瞎嚼蛆，你哥是这样的人吗？""就是，我是瞎说说的，你防着些，只怕有小人算计你。"徐宾叫人把酒随朱功送走了，走时除回扣外又加了些碎银子。

徐宾高兴啊，自顾自地喝起来，还哼着"锣敲敲，鼓敲敲，猪头卵子肉烧烧"的侗子曲儿，全忘了刚才给儿子像猎狗追黄鼠狼的狼狈经过。怪不得贱人一去靠一年时间不回坊来，原来在外头养伢儿，什么小木匠的？我徐宾的！这关小木匠什么事，就连小畜生也没跟贱人同房！他越想越高兴。就这时又听见儿子鬼哭狼嚎着回来了，他赶紧爬到柜下，这次不仅是躲着，他盘着腿在想主意，一脸狰狞相："畜生，你小子不仁、老子就不义了。"

大概还没过腊月，徐宾的儿子就暴病死了。徐宾抚棺大哭，白发送黑发，哭得恸悲得很。坊里的酒工暗地里说，东家做错了行业，应该去做戏子，大家肯定徐贤是他药死的，就不明白他为什么报官。下午还好好儿的，半夜就死了，口吐鲜血。下人等正在纷纷扬扬地议论这事，官府就来了人，一验是毒，毒和在酒里。他暴跳如雷，像发情的鬣狗。说毒儿子的人明显地谋财害命，他报的案，官府要他提供线索，他说："老爷，你派差人把崔玲抓回来一问就明真相，婆婆尸骨未寒，男人又因思母太过，变得疯疯癫癫，这贱人就做了伤风败俗的事，竟丢下家人跟李三木匠走了，据说还生了一双伢儿，这对淫夫荡妇保证是杀害徐贤的真凶，饶他不得。"大家这才懂了他报官的原因，原来想一箭双雕，既算计了李三，又抓回崔玲。县老爷假装惊讶，说："还有这等事？"就派人把李三和崔玲姑娘抓来了。两人当然喊冤枉。当官的看徐宾的脸，徐宾脸一沉，当官的喊"动刑"。堂就凑在酒坊里开的，徐贤的尸体搁在棺盖上。开堂的除了差人和官，就是徐宾。坊里的做手和乡邻全被隔在里头。原来徐宾用钱买通了县太爷，商量好了就是要判李三拐骗良家妇女，为达长期霸占，又谋财害命，杀死徐贤的罪。官说动刑，差人就把李三摁到凳上，撸下裤子就打。李三不喊冤了，他想活该，谁叫你生了副好心肠，咎由自取。官家的板子落下就是往死里打的，每一声都打在崔玲姑娘心上，李三挨五花大绑，她没有。一切都是徐宾和官家安顿好了的，徐宾舍不得折腾姑娘，她是他的人。崔姑娘挣脱开抓着她肩的差人扑向李三，板子落在她腰上，一声尖叫顿时昏了过去。徐宾吓呆了，当官的却没当回事，对徐宾歪歪嘴说："还等着做什么，你把这女人抱下去啊。"事先他已晓得徐宾要做什么，女人已昏了，你抱走不就完事了？要再审时，听见门外人声鼎沸，差人慌慌张张地跑过来对他悄悄言语了一声，当官的脸色变了，说不审了，把犯人李三带到衙门再审。他喝叫差人开门，发现走不了了，门口开始涌满了人，一半是坊里做酒的，做酒的翻墙头来了，一半是邻居，还有从荡西赶来的十几个木匠的家里人，个个拿着钉耙锄头扁担，领头的一男一女，男的是个壮实老汉，拿着碗口粗做酒的压杠，他是坊里的徐松；女人赤膊着身子拿着鱼叉从田里奔来，个子小巧，跑得挺快，大家认识她是李三的嫂子荡西二婆，有名的泼辣货。人们个个攥着拳头眼睛里冒着火。当官的说："你们要造反哪？！"人们也不跟他吵，只是往里挤，人们进一步，官退一步，结果把当官的逼到徐贤的棺材前。

徐松的二徒弟五大三粗，把徐宾像拎小鸡似的拎出来了。崔玲姑娘已醒过来，抱着李三在哭。当官的壮着胆大喝一声，说："造反哪？想挨杀头？快让开一条道，让带走犯人，本官有好生之德，今天的事权当没有发生。"徐松说："这是徐家的家事，你是开的官堂，我们在门外没进来，你没审完就溜，大概做贼心虚吧？不是我不放你，是你走不了，你看看，眼前有人好走的道吗？除非从裤裆下钻出去。"人们哄堂大笑，把条道挤得密不透风，苍蝇都找不出缝飞。徐松说："徐贤是我侄儿，我要凑在酒坊开家堂，既然你来了等我开完家堂你再走不迟。酒坊酒多，你要高兴喝杯酒走更好。没审完这家事你是走不得的，青天白日、平白无故凭徐宾胡言乱语就抓人，没审就动板子打人，这是逼打成招！我能担保，徐贤是他老子杀的，不信你听我审！一看你就不是好官，我晓得你拿了徐宾的银两。"当官的脸色苍白，一言不发。

这里在说话，那儿二婆已动了手，徐宾被徐松二徒弟拎过来摔在棺材前，他像散了骨头似的在嚎叫。李三被解开绳子，一瘸一拐龇咧着牙齿让元宝扶着去了酒坊门口的小店，二婆拎着鱼叉来到徐宾面前，她不想等徐松文而雅之地审了，来个干脆。她瞪着眼睛看着徐宾，说："你在吼丧？吼儿子哪？你这不是明里欺负人嘛，我家小木匠做了好事你却栽赃，你为了霸媳妇就把杀儿子的罪栽在李三身上，还罗列几条罪状？！"说着说着，就扬起鱼叉对着他裤裆，"戳死你！"徐宾腾地侧身，像蛇盘似的蜷缩起双腿，猪般地惊叫起来，说："别、别、别！我供！我供！"众人大笑，那儿堂官徐松还没问哪，你供什么呢？凤婶子在旁，她出场来了。她给二婆披上衣裳，顺手抓住叉柄，说："儿啊，这是徐家族里设堂，审的是家事，你别蛮来，坏了规矩。这躺在地上的东家又有理由告官了，说你私闯民宅，像三儿一样，挨打屁股了。"躺在地上的徐宾见凤婶子来了，晓得遇上救星，连说："老嫂子，我错了错了，这事没三侄子的事，你说得对，是家事，是家事！"二婆不放，她说："没李三的事？""没有。"徐宾说得斩钉截铁。"李三的屁股就这样被白打了？"徐宾喊徐妈："妹子在哪里？快拿钱给三侄子去找高先生看病！"凤婶说："那钱我不要，我要县老爷拿的你的钱。"徐宾说："这就叫我为难了，给了也没道理要回来的。"凤婶说："那就是说你给了？""给了。""他拿了？""拿了。"一问一答，徐宾给二婆扬着的鱼叉吓得魂不附体，哪还顾着凤婶问这些话的意思，全上了圈套。凤婶子站起来对大家说："大家都听到了，今天县老爷捉拿我儿李三，全是因为拿了酒坊徐老板的好处。他儿子怎么死的与我儿无关，是他家事。有大家作证，我就不怕官家再来荡西兴师问罪了。散吧散吧，人家族里还要堂审，徐公子尸体还搁在这里，死者入土方为安，别误了徐家大事。"

就这样，徐宾栽赃的事李三化险为夷。李家众人回到家里，才发现二婆没跟着回来，二枣着急，凤婶子说："你啊，我不急你急什么？这一趟她能白跑？倒碗茶放在桌上，茶没冷她就到家。三儿屁股能白挨？婶子今天请你们吃大餐！"她说着进屋去捣药去了，李三的屁股肿得高高的，要敷。还没半袋烟的工夫，二婆气喘吁吁地回来了，搁在肩上的鱼叉挂着一个袋。一进屋，放下鱼叉丢下袋，端起茶就灌，说嗓门里冒烟了。二枣解开袋，装着一袋银圆，大家惊呆了，问哪里来的？她说："狗官要溜，我从他身上搜来的，徐宾给他办案的钱，他还放在身上哩。"

至于徐家族里的事怎么审的就不清楚了，只晓得徐宾彻底蔫了，成天酒醉糊涂不理正事，坊里事务全托给徐松兄妹。徐松说："你有媳有孙女，媳妇正当年，家就交给崔玲姑娘，我们大家帮衬着就是了，我兄妹还就是个伙计。"徐宾挥挥手，说："你兄妹狠。"说完又出门喝酒去了，能整月不回。崔玲姑娘带着伢儿就回来了，她没脸再在李家，总感到对不起李三，只是晚上常去。伢儿大了，由徐妈照看，晚上来荡西，帮做完了家务就住下不肯走了，李三困哪儿她跟哪儿，她就缠着他。凤婶子叹了口气，说："要么你就和三儿做一对吧，人不人鬼不鬼的不行。"崔玲姑娘点点头承允了，既然顺理成章了，两人就困在一起。到了当年十月二十，就是姑娘打胎、被李三从鬼门关拉回来的日子，凤婶备礼要叫二婆三角渡去崔玲姑娘娘家说亲时，崔玲姑娘不承认了，她是对着凤婶跪下哭着说的："娘亲，说嫁给三哥我是骗你们的，我不配。从今往后，我是妹，他是哥，算我重新投次胎，前头的事一板掀过。我不再困这里了，逢年过节我来看娘看哥哥，说说话儿，娘和哥哥的针头针脑我包。"说着规规矩矩地磕头。弄得凤婶狠狠地抽了她个嘴巴子，说："姑娘姑娘，你把我李家看成什么人家了？人穷志不短，什么时候欺负过人？"打了又心疼，抱着姑娘哭。老人晓得打也是白打，这姑娘犟得很，是个说一不二的姑娘，只是命不好，碰到个畜生徐宾。可是李家怎交代得过去啊？凤婶子哭，她左右为难，问姑娘："儿啊，你还年轻，终归要嫁个人的，嫁三哥不委屈你。"她说："娘，哪谈得上委屈？三哥是天底下最好的男人，只是我没福。你硬要我嫁我就嫁，只是心里永远不得安宁，要和三哥同床是我要的，今天让我跟他真的成亲，我又变成了什么人？娘亲，夫妻也好，兄妹也罢，都是心里的事，你让女儿顺着心走，求求你……"还要说什么呢？凤婶子只是跺脚，机灵了大半世，给眼前的姑娘绕了一把。各想各的，姑娘想的没错，崔玲出自书香门第，不是草根，是正派姑娘。娘儿俩大哭了一场，放姑娘走了。

　　凤婶儿说完了这一段，桂娘张大着嘴、睁大着眼，直到婆婆拿手巾给她擦眼泪水才回过神来。

　　过了几天，李三早上出门干活，桂娘吩咐早点回家吃饭，晚上有客。太阳还没落，李三就回到家，推开门一看，脸红得像关公，满满一桌菜，桌旁坐着崔玲娘儿仨，还有二婆和徐妈。李三看看桂娘，再看看崔玲，崔玲双手捏着衣角，低着头说："三哥，是桂娘嫂子硬是拖着我来的。你回来了我就走吧。"桂娘拉着崔玲坐下。又拿起毛巾把李三拖到灶门口上下扑打着身上沾着的木屑，等李三坐下来，她给大家倒上酒，说："娘啊，古人把人分成九等，我们这样的人家排在最尾，我不认这个账。天给我一条命，就珍惜这一生，皇帝也没万岁，生死有命，寿都同等。玲儿妹子，世上女人最苦难的事你经过了，别让心上的疤痕老是裂口子。你和李三的一段情你们都没错，我进门前知道了肯定要撮合。现在迟了。妹子，你年轻善良，那样的遭遇你没倒，你是女人中的英雄！别自暴自弃。你没有错，凭什么还吐丝织窝把自己包成个茧子？苦瓜也是瓜，苦人也是人，我这杯酒是把你光明正大地请进门。你是我婆婆的女儿，进门在先。你家里有事，正大光明地来商量，我们是你娘家人。大摇大摆地进，大摇大摆地出，苦瓜别让她长得歪瓜裂枣，苦人活出个人样。千万别枉了自己的一生。"这一个晚上，两个女人喝得疯了一阵，又是笑又是哭，最后都是李三抱着上了床。李三进了元宝的屋。徐妈和凤婶儿拥着睡着的三个伢儿唠叨话儿说到天明。

第二十二章　鬼子进滩

桂娘嫁过来后的第二年，鬼子进了女儿滩。开来的小军舰船头上架着机枪，船顶上飘着膏药旗，肆无忌惮地在河道里横冲直撞，最后停靠在王家面店水阶前。那是一九四○年的秋天。滩上人早听说日本鬼子占了中国，只以为女儿滩偏僻又是个穷地方，就是要来也没这样快的。

转眼到了腊月吃"腊八粥"的日子，人心惶惶，人们端着粥碗倚在门口抬头看着王洪面店，原本热闹的面店空无一人。王家男女被赶到豆腐坊王贵家去了，院子成了鬼子的临时指挥部，但王洪还在面店，鬼子叫他为部队军官烧饭。又过了三天，鬼子在靠面店的东滩棉田里搭好了简易军营。大概八九点光景，船上的鬼子上岸了，算正式登场，后头还有"皇协军"，滩上有人常进城做买卖，知道"皇协军"是日本人在中国招的兵，老百姓叫他们"汉奸"，也有人叫他们是"伪军"。日本人上来就封锁了桥头，两个鬼子一个翻译，还有个敲锣的伪军来到桥中间。"咣、咣、咣""咣、咣、咣"，敲锣的一会儿朝南，一会儿朝北，他估计滩近处的都听到锣声了，两指点住锣心，响声戛然而止，那本领就像捉蛇的花子捏住了蛇的七寸。他扯着嗓门喊："乡亲们，出来啰，皇军要跟大家打招呼——乡亲们，出来啰，皇军——"他不断地重复着两句话，一会儿再敲阵锣。伢儿好奇，大人怕事，不出来也给锣敲得心惊肉跳，只好放下碗筷走到门口惶惶地张望。

鬼子是个中尉，高挑的个子，生就个虾公腰，两腿过长，和身体不太对称，一张枣核脸、鼻梁柱有点歪，留着八字胡，灰青的脸膛。翻译和跟鬼子来的伪军官先看看滩两岸来的人，又相互看了一眼，估计也就这些人了，对中尉点了点头。中尉一挥手，翻译登上桥栏内的台阶，对大家笑笑，也挥挥手。人们认出来了，那就是顾五吹嘘的木行老板赐名的他的亲弟弟顾三禾。小时候他父顾寿常带他先来范家烧饼店买两个烧饼，坐到铁匠铺子里跟老铁匠说山海经，再到王家面店下碗面。老铁匠叫三禾"二公子"，二公子长得眉清目秀，讨人欢喜。现在大了，还是眉清目秀，算个小白脸，小时候的样子依稀可辨。记得三禾在滩上公立学堂读了几年书，算是沈先生的学生。聪明、乖巧、懂礼貌，滩上人都蛮喜欢他的。后来听说让他父亲顾寿送到日本去读医了。多少年不见，怎么回来当了鬼子翻译？翻译也是汉奸哪！两岸人纷纷议论，虽说不敢大声，但人多，像一群蜂，"嗡、嗡、嗡"地响。顾三禾又招了招手，四周慢慢地静了下来，他接过土喇叭喊起了话："乡亲们好！我知道你们认识我，是的，我是顾三禾，穿开裆时你们就认得。去日本留学几年，现在跟着皇军为大东亚共荣事业又回到了滩上。"他指着日本人，"这是皇军中尉松下先生，我们这支队伍来滩上不走了，松下先生是驻女儿滩皇军的最高指挥官。"又指着站在松下后面的军官，"这是皇协军排长任国泉先生。"

东西两滩一阵哗然，他也帮日本人办事了？还当了排长，不是说他到海边做生意去了吗？原来这位皇协军排长任国泉是本地滩南人，经常跟些商人走南闯北做些小买卖养家糊口。人们懵了，为鬼子办事也算生意经吗？

任国泉对大家点了点头，实足的兵油子相。顾三禾指着真鬼子，说："现在欢迎松下中尉讲话！"他带头鼓起了掌，但两岸人没响应，他没有急，晓得滩上人祖祖辈辈就没鼓掌的习惯，对松下微微躬了下身子，做了个"请"的示意。他下台阶，松下上台阶。松下比翻译个儿高一头，栏杆矮，身材又高挑，站高处更显得单薄，他伸着脖子，确实难看，像被无形绳索吊着的僵尸。他清了清嗓子开始讲话，小小一段一停，顾三禾就开始了翻译。松下说，他是代表日本天皇来中国搞"圣战"的，中国太落后，百姓太贫穷，吃不饱，穿不暖，同在一个亚洲，又是一衣带水的友好邻居，日本有责任帮助中国富裕，天皇让他们军队带着科技、带着粮食、带着布匹来到中国，和中国人一起，建立"大东亚共荣圈"。人们开始交头接耳，河两岸发出像花蜂遇到烟火的"嗡嗡"声。

袖着手的费拖拖儿从桥洞里出来了，他从桥头站岗的鬼子身边往桥上钻，鬼子挡着，他还要上，鬼子端起了枪，他看到是真枪有些害怕，但嘴不服软："吓什么人？这在滩上，不是在日本。"反正鬼子也听不懂。顾三禾说："这老弟，你有话就在那里说，他们是为了中尉的安全才不让你上来的。"费拖拖儿说："二公子，我正缺粮哪！你不是说带着粮食、带着布来的吗？在哪里呢？我想看看。是按人分还是按户摊？我正好要布做条遮裆的裤哩。"大家哄堂大笑。费拖拖儿确实下身前后只系着不晓得从哪拣来的两条围裙。松下问翻译，大家在笑什么？他也不好直译，只说他要些粮食，还有布。松下摇头。顾三禾叽叽咕咕地跟松下说了几句，意思滩上人传统得很，道理不是一朝一夕就愿听的，要慢慢感化，说正题吧。松下点点头。顾三禾咳嗽两声，想说什么了，却看到桥西人群在涌动，人们在给一个老者让路。老者穿过人群来到桥头，翻译官认识，是滩西南头的毛铁匠。他对松下说，这老者是滩上德高望重的人，年轻时就到滩上住下了，想要在滩上扎根就要敬重他。松下僵硬的脸皮活跃起来了，喝令守桥头的鬼子给老人让道，还亲自走下台阶迎接。

老铁匠身体远不如以前了，断不了东北的旱烟，得了肺气肿病，松下握着他的手想和他寒暄，他有些显得冷冷冰冰，抽回手捂着连连咳嗽的口。他抱歉地说："我只想跟二公子说两句话。他父亲早没了，在世时顾家还欠我铁匠铺子里几把钉耙钱呢。"三禾如实译给松下听，松下哈哈大笑，连说："好、好、好！父债子还，这是亚洲人的规矩。你们谈、你们谈。我走了，今天就算我跟滩上人见过了面。下面的事就要拜托三禾君，你土生土长，这里熟悉。"说着就走了。

没多久，鬼子开始砌炮楼了，地址就选在王家面店南门前头，炮楼东边还建起营房。桥头设了岗哨，营房周围有了巡逻兵。看样子鬼子真的不走了，突如其来的变故，彻底把心存侥幸的滩上人美梦击醒。人们慌张起来，期盼着有个行头的人，告诉大家怎样对付鬼子，大家开始提心吊胆过着日子。最慌乱的还是滩北砖窑老板沈万和。鬼子为了赶进度，派了几个鬼子和皇协军住在窑上，没经他们同意，砖不得卖给别人的。你说窑上平添了端枪的鬼子兵，就像虎狼在吃草的羊身边转悠，羊还有心思吃草吗？

自从鬼子进驻，滩上乌烟瘴气。炮楼工地上嘈杂的声音，从窑到滩的河岸上拉砖车卷起的扬尘破坏了这一片净土。鬼子和皇协军的操练又加了杀气，几百年热闹的滩上早市，像怒放的花遇上了千年难见的冰雪。

其实鬼子除了建炮楼也没做什么，松下以为滩上就是这个模样。他经常从营房里转出来到滩上散步。松下挺欣赏王家面店的具有中国民族风情的古式院子，院外小桥流水，院内花骑墙头。他喜欢王老先生栽的那棵桂花树，没花也四季郁郁葱葱。他跟王洪说最爱听中国的民乐，坐在桂花树下请王洪给他拉段胡弦。王洪心宽，父亲在世时说过一段比喻话："你没本事把进院子的狗打走，不到万不得已尔的时候就别招惹它。"他把素儿和伢儿送到丈人家去了。松下叫他拉二胡就拉二胡，可不是一定拉给鬼子听的，好比自得其乐。松下见他很投入，也摇头摆尾，他认为这面店老板是个人才，做事懂得分寸：艺术和政治就应该像这样，不应纠缠在一块；拉二胡，"哆、哩、咪、呋、沙"是由心让弦蹦出来的；打仗，"打、嘀、打、嘀、打"，军人的厮杀得让冲锋号催发出来。"你看他多投入！"他听完了曲子说给老同学顾三禾听，他是夸赞王洪境界很高，是少有的中国人。他想和王洪交朋友，说包下面店做军官食堂，这样就能天天碰面。王洪想，你天天坐在这里听拉二胡，也没人敢来，包就包吧，要是有人想收拾你们，我也当个不起眼的"眼线"。只是他跟翻译说好一件事，万一有个熟客来，他可还是要招待的。翻译一口帮着应承下来。

一天午后，松下又来听二胡，他拉把凳子坐在桂花树下，请王洪沏杯茶。王洪烧水去了，松下走到柜前看着一套茶具感了兴趣，从中拿走一只"知了"的茶宠看得爱不释手。王洪拎水进来，边打招呼、边从他手中拿开，还小心翼翼地用茶巾盖起来。他说"中尉先生，这是先父留下的东西，连我都不动它，更别说是外人了。"虽然王洪言词上尽量克制着火气，松下还是看到主人不愉快的感觉。连连道歉，他以为碰了王老板先人的遗物触犯了什么忌讳。

松下原是学医的，和顾三禾是校友。参军过洋，他可不是为日本侵略来中国的，和顾三禾一样，听说是一场"圣战""共荣"！圣战是什么东西？中国封建落后、闭关自守闻名遐迩。一衣带水的邻居能帮则帮。他就响应天皇征召，改医从军渡洋来了。他没参加过什么大的战役，凭借老师在军界的人脉提升为军官。上面要在女儿滩建基地，他在顾三禾的撺掇下带兵来到了女儿滩。

松下见王洪拿走了他手中的茶宠极尴尬地站在那里。王洪感觉到有些过分，要耐就耐得底，为什么遇些小事就耐不得，让前功尽弃呢？他请松下到院子里坐下，说："可没什么好茶，都是陈茶，不是季节，不嫌怠慢。"他不卑不亢。松下说了声"叨扰"，至于王洪沏的什么茶，味道如何不重要，他已在开始琢磨这个老板了：用什么办法才能跟他交上朋友？

离开日本的时候，老师再三吩咐，中国地大物博，但连年军阀混战，政府腐败，官员贪婪，整个社会如一盘散沙，但真正的高人藏在民间。"圣战"要用"以华治华"的办法才能获得最好的圣果。松下正想着怎样跟王洪交朋友时，任国泉慌慌张张地来报告说，有两个在窑上催砖的皇军在西荡口被杀了，尸体挂在荡口大杨树上！松下大吃一惊，问怎么回事？任国泉说："那两个当兵的奸淫了窑上的女人！"松下顾不上喝茶，气急败坏地跟任国泉往北跑去。

自从日本人来窑上监砖，沈万和本来就惶惶不可终日，忽然监砖的两鬼子被杀，他彻底崩溃了，要不是顾及云姑，他寻死的心都有。他怕鬼子拿他是问呢！其实那两个鬼子被杀纯属咎由自取，与他没半毛钱的关系。鬼子在窑上闲得无事，去西荡口棚户区找女人去，叫皇协军带他们去，皇协军不肯，知道荡口经常有土匪进出，只给他们指了个道。鬼子去了，没找到卖淫的女人，回转的路上碰见出来捧秸秆回家烧火的卢珮姑娘，他们欣喜若狂，抓到玉米地里就给强奸了。

两鬼子嘻嘻哈哈从地里出来，西荡的薛飞带着两个兄弟正好回荡，听到秸秆地里有女人哭声，又看见站在道上在系裤子的两个鬼子，晓得怎么回事，义愤填膺，不仅杀了鬼子，还把尸体赤裸裸地吊到荡口高高的老杨树上去。等松下和任国泉赶过去，一张"奸淫妇女，死有余辜——黄海抗日纵队"的布告贴在树上。

松下赶过来，想拿沈万和是问也问不起来，人证有指路的皇协军，物证有树上的布告，任国泉又一味地为沈老板说话，松下也只好作罢，草草收兵回滩上去了。只是窑上开不了火了，沈万和没心思做下去，他带着云姑躲到上海儿子那里去了。

窑一直到第二年的二月初才烧起来了。不烧不行，鬼子派人通知沈万和，不烧砖就拆窑，窑是砖砌的，拆了窑建楼的砖也够。沈万和心疼，窑是他半生的心血，他回来后想办法烧起来了。第一车砖送到滩上的晚上，王家面店前的河沿灯火辉煌。松下看着砖来了高兴，在面店里举办酒会，他又唱又闹，带着九分醉意请王洪拉二胡，他用筷子敲打着酒碗，唱起了家乡的歌：

哟……哟……哟来沙来沙哎嘿哟……
须磨海滩草儿肥哟，
美丽的姑娘你等谁哟，
我若不回你莫等哟，
酒醉男人心易碎哟……
来沙哎……来沙哎，酒醉的人儿心易碎哟……

唱着、唱着，他自己哭起来了，松下连这个年，已是在中国过了三个，分给他陆陆续续来的兵，大部分是才从国内新征过来的，水土不服，思乡情切，在这儿看不到灯红酒绿，加上后勤供应得不及时，生活很苦，怨天怨地。别说打仗了，假如枪响，投降得比伪军还快。松下这支部队没人关注，就像没娘的孩子。他借理由找乐子，带着士兵吃喝起来，酒后流露真情，他这一哭，哭声四起。

任国泉和翻译官来到他跟前，翻译端着杯，任国泉拿着酒，悄悄地对松下说："太君，哭不得的，喏——"他歪着嘴，把松下的目光引向哭着的士兵，"军心，军心……"松下恍然大悟，拍着任国泉的肩膀说："谢谢你，任君，你是我值得信任的朋友，和老同学三禾一样。"

窑是烧起来了，但供不了多少砖。原因老窑工们被鬼子强奸女人吓跑了。松下着急，上级命令炮楼必须在八月建好，到了腊月也只砌了半高。其实暗底下有高人在出主意拖延砌楼进度。眼见得要过年了，本是喜庆的事，穿上新衣端着酒碗，抬头就看见拿着枪的鬼子站在高耸的炮楼上，你说年还能过得安生吗？

　　时间一晃就到了腊月初六。那天兵营里出操哨声响起来，出来上操的鬼子却有好多人去厕所里拉肚子。翻译把高海天请过来，他一看一闻，诊所，忧心忡忡，说像鼠疫。那天费拖拖儿也跟着高先生进军营，他是帮高先生背药箱的。一听"鼠疫"二字，他满滩地跑，边跑边喊，说："不得了，不得了，营房里日本人得了鼠疫！"弄得大家人心惶惶，集中起来围到营房门口闹事，说叫"滚出去！"松下一边吩咐架机枪，一边关上大门。他把任国泉和翻译找来商量对策，松下也是学医的，晓得这病的厉害。任国泉说："我是滩上人，这里生过鼠疫，还是小心的好。太君你带着皇军快走，这里我守着，还要催砖。"松下感慨万千啊，拉着任国泉的手连声道谢。

　　鬼子走了，人们高呼起来，这个年再不要提心吊胆地过了。"鼠疫"只是个闹剧，有人在饭里下了巴豆，高海天只是导了一番，滩上的乡亲想过个安顿年，叫鬼子滚蛋。军营里只剩皇协军，任国泉成了最高指挥官。留守兵继续按时操练，"立正、稍息、一、二、三、四"的口令呼号声让无线传声准时传到城里大本营，关于疫情，他编着故事回复着通州城里来催问的电报，无非是瘟情还很严重，或已死了几个人，或是高先生手段高明，已经控制住了等，反正是已近年关，再说命比什么都重要，也没人来调查结果。直到开春二月，松下才带兵重返女儿滩。

第二十三章　招兵买马

　　早春二月，滩上春寒料峭。没了潮汐，去年干旱，今年的水位特别低落。主河道变窄，两滩泥沙露出了许多。早晨下河清衣的女子不得不赤脚挽腿下水，爱嬉弄的女人能抄把水洒到对面的同伴身上。随着惊叫和还击，滩上的早春多了好多热闹。自从鬼子来了，再看不到女人这样"闹春"的气氛了，仿佛冬天的冰要冻到六月一样，春在远处。

　　清晨，任国泉跟松下站在炮楼上，望着河沿下搁在滩上的小舰一筹莫展。军需官向松下汇报，库存粮油已不多了，不解决运输，驻军就要"粮尽油绝"。滩上的早市已开始萧条，老百姓开始带着不多的余粮、牵着羊抱着鸡悄悄躲到乡下亲戚家去，他们受不了鬼子没完没了的派捐。自当上皇协军，任国泉最不愿意做这桩事，远比去窑上催砖难了许多。乡亲并不富裕，眼下又是青黄不接的时候。可他捧着日本人的饭碗，又不得不例行公事。在真刀实枪前，他老于世故的圆滑不起作用了。

　　他从炮楼上下来，坐在面店里发呆，唉声叹气，王洪从他的神色中看得出来又要他下乡催粮了，给他拿来烟台，并出主意说："你这么顾着乡亲，乡亲们也不能让你一个人难，他们有的是车还有力气，是给皇军卖力的时候了，舰走不起来，叫他们去搬呗，就是肩扛车推也能把设在镇上中转站的物资运过来啊。只是……只是……"任国泉说："老哥，你说啊！"王洪一点拨，他兴奋起来了："日本人中转站的东西嘛，也不是他从东洋带来的。脚工辛苦，你别亏了他们就是。"王洪拍了拍他的肩膀说。任国泉眼珠子转动起来，他抓着王洪的手说："老哥，你是吴用，老弟我是无用。宋江晚生了几年肯定请你上梁山！"

　　王洪说的脚工，其实就是挑夫，不过他们不用扁担，都推着像三国时诸葛亮用的木牛流马那种独轮车。车队组织起来了，天亮去，日落归，两趟下来松下松了口气，但他也生着小心眼，防着脚工偷粮偷油，专门派了一个军曹带着两鬼子监运。鬼子一趟跟下来再也不愿去了。滩上的道是顺着河走的，九湾十八汊，任国泉派徐进带道，他既绕远又挑湿地走。鬼子跑不动了，要坐车，你要坐就坐吧，独轮车轮子本就是木头的，硬磕，坐着颤屁股，不坐酸了腿，押了一趟车赖在半路上再也不走了。任国泉要的就是这结果。王洪只是出了个主意，但点拨开了他。

这段路上有个鱼簖，靠河岸有四间渔棚，渔棚的主人人都叫他徐老三。夫妻原来是在城里开妓女院的，日本人来了开不下去了，因为他们逛院子不掏钱。只好回到乡下。一起回来的还有几个无家无业的靠卖笑吃饭的女人。夫妻俩河里插了个渔簖，渔簖旁横着两条船。簖"簖"鱼，船"簖"人，"簖"南来北往乘小船过路的嫖客。船上坐着卖唱也卖身的女子，见有客过，就弹琵琶、吹笛箫。鬼子在窑上嫖娟嫖送了命，在滩上不敢轻举妄动，任国泉就给押运物资的鬼子指了这地方。鬼子到簖下一看，四间屋，屋里坐着花枝招展的女人，当然欣喜若狂，没心思走了，挥挥手叫徐进带着脚工去镇上领粮，他们在簖上寻欢作乐，车队转回来一起回滩。

俩监运的鬼子责任心很强，虽然没有跟到镇上，但脚夫运粮回经过簖上他们还照单验收。运粮的队伍要再启程时，徐老三带着两个苦着脸卖唱又卖身的女人拖着任国泉说些什么。任国泉说："知道了。"他跟鬼子军曹说："这些女人就靠这生意吃饭，一毛不拔明天他们就得接其他客的。你们看……不得胡来的。"鬼子知道他话里带着话，在说西荡口两鬼子强奸女人被杀的事，他们不敢恼火。抓抓头，哪来的钱呢？任国泉指着粮食，说："可以变通嘛。"军曹豁然开朗，说："就这样办。"称任国泉够朋友。就这样，徐进就光明正大地在鱼簖上截留粮食了。多运多截，少运少留，他都交给任国泉处理。任国泉不错，暗地里用大部分叫徐进送到老铁匠铺子里，由老铁匠做主分送给穷苦乡亲；拿出一部分给那几个女人抵鬼子的嫖资；他自己暗地里留了些藏在簖上。老三是他的表弟，徐老三开场子没兵敢扰，其实与他护场有关，这里他也能分个几成。

松下的军需官总感到运回来的货物越来越少，汇报给松下，叫来军曹训问。军曹说，这陆路连鬼都怕三分，一路颠簸，粮洒了，油漏了，肉滚落下来还没等捡就给狗叼走了！反正想说什么就说什么，还嚷嚷说，爱谁去就谁去，他们着实不愿跑了，他还帮脚工说了许多不容易的话，跋山涉水，脚丫都烂了好多人。当然，物资少了，他也有责任，他做了些好人。要脚工忠心耿耿地做事，总得让他们吃饱肚子，回家去的时候让他们带了些。他说得振振有词，松下也看不出破绽，又有任国泉在旁边作证，这事也就罢了，但总得解决问题。任国泉说，要多领就得想办法，最好吃空饷。当然，眼下管辖地盘扩大了双倍，也应该招兵买马、扩充兵源，要求上级按新编制发放物资，随附花名册一份，百人说成一百五，不就有空饷了吗！松下对任国泉早就刮目相看，百依百顺，马上向上头打报告。上级先还不批。就这时候在窑上监管烧砖的伪军回来报告，说窑又停火了，西荡土匪不断到窑上骚扰。松下气急败坏，亲自骑马进城找少佐去了。其实这都是任国泉在布局。这一次松下的招兵计划居然批了。

消息到了桂娘这里，她不淡定了，当夜就叫李三摇船送她去了西荡，蹬码头时已是三更，跟匆匆起床的唐九没有寒暄几句就说明来意："九哥，滩上鬼子在招兵买马了。"唐九没转过弯来，神色狐疑地看着深夜来的不速之客。他知道桂娘肯定想着什么大事，说："妹子，哥是个粗人，鬼子招兵买马与我有什么相干？你坐下来慢慢地跟哥哥说。"桂娘说："九哥，你不是一直想杀出滩去吗？机会来了，借力打力，鬼子招兵，就派兄弟们去。"她一脸庄重。唐九眼睛猛地瞪得雪亮，搓着手掌踱来踱去。他理解桂娘的意思了，望着窗外亮起来的启明星，仿佛看见了滩上桥头上飘扬着他唐九部队的旗帜；操练的兵士是他的兄弟，训练的军官却是鬼子。那些鬼子用凶狠的训练方法惩罚着跟他手下这班桀骜不驯的兄弟；这些兄弟再用练成的一身武艺去收拾鬼子！唐九抓着桂娘的手捏着，碾着，他把要跟鬼子拼杀的力道放在桂娘柔软的手掌上。桂娘疼得龇牙咧嘴，唐九好不容易静下来。桂娘把他摁在凳上，说："九哥，你的将士先去窑上，又去滩上，你不只是属于唐门，你属于女儿滩，属于黄海。是龙就是要腾空而起的。薛先生不是说等待时机嘛。就请他代你出滩，让鬼子给你训练出一支好队伍来，你那些老枪老炮的也该换换了。你好好打鬼子，妹子念着你。"

刚过正月二十，滩上的积冰开始消融，露出水的紫黑色的淤泥滩，晒了两个月的太阳开始发白，却无可奈何地带着羞涩一夜间潜入水底。朝潮晚汐，夜间潮退，新芦亭亭玉立，晨曦刚布，汐起，芦又藏在水底。偶尔有几枝粉红色的芦芽在水面摇头摆尾、挠耳弄枝，太阳出来了，惹蜂招蝶。水鸭、芦雁也从老芦深处游出，滩上这才算有了春色。

女儿滩今天特别热闹，鬼子征招"皇协军"。松下以为没人报名，把按月发饷写在公告中第一条。军营大门一开，吃惊不小，外头挤满了报名的人！第一个登记的人叫薛飞。这是头彩，"一任梅花作雪飞"，松下竟吟起中国宋时朱敦儒的诗来。他跟顾家二公子是同学，学了不少中国的唐诗宋词。他打眼一看，叫薛飞的人三十来岁年纪，中等身材，是个气质儒雅的汉子。看样子像是太极拳高手，或许是个教书先生？当个小兵是有点可惜。松下问薛飞："你本地人吗？当兵不嫌大材小用？"薛飞回答说："对的，滩南人。兵荒马乱年头，不谈什么才不才了，找个能养活人的事做就行。"松下伸出手想试试薛飞的力气，薛飞摇摇头，说："尊贱有别，我来当兵的，不是来和太君较劲的。"他没接招。薛飞不卑不亢，松下对身旁的任国泉竖起拇指，说："任君，你们滩上藏龙卧虎啊。"

　　滩上人认识薛飞的不多。薛家户里单薄，他在滩上小学没上完就随父母去了外地，多年和滩上人没有联系。没人晓得他成年后参加了共产党组织。一年前上级派他回滩组织抗战，首要任务就是把唐九的部队争取过来。他和凤婶有些家缘，桂娘从婆婆凤婶嘴里懂了些薛飞的大概情况，入门三相，就把他推荐给唐九。唐九被他气宇轩昂所折服，又是桂娘婆媳俩介绍的，就留在荡里。果然没多长时间唐九就十分赏识他了。这次投军，就是唐九委派他带了三十来个弟兄来的，同时去的还有个叫徐进，也是党员。

　　就这样，唐九的部队分成三股，一股参加了皇协军，一股在窑上，唐九留在西荡。

　　松下招募了近二百人，都交给了任国泉。没过半月，武器和装备全发下来了，除了常规武器，还配备了十几挺轻、重机枪，八门小钢炮。薛飞看着崭新的武器，激动得不知如何是好。赤手空拳打鬼子多难啊，如今鬼子给了他获得最精良的武器的机会，他由衷地感谢桂娘。他踏进凤婶家，看见桂娘就让他眼睛一亮。凤婶问他回家来有什么打算，他说想当兵打鬼子。桂娘就多了个心眼儿。这兄弟想打鬼子就去投政府军或是共产党好了，为什么找婆婆呢？后来薛飞就直说了，他说想参加唐九的黄海抗日纵队。理由是正规部队的规矩他不习惯，他的脾气合适跟唐九。桂娘正为唐九没个得力助手发愁，准备跟自己的判断赌一把，把薛飞带到西荡。她赢了。

　　薛飞看着精良的武器，由衷地感谢桂娘，打鬼子不单是男子汉的事，有时候女人的智慧能抵万马千军。他去找凤婶，是因为听说过桂娘和唐九之间的故事。他是第一次跟桂娘见面，总有着相见恨晚的感觉。有时候人与人之间的心灵交汇，并不在于酒去茶来、高谈阔论，或许就在一眼之间。

　　薛飞来了，任国泉十分关注，他还没物色到帮手。任国泉也是滩南人，他晓得滩南有家姓薛的，老先生是秀才，也有些家财，但不张扬。十多年前忽然一家人搬走了还没人知道去向。这是多少年的事了，如今薛飞突然回到滩上，还报名参加皇协军。凭举止和貌相看得出是个有本事的人，怎么回来参加皇协军、帮日本人做事了？他百思不得其解。晚上他把薛飞找来，借面店烫了壶酒说是拉拉家常。薛飞来了，既没受宠若惊的样子，也不拘谨。话不多。说起回滩的事，薛飞只说父母临终前要他扶灵归乡，他也厌倦了漂泊四方的日子，想叶落归根，就回来了。眼下是一人吃饱全家不饿，当兵是最合适的选择。任国泉说："要当兵，有的是地方啊，国军，新四军，唐九，都是好听的兵的去处，为什么来当汉奸兵呢？遭万人唾弃！"

薛飞笑着说："老哥怕我抢了你的饭碗？我不是说过了，只是不想再漂泊，在滩上就好。家门口当兵等于在家里过日子。"任国泉说："说笑了，你又不是帮我当兵。饭碗不算我的。你爱端就端，只是中国人要敲你的饭碗，你可曾想好了如何对付？""这，我还没想过。"薛飞回答，滴水不漏。任国泉知道薛飞还不信任他。就说了些人生如白驹过隙等感慨万千的过场话。

酒喝了六分，任国泉问他有些什么爱好，薛飞说他就喜欢弄枪弄炮。"好哇！就组编个机炮排给你，暂当个排长。上头拨来炮啊机枪的，我还担心没人伺候，归你了！"薛飞装着不堪胜任的样子，说："怕担不了这么大的责任。"其实他欣喜若狂，一厢情愿的事竟心想事成！任国泉说："老弟，这值钱的家底等于是松下的身家性命，全交给你了，托你训练出一班信得过的兄弟来。"

农历三月初四，驻通州城日军司令部龟田中佐视察女儿滩。皇协军正在操练，他从来没看见过在中国招募的皇协军训练这样认真，龙腾虎跃、杀气腾腾、个个汗流浃背，特别是机炮排的军人，扛着上百斤的炮身、重机枪在围墙上能捷快飞腾；滩上秩序井然，店铺都开着，龟田站在桥上就闻到烧饼香，他循着香味走去，拖拖儿带着一群半大的孩子，唱唱跳跳，紧随不离。龟田来到范五店前，贴烧饼的老板，个儿矮点，站在小板凳上和面，见他来了向他递来个暖烘烘的烧饼，那眼神笑眯眯的。他兴奋啊，回头望着桥栏上挂着"大东亚共荣"标语，对松下赞不绝口，说他为天皇在"大东亚共荣"上创造了奇迹，这才是"不战而屈人之兵"的将领。视察结束后，只有一件事让龟田不满意，就是除铁匠铺子里那拉风箱的壮实女人外，没见到抛头露面的女人。松下说，因为去年发生过强奸窑工家属的事，至今老百姓还心有余悸。龟田"哦"了一声。

龟田走了，松下沉思了几天。滩上的秩序井然是从招募了薛飞那批皇协军后慢慢开始的，训练中，那个薛飞带的人最卖力。"这人真的愿意为皇军卖力吗？"他问任国泉。任国泉说："太君放心，薛君是正统人，不玩阴谋诡计。"松下"哦"了一声，说："'正统'？"他对这个词的定性不清楚，向任国泉讨教。任国泉抓着手中的皮带甩着圈子："这个，这个？"他一时也拿捏不准。忽然想起松下最喜欢听王洪拉的"长板坡"中一段西皮摇板："自幼生来本领高，抖擞威风立功劳……"他说："正统嘛，就像三国里常山赵子龙、赵云那样的，忠义过人，就是那样的人算得上正统。"松下又"哦"了一声，竖起拇指，说："我喜欢交他这样的朋友！"

薛飞是不是正统人另当别论，只是任国泉对他佩服得五体投地。不说他的才貌，只说人缘，回滩时间不长，却和滩上人打得火热。滩上人第一天听说龟田五天后要来视察，第二天早市上就冷冷静静。松下沿滩一转，很觉没有面子，他叫任国泉想想办法。任国泉跟各店各户拍胸脯、说好话，第二天集市上还是老样，渔摊儿只摆着空盆，王汉林没来，说没人敢下河网鱼；肉摊儿蒋荣青倒来了，案上没肉，说日本人来了，猪都偷偷地杀了，不敢把肉摆在市面上卖，怕皇军抢。只有铁匠店毛平跟沈玉姑娘把炉子生了火，但膛里也只上了少许炭，备了些打棺材钉的小料，门半开半掩，时刻做着熄炉关门打烊的准备。

任国泉好生没趣，他跟薛飞商量。说："老弟，再试试你的面子?"薛飞说："也只能试试了。"他带着徐进东河滩、西河滩转了半天，结果第二天滩上就人多了。龟田来的头一天，连范五的烧饼炉子也生了火。这是从鬼子来了后，滩上第一次飘起了久违的烧饼香味。

任国泉决心要答谢薛飞。他叫徐进帮他约薛飞晚上到徐老三的渔簖上喝酒。满以为薛飞会给他面子，毕竟他是他的兵。叫徐进代请，是因为他发现两人走得最近。他晚上先去了。

大约七点来钟，徐进来了，他看见两个长得不错的姑娘捧着琵琶坐在任国泉身边，听着曲子，嗑着瓜子在等。徐进笑嘻嘻地说："长官，老薛半路上被荡西二婆拖走了，说给他介绍了个姑娘在邢寡妇磨坊里见面。"任国泉有些不高兴，但没发火，说："那你陪老哥我喝杯吧。反正有的是机会。告诉你，老弟，老薛升了连副啦！那机炮排归你!"徐进高兴得跳起来了，说："长官，过两天我叫老薛摆席谢你!"任国泉拉着徐进入席，他说："不必的，都是自家兄弟，我看得出来，你是老薛的心腹，我也想沾沾光。"

任国泉吩咐徐老三摆席，两人对坐，弹琵琶的女人一人一个，徐老三打横头。你来我往，任国泉喝酒时也不老实，跟女人调情，徐进装着没看见，几杯酒下肚说醉了。任国泉大笑，说："不是醉了，是想进屋跟姑娘弹琵琶去吧！去、去、去，也难为了你，进了军营就是训练，还没让你们出来散过心呢。老三，你坐到对面去!"女人扶着徐进进西屋去了，他又喝起来。

第二天天一亮，任国泉从东屋起来敲徐进睡的屋门。女人出来了，说："那爷昨晚还没上床，就有人来叫他，说他丈母娘生病要进医院，他匆匆忙忙走了。说叫我跟爷打招呼，他今天出不了操。"任国泉"哦"了一声，酒彻底醒了，怎么就有这么巧的事？徐进的丈母娘生病，专选在女婿要嫖娼的节骨儿眼上生；薛飞早不相亲，迟不相亲，我请他到徐老三这里来喝酒，他相亲。他们是不想喝我的酒啊，还是不想在这里喝酒？他接过屋里女人递来的衣服，跟老三打个招呼就急忙想走，那西屋的女人说："任爷……"任国泉说："什么事？别吞吞吐吐的。""徐爷那……"

女子说话时低下了头，捏着手绢盘来盘去。任国泉知道了，徐进没给嫖资。这女子叫小红，已经有了不知道父亲是哪个的孩子，就靠卖身卖唱的钱养活他们。假如他不预先约定，她得另外约人的。行有行的规矩，任国泉约了，即使徐进不碰她，她也不好另外接客的，更何况是他任国泉下的单。

任国泉把徐老三叫来，问他："老三，那截留的东西给我的还有吗?""有。""你把它变变钱吧，给小红，我再想办法凑些，叫她带着孩子在哪儿建个家，嫁个好人，别做这行了。哪怕给人家缝缝补补也行。做娘的，不一定有金有银，留个好脸面给儿女比什么都贵重的。"徐老三点点头。任国泉走了，身后一声"我的爷……"叫得凄厉。任国泉没敢回头，他知道那女人跪着。一个玩世不恭的、全靠小聪明混得风生水起的伪军连长，在"徐进不跟小红睡觉""薛飞不来喝酒"的两件事上，好像悟到了什么。但到底是什么，他还没弄清。

女儿滩在建的炮楼，属砖灰结构，两层加开顶，丈五边长，方形建筑。小青砖平砌、半灰半泥带口，墙厚一尺，夹层用碎砖拌青灰填实，底层生活，二层四面的里大外小观察孔加射击孔防御，开顶一丈多高，供瞭望哨站岗放哨，也可依托向下俯射或投掷，这是日本人自行设计的图纸。但工匠们在偷工减料，任国泉天天在工地上监工，他看得出来，有人在暗中指挥，他睁只眼、闭只眼，日本人反正不会在女儿滩打万年桩。后来又发现楼底下还在偷修着一暗道通杨家湾方向。但他仿佛没看见似的，更谈不上报告或追查了。他已肯定是薛飞在暗中操控建筑队伍。他认定薛飞是个有来路的人。

负责砌炮楼的匠人是面店老板王洪的丈人杨老瓦匠。任国泉发现薛飞跟王洪挺谈得来的。有人说薛飞跟王家是远亲，他不晓得真假，更不晓得薛飞和王洪嫁给李三木匠的女儿早已认识。薛飞叫王洪表哥，杨师傅是王洪的丈人，他对杨师傅好也是情理上的事。杨师傅腿脚不太好，王洪晚上又忙，薛飞就主动送要回家的老泥土匠一程。他估计这里头有文章，不晓得这是做给他看的，其实是薛飞有意识地透些消息给任国泉，是在考察。结果任国泉不仅不给松下汇报，还给匠人打掩护。薛飞向组织汇报，认为任国泉是能争取过来的人。共产党苏北抗日纵队的苏建政委吩咐薛飞，约定时间，跟任国泉见面。

一天晚上。军官们在面店吃完饭渐渐离开，王洪对走在后面的任国泉说："任连长不抽台烟走?""好啊!"任国泉说。他坐下来，以为王洪要按月例给他好处。军官们在这里吃饭，部队都是月底跟王洪结账，昨天任国泉已经给军需官批了支出条子，伙食款应该到王老板腰包了。每月伙食支出，王洪并不多报，任国泉却多支，多的那部分王洪一分不留，两人彼此心照不宣。任国泉抽着烟，王洪打扫灶台。天渐渐地黑了，王洪关门打烊，他说："老弟，晚上没公务吧？我弄了两瓶颐生'，王汉林早上送来两条斤半重的大鳜，还来了两个朋友，进去喝酒去。"任国泉说："今天没什么事，松下在学着拉二胡。"说着朝墙壁上看看，王洪原挂在那上头的二胡给松下拿走了，说借的，王洪教他把过弦，松下叫王洪师傅。王洪听了不由分说，拉着他往里走。

这间屋是豆腐店王贵的，还是刘林父亲赖着不走的时候，王洪跟王贵商量打通隔墙借过来给他住的。刘老头死了，王洪还就这么用着。任国泉跟着王洪来绕过灶后的柴火，才发现柴火后有扇小门。王洪打开门，他迟疑了，王洪说："老弟，进去啊，酒温在里头哩。"任国泉心想，为人不做亏心事，半夜不怕鬼敲门，进吧。他进去了，王洪却没进来，还反带上了门。

小屋子里油灯光闪烁，他有些不大习惯，他边擦着眼睛边在悄悄地掏枪。"任连长，坐下、坐下。"他听出声音了，是窑上沈老板。他边适应着灯火，边坐下掏枪的手放下了，老沈不会害他的，他放下心来。又是在军营门口，他也不怕。他眨了眨眼睛，总算看清了屋里的情况，桌前除了沈老板还有两个人，一个似曾见过，一个绝不认得。他大大方方地点点头先入为主，指着两位客人问沈万和："这二位是……"沈万和连忙说："别忙，都是自己人，先喝酒。"对着隔壁说了声"出菜"，帘子掀起，端着盘子进来的又是不认识的。这时候他晓得了，他们守得铁桶江山的王家面店，全通着外头。来人放下菜和酒出了屋，沈万和介绍："任老弟，你对面坐的是黄海抗日纵队唐九唐司令。"任国泉像被蛇咬了似的"呼"地站起来，手不由自主地又去摸枪，怪不得面熟，滩东滩西墙上这魔头的画像张贴着哩。唐九招了招手，说："坐下、坐下，我是跟苏建先生来结识新朋友的。"他指了指对面的书生模样的人。"苏建……新四军的苏政委？"苏建站起来向他伸手，任国泉机械地伸出的手，任凭苏建握着，呆若木鸡，他都不知道怎么坐下的。苏建给他倒酒，他又要站，苏建说："都是自家人，我和唐九壮士也是刚认识才两天，任连长不必讲究礼数，更不要拘泥。"任国泉的心如同十五个吊桶打水——七上八下。心想沈万和和王洪貌似平和老实，却原来都通黑白两道。其实他是冤枉了老沈，都是桂娘在穿线。这次见面也是桂娘受薛飞的委托安排的。唐九还不知道薛飞是共产党，更不晓得薛飞来投奔他都是桂娘在穿针引线，连苏政委都是桂娘介绍给唐九的。唐九信道教，桂娘说，她婆婆凤婶子有个姓苏的表弟通晓阴阳八卦天圆地方。这就叫李三送苏政委去了，结果两人成了莫逆之交。

任国泉看着沈万和，想从他的眼神中探出个凶吉时，苏建已经发话："任先

生，我们都是中国人，不必猜疑，今天我和唐先生来女儿滩，只是想和你交个朋
友。你已帮过忙了，不仅前天帮了楼下挖秘密通道不泄露给鬼子的忙，平时鬼子骚
扰百姓你也暗中尽力保护着，我们都记在心中，我们想交你这个朋友，共同打鬼
子。"任国泉听了松了口气，暗暗庆幸平日没做什么坏事。他也激动，能和共产党
里这么大的官还有唐九坐在一起。他看着苏建，忽然激灵了一下，是谁把他的情况
告诉了这两人的呢？他在暗暗思忖，薛飞莫非就是共产党？他不自在了，身上发
热，额头上冒汗，想着自己有哪些不检点的地方，但怎么想也想不起来，至于拿沈
万和根金条，渔箔上截留物资，这些大概不会算什么事吧？

其实他多虑了，两人就是来跟他谈合作的，老事一点没提，苏建跟他说了些外
头打鬼子的大形势，然后就是喝酒。任国泉太受宠若惊了。一个是苏北抗纵支队政
委，住行都带警卫的头脑，一个是黄海上让寇还是匪都闻风丧胆的魔头居然跟他称
兄道弟，他放开了。唐九捧起酒碗敬他，他诚惶诚恐地推挡，说唐壮士千万别高抬
他，唐九是鹰，他是雀；唐九是龙，他是条蛇，不好上一个台盘的。唐九说那碗酒
是他替人打招呼的，明人做了暗事。你为兵营运送物资吃了亏空，要招兵填缺，他
就钻了空子，派人入募当兵，发枪发炮，临了打谁你都不知道还叫好。他是来道歉
赔礼的。任国泉这才知道薛飞来自西荡。看看天已不早，三人都喝得尽兴。任国泉
提起酒壶说："今天二位来了，给我指了条路。就这一副不值钱的皮囊，从今以后
就交给你们了。"一壶酒他喝光了，摆摆手，喊王洪进来，说这顿酒钱他出，叫记
在账上，说完出了小门来到灶后，他躺在烧火草上打起鼾来了。

第二十四章　酒坊骗狗

　　刚进入初夏，黄海平原进入了梅雨季节。见天是绵绵小雨，停停下下，太阳像贪杯的汉子，稍闪个面就不见，人们说太阳躲到徐家酒坊喝酒去了。滩上人早习惯了这季节，到处柳绿花艳、春色漫盈，别有一番意趣。老人给伢儿说故事，说原来滩上不是这样的，逢天亮就出太阳，庄稼干了就落雨，菩萨不耽误时节。好多好多年前，江那边的金山上要不到奶奶的法海和尚，忌妒白娘子跟小白脸许仙好，使法术把白娘子压在寺塔下，白娘子的同窗好姐妹小青为救白娘子溜出了金山，就藏在西荡内练功。她练的功要个好太阳，法海知道了，就来搅江，搅得漫天阴森森的，有太阳的天也让你不见天日。不管真假，黄梅天女儿滩滩连水、水连滩是真的，地势太低。但这个季节，女儿滩也有另一番光景，水位高了，商船多了，又是鱼咬籽交配的时候，渔翁丰收的季节。桥上人来人往，桥下帆来帆去，人们最要看的就是李三甩纤板大显身手的一出，登桥抛纤板的年轻纤夫多的是，有的比李三还要抛得诱人，假如有女人看，他们能在桥栏上对翻跟头，只是没李三那样的好运气了，王家面店里就是一个桂娘。桂娘嫁出去了，面店里的生意淡了许多，不是桂娘走了的事，是他家驻扎了鬼子。蒋六在河里捕鱼放鹰，催鹰下水的踏板声像唱戏打的竹板，也像过年放的爆竹。那声音确实好听，滩上的女人最喜欢，但今年只敢躲在门缝里偷偷地看，听敲板声，看鱼鹰忽然从水里蹿上来嘴里衔着大鱼，大鱼鹰是吞不下去的，蒋六在鹰颈上扎着根绳，绳松紧扎得恰到好处，勒不死鹰，吃不下鱼。鹰把鱼送上来了，蒋六取下鱼赏块豆腐给它，尽做小钱换大钱的生意。女人就喜欢看这一出，还有看蒋六。滩上的男人成千上万，没有人长得比蒋六好看，男人的骨头上长着女人的皮肉，这蒋六长得阴盛阳也盛，看着他时不由得女人多了些遐想。往常滩两岸站满了耐不住寂寞的女人，争着招手叫蒋六船靠岸，说要买鱼，其实是个由头，今年不行了，珮姑娘被鬼子奸了的阴影压住了她们本能的躁动。有了躁动女人们要的是两厢情愿，用强就羞辱了她们的人格，让她们生不如死。

　　明天就是礼拜天，伪军连副薛飞跟任国泉请假，晚上理个发，明天要带着奶奶伢儿去三角渡瞟丈人、丈母。任国泉说："去啊，代问老先生好。到底是先生，教了个好女儿，老天不负淑女，又招了个好女婿。"薛飞谢了声走了。其实他是去荡西李家跟苏政委碰头汇报工作的。任国泉只晓得他是唐九的人，还不知道他是共产党。薛飞的奶奶是崔玲姑娘，就是被徐家园酒坊徐宾糟蹋的姑娘。

薛飞娶崔玲那是前年的事了，说起来还是徐宾"做"的红娘。

徐宾用钱买通县官来开庭，想定李三和崔玲姑娘通奸罪，通奸时又杀了徐贤，那是协同媳妇谋害亲夫，不死上天？被徐松、凤婶、二婆一班人搅黄后，徐宾老实龟缩下来，成天和滩上的狐朋狗友在外喝酒。李三娶了桂娘，崔玲姑娘也死了心。徐宾不在家里，她就在家，有护着她的徐松那一帮人，也没了害怕。姑娘住在家里，虽然不管坊里事，这班工人也像有了主心骨，酒坊又回到原来兴旺的样子。但好景不长，徐宾又回来了，他是被朱功"激将"回家的。

朱功是酒坊常客，徐宾不回家，朱功来酒坊给顾五买酒，没多少回扣拿了。徐松说，酒价公平十六两，你来买酒，只能给你点孝敬钱，你加价多要，顾东家懂了只说我徐园酒坊抬价卖，坏了名声。他不肯崔玲姑娘多给，这就断了他的财路，朱功恨死了徐松，又奈何不得他，就在崔玲姑娘身上想主意。有一回陪徐宾喝酒，说徐宾没用，堂堂酒坊的老板，却像被狗撵着的黄猫。酒坊姓徐，不姓崔。放着这么可人的媳妇空养在家里，儿子反正死了，你收房不是名正言顺？堂堂的酒坊老板还治不了个女人？徐宾心里的闷火被点燃了，他壮着胆子回了家。他是酒坊千真万确的主人，回来了，就是看着恶心也没理由赶他走。他老实了几天，看到忠厚老实的本分人还叫他东家，也没人赶他，又开始神气起来了。

徐宾不着家，徐妈把崔玲姑娘调养过来了，生过伢儿的女人一旦心情好起来，又是一番风韵，况且姑娘本来就漂亮。都在一个院子里走，徐宾看着媳妇又打起歪主意。老虎还有打瞌睡的时候，可怜的姑娘还是给算计着了。他一改常态，在崔玲姑娘面前不仅不张扬，还装得像只猫，只要姑娘从面前过，他就低下头，似乎在忏悔，老实得很，还有时无时地先连续咳嗽，接着哼几声，有一天徐妈看见他还吐了口血。大家都以为徐宾认识到自己的罪过了，又病入膏肓，离死不远，谁也没想到那口血是他嚼破舌头流出来的，他跟朱功那班下三烂混胡了一段日子，学了不少东西，没人防着他。反正是各过各的日子，崔玲姑娘看见他权当没看见，她以为就这么相安无事，把两个伢儿带大就好了。

一天酒坊收了工，崔玲姑娘叫徐妈带着伢儿洗漱好了先上床，自己在灶房洗完了碗筷后，照例坐下来拿起桌上徐妈每天准备好了的一壶酒，她倒上一杯。这酒是徐园酒坊独门配方，据说是用的荷叶上的露水做的。酒温和，不易醉，专补阴，取名"润玉"。崔玲姑娘身心憔悴，徐妈看得心疼。从地窖里拿出一坛"润玉"酒来，天天给姑娘喝两口。今天合该有事，平常喝了一杯酒只感到浑身暖和和的，可今天喝完一杯感到头晕，四肢无力，目眩脑昏，仿佛像断线的鹞子向空中飘去，她伸手四处求救，真有人抱住了自己。然后就似醒似困，却浑身没了力气，她似乎感到有人在作祟自己，但没力气抵挡，只有顺其自然，把作祟的人当作三哥，只是这人不像三哥，不会怜香惜玉。玲姑娘终于醒过来了，叫了声"三哥"，无力地睁开眼一看，老狗在穿衣裳，看着她阴森森地笑。

老畜生得不到玲姑娘是誓不罢休的，就在玲姑娘每天喝的酒上下了主意。这天徐妈带着伢儿去了西房，他在酒里下了朱功给他的什么药粉，姑娘喝了不会昏迷，还会产生欲望，徐宾要的就是这个效果。他躲在灶房外的窗下看着里面，药在玲姑娘身上起了作用，他不慌不忙地走进来，把她抱到东房自己床上。

徐妈把伢儿哄睡了，见玲姑娘还没上房来睡，有些不放心，就披着衣裳赶来厨房看，烛火奄奄一息，地下一片狼藉。朝外一看，院墙的大门锁得好好的。晓得大事不好，跑到东房，门关着，灯亮着，透过窗子朝里看，老畜生做着猪狗不如的事。她咚咚咚地敲门，高声骂着畜生。老狗开门，伸手就是一巴掌，可怜的老太太跌下来头撞上墙角，顿时昏了过去。徐宾从橱里抓起一把洋钱扬长而去，他赌钱去了。

崔玲姑娘是被两个女儿吵醒的，时天已大亮，女儿醒来既看不见姑奶奶又看不见娘，哭着出来寻人。院子里的下人已在做活，好奇地窃窃私语，少奶奶怎么睡到老东家房里去了？悄悄从窗棂里一看，徐宾不见，玲姑娘衣服凌乱不整昏倒在地，大吃一惊，慌忙找来徐松。徐松一看，猜到徐宾又是旧病发作，糟蹋了姑娘，他找徐妈了解真相，徐妈却不见了。有人说，看见她跟跟跄跄走了，还以为她去司家庄找医生去了。

玲姑娘一天滴水不进，几个女人陪着她，到了晚上工人也不走，等着徐妈回来，商量个对付老东家的万全之策。徐宾中午回来了，他耀武扬威起来。徐松问他："姑娘这个样子可是你做的好事？"他说："是的，儿子死了，我要收房，家事还轮得到别人管？"徐松骂他猪狗不如。他根本不理睬，自己烫了一壶酒，坐在灶房的餐桌上自斟自喝，他对着围着不走的酒工挥挥手说："你们听着，老子今夜就把这贱人收房。老子的酒坊、老子的人，谁碍手碍脚、多管闲事，滚蛋！"

大家没说话，他以为怕了，朱功说得对，做下人的不能对他好的，两只脚的狗没有，两只脚的人多的是。早应这么做了，自己真笨，怎么等到这份上还在掩掩饰饰的？他端着酒杯喊徐松："徐松，你们一天没做事，我不跟你们计较，早些回去吧，酒拖一天出缸酸了当醋卖，没你们的事。早点关门！"大家走了，他想怎么收拾就怎么收拾，就凭她个女人还能翻天？他喊完了话见没人回话，从灶房里走出来，才发觉天已黑了。他刚从火光里出来，眼前漆黑一团，他高喉咙大嗓门地吩咐徐松："把大门口的灯笼点上，你不怕鬼缠着你啊！"随着他颐指气使的呵斥声，院门却开了，借着门前河水在黑暗中泛亮，看见进来几个不速之客。徐宾好生奇怪，都什么时候了，怎么还有人来？还没等他问是谁时，客人咳嗽一声已来到他面前。领头的中等身材，四十来岁，白净净的脸长得挺文静："你就叫徐宾？"徐宾有些不高兴，到了人家还有这么不会说话的？端起手中的酒杯对着嘴想把最后一口酒喝掉再打发来者，酒还没到嘴，却被对方顺手一托，杯子带着酒飞向了脑后。徐宾才晓得来者不善，正要发作时，嗓子却被对方两指捏着、身子不由自主地向灶房里退。院子的大门被来人带上了，灶房门也被关起来。徐宾脑子里一片空白，昏天糊地地被对方按在餐桌前的板凳上半天喘不过气来。

　　酒杯的落地声惊动了正和酒工商量主意的徐松，连忙出来看发生了什么事，见徐宾被几个人拖到灶屋里去了，大吃一惊。他们悄悄地向灶屋走了过来。来的几个人在屋子里坐的站的都有，屋外的声音他们似乎根本不想理会，倒是徐宾来了精神，听到门外的脚步声，晓得是酒坊的伙计。他回过神来了，用手揉了揉被捏痛了的嗓子，说话的声音高了好多："你们这班混账东西，晓得这里是什么地方？荡西徐家园酒坊是你们能随便进出的院子？"话刚出口，没看清坐在对面那个中年人怎么动，一个巴掌就落在左腮帮上，他一手捂着腮帮一手指着对方又想骂什么，右腮帮又挨了一下，两颗门牙打掉了，带着血落在地上。徐宾知道遇到了克星。看看窗外，刚才晃动的一堆黑影不见了。他恨得牙痒痒的，晓得指望不上酒工了，慢慢地移动脚步想往外溜，走了两步又回来了，他倒吸一口气，一个铁塔般的汉子背对着他挡住了去路。他彻底软下来了，问坐着的汉子："在下何处得罪了壮士？劳得诸位今天来舍下兴师问罪？"门牙掉了，语言含糊不清，意思对方应该听懂了。那人说："你没得罪我，但得罪了天。崔玲姑娘是你什么人？"原来是为这个贱人来的，徐宾明白了，他说："在下的媳妇。""媳妇？你儿子的奶奶？"徐宾说："壮士为这事来就差理了，家事容得着你们来问的吗？"对方笑了："一般家事我等也懒得去管，可有违天伦、人神共愤的家事，我就是要管的，要不在西荡打什么'替天行道'的旗号？"徐宾听了彻底散了架，原来他们是西荡唐九的人！小命没了，只有喊人，"有土匪，快来人哪"刚落声，身旁的汉子提起他的衣领，顺手抄起他脚上的鞋塞进他嘴里。坐着的汉子指着徐宾说："本来只想叫你皮肉受点小苦，下次不犯即罢，看来你劣性难改了，命我是不要的，省得寻事，但你作祸的根子要除，不能再留下作孽了。"手一挥，还没等徐宾反应过来，人被仰面扳倒，连裤子都没给脱，只见刀闪亮了一下，比蒋荣青骟猪还要利索，徐宾惨叫一下昏死过去了。汉子从灶膛里掏出两把豆秆灰捂在他身下。汉子这才起身出门，大门檐下早点起了灯笼，灯光下涌着一群酒工。刚才的一幕他们全看到了，都在合掌相庆，他们带着惊骇的神态在窃窃私语："咎由自取，恶有恶报，怪不得别人。"领头的汉子抱拳向大家打招呼说："师傅们，吓着大家了，徐宾所作所为人神共愤，他说是家事，谅大家也不能为崔玲姑娘主个公道，这里山高皇帝远，我今天就来替天行道了。在下叫薛飞，来自西荡。徐宾做出天怒人怨的事罪应当死，但我们的规矩不杀人，只是给他个教训。你们该做什么还做什么，不能因我等行径而丢掉饭碗根，从今后，徐宾就是条狗，这酒坊就是你们少奶奶的。我们唐先生说了，要带少奶奶到西荡治病养一阵子，身子好了，回来再和你们一块过日子。拜托了。"说完吩咐人把玲姑娘和两个伢儿带下船，玲姑娘到了船上才发现徐妈就在船上。

原来徐妈给徐宾打昏醒来后，姑娘已被徐宾关在屋里，晓得自己无能为力，帮不了少奶奶，这样下去总不是个事，姑娘迟早要被东家糟蹋害死。她想到了姑娘的相好小木匠李三，想请他出个主意。她熬着疼痛连夜赶到荡西。凤婶儿和李三听了也只是难过，出不了什么好主意。桂娘说，对这种人不是李家能解决的事，吩咐徐妈住下，叫元宝哥摇船送她去趟西荡。她把徐家园酒坊的情况对唐九等一说，把唐九气得浓眉直竖，七窍生烟，吩咐薛飞带几个人连夜去徐家园。本来徐宾能当着他们的面求崔玲姑娘和族里人放他一马，写个书面悔过文书，再叫酒工做保人，事就了掉，谁晓得徐宾不仅没悔过自新的意思，恶语中伤，这就由不得他了，薛飞一时怒起，让徐宾成了废人。

崔玲的身体好了再也不肯回徐家园，就住在李家。桂娘跟凤婶儿商量，想给没婚配的薛飞说合，凤婶沉默不语。桂娘晓得婆婆想些什么，说："娘，你我都是女人，我看得出来，薛大哥不是个世俗人，真人是心，假人是面，污秽浊水的东西不得人心，崔玲就像被浸在烂泥里的藕。要是薛飞计较崔玲的过去，我就看假了薛飞。"凤婶看着媳妇，心里在翻浪头，姑娘在说她自己吧？她说："儿啊，那你就说合说合吧。"她擦着眼泪走了。结果却是崔玲不肯，果不出凤婶的预料，说她配不上薛飞。谁晓得薛飞自找上门来了。原来那天徐妈抱她上船，他只看了一眼就有着说不出的感觉。薛飞走南闯北遇到过不少女人，就是没合眼缘的姑娘，对这不幸的女人他有些心动，但绝不是怜悯，当然这么好的姑娘受到常人不敢想象的摧残他也心痛。桂娘跟薛飞说这事时先说了崔玲的身世，再把她嫁到徐家受的苦楚说给他听，薛飞同情时又增加了对崔玲的好感，就爽快地答应了。桂娘笑着说："你倒爽快，可是玲姑娘说配你不上。你真不嫌弃她，就得委屈你自个儿说去。"薛飞说："行，我自己说去。无非是她被糟蹋过。都什么时代了？多好的姑娘，还自暴自弃？"薛飞把凤婶和桂娘二婆请来，当着大家的面大大咧咧地向崔玲求婚，弄得崔玲姑娘躲都来不及。她见薛飞真心，还有什么说的？两人就结成夫妻。唐九戏骂了一声："娘的，好事都落到别人头上了，怎么就没我老唐一份？"他们结婚后，崔玲和伢儿还住在李家。

话回原处。薛飞说要带崔玲儿回趟娘家，只用两天工夫。任国泉说，目前还不忙，多住几天不要紧。实际上薛飞接了上级给他的任务，就是近期日军在"里下河"地区抢到大批粮食要走女儿滩运往上海，上级再三交代，务必要想尽办法截住，那是老百姓青黄不接的命根子粮。事关重大，薛飞要请唐九出山。他不能去西荡，怕让鬼子发觉，回李家看奶奶伢儿是名正言顺的。桂娘已帮他约好唐九明天也来李家。

第二天九点钟光景，薛飞一身便衣来到了荡西李家。唐九带着师爷早在等候，见面唐九就问什么样事如此急促？薛飞把请帮忙的事说了，他只说是这些粮牵涉到几万老百姓的生命，他打抱不平才请当家的帮忙。唐九是血气汉子，心里装不得事情，打鬼子的事不要商量的。说："老弟，你说叫我怎么打吧。"他对薛飞早已佩服得五体投地。他忽然看看薛飞，再看看桂娘，忽然悟出什么来，他问薛飞："老弟，你当皇协军的连副好好的，怎么也跟着关心着老百姓的事了？是不是你除在西荡吃着在下的空饷，还背靠着苏秀才？"他说的苏秀才就是新四军抗纵支队政委苏建，"要是这样，你可是脚踩三只船哪！那可让在下江湖上白混几十年了！"说得屋里的人哈哈大笑。薛飞不置可否，握着唐九的手说："大哥，你永远是我的老大哥，三只船也好、四只船也罢，因为你打鬼子，所以我一出道就是冲你来的。脑子里的河河汊汊我想得多些，领兵、打仗，大哥你是内行，如今日本鬼子要从女儿滩借道，是小看了你我，我是奉命送消息来的，到时候自然有人来和你商量整体计划。"唐九"哦"了一声，心里有数了，这老弟真是腿踩三条船的人。

农历三月初六日，清明节。天上飘忽着小雨。轮到梅雨季节滩西的早市就更不热闹了。阴天赶集的人来得匆匆去也匆匆，加上鬼子练操时的鬼哭狼嚎更让人烦躁，自从鬼子来到滩上，狗也疯了，红着眼睛对着天狂吠；鸡也昏了，窝里乱扑腾，三更当着五更叫，最可恨的，不好好生蛋。今天大概因为是清明节，河西的早市热闹的时间长了，原本早散的市口，还有熙熙攘攘的人群，见面拉着手说话的仿佛一年不见如隔三秋的热乎。站在炮楼上的松下好惊奇，问任国泉说："怎么今天集上人多了？人多还话多。"任国泉笑着说："今天鬼节，赶集的一半是人一半是鬼，人多影子少，人鬼掺杂。"松下哈哈大笑，没当回事。正说着，电话铃响了，通知两人去刘桥开会。他们立即匆匆下楼，骑着马飞快地去了。

王洪看见松下跟任国泉早饭没吃就行色匆匆离开了滩，十分好奇，开门朝军营一看，发现加强了岗哨。王洪大着胆向门口走去，领头站岗的他认识，叫陈八瓢儿，陈八瓢儿说："洪哥儿有事吗？"王洪装着不知道松下走了，他问："太君们的面条冷了多时了，再热可不怎么好吃罗。"陈八瓢儿说："哦，刚走了，去刘桥开会领任务，今天有粮船要过滩，由我们护粮呢。""我说呢，那我替你一会儿守着，面条上还打着两个鸡蛋，别白扔了。"陈八瓢儿三步就跨过来了："站他娘的岗，膏药旗飘着，狗见骨头都不敢来咬。"陈八吃完面条，抹了抹嘴说了声"谢了"就到前大门继续站岗，门岗房里的电话铃响起，陈八瓢儿奔电话机前，王洪侧着耳朵听着，陈八瓢儿拿着的耳机里传出的声音特别响，是任国泉在那头大声地说："从窑北到南滩头十五里沿河两侧，人员、车辆禁行；河面任何船只都赶进西岔口内不准出来；滩上上午十时起全滩实行戒严。""是！"陈八回着话搁好话筒，咕咕嘟嘟地说："娘的，今天不得消停了。"王洪看见他向兵营跑去，放心了。情况没变化，一会儿，尖嚣刺耳的口哨声、汽笛声顿时响起，鬼子和皇协军兵分几路沿河两岸清人、清船、设障。五分钟前还热闹非凡的早市，见鬼子出来了像见了鬼似的顷刻间冷冷静静，除了蒋荣青肉案下两条狗在交配，就剩围着鱼肉腥味儿乱飞的苍蝇。

王洪不慌不忙提着水桶出了店门，全滩只有他胆儿最大了，习惯了在虎狼窝里过的日子。王洪肩上搭着条羊肚毛巾，下到水阶前抽下擦擦汗，对着对河抖了抖又甩在肩上，接着提着一桶水回家去了。他家水阶的对面就是裁缝店，裁缝店里有个中年汉正对着窗外让刘布奇量着身段，他看到王洪抖动的毛巾，忙拿下裁缝缠在身上的软尺说："对不起、对不起，我有急事，过一会再来。"刘布奇也没心思做生意，客人出门，他忙关门还加上杠。奶奶三娥问男人："这先生是谁？好像在哪里见过的？

三娥猜得不错，刚才来裁衣服的汉子是滩上的常客，只是变换着装扮，是西荡派在滩上的侦察员。三娥肯定和他见过面，长得人模人样，算个小白脸，她印象很深。小白脸看到了王洪发出的信号撂下裁缝夫妇，快步如飞向铁匠铺跑去。

铁匠铺子上下层，上头朝西打铁。楼下是老铁匠的房间，朝河面开了只窗。站在窗前能看见水面上的行船和对河停泊的鬼子小军舰，也看得见对岸行人和车马。这只窗户不起眼，窗前长着一排芦苇，外头看不清屋里情况，屋里却能看清对岸，包括王家面店。今天不行了，停泊在王家面店前鬼子的军舰挡住了屋里的视线。

唐九和新四军的人都在楼下的屋子里等着侦察员的消息。侦察员气喘吁吁跑下来报告，说看到王老板挥羊肚毛巾了，他们才松了口气。知道情况没有变化，鬼子押的运粮船队还是按原计划从滩上过。

老铁匠看着翻过梯子匆匆而去的唐九，心潮起伏、感慨万千。一个蜚声黄海的魔头，居然在王家姑娘的劝说下，跟滩上老百姓像亲戚般地走动起来，现在又跟共产党联手打鬼子。姑娘不简单哪，年纪轻轻的就能主大事情。处理孙女儿王惠的事，老人历历在目。把铁匠铺子做打鬼子的交通联络站也是她提议的。他就是个打铁的，滩上人叫父亲"芽"，叫"爹"的满滩就他一家。外地人哪，人家把你抬得高高的，凭啥？他知道绝不是因为他是东北人，直来直去的性子，是王老先生在世时，暗暗地招呼着乡亲，在给他脚下垫着板凳高抬着身份。事出有因，他有着羞于启齿的家事。

"爹，上来吃饭。"媳妇从梯口探下半个身子喊他。媳妇玉姑娘姓沈，探下身子时随便得很，散乱着的头发像一篷茅草，他不记得媳妇什么时候像滩上女人，把头发梳得油抹光亮过；被炉火烘得通红的脸油滋滋的，搭拉着门襟，大敞着的胸口，两只倒挂茄的奶子和无袖黑色褂子分不出肤色。今天还算好些，知道有客人在楼下谈大事，在客人进店前，扯了件男人毛平的衣服，扣上下两个扣子，总算遮着不会含羞的乳头。客人走了，她又解开了扣子敞了怀，仿佛那件男人无袖褂子里长满了蚤。

老铁匠"哦"了一声，马上心情沉落，刚才的感慨一下子消失得无影无踪，他没有上去，忽然感到特别郁闷。他站在窗前，心情被窗下哗啦啦的水浪、眼前摇摆不停的芦花搅得烦躁不安。媳妇那一声"爹"喊得自然，其实痛着老铁匠的心哪！

玉姑娘叫他一声"爹"，可她生的两个女儿却是他的，在滩上，就是人所不齿的"乱伦"！可是怪谁呢？老铁匠泪眼婆娑，深埋在心底的沉渣被沈玉姑娘的一声"爹"搅浮起来。

老铁匠不是汉人，生在东北的一个深山老坳里。祖先们把女人的贞节看得比命贵。荒唐的是，新娘子跟新郎进洞房前，要公公代儿子对新娘子"验身"；公公不在了，由族长指定公公同辈人代，说是为了保证进族里的女人在娘家没有伤风败俗。

年轻的铁匠找的姑娘是他担着担子在对面山上认识的，叫素莲。姑娘结婚那天也没能幸免。新郎搀着新娘要进里屋去，被族人拦住了。铁匠的父亲求族人放他一马，身体不好。他说："饶了我吧，你看我这个样子，叫验婚不是闹笑话吗？腰都直不起来，像只晒干了的虾。"大家哄堂大笑，族长死板着脸说："验身又不是用腰，去年你看五伢子老婆进新房前，看人家公媳验身怎么那么得劲的？"人群里又是一阵淫笑，仿佛这是件乐事。新娘子已被吓得倒在铁匠怀里抖抖颤颤。族长说："老爹，别给脸你不要脸，要不就叫你家老三去，他腰直着哩。"话刚说完，新郎的三叔跃跃欲试地向哥哥走来。老爹说："老三，你昏了头哩？"老三说："我屋里的进门，爹验不了，你不是代了嘛，那天你怎么不说像只晒干了的虾的？""噢、噢、噢……噢、噢、噢……"里三层外三层的人像围着的一群狼，拍桌、扬拳，助着老三的威。老三绕过目瞪口呆的哥哥向侄子走去。侄子转身护着女人，老三抓着姑娘，新郎被身后的人抓住了胳膊，眼睁睁地看着素莲被三叔带走。"爹……"新郎、新娘同声凄叫，"我来、我来……老三别……"老三抱着新娘跟哥哥拉扯着，铁匠挣脱开抓着他的人，冲向前去，一拳打在三叔脸上，新娘倒在地下，两人厮打起来。族长对身后四个五大三粗的女人使了个眼色，她们架着新娘和公公进了新房，房门"嗵"的一声被关上。门外又是一阵阵"噢、噢、噢"的狼吼声。直到进去的女人们把象征着新娘贞节的被单和像死狗似的老汉扔到门外，狼吼声才让"哇"的欢呼声代替。

　　结婚的当夜，铁匠的父亲在老太婆的搀扶下，离家往山的纵深处去了，他被族人羞辱得没脸再跟儿子住一块。铁匠夫妻孤独地生活，并不愉快。结婚本是喜事，但那夜的情景，像给他俩心里布上了魔影，驱之不散。素莲怀孕了，两人高兴不起来。相拥着，泪眼对着泪眼，他们知道，孩子生下来，心里的阴影只会越发弥漫。素莲决定不要这孩子了，随他是老爹的还是铁匠自己的。但因为受那场惊吓她已是病恹恹的身子。铁匠也想打掉孩子，又怕伤了素莲，可是素莲铁了心要堕。铁匠只有请来山中最信得过的老郎中，老郎中一把脉，连连摇摇头，说："娃，气滞丹田吐纳不顺，脉动如蚁心难主序，血象不畅内热外阴，命在旦夕，何谈堕胎？"夫妻二人抱头大哭、对天呼号，老郎中为之落泪，劝说两人："公公和媳妇生子，古人有的，你二人不是第一例。说'伦'，是汉人的事，我等不这样看的，只要不是强为之，更不要为情伤人，诸多事真无可奈何，开只眼闭只眼、忍忍罢了。人生如梦，草木一秋，青山依旧在，几度夕阳红，睡一觉醒来就是另一番烟云，何必像汉人那样认真？契丹人夫死嫁弟，匈奴人父死娶母。就是汉人唐皇妃，夫死嫁了皇子还不是都过去了，谁还在唾骂百世？也没有遗臭千年。各族自有各族规矩，切不可只用汉规来套，那是自上枷锁。"说着说着，老郎中自叹了口气说："人哪，难得来到人间，命最值钱，没命，还谈什么情？我留下一方，年轻人，你好好按方调理，真爱妻子，温心为上，切莫为看不见的信念作糊涂事宜；姑娘，别太执拗，你无过错，何必过于自责，你命归黄泉，引得他也无心于世，成天苦对青冢，你还能九泉安心？倒反而又要让阎王、小鬼牵走他的性命。说是阴间再成夫妻，老朽已行将枯木，也还不信。自爱吧。"一番话，坚定了铁匠保护妻子的念头，日夜守着素莲，也消除了素莲轻生的打算。

十个月后，素莲生了个男孩，取名叫毛平。生孩子对素莲来说真可谓是九死一生，身子太差，没力气配合接生婆，孩子进不得、出不来。接生婆抱着孩子暗暗叹息，卡着的时间太长，浑身透紫。再过放屁的工夫还生不出来，婴儿算胎死腹中了。接生婆洗着孩子，这个有经验的老女人有个不好的预感：婴儿头壳还有些畸形，这孩子要说有什么大出息就是奇怪的事了。她看看躺在床上骨瘦如柴的产妇，摇摇头，这么秀气的女人就为了生这孩子，已是半条命搭进去了。生儿育女到底贪图个什么呢？

素莲再也没怀过孕。两人就这么一个儿子，说不喜欢孩子也是冤枉了他们，但一提"儿子"两个字，铁匠脸上总有些不自在。妻子看在眼里，因为生孩子的日子从结婚那日算起，分娩时间算得上足月，两人真正同房，是在一个月以后，因为那些日子里，素莲一直疼痛不停。丈夫的心情严重影响着妻子，面对着丈夫她总是忐忑不安，铁匠知道错不在女人，可就是抹不掉心里的阴影。两人都沉陷在痛苦中不能自拔。

毛平十五岁的那年，素莲已经病入膏肓，吩咐铁匠给孩子找个媳妇，不管怎么样也是毛家的骨肉。铁匠看着妻子近乎哀求的样子实在不忍，请人介绍个姑娘。姑娘姓沈，在家叫玉儿，长得壮实，皮肤黑黢黢的。第一次见面，夫妻俩都同意，是一家人才进一家门，女孩儿还真是打铁的料子。毛平在屋后修炉子，被爹叫回来问有什么事？铁匠指着沈玉说："你看看。"他说："不认识。"不等铁匠说完就出去了，他喜欢打铁，也是他唯一感兴趣的事。只是打不出好东西，一把锹翻来覆去地折腾，最后要是没爹来收工，准浪费了一块好铁。毛平平时就寡言少语，家里的事从来不问。爹叫他进屋，看见个陌生女人，以为叫他认人，所以说"不认得"。夫妻俩面面相觑，叹了口气，素莲摇摇头，伤心地说："就这样吧。"怪谁呢？儿子脑子一根筋，可是孝顺啊，素莲病了这么多年，一半儿陪夜都是毛平。

亲事就这么定下来了，村里人对毛家办喜事翘首以待，看公公验证新娘有没有在娘家被人睡过，是族里最让人兴奋的事情，那简直是一场盛会。特别是没有逃过此劫的女人，最希望亲眼看见，其实她们是各怀着各自的心思，有的幸灾乐祸；有的是认为受到耻辱后的报复；有的是天生就觉得好玩，自己结婚前就数着日子，盼望着那将要发生在她身上的新奇事情早日出现。眼看着迎亲的日子越来越近，族里好事的人都在商量着怎样让铁匠验证时搞得轰轰烈烈的绝妙主意，夫妻俩却像热锅上的蚂蚁。素莲本就身子不好，一焦急更每况愈下，铁匠安慰她说："有办法的，有办法的。"其实他不知道办法在哪里。当族长上门催问要不要大家张罗时，他看着还是那个他结婚时的族长，已拄着拐棍，但那双对本族人有着至高无上权力、对他不屑一顾的眼神，慢慢地有主意了，说："就不劳叔了，到时候我会按规矩来接您的。"

铁匠在迎亲前一天的夜里，就把沈玉偷偷地接回来了。他是把家里能值钱的东西、除了一匹马和挂车还有副铁匠担子外，全换成了钱，他把钱给了亲家。亲家不知就里，用能吃两个大人饭的女儿换到那么多钱喜笑颜开，所以也没问为什么要昏灯黑火的提前把闺女接走的原因。

铁匠把媳妇接到家就来到屋里，妻子已梳洗完毕还换了结婚时的那套衣裳。只是喘息不停，倚靠在床头，脸色苍白，嘴角在流着血。铁匠急得捶胸顿足，说："干什么呢！我不是回来了吗？要穿戴干净等我回来也不迟啊！"素莲说："他爹，你把儿媳叫进来，我有话吩咐。"沈玉进来了，素莲抓着姑娘的手："孩子，你进屋已看到了，家徒四壁、空无一物，你们夫妻就得跟你爹走了。我是去不成了，分手时只是吩咐你一句话，毛家传宗接代指望你了，你得为毛家生个孩子。"姑娘想笑，女人嫁人不就是生孩子嘛，她点点头。素莲说："你……你……发誓……"说话时已显得中气不足，唇角的血流得越来越多。姑娘吓慌了，忙跪下发誓。铁匠焦急地说："他娘，已过三更了，逼着孩子说这些干什么呢？车已挂好，该动身了。"素莲摇摇头，说："他爹，别费劲了，你们走，远走高飞，越远越好。我就留在这块土地上不走了，我得陪生我养我的父母。"说着，她缓缓地躺下来，一手抓着刚进门的媳妇，一手抓着丈夫，看着背后号啕大哭的儿子无力地摇摇头，静静地走了。

妻子早已懂了丈夫对付族人的"办法"，她欲哭无泪，素莲是个汉人，她守着自己的尊严，丈夫的"办法"是唯一能让子孙后代有体面活在人世间唯一办法。她默默地也做着准备，听到接沈玉姑娘回来的马车声，就吃了藏在枕边的毒药。铁匠抱起已停止呼吸的妻子哭不成声。

天就要亮了。他放下妻子的尸体，盖好被，冷静地吩咐被突然发生的事吓得目瞪口呆的儿子："你二人把院子里的柴全搬进来。"两人照办了。等屋内四处置满了柴，他领着两人对着素莲磕了三个头。他把他们支去门外，抱着妻子说了许多话后，点起一把火出来了。

铁匠带着毛平和沈玉驾着马车离开寨子飞奔到山口，他吩咐两人就地等他，他操起早放在车上的猎枪往山上奔去。跃岩越涧，步子敏捷得像只愤怒的山豹。一会儿工夫，毛平听到寨子方向响了几声枪响。等铁匠转回来重新驾着马车下山的时候，寨子上空火光冲天，老毛竹爆裂的声响震耳欲聋，老族长宅院里高耸着三层古老竹楼在火光中翻着跟头。

铁匠按妻子"走得越远越好"的吩咐，驾着马车出了山坳往东跑去，沿途靠打铁度日子。就这么鬼使神差地走到江的尽头，没法再远了，一家人就落脚在女儿滩上。还是打铁，独此一家。面临大路背临滩、他搭了个就是现在两层的铺子。把老早就在家挖好的山竹老根栽在南墙角，竹根下还有一缕素莲的头发，再撒上带来的山土。他松了口气，一家人在此凭手艺能安心团聚了。他把俩孩子叫过来对着山竹根磕头，他说："当着你娘的面，今天两人就成婚吧。铺子隔壁那间屋是你们的，爹睡下面。"两人没有说话。儿子进了屋子却把也想进屋的沈玉赶了出来，说："爹！我不喜欢和女人睡，要不，叫她也睡下面去。""啪！"从没碰孩子一指头的铁匠巴掌落在儿子脸上。毛平毫无表情，茫然得很，看着他爹，不知错在哪里。天暗了，他照样吃饱喝足，进了屋子却把门关紧，看来他是绝不允许沈玉跟他睡一块儿的。铁匠看着不知所措的沈玉欲哭无泪，他拎了一壶酒来到南墙前的老山竹根前，自己喝一口，洒地上一杯，他不知道该不该把事情告诉素莲。一壶酒喝完，泪也流得差不多，他一句没说，昏沉沉伴着山竹根一夜。

铁匠醒来的时候，太阳已升得老高，他只觉得身上挺沉，睁开眼一看，身上披了件大衣，儿子毛平头枕着他的大腿睡着还没醒。他一阵心酸，孩子什么都好，怎么女人的事就是一根筋？他摇醒毛平，跟他好言好语地商量。铁匠说："儿子，爹求你了，你跟那沈玉睡一块儿，给你娘养个孩子好吗？"儿子绝无邪意地问："爹，只要男人和女人睡在一块就能生孩子吗？""对啊！"铁匠兴奋起来了，忘了一夜的眼泪，他抓着儿子的肩说，"对的、对的！你娘听着哩！""那让她跟爹睡。"铁匠像座铁塔轰然倒下。醒来时儿子跟沈玉都围着他。他爬起来踉踉跄跄去了徐家园酒店，要上一壶酒从早上喝到黄昏，酩酊大醉，跌跌撞撞回家倒在床上。等他醒来时才发现一个女人钻在他被窝里。他像被蛇咬了一口，猛地跳起来，看到是媳妇玉姑娘时，只觉得天旋天转。无力地瘫软在狼藉一片的床上。

沈玉貌似老实，其实也有心计，毛平那句"那让她跟爹睡"的话，她知道男人废了，跟他没了事。她冷静下来，婆婆临终前要她"给毛家生个娃"的嘱托还在耳边回响，她在想着主意。关于汉人说公公跟媳妇上床是"不齿"，老家就没这回事，她不仅想着婆婆的嘱咐，还想着过日子。老家是回不去了，公公一走，假如没个孩子，她和这只认炉子、风箱，还有锤的傻货怎么过？她想着假如老小铁匠都死了，她白发苍苍拄着拐棍站在桥头，看着夕阳西下，雁飞北方，身边没有一个亲人的样子不寒而栗。她理了理头发，开门出来了，像没发生什么事似的做饭、扫地、洗衣裳，把主妇该做的事一件不落地拾起。老铁匠潸然泪下，说："儿啊，怎么对得起你，怎么对得起你婆婆呢？我怎么生了这么个孽障？"沈玉没说话，只是对公公笑笑，那一笑让铁匠毛骨悚然。姑娘仿佛在说："那个孽障不是你生的，所以你不必说道歉的话。"

到了素莲周年的日子，老铁匠坐在滩上的大桥上望着北方，西风凄凄，芦花枯白，王家面店的檐下挂着一尺来长的冰棱，根根像尖利的锥子直刺他的后心。媳妇喊她回去给婆婆烧纸，问他磕不磕头，他连说着"要的、要的"，眼泪、鼻涕冻连了胡须。他对着素莲的遗像号啕大哭，哭得昏天黑地。儿子也磕头，也不哭，也不勉强，仿佛例行公事。

当夜老铁匠发烧了，打着摆子、说着胡话，口口声声喊着："他娘！他娘！素莲！素莲！""嗳，我不是在这里嘛，喊轻点啊，我的铁匠哥……"老铁匠听到昼思夜想的女人说的话，还在耳边，他亢奋起来，摸索着，一个滚烫的裸体翻上来了，像冬天给他盖上条棉被。

雪消了，冰融化了，铁匠仿佛从山顶滚落山坳。昏眩中再摸身边，除一摊留有余温的水渍再没什么。天亮了，炉子又生着火，风箱"呼啦呼啦"地响起来。铁匠早上已退了烧。房门被推开了，沈玉姑娘端来一碗潽蛋递给公公，说："爹，放了姜和糖，趁热。"还是那副表情，稍带点微笑。铁匠捧着碗脑海里一片空白，他想起来了，"我的铁匠哥哥"，夜里就是这个声音。他对着沈玉把碗摔过去，姑娘长相虽壮实，身子却灵巧得很，一闪就闪了过去。铁匠用力过猛，趴在床沿。姑娘有力气，抱过来、翻过去，服侍他不怎么费力。说："爹年纪不大脾气见长。毛平也潽了一碗，要不，先端来给爹吃？""滚！"铁匠想挥手也没挥起来，中气不足。姑娘像没事人儿似的捡碗瓷，上床又把老铁匠抱在怀里。铁匠仿佛没了知觉，如同一具僵尸、任凭她摆布。"爹，别怪我，你儿子是个白痴，生不得儿子的。我在娘面前发过誓，说保证要给毛家生个娃的。你儿子不是说了嘛，只要男人和女人睡在一块就能生孩子，那我们就生呗，都是家里的事，有谁去分清谁是谁的呢？你说呢，爹？"玉姑娘一只手抚摸着铁匠饱经风霜的脸庞，轻言细语，仿佛在对孩子说话，一只手在被窝里也没闲着。铁匠大吼一声，猛地跨在媳妇的身上，嘶叫着，一阵电闪雷鸣、狂风暴雨后怦然倒下。沈玉正尖叫着，铁匠一口血向上喷去，溅在帐顶上像撒出去的一片桃花。

铁匠疯了，也不走远，就在西荡边上走动，因为那里除了进出的土匪、滩上人不去的。他的疯不是胡言乱语，也不招人惹事，就是低着头。偶尔也有人遇，没见他言语。一个月后，下荡割芦的人看见他时，一丈六七的个子只剩扁担高了，腰佝偻得厉害，后来就不见了。只有沈玉姑娘知道他住在荡西南角落里，那里有个棚子，是已离开的流浪人搭的。沈玉找到他，拉着他的手要他回去，他不回，也不看她一眼。沈玉没硬拉，她知道总有办法的。这棚子是沈玉发现的。她给地面铺上厚厚的一层软草，把漏风的地方用草堵上，还送来上好的被，吃的喝的带足十天半月的、到时来看他。铁匠也不拒绝，也不看她，仿佛没人进来一样，沈玉抱着他躺下他也躺下，沈玉想做什么，他就像个木偶似的凭她摆布。

铁匠铺子还照开着，炉火也旺，爹不见了，毛平曾呼天号地地喊叫。沈玉说："爹在人家大铁匠铺子里帮忙哩，完事了要回家的。""真的?"毛平不哭了。"骗你干啥? 他也是俺的爹，是你家用钱把俺买过来的，生是你家的人死是你家的鬼，他也是俺的爹。"她给炉子添炭生火，也不看他一眼说着话。毛平心里踏实了，像没事人似的继续做着他喜欢的事。直到铺子底下传来婴儿的哭声，他才慌慌张张地到隔壁磨坊叫人。磨坊邢老太来了，下楼一看，小铁匠奶奶生了双胞胎，都是女孩。产妇自己已把孩子洗得干干净净。老太太佩服啊，像她年轻时亭亭玉立的女子有什么用? 有个好身子，生养孩子也不叫嚷嚷地求人。她重新把孩子打理了一番，拍拍孩子的屁股交给沈玉，抿着嘴微笑着说："姑娘，你上床啊，别以为身子壮实，还像你这千金似的光着屁股?"沈玉这才寻着裤子。邢老太太在旁边帮衬，唯恐她闪着腰。沈玉把孩子放在床上，推开老人的手，边套着裤子边说话："没事的。俺出嫁前，俺娘老早就教俺怎样生孩子，俺那坳里女人生孩子很少请人帮忙。也有死人的事，俺娘说那是命，孩子死了，是他不该派来世上；女人死，是不该派再往前活。"说这话时那神情就像谈家常。老太太不寒而栗，说了声"有什么事，让孩子芽叫我"就走了。

老铁匠回来了。那天中午，太阳暖融融地照在西荡，他坐在棚子前看着草堆里刚生下的一窝野狗，麻木的神情仿佛一下子灵活了好多。"爹。"他没抬头，但耳缘扯动了一下。"爹，俺给俺娘生了一对孙女。"他一激灵，趴着的腰抖颤了一下，但还没看来人，当然他知道是沈玉。"哇、哇……"他忽然听到婴儿的哭声。老铁匠跳起来了，眼死死地盯着近在咫尺的女人，比先前还要壮实。她不怕冷，袒胸露腹，刚从孩子嘴里拖出来的黑黢黢、硕大的乳头还在滴着像榨丁树汁那样又白又浓的奶。沈玉把孩子塞给他，他颤抖着手不知道是想接呢还是不接。沈玉没缩手，反正她有的是力气，从生下孩子那天起，除了烧饭、给孩子喂奶，就是帮小铁匠拉风箱，一天没闲过。她就这么把孩子贴在老铁匠胸口等。铁匠咬着牙，接过孩子猛的高举过头，沈玉大声说："你摔！娘看着哩！"铁匠高叫着"老天啊老天……"沈玉说："叫天也没用，孩子无罪，他还是叫小铁匠爹。"铁匠被抽掉了筋骨，彻底萎缩了。他把孩子缓缓地放在草地上，脸贴着土地无声地痛哭。

有了孩子，沈玉再也不缠老铁匠了。小铁匠也喜欢孩子，叫他爹他就亲孩子。他还是睡在炉旁的风箱上，至于拉风箱的女人是他什么人，怎么生出孩子的，小铁匠好像从来没想过这问题，与他无关。

这故事，滩上王老先生是流着泪告诉老伴儿的。对乎？错乎？问天，问地，天地又奈何？何对何错，老铁匠跟老先生说完了故事就起来了，仿佛摔掉了压在心上的一座山。事情说开了，滩上没人说老铁匠扒灰的事，连三娇三娥也为老铁匠夫妻的遭遇哭了几天。老铁匠人缘好，滩上遇上事他愿仗义执言，人们信服他，加上毛平夫妻又是一对口紧的男女，铁匠铺下还有两间隐蔽的屋子。所以唐九和新四军就选了铁匠铺做了联络站。

今天为打好截下被鬼子抢走的粮食这一仗，几路人马在这里聚了、走了。老铁匠心潮起伏。那些糟心事已不是个事，在打鬼子这大事前算个毛！一个孙女死了，一个孙女有了出息，山里规矩到止终了，糟心事再不会发生在孩子身上。他长舒了口气，盼着苏政委跟唐九打个大胜仗哩。

第二十五章　唐九出荡

　　养兵千日，鬼子来到滩上，养精蓄锐了五年的"黄海抗日纵队"出荡了。

　　鬼子在里下河地区抢了老百姓的粮，今天要经过女儿滩运去江南。王洪对着河西挥毛巾时，老铁匠陪唐九就站在地下屋子临河的窗口。

　　鬼子驱散了早市，滩头两岸冷冷静静。铁匠铺街面却大门洞开，火炉正旺，小铁匠毛平有板有眼地敲打着烧红的犁头。没有人怀疑的，因为小铁匠毛平天不怕地不怕，无所顾忌，是个奇怪的脾气。鬼子驱市，意味着要打仗了，滩上邻居都关上大门唯恐惹了鬼子，他却没事似的看着锤，耳朵听着门外头。其实这么做都是老铁匠吩咐的。毛平生来就没有主见，沈玉的话他听，只是没老铁匠的话有分量，他在老家叫老铁匠"爹"，来这里又改成了"芽"，毛平脑子给这些乱七八糟的叫法搅得五头二昏，想了个干脆的法子，叫谁都用"喂"，当然也有变化的时候，急起来沈玉的代号就是"死人"。"老喂"吩咐的事是皇帝的圣旨，执行得一丝不苟。眼下滩上要有大事，"老喂"吩咐他把好门。他把门就把门，为什么把门他不问，他从不钻进去好事打听的，假如真的被鬼子捉去拷打，他嘴里绝出不了情报，因为他不懂，真的不懂，来来去去的生人，他从来不知道家住何方、姓甚名谁。知子莫若父，老铁匠绝对信任自己名义上的儿子，祖宗规矩造的逆，他愧对儿子，良心受着愧疚的煎熬。他为儿子找过多少名医，求过菩萨，拜过神，没结果。说儿子痴，不像，有时候也能捏出一两件像样的东西。说聪明就当别论了，一根筋，固执得很。老铁匠伤心，暗地里流的眼泪能把炉火浇灭。

　　今天滩上的气氛有些不平常，人们仿佛害怕着要发生什么事都关门躲在屋里，小铁匠却照常打着铁，锤起火星溅，但耳朵听着街上的声音，这是"老喂"交代的。说别让生人进来，他跟好几个客人在楼下暗室里谈笔大生意。老铁匠既看着窗外，又听着上头的动静。他身边的"客人"是来跟鬼子夺粮的，他们在等情报。上线已传来消息，四月二日运粮船队从高邮出发，按照行程今天要经过女儿滩。老铁匠身边的铁塔似的汉子就是唐九，但个子再高也看不见被军舰挡着的王家面店。

楼上锤声有点乱，门口几声呵斥在对小铁匠："街上都已戒严，你还'叮当叮当'的敲丧？快关门！"小铁匠说："你街上戒严，没说家里戒严。当家才知柴米贵，起火要十二斤炭，才打了一把鱼叉，店反正不是你开的。"唐九一听就知道是跟薛飞混进皇协军里的赵进，对老铁匠点点头，老铁匠就咳嗽两声，这是说好了的信息。小铁匠认识赵进，但"老喂"没给消息他是不放行的。赵进拍打着毛平的肩下去了，毛平对赵进笑笑，继续抡锤打铁，眼睛看着锤，左耳听着街上，右耳听着楼下，他从来不知道什么叫"紧张"，做这些事就像打铁，一板一眼的，就像他今天手上打的这把三齿鱼叉，柄是四方，插在竹竿头子上不转；中齿倒刺要分明，戳到鱼不得脱掉，怎么打得好，"老喂"说，不是光盯着手中的铁，是脑子里盯着要打的东西的用场。

赵进下去一会儿工夫就上来走了，他登上炮楼，看到一只鸽子从铁匠铺子下的窗口向北飞去。

女儿滩北岔口。方圆几十里水天一色。蒙蒙雨丝连着天地，今天雨丝更细，像柳絮，像轻烟，像大家闺秀、小家碧玉，摇摇摆摆的雨丝，袅袅的，娓娓的，你根本看不出她是如何泅入涓涓细浪里的，一阵风过就成雨雾，飘飘忽忽裹住嫩绿欲滴的两岸芦叶。飘忽无常又情深意浓的春雨和在河心上空缓缓翔飞的白鹭，在给藏在岔口四周芦苇中的一队神秘客人打发着"焦急"。他们是唐九的人，天没亮就埋伏在这里。年轻人又冷又饿，队长在骂娘："操鬼子八代祖宗，运粮怎么不选个好天？……"还在想词儿骂时，头顶上一只灰鸽盯着他在盘旋，他一眼就看出了是他的"老朋友"，一声"咕咕"召唤，"老朋友"兴奋得如同射箭般俯冲下来，队长张着手在等他。

鸽带来唐九的指令，他把"老朋友"送上天，告诉手下："狗东西们来了！"他屏住呼吸，耳贴着水面，细听着机器船的马达声。北边枪声渐稀，马达轰鸣声越发清晰。

一会儿工夫岔口里终于开出条军舰，舰桨搅翻出的浪头推倒了芦苇，把埋伏在芦苇中的战士全淹没在水中。"哒、哒、哒、哒……"，鬼子开始对芦苇密集的地方打枪了，没发现情况就继续前进。港面又恢复了死一样的沉寂，蒙蒙雨雾又在港面聚集，军舰终于向前开了，跟在舰后装粮船才缓缓地驶进了大港，数了数一共三只，后头还有只护卫舰。等护卫舰进入去女儿滩的港道，队长这才喊"打"，稀稀拉拉的子弹落在船后。鬼子舰队没有回击，只是加速前进。转眼间没了踪影。敌人走了，一声口哨响，芦苇深处穿出几只带篷的小船，战士们如同泥鳅般从水里翻身上了船，篷里生着火，大家哆哆嗦嗦围着火取暖，又咒骂着天，咒骂着鬼子，一会儿又嘻嘻哈哈地打闹，说："这算打仗？"其实他们晓得是在配合"赶鸭子"计划，如果把粮船截在这里，前不巴村、后不着店，鬼子的机动舰赶来快得很，白费精神。截粮的任务是别人的，他们下面的任务是布网捉刚过去还要回来的"鸭子"，那可不是只赶不捉了，是要"红烧"！

鬼子船队进入内河道指挥官开始紧张，越往前开，河道越窄，河窄芦高，更显得阴森可怕，被芦截成窄长的天空，雨雾蒙蒙，如同扣在头顶上的蒸笼。鬼子军官下令全速向前开进，两挺机枪对着密集的芦苇深处不停地射击，但一路上却没见队伍阻拦，虚惊一场。指挥官洋洋得意，像三国中过华容道的曹操，说中国人笨，要是这儿放一支队伍，连他都不晓得什么结局。船队终于看到滩上的桥，最显眼的是桥栏杆上被淋透了的太阳旗。远远看去，像被挂在竿头上披着和服半死不活的日本女人，旗上猩红的膏药就是标记。桥下的军舰已经起动，发出了哮喘病人"卟嚓——卟嚓——"的声音，滩上驻军在等待北来的粮船。

松下和任国泉早已回来了，松下在炮楼上不时地眺望，他早已听到港口传过来的枪声。他真心希望船队在上游被截走哪怕击沉，因为要是那样他就没了责任。可是机器声却越来越近，汽笛声在击打着他的神经。押送船队的同事就要轻松返航了，交给他的却是一捆时刻要炸的火药桶。他以为女儿滩上只有他与船队休戚相关，绝不知道河对面铁匠铺子里有人比他还要紧张。经过桥下的粮食，关系着苏北多少万人的性命。唐九是潜在女儿滩八年出滩开的第一仗。他用一根空心竹透过水面，耳贴着一端听着声音，"嗵、嗵、嗵……"沉闷的机器声越来越响，他细细地估算着船离这儿的距离。唐九直起腰杆、收起竹竿才长舒一口气。他掏出了挂表，一看刚九点，提前了一个小时。他要的就是这个时间，对着身后的人点了点头，吩咐把灰鸽送出窗外，他跟老铁匠握手告别，一行人离开铁匠铺，快步穿过静寂的街面，马就拴在烧饼店背后。他们骑着马来到了荡西。桂娘早在桌上摆好了吃的在等候。

唐九离开铁匠铺子，松下跟押粮来的鬼子俊谷三雄也完成了交接。他带队押着船队继续往南开去，按计划在王家湾与下游交接，这是内河道最后一项任务，交接后他就返航。船开走了，滩上又恢复了平静，天空中还是蒙蒙糊糊的，飘着烦人的雨丝，风停了，膏药旗不再摇摆，她彻底放弃了求生的企求，像一具女尸垂挂在那里。

向北返回的两条舰神气多了，俊谷三雄站在甲板上，粮船离开了他，心就放了下来。中国军队把伏击当成打鸟，就"噼哩啪啦"几声枪响，没一颗子弹能落在舰上，这叫打仗？刚才那班人应该是中国民间的游兵散勇，用几把"汉阳造"来打他全副武装的军舰？简直是笑话！他不由得手舞足蹈起来，坐在舱内唱起了京剧："我本是卧龙岗散淡的人，论阴阳如反掌，保定乾坤——官封到、武乡侯、执掌帅印、东西征、南北剿,博古通今——"绵绵雨雾中,他唱得有板有眼。船头唱戏,船尾泛着浪花。狭长的疏水港承受着船开足马力时横冲直撞的肆虐,浪头扑打着两岸,吞噬着护堤泥沙,芦苇在狂浪中挣扎。

一个小时左右,舰又回到刚才遇袭的港口,漫无边际的十字河口还是大浪滔天,你看不到哪是河岸,只有凭借着在水里摇晃的芦苇判断地势。俊谷三雄也不敢大意,他命令部下提高警惕,假如有敌来袭他绝不恋战的。他可不想长留此地,再坚持一年就要回家了。他拿起望远镜观看着两岸,他一半察看可有敌情,一半欣赏着如画风景。这里芦苇摇摆的样子又是别具一番风趣,大半截身子被埋在水里,露在水面的枝叶随波逐流,缠缠绵绵,似在跳舞,绝看不到它趔趄的脚步,所以也看不到它的痛苦,他想起了中国有句古诗:"商女不知亡国恨,隔江犹唱后庭花。"他感叹,此情此景真是中国的写照。舰速减下来了,船身在摇摆,他也不时地跟着摇摆。雨雾江天,真有朦胧的另一番风光。他用日语对着身后军曹发表着感受:"两岸芦苇屏障,竟然如此壮观。只可叹这是在穷国的荒漠水乡。"

港就在面前了,开始鸣号。像报表似的难听,军舰缓缓驶进大港。他们不会想到,这条默默无闻的、地图上找不到的港湾其实好客,在慷慨地等着他们的归落。藏在两岸芦苇里的队伍,听到鸣号,个个精神起来,忘记了刚才因冷得哆嗦和对天的咒骂。

船进入十字河口时就又减速了,俊谷退进舱内,警惕地观测两岸芦苇中的动静。空旷的河面,早没了小仗留下来的硫黄硝烟味。偌大的港面,早春二月的寒色甚浓,偶尔也有群鸟掠过芦苇枝头、在港面上空留下几声鸣叫,盘旋一阵飞向东去。俊谷放心了,下命提速过港,只要过了这大港进入向西的河道,离驻地就不远了。可是舰轰鸣了一阵却停下来了,在原地打旋,接着机器轰鸣声也由粗变闷,如同病倒了的耕牛,最后"叭呲"一声似断了气。只是借着惯性向河中央行去,绝没有了刚才的威风。俊谷的心一下提到嗓门,经验告诉他,螺旋桨被水下杂物缠住机器"塞了车"。说时船已漂移到港中间,舰头随着船的移动在慢慢地抬高,最后动弹不得搁置在那里了。尾随着俊谷的军舰只看到前面的舰降低了航速,从军舰右侧绕过来问情况,却发现他的舰发动机也熄火了。他们满以为是水草,却不知道,给那些"打鸟"的人抛下了沉网,还在出口处水下埋下桩。鬼子慌作一团,芦苇内一声喊"打!"这下可不是刚才的阵势了,两边枪炮齐发。俊谷刚要组织反击时,天空中一串串火光,芦苇深处飞出的炸药包落在舰上爆炸,舰变成个大火球。舰侧着身子慢慢地翻向水下。芦苇里开出了十来只船,等救援的鬼子来到港口时,只看到露在水面上军舰的指挥塔,还有被塔尖绊着没沉下去的俊谷和他部下的尸体。

第二十六章　凤婶求亲

俊谷全军覆没的时候，松下押着的粮船离他最后的交接地王家湾已不远。船越往前行，港面越宽，船借风势越走越快，随行的皇协军连长任国泉还是嫌慢，挥着枪喝令粮船上的老大把大小帆都张满。老大不敢违抗，只有把帆升到顶端，他费力地收着帆布边绳，兜风的帆鼓得像半个蛋壳，粮船像被猛抽了一鞭子的耕牛，拱背绷颈向前冲去，一会儿就到了交接点。来接粮船的部队在岸上给他们打着靠岸的旗语。松下问押船的舰呢？旗语回复："在后头，你们提前了一个多小时。可以派人上岸办交接后回滩了，我们守候在这里。"松下命令粮船降帆停下待命，舰向岸靠去。

王家湾看似水面宽，但浅水滩床占比例大，乘舢板下来还得淌两丈来宽的烂泥滩才能上岸。任国泉对松下说："太君，你别去了，我上去，看看再说。"说着脱靴下舢划向岸边，小船果然搁浅在半道上了，任国泉跳下滩去，双腿陷在烂泥里在向岸坎艰难跋涉，好不容易蹭上岸，办完了交接原路打回。看着两腿沾满了污泥的属下登上舰。松下挺感激的，要真叫他下去，堂堂军校出来的高才生弄得像个纤夫似的还不让岸上部队更低看一眼了？

松下返航了，至于移交好了的粮船什么时候开走，开往哪里与他无关了。他如释重负，只是吩咐大副加速前进，一心想着早早赶回，听面店王老板拉个二胡。只有任国泉知道，那粮船跟这艘小舰一样也是打道回府，只是不走老路，向前走一段立即拐弯，斜插着奔荡西老港去了。那港离李三家不远。这时唐九和苏政委正坐在桂娘家里等着粮船为大家庆功。粮船将在那里停留一阵，等急疯了的鬼子费尽心机找不到，泄气了，再悄悄开往苏北里下河地区，这些粮食是那里老百姓救命的粮哪！松下看到岸上的鬼子和皇协军，还有粮船上的船工，其实都是唐九的人，只不过苏政委派了几个早已参加了《抗日反战同盟》组织的日本同志来帮了个忙，交接地点又选了这军舰靠不了岸的浅水湾。

唐九从铁匠铺子撤出后马不停蹄去了李三家。他已全部布置妥当，只要苏政委把鸭子赶到河口，再给他几个日本同志，余后的事，他向苏政委保证说："全包！"这一仗他稳操胜券。安排停当，他兴冲冲地去李家给桂娘报喜去了。这是桂娘结婚后，他第一次来这草屋。

他在篱笆门口还没跳下马来就大声嚷叫："妹子！妹子！弄什么犒劳九哥？"开门的却是小木匠李三，唐九打招呼说"妹婿在哩，桂娘呢？"他把缰绳往李三手中一交，径直往里走去，仿佛李三是他的马夫，弄得李三面红耳赤。他极不情愿地把马拴在树上，往回走去，马却轻撩着蹄子，像老朋友似的侧着脸蹭着他手臂，他挺感动的，拍拍马头，扭头朝着唐九的背影骂了声说："土匪就是土匪，还不如头畜生。"

唐九没进屋，桂娘已听到他的声音，心没来由地扑通通跳。她晓得今天他在干大事，枪炮还没响，就来这里了，为他担心，这可是他来女儿滩上为国家打的第一仗哪，只能赢不能输的，几百万斤粮关系着多少条性命。无论赢输还关系着女儿滩的面子，八年来，他的部队吃的滩上乡亲百家饭，他是代表滩上乡亲出战。"冤家，你为什么不在战场上却来这里呢！"她心里不是个滋味。"妹子！妹子！"唐九进来了，她抬头迎他时，脸上堆满笑容，心想这时不能影响他的心情。"哎，九哥，粮夺回来啦？看你高兴的！""在夺哪！还不是麦田里捉乌龟，手到擒来？"唐九跑得着急，满身大汗，在解披风带子系的结。披风上绣的金龙随着飘荡的布面上下蹿游，仿佛在云雾之中。桂娘心里一阵战栗，这披风就是她做的那件。可能是走得着忙，打了个死结，唐九解结弄得脸红脖子粗十分费劲。她忙走上去解，唐九规规矩矩地站在那里昂着头。李三进来了，咳嗽了一声。

"三胖，出来一下，猪出来了！"凤婶在对面屋里叫他。他极不情愿地"嗳"了一声出去了。李三要向猪圈走去，娘在元宝睡的屋门口招手。李三去了，凤婶拧着儿子的耳朵嗔怪着说："看你那小心眼儿，是你的跑不了，不是你的拦不住，娘相信唐九不是那种人，桂娘更不是！她肚里都有了你的种。你啊，把木匠家伙烧了，到镇江学做醋去吧！"儿子闷闷不乐，还想回西屋去，凤婶急了，把他锁在屋里，提着茶壶向西屋走去。唐九坐着，手舞足蹈地跟桂娘说着这次作战计划。信鸽不断地飞来飞去。信鸽第一次落在他肩上的时候，他拔下哨口里的"消息"，故意不看，叫桂娘猜，桂娘笑笑。她就着桌子翻过来、覆过去折叠着刚从唐九身上解下的披风，连她自己都不知道折过多少回了。将士们在滩上打仗哪！何等惊心动魄？这家伙却谈笑风生。她心惊肉跳，但努力控制着情绪，折叠得一丝不乱，唯恐慌张影响唐九。她知道唐九看似把战场上正在发生的事说得那样轻描淡写，其实每个消息到来前，他都在考虑着事与愿违的应对方案。说叫他猜，其实这家伙心里比她都紧张百倍，他是个拎得清的人，知道身上的分量。

"不说？九哥拆啦？"他自说自话。绷紧着嘴唇、打开纸条的手指头仿佛在弹着琵琶。就指头那么宽的纸条，他一扫而过，立马手舞足蹈、喜笑颜开，拍着大腿说："我就知道这方法管用！沉了吧！"原来是部下把鬼子的军舰被击沉的消息传给了他。当部下把松下规规矩矩地把粮船交给了他们，已经登船返回的消息传来的时候，他疯了！他拍打着桌子，又蹦又跳，忘了桂娘在面前，骂着脏话："妈了个巴子，成啦！成啦、成啦、成啦……"早站在他身后的凤婶，被吓得手中的茶壶"嘭"的一声跌落在地上。唐九转身像孩子似的抱起老人大喊大叫："婶子！粮夺回来啦、夺回来啦！粮……""好孩子，哦、哦、哦……好孩子……"她头眩了，脚已离地，干脆闭着眼睛随他发疯去。

出荡后的第一仗，他旗开得胜，高兴啊，唐九没把她当外人，亲她才忘乎所以。她没有挣扎，只是顺势拍打着唐九的背，像对待自己的儿子那样。她拿不出像样的东西，只有用母爱常用的动作对他褒奖。唐九抱着凤婶疯了几圈终于停了下来，回头看桂娘时，他的心在颤抖，桂娘泪流满面，目瞪口呆坐在桌前，刚叠好了的披风，又被揉成乱糟糟的一团捧在手中。唐九这才知道，她把他的成功与失败看得比命还重要。他说了句"对不起"，无意识地看了一眼桂娘隆起的肚子、默默向屋外走去。

天早已放晴，篱笆上的绿色瓜叶子被斜阳照得金黄一片。吃饱喝足的战马看见主人出来了，嘶叫两声迎过来，唐九跃上马背又回看了院子一眼，没看到桂娘出来仿佛有些失望。凤婶捧着披风追出来了，老人向唐九招招手喊着："孩子，披风，披风，别着了凉！""没事，婶子，我还要来的！"

凤婶回到院子，桂娘腆着肚子正蹲在地上拣跌碎了的茶壶。老人忙把媳妇拉起来，说："儿啊，让娘来吧。""没事，娘，三哥呢？"老人这才想起儿子还被反锁在东屋，颤巍巍地去开门。屋里没人，"三儿！三儿！三……""在这儿哩，娘！"后窗开着，她探头向河心看去，兄弟俩露着肚皮躺在自家船舱里晒着太阳。兄弟俩两个肤色，白的，像豆腐，黑的像锅底。老人对着两人喊："都什么时候了？还不去接蚕姑娘哪？三儿，你上来，娘跟你有话说。"蚕姑娘是大儿子元宝的媳妇，前几天到婆家去了，来年正月生孩子。比桂娘早四个月。看着儿子摇着船走了，老人才感觉到累了，头昏，回头从小木匠爬出去的窗口望着越来越模糊的小船，说了声"没一个能让我省心的冤家"，趴在桌上就睡着了。

元宝的奶奶蚕姑娘住在荡北，她也是梅开二度，原来的男人被牛角顶死了，给她留下了三个孩子，她跟元宝从小就认识，只是李家太穷，嫁谁，女人做不了主。

男人死了，十多年后两人又悄悄地走到一块儿。当元宝告诉娘，蚕姑娘怀了他孩子时，凤婶就亲自去了蚕姑娘家，蚕姑娘婆家姓蒋。凤婶带去戒指、耳环，再捎上四色点心。请了族里长辈李万寿老先生同行，当面交给了蒋蚕姑娘的婆婆蒋六姑。六姑说："这是个熬不过清静的，儿子都快成家了，还要嫁人，真把蒋家门上丑出尽了。"凤婶儿说："我儿子没嫌弃，你做婆的就别拦着了吧。你就算做善事，成全了从小就好着的两个宝贝罢。"六姑冷笑，说："你拿多少银子来带走？"凤婶儿把带来的东西拿到桌上，六姑斜眼一看，说："就四色点心？那两样东西是给她，不是我的。"她抽着她的烟。李万寿说凤婶娘，我们走吧，我面子不够，六姑娘她是只要"里子"不要面子的人。六姑说老先生你骂人往明处，别拐着骂。凤婶抓着六姑的手轻轻地说："蚕姑娘肚子里有了。"六姑愣在那里，一会儿暴跳如雷，她说："她也不是个好东西，我还错怪了老狗！"凤婶疑惑，说："怎又怪上六哥了？"六姑的男人叫蒋六公，六姑一直叫的"老狗"，所以凤婶子一听六姑说"老狗"就知道说的是她男人蒋六公。六姑发觉自己说了句错话，斜了凤婶一眼。其实凤婶不笨，五十要过的女人了，什么事没经过？她听出了猫腻，蒋家有故事，怪不得蚕姑娘哪怕丢下三个亲生骨肉也不肯回家，家里住不下去哇！她看了六姑一眼。当然六姑不往下说了。

蚕姑娘离开家的前一天，六公跟着六姑去她娘家有事，本来跟蚕姑娘说好了当夜不回来，婆婆六姑还吩咐她把门关好。临晚六公却变了卦，他跟六姑和丈母说，忽然想起猪栏有根竹竿要断，母猪正是发情期，怕拱圈落粪坑，那是必死无疑的。他叫老婆陪丈母说说话，急忙走了。六姑跟老太太躺下说着话儿时，老太太临睡前随便说了句话："那小东西你是留啊还是嫁出去呢？年轻着又长得风骚，也不是个省油的灯，打发不好是个麻烦。"这话说到六姑心里了，儿子死了，她难过。媳妇是外来人，生了儿女就完成了任务，剩下就是当个使唤女人用了。偏偏儿子在世的时候娇惯着她，成了手不能提篮、肩不可担的花瓶。她可不想惯着她，种田人家养不起娇娇滴滴的公主。更可恼的是蚕姑娘长得聚神，就凭那双眼睛就能把过路人弄得魂不守舍，连货郎老五也能放下担子待在门外半天。这成了六姑最大的心思，嫁出去吧，家里还有三个小的；留下她，肯定是个祸害。老太一说"那小东西"，她心就一激灵，老狗急着回去是不是……她跳起来了，套上无裆套裤就走。到家发现篱笆门反插了门闩，院子里暗灯瞎火，她心要跳出来，没敲门，提着鞋溜下坝头，涉水翻过去。她轻手轻脚走到她和六公睡的屋前窗下，里头没灯，贴着窗户听，也没鼾声。晓得大事不妙，又来到西房窗前，不看尚可，一看肺都要炸开。六公把蚕姑娘两只手吊在挂饭篮的钩子上，脚连着椅子两边的脚捆在一起，嘴里好像塞着袜子喊不出声来，她又扭又踢，人虽单薄，力气不小，老狗气急败坏手忙脚乱，一时半刻也奈何不得，气喘吁吁。六姑险些昏了过去，从地下摸着块砖头隔着玻璃扔过去，准准地带着玻璃碴打在六公腰上，六公"嗷儿"一声叫，从后门跳下河溜了。

六姑听凤婶说蚕姑娘怀上了伢儿，就想起那件糟心事。六公吓得不敢回家，溜到丈母家去了，认错，求情，丈母送他回来的。跪了半天，说是蚕姑娘耐不得寂寞先勾引他的，当然他也有错，一个要擀面，一个面要擀。六公指天发誓，说那天是小狐狸精逗引他的，只是要当真时，她又卖关子提条件，问他要橱柜的钥匙。老狗瞎编着故事说得活灵活现。六姑先还不相信，现不见山不见水的竟和李元宝怀了伢儿，六姑把气转到蚕姑娘身上，恨不得把她卖到窑子上去。眼下来了收主，赶快卖出去，只怎样卖的事了，总不能就这么白白地给李家占便宜，就是卖猪也要谈个价钱，瘦的、肥的，公猪、母猪绝不是一个价格，她虽是个寡妇，不认识的谁能看出养了三个伢儿的女人？六姑掂量一会儿又在叹气，底气不足啊，狐狸精肚子里居然有了包子馅儿，不好留了。也不能留，外贼好防内贼难挡，家里还有个盯着的老狗。她看着忠厚的凤婶子人，忽然来了句话："是你儿子用强的吧？"她拿起水烟台抽着，问凤婶，"那是犯法的，就不怕我告你？"她是在为提条件找垫脚的。凤婶说："我儿子老实或不老实姑娘也不会来你家，早是他的人了。"凤婶叹了口气，眼圈儿有些发红，她想着两个伢儿自小在一块玩耍的样子，恨自己没能量置办土地。六姑"哼"了一声，说："难不成骚货送上门的？骚货和我儿子可恩爱得很哪，还尸骨未寒，就去你家了？"在旁的李万寿可耐不得了，他咳嗽一声说："老夫不是倚老卖老，李家的请老夫来做媒，不是摆在盘上的糕粽，听你一席话也得说几句，蒋家的，你早为人母，现为人祖，黄泉路上无老少，儿子没了，属天命，膝下尚有孙子承欢，也算得天没忘恩还惠泽。人该知足常乐，也一把年纪了，该留口德。满口骚货、骚货的，这粗糙语有伤风化哪！姑娘没出门还是你的媳妇，媳妇视同骨肉。母女一场，不该如此。儿子死了掐指已三年多，光阴如白驹过隙，也能算作古了，算不得尸骨未寒的。"六姑不说话了，她有些忌惮李万寿，李老是个老秀才，方圆百十来里都尊重他的。但就此认账又心不甘，总得找话下台。她瞪着眼睛对凤娘婶说："她个……"说顺了嘴的"骚货"俩字又要溜出嘴时，在旁的六公咳嗽了一声，总算被她噎进嗓子眼去了，"她一个大风都能刮走的小脚女人，弱不禁风，平常足不出户，更不谈会水了，我家到你荡西，要过三条港，九个桥，中间两个桥还是两根拐拐儿树搭的；过了拐拐儿树桥就是乱坟荡，野狗成群，眼睛发火了，活人当作死人咬，你儿子不来勾引，她能乘风蹦到你家去？"凤婶子晓得光轻言巧语没法往下说了，六姑在胡搅蛮缠，她说："六嫂，你蒋家是个大家，有田有牛，还有磨坊、水坊，上好的日子她不过，她是怕人还是怕狗哪？女儿滩上除了乱坟荡里有狗，北荡也有啊。我看过姑娘身上了，姑娘越是金贵的地方越是不能看，看了我眼泪滴滴地落。那是狗咬的吧！"说了这句话，六公坐不住了，干咳了两声，从她手里抢走烟台走了，他晓得凤婶说的什么事。

凤婶得理不饶人，接着说："狗咬就狗咬吧，谁能跟畜生说理？可姑娘金贵的地方被狗咬了，六嫂你做娘的就该给她上药的，上心上的药。也不知道哪个瘟神挨千刀的，给姑娘伤上加伤，金贵的地方全是被抽的鞋底印。蚕姑娘是弱不禁风，就是打铁的也经不住狗咬狼缠。是我儿子接走的，是我请高先生看的。话都说到这份上了，姑娘已怀上我李家的种，要不是我念着她不放心家里的三个儿女，妹子我才没这个闲工夫来哪。你看着办吧。"凤婶一席话，说得六姑脸上青一阵红一阵，最后发了紫。骚货什么都对眼前的女人说了，金贵的地方是老狗六公那晚咬的；老狗溜了，她把气撒在骚货身上用鞋底抽的。她以为骚货大门不出、二门不离，没人晓得，谁晓得家里哪个给李元宝报了个信，夜里用船把从窗户中接走了。事已至此，没什么说的了。她让步了，说四色点心只够塞牙缝，你拿得出，我也没脸告诉族里人。你得加点。六姑朝里屋喊："老狗，烟台拿来，留不住的东西，让她趁早滚蛋，就说个价钱吧。"她在凳上挪了挪屁股，把两只脚绞在一起，等着六公的水烟台。李万寿直摇头，说："实不可教也，实不可教也。"都快五十岁的年纪了，又不能称"孺子"，他一时想不起合适的词儿来。

凤婶为难，就这点东西，一半还是桂娘给的，家里实在拿不出像样值钱的货。六姑看着凤姑娘面部表情，绝没半点装，晓得赤豆里榨不出油来，要不然两个儿子也不等三十大几才要个二婚。她长长地吐了口烟，翻开双眼看着黑乎乎的屋顶，说："万寿叔，你老不仅在李家门户里是德高望重，滩上也是无双，说要多了，抹了你的大面子，我家这骚……"她忽然想起了老秀才训斥的话，忙停住口，说"这痴东西三岁进了蒋家门，就是水喂大的，我也是喂了她二十几年，卖条黄牛你连绳牵走，我能落根桩，她个……她个痴东西去了你们李家，我连个桩都没得留，还给我留下三个张口要吃，伸手要穿的两条腿的畜生。念点我这半截身子入了土的人吧，两条让你们挑，一是十二担皮花，一次性了结，二是我短命鬼儿子死了，家里老的老、小的小，田没人种，李元宝既然看中了痴东西，就得尽她男人的责任，帮我种十二年的田。二选一，要不，要不，这贱货别想出门！"她又改成"贱货"了。凤婶说："六姐，你说的不多、不多。只是谈皮花，妹子手长袖子短，遮不住丑。家不是土生土长，你老是知道的。田无一坵，土无一筐，哪来的棉花哟？全家就靠西荡长的那些宝过日子。还好，儿子一身力气种田行，你不提我也应承，给你这个做丈母娘的种田尽孝理所当然。这个条件我全答应。"六姑没想到凤婶这么通情达理，她怕凤婶反悔，赶忙吩咐在旁愣着的六公："你死人啊？老狗？拿笔墨去！"笔墨拿来了，老太要李万寿代笔兼中人。凤婶画押方休。

过了几天，六姑草草把蚕姑娘打发出嫁到李家，凤婶发现，戒指、耳环，六姑一件都未给她。二婆知道了，拖了二枣摇船，一个时辰赶到了蒋家，没等船停稳，二婆就跳上了水阶，脚没上岸，话就先进了屋："六姑你个老骚货，六公你个老扒灰，你是和尚头上拔毛做刷子，尼姑裆里找棍当橡子，景阳冈上开春楼，连李家给蚕候的聘物首饰都半路打劫啊？怎么做得出来的？你儿子死，不是蚕姑娘害的吧？你儿子把老婆惯懒死了，儿子死了她不能帮你的忙，还得吃你的饭。除了李元宝瞎了眼，做了个收主，还有谁把她当宝？是生了几个伢儿的破布袋了，还想卖个好价钱？傍上了个童子身的女婿，帮你省了张吃饭的嘴，感激李元宝还来不及，现在倒好，拿了金的贪银的，给了短的要长的。答应给你打十二年长工这都罢了，怎么又扣了她婆婆给蚕候的见面礼呢？你知道这见面礼哪来的？一半是我凤婶儿娘的娘、奶奶的奶奶传给她的，还有是二媳妇桂娘娘家给的陪嫁。那是给蒋蚕候的，可不是给你的。你要也不是我李家给啊，还得等老扒灰进了棺材有人娶，要金要银是你拿捏的事，那时你摆威风。给蚕候的你拿就是不规矩！她身上还有衣裳啊，你应该扒下让她光着身子走，怎么做得出来的啊？你个老壳子！你个老扒灰！一对公母狗！一对……"一串串的话像小孩吹的肥皂泡泡，绝不要打腹稿的。她跳上水塌子，还想往下骂时，却好像感到不对，六姑虽说没自己厉害，可也不是什么省油的灯，怎么没听见回一句？她以为把她不当回事，骂得更厉害了，张口就来，边骂边脱褂子，准备大闹一场，进了屋却不见六姑和六公。但凤婶给蚕姑娘的金戒指和银耳环却放在桌上，二婆拿在手上还热乎乎的，知道是六姑刚从怀里掏出来。搁在水烟台上的煤纸还在冒烟，吓得没来得及碾灭。

蚕姑娘就是这样嫁过来的，苦命的一对冤家转了一圈还是做成了夫妻，蚕姑娘给李元宝生了个女儿，桂娘挺着肚子还没生。兄弟俩在西荡看粮的时候，两人都在家守着，不怎么走动。

第二十七章 入土为安

唐九胜利了，扬眉吐气，在荡里大会亲朋，兴奋得忘乎所以。他以为鬼子都像俊谷带的兵经不起打。兄弟们酒醉饭饱，开始飘了，认为这一仗即便没新四军配合也能稳操胜券。有的就发起了牢骚，夺了那么多粮食，怎么就没给他们留一点？雁过还拔毛，怎么没一点规矩？唐九见弟兄们不高兴也闷闷不乐，想自己打一仗弄点战利品安抚一下兄弟。

他来到桂娘家诉说着心里事，那时候桂娘要生的。桂娘说："你想打哪里呢？可曾和薛飞兄弟商量商量？""木行镇上，鬼子在那里储备着供周边部队的供养物资。这事要和他商量什么？"唐九说。桂娘心里激灵一下，轻轻地说："我仅是妇人之见，大事当然你做主。那些物资是鬼子的命，要是你，能轻易让人拿走吗？"唐九斜了她一眼，这一眼就让桂娘不寒而栗，涉及大事全没了平常的温柔。桂娘知道自己的担心触碰了他的自尊，在大事面前，她，仅是个头发长见识短的女人，说的话全没了分量。

肚里的伢儿踢了她一脚，桂娘捂着肚子低下了头。唐九慌了，忙说："妹子，怎么啦？"关爱之心溢于言表。桂娘叹了口气，说："没事，胎气。"唐九不多问了，他的心早飞到镇上。他从桌上拎起披风，临走时对桂娘说："我走了，打完这一仗，能给你拿回好多吃的补补身子。"桂娘抓着他的手，说："九哥，妹子不要补身子，打仗不是儿戏，得好好想想怎么打，值不值得打。"唐九"哦"了一声，语气尽显得轻描淡写。他走了，桂娘知道现在说什么他都听不进去，唐九就是唐九，一身匪气。她喊来李三，叫他去下滩上找薛飞，说有话要说。

薛飞听到唐九要打三禾镇的消息也是大吃一惊。但知道只要唐九主意已定，八匹马也拉不回头。他说："让他撞一撞吧，万一撞疼了也是教训。"叫桂娘别担心，他马上跟苏政委联系，暗中配合唐九，出不了大事的。说着走了。桂娘直送他到门口。她扶着篱笆门望着西荡，心慌慌的，回屋后也是坐立不安。她的心跟着唐九走了。

唐九攻打镇子果然失败了，三和镇明碉暗堡，重兵把守，一仗下来，唐九死了七个兄弟，要是没有新四军来救援，全军覆没也有可能！唐九痛哭了几夜，恍恍惚惚不能自已。死者的遗体摆放了已有五天，他就是不肯安葬，成天酒醉浇悲，厮守在旁。幸亏是秋冷天气，尸体还是原样。唐九沉溺于痛苦中，滩上群龙无首，灵堂里乱糟糟的。国民党派人来吊唁，看见这个样子就悄悄地对骨干暗里策反，想逼唐九投靠国民党。荡里乱了，滩上人心惶惶，眼下大敌当前，鬼子还在明察暗访。唐九浑浑噩噩，连唐老夫人的话也听不进去。老太太一边骂着"孽障"，一边吩咐沙婆子去荡西请桂娘来劝劝他。沙婆婆算着日子，知道姑娘到了临盆的期，但看着荡里也要出大事了，不去不行。到了桂娘家，看着桂娘挺着的肚子欲言又止。

桂娘早听到唐九失败的消息，只是搬不动脚步去不了西荡。这魔障，要是胜利了，肯定会喜笑颜开地拎着战利品来看她；败了，还死了兄弟，他绝不会来的。沙婆婆一到，晓得荡里乱了，没多跟沙婆婆寒暄，吩咐李三备船。她到屋里换了一身黑服，只待到西荡披上缟素就算全妆。凤婶跟在后头只是摇头，想阻止但没开口。媳妇心里骂着唐九"匪气难改"，她自己又何尝不是！一旦她要做事谁能把她扭回头？只是叮咛了几句"自己的身子自己当心"什么的话，但心里也多少有些别扭：你身上的六甲是李家的血脉，唐九在你心上，比李家重要啊。

桂娘上岸直奔灵堂。守在灵堂里的人蜂拥而至，大家把她当娘家人，哭得更是伤心，灵堂里凌乱不堪。战士们地上躺的，灵前坐的、哭的、闹的，百态众相。桂娘心酸，一阵眩晕险些摔倒，幸亏李三在身旁扶着她。桂娘踉跄着向发丧服的地方走去，早跟在后面的高先生已托着丧服送过来了。无非是素花、素带、素头巾，唐老太太特地给她准备了件能遮着肚子的素裙。

桂娘还没到灵前就泪流满面，不能自已。家属在旁哭哭啼啼，有几个酒鬼趴在破蒲垫上抽烟，唐九酩酊大醉，一手抓着酒壶，一手抓着一个死难兄弟的手，仿佛在窃窃私语。桌上的白烛就剩残芯一点，奄奄待灭，请来的和尚在打瞌睡，半天一声木鱼，口中念的什么含糊不清。桂娘看着混乱不堪的灵堂，悲从心起，一声"兄弟啊……"气接不过来，昏厥过去了。

她在猛烈的击鼓点响和高亢唱经声中苏醒过来，被唐老夫人拥在怀里。一声"儿啊……你身上怀着李氏第一缕血脉，不宜悲切！"桂娘慢慢地挣扎着起来。她对老夫人说："娘亲，堂上七个兄弟仰天背地，前日尚生聚，今日却西走。活着的兄弟们不在活不过来的兄弟面前扪心自问，这一走值得不值得，却跟着他们的大帅长吁短叹、悲悲切切，连我妇人也不待见。七个兄弟的在天之灵，何等寒心？重整河山能靠这班兄弟？儿身上一缕血脉对未来无望，留又何益？"她不顾老太太劝阻，奔到灵前痛哭不已：

七兄弟啊……
本以为
唐字旗下万马千军，
皆英雄驰骋万里。
而如今初建微功，
却以为沧海可填。
遭劫难含恨先逝，
大帅却混沌不醒。
老骥伏枥，尚求他日驰骋，
西荡八年，就这样悲悲切切？
兄弟啊……
为妹只惜是女人，
自古来只能生儿育女。

王桂娘无力为你们竖碑立坟，
只有将腹中子，取名"七星"，
儿啊……

桂娘抚摸着隆腹继续哭诉：

躺着的
就是你的父亲，
杀鬼子丢了性命。
长大后子承父业，
你若能知恩报恩，
就应该灵前落地，
跟为母跪认七贤……
儿啊，
满滩狼烟久不灭，
十万残荷是戈戟。

看看你，

酒醉不省唐伯父，

整河山，

何日骑马再扬鞭？

夜黑昏沉沉，荡外虎狼吼，

你落地定会啼哭，

活着的叔伯们，

终会惊醒！

儿啊……

兄弟……

诵经僧人"阿弥陀佛"一声紧似一声，桂娘感到如同海涛涌来。"嗵"一声鼓响，山崩地裂，诵经声戛然而止，万籁俱寂。沙婆婆一声惊叫，一男婴呱呱落地了。

等桂娘苏醒过来的时候，儿子七星已在她身边酣睡。她要撑着起来，被唐老太太摁住："儿啊，你放心。我晓得你在找你九哥，他像你一样也醒过来了，七个兄弟的灵上午就起程，你放心。"

桂娘在西荡一直待到牺牲将士入土才回家。荡里男女倾巢出动相送。唐九望着远去的一叶孤舟，自高自大、自以为是，或目空一世、小看女人的高傲被桂娘的大义辗得粉碎。

桂娘因临产的身子被额外的身心操劳彻底弄垮了，回家后一直卧床不起。凤婶怕儿子照顾得不周到，亲自守在身边。凤婶也才五十来岁，几阵折腾，头发白了一半。桂娘偎在婆婆身上老想哭，愧疚啊，是她拖累了老人。"娘，你不是娶了个媳妇，是娶了个祸害。我把蛮静落的日子弄得鸡零狗碎的，您恨我吗？"桂娘问。"恨！你改吗？外头的事你别管了行不行？要不然，我把王洪叫来，当他的面让李三休了你！哪有这么不要命地办事的？"凤婶的语气像带着把刀。"嗯。"桂娘把脸埋在婆婆胸前，似乎算是答应了。"娘信吗？桂娘！"她把桂娘的脸从胸脯上揪开，眼睛睁得像铜铃似的盯着媳妇，还咬牙切齿。桂娘赶紧又把脸埋到婆婆一身老棉袄里去了，那样子和被受惊吓了的小鸡钻进母鸡腹下绝没有二样。老人抚摸着姑娘的头，透过窗户望着西荡方向，她的火灭了，自言自语地说："还打鬼子、打鬼子哩，没姑娘去，没打就垮了。一个指挥打仗的将军，怎能像生伤风感冒、忽冷忽热的？"桂娘知道婆婆在数落着唐九。"姑娘，娘晓得挡不住你的。只是你总得先顾着身子啊，你做什么事我不管，可是心啊……"她自言自语着，"又有谁能管住自己的心呢……"凤婶侧过身边给桂娘掯被子边说着话。桂娘往婆婆身上靠了靠，面颊紧贴着婆婆松软的胸脯："还冒猫尿哩，多大了？娘又没怪你。"

一晃就进了腊月，滩上又是冰天雪地。割不了芦，捕不了鱼，桂娘被婆婆惯着，带着孩子赖床睡觉。一天清晨，桂娘听到婆婆在和谁说话，她悄悄起床从窗户向外望去，是滩上皇协军的排长徐进，他和薛飞一样，也是唐九安插在鬼子据点里的人。只听婆婆在说："姑娘身子还没全好得利索，要是还有其他合适的地方……"徐进点点头转身走了。桂娘慌慌张张追出来，她知道没有难事，徐进不会找到这里来的。凤婶看桂娘身上单薄得连棉袄都没套，气得朝没走多远的徐进喊了一声"回来"，看都不看媳妇一眼进屋去了。

原来苏政委要把一个病人安排在这里养伤。这人对水网地带的抗战太重要了，是个被争取过来的日本人，叫井上龟秋。在里下河地区横冲直撞的小艇就是他们家族公司造出来的。原来准备安排在西荡，但西荡人员杂得很，怕给鬼子走漏了消息。

桂娘叫徐进到灶门前烤火，她来到屋里穿棉袄。凤婶看着被冻得抖抖颤颤的媳妇，扬起巴掌想抽。桂娘涎着脸往老人手前凑，说："抽啊！舍得吗？娘！"那一声"娘"叫得特别的嗲。凤婶气得转身钻进桂娘的被窝里去了，"哦、哦、哦"地拍着要醒不醒的孙子。桂娘利索地穿好衣服转身出去，凤婶在身后用极凶狠的语气说："就这一次啊，就这一次！"

第二十八章　顾五邀功

井上被接到桂娘家时，一直昏迷不醒。滩上高先生去江南进药，因鬼子隔三岔五地封江又不在家。凤婶吩咐李三去司家庄请顾五的姐夫司朝清先生。临走时桂娘多了个心眼儿，吩咐李三："先生问给谁看，你就说娘吧。"李三摇船来到司先生河下已是上灯时分。给人看了一天病的先生正在让太太捏肩，听到关门的司老寿在跟谁争执，无非说先生看了一天的病了，就是关云长的赤兔马也得有个歇脚的时候。司朝清在屋里喊，说："谁啊？老寿，让病人进来吧。"老寿说："荡西小木匠，不是他，是他娘。"太太司淑芬说："喔嗟，小木匠跟我家是老邻居，凤婶是他娘吧？去吧，我陪你去。"司朝清拍着妻子的肩笑笑说："我夫人也成了蒋介石了，连看个病也带裙带关系？"他一个人跟着李三来了。井上是肺炎，腿上还有颗子弹，伤口早已发炎。先生打了个盹，但没有说话，吩咐小木匠去烧水，他得给病人开刀。病人说着胡话，司先生听出了是个日本人，他朝凤婶看了一眼，老太太对他点点头，神色中有那么一丝丝求他的意思，没有惊慌。他也点点头，知道老太太信得过他。他缝好最后一针，桂娘端来的茶只喝了两口，趴在桌上就睡着了。

太阳一树头高的时分，篱笆门外传来"姐夫、姐夫"一声比一声急促的喊叫声。在喂猪的凤婶子听声音知道是坝南头顾五。他是司先生的大舅子，滩上有名的无赖。他是无赖，却买了个好女人，女人姓邱，小名叫萍儿姑娘，是卖身葬母给顾五像在牛市上买了一头牛牵回家的。姑娘给顾五怀着孩子，眼下到了分娩时期，早更天肚子疼起来了，顾五急急地去司家庄喊姐姐、姐夫。姐姐说姐夫在小木匠家给凤婶看病，他就奔小木匠家来了。一看来开篱笆门的是凤婶，心想老太不是好好儿的嘛。见司朝清出来了，也没多想，领着姐夫回家去了。

司朝清到了顾家把完脉才想起药箱落在李三家了。李家、顾家只有两段田，正要吩咐顾快去拿时，桂娘送来了。顾五来叫司先生的时候，桂娘正在给井上喂药，婆婆出去开门，她就着急，顾五是条疯狗，家里藏着日本人的事，是万万不能让顾五知道的。

　　司先生听到了桂娘的说话声，连忙出来说声"谢谢"，接箱子就向里跑，孕妇病情不轻。桂娘拖着司先生的手急急地说："先生，我婆婆的病，这一次真的谢谢您啊，不过千万别告诉别人，省得惊动了乡里乡亲的，欠了人情难补。"司朝清看着桂娘对着他闪动着焦急的眼球，懂了怎么回事，点点头，赶到房里去了。

　　司朝清处理好了病人，躺到竹椅上就睡着了。醒来的时候已是黄昏，他听到赶过来的顾淑芬在骂弟弟"畜生"。他问太太吵什么，顾淑芬指着弟弟的鼻子气得说不出话来。顾五不等姐姐说，就问姐夫："姐夫，你说真话，木匠家是不是藏着个受伤的日本人？"司朝清皱着眉头反问："你能不能安分点？两条人命好险没了，把老婆调理好是正道，怎么又管到木匠家去了？"顾五急着说："姐夫，你没看到滩上桥头贴着板门大的告示啊？这人是日本人的通缉犯，谁报告了下落赏五千个大洋哪！日本人，鬼子一个，你还帮着看病？还不报告拿钱？姐夫，你脑子是进水啦？"司朝清"啪"的一个耳光，顾五捂着脸指着姐夫、对顾淑芬说："姐，他怎么还打人呢？你两怎么就一个德性？"淑芬回了一声"畜生"，拉着先生的手就奔河下，朱功拦都拦不住，司老寿拿着竹篙站在船头等，两人坐上船回家去。转过弯向北往了一段路，司朝清说："调头，去李家招呼一声。这个不长毛的畜生会不做人事。"司先生到了李家，吩咐桂娘做转移病人准备，说畜生是认钱不认人的个东西。桂娘千恩万谢，说知道了，夫妻俩才离开李家回司家庄去。

　　等司先生夫妻走了，桂娘连忙把井上送到西荡去了，她晓得鬼子会来的，吩咐哥哥元宝带嫂子和伢儿去蒋家躲一阵子，免得跟着受惊吓，蚕姑娘娇生惯养没经过大世面。他们走了，桂娘回到井上住的屋子，这里原来是个羊圈。她里外仔细检查一遍，唯恐留下病人住过的蛛丝马迹，叫李三把外头的两只羊牵进来，一只公一只母，还带着两只刚生下的小羊，她拴着羊，又叫李三铲来几锹羊屎到处洒落，捧上青草。羊圈的西墙上原来有个洞，是夏秋给屋子通风的，收拾给井上养伤时堵上了。她想了想把堵着的草扒掉一半。夫妻俩打扫干净了身上的灰尘才上床。刚想躺下，鸡已叫三遍。

　　天色朦胧，畜生们已催促着主人起床，凤婶养的那只芦花公鸡报晓很卖力气，直叫得嗓子沙哑才放弃，它卖力无非叫主人多赏些玉米粒。都这时候了，老太太还没来开门，它觉得无趣，开始在窝里欺负母鸡。地方太小，它爱骑谁骑谁，只是窝太矮，跨上母鸡的背也施展不开身手来，畜生正发脾气，逮谁就用像钢锥般坚硬的尖喙啄谁；猪刨了会儿圈，又趴在毛竹做的栏上，用两只前蹄轮番敲打，忽然听见，还以为谁在打牌；羊在后屋里"咩咩咩"地叫，主人没有把夏天用来通风透气的墙洞堵实，一阵阵的寒风"呜、呜、呜"地往里灌，羊冷得实在受不了，叫得更厉害。凤婶说了声："连畜生也不给人安生。"吩咐桂娘带着孩子继续窝床。她起床出去了，有人在敲篱笆门。要想人不知，除非己莫为，徐进把那个日本年轻人送到家里那一刻起，她就作了最坏的打算。老太太看似平静，给小日本洗头擦背仿佛照顾着自个儿生养的儿子，其实心里沉重得很。既担心着这孩子的病，又担心着被鬼子发现，顾五离这里就两段田；鬼子知道井上的下落，对她李家来说，那祸大了，满门抄斩都有可能。老人想着这些不敢想的结果，做事时能心如止水吗？她能，那担惊受怕仅在心胸深处，儿子儿媳谁都看不到的。一身松垮的皮肉厚实着，能包住心涛骇浪。

"笃笃、笃笃、笃笃笃笃……"敲篱笆门的声音一阵紧似一阵。媳妇头埋在被里给孩子喂奶没有听见，凤婶起床了。她知道这事就像她昨才下水的绿豆，隔天报芽就是盘菜那样简单，孙女雁儿老揭开捂着的湿毛巾问她："奶奶，什么时候长出芽来呀？"现在不就报芽了？该来的还得来。

老人起床惊动了桂娘，她掀开被头，也听到推篱笆门的声音。"小木匠在家吗？开门！开门！"是田南头顾五。桂娘看着婆婆的眼神儿全是愧疚。雁儿见天亮了，也想起床，给娘摁住了，七星瞪着大眼睛啃着肉嘟嘟的小拳。"捉贼拿赃，捉奸拿双，你是李家人就别用这眼神看着我，等你当婆了再管家里的大事。"老人理了理花白的头发，拔出银钗重新插在脑后的发髻上，像个没事人似的出去了。

"凤婶子早哇，皇军看你来了。"顾五站在门外，身后跟着鬼子松下，翻译三禾，旁边还有任国泉和徐进。顾五正不耐烦地拉扯着篱门。"托你的福，前天夜里上吐下泻，要没你姐夫来，今天来开门的就不是我老太了。皇军来看我？说笑了，我家算个什么东西啊？寻常百姓人家。"凤婶边解绑篱笆的绳子边回话。顾五没等门全开就钻进来，直奔屋去，刚起床的李三拉住顾五，说："东家，女人还没起床呢，不作兴这样的。大清早的，你带着皇军来干什么来？""别装聋作哑了，小木匠，我知道有个日本人住在你家，让他出来吧，皇军寻他呢，奖励的大洋我给你三成。下半辈子你就别做木匠了！"说着，挣脱开李三，先到凤婶住的北屋，连床底下都爬下看了，又来南房。桂娘已穿戴好，正给孩子套裤子。外头的话她都听得分分清清。果然是这畜生报了日本人。

顾五才不顾屋里是男人还是女人呢，推开门直闯进来，说着"木匠媳妇，老哥得罪了"就四处查看，见桂娘有条不紊地给孩子穿衣服，心想，这女人名不虚传。鬼子来了她还能四平八稳，不简单哪！他忽然一阵紧张，是不是她把人放跑了才这么不怕？不会啊？姐夫走了后，他就叫朱功守着的，到深夜，松下又派人把这里围得水泄不通，难不成人从天上飞了？他顾不得李三横挡竖拦，又去了李元宝睡觉的屋子。他就这么来回倒腾，任国泉带着松下就站在院子中间。凤婶像没事人似的在给场上扑腾的鸡撒食，不时地跟三禾拉着闲话。

"人呢？"任国泉拦住擦着额头上汗珠的顾五问。"见鬼了？"顾五有些心虚，在挠头。"就巴掌大的地方，找个人还这样费神？你见过井上君吗？"任国泉问。"见过，不，没见过！但我姐夫来给他看病是真的，不信你问我姐夫！"他真急了，松下仿佛等久了显得焦躁不安。寻找井上是军中的大事，顾五给他送来消息时，他欣喜若狂，立即要给城里大佐报告。老同学三禾正在身旁，摁住了他提话筒的手，摇摇头说："抓到了汇报岂不更好？"现在看见顾五焦头烂额的样子，估计没找到人，他既气愤又庆幸，感激地看了翻译一眼。他气汹汹地向顾五走去。"别急，猪、羊圈还没找呢。"顾五推开任国泉向后跑去，腰躬了，头低了，假如把他比作条狗，样子变了许多，原来翘着的尾巴软塌下来，再撅着屁股裹进去，一副胸有成竹，马上发大财洋洋得意的样子没有了。松下吩任国泉说："派人盯着。"徐进跟上去了。顾五来到猪圈，凤婶在给猪喂食，他头伸进粪坑寻找，雁儿认为他是坏人，从地上捡了块砖向粪坑扔去，溅得顾五满脸都是，要骂嘴也难张。他气得转身往羊圈跑去，桂娘正好捧了两把羊草过来，她吩咐满身是臭的顾五："东家，找人归找人，别把羊圈墙上堵洞的草扒掉，灌风，羊冷。"说着她丢下草也不去了、转弯来到猪圈："娘，戏就要收场了，松下找不到人不会草草收兵的，她一定要带我走。连累你和三哥还有你孙子，我愧疚啊，但没办法。我就这品性没法改了。你别记挂我，他们会救我的。"凤婶没理她，腰弯在栏上，半截身子伸在圈里，她在食槽里扒残渣馊物。雁儿拉着桂娘的手说："娘，奶奶为什么在哭？"桂娘弯下身来抱着八岁的女儿说："娘要跟任国泉伯伯住外婆家几天，你在家带好弟弟，让奶奶省点心做得到吗？"雁儿点点头。

场上的松下等得极不耐烦了，背着手在场上团团转。顾三禾说："我这胞兄的话，风口扬扬，十句中有一句真的就不错了。为了钱，他什么事都做得出来，把死的能说成活的。我去东洋求学去，他送我到天生港，指着天说，只要我想他，他能腾云驾雾来；说钱不够花，东荡里的鬼给他准备了金元宝。一个疯疯癫癫的守财贪财奴。老同学，你知道为什么都快四十的人才结婚生子？"松下说："我到想听听。""他心里只有财、没有色，世上难得的怪人。"松下连说："不可思议。"

顾五被徐进拎着衣领出来了。"他找不到人，想赖在羊圈里不出来。"徐进一个推搡，顾五被摔在松下脚下。"顾先生，你胆太大了，连我都敢欺骗？"松下在拔刀。"天地良心！我发誓，那小日本一定在这里住过，要不然你问我姐夫！"顾五反转身来跪着抓着松下的腿，他知道找不到人是什么结果，姐夫是他最后一根稻草了。只要姐夫出来证明在这里给什么井上的鬼子看过病，即便没被抓到，他对鬼子也好交代，至于五千大洋的事不谈了，自认倒霉。顾五自以为聪明，不知道犯了松下大忌，松下最看不起的就是为了钱财、连祖宗八代都能出卖的人。寻人启事的布告贴得满处都是，他姐夫敢给皇军要找的重要人物看病、不是自找麻烦吗？松下手一挥，说："捆起来，带走！"顾五转过头来叫弟弟帮他在松下面前说几句好话，三禾说："叫我怎么说？从昨夜派兵在这里守了大半夜，他又亲自来这里站了两个时辰，结果没找到人，你不跟着走一趟还有个好办法吗？""有啊，把木匠老婆还有孩子带走，然后把姐夫请来一对证不就交代了吗！""哥哥，你怎变成这个样子的呢？父母九泉有知不知道会怎么伤心。"顾三禾没有想到顾五想出这么恶毒的主意，吩咐"捆！"松下来了兴趣，问老同学说："你哥说什么呢？竟引起你的大火？""他叫我请你先付点大洋，他负责找井上君。"三禾怒不可遏地告诉松下。松下气得在摸腰间的刀了，顾五忽然跳起来说："太君、太君，我知道人藏在哪里了！"没等大家反应过来，他滑溜得像只猴子，转身又朝羊圈跳去。等大家赶过去时，他已从羊圈墙洞爬出去溜了。徐进从洞口向外探望，眼前是一片芦海，风过处波涛汹涌，令人目眩。

顾五是个无赖，但脑子转动快得很，三禾对他发怒时，他知道不逃不行了，被抓走，鬼子不见得会杀了他，关键坐了牢子是得用钱去赎的，那还不要了他的命！他马上想起了桂娘说的羊圈里的洞。他就这样溜了。松下问翻译说："老同学，顾五真是你的亲哥哥？"顾三禾手一摊，看着老同学无可奈何的样子，松下摇摇头，手一挥："把这屋里的人全带走！"任国泉带着人进屋一搜，就剩了桂娘。

桂娘仿佛要出门，手腕儿挽着蓝花布包袱。她来到松下面前说："太君，你听凭顾五瞎说，抓不到你要的人，却抓我全家出气，不仅不公平，你还会被人耻笑。家人是我叫他们溜的。有罪我担。走吧。"松下上下认真看了看桂娘，直摇头，年轻美貌，落落大方倒是小事，从头到现在没看到她一丝神色惊慌。他问三禾说："大兵压境，她一个女人为什么能这样自若？还有她那婆婆？"三禾说："中国有句古语，为人不做亏心事，鬼来敲门心不惊。""了不起。"松下竖起拇指。两人说的都是日语。

顾三禾生怕再生变故，吩咐任国泉把桂娘带走。松下说"慢"。他在院里踱着步子若有所思。顾五向他报告的时候，说过李家人请医生来给井上看过伤。这符合上头得到的情报消息。井上已加入了中国的"反战同盟"组织，一直在帮助苏北抗日部队建立内河舰队。在指挥打捞西港口沉船时、被撞过来的日本部队发现，激战中他腿上挨了一枪。从这点上看，顾五报告也不全是空穴来风。他沉思了一会儿，对翻译说："老同学，要是不介意的话，请令姐夫来滩上一趟，我们交交朋友？"翻译知道松下还在怀疑，爽快地说："我姐夫清高得很哪，但你请他，要来的。但我去不宜，您还是请他们谁去吧。"他指着任国泉和徐进。"任君，你带人辛苦一趟。"松下吩咐任国泉，他早对任国泉视为知己了。大家跟着松下撤出院子不远，松下忽然吩咐徐进道："李家院子，烧了它。"

顾五蹲在芦苇里离李家并不远，他从小就在这荡里玩耍，知道靠荡西的这块荡特别险恶，将近天暗，他不敢走远的。听到松下撤退的消息，他松了口气，从芦苇里钻出来。当然他不敢原路返回了，怕遇上小木匠家里人。说实在的，他和木匠并没有深仇大恨，无非是看在银子的份上才带日本人来的。鸟为食亡，人为财死是古语，五千大洋哩，小木匠一家怎想的？成天喊抗日、抗日，抓了鬼子还能挣钱两全其美多好的事，为什么乐而不为呢？他带着沮丧、懊恼和不得其解，双手拨开重重芦苇，寻找着回家的路。一会儿工夫，一条被草丛覆盖着的弯弯曲典的小道总算让他找到。小时候，他背着三禾就是从这条道去西荡掏鸟蛋的。他长舒一口气，使完最后那点力气从芦苇中钻出来，提腿蹬岸时忽然像中了邪似的不进却退，原来一把乌黑的鱼叉抵着他的胸脯。他看都没看就知道是谁，这叉他太熟悉，叉的主人他叫过亲娘！

"为钱财六亲不认的畜生，鬼子找不到你，老娘能找到你！""二婆，你听我说、你听我说……"顾五哭声都出来了，那次朱功还在，今天就是寡人一个，还是刚从鬼门关里溜出来的，两条腿到现在还不听指派。他不敢转身，只有退，叉齿已穿过了棉袄，碰着了皮肉。蛮东西再用些力气死定了，他想。"二婆，我的娘亲……"顾五死命地抓着鱼叉要下跪了。"你娘亲在阎王那里写悔恨书哩，说早晓得生你这样猪狗不如的畜生，肯定生在马桶里，要不就是洗干净下油锅煎！抬起头来，看看老娘身后还有谁？"顾五到现在都没敢抬头看人，他始终目不转睛地盯着鱼叉。二婆发话了，他不敢不看，一看更是魂不附体，李三手拿着斧头抱着雁儿，向他瞪着双疯牛眼，他老是扬着斧头要往前赶，被拿着竹篙、背着鱼篓跟在二婆后头的二枣死死地拦着。

原来二婆夫妻俩早早下滩罱鱼去了，院子里发生的事她并不知道。摇船回来过第一个簖口，看到躲在芦苇里的李三在向她招手，她大吃一惊慌忙靠簖接上船，一问才知道发生了这么大的事。二婆气得暴跳如雷，要摇船去顾五家算账。李三说："那混蛋就躲在这附近，还没敢回家呢。"二婆说："我晓得他藏在哪角落。杀他个大卸八块。"凤婶说："儿啊，现在可不能杀他。""留了过年杀？还能当猪养着吃肉？"二婆恨得咬牙切齿，恨不得早杀早解恨、千刀万剐。"得留他去鬼子那里换你妹子哩，桂娘被松下抓起了。""啊……"

"婶子呢？我婶子呢！"顾五看到李三没看到凤婶，他失魂落魄地嚎叫起来了，只有那老太是根救命稻草了。"二婆，看在他死去的老的份儿上饶了他吧。"原来凤婶子抱着孙子坐在埂上，顾五狗眼没看见，瞬间一身冷汗过了，开始活络。父亲在的时候，说田北头李家凤姑娘人好，是个活菩萨。菩萨好对付，也好糊弄。他家中堂里就供菩萨。还是祖父手上请了尊金身观音，到了他手上，他到街上买了尊铜的，把金的藏起来了，他怕被贼落眼。院子靠三官殿近，祖父和父亲两代人，对菩萨虔诚得很，随殿里的晨钟暮鼓烧香拜佛，三百六十五天从不缺课。到他手里不一样了，想起来烧炷香，想不起来放个屁，忽然有一天他想想好笑，他手中盘剥的家私不比祖上差嘛，菩萨好糊弄！

"东家，别婶子婶子地叫，鬼子侵略了中国，大家过日子如同经着水火，而你却火中取栗，做人不能这样。叫二婆收叉可以，你得去滩上找松下，把桂娘要回来啊，你看看，留下这吃奶的孩子怎么办？要不送你家去叫姑娘给口？""啊？"顾五这才晓得桂娘被抓走了。"叫我去跟松下要桂娘？您老还不如叫二婆杀了我吧！""哎哟……"二婆真的杀人了，鱼叉又送了一把。只可惜七齿叉缠着棉袄里的絮，中齿又钉在肋骨上，肯定是疼煞人了，但离死还远着哩，顾五躺在地上杀猪般地叫起来。

"失火了！救火哟……救火哟……"二婆正要把鱼叉往前推了，南边传来救火声。她回头一看竟是凤婶院子，说声"不好！"把钉在顾五身上的叉撂在那里拉着凤婶就跑了。顾五经了九死一生瘫软在地上。好半天了，总算缓过劲来，看见李家院子上空已没了火光，接着腾起一团团浓烟，变淡了、淡了，最后看不到烟，只有空气中飘散过来些草木焦灼的味道。"怎这么快就不烧了？"顾五自言自语地说着话，"要是把那井上小鬼子烧出来多好？"他还是想着大洋。路上传来救火的人开始返回的脚步声，他忽然跳起来，"那只小母鸡要来拿鱼叉的，快跑！"这时候他全没了伤骨的疼痛，拖着鱼叉站起来了。鱼叉连杆足有二十来斤，柄又长，他没力气慢慢对付它了，边用最恶毒的语言骂着二婆，边像练过缩骨法的魔术师，三绕两转，竟金蝉脱壳似的钻出棉袄逃出来了。

天，开始下雪，还越下越大。裸着上身、前胸冒着血的顾五，像从猎人夹具中逃出、但皮毛被刮掉一半的黄猫，他从早到现在还粒米未进肚哩，又惊又吓、又冷又饿，到了家门恍恍惚惚不知道往里走，却昏头昏脑顺着围墙往西。他家是四合院，就这么沿着围墙转圈。又转到大门口时，没有朱红色的大门了，雪花贴满了大门，和墙一个颜色。他只觉得天旋地转，昏倒在地上。他姑妈开门泼水时，发现门口好像躺着一个人，吓得高喊朱功，朱功住的是顾五给的靠东河沿的门房。朱功来了，拖起来一看：东家！赶紧抱回来，还有口气。房里暖融融的，姐夫司朝清和姐姐顾淑芬都在这里守了一夜，他们是来给弟媳妇萍儿姑娘接生的，不太顺产，知道顾五在李家胡闹，但分身无术。等孩子生下来了，两人才松了口气。见顾五这个样子，司朝清根本不想救他。姑妈是个从未嫁过人的老女人，还是个堂的。吩咐侄女婿救他："姑爷，他不单是顾五了，从今天开始，还是您太太娘家侄儿的父亲哪！"老人指着床上哭得像个泪人儿似的萍儿姑娘和襁褓中的婴儿。司朝清谢了老人，这才给顾五捡了条命。

救完顾五，夫妻俩赶到李家。鬼子早已走了，房也只烧了羊圈。任国泉见松下忽然心血来潮命令烧房，知道要找个事发泄，他没有阻挡，吩咐徐进带人执行命令。徐进心领神会，找了个羊圈边烧边救，声势弄得大得很。

两人进屋时，李三正长吁短叹，二婆夫妻正陪凤婶在收拾院子。大家见先生来了好不感动，想说几句感谢的话时，顾淑芬却拉着凤婶的手，连说"婶子，对不起、对不起"说着竟跪下了。慌得老人也要跪下。还是二婆说了句："老姐姐，这事怪不得你的，龙王娘娘还生九等子哩，倒是我代婶子求你一个事，我妹子被松下抓走了，眼下只有劳驾先生走一趟滩上。先生证明确实是给我婶子看病的，鬼子没理由不放。先生是个名人哩，你俩比我们好说话。""二婆，你放心，天亮了我就陪先生去。"顾淑芬代先生连忙答应，她这才起来。李三脸色好看得多了。

第二十九章　酒坊暗探

一夜大雪，满滩银光。一大早，李三的徒弟们赶来师傅家修房。鬼子放火烧了荡西李凤老太家的事闹得沸沸扬扬。徒弟们赶来一看才知道虚惊一场，只是烧了个羊圈角，但总算是被烧了。他们把心不在焉地在已成废墟的羊圈上转圈圈的师傅推到屋里去，七手八脚地重新拾掇着羊圈。

李三来到床前想逗儿子，抓着七星的手，眼却望着窗外，显得魂不守舍、坐立不安。桂娘被鬼子抓走，他一夜没睡。他又出来了，在院子里来回跑着。母亲凤婶坐在篱笆门口，三根手指头捻着棉线，偶尔向路上张望，雁儿趴在奶奶的腿上。司先生一大早就去了滩上。假如鬼子肯放，也应该回来了。

凤婶相信桂娘吃不上大苦头的，有那班好兄弟在里头哩，何况鬼子当官的吃饭就在她娘家。但鬼子就是鬼子，没理可讲，桂娘等于是去坐牢，不是做客。她见儿子像发情的猫狗、烦躁不安，就训斥着说："跑，跑，有什么急的，她是回娘家去的哩。去看看你那班毛手毛脚的徒弟，羊圈搭得怎样了。"凤婶急在心里，表面却淡定得很，她就有这么个表里不一的能耐。男人当家，遇事就慌，乱了分寸，家还怎么当？李三被娘训了老实了许多，靠在墙上像根木桩。大徒弟胡七为逗师傅一笑，报告说："师傅，开始砌墙了，那顾五爬出去的洞是堵起来还是留着？"李三绷着脸没回答，眼睛盯着篱笆门口。"喂，瞟花姑娘哩，师傅？"胡七站到他面前来，挡住他的视线，"要是留着，我就在洞口设个暗机关，保证顾五再爬时，能夹住他的羊蛋！"李三笑了，连凤婶都被引笑了。但李三的笑还没放屁的工夫瞬间就没了。胡七没完没了又来了："师傅，羊圈搭好了，上梁哩，你老可说几句口话？"凤婶笑，李三不笑，他眼睛盯着大路尽头。太阳光从雪地上反射过来刺眼，令人头晕目眩，李三在摇晃。"脚踏金梯步步高，李家今又添高楼……"胡七学着他的嗓子说口话，他有些无可奈何地走了。

"娘回来了！娘回来了……"雁儿突然从奶奶腿上站起来向大路奔去。满眼白雪皑皑，原野上已分不出路和田的分界。她是连爬带滚，扑到桂娘身上去的。娘儿俩倒在雪地上滚成一团。

桂娘可不是一个人回来的，本来是前呼后拥，只是要到家了，女儿一声叫，她从队伍中冲了出来，但费拖拖儿紧跟着她一步不松。他说滩上跟桂娘最亲，就是辈分上理不清爽，叫王洪"哥"，叫桂娘"妹子"，他说两人是"青梅竹马"，赵富贵打戏他说："你还懂什么'青梅'？你是在'寻霉'找打哩！"

孙女儿一声"娘回来了"的喊叫声像一声惊雷，凤婶脑子嗡嗡作响，身体前仰后合，却挪不开脚步，嘴唇上下哆嗦，线锤落在地上浑然不懂。媳妇来了，近了，但怎一拐一拐的？莫非给鬼子打瘸了？凤婶紧张起来，甚至有些恍惚。桂娘走到她面前叫"娘"，她还在哆嗦。桂娘想抱抱她，她却推开，说："腿让娘看看。"

"装的、装的！李老太，你媳妇装的，是徐碧姨叫她装，说'要是残废了，看你婆婆和她男人还要不要她！'装的、装的！"费拖拖儿拍着手围着她娘儿俩跳着。他为自己揭穿这阴谋计划十分得意。凤婶气得扬手要打，还是放下了，紧抱着桂娘放声大哭："儿啊，天下有儿这样吓娘的吗！"

乡亲们涌进了院子，东看看西瞟瞟，好多人还没来过，仿佛在逛公园。问顾五瞎说藏日本鬼子专家的羊圈在哪里，雁儿领着大家去看，元宝正在洞口涂抹烂泥，脸上成了花脸，嘴角下还沾着颗羊粪，不细看还以为是颗等饭疤。凤婶见来了这么多客人，急得团团转，说："怎弄呢、怎弄呢？好好的一头猪被畜生抢走了，要不然请荣青老弟帮忙杀了款待多好。"

滩上的乡亲们闹了一阵才走的，临走时口袋里被凤娘婆媳俩塞满了花生。雁儿瞪着眼睛问奶奶说："你不是说那坛子里的花生留着明年埋在土里再生孩子的吗？怎说话不算数的？"大家又笑个不停。人走了，院子静了许多。经这一夜两天的闹腾，院子表面上回归了短暂的平静。一场惊吓，凤婶比先前敦实了许多，跟着媳妇做事，有时候自己还成了个"人物"。媳妇人好，人好就有人"欺"。说个"欺"字，她自己都笑了，连她自己都愿意。她没想到，来这里的都是跺跺脚都能荡震的人，唐九，新四军政委，连日本鬼子出赏五千大洋的专家也住了二十来天。欺就欺吧，等打完了鬼子一起跟你们算账。

日子回归平静，冬天活不多，元宝开始下荡割芦苇帐，李三背着锯斧给人家做些零星活，还是早出晚归。回家来嘴里带着浓烈的酒气，身上披着雪花，推开门，迎接他的就是他百闻不厌尿味奶味。这味道温馨，不仅能让他忘记了一天的疲倦，还少了醉意。屋里如今已是三个儿女，向他走过来的是桂娘从王家带过来的雁儿，李三多么希望女儿扑过来让他亲亲，她也亲亲，但有些勉强，亲那么一口，就踮着脚从墙壁上摘下干净的扫把，默默地绕到养父身后扑打掉带回的雪花。李三摸着女儿的头，心里不是滋味。伢儿虽不是他亲生的，但绝没冷落伢儿，只怪雁儿懂事太早。二婆那张碎嘴，从伢儿三岁跟娘来到李家，她一抱上手就涕泪涟涟，说"儿啊，这就是你的新家，你芽没了，这个男人就是你的亲芽……一样的啊……这儿的人都是你的亲人，亲芽……亲娘……"她只顾诉得痛快，根本不看伢儿开始惊讶惶惑的眼神，这不就是"此地无银三百两"，告诉伢儿，你娘找的男人不是你亲芽？雁儿知道娘常说的"芽出远门去了"是骗她的，她没见过一面的父亲永远不会回来了。

七星和哥哥元宝的女儿旺儿都才牙牙学语。要是喂奶，桂娘准是抱着七星去了里屋；桌前还坐着李三他哥。蚕姑娘却落落大方，坐在桌前袒胸露腹，她才没那么多讲究。来李家前她已生了三个伢儿，她给伢儿喂奶的过程已是漫长。经历得多，看的也多，滩上女人给伢儿喂奶拉出奶子来从不避难堪已司空见惯，她每隔一两年就生伢儿、奶伢儿，根本不把奶子当藏物，躲躲闪闪的太麻烦。女人生育女喂伢儿奶是寻常事，她早不在乎人家的眼神，人多人少、熟人生人、她想都不想地拉开斜襟，托着奶子搁在门襟的斜沿口，再两指头夹着奶头往伢儿嘴里塞，或半掩半露逗着伢儿，当伢儿饿急猴吼地自个儿在她胸口寻找，找到了时候她兴奋不已，叫元宝看，说："你看你女儿多聪明！"她早把给伢儿喂奶像扯把草给羊，舀把食给猪那样只是在做一桩事。单纯的女人根本没想到，她在第一个婆家遭公公糟蹋，就是从她给伢儿喂奶，随便掀起衣襟、袒胸露肚才埋下的祸根。

生下旺儿，凤婶给蚕姑娘婉言提醒几次，姑娘什么都好，就这事她老是忘记，元宝又宠她，还更喜欢看女儿肆无忌惮地像窑上张一篙子做砖头捏泥巴那样，盘弄着蚕姑娘的乳房。那全神贯注的"观察"，加深着他对这失而复得的女人的爱。凤婶对晚婚的儿子把爱奶奶的那颗心捧着放在桌上还有些嫉妒，她也有过这段时光。她只爱嗔地拿围裙抽儿子一下也就没什么好办法了。儿大不由娘。只是李三在的时候，凤婶借故拎件衣裳随手放在大媳妇胸口，说"伢儿吃奶容易吸风"。蚕姑娘不解婆婆的意思，也不领情，说："没事的，娘，我手掩着哩。"凤婶哭笑不得。这没心没肺的姑娘，我晓得没事，可那里有事哩，李三不像元宝，要是看见了嫂子在给伢儿喂奶、脸会红得像紫砂钵头，那时候他会低着头去灶前或里屋寻些事打岔。小木匠走千家、踏万户，守着好多规矩，但哥哥夫妻习以为常的喂伢儿奶、他看了心里扑通扑通地跳，毕竟看到了，是看到了才避开的，避开也迟了，那一眼像红透了的铁给脑子里烙上了印记，和桂娘睡在一块又从脑门里蹦出来，黑暗里他无法从脑门里抹掉，不仅抹不掉，还抗拒不住跟握在手中的东西两相比较。

李三今天回家时，蚕姑娘正在给旺儿喂奶。还是奶香和伢儿的尿味跟哥哥嘴里的水烟味溢了满屋。元宝还是手托着下巴、肘撑着桌沿在聚精会神地旁看，李三叫了一声"哥"，他"嗳"了一声没回头，凤婶在灶旁洗碗，拿衣裳已来不及，大声喊"三儿，过来给娘捏肩!"李三"嗳"的一声直奔灶前。他晓得娘在给他解围。元宝却在他身后叫："娘别洗了，让弟弟来喝酒吧。"李三说："今天喝得差不多了，瞌睡，要困。"说着避着脸向里屋走去，他没看见桂娘和儿子，知道儿子在里头吃奶。脚没进槛却跟桂娘撞个满怀，幸亏桂娘有防备闪得快，没伤着儿子。这一撞，撞出满屋的笑声。

这样温馨的日子没过多久，苏政委托徐进又送了一个人来，是个新四军女医生。姓郭，陕北郭家堡的人，丈夫是新四军干部，和太太同姓。新四军皖南遭国民党伏击，全军覆没，郭秀敏临产，夫妻俩没跟大部队前进。等料理完了伢儿，老郭要追部队时得到噩耗。虽然悲伤，但逃过一劫。老郭转到地方打游击去了，妻子跟儿子由组织上转到战事稍少的女儿滩。她儿子叫丹丹。

郭医生身体康复得算快，春暖花开的三月，郭医生把儿子放在李家，她去了江南。看着秀梅健健康康地走了，凤婶跟桂娘松了一口气，她们像对朋友交代了个事情，人家是看得起她们才转到家来的。送走秀梅，凤婶从来没感到这样疲倦，和衣靠在床栏上喘息。桂娘给她捶打着双腿，她平日不怎么言笑的，今天想逗一逗善良的老人。她边轻捶着婆婆的腿边说道着婆婆："娘，人家徐进来说这事，我可没答应，两个月弄得大家担惊受怕的可怪不得我的。"凤婶背过身去佯装嗔怪，说："没怪你，我自作自受。"桂娘"嘿嘿嘿"地偷着笑。凤婶说："你得巧卖乖啊？那天你看我的是什么鬼眼神?"说着轻轻掐了一下桂娘的手臂。三个伢儿见奶奶掐娘，都来帮腔，把桂娘按在床上，一家人滚成一团。李三听见屋里的打闹声不知道出了什么事，进来一看笑了，家里从来没见这么喜气过。担惊受怕的差事倒给娘儿俩"担受"出乐趣了。李三是个手艺人，从来不关心政治，出门做活，东家开心他就开心；进门看脸，娘和奶奶高兴他就高兴。你跟他说孙中山、蒋介石，再说大点，美国，苏联，他浑然不懂，满脑子全是起房造屋、钉船打车。那天鬼子进院子他被吓得不知所措，还是从娘和老婆的淡定里壮了些胆气。共产党队伍里的女医生和伢儿来了，桂娘吩咐他做什么样就做什么样，人走了，老婆伢儿在和娘搞笑，李三也笑了，以为担惊受怕的日子过去了，他叫桂娘早些回他们自己屋，说是让娘早点歇息。桂娘想抱七星走，凤婶打了她一下手，说："奶奶陪三个鬼东西疯一夜。"她将媳妇推下床，"去、去、去，我也要困了，回你们屋去。"她知道儿子在打着什么样的鬼主意，郭医生在家里住了两个月，桂娘都是带着丹丹在这里困的。

荡西李家经常热心地为共产党办事，鬼子还是知道了。是鬼子驻通州城里的特务科查出来的。特务科长叫徐康，原来是共产党城南联络站站长，受不了共产党的清规戒律，投靠了鬼子。他是徐家园酒坊徐宾的亲侄儿。徐康叛变，组织没受多大影响，因为他的思想消极动态早表现出来了，在他当叛徒前，共产党的城南站已撤销。他投靠了鬼子当然想给鬼子办事，搜肠刮肚想从哪里入手，第一个就想起了郭医生去女儿滩看病的事。因为他是滩西徐家园人，熟悉情况。当先组织上派他护送人去女儿滩的，但他一口回绝。冰天雪地，抬着个女人还加个伢儿，人还没送到女儿滩，自己说不上就半路上牺牲了，那时谁抬我？那女的金贵？就因为她男的是一个处级政委？他装病回了家。

投靠了日本人后，他回忆着那个情况。如这个任务执行了，郭医生还应该在女儿滩。在日本人的眼里，女儿滩是个谜，说有问题，女儿滩驻军是通州区域军民共建大东亚共荣"模范村"；说没问题，新四军夺粮就在女儿滩附近；井上也有人在女儿滩西发现；藏在哪里呢？女儿滩是个高深莫测的地方，但种种迹象都只是怀疑，没有抓住实质性的东西。原来的少佐因井上龟秋未能捉拿归案，被降职调走了。徐康向新调来的少佐荣上和二汇报，他认为，军舰遭袭击，粮食被夺走，井上龟秋失踪，跟这个女儿滩都有联系。建议女儿滩的驻军调防，他们有被共产党赤化的嫌疑。荣上接收了他的建议，把驻守在女儿滩的松下中尉换了谷秀。徐康主动请缨，带着便衣队悄悄来到女儿滩。他还是小时候在家里住过，对滩上的情况已不记得多少，第一站他就回到了徐家园酒坊。

徐康的父亲徐朋是徐宾的亲兄弟，自小父母偏爱弟弟徐宾，溺爱为无德和自私奠定了根基，徐朋懦弱，受弟弟欺负告状无用，也就学会了逆来顺受。徐康的祖父开酒坊，送徐康、徐朋兄弟俩到通州城读书，后来徐朋在城里做了教师成了家，徐宾回乡跟着父亲打点酒坊。老头在世时徐朋带家小回家住过，死了就很少回来。徐宾家事变故，徐朋听说，因属不堪言传的丑闻，加上关系冷淡，也没有回家探望。徐宾因乱伦给薛飞骗了后，就自暴自弃了，崔玲姑娘跟薛飞结了婚再也没回过酒坊，临走前她把酒坊交给了堂叔徐松，徐松老实，玲姑娘一走，徐宾又神气起来，还找了个寡妇住在酒坊。徐康回来了他十分惊奇，担心侄儿是不是回来分家产的。徐康一眼就看出叔叔的心思，直接进入了主题说："叔，侄儿现在为东洋人做事，回来与家产无关。日本人常在这里出事情，侄儿回滩来看看。"徐宾放下了担心，徐康说日本人的事，他就想起了酒客酒后的闲言碎语，什么粮船、军舰，共产党、国民党，还有土匪唐九的。他一想唐九，就想到他手下的薛飞，心都吊到嗓门口了，心想嘴得紧点，这侄儿给日本人做事也不是个省油的灯。他"哦"了一声，说："你就多住些日子吧，反正房子多着。"徐康说："酒坊做酒也卖酒，酒客多，肯定和这些人有交道吧？"徐宾说："眼下人嘴紧得很，酒客脸上也没字，酒桌上只认酒不认人，叔卖酒谈钱不说是非。"徐康看出来了，叔叔怕着什么，说眼下日本人都占了全中国了，女儿滩只是没顾得过来，一腾出手马上就到，谁做了对不起日本人的事迟早要挨杀头的。听徐康说日本人的厉害他又来了精神，想着自己这个样子全拜唐九、薛飞还有荡西的王桂娘所赐，一想这事就尿急，现在他要尿尿就得像个女人蹲着。他想人不就是一死嘛，我已是半死的人了，就借侄儿的手报这个仇。他阴险地对徐康说："我想起了个人，要摸情况就从荡西李三木匠家着手。"说完了眼露凶光，一连串的事千丝万缕都连着荡西。他要孤注一掷报仇。

　　第二天徐宾叔侄正在吃饭，大门外走进一个人来，是顾五的跟班朱功，酒坊的常客。徐宾想，要打听滩上的事应该在这人身上。忙迎了上去说："嗬，今天是什么日子？昨夜是侄子回来了，今天朱先生大早又光临寒舍。快进来喝它二两。"吩咐寡妇烫酒。朱功不客气，他是这里的常客。坐下来告诉徐宾，东家喜得贵子，选了下月初八闹酒，估计五十桌开外，酒呢，就直接从徐家园酒坊买，你老哥高抬贵手，给个低价，我是要从中弄几个酒钱，今天送定金来的。说完，掏出十个大洋向桌上一放。徐宾说好哇，顺手拿两个大洋放到朱功手上说："告诉东家，承蒙他看得起徐家酒坊，定金呢，在下收了，酒价是市面批发价的七成，好似在下凑了个份子。行了吧？"朱功看看手中的银圆说："这？"徐宾说："老弟啊，大早的叫你跑这么远照顾生意，老哥是'手长衣袖短'，寒碜着拿不出来，就借顾东家的手援一下，望老弟别介意啊。"朱功一听，爽快地把钱塞进口袋，两手作揖招呼着："徐哥豪爽，小弟就恭敬不如从命了。"徐宾把朱功拉到徐康面前，对徐康说："侄儿啊，朱叔叔是'滩上通'，他的东家更是不得了，富甲一方，方圆百里无人不晓的顾五顾先生，你要问什么就问他吧。"徐康一听"顾五"就知道是怎么回事了，佐藤留下的宗卷上是挂着号的，来之前，他把特高课里的资料认真翻了几遍，顾五的宗卷事宜尚未结案，趁这次回来就从上次遗留事着手。徐宾就把徐康的身份给朱功做了介绍。朱功听了，两腿肚子有点架不住，坐也没胆，走也不是。他本就是个混混儿，上台面的事做不起来的，眼前的人是日本鬼子跟前的新红人，他有怕惧。那边徐康脑子里滚动了一会儿，还是收起了不屑一顾的面孔，吩咐朱功坐下。朱功有点诚惶诚恐，看着徐宾的面孔说："徐科长在这，在下坐下不合适吧？"徐宾说："没事，就是科长也是我侄儿，坐下，坐下。"朱功坐下了，他本就是个无赖，自己又是送生意上门来的，狗也不咬送礼的，打狗也要看主面呢，既来之则安之。徐宾打横坐下，给二人斟酒，三杯酒下肚，脑子就热起来。朱功借酒劲问徐康："听宾老板的话音，徐科长回滩要办什么事吧？如用得着小人、尽管说。"徐康说："你东家上次犯的事，宗卷里记着，只是日本人换了主儿，现在派我来接着查，你呢，一看就是明白人，请你转告东家，上次事没了结，要想太平，只有立新功，有敢和日本人作对的盯紧点，一有蛛丝马迹，马上汇报，我这段时间就住在家里。"他看着桌上十个银圆只剩下八个，又从中拿了三个给了朱功，说："你不是要发财吗？跟着本人财是有得发的。这个世道，活络点儿，有奶就是娘，什么行都能入，可千万别选'穷'行。"说完，自顾喝完了一碗酒，他对朱功说："先给你跟姓顾的个立功机会，帮我打听，有个新四军医生带了个伢儿来滩上养病的，是谁家照顾的，这伢儿应该还在滩上，要是找到这户人家那就立了一功。"说着先走了。

朱功回去如实告诉了顾五。顾五为井上龟秋的事一直对李三家记恨在心，不仅几千大洋泡了汤，也险些送了命。听说有重大情报又能领偿，他兴奋起来。前天夜里他告诉奶奶邱萍，伢儿一百天，他要大庆一场，一是喜事该庆，二是也能敛不少的财。邱萍不肯，她说："兵荒马乱的年头，能过点安逸的日子就谢天谢地，别胡闹了。你看桂娘家，生了伢儿，平平淡淡过日子，虽不及我们天天二两糖四两油，鸡鸭鱼肉不缺，可人家过得舒坦。昨天我抱着儿子去她家串门，嗬，她两个儿子都长得虎头虎脑，结实，水灵，精神，不像我家天龙，泡在蜜罐里，瘦得像猴，还三天六个病。"顾五硬是要庆，邱萍也是没有办法，叹了口气，由他闹腾去吧。顾五抱着儿子颠着，忽然想起了昨天的话，他问邱萍说："哎？你说桂娘生了几个儿子？"邱萍说："两个啊，怎么啦？"顾五说："不对啊，生天龙的那天，接生婆陆二姑娘抱着伢儿不是说'荡西风水好啊，桂娘产了个将军，你们就添了位龙种！'她没说是接了个双胞胎啊。"邱萍一听，也想起来了，说："那我就不知道了。"世道不好，经常有人把小孩送到荡里去的事，顾五如果还不见奶奶肚子大，也准备托接生婆收个伢儿了。顾五忽然突发奇想，会不会李木匠家的伢儿是新四军的呢？他不由得兴奋起来。但这事可得弄准，不能像上次那样，吃个夹生桃，险些惹个杀身祸。他先到接生婆婆家问，小木匠奶奶生了几个，接生婆说一个。顾五说你可记错了？接生婆赌咒发誓说："东家啊，这事能错吗？"顾五说："她家怎么还有一个差不多大的？是你接生的吗？"接生婆不说话了，她低下头做事，说："我接的生多了，活的多，死的也不少，只看女人裤裆不看女人脸盘，接多了就糊涂了，记不清了，小木匠奶奶好像生的是双胞胎。"说着就赶顾五走了。顾五知道她在搪塞，为这伢儿的来路打着掩护，没动声色回家，吩咐朱功带着人悄悄地轮班在三木匠家屋后盯着。

今天是端午，李三没有出门。元宝和蚕姑娘也在家里，连丹丹在内，一家十来个人难得的在家过个节。傍晚前后，桂凤婶听到了有人在敲篱笆门，李三到门口一看，是上次送郭医生来的交通员汪虎，另两个不认识。三个人老百姓装扮。原来他们受丹丹父母的委托、顺道来看伢儿的。还带来一些钱给李家，桂娘全挡回去了。来人进屋照了几张伢儿的照片就匆匆离开了院子。这一切，让朱功的两个跟班全看在眼里。没待来人离开，朱功就回顾家园子报告。徐康已搬到顾家院子来住了，日本人给特务科的活动经费很多，他看出了顾五是个唯利是图十足的小人，带人来住先给了一把洋元，顾五见钱眼开，邱萍想挡也挡不住。一个女人还奶着伢儿，几个生疏男人进进出出方便吗？她争不过顾五，只好成天关在屋里不出去，随他们瞎闹什么样。毕竟顾五是她的丈夫，人在屋里奶伢儿，耳朵却听着屋外说什么样。朱功回来大声叫喊："东家，东家，木匠家来客人了！"她先是好奇，木匠家来客人你高兴什么样？还回家报告消息？后来看见徐康吩咐他赶紧回去盯着，就晓得不是好事了，开门拖着顾五问什么事这么鬼鬼祟祟的？顾五说："新四军在小木匠家藏了个伢儿，这下可要发笔财了。"邱姑娘气得说不出话来，指着顾五说："你、你、你……"顾五没心事跟她解释，跟着徐康走了。等他们到了李三家背后，朱功慌慌张张地说："人不见了。木匠把羊圈里的窗户开成了门，来人没走大路，往荡里去的。"顾五顿足不已，到手的洋元又飞了。徐康说追啊。顾五说："别追了，寻不到的。"心里说，要是进了荡还能追到，我上次早死在松下手里了。他问朱功："伢儿没带走吧？"朱功说没有。他放心了，说："跑得了和尚跑不了庙。抓到伢儿还怕引不来大人？"徐康只是感到可惜，要是来早一步，活捉到那三个新四军多好。他踹开了篱笆门走进院子。凤婶以为刚走的人又回来了，叫儿子去看看，李三还没出门，顾五就带着三个陌生人进来了，晓得出了事；他看看娘。凤婶问顾五："东家晚上来到穷窝里又做什么？不再是找打水'井'的吧？还带着不认得的客人？"顾五说："那码事翻过去了，婶子，算你婆媳狠。不过今天也是为一桩公案来的。"说着，他把徐康介绍给凤婶，说："这是日本特高课的科长徐康先生。听说桂娘给新四军照顾着个伢儿，这是跟日本人做着对哪，可不好，伢儿在哪里？让他们带走吧。"他看到床上有三个伢儿，两男一女。想起邱萍说的桂娘养了两个儿子的话，知道那女伢儿不是徐康要找的对象。他指着床上一胖一瘦两个男伢儿问："哪个是新四军的伢儿？让他们带走呗。"他们说着话，桂娘已坐到床帮上去了，她抱起两个伢儿说："东家，我们是只隔两段田的邻居，你怎专跟我们穷人作斗呢？你不是瞪着眼说瞎话？这两个伢儿一个亲生一个抱的，怎成了新四军的了？"徐康可没有什么耐性，指着桂娘说："王桂娘啊王桂娘，你先窝藏皇军通缉的日本人，后来又为新四军养伤员，现在还窝藏他们的伢儿，胆子不小哇！"李三站到桂娘前面来了，说："这位老弟，你可别血口喷人，我们有良民证的。伢儿都是我们的。"徐康说："你承认我们就抱一个走，请你通知新四军派人来领，你不承认，我们就三个伢儿一起抱走，我就不相信你们的心是铁做的。"凤婶和桂娘急了，都说没真凭实据你们不能带走。两人把伢儿护得实实的，李三攥着拳头要跟徐康拼命。徐康从腰上拔出枪来了，枪口抵着李三胸口。顾五挡住了，他不希望徐康杀人，对桂娘说："老妹子，你不要为一个非亲非故的伢儿担生死责任，你说不让他们带走就拦得住啊？要不我又变成了在欺骗皇军，你说是邻居，怎么为个不相干的伢儿不为我考虑的？"凤婶说："谁教东家你瞎嚼舌根的？你也好歹是生儿育女的男人了，你做事天在看，为你儿子留条平安路吧。"顾五被凤婶的话呛得急得不知怎么应答了，只是指着李三："你……你……你……你就不怕死？"他看着顶着李三乌黑的枪，腿跟着李三的腿在一交抖，催着李三说："说啊？哪个伢儿是新四军的？胖的？瘦的？说了饶了你们，我会跟徐科长求情的，他是徐家园酒坊的人，都是邻居，紧密的邻居胜似亲。"凤婶"哦"了一声说："怪不得眼熟哩，跟叔一个德性，尽做造孽的事。"徐康说："我没工夫跟你磨嘴皮子。"喝令"全部带走。"桂娘知道逃不过一劫了，看着嗷嗷待哺的儿子和年迈早早守寡的婆婆，以及过了而立之年才娶妻生子的丈夫，她心里从来没有这么难受过。聪明善良的木匠选择了她，她却没给他带来长久的幸福。她晓得即将要作出的决定更是伤害了他。满腹的歉意搓了泪，她抱着凤婶叫了一声"亲娘……"这一抱，老人什么都知道了，说难过，她比谁都难过，捧着儿媳说："好姑娘，别难过。为娘没怪你，你没做错什么样。"她对徐康说："年轻人，你长得仪表堂堂，怎么就下得了这般狠心呢？你把伢儿带走，没奶吃了他活得成吗？看样子你没成家吧？但也是父母生的，就没有点人之常情？"徐康鼻子里"哼"了一声。桂娘说："娘，跟他说没用。我带着伢儿跟他们走就是了。"徐康说："这就对了"顾五说："伢儿交给他们就交了差。你跟着去不是自寻苦头？"桂娘说："别费口舌了，我去换件衣裳。"徐康带着人出去了，房间里就剩下自家人，桂娘挡住了要代她去的婆婆："娘，别争了，一来你身子骨不及我，二来伢儿还要喂奶，不能离娘。黄泉路上无老少，生生死死寻常事。我王桂娘来到你家，尽惹是非，真对不住你老人家。这次去了如能生着回来，补孝道，回不来别记挂。家里两个伢儿让你老操心了。"说完，跪下磕了三个头。凤婶早已泣不成声，她知道桂娘要做什么，她又能怎样？只能挪开护着孙子的身子，别过脸去，违心地挥手说了声："儿呀去吧，去吧。"桂娘起身走到床前，抱起伢儿头也没回就跨出了大门。李三先是呆若木鸡、不知所措，当看着桂娘抱的伢儿顿时醒悟过来，猛地转身冲了出去。身后母亲凄厉的一声"儿子！回来……"李三双手揪住心口蹲在地上，身后的雁儿在哭喊着"奶奶，你醒醒、你醒醒"才把他惊醒了，转身回来，抱着昏厥过去的母亲哭不成声。

第三十章　大义悲天

桂娘被关在顾五的柴房里。顾五家的堂屋成了徐康和鬼子们的临时办公场所。吃过了饭，荣上吩咐提审桂娘，桂娘还是不承认这伢儿是什么新四军的，坚持说捡的。说儿子满月，滩上娘家接她去回家吃饭，回来的路上船行到沈家平桥，桥下乌篷船上有人喊，她停了下来，两个女人抱着这伢儿来跟前，先问家住哪里，接下来说请帮忙，老爷家出了点见不得人的事，待嫁的姑娘生下了个伢儿请她行行善，要不然几条人命就栽在这伢儿身上了，钱不在话下。说完，放下伢儿船就走了。我是做娘的人，大人错了、伢儿没错，也是一条命，我正巧在奶伢儿，一个是奶，两个是带，好似养了个双胞胎。就这么简单。人家是个大户，晓得我家穷，昨天夜里还派人送钱来。大概给顾东家看到了，说什么是新四军的后代，不知道我李家哪里得罪了东家，给我陷害栽赃。朱功说："桂娘，你在编故事，昨夜来人还帮伢儿照相的。我们在外面都看得清清楚楚。"桂娘说："你说对了，来人是帮伢儿照了相，那是伢儿他舅，说她娘要看看孩子长得怎么样。"朱功说："来的人跟你们挺热情嘛，好像不是刚认识的。"桂娘说："那天就是这人从船上把伢儿抱过来的，脸嘴熟。"朱功还想说什么样，桂娘说："姓朱的，你给我二婆嫂子戳了一鱼叉，把恨记在我头上就借日本人的手报仇，还算个男人吗！"朱功气得指着桂娘说："你、你、你……"徐康说："看不出来你还伶牙俐齿的女人，你这样帮着新四军，那你是参加了共产党组织了？"桂娘说："你高抬我了，我大字不识一个，共产党还要我这样的人？你跟共产党新四军作斗，你找共产党新四军去啊，居然荷枪实弹，剑拔弩张地把我跟还没学会走路的伢儿抓来，这是人做得出的事吗？"徐康给桂娘怼得脸上有些挂不住了，不知道怎么回答。他擦着额头上的汗珠，说："老子懒得和你拉长论短，你不供出实情就别想回家去了。"吩咐把桂娘又关到柴房去了。

桂娘走了，徐康把自己的想法跟荣上汇报。他说："少佐阁下，我想用这女子和伢儿下一盘棋。王桂娘和西荡里的土匪唐九交往很深，而唐九又和去年被劫走的粮食有关。唐九仗着西荡天险不惧怕我们，我们就扎在这里用她母子钓唐九出荡。

唐九绝不会见死不救的，他信服共产党，喜欢王桂娘。"田中连连点头。可顾五急了，说："老弟呀，你是要在这里打仗啊？不行、不行！要打你到滩上打去，你把鱼钓到这里来，我这院子全完了！"徐康说："顾五，你已干了，上了船就下不来的。消息是你报的，新四军能饶了你？唐九能饶过你？你把日本人请过来就由不得你了。"顾五一听呆若木鸡，像被打了一杠子的狗，蔫巴着回他屋里去。邱萍姑娘躺在床上，姑妈顾露姑娘抱着天龙。老人对他说："姑娘已是哭昏过去几次了，刚睡过去。我老太是来帮忙的，本不该多话，自从姑娘嫁给你，这个家才像个家，收收心、收收性吧。"转过身抱着伢儿出了房门。顾五坐到床前推醒了邱萍，说："老婆，鬼子走了一切听你的。"萍姑娘说："狗改不了吃屎。你滚吧。"顾五劝不过来，闷着头离开了房间。他从堂屋门口过，门已关上，徐康和鬼子在里面商量事情，他像块灶上的抹布被丢在一边。他也不想问，更不想管，只想着什么时候能拿到银洋。他走到院子，看见又添了不少兵，他急了，徐康带来的一帮人的吃喝开销还是他供着，说是连同赏钱一起结账，伢儿给抓来了，没给钱，又要用她们母子钓鱼，偷鸡不着蚀把米！他返身推堂屋门想跟徐康要钱，门却被里面反插着，他像泄气的皮球蹲在廊下。过了一会儿，昏昏沉沉地向他房门口走去，房门也被邱萍反锁了。他不敢敲门，去了姑妈房间躺下。现在是猪八戒照镜子——里外不是人。顾五像死猪似的困到第二天早上，起来时已是八九点钟光景。是朱功把他唤醒的，他要领钱买菜。"钱！钱！钱！"顾五怒不可遏，一把将朱功推倒在地，说："你除了钱还认识什么？要钱你去找徐康去！"朱功说："徐康和鬼子头都去了滩上。东家你引狼入室，不也是看在大洋的份儿上？"说完赶紧往门外走去，他怕顾五拿他出气打他。

鬼子跟着徐康去滩上审薛飞去了。又是徐康的主意，他认为中粮船被神秘地劫走，绝对有内鬼配合。皇协军副连长薛飞很可能是共产党的内奸。徐康带着荣上忽然回滩算是杀的回马枪，连谷秀和任国泉都不知道，一到滩上就卸了薛飞的枪。情况发生太突然，谷秀和任国泉一脸茫然。薛飞没有慌张，脑海里飞快地转动着，想着哪些环节露出过破绽，自认为没有也就神态自若了。他一副茫然的样子，看着得意的徐康。

徐康问薛飞："薛连副，可认得徐家园酒坊？"薛飞整理着脑子里信息，刚才任国泉说对方是城里日本人大本营特务科的徐科长。他姓徐，又提到酒坊，假如不是巧合，他应该是徐宾的什么样人了。他的思路迅速向这方面调整："认得，方圆几十里没人不认得徐家园酒坊，我还带人去过。那老板是不干人事的家伙。"薛飞说。徐康说："是唐九派你去的，对吗？"薛飞心里有底了，说："是啊，老唐派我去的。""哦？"徐康装着惊讶，"那就是说你是唐九的人了？怎又加入了皇协军的？"薛飞说："我要养家糊口，谁给钱爽快我就投谁。我投唐九时，你们还没招兵；滩上开始招兵给的钞多，我就辞了他来你这里。铁打的营盘流水的兵，徐科长你也不是一直就在给皇军服务吧？"两人一审一答，顾三禾不断地给鬼子翻译着，他尽说着对薛飞有利话。徐康说："你不是嫌唐九穷，是要混进皇军队伍里内外勾结抗日吧！"鬼子不是"中国通"，但像"抗日"这些敏感的词语还是听得懂，瞬间脸色就在变化。薛飞脸色沉了下来，用愤怒的口气指着徐康说："哦，姓徐的，我知道了，酒坊老板徐宾是你家里人，今天你带着太君来公报私仇的！你应该知道我为什么样去你家的！"三禾飞快地翻译着，用眼色告诉薛飞，别让徐康喘息。任国泉在旁说了句不痛不痒的话，他说："酒坊？哦，我知道了，徐科长是酒坊老板徐宾的亲侄子，老早就听说过酒坊老板是兄弟两个。"薛飞说："那就更对了。"他就把徐康的叔叔徐宾怎样强奸儿媳、气死妻儿，把丧尽天良、天怨人怒的事绘声绘色地、详尽地对着鬼子演说一遍。鬼子听着这个故事惊讶得张大嘴巴似乎难以置信，看看任国泉和翻译，从两人的神色上好像是对故事的真实性给予了肯定。他们看徐康的眼神在变化了，特别是荣上，脸上露出了明显的"看不起"的表情。徐康没想到本来是想通过家里的发生的事，盘查出薛飞和唐九抗日纵队的关系，现在弄巧成拙，薛飞曝料出徐宾的丑闻却博得了鬼子的同情。他脸上有些挂不住了，说："你把自己说成君子，就没说乘人之危、夺人之妻的小人行径？你骗了我叔是他罪有应得，也算匡扶正义，怎又把我弟媳娶去做了妻子？是占有还是要挟？"薛飞说："你真不是个东西，不知道太君怎用上你这样的龌龊小人！玲姑娘给你叔叔用强怀了孕，想打胎没打成，大出血，好险丢了性命，万般无奈才把伢儿生下来了，按道理说，她是没有脸面生活在这世界上的，可她不能死，伢儿是无辜的，嗷嗷待哺。她是独女，七旬的父母靠她供养，她一死就还要加上四条人命。谁救她就是救了五条人命，她要活，就得有人给她留下活着的尊严。生下伢儿不是她的过错，是你徐家畜生。这尊严我给了，我薛飞顶着世间小人的嘲讽娶了她。"说这些时薛飞真的动了情，眼眶儿湿泅泅的。鬼子看薛飞的神色变得温和，带着敬佩。他们竟忘了这本来是一场审问。荣上轻轻地问薛飞："薛桑，你的，会跟我去城里服务吗？"在场的都没想到通城的最高首脑竟被薛飞的"大义"感动了。荣上来到中国几年，围着他身边转的中国人都是带着各自的利益，有所求就会奴颜婢膝，没有民族气节的小人他最看不起的，虽能为他所用也不会长久，他始终没有发现他招募的中国人中有薛飞这样的人。任国泉和三禾都松了口气。薛飞还要巩固一下成果，他对荣上躬了躬身子算是道谢，说："我不是喜欢攀龙附凤的中国人，滩上长、滩上生，谷秀太君待我不错，我无非是为了糊碗饭，不想离开女儿滩。大佐，为谷秀君效力就是为你效力。"徐康脑子里一片空白，他没想到这一审把薛飞审高了，自己倒成了众人唾嫌的弃子。荣上亲自把缴来的枪从桌上拿来还给薛飞，拍拍肩膀叫他坐下，说我们就在这里讨论"钓鱼"计划。薛飞说唐九原来是他的上司，虽然现在是各为其主，但避嫌还是应该的。他明显地表示出对徐康的愤懑气冲冲地走了。

六月十六日。初夏的女人滩开始显得燥热，桥两旁的垂柳无力地挂在河沿上。太阳还有一树头高，爬在柳树枝干上的蝉，给树下贴告示的皇协军吓得惊叫起来在河面上乱窜。

"哐！"一声锣响顺着女儿滩的九湾十八汊应着声，回音颤连着人的心。敲锣的人站在拱桥上伸长着颈，看到有人来看布告，他下桥来一字一句地在念着告示："驻通州日本皇军行辕告知：六月十八日午时，于女儿滩三宫殿，处决小新四军，对死心塌地地对抗皇军的各种组织以警效尤。届时将有抓获的抗日积极分子陪绑。"众人一片哗然，骂着鬼子散去。

桂娘和伢儿被抓走的消息，苏政委和唐九都知道了。是二婆去了趟西荡。

自那天桂娘母子被徐康抓走后，鬼子一直监视着李家。一是防止李家人通风报信，二是守株待兔在蹲守。凤婶焦急万分，叫李三背着锯子出门，借机去给唐九报信。李三没出得去，篱笆门外守着便衣。娘儿俩像热锅上的蚂蚁不知如何是好时，却听见院子外二婆在跟便衣吵闹。二婆大吵大闹说："婶子你出来！发财啦？养起看门狗来了？"凤婶有了主意，急急忙忙出来对二婆说"丫头，别这样说话，小兄弟端日本人的饭碗也是没办法。不让进就不进吧，帮我去趟滩上告诉她舅，桂娘和捡来的丹丹被日本人抓去啦！顾五说伢儿是什么新四军的后代，真冤啊，人哪，不能做好事啊。"便衣说："凤婶，你就少说几句，日本人吩咐不准你们和外人接触，你就饶了我们吧。"二婆："呸，我是侄媳妇儿，是外人吗？日本鬼子走了你跟着去？"凤婶："丫头你快走找她舅去，他熟人多，托托门子，让娘儿俩早点放出来。"

"舅？哪来的舅啊？王浩不是成了吗？"二婆盯着凤婶脸上看，她还没悟出凤婶说的意思。凤婶一跺脚，对二婆说："快去啊，二婆，去啊，找他舅！舅！愣在这里跟小兄弟斗嘴干什么？"二婆悟出来了，要他去给唐九报消息。她狠狠地瞪了假鬼子一眼，匆匆回家叫上二枣，她看见便衣跟在后头，就喊二枣，说拿上罱夹，去七星舅舅家，顺便拿几条鱼送去。二枣想都没想赶紧拿罱夹，家里二婆的话就是天上打的雷，云里闪的电，别问原因，问了寻一顿骂。

六月十九是观音的生日，三官殿每年这天都热吵得很，烧香的善男信女给做小买卖的带来了商机。今年也没例外，大早的就热闹起来，耕男纺女、樵夫渔妇，行船的、打铁的、要饭的、叫唱的，零担叫卖的。卖香卖烛的比香客还多。明天日本人就要这里开杀戒，而且是要杀一个才几个月新四军留在桂娘家的伢儿，桂娘还要陪绑，女香客就更多了，大多数是来求菩萨保佑她娘儿俩的。女儿滩上的女人有着血性，一路上看到了殿的四周来了许多伪军和鬼子，好像她们不怎么惧怕，谁敢在滩上的菩萨殿里动了娘儿们，家里的男子汉还不过来拼命？

三官殿的位置算四面环河，进殿的大路在殿南边两侧，路南就是十字河，路东进来必须通过一丈来宽的坝头。来殿的人越来越多，坝头已被挤得水泄不通。鬼子有些紧张，拉动着枪机，用生硬的中国话骂着，阻挡着要过坝的行人。但没有用，鬼子不敢真的开枪，黑压压的、熟视无睹的人群透析着震慑他们的霸气。

殿河西的顾五家院子也是四面环河，河坎用石头砌成了光滑的斜壁。院子的四角用四五丈长的杉木搭了个瞭望台，只是做做样子，大多时候看见长工夏天在上头乘凉，这次被日本鬼子摊上了用场，机枪架上去了。居高临下看着能行西荡河面的动静。院子外面布着流动岗哨。院墙仿佛是铜墙铁壁。关桂娘跟娘儿俩的柴房就在东北角瞭望台下，屋前还有伪军站着岗。

顾五的堂屋。徐康正在荣上面前卖弄他的书法。他在一纸糊的牌子上书写着"小新四军郭丹丹"，龙飞凤舞。他告诉荣上，这样能激怒唐九，你不是抗日吗？你不是除暴安良吗？大家都知道唐九是个血气方刚的男子汉，新四军的后代在你眼皮底下，你总不会见死不救吧！

唐九是被激怒了，但当下的唐九再不是当初打三和镇的唐九了。他不在西荡，在老铁匠的铺子里和苏政委商讨救人方案。

天色将夜，四处风平浪静。鬼子怀疑，是不是唐九不来了？徐康说你们不了解唐九，这伢儿和那女人对他来说都很重要，中国的草寇讲的是江湖义气。假如唐九和共产党走近了更是不得了的事，救伢儿新四军肯定要掺和进来，但他还是主力。徐康滔滔不绝地说着，毕竟他在共产党方面做过事，知道共产党的宗旨就是为人类、为后代谋福，为救伢儿唐九会不遗余力的。他想起叛变后组织上一直在追杀着他，弄得他像条丧家之犬东躲西藏，他要报复！他向荣上建议说："今夜就先把伢儿杀掉，斩草除根！明天先弄个假的骗他们，假如还不出洞，说出真相，唐九一定会发疯，不愁他不出荡！"一副狰狞面目连鬼子都不寒而栗。一屋人没人说话，荣上也不置可否。任国泉竖起拇指夸他："有种！"

顾五在门外全听到了，他使劲地敲着门，说："姓徐的，你这是要把我向火坑里送啊！"徐康打开门，用枪抵着他头，说："图财害命你已摊上了。现在后悔已迟，滚！"顾五连退几步，看着徐康"嗵"一下关上门，连说："完了！完了！"像疯了似的在屋子里打旋儿。最后一屁股坐在地上，眼盯着屋顶像死人一般不说话了。

屋里的邱萍姑娘全听到了，她抱着儿子哭了一阵后不哭了，仿佛下了决心要做什么。她变得平静得很，抽出枕头下准备过百天的金黄色披风裹着儿子打开门，顾五见奶奶出来了，还抱着儿子，连忙爬起来问："上哪去？"邱萍没理他，从他身边向柴房走去。那面部表情冷漠得如去年冬天的第一场大雪。顾五拖不是、拦不敢，像一条不识人间行道的狗，拐弯抹角跟着奶奶来到了关桂娘的柴房。

今天小房子前后都布了岗，看门的鬼子挡住了要推门的邱萍，邱萍背着脸对顾五说："叫他开门。"一字字像扔在石头上的铁块。顾五叫喊着："开门啊！不开门我跟你们拼了！"他像发了疯，鬼子看了顾五要拼命的样子也有些害怕，让邱萍进去了。顾五要进去鬼子没肯，并随手把门拉上。

桂娘听到门外的动静无动于衷，人已麻木。她是个明白的人，落到鬼子的手上，别指望伢儿的生还了。她把伢儿拥在怀里喂奶，静静地听着伢儿吮奶的声音，伢儿不知道这里是什么地方，看着母亲的脸，眼珠子像夜猫子捕鼠时放射着机灵的光芒，两手捏着源源不断地供着他乳汁的乳房像玩着泥巴。母亲的怀抱是伢儿出生以来看到的最美好的世界，他不知道这只是世界的冰山一角。儿啊，原谅做娘的吧，你不仅已拥有了娘的怀抱，也看到了女儿滩。母亲生你却保护不了你，不配做娘，身不由己啊儿啊！你叫七星，英雄陨落的时候你来到人世，七个叔叔为了人们的生存去了另一个世界，那边也孤独，娘就带着你一起去吧。伢儿吐出乳头咧开小嘴甜蜜地一笑，推开乳房舞动着小手抓她的双颊。他以为娘要带他去比娘的胸脯、比女儿滩还要美丽的地方。桂娘控制不住了，牙咬着下唇无声痛哭。

眼下除了凤婶母子还没人知道，桂娘抱来的是她亲生骨肉，李家传宗接代的男丁被她抱走，怪得李三发疯、凤婶昏过去吗？她别无选择，这是她做人的底线，伤天害理的事她不做。别说丹丹是新四军的后代，就是平常人家的伢儿，她也会这么做。徐进请她帮忙，接丹丹母子来家里疗养，她就知道有多重的责任，需付出多大的担当。丹丹的父母不是阔佬，不是大官，是把头颅别在腰里在前线打鬼子的人！"儿啊，有个伟人说：'生的伟大，死的光荣'，你就帮娘'光荣'一下吧……"说是说，她心里并不轻松。

邱萍已进来了，她听到桂娘刚才的话，虽也不晓得那伟人是谁，但心同样在战栗。她紧紧地闭着双眼，把头埋在儿子天龙的脸上。桂娘听到了一个母亲对儿子说着相同意思的话："儿啊，别怪娘心狠，在娘心目中你不是伢儿了，你是顶天立地的男子汉！女儿滩上不仅有值得人尊敬的女儿，还有儿郎！去吧，儿子，二十年又是一条好汉，总有娘等着你，或许别的女人，或许还是我，只要娘肚里能怀上伢儿，那，就是你……"说归说，语言也不那么铿锵有力。伢儿牙牙学语，似乎懂了。邱萍慢慢地蹲下来，在放下前最后一次用脸颊偎着，泪如雨下。

屋里没有声息，顾五不放心，他终于闹腾着进来了，看着邱姑娘拥着儿子在哭，伸手要抱儿子，邱萍挡住了他的手："别动，你不配。"顾五惊愕，愣愣地站了起来，迷惘着，他还没理解老婆话的意思。"你出去吧，我要和王桂娘说几句话。"邱萍对顾五冷冰地说。顾五乖乖地退出去，姑娘推上了门。

天色渐渐黑了下来。邱萍抱着伢儿出来了，像个圣女似的缓缓向院子走去，当听到身后的锁"咣当"一声落下，她无法控制自己了，像疯了似的冲进屋子，反拴上门，背顶着闩，仿佛怕有人从外面进来劝她改变主意。紧跟在身后的顾五没能进来。姑妈接过伢儿，看了一眼一声惊叫，被邱萍捂住了嘴。邱萍悲哀地看着姑妈，摇了摇头指着门外，抖磕的牙齿带动着嘴唇在哆嗦。

邱萍没开门，顾五心神不定，转了一圈又返回来敲门，邱萍抱着裹得严实的伢儿，挽着蓝花布包裹走出来。顾五问："这么晚了，上哪去？"邱萍说："去你姐姐家。"连正眼都不看他一下、朝河边走去。顾五高兴了，大声喊叫："朱功，派人撑船送她娘儿俩去司家庄。"还吩咐姑妈同行。

露老太送萍姑娘到河下，萍姑娘抓着姑妈的手："姑妈，你别去了，关在柴房里的伢儿也是一条命，我走了，拜托你，代我送他最后一程，叫他别记恨我。"说完下跪，两人抱头大哭。

萍姑娘带着伢儿走了。老太太瘫软在水阶上，听到柴房前有人说话，挣扎着起来赶去。屋门已打开，徐康带着人进了屋子。桂娘躺在地上昏迷不醒，额角被谁打了一砖，伤口在冒血。头枕在她手弯上的伢儿，两颗乌黑的眼珠子骨碌碌地转着打量进来的好些不速之客。徐康伸出手指还逗了他一下，伢儿看着他笑，还咿咿呀呀学语。才几个月的伢儿，魔鬼和人他是没法区别的。徐康侧头看着地下的半块砖，以为桂娘是用它自杀未遂。他自言自语地说："何苦呢？为了人家的伢儿竟连命都不要了，不可思议。你中共产党的毒太深了。"他叫了几声"李王氏"，没叫醒，吩咐手下用水冲，冷水呛得伢儿又哭又闹。桂娘醒了，一把将伢儿护在胸前。一会儿，伢儿停止了抽泣，屋子里响起清晰的"叭唧叭唧"伢儿吸奶的声响。露姑妈把桂娘抱起来坐着，一声声"苦命的姑娘"，哭个不停。

徐康说："李王氏，要保住这伢儿的性命还来得及，我派人送你去西荡，把唐九找来，只要他投靠日本人就放了他。"桂娘说："你把我看得太重了。连父母姓什么样都不知道的平常女人能高攀上唐九？我死并不足惜，只可惜了伢儿，他还没来得及看滩上的芦花怎样由青到灰。别再费心思了，我娘儿俩死了，你日子也不会好过到哪里去，路过酒坊喝酒的不多，咒你的却无数，都知道徐家酒坊门朝南北，不是东西。"徐康冷笑一声："别变着花样骂人，你不去，就等他来救你吧。"吩咐手下抱伢儿走。桂娘紧紧抱着不放，说"要杀要剐娘儿俩一起"，徐康没理她，喝叫抱走，还是顾露姑妈把伢儿抢在手上抱走了。桂娘凄惨地叫了一声"儿子"，昏了过去。门外传来顾露姑娘的呼唤声："姑娘你别难过了，人拦不住的事，天要帮你的。这一砖头，唉……别恨天龙娘，她心上比你还疼……"顾露姑娘一看就知道这一砖是邱萍要换伢儿时桂娘不肯，情急无奈中，邱萍砸的。

桂娘醒来时已到黄昏，醒过来就明白了一切，她抱着天龙贴在胸口，心如刀绞，这时的难过又是别一番滋味。她看看紧关着的门，结实的四面砖墙，只有窗户透着亮。她一手抱着伢儿一手拍打着窗棂："天龙娘！邱萍！萍儿姑娘……"沙哑的声音凄楚得很。看门的以为这女人哭喊跟要被枪毙的女人没有两样，都是求生的本能。他们也做不到主，只能无助地叹息，劝她省些力气。伢儿大概饿了，开始啼哭，桂娘马上停止了呼号，慌慌张张地把奶头塞进伢儿的嘴里。伢儿无声地吮，吮奶时眼珠子瞪着她的脸，手脚在抗议地舞动。仿佛从奶味儿上感到和平常日子里味儿有些不同。桂娘的心像刀子在剜，顾露老太太转回来了，对着徐康痛骂："连几个月的伢儿你都不放过，就不怕徐家门里断子绝孙？"徐康说："这话你和那木匠奶奶都说了几遍了，白说，老子是过一天、算两个半天，捧了日本人的饭碗我就知道在做什么，断子绝孙？老子就没想要老婆！好哇，你也向着新四军，积德行善，我就叫伢儿死在你手上。"吩咐手下押着老太来到小屋，天龙认识老人，边吮奶边挥舞着小手，老太是老泪纵横，目不忍睹。徐康叫老人去抱伢儿，桂娘往后退，弹丸之地能退几尺远？桂娘退到了屋角不肯把伢儿交给老人，她知道交给老人的结果。老太太恢复了知觉，也没伸手去抱，她知道抱过来就是生离死别。桂娘紧盯着老人家，跪下了哀求着："姑妈，你叫姑娘来和我见一面好吗？"人哀伤地摇摇头，说："姑娘，没必要了。天数已定，姑娘她带着儿子走了，不是龙，也是龙，娘为儿子伤心，世人为你们骄傲，你们都是女儿滩的好女儿！老太我不如你们。你就把伢儿给我吧。姑娘，我也这把年纪了，不要为难我，别再伤及无辜，枉添几条性命。"桂娘听了一阵目眩，抱着伢儿对顾露姑娘磕了个头，她哀哀地对老人说："姑妈，娘亲……你就是我的生娘……说我是女儿滩上的好女儿，女儿不如亲娘你啊……"桂娘实在挺不住了，晕了过去，顾露姑娘顾不得她了，接住了掉下来的伢儿就往门外走，怕桂娘醒过来又节外生枝。

徐康和两个手下押着老人来到西厢房外北墙的边上，他身后跟着任国泉和两个伪军，朱功在他下手。这里和朝南正屋相交，两墙角中间只留了一尺的甬道，进了甬道，来到通向外边的角门。徐康吩咐朱功，把伢儿从老太太手上抱过来掐死扔到墙外了事，朱功在向后退躲。徐康"哼"的一声，他颤抖着伸出了手。任国泉在后头猛烈咳嗽起来，朱功又打了个寒战，看着角门外，满眼漆黑一团，风凄凄，鸦夜寒，丈来高的高粱在摇摆，正是狂长的季节，枝繁叶茂，在黑暗的夜里却阴森森的着实可怕。他又缩回手看着徐康。任国泉说："徐康老弟，别当着我们面杀伢儿吧，你不怕，我忌讳。我第三个儿子和这小东西一样大。让老太抱着去院外，朱功跟着，做事别太绝，对面高粱地外是坟场，都是野狗。"说着话，已听到一阵狗的乱吠。徐康打开电筒打照着对面，一束白光在黑黝黝的丛生灌木上游荡，凹凸无序的形状惹人生着可怕的遐想。被突然亮起的光圈惊起的夜鸟从草丛里乱飞，撞着高粱穗儿、撞着柳树枝条，它们愤怒地摇晃，夜的寂静和沉默没有了。朱功毛骨悚然，倒吸了一口气，慌张地退回门里；徐康压低电筒，光扫着河面，风吹起一波波涟漪，这时的涟漪可不是好看了，能让人联想是水下的怪物吹出来的。徐康大概受到朱功情绪的感染，退了一步，迟疑了一会儿，狠狠地盯了朱功一眼，伸手要从老人手中把伢儿抱过来，他想扔下河去，一扔就早早了事，"扑通"一声，连尖叫都没有。老人却灵活地闪开，不知哪来的精神，脚步绝对不乱。两人拖扯，徐康面目狰狞，说："再不放，就连你这老东西一起送入河底！"任国泉看不下去了，上前隔开，他对老人说："老太太，看得出来你是菩萨心肠，但你也别让我们为难。你抱着伢儿上高粱地去让姓朱的杀了吧。"老人狠狠地瞪了他一眼，飞快地向高粱地里奔去，那步子你看不出是小脚迈出的，因为老人望着黑黝黝的高粱地，看到伢儿有着一丝生的希望。任国泉回转身拖朱功，说："跟上去啊，还愣着干什么？在那里结束掉。"朱功像不愿上套辕的牛，弓腰、拖屁股。徐康在后面踢了他一脚，他不得已而往前，可是任国泉又有意无意地挡着他的道。这档口，老太太抱着伢儿已钻进高粱地里了。任国泉这才往坝边儿上让了让，放下朱功朝坝那头走去。徐康跟在后面，到了高粱前才发觉大事不妙，这片高粱地像海洋，一望无边、深不见底。高粱秆子密密麻麻，电筒光都照射不进去。徐康从来没来过这地方，他不晓得，顾五这块高粱地六十多亩，四面环河，东北角连着唐九的西荡，是"孤岛"；对面是"乱坟场"；坟场对河就是二婆的干娘蒋九姑娘家。

徐康急了，大喊："老太，你在哪里？我怎看不见你的？出来啊！"喊声里带着害怕的颤音。等了一会儿，没有回音；又喊，这时候声音里带着哭声。任国泉说："别吼丧啦！全怪朱功，畏畏缩缩的，不肯跟着老太。"他从徐康手中拿过电筒，电筒光直照着朱功那张哭丧脸，像死人一般，苍白。"没用的东西！成事不足，败事有余。"任国泉骂了一声，钻进去了，高粱秆子被他撞得摇摇晃晃。徐康跟着走了一阵，他摸黑走着，大概被什么绊倒，躺在地上呻吟。直等到任国泉回来才爬起来，问老任："找到人了吗？"任国泉摇摇头。他拔出枪，回头一看，朱功早溜了。

徐康像一条疯狗，胡乱地用枪对天射去，忽然头顶上飞过来一团东西落在脚下，任国泉用电筒一照，惊恐地大叫一声："骷髅！"扔下电筒就走。徐康鼠窜着跑得更快，电筒都没拿，他进了角门竟把另两特务关在外面。门外的人敲门如擂鼓，带着哭声求徐康说："科长开门、开门！"门开了，是任国泉，徐康倚在门墙上喘息。任国泉吩咐跟着去的特务说："皇君要问人怎弄的，说老小都被掐死了。"他两手做了个掐嗓子的手势，特务点头如啄米的鸡。

老太太抱着伢儿飞快地往高粱地走去。什么想法都没有，就是带伢儿逃命。三个月伢儿都是她帮萍姑娘带的。她不哭，也不慌，进了高粱地就有了希望。地多大，田多宽，长了多少棵高粱老太太都懂，棵棵高粱有着她的血汗。高粱长得其实不乱，绝不是像徐康看到的乱不成章，横一溜，竖成行，顺着垅走就到了坟场。过了河就是蒋九妹子家。她像被狗追着的兔子，只知道带着伢儿逃命，根本不知道鞋已不在脚上了，伢儿却以为老人在摇着催眠的篮车，几步一颠早进入了梦乡。徐康的喊声她听到了，越是喊得急她越是拼命地跑。

老人终于跑不动了，口干舌燥，连喘气的力气都没了，她悲哀啊，怪怎么这么没用的，连老天都不怜人，一双小脚支持不住身子，歪歪扭扭往地上倒去。忽然从高粱秆子里冒出个人来，一把抱住挟着就走。来人低声说："老人家别说话，我是蒋九的女婿徐进，来救你的。"老人这下真晕过去了。

直到她坐着的船到了蒋九河下她才醒过来，她抬头认真地打量了徐进一眼，想着一晚的事情，才开始明白过来。徐进救她不是凑巧，救伢儿他们是早计划好了的。那姓任的伪军应该也是他们的人，要不然徐康要在院子里开杀戒，他怎说到外面杀去？开了门把伢儿往河里一扔不就了事？又叫送到对面；她抱着伢儿在前面走，直等她进入高粱地才催朱功过来，朱功胆小又拖了一阵才进来找她。她明明朝北，任国泉却打着电筒带着徐康朝西去了。她跑不动了，这蒋九姑娘的女婿就从高粱地斜刺刺地跑出来了，哪有这样的巧事？一步步地就像链环套，从开始就注定着伢儿死不了！老人不由得破涕为笑，笑是笑鬼子用伢儿钓唐九还在行兵布阵，殊不知给唐九当猴在戏耍他们。老人心想，托了老天的福了，伢儿命大福大阎王不敢收。老人不担心伢儿了，蒋九姑娘是她他好姐妹，只是她想着侄媳妇、手上伢儿的娘，姑娘应该是伤心欲绝了，得赶快把消息告诉萍姑娘，千万别做出出格的事来。

徐康沮丧地回到顾家院子。跨门槛前的那瞬间调整着心态，向荣上汇报杀死小孩的经过时，虽然心里忐忑不安，但话语滴水不漏。说着掐死伢儿的细节时，他迎着所有鬼子目光对他战栗的一瞥，不由得打了个寒战。荣上根本没问细节，虽然他是个侵略者，但惨绝人寰的事他做不出来，更何况杀死一个无辜的伢儿将会被控诉到国际法庭。虽然杀害小孩他没有反对，只是他绝不参与，更不问细节，谁主张谁当刽子手谁担当。荣上已绝对信任徐康了，连对同胞的小孩都下得了手的恶棍已丧失了人性。他是条他对付唐九的疯狗。他只问了一声："小孩死了，唐能来吗？"徐康信誓旦旦地说："能。唐最关心的是关在这里的女人，唐九为救她，将会不惜一切代价的。当然，现在还不能把小孩死了的消息传出去，那样总归要打些折扣。我再想些办法。"荣上点点头，知道他已有了主意。

第三十一章　血雨腥风

　　正在唐九心急如焚和苏政委探讨救人方案时，徐进气喘吁吁地来了。看唐九焦急的样子，他不慌不忙跟老铁匠要了一杯茶坐下喝了几口，这才把两个伢儿都相安无事做了汇报。在场的人听了目瞪口呆，还以为在听故事。徐进说千真万确，七星被邱萍姑娘带到司家庄去了，天龙已在他丈母蒋九姑娘家。凤婶抱着天龙跪下来朝顾家院子磕了十几个响头！大家唏嘘了一阵，剩下就是如何救桂娘了。

　　被关在屋里的桂娘并不期盼谁来救她，抱着天龙的顾露姑娘被徐康押出柴屋的那一刻，她的心彻底碎了，顾不得徐康的嘲笑，拖着老人的腿，哭得撕心裂肺。徐康说："别哭了，还来得及。去趟西荡？人家的伢儿，值得你这样痛苦？"她骂了声"畜生"眼睁睁看着挣脱了她的老人抱着天龙跑了。她撕心裂肺大叫一声又昏了过去。醒来时屋子内外已空无一人，门敞开着，连站岗的都不知道转哪里去了。知道这女人逃不去的，顾家院子眼下布着天罗地网。

　　桂娘望着门外，心如刀绞。昨天萍姑娘把天龙放在地下来抱七星时，桂娘马上意识到她要做什么，这个仇人的女人要牺牲自己骨肉为丈夫赎罪！她惊骇的程度不亚于看到六月雪。

　　两家虽只隔一段田，但李三这一代人跟顾五来往不多了，大概是顾五看不起李家，不屑为伍吧；凤婶的为人也是不喜欢巴结。顾家院子里是什么样、李家没人知道，他们从来不为半升米、奴颜婢膝去折腰。李家人只知道顾五名声不好，但知道他娶了个贤淑老婆。萍姑娘抱着天龙来到柴房里换七星，是两个女人第一次见面。邱姑娘要抱七星，桂娘紧抱着不放，两人拖拖扯扯，邱姑娘急得快要发疯。门外的两个兵都靠着门，顾五也在门外等，她只能靠手语和眼色说明意思。桂娘明白了，坚决地摇头。门外传来顾五的咳嗽声，邱萍顾不得许多了，捡起脚下一块砖把桂娘打昏过去。她把两伢儿身上的包裹对换一下，抱起七星就走。她不能停留，怕听到儿子的牙牙学语声而改变主意。

　　桂娘摇了摇剧痛的头，回忆着昨天发生的事，她不知道儿子被萍姑娘抱哪去了。她想走，脚没了力气，喊叫没人理睬。她敲累了，喊累了，浑身像松散了骨架，颓然软瘫在地上。屋里一片昏暗，当她又一次醒来，从门缝里透出几缕阳光让她知道不再是黑夜。

徐康带着人进来，他问桂娘："今天是你跟伢儿活着的最后机会，就看你珍惜不珍惜了。去一下西荡？"桂娘说："我要看看儿子。"她想着给天龙喂最后一次奶。徐康摇摇头，桂娘以为他是用这惨无人道的办法在折磨自己，逼迫就范，并不知道徐康已交不出伢儿来了。徐康说："那鬼东西三两顿没奶吃饿不死的。我知道你很善良，把别人儿子能亲生，可是眼见得要死了，你怎忽然见死不救了呢？倒让我高看你了。"桂娘知道看不到天龙了，这人已没了人性，她不再求徐康了，鄙夷地看了他一眼。她闭上眼睛，不愿再费口舌。徐康气急败坏，吩咐："带走！"

竖在三宫殿正殿前的旗杆，太阳照下的影子只剩两寸就要和杆子重合。布告早贴出去了，来看鬼子枪杀桂娘和"小新四军"的人不少。正殿里不断传来钟鼓和诵经声，老尼在为一家信士做着佛事，忌日由不得自己选择。本来挺肃穆的事，却因为殿四周有鬼子和皇协军端着枪在警戒，肃穆和森严、善事和杀气黏合在一块，佛事变了味道。阴森，恐怖，让信士磕头惶惶不安，僧人诵经有口无心。

"哐、哐、哐……"一阵锣响从顾家院子里传来，鬼子从那儿出发了，桂娘被便衣押着走在前面。不需求捆绑，是让人架着她走的，身心疲惫，没力气走路了。她身后有一个女人抱着伢儿跟在后边，披风包裹着，没人能看到伢儿的状况，偶尔能看到脚在蹬动。他是今天的主角，是顾五领着徐康在桂娘床上抱来的"新四军"的伢儿。

桂娘不知道伢儿已获救，以为身后女人抱的就是天龙，因为裹着的披风是她亲手缝制的，邱萍姑娘把伢儿留下，披风却换走了，她是怕引起顾五的怀疑。桂娘老是想回头看一眼，但只要回头就遭到特务的呵斥。呵斥不怕，只是肩膀由不得她。离三宫殿本来就是一段田的路，她好难走。自己死不要紧，可伢儿是无辜的，她不知道顾五在不在后面，假如告诉他，鬼子要杀的伢儿是他的儿子，他会怎样想？她不敢想。要是说出真相，那就不是死一个伢儿的事了，后面会发生一连串的事，伤及多少无辜！桂娘纠结得很，走三步、退两步，像老媪爬山。

徐康并没有催赶，要不是向桂娘围过来的人越来越多，他愿意陪着桂娘就这么在路上磨蹭。他在等着唐九的到来，桂娘和伢儿只是钓饵。路北是宽阔的大荡河，唐九不会渡河来救人的；路南对河是一望无际的芦苇，这条芦苇带是唐九突袭的最好地段。螳螂捕蝉、黄雀在后，徐康已布好两道包饺子的埋伏圈，只等大鱼上钩。他多么希望大白天的芦苇荡来个狂风暴雨，可就风平浪静。他押着桂娘磨磨蹭蹭走了一个时辰，连个兔子都没看见。他焦急得很。

就是磨蹭也到了三官殿，还是没半点征兆，徐康无奈，只有押桂娘进去了。天没有风，旗杆上黄色幡旗倚在旗杆上纹丝不动。桂娘不敢向里跨去，越过了门槛，天龙离鬼门关越近。她对徐康说："就算我求你一回，让我给伢儿喂最后一口奶吧。"说这话时大概是心灵的感应，她真感觉到乳房内在涌动。往时涌动的是乳汁，今天是血。天龙要代替七星死去，要是能含着她的乳头，母子俩一起走，她也能找到一些良心的安慰。徐康没有理睬她，他的心思全注视着四周的动静。桂娘不知哪来的力气，猛一转身，挣脱开扭着她胳膊的特务向身后抱着伢儿的女人奔去。女人猝不及防，等桂娘伸手夺伢儿时才反应过来，桂娘目瞪口呆，只觉得天旋天转向后栽去。她看到披风里包着不是天龙，是只绑扎着动弹不得的小羊。她以为天龙已被杀害了。恼羞成怒的徐康一把揪住她的头发，拖着进了殿。

三官殿一正两厢，四面围墙，厢屋都是五间，鬼子又在西厢屋南头设了临时指挥部。徐康把桂娘拖进来捆绑在白果树上了。

院子里已来了不少人，他们见桂娘被折磨成这样子，咒骂声如同开锅的沸水，向白果树挤来。警戒在桂娘身边的卫兵朝天连开数枪，震耳欲聋的枪声起了些扬汤止沸的作用，人们不那么拥挤了，但个个虎视眈眈地和持枪的鬼子伪军就这么相持着。明里唾骂的，暗里扔砖块的，都是愤愤不平。徐康出来又加强了警戒。

三官殿有东、南两个大门，今天东门关了，只留南门进出。殿内看不到多少兵，其实都设在暗处。殿顶上、东西厢房屋内都藏着兵，而且都架设着重火器，这里和顾五院子瞭望台上的火器相配应。殿门虚掩着，只要有外敌进来，绝没活的可能出殿门。

看看日头已是中午光景，还没见唐九有什么动静。原来从殿门挤进的人摩肩接踵，现在不仅开始少了，还像晚汐在慢慢地退落。徐康觉得奇怪，徐宾不是说滩上人讲义气的吗？怎么骂了一阵就走？他可不希望老百姓走，来得越多越好。新四军打仗怕伤了百姓，他可不在乎。看着人们不仅退到殿外，大多数人还退到连着西荡的坝外去了。他开始紧张起来，应该是唐九在疏散着百姓！是敌人要进攻了？还是看出了他的计划害怕了，放弃了救桂娘和伢儿的打算？

第三十二章　顾五疯了

　　顾五疯了。那天邱萍带着伢儿离开了顾家园，顾五认为她母子平安了，杀新四军伢儿的事他绝不能参加的，再说跟着徐康后面闹腾了两天一夜，也着实吃力得很。载着老婆儿子的船一开走，他就连打着哈欠躲到姑妈床上蒙头大睡去了。到了天黑他才起床，堂屋里桌翻凳倒，像遭了强盗抢劫，出来一看院子里空空如也，只剩瞭望台上暗藏着的枪手。他向三官殿跑去，徐康一个大洋没给他哩，白吃白喝就这么走了？殿门大开，只有老尼在打扫狼藉不堪的院子。他又到处找朱功，是不是钱给他拿了？在大洋面前他也不是个好东西。他东找西寻没有人影，连手下的打手也一个都不见了。他不寻了，认栽，向司家庄走去，其他什么都不重要，只要奶奶和儿子平安就行，他到了司家庄，大门紧紧地关着，他有着一种不祥的预兆。顾不得夜深惊动了别人，胡乱地叩击着门环，"哐、哐、哐"的敲门声让左邻右舍以为先生家来了生急病要死的人。司老寿在院子里高声喝骂："敲丧？来了。"门闩刚拔出，就被推开，撞得老寿一个趔趄。顾五冲到堂屋，姐夫不在，淑芬半躺在病人待诊的椅子上，双手捧着头，眼神迟钝，脸色苍白，似乎没看到顾五进来。顾五叫了声"姐姐"见没理睬，急忙冲进里屋找萍姑娘和儿子，没见着，他急了，回到姐姐面前大声吼着："天龙呢？死货呢？你死啦？问话哩！"淑芬猛地站起来给了他一记响亮的耳光，没等顾五回过神来跟跟跄跄地进房间关上了门。顾五捂着嘴巴穷追不舍来到房前敲门，只听到姐姐在房里号啕大哭，司老寿已站在后面拍着他的肩叫他别敲了，他有话跟他说。

　　两人站在场上，天上没有一颗星，满院子里黑咕隆咚。司老寿看着天说："爹娘生下你个人来，就怎么没给你安上人心的呢？你要儿子吗？去阴间吧，昨天死的伢儿就是你家天龙！别在这儿'现世'了，快滚出这个院子。"顾五抓着司老寿的衣领说："你瞎说！我姐夫呢？邱萍呢？这臭婊子呢？那抱来的是谁的伢儿？""你惹的事让你姐夫心病犯了，送城里抢救了，现在还不知生死。邱姑娘我就不知道了。你不要再蹬这门了，娘家人出了个汉奸，司家庄人脸上无光。"边说边像赶狗似的往外攮着顾五，没等顾五退到门外，司老寿就关门，顾五一只脚被夹着了也没松开手，也不知道顾五怎么把脚拔出去的，带着血的鞋落在门里。第二天有邻居告诉老寿说，顾五嘴里就是叨念着一句话："要儿子吗？去阴间吧。要儿子吗？去阴间吧……"司老寿权当他是只狗了，活也罢、死也罢，没人惦记的，他只是在打听桂娘的事。有人告诉他说桂娘给王洪带到娘家去了，他才心里宽松了些。三天后，拾荒的在邱萍娘的坟头旁看到过顾五，一副痴呆迷惘的样子，围着坟头一棵半枯死的老桑树转了半天，树下又添了个新坟，是在他丈母的下首，说是邱萍的。

那天邱萍来到司家庄，把事情的来龙去脉告诉了司先生夫妻，丢下伢儿翻身就走了，救出了人家的伢儿，完成了她的心愿，但自己的儿子还是连着做娘的心，她知道活着是没有希望了，她必须找到尸体，母子俩一同去另一个世界。

萍姑娘来到三官殿门前，靠河边有一堆柴灰。那是开会前，徐康为震慑桂娘叫人置的柴火被烧了留下的灰。他押着桂娘进殿门的时候指着柴火堆恶狠狠地说："大家听着，假如唐九不来，新四军留在小木匠奶奶这里的孩子，"他指了指走在桂娘身后的女人手中抱着孩子，"我就把他放在上面烧死。"

萍姑娘眼色迷离，神情恍惚，盯着离柴灰不远的芦苇枝头上挂着的一件披风缓缓地走过去，她轻轻地拿下，抖抖颤颤地捧在胸前。昨夜天龙还裹在这披风里的。她记得儿子在这件披风中咿咿呀呀学着说话，仿佛在问，是不是裹着别人家伢儿的披风就能长胖？人已去，物尚在。她就这么捧着，拥着，她已不会哭了，抱着披风慢慢地走，仿佛怕把儿子惊醒。有人看见她回顾家院子去了。

萍姑娘不知道这堆柴火上并没有烧人，是费拖拖儿烧的一只羊，就是那女人手中捧的那只羊。徐康指着柴堆那凶神恶煞的样子跟桂娘说，要烧死她手中的"孩子"，围看的老百姓以为是真，个个像梁山泊下来的强盗、呐喊着向抱着伢儿的女人挤来，要是没荷枪实弹的鬼子把他们拦住，她早不晓得头在何方、腿在哪里了。她被吓昏了，看着徐康押着桂娘进了殿，趁人不注意，把抱着的物件扔到路旁芦苇里飞快地溜了。那时候费拖拖儿就蹲在芦苇里拉屎，被绑着腿的羊砸在他头上，他捡了个便宜。等人都散了，他点起了柴火，烤着羊吃了一半，打着饱嗝带着剩下的回桥下去了。直到萍姑娘来的时候，夜风中还飘着羊膻。

邱萍捧着披风穿过顾家院子来到屋后，西角上葬着她的娘。她放下"儿子"，挽起袖子，用十指在娘坟旁边刨着坑。直到村里鸡叫，她刨好了好大一个坑。她把披风叠得方方正正放在坑的一侧。凤婶子一大早来顾家院子找她的时候，发现她吊在坑旁边的拐拐儿树上，垂下的两只手上，血淋淋的全没了指甲。老人抱着姑娘哭啊，那凄楚声至今没人忘记。她来的时候，姑娘身子还暖着，老人捶胸顿足，恨自己来迟了一步，只有给姑娘办后事了。老人叫来两个儿子、请来费拖拖儿把姑娘放下来，入土时着了盛装。萍姑娘是李家的救命恩人哪，天龙和七星披麻执杖。下葬时，那件披风还放在萍姑娘身边，满足了她三代同坟的愿望。

有一天二婆在晾晒衣裳，看到萍姑娘坟墓前有个男人在那里转，"顾五"！她连忙去告诉凤婶，再回来看时人没了。后来才知道他去了滩上。他桥东走到桥西，桥西走到桥东，乡亲从他身边过，要么吐口痰他身上，要么远离他绕开着走。没有人把他当人看，只有拖拖儿陪着他，但是拖拖儿手里是拿着从蒋荣青肉摊儿旁的树上折下的柳条编成的鞭，一会儿一鞭、一会儿一鞭地抽着。王洪招呼着拖拖儿到店里喝点粥，别去跟疯人较真。拖拖儿说，他是条疯狗，不抽死了还会咬人。这话还是给他言中了，当然那是后话。那时候的顾五，不仔细看，还真的很难认识，上身只穿件棉絮挂出来的黑棉袄，下身剩一条飘着破条条的灰色单裤，一只脚拖着鞋，另一只光着脚，浑身是泥，嘴里似乎问着一句话："去阴间怎么走？去阴间怎么走？"没人告诉他，他说："你不说？那我去问刘林，我去问青霞，我去问他老子福贵。"他先走到滩湾处刘林的宅基地，那里早已杂草丛生，长满芦苇；又带着满身的芦花来到桥上，看着桥下清澈的河水大叫大喊："喂，刘福贵，去阴间怎走？那里还归通州吗？"他还记得李三给刘林起房子被烧那天的事，刘林被淮阴来的兵杀了，青霞投了河，刘林的父刘福贵投河了。直到天将黑，他摇晃着身子去了桥西，走到范五脆饼店，本能地探头看了看，里面打开半扇窗户，主人伸出托着脆饼的手，他拿起脆饼好像想问什么时，窗户已关上了。他边啃着香喷喷的脆饼，边继续向前走，老铁匠看着他顿生怜意，叫他进去坐坐，他想进去问去阴间的路，小铁匠毛平挟着块通红的铁递到他的脸前，他伸手去拿，倒把小铁匠吓了，丢下挟钳把他赶了出去。顾五拐了个弯就到了寡妇磨坊，捧着漂亮的邢寡妇闻香，他错把她当成邱萍，给打了个嘴巴才走的，边走边问"去阴间怎么走……"雾起了，云低了，夜幕中人不见了；人不见了，让人毛骨悚然的声音还留在风里。

三官殿事件，发生在国共第二次合作、全民抗日掀起高潮时候。鬼子忙于战事，不断从小地方抽调兵员补给前线，就无暇顾及女儿滩了。从全国看，通州还算个小地方，鬼子兵力十分薄弱，抗日热潮高涨，抗日活动十分频繁，荣上要用兵镇压捉襟见肘，大佐恼羞成怒，气全泼发在徐康等这些汉奸身上。为保命，徐康竭尽全力放在破获通州城里地下党组织的工作上。徐康赔了顾五又丢了新四军的伢儿，加之谷秀和田中大尉又常告黑状，任国泉、薛飞暗中再挑点事端，徐康像过街的老鼠。地下党组织几次锄奸，虽都被他逃掉，但胆子也被吓破，根本不敢出通州城了，女儿滩上暂时算得上平安无事。

　　鬼子在三官殿折腾了几天后，谷秀的部队被临时调集到外地执行任务，大约一个多月时间回来了。回来的那天是个晚上，他简单洗漱了一下就匆匆忙忙来到面店，进门就问："王老板，姑娘还在这里哪！"王洪说："对的，对的，前些时候任连长放了她几天假，又回来了，她说是皇军抓她的，怕你回来怪罪任连长。她捡的伢儿被徐康杀了，荡西人唾弃她，也回不去了，唉……"他叹了口气。谷秀说："人呢？"看样子，他挺关心姑娘的。王洪跟着谷秀说着话，心里在"扑通、扑通"地跳，说鬼子为什么偏偏选择今天回来呢？他说在河边提水呢。王洪走出门外对着河沿喊："桂娘，把水提回来啊，谷秀太君回来了，叫你表兄早些回去吧。"桂娘"哦"了一声，委婉、轻盈，声音十分好听，谷秀忍不住出来，看着河下，桂娘在前头，水桶给后面中年人提着，那中年人个儿高高的，四方脸，古铜色皮肤，八字剑眉，腰间束着宽宽的腰带，可以说是个气宇轩昂的男人。谷秀好像在哪里见过，正在思忖，两人上来了，桂娘的一只脚已踏上最上一个台阶。

　　桂娘对谷秀屈了屈腰，算是打个招呼，说了声："太君回来哩。"声音低低的，绝不是刚才回她父亲的声音，尽到礼数，不拘谨，一看就是内外有别。说完进了屋子，吩咐王洪说："父亲给表兄下碗面吧，吃完他要赶路，表兄要我给他做几双鞋，又要出海了。"王洪说："好、好、好，快的。"那人提着水倒进缸，回过头来也对着谷秀点点头叫了声"太君好"。谷秀礼节性地"唔"了一声，眼光溜到坐到灶后烧火的桂娘身上去了。直到桂娘的表兄吃完面，临走时跟他落落大方地打招呼，才回过神来。他顺便问了句"她表兄在哪里高就？"表兄说："什么高就，就是个行船的。"谷秀想，怪不得是这般肤色。表兄走了，谷秀坐下看着灶下的女人。

　　对王老板的姑娘，谷秀心里是个谜。时间长了，女儿滩发生的事侦查没有半点进展，他就在自省着。顾五说这姑娘帮新四军做事，还指挥得动西荡的土匪唐九，他有些不相信。什么事只是凭顾五在说，他是个无赖，徐康投靠过来不久，也可能立功心切，就信了这个无赖。物以类聚，人以群分，荣上就跟着他们搞了场闹剧。是"剧"就有反角、正角，这正面人物就是这个女人，顾五和徐康成了跳梁的小丑。他目不转睛地看着灶后面烧火的桂娘，低垂着眼皮、旁若无人地烧着火。谷秀阅人无数，就是看不透这女人，但从在顾家园子里和这女人相遇，不知道什么原因他无法把她和抗日分子联系起来，反而生了恻隐之心。就这么个平凡的女人，除徐康外没人帮她说话的，无形中她确实有一种让人不忍伤害的魅力。忠厚？善良？反正谷秀感觉到这女人无论形还是质，都具备着震慑邪恶，助扬良尚的气质。他忘掉了心里的烦恼事，干脆沉下心来看着桂娘。这女人，血肉情感浓得很，看着新四军的伢儿要被杀害，那悲痛欲绝的样子到现在他还记得。可她好像心底有个度，生死顺道、宠辱不惊，越过这个度，她就变成了块坚硬的石头。和这白皙的脸庞，清秀的五官，清澈的眼底，神色含蕴，性格温顺，处处显得落落大方绝不匹配。他都不知道那天徐康居然用绳把这样的手无缚鸡之力的女人捆绑在白果树上，还用绳头抽打是怎么下得了手的？虽然战争是残酷的，但对这女人用强是在亵渎神灵。他好笑，徐康对这女人绑也绑了，打也打了，她奶过的伢儿也被杀了，没钓出唐九。荣上集结了上千人马，却只烧杀了一只羊成了军中的笑话，说那是凑着观音菩萨生日，动用军队参加的祭奠。

灶后火光映着桂娘的脸，她添着柴，偶尔用火铁在炉膛里拨动，不仅保证物尽其用，还要火焰分布均匀。灶上烧菜的是只能让她挂牵，绝不是有双庞大的翅膀能为她保驾护航的父亲。父女俩一个灶上，一个灶下，隔着一堵有着三个带花瓣儿形状的洞的灶墙、配合默契。父女俩都不是话多的人，交流不需要语言。锅里面条在沸腾的水中翻搅沉浮，灶台上的操作师傅就知道灶下的姑娘火烧得正旺；灶面上有拖锅盖的声音，或在扬汤止沸，灶下即使不釜底抽薪，也知道停止拉动风箱，或用火铁压住锅底的火焰。就这么一点小事，谷秀好生感动，父女俩真可谓心有灵犀一点通。而他，离她只是咫尺之远，又是一身戎装，还掌握着滩上生杀大权，她却熟视无睹，平静地做着她的事情。从他进这屋子等待她父女俩下面条、炒菜已一会儿工夫了，连正眼都没看一看他，绝没有日本女子的那种强装的殷勤和妩媚。这是在战争中吗？战争是最令人害怕的，可是在这对父女眼里却仿佛很遥远？一副超然心态让他生着敬畏。他们把生死置之度外了，把生死置之度外的人，无非几种，一是厌世，二是经历过风风雨雨、看破人生，三是有着坚强的信念和意志的人，类似于日本的"隐忍"，这女人是属于哪种类型的呢？

任国泉就陪在旁边，看着谷秀脸上面部不断变化的表情，有些捉摸不定对方在想什么。但他看出来了，桂娘没有生命危险，但遇上了麻烦，鬼子对桂娘有了好感。是那种男人钟情于女人的好感，虽然是危险而又不现实的，但他还是寻找着词儿在谷秀心中增加着正能量的分量："太君，女儿滩是蛮夷聚集，乌合之众的鬼地方，这王氏一家既不是族长，又不是酋长，可人家信服。徐康把面店的女儿当什么激进分子看待，真冤枉了她。你看……"他对灶下烧火的桂娘努了努嘴，悄悄地说，"中国人有句话叫'入门三相'，她像个敢和太君你们作对的女魔王吗？"谷秀看着任国泉不置可否地笑笑，他内心深处的东西只有自己知道，在中国，他还没有朋友，任，是个江湖客，这面店的父女俩"入门三相"倒是能交的，特别是灶后烧火的女人。任国泉没有揣度到，谷秀看着王家父女平凡而又温馨的生活，心灵深处在缠绕思乡情结。

谷秀已来到中国两年多了。一个基层军官，刀光剑影的战场上，整个部队就像一部战车，他只是被装上战车的一个轮毂，他只有跟着战车走，因为套在轴上的轮毂，里面有挡圈，外面有螺丝，是停是走、轮不到他做主的。在对待生命的问题上他有自己的世界观，但被绑架入两军对垒的战场上，厮杀时脑子里就没了思维，在生死存亡间，像野兽，像疯狗。当每一仗侥幸地活下来后，面对着一堆尸体，他才浑身松了骨架，明明是活着，却和死了没有二样，脑子里一片空白。夜深人静的时候，他是问过自己，来到中国杀人和被杀到底为了什么？这就是为了大东亚共荣吗？他害怕，他惶惑，他不是个愤青，他只想过平静的生活。调防来女儿滩，看见的是小桥流水，芦摇雁飞，他不想把血腥味带到这个原生态的河滩来，再看着面前的父女俩，他应该是想到了回家。可是能吗？没有任何政界背景和显赫家族史的平民百姓，来去由不得自己的。面条在锅里翻滚，热气向上腾起，风从西窗吹进屋里，热气绕开灶膛在桂娘脸庞上缭绕，湿了弯弯的眉毛，润了被灶火映得绯红的面颊，起伏不断的胸脯很丰满，胸襟上已洇湿了一块。谷秀不知道是乳汁，好几天没偷着回荡西给三个伢儿喂奶了，胸口鼓胀得难受，不断流着奶汁。她轻抿着薄薄的嘴唇，微皱着双眉，神色上让人有种显得身在曹营心在汉的感觉。谷秀不知道桂娘因为乳房的鼓胀在想着嗷嗷待哺的伢儿，只以为被乡亲唾弃回不了乡的哀愁，这女人笑也好看，愁也美丽，笑和愁都无法改变端庄，他的心在激烈地跳跃。

门外炮楼上响了几声拉枪机的声音，是监视河面情况的哨兵在换岗验枪，谷秀一个激灵回到现实中来了。战争，是不允许带着私人感情色彩的，敌我之间只有需要和拒绝，屈服与对抗，但这对父女应该放在对垒的哪个阵营里呢？他们在为他服务，没有拒绝，更谈不上对抗，要不是心甘情愿的，为什么做得那样自如呢？他不敢往深处想。但他知道日本要统治中国得靠中国人，现在在中国的日本军人已有三百五十万之众了，可就地招募的远超过了这个数，还不包括这对父女的职业服务。假如不打仗就好了，他能成为他（她）们的好朋友。想着家里老是对羸弱的母亲颐指气使的妻子，他忽然萌生了个奇怪的念头，要是可能，我就留在这里，这女人能接纳吗？可以谈条件的，他异想天开：最起码我会尽自己最大的权力保护她一家，保护这秀丽的女儿滩，保护这女儿滩上的女儿们。

王洪轻轻地敲了敲炒菜的小锅和手中的铲，悦耳的声音像击打乐器，灶下的桂娘没吱声，只是笑了笑，别说看了，头都没抬——抬头也看不见，那堵墙隔着哩，桂娘已知道父亲要她做什么，从还有余火的灶膛引出火把放进另一个膛里，扭过腰肢转身向后抓了把草回身递进去，火在另一个地方燃起来了。她把交叉着的双脚调换了位置向前伸直，一双秀腿从裤筒里露出了半截，在火光下的黑暗中白得让谷秀忍不住遐想。桂娘左手拖着风箱，右手用火铲整理着灶膛里没烧着的柴，身体缓缓地前俯后仰。冷风给灶膛里的火鼓着劲，焰风掀动着她披在面颊上的头发。鼻尖上的细小汗珠闪烁着亮光，漫溢的热空气里谷秀终于闻着了淡淡的奶味。谷秀醉了，想着母亲，想着家门口的河边含露开放的扶桑花；谷秀心潮收不住了，这女人不卑不亢，那种从容、淡定、心无旁骛，眼睛看着膛里燃烧着不是火，仿佛是飘逸着秋晚的一片云锦。

　　坐在谷秀身旁的任国泉一直看着谷秀。这鬼子从城里回来的时候就心事重重。原来荣上最近要带兵来扫荡。滩上基地建设没法向前推了，自从炮楼建起来，新四军、国民党都盯上了。他感叹，中国人真是寸土必争哪！但两党正规军还没精力投入这里的抗击，是唐九的部队在他们支持下不断地"骚扰"他们。上次城里来的勘察分队连舰带人和设备，半路上全给唐九的人缴了械；谷秀派人查找，仿佛他们未卜先知，又失踪了。现场还留下"黄海抗日纵队"旗号。荣上暴跳如雷，他决定亲自带重兵来滩上，不再像上次那样想投机取巧，要跟唐九真枪实弹地打，发誓不剿灭这班土匪不回城。

　　谷秀很赏识任国泉，他把心里的话对任国泉和盘托出。说仗都打了多少年了，帝国勇士就像那么一盘有限的珍珠，被好战分子带到中国这块广袤的土地上，还没放射光芒就被埋在土壤里了，什么"大东亚共荣"，那是天皇和一班狂热者的梦。他借着酒意大唱悲歌："任君，我算什么东西？我也从来没把自己当颗珍珠，我只想过和平的生活。你看这里多好，滩景荡景美不胜收。这里根本不应该有炮楼，它像天皇在处女地上扔下的一块嫖娼的抹布，让你们污嫌，让你们讨厌。不仅玷污了这块土地，还玷污了滩上最美丽的姑娘。像桂娘，她美得像孔雀，她应该有画眉的嗓子，却没了歌唱，多了忧伤。我代表我的家人向她道歉。"说着声泪俱下，把任国泉当着桂娘，连连鞠躬。

　　今天谷秀竟忘了忧伤，仿佛烧火的桂娘才是颗珍珠，目不转睛地看着，深情陷入不能自拔。传令兵给他送来电报，他看了一眼草草签了字，才站起来才恋恋不舍地看了桂娘一眼要走。王洪说："太君不吃啦？"他说："请把姑娘端到我屋里来吧。"任国泉大吃一惊，这家伙……他这才知道谷秀走火入魔，竟恋上了桂娘。他没说话，看着谷秀背影摇摇头。

　　任国泉知道谷秀有家室，但没孩子，也从来不愿提起妻子，即便提起也长吁短叹，总是自说自话。妻子为什么嫁给他，他为什么娶她？仿佛像为"大东亚共荣"和同学们当兵来中国前的一阵狂热，来到后又降到冰点一样，他的婚姻大概也是如此。

谷秀在他既办公又当卧室的屋子里坐立不安，他想着单独跟桂娘在一起的时候说些什么，长这么大，他第一次发现，和心仪的姑娘在一起时心里竟有音乐，桂娘那素雅的着装，淡雅的表情，贤淑的举止，端庄的表情像五线谱，那握着火铁料理着锅膛的纤纤小手像在拨动他心上的琴弦。他有些痴迷了，全忘记了人家是有丈夫有家的女人。

门响了，他慌张地迎上去，但端着饭菜进来的不是他想单独说说话的女人，是她父亲王老板。谷秀虽然大失所望，但松了一口气，他自己都讨厌这种没来由的纠集。说了声"谢谢"，看着王洪走了，他朝天躺下，烦乱得很，这时候心里没了音乐，像松了弦轴的琵琶。

谷秀中午就没去面店吃饭，他没来由地有些怕见桂娘，一天里像丢了魂儿似的，丢三忘四。到晚上还是熬不住了，脱下军装着意打扮了一下，但到了面店，烧火的换了人，老板娘杨素姑娘坐在灶膛后打着风箱。

这一天王洪父女和任国泉怎么过来的谁都不知道，早上谷秀回来遇上唐九，吃早饭时谷秀盯上桂娘。王洪给谷秀送饭去时，任国泉叫手下的兄弟悄悄把桂娘送回荡西了，再不走要惹大祸的。

桂娘一到家，当天晚上唐九就过来了，借口说娘叫他来看看七星。他给孩子带来几只摇鼓，还有两块给婆婆凤婶和雁儿做衣裳的洋布。孩子们倒是开心了，舅舅长舅舅短的争着叫他抱抱，桂娘却心里难过极了。她想着早晨跟唐九站在水阶上说话的情景。

刚开春，水里透凉。从不怕冷的她，脚一入水就像被蛇咬了一口，在岸上的一只脚没站稳，险些跌下河去。幸亏唐九眼疾手快，一把将她拉住，桂娘本就身体虚弱，加上惊魂未定，软瘫在唐九身上。唐九屁股跌在台阶上，他没放手，顺势让她坐上腿膀，看着桂娘冷得打哆嗦，忙脱下褂子先洇着她脚上的水，又裹上。边拾鞋边像训斥不听话的孩子："三官殿的苦还没受够，怎还就这么任性？落下的毛病要后悔一辈子的。"他那又肥又厚的大巴掌焐着她另一只脚，力道太大了，桂娘想挣扎都挣脱不出来。幸好两边的老芦密得像砌着墙，对河三娇、三娥那些开店的女人没起这么早，没人看见，但桂娘脸上涌满了红晕，心慌跳得很。直到唐九帮她套上鞋、脚踏到实处，她还像个逃犯四处张望。唐九若无其事地挽着裤筒子下水捞衣服了，一盆要清水的衣服被桂娘惊慌时落在水中。桂娘看着只穿着单衣的唐九，心疼得很，连忙把团在怀里的褂子给他披上。看着唐九弯着腰，提着王家一家老小的衣服笨拙地在水里搅动，她心里被掀起阵阵波澜。"水鸭！"唐九扭头叫桂娘看。原来他清衣时搅起的水花惊吓出芦苇窝里还没游出来的一对冤家。

桂娘的心情慢慢恢复了平静，蹲在水阶上双手托着下巴，看着干得欢快的唐九，心潮连绵起伏。她告诉唐九，谷秀跟任大哥说了，自从那天荣上辛苦几天"颗粒无收"，徐康再失踪了，加上田中在少佐面前说了许多好话，荣上不再追究她。她能回家。说是叫唐九别再往这里跑，谷秀马上要回营，常来会惹麻烦的。桂娘说："九哥，你年纪不小了，该找个人做……"话没说完，唐九把手上的衣服在水里呼啦啦狂甩。桂娘伤心了，没来由地哭起来。就这时候谷秀回来了。父亲在叫她，她忙擦干眼泪，忙帮着唐九收拾清好的衣裳。

"姑娘，中尉先生回来了，你跟你表兄上来吧。"王洪站在岸阶上喊桂娘，桂娘知道父亲给他俩在谷秀面前定"身份"。"哎。"桂娘回管，同时乘低头理裤筒的机会，轻轻跟唐九说："九哥，别像伢儿似的，跟谷秀客气点，啊？听见吗？有话两人再说。"她慢条斯理地理着衣裳，等唐九表态。看见唐九点头、她满意了，又吩咐了一句说："别凶巴巴的，让人看出破绽。"

这都是早上的事，晚上他又来了，桂娘心里忐忑得很。那边凤婶把跟唐九玩疯了的伢儿叫走了。唐九来到里屋，看着桂娘还在入神，轻轻走到她身边，说："想什么呢？妹子？"幸亏声音不高，也吓了桂娘一跳。"什么时候长得大啊？九哥？"桂娘拍拍自己的胸口算是镇惊吧。她端来凳用围裙揩了揩吩咐他坐下。"娘，给他舅烧碗茶。"桂娘朝门外喊了一声。唐九坐下了，看着桂娘扎着鞋底又不说话了，还拘谨得很。

唐九三十九了，自从他出滩夺了鬼子粮食，美名在滩上扬开了，又听说他还单身，好多人千方百计打听怎么能把自己的姑娘嫁给他，消息传过去却是如泥牛入海没了消息。人们只说他门槛高，不抱希望，只有唐老太知道儿子对桂娘的情结没解开去。母子两人夜深人静的时候说着这事，唐九说："娘，天下可有一模一样的两个女人？"唐太太问他："你可曾看见门口港里长的菱蓬，成船成舱地摘，可曾有两个菱角长短肥瘦毫无两样的？"他浑身像散了架。老人跟桂娘说起这事，当然她是把姑娘当女儿说说心里话的。桂娘趴在老太太身上哭得像个泪人似的。她知道唐九的心思，唐九成这个样子、她知道全是因为有自己这么一个人存在的原因。她不知道自己错在哪里？她和王浩结婚后，他不常来滩上了，敬重王浩是条汉子，不能有半丝风言风语给抗日将士抹黑；可是王浩牺牲后，他却常来滩上，原本真心想给桂娘安慰，说着宽心的话给她解闷，后来变得一日不见如隔三秋。他不知道他越是这样桂娘更为伤心。个中原因只有王洪知道，绝不是般配不般配的事，是王浩的死彻底伤了她原本好强的心，姑娘想过平凡人的生活，唐九不能！唐九曾说过，愿来滩上跟桂娘开店，她的心一阵狂跳，眼神里发出激荡的光，因为这就是她心里最高的企求。可是，慢慢地，慢慢地，那光消失了，因为唐九说开面店时，为逗她开心，比画着灶台上的动作，眼神里展现的不是灶膛里那点柴火，是海上的电闪雷鸣；胸腔起伏，不是锅里沸腾的那点汤水，是海里汹涌澎湃的浪涛！在他手里捞面的筷子变成了长枪大刀，沉下浮上的饺子和面条，不是被轻轻捞起，却被他当成鬼子被杀得体无完肤。他不是开店的人，和父亲王洪不是一路人！桂娘那点一瞬间的兴奋，顿时化为乌有。

桂娘忍住心酸，说着其他事，无非是在岔开话题，当然假如现在的一阵狂热，他能陪伴自己过一段平淡的生活。但他不是李三，不是张四，他是条在大海中遨游的龙，空中搏击的鹰。她不厌烦生活的平凡，她在喂鸡养鸭那些琐碎的事中获得快乐和满足。唐九不是，他有腾动的灵魂和天生的野性，若她与他真的做成夫妻，这些潜在的东西会摧毁他的八尺身躯，哪怕身躯是钢铁铸成的。那时候，他眼睁睁地面对着大海用振聋发聩的咆哮来诱引，山川用摧枯拉朽的摇动来呼喊，他的心马上得到共鸣。可是飞的翅膀萎缩了，他将会痛苦，痛苦吞噬着不甘和无奈，最后面对着她凄哀窒息。王浩死了，桂娘本不想再嫁，是唐九逼的，她只有嫁，用既成的事实让他死心。桂娘知道这对唐九是不公平的事，可是长痛不如短痛，她就这样嫁给了李三。那天的婚礼，她没有让李三请任何客人，所以也没请唐九，没想到乡邻都来了。唐九是要来的，但从得到桂娘要和李三结婚的消息就病了，连站起来的力气都没有了，对着天长吼一声，喷了一口血，但还是强撑着去了，像个乞丐，蹲在面店外的墙角里。

无论是老太太还是高管家，都以为他娶桂娘的心死了，可他却选择了终身不娶。不是心里没有女人，女人还是桂娘，爱屋及乌，与桂娘相关的人和事仿佛都和他有关。他对桂娘魂牵梦萦。唐老太曾对桂娘说过："儿啊，你不仅要好好过日子，还要过好日子，你哥哥一半心在荡里，一半心在荡西，我怕他拐拐儿扁担挑箩筐，空有力气把不住啊。"桂娘说："女儿晓得，我过得好好儿的。"说归说，无论哪边有个风吹草动，心都连着哪。桂娘为新四军的伢儿被徐康抓到顾家院子，她不怕死，只怕唐九来救；而唐九一心要救，假如桂娘被害，他绝不独活。这感情的东西，只要产生了，想叫她断，就像儿子断奶那样难。

桂娘从三官殿被鬼子软禁在滩上，唐九来了几回，他才不怕什么谷秀、稻秀的哩。第一次来，他抚摸着桂娘额头上被邱萍用砖头打伤的疤，那种爱抚，牵挂的眼神让桂娘战栗。他迟迟不走，问着些在顾家院子里的经过细节，桂娘说着，他听着，眉宇间随着故事的展开不断地出现着惊慌或愤怒。桂娘看得出来，自己被他融化在心里了。她催促唐九回去，唐九不愿走。桂娘只好约他两天后回荡西见面，她要回家给伢儿喂奶。她回去了，已是深夜，唐九已坐在她家。说了一阵子话，桂娘看看窗外，跟着来保护他的兄弟不紧不慢地逡巡在河边。她叹息，说："九哥，你做着大事，上百的兄弟在看着你，别再来了，你不是看见我好好儿的？我有事要来找你的。"唐九说："妹子莫不是怕李三兄弟和娘说闲话？"桂娘说："你看他们是这样的人吗？我没回来，他们陪你说话，我回来了，她娘儿俩却去灶屋里给你炒花生。"唐九闻着空气中飘散着花生香，"嘿嘿嘿"地憨笑。唐九挺感动的，他说："妹子这一家应了'物以类聚，人以群分'那句老话。"桂娘说："那你就别来了。我把娘接到这里来住。她会把我的情况告诉你的，放心。"唐九知道她说的是他的娘。他抓抓头，看着就那么点草屋，兄弟两个加上顾露姑娘带来的天龙，整十个人的哪儿容得下老太太哟？"要么我派人来再搭几间屋吧？"桂娘低下头笑，说："多了个伢儿引来了鬼子少佐，如今你起房造屋地闹大动静。是因为又多了老人，还是西荡抗日纵队唐司令的娘，不知道又会引来什么人来了，肯定要来个将军才配资格。"唐九大笑，说："你是说好话的啦，接娘来是骗我的？"桂娘说："我真心接老人，但没叫你起房子，还有……不说了。""还有什么？"唐九催问。桂娘不说了，其实她知道把老人接来，唐九还要来得勤，他有了来的理由。

第三十三章　两个男人

桂娘早上回到荡西，又开始过上了她向往的日子，带伢儿，喂鸡，做针线，她是个能在听婆婆纺纱车"吱吱呀……吱吱呀……"声中忘记忧伤的人。等李三回家的这段时间是桂娘一天中最悠闲的时候，就着房里的灯火拾起针线活。朝东三间屋子，南屋是她夫妻的房间，中间的屋子砌着灶又算来人歇脚的堂屋。堂屋门掩着，等李三回来。凤婶子早已为儿子烧好的洗脚水盖在锅里，桂娘进房里前又给灶下添上一块硬柴。

油灯的火苗在飘忽，照亮着桂娘纳着的千层鞋底，鞋底白得像冬天的雪地，被针线扎出的窝点，密密麻麻，像训练有素的大队士兵经过在雪地时留下步调一致的脚印。桂娘全神贯注地扎、收，收、扎，偶尔间三根指头拈着针在额头上的发根里搅抹一下，这样一来，沾着油润的针尖儿穿过半寸厚的鞋底时就能少费好多力。桂娘那么全神贯注，拢在脑后的头发有一缕乘机溜出髻网，拂着她白嫩的耳缘，悄悄地又逗着漆黑的眼睫，她把她撸在耳后，嗔怪地说了声"讨厌"。仿佛那不是头发，却是鞋未来的主人，那人就在身后，头发是那人鼻息吹过来的。

眼见得还剩最后几针就收工了，桂娘舒了口气，她碾了碾有些发麻的指头，乘机歇会儿翻来覆去地看看，想挑点毛病确实难挑，桂娘情不自禁地抖动着睫毛，她不是在看鞋底，仿佛是在欣赏秋天的庄稼。鞋底九寸六分长，五指来宽。她身边还摆着一双同样大小的鞋，手上的鞋底脚掌部分她加了好几层布，明显比后头厚实、也结实了许多——那儿着力的时间长，做木匠的人都是用脚掌踩着木头拉锯的，她闭着眼睛，想着这双鞋给李三穿在脚上的样子。窗外的风比关门的时候大了许多，她抬头看着靠墙挂衣裳的倒刺竹竿，空空的，她想起来，早上回来的时候李三刚想走，她追着把褂子给他披在身上了。她放了些心，她埋下头又开始重操旧业。针还没扎穿，忽然间她停了下来，凝神听着窗外，心扑通扑通地跳起，放下活儿从床铺上蹭下地。窗外传来了声音，凭她的直觉不是李三。李三回来，没听见脚步声，向屋里旋来的空气就充斥着浓郁的酒香。李三好口酒，半斤漱口，一斤起步，三斤不醉，一般控制在五斤内。米酒最好，没有米酒，烧酒不贪浓烈。"你一斤、我一斤，喝酒不认亲"是他席上喝酒的"座右铭"，这座右铭在他木匠队伍里通用，包括他的那些没大没小的徒弟。每天晚上回家，先是酒气，后是篱笆门响，最后才是脚步声，没这"三步曲"，桂娘床前的油灯不会熄，北头房里凤婶儿没鼾声。

　　"三步曲"是李家的财富，一天十二个时辰，三步曲奏完了，这河边的小院子才算"夜深人静"。眼下婆媳俩都没睡，等着有酒气的空气从窗棂缝隙里飘进来，可今天却先听到了声音。不是脚步声，是水声，当然不是李三的。桂娘放下鞋底，静听着声响，桨划着船走，浪拍打着船头，渐渐地，声音小了，船在靠岸。一切都是那么熟悉，桂娘知道是谁来了，心突突地跳。这才一天的工夫，怎又来了？她也想他，也怕见他。她自己也没弄清楚什么原因，自己确实老记挂着他。一个能翻江倒海的汉子，背着"土匪"的名声，背井离乡来到滩上，不仅隐姓埋名，还要隐形匿迹，身边除了残疾老母没个亲人，近四十岁的年纪尚未成家，连个身边说说知心话的人都没有，老天对他绝不公平。他娘说儿子脸上的皮像蒙着的鼓面，她哈气能哈得出鼓声，仿佛天下人都欠了他的。但要是谁提了"桂娘"两字，就像鼓被春雨击起了鼓点，欢快地跳跃，注入了灵气，适了那首"天街小雨润如酥，草色遥看近却无。最是一年春好处，绝胜烟柳满皇都"的诗景。老人叫姑娘常去坐坐，年纪轻轻的，娘怕儿子哪天皮崩裂开来破了相。桂娘说娘你说笑了，他有心思，只是让我点面子。其实她知道，个中原因难说得清，又不能道明，但她却是不能常去的。不是怕婆婆跟丈夫多心，天下没比这娘儿俩心胸宽敞和识人的人了，他们知道媳妇是个什么样的女人——桂娘很庆幸，她选对了丈夫，虽然是清者自清，自己行得端、坐得正，但身边亲人还在世上的俗人之列，动起"小肚鸡肠"来日子还是难过的。况且人非圣贤，男男女女，总有自私的一面，非亲非故，少见面的好。但她又有些怜悯，除被唐九在荡船上借酒放肆之后，再没有过第二次。规规矩矩，眼底里变得清澈得很，无论男女，有没有邪念躲不过眼神。他只想跟她说说话，哪怕他说、她只是在听。他能自说自话，说得眉飞色舞，忘情起来还能跟她"窃窃私语"，如同几十年后的闺密或发小重逢；手舞足蹈，英姿勃发，仿佛桂娘是刘备，他是曹操，在"煮酒论英雄"。他说她听，问不求答，有时也歌：

　　妹本生蓬莱，
　　移来荡西栽。
　　你有烦恼丝，
　　她化万道彩。

　　桂娘经常被他的情绪感染了，也跟着乐起来，嘴角上圆圆的两酒窝儿给他的坦荡和放松，还有忘情的放肆化解成了挂在腮上的腰果。她被感染了，轻松了，话也多了几句。这一来更不得了了，他像"人来疯"的痴儿，越发狂飙，能袒胸露背，忘记了面前不是须眉是巾帼，但不管是酒是歌，还是狂飙，眼底里放出的光也是透亮清澈，绝没浑浊或污秽的影子。桂娘感慨万千，他是个做大事的人，大事不容易做，不是自己纳双鞋底。做大事时风多雨多，浪头多，根根神经像紧绷着的弦。人总得有个放松的时候，唐九身边缺少个能让他绕弦的"轴"、懂韵味的调弦女人。她不能担这个重任，她的个性也不是这样的角色。可是看着他心事重重、闷闷不乐的样子又让她怜悯不舍。再后来，她松开了绕在自己"世俗"轴上的弦，随人说去，他来了，她就陪陪他，听他海阔天空地说话，看他眉飞色舞地开怀，桂娘情不自禁地流下眼泪，有幸福的成分，也有悲伤，更多的是高兴，她仿佛知道了自己有一些价值，像一颗杨梅，能让曹操用来给兵止渴。甚至唐九看见她的眼泪，慌作一团地用粗得像根带刺的木棍来抹，她都不躲躲闪闪。

　　桂娘想入非非时，场上已有了脚步声，李三的脚步是叮咚响的，能震倒屋，凤婶常说别以为自己是个木匠，搭房子要花工夫的；唐九的脚步带着缠绵，因为离不开水，脚底湿漉漉的，跑不出响声。李三像只虎，活在山上；唐九是条龙，腾在海里，两个人连脚步都带着生活的烙印。桂娘刚套上衣裳唐九就推开门进来了，说："这多夜了？还来？"唐九说："来了，三弟还没回来哪。"说话时桂娘已接过他披在身上的褂子，他的褂子比李三的重得多，不是棉的，是鲨鱼皮做的。桂娘"嗯"了一声。她没有寒暄，像待常客，把褂子挂在竹竿上。唐九走出房间在堂屋里找着什么，桂娘从他后面她转过来从灶后拿出水烟台："雁儿伯伯边烧火边抽烟，没放到灶台上来。"她在作烟台不在灶头上的解释，"少抽点吧，伤肺。""那就不抽了吧。"唐九看看桂娘的眼睛，把刚接过来的烟台又放到灶头上去了。

　　大门没关，桌上的灯火被风吹得忽闪忽闪的。凤婶儿在北屋说："他舅舅来啦？儿啊你把门带上，里屋说说话，风大。"老人听出来了进屋的是谁，她管唐九叫孙子的"舅舅"，娘家人来了，媳妇不必避嫌的，她知道媳妇顾及她娘儿俩的脸面，李三又不在家，人进屋了，大门没关，防着闲话。媳妇是个什么样的女人、她就像熟悉手心手背上的肉，我是婆婆，婆婆叫你关门说话还顾忌什么？夜寒风冷的。

　　唐九往北屋赶去，推开门探了探头，亲切地叫了声"干娘"，凤婶"嗳"了一声。唐九说"干娘，我跟妹子说说话。"说着把大门关上了，拿着油灯进了房里。

见床上放着要完工的鞋底，拿在脚上比画着，说："长短差不多，嫌瘦，不是我的。"说："现在轮不上我了。"仿佛受了无限的委屈和醋意。桂娘白了他一眼，撂开被角，她起身时另一双早做好了的鞋被遮在里头。桂娘说："看看是谁的？"他忙拿起来一比画，咧开嘴笑了。不仅比刚才那双鞋宽，底还加了层拉洋机器转的帆布带，鞋帮口前后加了两根柔软的棉麻绳，常在河边走，多是泥泞地，系在脚踝上鞋掉不了的。唐九把鞋捧到长满胡子的嘴边亲了又亲，胡子刷着鞋底发出响声。桂娘说："哪个女人敢嫁你？除非脸上箍层牛皮。"唐九"嘿嘿"地笑。她拿着灯盏来到中屋，叫唐九坐下，从锅里舀盆热水，吩咐唐九洗脚换鞋，她看到他脚上的鞋破了，说换在这儿给她补。只要见了桂娘，唐九就忘了身份，像听话的伢儿照着话做。油灯火光在他脸上柔和地悠拂，屋里春意盎然，他眼睛似乎有些湿润。一双大脚在热水里忸怩地搓动，躲躲闪闪地只在水里。桂娘拿着毛巾就站在旁边，她想着要是李三，水早溅了一地。

唐九换好了鞋站在地上蹦跶了几下，高兴地笑了，没说一句谢谢，好像心安理得得很。桂娘说："别跳了，坐到那里去。"她嘴朝桌边的凳子努努，看着他乖乖地去了。一会儿桂娘一手拿着沾着洋碱的软毛刷子，一手拿着热气腾腾的毛巾来了，唐九知道桂娘要给他刮胡子，他百依百顺，颈上被披上满是皂荚味的雪白毛巾，胡子上涂上洋碱热水后泛着泡花沫。唐九怪异地"嘘"了一声，桂娘说："装吧，这热水还能烫伤你这刀砍不进的脸皮？"唐九"嘿嘿嘿"地笑了。热毛巾盖在脸上，痒痒的，好温馨，他像一只听话的黑猫。桂娘说："闭上眼睛眯会儿，松松骨头。"这句话就像只催眠曲，唐九像散了架似的闭上眼睛，一阵困意袭来，头垂下来倚在桂娘胸前，不一会儿就进入了梦乡。桂娘就这么站在那里，一动都不敢动，唯恐把他惊醒。直到他如雷鼾声把凤婶唤了出来才解了围。凤婶轻轻地走近一看，摇摇头叹了口气，桂娘知道婆婆想着什么：一个翻江倒海的男子汉到了这里竟成了归林倦鸟。她抬起头来看看媳妇，意思是你就这么撑着？她转身去里屋捧来棉被团起来，放在唐九身后的桌边，桂娘感激地给婆婆点了点头，婆媳俩互帮衬着，把个五大三粗的汉子挪了个位置，他仰着头仍然鼾声如雷，哪知道为挪动他近二百斤的身体、婆媳俩已是一身汗。北屋传来婴儿的啼哭声，孙子在寻找奶奶，凤婶匆匆回房去了，到门口打了个喷嚏，忙回头来指着唐九的胸口，桂娘明白了意思，找了件衣服给他盖上。北屋里，伢儿在奶奶"哦、哦、哦"的哄骗声中睡着了。

桂娘百感交集。她挪动着麻木的脚步走到灶前，锅里加了两瓢水，坐到灶后又生起火来，她没敢拉动风箱，怕把唐九惊醒。只敢躬下身子挑起柴火对着虚空的地方轻轻地吹，一阵烟过，火着起来了，照亮了她疲倦的脸，是烟熏的缘故还是其他，反正她想哭，拈袖沤了沤眼眶，侧身看看，唐九还在打鼾，倚着总不如躺着睡好，边打鼾边调整着身体。他在扭，她也在扭，有着不舒服的感觉，仿佛唐九有根筋连在她身上。她不时地耳侧对着窗外听声响，嗅着从门缝中淌进来的气息，李三怎还不回来的？他回来就能把他抱到床上舒舒服服地困个好觉，胡子明天再刮罢。桂娘叹了口气，看着红彤彤的灶膛，柴有些忘乎所以地在火里燃烧，它像伢儿，也患"人来疯"病，唐九来了，兴奋得噼里啪啦地带着火跳。它吐噜着火苗，让水沸腾，它甘愿被烧成灰烬，不生成火它就是一堆废疙瘩。桂娘不知道自己是柴还是火？为什么婆婆说自从她进了李家门里，李三的脸就像长桥店里的"和喜圆子"？看眼前唐九……桂娘一阵战栗，我就是个繁衍后代的女人，王浩离开滩去从军的那个清晨，她明白这一别是九死一生，她要圆房，就是为给王家留个血脉，来到李家，也是一样，李三需要的她给了，这就有了七星、李家的血脉。七星来到这人世间，第一眼看到的是七个大人的尸体，那七个兄弟都还年轻，还没尝过做男人的滋味。伢儿有灵性，提前出世，是为了用第一声哭来告慰英烈。

他和唐九是什么关系呢？就只是相互间说说话？应该是的，一晃认识七八年了，他就是希望跟她说说话，哪怕不说话看上一眼，但看上一眼他却在融化，像滩上三尺积雪遇上了春来的太阳；像灶膛里的柴，被火种点燃。唐老太太说她儿子心事重重，就是睡觉也是睁一只眼闭一只眼，可现在……桂娘真的哭了，两眼都闭着，刀架在他颈上也不会睁开。她痛心，也怜悯，她隐隐约约中感到自己心田里有许多剪不断、理还乱的情丝。

李三回来了，借着酒劲毫不费力地抱着唐九去床上睡下。唐九是在天亮前离开的。他有事来跟桂娘商量，国民政府和共产党都希望他参加自己的部队，而且一旦定下来，国民党的特别员说就要听凭调遣；苏政委说大家一起商量怎样打鬼子。他说不知道参加哪一边。桂娘给他认真地刮着胡须，李三把唐九抱上床就进入梦乡。回来得太迟，没伢儿和他嬉闹，疲倦和酒意让他头粘着枕头、用斧头都劈不开来。桂娘痛惜地给他洗脚都不知道。她和衣躺在李三身旁，不时地看着对面床上的唐九，两个男人都鼾声此起彼伏，互不相让，仿佛在比个高低，却又和谐得很。桂娘毫无睡意，她要不时地下地给唐九盖被，那双大脚不时地露在外头，块头大，要从他粗大的腿下把被角抽出来是件绝不容易的事，因为还不能把他弄醒。一是怕搅了他的梦，唐九能睡个囫囵觉不容易，二是……桂娘不敢想，她看看丈夫李三，叹了口气，要是唐九是个不正经的，把她……真是个呆子，看他那个熟睡的样子，屋顶给掀了也不会醒。

鸡叫头遍，她没叫唐九，他带来的两个贴身保卫在河边巡逻；叫了两遍了，她也没叫，坐在他床边手压着要被他大腿顶开的被。应该鸡要叫三遍了，贴身保卫在轻轻地咳嗽，那是在和桂娘通报时间。她移了移身子，想把唐九悄悄地叫醒，嘴贴近他的耳边却又不忍心，唐九在梦语。她迟疑的时候，唐九一个翻身，绻起大腿压在她的腿上，像老粗的木头压着根绳，她没感到疼痛，但心猛烈地狂跳，脸色比灶膛里燃烧的火焰还热烈。她推，推不动，挪，挪不走，喘气，冒汗，心慌地看着对面床上的李三，简直是条死猪！李三睡得死也好，她不知道想着什么，心里倒平静下来，她不搬他的腿了，因为他的鼾声又高了起来，大概因为侧着身子睡，呼吸畅和了许多，像个伢儿，还在轻轻地磨牙。她又要哭。她不知道唐九在荡里没女人陪他是怎样睡的。她拉下身上披的棉袄盖在她胸前收成弓形的腿肚上，翘在她身上的脚指头在梦中绞腾，她伸手捏住，痛心地想着："幸亏没嫁给你，就是睡觉也总有地方不得安宁。"就这样到了四更天，他的人已在敲窗户了，她把他叫醒，他收腿，她跌倒在地上，下半个身子早已没了知觉。两个男人都被惊醒，她跌倒时碰着了准备给唐九刮胡子舀水的铜盆。鼾声瞬时没了，原本两条笨重的男人身躯从被窝里跃了出来，一个扶一个抱，谁都不知道发生了什么事。桂娘慢慢地站起来，麻木的腿开始复苏。他吩咐李三上床继续睡，她从地下捡起被他掀掉的衣裳给唐九披上，说："天快亮了，刮个胡子还来得及。"

两个大男人都听话。不一会儿工夫，外屋"嚓——嚓——嚓——"地响起剃刀刮胡子的声音，刀过处，皂沫裹走了浓密的胡须，留下了由红转白又转成了青的光亮。桂娘认真地刮着，没说一句话；李三在屋里打呼，酒劲没全退，浓烈的睡意又缠住了他的头。唐九从起床到现在也没说一句话，规规矩矩坐在凳上，头顺着桂娘的指尖儿的示意，俯、仰、辗转反侧，像把头当作一块玉石坯子、交给了一个精心雕刻的高手。递完了，桂娘叫他坐好，她退后几步认真端详，长舒了口气，满意地点了点头。

启明星亮了，上穹漆黑一团，天际间在转着灰色。等唐九站起来时，凤婶已把一碗铺蛋端放到桌上。九个鸡蛋，加了一勺子糖还有一大勺猪油，老人笑眯眯地看了他一眼，像看着儿子，她退出去了，也没说话，话都在铺蛋的腾腾热气里。桂娘坐在他左边催他乘热。唐九慢慢腾腾地吃着，眼眶儿开始红了，看得出来，他有些食而不知其味，沉在碗底的红糖还是桂娘给搅的不得而知。吃完了，唐九始终没看桂娘一眼，把碗往前一推，说："前几次来都是八个，今天是九个吧？"桂娘说："娘晓得你要归编，她高兴，'九九归一'。该是时候了，你不是江湖过客，是龙就得入海，是虎就得上山，你安心地走吧，我知道你早已选择好了去向，只是掂着我来看看的。过了这几天，我把屋子收拾一下，跟李三去荡里把娘接来，让你心归一处。娘在哪里家就在哪里，这里是你的家。"

　　唐九抬起头来，碗里最后一口汤他喝不下去了，猛站起来往门外走去，桂娘去屋里拿来他的皮褂披在他身上，唐九停下了脚步，桂娘看了他一眼说："你是男人中的翘楚，不要流泪；你不是项羽，这里也不是江东、是荡西。走吧，荡里还有一帮兄弟。"唐九转身俯身亲了亲她的额头，桂娘没有拒绝。李三早起来了，他就站在两人身后，一手提着桂娘的棉袄子，一手跟唐九挥手。到了河边，唐九判若两人，步履不再迟钝，身轻如燕，敏捷地跃上小船，他亲自掌篙，用力轻抵着砖阶，船到了河心，他搁篙摇桨，一会儿船拐弯去了。东天开始布起晨曦。

第三十四章　人神共愤

谷秀自从桂娘回荡西去了，原来的书生气没了，脾气变得特别暴躁，动则发火，有时任国泉也免不了受些委屈。王洪小心翼翼地侍候着他的饭食，莫名其妙，这却好了许多。两人只以为他爱上了桂娘，其实谁也不知道他心中另有一种隐情：桂娘竟和他的母亲长得十分相像！

谷秀认识桂娘，还是在顾五院子里。当徐康把桂娘押过来，他大吃一惊，忘神了好一阵子。那段时间里，他的心回到日本的老家去了。谷秀生在单亲家庭，他不知道父亲是谁，只知道不错的家境原本不是母亲的，他从小和美丽的母亲相依为命。他深爱着母亲，母亲说什么就是什么，他从不反对。和母亲为他挑选的妻子相处，从来没有过异性间的兴奋。如同公牛和母羊、母鸡和公鸭，可以在一个槽里吃草、一只盆里啄食，有时候还会谦和恭让，不会打架的。这一切母亲都看在眼里，她不知道自己做错了什么，宁愿儿子能像只雄赳赳的公鸡，当着她的面骑到母鸡背上那样不知羞耻，也不愿儿子跟妻子形同路人的样子。天皇不断地征兵，儿子是独子，又是单亲，谷秀可以不去，但他报了名。临走的那天，他跪在母亲面前磕了头，又对妻子行礼。她第一次看着儿子和媳妇悲悲切切，妻子还以为先生回心转意了，只有母亲看得出来，儿子是把她托付给了儿媳！

谷秀遇见桂娘想着母亲，桂娘被任国泉抓到滩上来，他好高兴。第二天就吩咐任国泉把她从关押犯人小房子里放出来。说让她跟王老板去为皇军做饭，因为这样他就能一日三餐都能看到她。所以桂娘在滩上那段时间里并没有吃苦。反而创造了一家人互相照顾的条件。王洪父女对谷秀感激得很哪！他们也不知道谷秀关照桂娘另有缘由。

桂娘被带到滩上不久，谷秀大部就被上峰临时调到其他地方扫荡去了。这段日子桂娘日子过得很滋润，三天两日的还偷偷回家给孩子喂奶。谷秀回来了，一到滩上关心的第一件事就是问："王先生，你姑娘上哪儿去了呢？"王洪没想到鬼子大清早的就回来，女儿跟唐九在河边清洗衣裳，吓得他一身冷汗，边对着河边喊，边心里打着咕嘟："这孩子犯劫哪？小天亮，唐九来了；大天亮，谷秀回滩，真是不是冤家不聚头哪！"他听到女儿"嗳，知道了！"一颗忐忑不安的心被吊在嗓门下不去了。看着唐九大大方方地跟谷秀握手，他的心要到喉咙上了。唐九坐在谷秀对面，谷秀大略看了唐九一眼，只是似感相识，眼神又移到晾完衣裳回灶膛后烧火去的桂娘身上了。

王洪已是大汗淋漓，两碗面煮得不生不熟，端上来时，唐九一看就皱眉头说："舅舅，今天怎么啦？也罢，加个荷包蛋吧！"谷秀愣愣地看着桂娘，摆在面前的热气腾腾的面条仿佛没有看见。唐九有些不满意了，敲敲碗，说："太君，吃啊，要凉的，你是'秀色可餐'啰？"王洪父女看到唐九对谷秀极度不满，还胆大如牛，话语中带着讥讽。父女俩既害怕又佩服：真是个魔王！要是谷秀略微细心些，门外就贴着捉拿唐九的布告，上面有着老大的画像，人就在你对面哪！幸亏还有个任国泉在旁打岔圆场。桂娘害怕极了，她怕唐九惹事啊，一家老小都在哩，你发的什么飙？她用火铁重重地捅着灶膛，还敲敲风箱，唐九知道桂娘不满意，这才规规矩矩地没等荷包蛋来，三扒两噎吃完饭后，像个绅士，彬彬有礼地跟谷秀告辞走了。他不知道王洪父女和任国泉已是一身冷汗！

从三官殿那场闹剧结束后，滩上风平浪静了些日子。只是听说荣上要带兵来扫荡，但也没看到明显的大动静，加上谷秀管理军营松懈、心思不在备战上，人们放松了警惕。

农历甲申年三月初六。天连阴几天，那天早上出了太阳。二婆好高兴，没等雾散尽就把被晾出来。儿子小林尿床，屋里全是尿臭。她晾完就回屋烧早饭，二枣天没亮就出河收鱼卡线去了。她拉着风箱，哼哼唧唧地唱着什么曲儿，大概是荡北侗子徐一红唱的王英卖水里的一段。儿子光着屁股，用父亲的老棉袄裹着下身不好下床。二婆唱得确实不太好听，儿子堵着耳朵又没地方躲，只是说"难听死了！"儿子不嫌她也就只唱两句，她不懂词儿，也唱不完整，一嫌，她还唱得劲了："他那里表同心痴情眷眷，我这厢转柔肠默默无言……他那里表同心痴情眷眷，我这厢……"也就翻来覆去地唱这记得的两句罢。"唱、唱、唱！比哭还难听！外头下雨啦！"她才不理他哩，唱得比刚才还起劲。忽然二枣在外头叫起来了："二婆出来！鬼子来啦！"她大吃一惊，慌慌张张地出来了。真的，一队鬼子从顾五的屋角转过来的，带头的竟是失踪好久的徐康，跟在他身后的是他叔叔徐宾！她拖着二枣的手，叫他赶快去凤婶家叫上仵儿溜走，二枣双腿抖颤颤地跑不向前，二婆骂声说："没用的东西！"丢下他就往西跑。徐康老早看到了，朝天一枪，二婆没理睬还是跑，二枣的一声尖叫让她回了头，一看，徐康的枪口已抵在二枣额头上，二婆恨恨地回来了。徐康说："跑啊，怎不跑啦？有新四军住在木匠家，等你去报信？"二婆说："狗嘴喷粪，你就会给老百姓栽赃！你家才住新四军呢！"二枣儿躺在地上直哼哼："徐先生，女人不懂事，任性惯了，别跟她一般计较。""呸，你才不懂事，没偷没抢，想跑就跑，想走就走，求他什么情？"徐康喝一声："带走！"二婆就是不走，说："我没犯法，为什么要走？"徐康说："别敬酒不吃吃罚酒，日本人请你们去滩上住几天，走吧。"二婆说："各有各的家，去滩上住谁家？你管吃管住？二枣跟你去，和你娘困一床。"徐康扬手一巴掌，二婆嘴角流血。"东家怎么动不动就打人的？她多高的个子，你对女人怎下得了手的？"凤婶从二婆后面来了，徐康没打第二下，说："她嘴里不干净。"二婆还不依不饶，被凤婶拉住了。她看见徐宾在后面，知道叔侄俩记着旧恨新仇，没理说的。就问徐康："荡西也算滩上啊，有事说好了，还非到了桥头才行？"徐康说："我不是日本人肚子里的蛔虫，不晓得日本人要干什么，走吧。"

凤婶出了院子，才看到荡西的乡亲都被赶出来了。四面八方平日难得一见的人，像羊一样从各个羊圈里被驱赶在一个道上，在鬼子汉奸的刀光剑影下畏缩着走着，满脸的恐惧。凤婶一家到了滩上桥头，跟大家挤在一块。徐进不知道从哪里钻过来了，他穿着便衣。徐进悄悄地告诉大家说："得在滩上住几天了，鬼子要清剿西荡，把大家赶出家门叫'坚壁清野'。有亲戚的去投奔亲戚，没亲戚的住到窑上棚户那里去。出不去的，鬼子已封锁了全部路口。"他悄悄对凤婶说："你带着伢儿去她姥姥家，桂娘别去，徐康盯着哩，去铁匠铺子。"

二婆一家被裁缝店刘布奇接回去了。刘布奇的老婆赵三娥跟二婆算姨姊姐妹，嘴碎，善良，人不坏。小小的三间屋，硬是把大床让给二婆一家睡。二婆不能领这个情，她媳妇蒋玉姑娘挺着个大肚子快要生了，人多了已够烦了，还能叫人家挪窝？叫男人二枣从后面猪圈旁捧来几捆稻草，在厨房将就着躺下来，她们以为天亮了就会放回去的。

夜已深了，伢儿早已熟睡，二枣翻过中间的伢儿打滚儿要躺到二婆身边，他有个丑习惯，不搂着二婆困不着觉。稻草不是棉絮，弄得窸窸窣窣地响，二婆是要面子的人，气得掐二枣的大腿根，没用，他还是像个小偷利索地滑过来了，把两伢儿当稻草人推到一侧，不管那边是冰凉的光地还是可有垫身子的草。毕竟是大人了，他搂着二婆没敢做功课，一会儿就打起呼噜。二婆骂了声"活猪！"草垫得厚，自己又不敢脱，三娥又挑了床新被，加上二婆新地方不习惯，燥热心烦不能入睡，干脆从地上爬了起来，开了门走出门外。转了转，听到河两岸口令声，拉枪机声，还是有点害怕，又回屋来了，刚想关门，背后走出一个人来，二婆一看是挺着肚子玉姑娘。忙问她："伢儿你怎么出来了？挺个大肚子，不能受凉，回去吧，看我们把你家挤了。"玉儿姑娘是杀猪蒋荣青和周红的女儿，今年才十七岁，兵荒马乱的年头，双方满意就让他们去年完了婚，今年还就怀上了。玉儿回二婆话说："二姨，屋子里闷热，我就出来走走，一会儿回去。你看全是日本鬼子闹的，哪能怪你呢？要说还得谢谢鬼子呢，没这些畜生这一闹腾，你二姨请还请不来呢！"二婆说："真是甜嘴的贤惠姑娘，好呗，婶儿陪着你。"

两人悄悄出了门，说着话儿就顺着滩西岸向北的桥头走去。娘儿俩挺谈得来，鬼子巡逻队从桥东过来下桥头，拐过弯来迎着她们走。没月亮的黑夜，等听到喝问"口令"和枪机拉得"哗啦啦"的响声同起，鬼子已到了她们跟前。蒋玉儿一声尖叫让鬼子发现了原来是两个女人时，回头已晚。鬼子哈哈大笑叫着："花姑娘的，带走！"二婆护着玉儿大叫："你们还有没有王法？"鬼子围上来，两个一抱，任凭二婆嘴咬脚踢，几十斤的分量被鬼子摔在肩上扛着就走，那玉儿姑娘已被鬼子架起吓得昏了过去。

桥头鱼摊蒋六每到这个时间就睡不着了，准时到河边收鱼成了习惯。他披着衣服出门走到河边，码头下没一条船。这才想起鬼子把老百姓赶到滩上来要搞什么事情的事，这时候谁还有心思捕鱼？往回走的时候，听到有女人的叫声和鬼子的狂呼声，一堆人沿着河东滩岸往南去了，还以为鬼子碰上了不识时务、夜里出来"寻食"徐家簖上的婊子。他赶紧退回屋里，还上紧了门。

天亮了，二枣睁开眼睛，二婆不见了；里屋三娥在喊玉姑娘，也没应声。大门虚掩着，出门探看，乌黑一片，哪里还能看到什么人！二枣和三娥晓得出大事了，连忙出来，沿着滩坎找，怕惊动了守在炮楼上的鬼子，鬼子抱着枪，夜里是戒严的，谁出来就是找死。他们先是当猫唤，压着嗓子，找了一段路没人，顾不得了，越喊声音越高，最后直着嗓子哭喊起来了。一个喊二婆，一个喊玉儿，这就惊动了大家。这夜就没人能入睡，像二枣和大富一般遇上这样的大事头碰着枕头还就打鼾的人不多。人们纷纷出来了，互相探问出了什么事，听说两女人没了，跟着着急起来，河东桥西都响起"蒋玉儿——""李二婆——"的唤喊声。大清早的，一声高、一声低，从女人嗓子里出来都带着哭声，特别伤心。这一闹腾滩上乱套了，炮楼上的探照灯对着河西先扫起来，然后四面乱晃，机枪拉扳机的声音都听得见；哨声凄厉，鬼子出动了，想加强戒严。可是戒不了了，滩上人本来就多，乡野的百姓又被赶来，听说两个女人没了，还有个怀孕的，家家都是全员出动，满滩都是人，站在高处看，像爬行在一根树枝上的一窝蚂蚁。来到桥上想设障碍的鬼子，被冲上来的人群卷在里头，连举枪的缝隙都没有。人们疯了，把在眼前闪亮的刺刀当成烧火棍。"玉儿——""二婆——"凄楚的喊声在滩的上空响成一片。没事的时候，大家各过各的、各顾各的，遇到大事了，满滩百姓成了一家。

"在这里。"是谁在说话，喊声开始小了许多，像退汐的浪潮，人们静下来了，万籁俱寂，纷纷向说话声处望去：是军舰停泊靠近的岸上，有人看着脚下的滩在说话，是卖鱼的蒋六。他回家就睡不着了，坐在空空的鱼盆前发呆。外头找人的声音传过来时，他猛然一惊，不好！跟鬼子在一起的女人不是徐家簖上的那些做皮肉生意的！他连忙冲出门，从桥西跑到桥东，他赶到鬼子停舰的地方，岸下有一堆芦苇东倒西歪地被践踏过，他小心翼翼地拨开芦苇，他看到了，心怦怦地跳，低声说了声"在这里"。跟着他探头的人"哇"的一声哭了。没哭的人扭头掩面。惨不忍睹啊，两个女人赤身裸体躺在那里，满身是血。王洪、凤婶靠出事点最近，凤婶连滚带爬下去了，玉儿姑娘流了产，身子已经僵硬；摸着二婆还有一丝气息，凤婶叫了声"苦命的孩子啊"脱下棉袄盖着玉儿，把二婆抱在怀里。

人们疯了！跳下河向舰冲过去。舰上已被喧闹声惊醒的鬼子从舰窗上看到了一切，知道东窗事发，惊慌失措乱成一团，没等穿上衣服，人们已爬上舰。半台烟的工夫，十几个鬼子被撕成碎片。

谷秀也疯了！他站在楼顶上看到了一切！

他喜欢上炮楼，这是滩上最高处，就像他家乡一览众山小的山顶尖。这些军舰还没开过来的时候，他每天早晨和黄昏都登楼，抬头看日月轮转，低头看流光倒影。特别是满月的夜，他痴迷着沉在水里的月亮：按中国人的说法，吴刚在砍树，嫦娥在做什么呢？喂兔？酿酒？还是像王老板的女儿给儿子喂奶哼着曲子？他从见过桂娘一面就不能忘怀了。没说为什么，反正有眼缘，但绝不是蠢蠢欲动的那种色情的涌动。这个年轻的鬼子指挥官接触了好多中国文化的东西，虽然是个侵略者，却有些怜香惜玉的书生气。选他当侵略者的指挥官，确实是天皇用错了人。眼下，他看着因同僚带来的兵发泄兽性，把美丽的女儿滩变成《悲惨世界》，只知道暴跳如雷，却不知道怎样对付。却对着最乱的地方喊"打！狠狠地打！"机枪手还以为命令他们开枪，可是人山人海不知道往哪堆人射击！

早已经跟上来的任国泉猛地把机枪手推开，他对谷秀大声说："中尉先生，绝对不能打！只要枪响，无论是你们、还是我们，整个滩都是毁灭性的！冷静！冷静！"他叫谷秀冷静，其实他已心急如焚，事情发生得太突然了，他也不晓得怎样应对。谷秀甩开任国泉抓着他的手，还是吼叫着："打！打！猪狗不如的畜生，不杀不足以平民愤！"任国泉这才松了口气，原来谷秀在给打他同僚的老百姓呐喊助威。

　　那只舰着火了，早先冲上去的人们又跳下水向靠近的舰奔去。还没到舰下，舰已发动了，向南逃去，连汽笛都没敢响。但岸上军营里响起了凌厉急促的哨声。

　　事发突然。薛飞要请示组织上已来不及了，他首先想到的是如何保护老百姓的安全，一边叫人去西荡求援，一边请任国泉一步不离地看着谷秀。昨晚田中临时回镇上去了；荣上又在来滩的路上，滩上驻军的指挥权暂交给了谷秀。群众能不能安全撤退关键在谷秀身上。任国泉说："谷秀是个书生，虽然讨厌战争，但他站的位置是身不由己，正义感不能替代职责。要他能临阵反戈一击，还有个过程。现在这过程已不允许多久了。是不是请桂娘出来，利用他对桂娘的痴情、促一促？"薛飞点点头："也只得试试看了。死马当活马医。"正商量的时候，大路远处飞尘扬起，马蹄声由远而近。"不好！荣上来了！"薛飞对任国泉说了声"拜托！"随即命令徐进迅速占据炮楼。

　　炮楼一共四层，盘旋楼梯，三层四层各布置着四挺机枪。四面都有射击孔。它是滩上最高军事制点，位置居高临下，谁占着谁就有决胜的优势。上面是四个鬼子、四个皇协军。薛飞知道和鬼子短刀相接已无法避免了。他已吩咐人去铁匠铺子放信鸽去西荡求援，现在得火速占据炮楼、找到桂娘策反谷秀、拿下荣上，他不能等苏政委来，得独当一面。他只有背水一战了。薛飞向出事点飞速赶去。

　　正值深春，田野上麦苗应该是旺长的时候。这是滩上最好的土地，就像皇城根下的寸土寸金，可眼下庄稼长得并不像样，上好的土地被鬼子建炮楼时挖得体无完肤，长出来的麦苗有一块没一块的，像秃子的头。每块麦地的四周竖着高高的老芦老百姓又没敢收割。薛飞吩咐跟在身后的兄弟："把滩岸上的兄弟往麦地里疏散，打起来了，引导他们到芦苇里躲着！"他看着河滩上的浓烟滚滚，那是停泊在出事点旁的军舰，被跳下水去的群众点火烧着了！百姓被彻底激怒了，早把生死置之度外，奸污二婆和玉儿的鬼子就是那只被点燃的舰上的，作恶的鬼子还在梦里就被二枣和李家、蒋家兄弟撕成了碎片。他们点燃了那只舰，又跳进水里奔靠近的一只舰去了。但舰已在发动，鬼子从惊慌失措中清醒过来，向南开去。薛飞心急如焚，他知道鬼子一旦和百姓拉开距离就要开枪了。他束手无策，九哥应该出发了吧？

　　薛飞命令身后的兵说："冲上去，对军舰射击，把火力吸引过来！"他焦急地问身边的乡亲："桂娘在哪里？""在那里！"有人指着麦地里被挖掉土的大坑。坑四周麦子没长起来，芦却蹿得很高。

　　徐进见薛飞朝出事点奔去了，迅速带人往炮楼上冲去，楼上的鬼子和皇协军已枪上膛待命打，看见徐进来了，鬼子还没弄清怎么回事，就被下了枪。徐进说："委屈你们了。"命令兄弟像粽子般的把他们捆起来。他站在楼顶望着出事的地方，那里的群众跟驻扎在帐篷里的鬼子已打成一团，帐篷被点起火来，像一个个坟堆在燃烧。他吩咐三层的兄弟都上楼顶守着，配合他捕捉荣上。徐进匆匆向楼下冲去，他已看到骑着马的荣上已快到炮楼。他得去楼道口"恭候"。擒贼先擒王，只要拿下荣上，鬼子就群龙无首了。

他一到楼下，任国泉和谷秀站在楼道口，温尔雅之的谷秀像急了的驴要上楼，任国泉不肯，两人正在争执。徐进知道桂娘没来，谷秀的工作还没做下来。马蹄声已听得很清晰了，他果断地对任国泉说："带他去面店，诓他说桂娘在那里等他。快！荣上来了！"任国泉连诓带拖，谷秀半信半疑地跟任国泉走了。两人刚进面店，荣上就到了军营门口。把缰绳一扔，气急败坏地问迎上来的顾三禾："谷秀呢？""他在炮楼上。"徐进快步走上前去回答，他对三禾使了个眼色。荣上毫不怀疑地返身进了炮楼，随后的徐进立即关上大门，他把跟荣上来的几个鬼子交给门外的手下了。

荣上"噌、噌、噌"地向楼顶冲去，三层没人，他问徐进："人呢？""集中在楼顶。"徐进指指上头。荣上继续攀登，头刚探越过平台，发现不对，想后退时，衣领已被平台上的人揪住，徐进在下面拎着马靴往上一送，荣上被撂趴在楼顶的平台上，给结结实实地被捆了起来、并堵上嘴。他像被待宰杀的猪，把平台当案凳扭来滚去。徐进给他脑门上一枪柄，他哼了一声不动了。徐进松了口气，他站起来望着出事的地方，高兴得跳了起来，唐九带着部队开着小舰到了。西荡现在已经鸟枪换了大炮，有了好几条小舰。唐九堵住了要溜走的鬼子舰。舰上的鬼子不敢肆意横行，对渐渐游过来的老百姓不敢开枪——开也不抵事，太多了，像水面狂游的上千只水鸟，宽阔的水面上星罗棋布，时而泅底，时而踏波，眼睛里喷射着复仇的怒火。鬼子惊恐万状，侵略了中国那么多地方，从来没见过这等不要命的阵势。他们在舰上抱头鼠窜，但也有急红了眼的，拿起机枪对着河面上扫，唐九在舰上开枪了，六只军舰迅速包抄过来，舰头上有人在用日语喊话，叫他们放下武器，别为天皇卖命了，这场战争是日本好战分子发动的对中国的侵略战争，谁继续顽抗到底将会被钉在历史的耻辱柱上。缴械投降是唯一的出路！电喇叭声被扩大了几十倍，被两岸密不透风的芦墙隔在河道上空回响，震慑力大，加上端枪扫射水里百姓的鬼子被打死，舰熄火了，像落水的树叶在河面上飘移，站在甲板上的鬼子看到喊话的人，认识是早参加了中国抗战同盟的原本的战友——井上龟秋。

徐进飞快地跑下楼，他走出楼口，看到的阵势震惊极了。炮楼和面店间的一块四五千平方的场地上，挤满了黑压压的人群，人群被通往面店的五尺小道隔成两片，东面是谷秀带来的鬼子兵，对面是任国泉的皇协军，皇协军把军帽摔在地上。

两军都是荷枪实弹，持枪对垒、一触即发。皇协军怒不可遏，只等任国泉发号施令，他们身后还有拥挤不堪要拼命的上千百姓；鬼子也有红了眼的，直着嗓子声嘶力竭地叫喊，他们不是要开枪，是知道一开枪就会被打成筛子，谁来中国都还想着回日本，现在脑子里一片空白。

谷秀脚一跨进面店，任国泉就赶紧把门关上。谷秀没见到桂娘大为光火，张牙舞爪，像疯子般的对面店的盆盆罐罐一顿"狂轰滥炸"。任国泉没有劝阻，只是靠着大门，只要不让他走出大门就有回旋余地；王洪焦急地看着窗外，又不能出去，这里是向外传递信息的站点。王洪看见谷秀进来，赶紧转过身来打理着灶台。谷秀发疯，他没说一句话，默默地弯腰拾着被谷秀摔坏的东西。他知道谷秀心中早乱了分寸：既恨做了坏事的鬼子，又恨中国人的"疯狂"；开枪不是，不镇压也不对，职责所在。田中和荣上还没来，他从来没碰到过这么大的事，主心骨被彻底折断；他已看到了皇协军的态度，看他的眼神都是仇视，仿佛滩上的惨案他即使不是主谋也是同伙！他理解，他们是一个民族。虽然任国泉是他信得过的下级，但在民族尊严面前，两人不会苟同。所以在这个事件上他绝不能任其摆布，他只是军队招募的为"大东亚共荣"服务的军人，只能唯他马首是瞻。

没有长官了，没有朋友了，他手足无措的时候，他更想见桂娘——那女人就像日本的伊冉。她不只是美丽，让他折服的是端庄。端庄的女人不仅心灵和外表一致，还是真理的化身；她像母亲，孩子犯错绝不会怪罪孩子，自己却在自省。谷秀想见桂娘，其实是在寻找一棵让灵魂静下来的菩提树。

他静下来了，因为王洪和任国泉对他的疯狂没有应战，他像斗牛，挽人的角都挽在棉絮上。谷秀浑身无力，喘息着软瘫在地上。这时候，剑拔弩张的窗外传来一片哗啦啦的脚步声，然后就静止了，无声无息得像世界的窒息。他们都不知道外面发生了什么，站起来看着窗外，震惊了，老铁匠为首，带着乡亲用门板抬着玉姑娘娘儿俩的尸体，队伍缓缓从对垒的双方中间走过，无论是中国人还是鬼子，都收起枪往后退，鬼子们低着头。谷秀冲出来了，他看到桂娘走在前头。

桂娘看着谷秀，谷秀一阵战栗，因为桂娘的目光愤恨中还蕴涵着哀怨和哀伤："兄弟，还要打吗？是谁错了？假如死者是你的妻子或是女儿？"他摘下军帽，迎着肃穆走过来的队伍，跪下来，无力地垂下头。桂娘走到他跟前，扶他起来，叫了声"谷秀先生，拜托了，管好你的部队。"谷秀点头，正想对他的部队说两句，意想不到的事发生了，桂娘突然惊叫一声："闪开！"说话时已扑在谷秀身上，但还是迟了一步，一声枪响，从她手心穿过的子弹，又钻进了谷秀的胸膛。谷秀缓缓地倚着桂娘的身体倒下了，他无力地向路西的人群瞄了一眼，说："徐……徐……

康?"桂娘眼泪欲喷,点点头。

　　鬼子见长官被打倒在地,又是一阵骚动。谷秀抓着桂娘受伤的手,目光在他心中的圣女脸上映拂:"你为什么要代我挡这一枪?白挨了,我心中的伊冉……"他一阵阵抖颤在打着冷战,桂娘脱下外衣盖在他身上。她看着惊恐万状的鬼子们,有的又端起枪,大概认为长官死了,他们没了退路,要殊死一搏。桂娘仿佛不知道自己已受伤,悲哀地回答谷秀:"你不应该挨这一枪,因为徐康已看到你在讨厌这场战争。他没退路了,他一条道走到黑。他想掌控你的部队,只有杀死你,让你的兵重新端起枪。今天的惨案你在炮楼上看到了,群情激愤,不是百姓的错哇谷秀!而你只是想找捷径躲避,或彷徨在十字路口。当徐康打你黑枪,我愿挡这颗子弹,因为在你的部下面前,十个桂娘都抵不过你一个人的分量。只可惜……"她抱着谷秀的头痛哭,"只可惜……"

　　一阵拉枪机声把桂娘惊醒,猛抬头一看,鬼子们已红了眼,这边皇协军也端起枪。桂娘悲哀地说:"兄弟,你愿意他们成为罪人吗?!说句话吧,碧清的滩水已经浑了,开枪没有赢家,不能再往里添加鲜血!也是为了他们能回日本和家人团聚!有话你对着兄弟们说吧。"她托起谷秀的头,让他看看部下。谷秀依仗着桂娘羸弱的身躯站起来了:"兄弟们,对着伊冉你们还下得了手吗?天皇不是万岁,万岁是和平、和平!"他举起了拳头。日本兵们全部放下枪,有的跪着有的躺下,有的相拥,都是号啕大哭。是被解放了的那种发泄的哭。

　　谷秀慢慢地倒下了,任国泉要扶他,她看着桂娘,桂娘被击穿了手还没有包扎,半边身子染得通红。桂娘坐在地上抱起了他。谷秀说话已断断续续,但眼神却显得十分幸福。他原以为桂娘是可望而不可即的圣女,没想到他心中的圣女这样看得起他。他看着桂娘,颤巍巍的手掌向桂娘面颊伸去,桂娘没有避让,平静而又友好地迎着他的目光。但清澈透亮的眼底泪水在滚动,再怎么掩饰,也无法隐藏她的自责和哀伤。老说着"我怎么这样没用的?我怎么这样没用的,手挡得住子弹?身子再多去一寸不就好了?"高先生搭着谷秀的脉,叹了口气,吩咐身后的几个人,说:"把他抬走吧。"谷秀摇摇头,抓紧桂娘的手。桂娘心如刀绞,抱紧他,她知道谷秀懂自己的生命已到尽头,最后一刻不想离开她。桂娘把他因为无力要离开她脸庞的手摁在腮帮上,她说:"好兄弟,你睡吧,就这样。"谷秀的手还是垂下来了。她受伤的手按着谷秀的胸口,两人的血交融在一起。南边滩上的厮杀声渐渐变弱,桂娘托着他的颈轻轻唱着催眠曲,那些鬼子兵早已不哭了,听着缠绵的歌谣,倍感忧伤:

风儿吹，雀儿叫，
芦头花花儿枝头摇，
宝宝啊，可睡觉……

　　周围一片静寂，战斗是怎么结束的，河边发生了什么，桂娘全不知道。直到谷秀微微转动着头看着她身后，轻轻地叫着"妈妈"、她才知道婆婆凤婶和母亲杨素蹲在身旁。"嗳，孩子……"两个老人答应着，只是扭头擦着泪。谷秀已无力主宰头部的转动了，眸子从眼眶中向桂娘移来，嘴唇不停地努着。桂娘俯下头对他说："兄弟，说吧，只要我能做到的一定做到。"她听到的还是"妈妈"，桂娘握着他的手，坚定地告诉他："好兄弟，等战争结束，我一定会把妈妈接到中国来！"她知道谷秀现在叫的是他生身妈妈。谷秀满意地笑了，闭上眼睛平静地躺在桂娘怀里。仿佛睡去。桂娘泪如雨下，紧紧地抱着又唱完曲尾：

风停了，雀儿飞走了，
芦头花儿不摇了。
宝宝啊觉觉了，
哦、哦、哦，
觉觉了……
觉觉了……

　　天开始下着绵绵雨，芦苇花在扬起的雨雾中默默沉息。桂娘的头发已沾满了雨花，像一串串珍珠穿在头发上，透亮。眼睫毛上几颗珍珠更大一点，挂不住了，滴在谷秀的脸上，水珠散开来，泅润着他的脸颊。桂娘就这么一动不动地抱着谷秀，谁都不敢劝她。老铁匠蹲下来才知道姑娘在沉睡。他好不容易把谷秀的尸体从桂娘身上抱开，因为桂娘的手上的血和谷秀的胸口的血粘在一块。

　　滩上这么大的变故是徐康叔侄始料不到的事。徐宾是滩上土生土长的，他知道坏事了，奸人妇女还是待产的女人，滩上人对此深恶痛绝。滩上人虽来自五湖四海，但一旦被激怒却能像沈万和窑上烧塌的砖坯，粘连成结实的一块，原本商人为了一份铜臭，尔虞我诈没有了；女人为争一个俊男，扯打撕泼不见了，他们把乡亲的不幸遭遇看成了是自己的遭遇，仇恨面前成了疯子！疯子是绝对不要命的，随你什么刀枪。就你那么点鬼子兵经不起打，你那长长的刺刀，能串上两个人，还能挂三个？皇协军反水了，是你逼的，他们是中国人，懂得耻辱！

徐宾叫徐康赶紧报告荣上，要打就得往死里打，炮弹轰，手榴弹炸，把滩上狗娘操的男女老少打光杀绝！叫他赶紧调兵遣将啊。徐康说，来不及了，荣上已在路上。现在只有盯着谷秀，他能抵挡一阵，荣上来了说不上还有机会。徐宾不说话了，他知道这一仗凶多吉少，他往南跑去，想半路上截荣上。谁知道荣上看见滩上战火纷飞晓得不好，焦急和紧张的他，恨不得一鞭子下去马能飞起，把他带到炮楼顶上。发现居然有中国人挡道，他气急败坏，对着徐宾一鞭子抽下去，幸亏徐宾闪得快，马冲过去了。"完了！完了！完了！"他捧着鲜血直流的脸，朝飞奔的马屁股后的扬尘干号。

等在军营门口的徐康见荣上来了，大喜过望，要迎上去时，顾三禾却先前一步，眼睁睁看着他被徐进带进炮楼，连卫兵也被关在外头。他彻底清醒了，想起一连串的事情，知道自己的判断没错，这里的皇协军早已被谁掌控。唐九？新四军？他不寒而栗。荣上出不来了，他不知道出了内奸。进了炮楼，门就被关上，徐进还跟在后头，他绝不会活着出来的。谷秀呢？怎一晃就不见了？任国泉把谷秀拖到面店的时候，他踮着脚全神贯注地望着路的尽头，他在等着荣上。荣上进了楼，徐康一回头，谷秀不见了。他像一条疯狗急得团团转，一缕凶光在人群中扫荡，谷秀要是还知道自己的职责所在，他还有一丝希望。

桂娘领着蒋玉姑娘母子的尸体缓缓从南边走过来，面店门开了，谷秀冲了出来，任国泉紧跟在后——徐康的心彻底被击碎，他长叹一声，任国泉又前走了一步，那个书呆子被他掌控了。但徐康还不死心，想绕过人群向谷秀靠拢，但却无法挪步了。小木匠的老婆领着被鬼子糟蹋死了的娘儿俩从南边走来，那肃穆和悲哀震撼着百姓和皇协军，震慑着鬼子兵。人们为灵让路，纷纷后退、退，一个紧挨着一个，水泄不通。徐康像被人群浪潮淹没的狗，只能随波漂移。当他看到谷秀看到桂娘时的眼神，透亮出兴奋和愉悦的光时，他颤抖了，徐宾刚给他的一点点自信消失得无影无踪。他想起许多往事，顾五说过，那小木匠老婆有着摄男人魂的能力，就连唐九也听她的。那谷秀的魂也被这女人摄走了。

"干掉他，群龙无首，鬼子兵知道你是荣上身边的科长，谷秀一死，你能指挥日本兵。"徐宾不知道什么时候挤到侄子身边来了，他恶狠狠地出着主意。徐康一振，仿佛吸了口吗啡，找到了一点自信，他点头，拔枪对准谷秀：他就剩了这一条路。但做贼心虚，桂娘一眼看到了人群中戴着鸭舌帽的徐康，就是把他烧成灰她也认识，这时候的徐康已举起枪对着谷秀，她惊叫一声扑向谷秀。枪响了，人们惊愕之余，瞬间顺着枪声转头来找着凶手，徐康叔侄弯着腰从人缝中向南抱头鼠窜。到炮楼下却被一坠下的重物击中，两人一看，原来是少佐荣上。

　　荣上被徐进打了一枪柄后昏了过去，醒来楼上除了早先被绑着的日本兵外已无一人。他手脚被捆着，扭动着身体站起来像受伤的袋鼠跳向楼边。看到楼下河沿边，他的兵横尸遍野，两滩一片狼藉。带来的舰一只被烧沉，其余的膏药旗被换成"青天白日"。他绝望了，带来围剿的精锐部队全军覆没，回去要被告上军事法庭的。他大吼一声，背靠围栏，仰首倒栽下去。身体着地前碰巧砸在经过楼下的徐康头上。本来不死，后面的徐宾没来由地给了他一脚，圆鼓鼓的身体骨碌碌地顺滩滚入河心。徐宾临跑时还对在水里骚动的荣上吐了口痰："瞎了眼的畜生，要是那次在三官殿你不跑，让我侄子做主，把那骚娘们儿留着、关着，唐九和新四军不来，由我在她身上一天割一块肉，派人送给唐九，还能保她一年不死！她是块好鱼饵啊，你就不信！由着我们叔侄办，唐九老早被捉到了！今天这个结果就是你刚愎自用造成的。呸！你去死吧，看看你的天皇陛下可在河底下！"

第三十五章　天地同悲

　　二枣心碎了。别看二婆平日疯疯癫癫，可她把身子的清白看得比命金贵。除了二枣别人看得碰不得。如今遭这等糟蹋，就是身子好了也活不成的。这是他兄弟三青梅竹马儿时一起长大的伙伴、妹子、心上的女人，他说他是为她生，是为她活。爱是自私的，有时候还伤了伦理，她本是大哥。父亲为这事拿起榨丁条子抽他，他咬紧牙关，皮肉上出血，没吭一声，心里说："抽！抽！只要抽不死就行！我害了哥哥也救了他，就他那德性，二婆吼一声，他尿屎直拉，散伙是早晚的事，说不上便宜了别的男人！一时的错，我救了他，也救了李家！"他跟她做夫妻，有着用不完的力气，披日头、顶星星地劳作，充满着青春活力地劳作，全因为身边有这么一个无拘无束、没心没肺，想笑就笑、要闹就闹，如同长不大的伢儿般的、只有十三拳头高，一不高兴就脱光上身的女人。二枣问过二婆："你一不高兴就脱、脱、脱，是奶头大还是皮肉白要显摆的？"二婆不说话，又脱衣，用奶头堵二枣的嘴。二婆是他的宝，是他的命，眼下被鬼子糟蹋了，他疯了，跳进水里，又朝早已移到河心的军舰游去，舰上已经荷枪实弹，他仿佛浑然不觉。就在鬼子向他开枪的时候，岸上向他扑来一只鹰，叫了声"二枣"，身上已被打成筛子，所有的子弹都是为二枣挡的。他不知道是谁，听到枪响已潜入水中，岸上人看得清清楚楚，救他的是他哥哥李京。

　　枪声停了，涌在岸上的群众纷纷钻进棉田。二枣已潜到桥下，那里是个死角，鬼子的枪打不到，拖拖儿在枪洞里向他招手。他上来了，拖拖儿指着薛飞带着几个皇协军捞上来的尸体说："为救你，你哥死啦！"他头脑轰的一声响，跳上岸向那奔去。军舰已惊慌失措地开足马力向南窜逃。但被对面迎来的军舰堵住了去路，军舰上飘着"黄海抗日纵队"盘龙黄旗。后有追兵，前无出路，一会儿军舰上都升起了白旗。

　　棉田里已摆放着十具尸体，乡亲的，黄海抗日纵队的，起义伪军的。鬼子的尸体扔在滩坎上，样子惨不忍睹，面目全非，就是荣上少佐还魂也认不得他的部下了，身首处都留满了被撕咬的牙齿印痕，应了中国的那句"切齿之恨"的古语。

二婆被接到脆饼店范五家来了，徐碧叫她，她好像醒过来了在哼哼，叫着二枣。范五忙去寻找。整个滩上硝烟弥漫，老人家好不容易在炮楼下一堆没被踩塌的芦苇里找到，二枣抱着哥哥李京的尸体，盯着开始由浑转清的河水目不转睛，范五叫他："枣儿，枣儿……"他仿佛没有听见，说："哥，鱼，鱼，是条乌青！"他前面三尺处的芦苇在猛烈摇动，在水面上闪了一下有锅盖大的青黑尾巴像李三试船的舵背。范五潸潸泪下，他知道兄弟三都是戳鱼的好手，老二狡猾，老大忠厚，平时下叉是老二，像这么大的鱼就是钉在叉上也得下河捉。他会说："哥，去啊，你又不是木桩！"李京跳下河把鱼抓上来了，二枣拿回去告诉芽娘说他抓的。湿漉漉的李京回到家里，二枣说："看你像个不生蛋的旱鸭，连饭都赶不上趟。"

二枣欺负李京，连女人都争了去了，今天却是李京救了他的命，就是肚子里长的石头心，也会溶化。凤婶晓得二枣知道错了，不单今天把活着留给了他，他还想着小时候的往事。

农历四月二十二日，在中共苏北党组织和唐九抗日纵队的操持下，为在女儿滩鬼子兽行事件中死难乡亲和战士举行了悼念大会。牺牲和死难者的坟墓已经挖好，唐九向苏政委提出一个要求，就是想带着死难的乡亲和火线起义的烈士去西荡转一转，算是省亲，算是告别，因为滩上乡亲很少有人知道让鬼子闻风丧胆的地方是什么样子。特别是李家兄弟中的老大李京。他走到痛哭哀哀抱着李京尸体不放的二枣身旁，抓起早已僵硬了的李京的手，两手不断地抚摸，仿佛这样能够救活。他对着李京说："老哥哥，你和兄弟们在荡西给大家守粮月余，我们记着账。没有声音的人不等于没有脾气、没有血气，跟小弟走一遭吧。"他抹合了李京半开半闭的双眼，顺手把二枣拖了起来，说："哥就交给我们吧，你去照料二婆。"

第二天清晨，滩上上百条船只向荡开去，打头的船上素帆两片，船帮上挂着二十四面幡旗，摇橹者都着孝服，死者红盖，周围铺盖着滩上的"满天星"菊花，满河里只见桨荡不闻人语，肃穆得很。夜里下了场小雨，现在河面上腾着浓浓大雾，满滩尽是哀凄杀气。船行了好一阵太阳从乌云中探出半个面来，水雾又重新泛起，贴着河面久久不散。头船入港，缓缓响起哀乐。桂娘的叔叔王洪山全身缟素独撑一舟，船侧挂着白烛灯笼，窑上做瓦的张一篙子手举双倍大的一只灯笼站在船头。见船队到了，王洪山调头向对面摇去，头船仿佛有些吃惊，没看到那方向有行船的道口。谁知道小船触处，茂密的芦头墙从中却裂开一条口子，像两扇大门缓缓向两侧打开，宽大的道口崭露在船前，王洪山的船领着船队从正中行去，张一篙子高举灯笼照向两岸，他在引魂，老秀才李福老站立在他身边，一身道服，披头散发，左肘托尘，右手撒米，用沙哑的声音呼号：

> 湛湛江水兮，上有风……
> 目极千里兮，伤春心……
> 魂——归——来——兮——！

号声起，两边芦头里遥相呼应，渐次亮出了白烛灯笼，船队由王洪山和张一篙子"接引"着行走在西荡的九湾十八汊里。李家兄弟只剩四人了，还有蒋家四虎分别在各条船上领航，头船上是二枣，他把哥哥的遗体放在身边，他一直坐在哥哥身边跟他说话，喋喋不休，唠唠叨叨，一会儿哭一会儿笑，仿佛要把多少年没跟哥哥的话一次说完。他没心思看阴雨绵绵，水天一色，云雾缭绕的西荡风景。回来的时候灵堂已经搭好。两侧挽联是：

> 一衣带水兄弟，为何恃强凌弱侵近邻，罪留神州哀鸿遍地；

> 九湾连脐姊妹，哪能随人宰割遭强暴，哭祭草滩血雨腥风。

横幅：

> 天理难容。

这里隆重，另一个天堂却相反，显得静谧。荡西凤婶家。谷秀的尸体静静地躺在屋中。桂娘发鬓上插着朵白菊，左手包扎着用绷带吊在胸前，坐在身旁和风细雨地和谷秀在说话，七星、天龙和雁儿披麻戴孝跪在脚下烧着黄纸，纸一片一片地点着，火光一缕缕在灵前飘忽。唐九进屋，脚步放得很轻，桂娘果真没有听见，他听桂娘跟谷秀说："兄弟，你不该来中国的，当然不是你的错，你喜欢女儿滩的风景，竟到了喜欢得不愿回家的程度。住下吧，这就是你的家，我知道你最记挂的就是娘，天总有放日头出来的时候，你驾着女儿滩上空的云彩，回去告诉老人，老天有眼，能够不打仗了，来中国，来这里，我养她……"唐九心里酸的，让滩上的冤魂和烈士安眠了，来到这儿触景生情，多了几分惆怅和柔情，还有些失落感。他羡慕这个鬼子的福分，不知道假如换作是他，桂娘会跟他说些什么？

女儿滩的惨案震惊了鬼子高层，他们小视了女儿滩的抗日力量，一直被"大东亚共荣模范村"的宣传蒙蔽了眼睛，没有像样的正规军就消灭了他们派来的舰队和驻军，连通城最高司令官也没能幸免。到这时才知道女儿滩的老百姓早已被暗中组织起来了，如不及时镇压，当务之急在女儿滩建立供给基地的计划是不可能实现了。到了六月，鬼子暗地里重新组织兵力过江来了。女儿滩大兵压境。

一天傍晚，天渐渐黑了，王洪准备关门打烊。门外倏忽间闪进个人来，戴着鸭舌黑帽，没等王洪开口反身将门关上，王洪问了声："先生你是……要吃点什么吗？"对方这才抬起头来摘下帽子说了声："王叔，是我。"说完就坐了下来。王洪大吃一惊，来人是上次逃脱了的徐康。薛飞早跟滩上信得过的乡亲都说了，鬼子不可怕，要防的就是徐康叔侄，上次徐康没被抓到，这条狗假如还被鬼子用了，会回来咬人的。大家都做了最坏的打算。王洪虽心里有准备，但突然出现也有些紧张，他是经过了风浪的人，内心的紧张尽量控制得不露声色，只是淡淡地回着话："徐科长客气了，你是皇军的红人，称在下'叔'，是高抬在下八辈子的了，不敢当。徐科长一别月余，还是在日本人手下高就？"和鬼子伪军打了几年交道，王洪是凡事细心应付，遇变宠辱不惊，细想想也没什么直接把柄落在徐康手上，不巴结，也不得罪，顺其自然。徐康说："王家在女儿滩是大户人家，能在非常时期，顺天时、循地理，把皇军服侍得好好的，不简单啊。要不然上次日本人在滩上全军覆没也没这么快。"王洪说："科长是话里带话哩，要说服侍日本人我也是没办法，连你都在帮他们做事，我个小小老百姓，他们住在这里不走，没跟我商量，炮楼还建在我家棉田边，进进出出都是荷枪实弹，凶比虎，狠过狼，原本想进店歇脚讨杯茶的过路客都不敢进家了，我不侍候有这个心也没这个胆哪。""老叔说笑了，你不怕的，你不是有个好女儿吗？看似文静，却拳头能打虎，双脚能踢狼。谷秀称她是'圣女'，连悍匪唐九都听她的话，能把荣上骗得团团转，把顾五玩得家破人亡，新四军有难事都找她，她是女儿滩上日里的太阳、夜里的月亮，有了这样的女儿你还不是手眼通天哪！"徐康斜睨着双眼看着王洪说。王洪一听脸落下来了，他正色着说："徐科长，说话是得拿证据的，小店里一没钱二没宝，你是来讹的还是诈的？谷秀先生腿一蹬了事，两个月的伙食钱就这样随他走了。昨天东凑西借了袋面，你要吃我下，还拿得出来，要金要银你走错了店。"徐康哈哈大笑，他说："佩服大叔好口才，到底经过世面的。不着急，慢慢来。就是鸭子经过水榻前也会留脚印。"他左顾右盼，说："姑娘呢？上哪里去了？"王洪说："跟内子去她娘家了。"徐康说："我问的是桂娘。"王洪说："我还以为问的是小女儿呢，桂娘是嫁出去的人，不算王家人的。怎在这里呢。""走没几天吧，又是祭奠又是修坟的，她辛苦啊，还带着死人到西荡转了一圈。"徐康抬头看着窗户前的公墓，忽地话锋一转，问王洪说："谷秀葬在哪儿了？那墓碑上怎么没谷秀的名字的啊？"本来话就结束，王洪也不想跟他争辩，去灶头上寻烟台。可是听徐康阴阳怪气地提着墓碑的事情，又说着谷秀的尸体去处，晓得他不是刚到的，已在滩上转了几天了，气不打一处来，就借事说了几句："姓徐的，都是滩上的人，你不说死人的事我也忍住了，说我女儿参加公祭我倒要赞她几句。谁家没女人？谁没有姐妹？滩上的姐妹被鬼子奸污了，引起人神共愤，乡亲们为之报仇而死了几十个，公祭一下难道还不成有罪？我想问问，要是那天奸的死的是你娘你祖宗，你作何等想？不会还帮揾着脚绑着手吧？紧密的邻居似亲人，最基本的道理难道你是路人？圣人说，'人之初，性本善'，你徐家园酒坊的人是生来就不知道什么叫善？还生来就不是人？怪不得你叔叔能做出奸媳妇、逼疯儿子的伤天害理缺德事，还是他根本不知道什么叫缺德？你们可是亲叔侄。"王洪说完了，竟自坐到灶下的烧火凳上抽烟去了，把个被骂得脸白一阵红一阵的徐康撇在门口。半天了，徐康回过神来问："王洪，你还没回答我的问话，祭就祭呗，带着尸体浩浩荡荡地转西荡去做什么？什么时候也带我去转转？谷秀的尸体葬在哪里？""呵呵，你可是有气的啊，要转西荡不要人带的。你问我，谷秀的尸体？"王洪张开双臂皱着眉说，"你问谷秀他自己去啊！"说完对着锅膛里吐了口痰。王洪长这么大没说过损人的话，今天是被逼急了。他说："要说带着尸体去转西荡，我服了唐九这个土匪，虽说是匪，可还晓得怎样做人。入土前最后一趟了，西荡是个什么样的，滩上没多少人懂，他请死了的乡亲去看看，算认个门，西荡再险再大，再被土匪盘着，还是女儿滩的地方，将来他还要还给滩上的乡亲，我女儿可没那么大的脸面请得动死难的乡亲，你姓徐的别什么事都往她身上扯。天黑了，要关门，我知道了，看来你还在为日本人做事，你做吧，谁也挡不了你。要抓我、我就陪你走，不抓我、你就请。"徐康说："老叔子就不给我下碗面？"他真的感觉到肚子饿了。"小店供不起贵客。"王洪把烟台往灶台上重重一放。

三天后，鬼子进滩了。这次动作不小，来了一个大队，原来的营房根本住不下来，给一部分人在荡南搭了帐篷，大队长还没到，带队的是个中佐，叫松尾。后来才知道徐康又当上了鬼子的特高科长。在和王洪接触之前，他一直在滩上暗里活动，仔细查看了炮楼和营房情况，在确保中国人没有做什么小动作后，松尾才带兵来进驻的。

鬼子来了，没有对滩上乡亲动干戈，只是炮楼顶上和桥当中重新挂上了太阳旗。龟秋这次没有带来皇协军，滩上能见到鬼子中的中国人就是徐康的特工科。第一天早市来摆摊的人寥寥无几，一排边的店面半开半掩。特工科的人挨门挨户劝说着，桥头上还贴着希望大家正常营业的布告，过去的事一字不提。鬼子明里做工作，新四军暗里做工作，市开起来了，没几天女儿滩又渐渐热闹起来。

　　表面上看似平静，其实鬼子兵分几路正在围绕"基地"计划紧锣密鼓地活动。王洪山已发现荡周围夜里进进出出着不三不四的人，滩上的早市除了乡亲，最近多了新面孔。特工科派人挨门逐户开始登记，桥头滩口都设了岗盘查往来的人。这些事的领头人是徐康的叔叔徐宾。看得出来，叔侄两都成了鬼子的红人。有人发现鬼子在旷野中大搞测绘，日本人真的想在滩上大做文章搞什么"基地"了。

第三十六章　恶贯满盈

　　徐康正式在滩上亮相后做的第一件事就派人把桂娘抓到滩上来，表面上说是配合调查上次谁策反了皇协军的工作，实际是软禁起来。他认为好多蛛丝马迹都连着这女人，想找到滩上的抗日力量，只有从桂娘身上下功夫。重新启用徐康是个偶然，来创建基地的大佐叫松尾，他仔细查阅了荣上留下来的资料，发现了原来特高科副科长叫徐康，感了兴趣，因为他就是女儿滩人。要在女儿滩做事，就得依靠当地人。强龙抵不过地头蛇嘛，更何况又是从新四军那边自动投诚过来的人，用中国人的话说是不仅是"汉奸"，还是叛徒，中国人最仇视的"双料"货。这种人唯一出路就是死心塌地地为主子干活，没有退路。他马上派人找到徐康。

　　徐康把桂娘抓来没有审讯，都是道听途说、抓不上手的事，说到具体的，这女人是一推三不知。他只问谷秀怎和她这样好的？好得让她用身体为他挡子弹。是不是桂娘用色骗的？先一阵子桂娘对徐康的审问既不顶撞，又不发脾气，淡淡地问一句说一句，像说家常。说了句"色骗"，桂娘不淡定了，哆嗦着嘴唇，脸色铁青，那愤怒已到了极点。徐康满以为这女人要发作了，语多必失，他就是要她发怒。几次的交锋，连鬼子荣上、田中这些身经百战的天皇骄子都是给这女人"糯"掉了凶残的性子，谷秀更不要说了，真应了那句"绵里藏针"的古话。谁知道桂娘没有发火，带着鄙夷的口气说了句他意想不到的话："禽兽不如的人，你把女儿滩的乡亲数数，除了跟你蹦三跳四的叔叔还有谁啊？"他脸红一阵、白一阵色彩在瞬间变化，过了一阵说了声："木匠奶奶，算你狠。"从此以后他再没有审讯过桂娘。他知道就是把这个女人倒挂起来也不会说出他要的话。

　　鬼子由于战线拉得太长，加上女儿滩的交通十分不便，人多了，部队供给不能保证，鬼子大小头目，经常来店里蹭食，地方太小，来的人多了，官大的想享独食，官小的要独善其身就不敢来了，最后来的就剩下松尾身边的几个人。混得熟了，王洪又能随便进出军营了，他看到了被骗了的徐宾也在兵营里办公。翻译顾三禾又回滩上来了，上一仗打的过程中，他一直没露面，押送投降的鬼子去苏北统战营接受教育时，也把他一同"押"过去了，选了个机会让他"带"着两个鬼子"逃"出统战营，回了城找新来的松尾。松尾正是用人之际，查阅了档案，知道三禾和徐康一样也是女儿滩人，加上他亲哥哥顾五给皇军多次效力已是家破人亡，两个一同回来的鬼子又给他证明是真的死里逃生才溜出来的，腿上还负了伤，松尾又用了他，跟一郎中尉回到滩上继续当翻译。没人知道他和任国泉都已加入了共产党。有他在营里斡旋，王洪就成了三禾对外传递消息的情报员。两人交接情报的时间是顾三禾早上陪松尾来店里吃早点的时候。

今天已过了吃早点的时候，顾三禾没有来，鬼子也没出来，父女俩都很焦急。新四军和唐九都有人守在对河铁匠铺子的地下室等。照他们分析，鬼子进攻西荡的大战就在这两天。最让人担心的是徐康已好多天不见了，这条狗在明里不怕，眼下藏在暗处，又是家贼难防，不由得不让人猜疑。

太阳半天高了，还是没人出来，照平常情况，三禾没有新的消息要传递，会借故在营房门口闲游或上炮楼吆喝几声须生的嗓子："我本是卧龙岗散淡的人，论阴阳如反掌保定乾坤。先帝爷下南阳御驾三清，算就了汉家业鼎足三分……"听了这一嗓子，桂娘就会下水台阶不是洗衣就是淘米，随手带的白毛巾披在肩上，在水里荡几下拿起来擦把脸，那是平安无事的信号，对河铁匠铺子里的人会看得到的。今天不见人也听不到曲子，父女俩坐不住了。他们知道对河铁匠铺等待消息的人比他们还急。两人坐立不安，想着办法得进营里一趟，王洪拎着一篮包子来到门前，但今天不行了，岗哨全换了新面孔，说什么也不让进去，王洪只有回来了。他们还担心另一件事，就是怕鬼子知道三禾的身份。松尾起用三禾，徐康是有想法的，他知道顾三禾和顾五不是一路货。可是徐康学坏了，因为他拿不出证据证明顾三禾投靠了新四军还是唐九，他又不会说日语，跟日本人沟通就少了主动权，上次利用顾五想立大功的事已经担足了风险，没有把握的事不能再做了，他慢慢看，百密总有一疏，吃里爬外一定会露出马脚的。王洪父女俩晓得顾三禾的身份，这年轻人是与狼为伴哪，当然担心。

王洪是沉得住气的人，不觉得也暗暗地长吁短叹，急得像热锅上的蚂蚁。就这时，营房门口有了说话声，桂娘忙往外走去，一看有个小年轻鬼子从营房向店走来，她一阵高兴，来的鬼子她认识，是她认的干儿子机要员村上准尉。

村上才十九岁。去年被征兵派来中国的，当个通信兵。他是山里人，善良、忠厚。他来到滩上前不久，参加了一次清剿战斗，仗打完了，指挥官居然指挥着部队放火烧了那个村子，还胡乱地对着手无寸铁的老幼开枪。他回营房后病了十多天。就那些日子里，他收到了未婚妻梅子的信，问他可好？他伤心地说着善良的假话，没想到假话害了梅子，梅子居然没跟他商量就参军来中国了，说为"大东亚共荣"来中国和他并肩战斗！他如五雷轰顶，但为时已晚。因为再次得到消息是梅子在徐州的慰问妇营里，是和他一起来中国的同学在那里看到的。他疯了，现在还被松尾关在禁闭室里。

桂娘经常到营里送点心，碰到过他，因为关不关他禁闭都无所谓了，即不是政治犯，又没地方逃跑，还是个疯子，他像鬼子们熟悉的一条狗，偶尔在食堂里出现。只是有一段时间没见了。桂娘担心起来，多好的一个孩子，别出了意外？她送点心回来，顺便去那一直开着的禁闭室里看他。屋里臭气熏天，村上皮包骨头，躺在地上已奄奄一息。桂娘心酸极了，毫不犹豫把他背回面店。

村上就这么被桂娘从死神前拖回人间。军营里仿佛把他忘了，他就在面店里轧面洗碗，一个月的工夫，桂娘父女把他护养得变成另一个人，连松尾来吃饭见了面也没认出他，以为来了个打杂的。那天晚上，街上早已戒严，店里没人来了，早早打烊，王洪给桂娘催着回房去了。村上在灶台上洗碗，桂娘灶下烧火，他天天和桂娘在一块，能生硬地说着中国话。那天他透过灶台的小窗对桂娘叫了声"欧葛桑"。"欧……葛……桑？"桂娘停下了风箱，也从巴掌大的方洞里瞄他。脸被灶火映得红扑扑的，额头上一层汗亮。村上丢下碗跑到灶后扑在桂娘怀里："欧葛桑，妈妈，娘！"他哭了，还哭得那样伤心。

桂娘向灶膛里送去一块柴，抚摸着村上的头，她也在哭，只是没有出声。一会儿，村上不哭了，在抽泣，又一会儿，胸脯没了大的起伏，他竟趴在桂娘身上睡着了。桂娘任由他去，又唱起了"风儿吹，雀儿叫"的曲子。

女儿滩敌人指挥部的电台出现了重大故障。几个机要员修了几天都没弄起来，松尾心急如焚，机要员被训斥得靠着墙不敢动弹，一个胆儿大点的报告一郎，这老掉牙的收发报机只有村上能处理。松尾说村上不是死了吗？还活着？三禾说村上没死，被面店老板女儿桂娘救活了，现在在面店做店伙计。松尾又惊又喜，节骨眼儿上这女人还做了件好事，当即命令三禾把村上叫回来。村上不肯去，桂娘严肃地说："儿子，听妈妈的话，你还得去，记住妈妈的话，不管什么时候，都凭一颗良心去做事。妈妈目前还没能力保护你，既然懂你还活着，不去不行的，你就去吧，可能妈妈还有事托你办。我们母子天天在一起的日子要来的。去吧，儿子。"

这一晃就去了一个多月了，为防耳目，娘儿俩见了面也只点头不交谈。今天突然来了，肯定是有急事情来找她的。村上没进屋，只是说来传话的："三禾翻译官说了，叫店里做四千二百个包子，明天晚上要的，不能误事，分发给出征的皇军，一人两个。"说着眨眨眼睛就走了，走了几步又回过头来，举起手掌做了个"八"

的手势，向西指了指，又说了声："母亲，不能误了皇军的大事。"桂娘看着村上消失在军营里的身影，心直跳，她知道三禾平安着，是他叫村上出来传递情报的。明天八点鬼子出发去偷袭西荡，二千一百个人，应该是倾巢出动了。桂娘一回店，马上向河西发消息。桂娘下了河滩，这次没披白毛巾，提着水桶赤着脚去的，对河看得清清爽爽，知道有重大事情要告诉，要不然桂娘不会赤脚的。

桂娘提着水桶回店，王洪就推着车去河西送情报了。过了东桥头鬼子的岗哨，到了桥西遇上徐宾。滩上人好多日子不见徐康了，据说他把留在滩上的特务交给了叔叔，怪不得拖拖儿说，徐宾人模狗样的，老是在滩西街上晃悠。他是狗仗人势！东头的岗归鬼子，桥西归特务管。王洪推着车想下桥头，徐宾的脚底抵住了木轮子。王洪早看见了他，只是视而不见。车下不去，没法装了，他抬起头来看见徐宾冲着他阴森森地笑。王洪也笑笑。他知道徐宾那笑是不怀好意。"上哪去呢，王老板？""磨坊啊。"王洪说。

王洪两手握着车把，努着嘴角朝铁匠铺子那方向示意，邢家磨坊就在铁匠铺子后面。"就是一两袋面，从来都是胡二麻子送的，今天怎的劳起你的驾来了？"徐宾虽放下了脚，但脚底下却使了把劲往右抵了一下，王洪把不住了，独轮车倒了下去。王洪知道徐宾使坏，没生气。徐宾忘了，王家哥儿的脾气给老先生调教得没人知道深浅了。车轮被徐宾的脚抵着时，王洪已感觉到分量，他知道徐宾要寻事，脑子里在翻滚着应对的方法，握着车把的手也在做着准备。对方的脚一松一抵，他就顺势把车身扳了下去，车倒了，躺在地上完完整整的没坏。他拍着手上的灰说："徐东家英雄不减当年勇，还能使出男人力气来哩。"他知道徐宾不会轻易放他走了，得闹出点动静来。

王洪的方法生效了，因为那句损话直击徐宾的病处，徐宾扬起脚对着王洪踢了过去，两人年纪相仿，力气和个头王洪大，王洪知道徐宾要发横，见他揣脚也没怎躲闪，被踢倒在地上大声骂"你个挨骗的狗，有种的你别玩阴的"！又是骂"骗"，徐宾拔枪了，王洪不知哪来的力气，没等他拔出枪就地一滚扑了上去，大声叫喊："徐宾杀人了！杀人了！"两人厮打起来。桥两边的人都听到了连说话声都很温和的王洪声嘶力竭的呼喊，纷纷出门来朝桥头冲来。桥那边炮楼上的哨声尖厉地响了起来。徐宾没想到闹成这等阵势，想收手，可王洪不饶了，他连打带骂说："你个挨骗的狗，日本人要我明天天黑前赶四千二百个包子，一人两个，要蒸四十笼哪，这么多包子你晓得要多少面？磨坊有人送吗？就寡妇娘儿俩。我先去推一车回店做起来，告诉他娘儿俩三副磨一齐拉，没人请人，没牛借牛，你个挨骗的找茬，掀我的车、踢我的人，你把挨骗的仇记在我父女身上，你个畜生！"徐宾放手了，王洪却不放手，狠狠地打起来。女儿吃了这叔侄俩的苦，他窝在心里一直找不到机会报仇，这下机会来了，正巧借题发挥，老实人也有发脾气的时候。徐宾本来就是受过伤的人，力道、个儿都不及王洪，他已先放了手，这下被王洪掀在底下，就剩了挨打的份。赶来的乡亲见了从不发火的王洪在打徐宾，都乐了，这挨骗的本就当打，当然没人拉劝，他们把站岗的特务隔在一边，帮着王洪打，乡亲早已恨死了狗仗人势、作威作福的徐宾叔侄。徐宾知道惹了祸，先是求饶，后是嚎叫。桥上传来了"踢踏、踢踏"的脚步声，王洪听到，知道鬼子来了，忙翻过身来，徐宾不知道原因，见王洪松了手，顺势翻过身来把王洪压在胯下，扬拳头要打时，举过头的手臂被谁抓住了。他也没看是谁，猛地挣脱、回拳打在抓他手臂的人身上，听到"浑蛋！"一声惨叫，知道打了日本人，心里一慌，回过头来看，一个五大三粗的日本军曹捂着肚子在嚎叫。

王洪推车来河西时就防着徐宾查哨，吩咐桂娘跟在后头，只要发现他有了麻烦就去找翻译。王洪过桥了，"不好！"桂娘看到徐宾从鱼滩儿蒋六的屋角出来了，提着裤子对父亲奸笑。她知道父亲过不了岗的，挨骗的狗要找父亲的麻烦，她忙向军营跑去。顾三禾知道王洪去铁匠铺子送情报的，也不放心，他在门口转着，哼着小曲抽着烟。见桂娘急急忙忙朝他跑来，点了点头，向军营里走去。桂娘知道他去找能收拾徐宾的人了。

等徐宾转头看见嚎叫的是鬼子军曹时后悔已晚，那军曹是个老兵油子，连中尉都让他三分，他不知道军曹是顾三禾找来的，更不知道顾三禾跟他说了些什么，反正是气急败坏的样子专冲他而来。碰巧徐宾向身后挥出的一拳又给军曹火上加油。徐宾还没站起来，颈上就挨了一刀，只听"啵"的一声，徐宾头颅滚落在地上，颈腔喷出一篷血！

王洪没想到是这样的结果。他被吓昏了。王洪不是第一次见杀人，但像趴在他身上的人被砍了头，这是第一次。刚才还暴跳如雷地跟他打斗的徐宾，已是首身分离。太可怕了！太可怕了！王洪闭着眼睛，面如死灰。加上本来是上了年纪的人，不是能打架的身子骨，当然，他长这么大从来没跟人打过架。原来上桥就心事重重，怕消息传不出去高度紧张。徐宾拦着，他想着对策，就这时看到涌来的人群里有唐九的人，他借给徐宾说着推车去磨坊拿面粉的理由传递着消息。看着那人飞快地走了，放心了许多。力拔山兮气盖世，你要打就陪你打吧，虽然是胡乱地捶，没有章法，但占着身高力不亏的优势，着实还是让徐康一顿好受。军营里响起哨声，他也打不动了，也是为博个受委屈，让人好为他说话的眼球，他朝天倒下。被打急了的徐康总算有了报复的机会，一个鲤鱼打滚骑上来，一连串的事就这样发生了。徐康压根就没想到，这一辈子马没骑过，驴没骑过，头一回骑媳妇，被人骗了；二回骑王洪，头被砍了。应该是报应。

第三十七章　寡妇磨坊

王洪被王贵背回家，醒来时围着一圈人。费拖拖儿手舞足蹈地学着他打徐宾的样子学得惟妙惟肖，但没有人笑。无论徐宾多坏，终归是滩上人、中国人，挨砍了头总不是光彩的事。他抓着桂娘的手问："车呢？还有……""顾翻译带着人去寡妇磨坊了。"桂娘说。他放心了，翻译是自己人，去磨坊要经过铁匠店，他会去那里传递消息的。他闭上眼睛，乘面粉还没到家的这阵工夫歇息。脸上的血腥味还在鼻孔前蹿，老是想呕。"你可曾跟顾翻官说，叫磨坊先记账啊？"他用巴掌盘着姑娘的手，多少年不曾这么跟女儿亲热了。"懂的，父亲，你睡会儿。"桂娘心里一阵热。

磨坊寡妇姓邢，说寡妇，不一定是年大的女人。邢寡妇才三十三四岁，算长得细皮嫩肉的，也耐看，就是嘴大点，但会收拾，用红纸抿唇红时，纸片儿叠不大的，红只洇在唇中间，打眼一看能以假乱真，误认为是樱桃小口。加上跟人说话用手掩着，略略地地低着头，一副有家教、小家碧玉、读书人家女儿的样子，着实惹得多少男人心痒。好多女人想学着做，东施效颦，平添了许多笑话。寡妇为人不错，最上口碑的是不喜欢嚼蛆。不像有些女人，嘴就像唐闸往长江去的出水口，闸也挡不住，擅长泛"是非"。她不，张家长、李家短的话，到了她磨坊就被掺在麦粒儿里磨碎在面里，找也找不出来。这是了不得的事，在滩上的女人中，除了桂娘还真找不出第三个女人来。当然王贵的奶奶不算，她连脸都不让走路的男人们看，哪有机会嚼淡话？邢寡妇漂亮，邢寡妇话实，本不招人，偏偏眼神有些顾盼自怜，凄凄惶惶的，确实惹得滩上的好多男人成了磨坊前的回头客。每到磨坊门口，不由得脚步放慢了许多，说公道话，是男人把不住自己，她绝没有往门里拖的意思。所以没人对她说三道四，除非那些怀疑自己的男人有个什么事的女人。邢寡妇男人一死，带着个药罐子女儿得活命，自己一双小脚，本就套不得拉磨的牛，要是哪个男人来帮她，不经意碰着哪处，骂得吗？气得吗？还是赶走？挨碰了，谁知道哪下是有意的，哪下是无意的？笑笑就过了，没少着什么。没有天天落好事的，来帮套牛也是路过顺便，何况寡妇门前是非多。滩上都知道磨坊邢寡妇磨面不会套牛，只要看见寡妇在门口转，就知道急着找人，进来的都是提心吊胆，身子进了门心在门外，家里的女人好像是没影子的鬼，盯着他的脚后跟，眼神还能拐弯儿。急死人，慌慌的，本来套个牛轻车熟路，可是想着家里奶奶掐肉见血的爪子、打滚发泼的路子就老是出错，给牛踩着脚背的也有。

豆腐坊王贵到现在走路还跛着脚，就是挑着豆腐担子从门口过，拐进来给邢寡妇套磨，心不在焉被牛踩断了脚板骨头的。那是五年前的七月十四，滩上家家烧经、祭祖要买豆腐，奶奶吩咐他送豆腐先到荣青侯摊儿上买肉，别拖过了时没好肉了。肉摊儿在桥西的北边，谁知道他过桥向南拐过去了。因为他上了桥就看见邢寡妇在磨坊门口转。奶奶把草帽磕在脸上下河拎水，看见王贵下桥不奔肉摊却上南去，放下水桶也上了桥，看见王贵担着担子进了磨坊，心里酸溜溜的难过。王贵奶奶是滩上一顶一的规矩人，连下河滩拎水都用草帽扣脸，不是怕太阳，是怕人家男人盯着看她；腰上系着能盖着脚尖的围裙，她不让人看到她的小脚，不是脚大，其实她的脚裹得很周正。滩上再没有像她这样只下厨房，不登大堂，客来了只敢隔帘子看的鲜见的女人了。

大夏天下河洗衣裳，人家女人赤脚卷裤筒，连桂娘都是这样的，但就没人看见过王贵奶奶打过赤脚。王贵拐进了磨坊，他奶奶咬着牙流着泪回家，没想到王贵进磨坊门前下意识地朝桥上看了看，真看到奶奶一副伤心的样子埋着头往回走了，知道她不会来的，来了也不会怎么样，可是心里好像有鬼，人进了磨坊，心在桥上，心猿意马。套好了牛，牛蒙着眼的，他喝了一声"驾！"牛不情愿地挪开了脚，他的脚没挪，给踩着了。那天磨坊当然没开张。寡妇吩咐女儿去喊高海天伯伯，她扶着王贵坐在床上，捧着流血的脚只是哭。王贵当然疼，但只龇着嘴哄她说："多大的个事，怎哭得像死了男人似的？"说出口了晓得不恰当，他男人是死了啊。高先生来了，身后还跟着个女人，慌慌张张，是王贵的奶奶。这下她没来得及戴草帽，可是手指头老是把扎头布往鼻梁下拉，真是"犹抱琵琶半遮面"，还是不让人识庐山真面目。但知道她在哭泣，瘦削的肩在抽搐，沿街男女像看稀奇，没多少人看见过王贵奶奶的脸，据说当年接生婆给她接生，下身必须露的，她就是疼得嚎叫，头上流得透湿，也是把脸一直捂在被窝里。

奶奶看着男人的脚给牛踩成了扁柿子似的，心疼得很哪！脚给寡妇捧着，又羞煞了人。她从寡妇手中把脚"夺"过来，不小心触着了伤处，王贵尖叫一声，她不知所措看着高先生。先生笑着问："嫂子，是你看还是让我看哪？"这才忙忙地放手。先生用药水清创，包扎，屋里忙碌着，门口的光线全给人头挡住了，那些爱看热闹的女人唯恐天下不乱，堵在门口说三道四，隔壁老铁匠出来把挡道的人轰走了，跟毛平用门板把王贵抬回去的。豆腐店冷落了一阵；滩上的女人用王贵说事，没人敢给寡妇来套磨了，磨坊也冷落了一阵。还是王洪去女儿家说了这件事，也只当笑话说，第二天磨坊又转起来了，桂娘可不当笑话做。连王贵叔都去帮忙，说明人家难啊。李三手下徒弟多，去人家做活，她吩咐派徒弟先去磨坊给寡妇嫂子套牛上磨，这下闲言碎语更多了，李三的徒弟都是光棍。王洪呵呵大笑，他笑女儿帮忙派错了对象。他吩咐李三，别绕来绕去的了，每天他去套磨。隔壁毛家父子只会打铁不会套牛，帮不上忙，干急。

后来来了个没人盯的男人是磨坊的常客，住在桥东头底下的光棍费拖拖儿，他没奶奶，所以没盯梢的。邢寡妇叫什么不重要，因为男人死了十几年了，叫寡妇一是不怀好意的女人编排她；二是怜她的人叫大家帮衬着她，寡妇过日子难；三是吃醋的女人给自己、给自己的男人提着警惕心，开口闭口地说着"寡妇"。磨坊，本来叫邢家磨坊的，当家的死了就叫"磨坊"，反正滩上就一家磨坊，男人在的时候还磨油，男人死后只磨面，磨油费神。寡妇开的"磨坊"代替了一切，既代替了"邢"字号儿，又代替了男人和女人既少不得又免不了让人往那地方想着的恩恩爱爱的动作，谁家奶奶喊男人回家，旁人就笑着说："快回去，奶奶等你开磨坊哩！"

当家的给寡妇留了个"坊"，三副五尺石磨、五条拉磨黄牛，一套打油的家什，应算个殷实人家，但同时也留了个累赘，一个叫巧巧的痨病女儿。巧巧小时候真是长得个人见人怜，粉琢玉雕似的。天捉弄人，父亲死了，她惹了肺痨，有人骂寡妇了，说她肯定搭上个生肺痨的野男人，女儿才传染上的。这话只是人猜想，没证据，说真的，滩上没有男人相信，因为滩上只有刘布奇奶奶三娥有过这病，可是男人跟儿子都好好的，不传自家却传给了寡妇的姑娘？滩上的男人最懂了，寡妇长得周正，绝不是拈花惹草的女人。不抗拒男人的轻薄是实在没得办法，没人套牛拉磨，坊就是死坊；没进账还得给牛买料吃；最省不得的是还要给巧巧买药。治肺痨的药都金贵，桂娘的舅舅在外国，老是托她舅舅买。坐怀不乱的男人不多，风情万种的寡妇站在门口，像王贵那种管不住脚的男人多的是，搭着寡妇的手进了屋，牵牛，套磨，给牛蒙上两只龟壳做的"漠眼"，牛拉着磨的上片围着轴转，上片咬着下片的齿，麦粒儿先破了，第二遍碎了，过了筛就是面粉。那麦子的清香气满屋子的溢，有些帮套牛的男人收不住心了，也想着跟身后的女人仿着两片磨那样做。他回过身来抱寡妇，寡妇后退了一步，他进一步，寡妇迟疑了一阵没拒绝。男人把寡妇抱上了床，可男人"磨"拉不下去的，邢寡妇被抱起后，任凭男人搬动着手腿，像一具除了在呼吸着，却没了思维，像荣青侯摆在案板上白净的半爿猪肉，没了刚才那站在坊门口求过来的人帮忙套牛的那种女人的"风情万种"。但她面部表情还是有的，尽管用强装做着掩盖，无奈和凄楚还是合成了一缕缕冷飕飕的风。床头隔壁的屋里又不时地传来声声咳嗽，寡妇听着一声咳嗽一皱眉，看得出来似箭穿心般地难受。男人从本能中窜起的欲火"吠"地熄灭了。隔壁屋临着河沿，咳嗽声是坐在床上的寡妇的独女喉咙里发出来的，她倚着窗台看着日出，俯下身子看着燕飞。虽然寡妇的房门关得紧紧的，三副石磨咯咯嗑嗑地响个不停，十二只牛蹄子踩得架空在河沿上的磨坊在吱吱昂昂地摇晃，响声和屋子的晃动，掩盖着来帮套牛男人慌慌张张的动作。女儿浑然不知道娘在隔壁屋里做什么，可娘知道女儿在隔壁，天下都是这样，想着娘的总没有想儿的多。在寡妇的心里，这层墙不是砖砌的，是比糊窗户还薄的一层纸，就像男人看着穿着挺厚实的棉袄、棉裤的她，跟不穿衣裳没什么区别一样。男人翻身走了，迟疑了一会儿的寡妇，翻起身来追到门口，望着背影的目光中含着万分内疚。她是真诚的情感流露，就像刚才低着头匆匆离去的男人看到的身子那样没有半点做作。就这样，磨坊里还是不少男人，多的还是回头客。帮衬的人毕竟是不能天天来的。没事，坊里还有人来，除了王洪，王贵，其他真心实意抽空来的好人，还有。谁？东桥头下的费拖拖儿。

人心肉做的，寡妇磨坊就这样总不是个事，豆腐坊王贵夜里困不着，天有过往神明，他跟寡妇没做成个什么，但却有做成的心。他不是无情的人，看了那一眼，他仿佛就做了似的，一夜夫妻百夜恩，所以总感觉到欠着。像他这样的逢到关口上能熄火的不多，不能熄火，寡妇又能怎样？欠着就得还。他早早地担着豆腐担子下乡卖豆腐，卖完了来磨坊，牵牛，套磨，戴"漠眼"，吆喝着"驾"！他接收了教训，牛走前他收回了脚。明知道身后有个女人，他肚子里也有股烧起的火在窜，但他能憋得住，夹紧裤裆自生自灭，过不了多久。寡妇低着头忸怩着说着只有自己听得见的话："贵哥，要不……"王贵脸红得像血钵头，看磨子转得顺了赶忙走了，他不知道寡妇眼泪汪汪地等他走远才关门，关起门来拼命地学着做事情，给磨眼斗里加麦粒，从磨盘里畚碎料，倒进筛子胡乱地捣着，扬在空中的面粉沾满了流着泪的好看的脸。

没几天，王贵又来了，这次他没担豆腐担，是拎着桥下的费拖拖儿的耳朵来的。他没跟倚在门框上的寡妇搭讪，直把拖拖儿拖到牛棚。光棍是个懒人，什么都不会，别说套牛了，牛犟得很，要连拉带骗地才走，上套的时候就得像带孙子那样耐心。拖拖儿自己也见义勇为地来过磨坊几次，想帮忙，当然谁都看得出来，他是也想套牛，也想套人，但给牛角挽了几次，裤裆左侧至今还有个坑。虽然没人知道详细位置，但刚出事那个把月里，好管闲事的女人从他走路的样子上也能看出几分，提起这事真能笑死人。拖拖儿很恼火，因为他委屈，说实在的，他去帮忙绝对不单是只想套人，人家孤儿寡母不容易啊，他真心实在想帮衬，近猪血红，近锅底黑，他经常坐在老先生院子里的桂花树下晒太阳，也想学学老先生一家怎样做人。

王贵心善了，说真的，全滩的女人没个像他奶奶的。七月十四那天担着豆腐担子本应向左却向右来了，奶奶全看在眼里。落到旁人家不知道鸡飞多高、狗跳多远，他家没有。吹灯熄火后女人偎在他身上连个叹息都没有。奶奶是个看羞耻太过分的女人，跟王贵结婚十几年了，身上是白是黑、是圆是方王贵都不全清爽，只是凭脑子想，奶奶连脱衣服都要先吹灯，她不是不爱丈夫，是在娘家听她奶奶（这里指祖母）讲了个故事。故事说的是古时候汉皇帝的老婆叫李妃的，要死前丈夫皇帝要看她一面，她不肯，用被掩着脸，皇帝生气她也不肯，她长得太聚神、太周正了，就是不肯。皇帝生气走了，她姐姐怪她，问什么原因？她说，皇帝要看我，是因为我没生病的时候脸蛋儿漂亮。现在要死了，一脸菜色，脸皮皱得像鸡皮，他看了还会爱我吗？王贵的女人就是怕王贵对她年轻和年纪大了有个比较。所以她不让身子露在光里让男人看，当然，也是怕丑，她就是这么个羞羞答答的女人。其实她不丑，豆腐坊和面店是紧密的邻居，她和桂娘站在一起，谁周正谁不周正，还说不定呢。

说王贵心善是说他要帮帮寡妇母女俩，他不能常去了，男人的火不一定全能自控的。常在河边走，哪有不湿脚？况且邢寡妇老是想报答他。他想起了桥下的光棍。光棍除了懒没其他毛病，是个好人。他来到桥下一说，拖拖儿死也不肯。王贵说你不去也行，桥下你是住不下的了，我天天向桥下胡乱地倒豆腐锅水。滚烫的东西，蒋荣青担回去能荡猪，毛都没一根，还带浸豆的酸臭味。拖拖儿吓得毛骨悚然，王贵能做得出来的。他半依半就地跟着王贵来到磨坊，进门又畏缩，像不肯上套的牛。王贵不骗了，拎着耳朵进了屋，还一直拖到牛棚。一会儿光棍儿还真学会了，牵牛、上套、戴漠眼，吆喝声"驾！"做得像模像样，拖拖儿做事要人在旁边保胆。回头看时，王贵早不见了，只有眼泪汪汪的寡妇娘儿俩。

从那时候开始，磨坊里拖拖儿成了常客，但不过夜的，灯一黑他就心慌，好像娘儿俩要吃了他似的。大白天的寡妇想关门就关门，因为有穿堂风吹得面粉扬得满天都是。到了晚上，寡妇要关门是万万不能的，拖拖儿不肯，像屋里有鬼出不去。日子长了，三个人也和睦，也不和睦，就是为的一个称呼。痨病姑娘十七岁，他比她大七岁，姑娘叫他哥；寡妇比拖拖儿大七岁，叫他弟。他都不答应，因为他不知道谁叫得对，为这事他十分苦闷。姑娘明里黏着他，一天都不能离。寡妇暗里伤心，看着牛高马大、身强力壮、心地善良的男子汉想着死去的男人，两人长相、品性一个样。从心里说她不想招他做女婿，她有难以启口的私心，还找着原因：女儿病身子，还暂时嫁不得人；又小着呢，才十七，是腊月二十九生的。也难为了光棍，寡妇叫他弟子，姑娘不好叫他哥的；可是叫寡妇"嫂子"，姑娘脸又红急了说："哥，你瞎叫什么呢！"他不知道怎样办了，想不来，又怕娘儿俩套不了磨，又怕比王贵坏的人来这里。其实他是个心里明白的人，知道娘儿俩各有各的心事，真想住在这里不走。可是他不能，伤了哪个的心他都不情愿的。三娥吓他，说："病病传人的，厉害了会吐血！"他看不出来姑娘有什么病，两颊滑嫩得像绸缎，红得像桃花，他不知道生肺病的人就是脸色潮红，只知道对着他含情脉脉地看着，像贴在门上跳下来的仙女。还真奇怪，他天天在磨坊里走，姑娘竟不躺床上看风景了，单跟着他腻在磨坊。他喜欢这病恹恹的小姑娘。寡妇不像女儿，看着他的眼神复杂，喜欢，喜欢是男欢女悦的喜欢；忧伤，是看着女儿那直率的肢体和面部神情的表白着爱的忧伤。高先生说，这病还不能早结婚。她就不同了，不单是个寡妇，还有岁月这个东西是个吸血鬼，伤人得很，伤得你人老珠黄。过了这村难有好店，滩上她还真看不到愿意娶她还要倒插门当女婿的，只有这光棍流浪汉挺合适。

　　寡妇从心里看上了费拖拖儿。这话她不好和任何人说的，更不好和女儿说。女儿对光棍汉像发情的小母猫，但因为懂得羞耻只是没挺着屁股，幸好光棍憨得很，不敢迎合（寡妇是这样认为的）。光棍吆喝着牛，女儿从背后抱着他，丰满的胸紧贴在他裸着的脊梁上，他惊得挺在那里一动都不敢动。寡妇知道女儿怀春了，凰在求凤。寡妇黯然失色，光棍儿缓缓地回过头来抱起女儿放进了靠河沿的屋里。寡妇绝望了，她想象着往下将要发生的事，二十四五岁的汉子，比她死去的丈夫还要壮实的光棍会怎样折腾女儿？寡妇两腿瘫软，痛不欲生，身子靠手扶着门框支撑着，心像被牛蹄子踏过比王贵的脚还要惨。她悲伤，又不甘，拼凑起零碎的心提到嗓子口听着屋里的动静。她的心往下沉，屋里应该是地动山摇，现在东屋却没有一点响声，只有西坊里磨咬麦子的声音。她提起精神踮着小脚侧头朝里一看，女儿躺在床上仰面朝天，腰肢扭动，双手扣着光棍颈干，光棍面红颈涨，两手撑着床帮在挣脱着，女儿毕竟是病秧子身子，气喘吁吁地放下手、发起佹儿脾气来了，翘着嘴，猛转过身子蜷缩起来面朝里里。光棍又扳过她的身子，亲着她的额头，仿佛哄着洋娃娃，那疼爱之心难以言表。女儿在流眼泪，光棍用沾了厚厚面粉的手指洇着她的眼角，吩咐说："可不许再去磨坊的了，面粉粉像坏虫虫往人鼻鼻里钻，咬肺肺哩！"寡妇的心从嗓口落下了，没进心窝子，不知掉在哪里了，她的一双小腿彻底散了架。腿彻底软了，身子瘫在地上，似乎又看到了莫名其妙只有自己才懂的希望。

光棍看她的样子奇怪得很，像女人，羞羞答答，她曾有意无意地让他沾些女人的露水。套牛么，她就站他身旁，也看着，顺便搭搭手。有时候手就搭在他的手背上，下巴磕碰在他肩上，仰着面给他揩把汗，寡妇的衣领布结扣子是常年忘了扣的，挺胸仰面难不泄春光。他总有一根敏感的神经，也碰了，也偷看了，然后就慌作一团，是怕呢还是不敢？怕和不敢是不一样的。寡妇装作生气了，佯装要走，偷偷地看他，发现他在懊悔，寡妇抿嘴低头，心像被猫爪子挠着似的痒痒。

顾三禾带着徐康的两个手下推着车到了磨坊时，费拖拖儿在那里，只是磨不在转，牛套在磨上，没人吆喝，当然牛也会偷懒，只是两眼睛给"漠眼"扣着没摘下。牛扬着蹄晃着头，打着牛喷嚏，它不知道什么缘故没人吆喝，主人明明就在屋里，特别是那老用鞭抽它们的光棍汉子，他记着仇哩，前几年裤裆里被它踢了一脚。牛不晓得桥头杀了人，也不晓得滩上要打仗，更不晓得今天一天一夜它们没好果子吃了，要拉一夜的磨，鬼子等着面做四千二百只包子。主人母女俩拥着光棍抖抖战战，身子像筛面粉，原来母女俩被军曹砍了徐宾的头的惨相吓呆了，躲在拖拖儿胸前，把他当成无事不能的金刚。牛在叹气，全滩都看不起的这个男人，在磨坊里怎这么逢缘？

三禾敲门，光棍好不容易挣脱了娘儿俩，当然急促的敲门声他也小腿肚子抽筋，他见过鬼子杀人还践踏女人，前些日子玉儿姑娘和二婆那个惨……光棍腿抖颤了好一阵子，还是看着弱不禁风的孤儿寡母，男人的血性上来了，他似乎成了英雄。开门前想着怎么打，冲拳？踢脚？他都没把握，想回头又怕娘儿俩笑他。他壮着胆子开门了，一看是翻译，他的心放进窝口里去了，救星哪！他们常在桥头遇上，算是朋友。有次翻译站在桥头撒尿，不知道他在桥下朝着太阳打哈哈，以为下雨呢。发现味道不对时冲出来就骂脏话。翻译是个文化人，又在洋地方上过学，从来撒尿不像滩上的男人，他都是拣隐蔽地方的。那天实在是急，天又早，看看周围没人才做了不文明的事，谁知道有人在桥下？拖拖儿冲出来的时候他才撒了一点点。不打不相识，他连连道歉，拖拖儿见是翻译，一身西装，没骂他还道歉，他第一次尝到了还有人把他当人的滋味，见好就收。两人这就成了朋友。

三禾拍了拍光棍的肩头，说："费拖，磨怎不响的？老板娘呢？快开磨，急要八百斤面粉！"他听说要这么多面，高兴了，但问"老板娘呢？"他又不高兴了，这是看不起他嘛，没好气地说："牛套着哩，和人一样，都被桥头上杀人的事吓晕了，停着哪。"三禾把两特务往屋里一推，说："帮看着磨，谁来买面都不行，皇军包了。"他对拖拖儿挤了挤眼。拖拖儿不知道什么意思，但知道是有事，他不止一次帮着翻译朋友办过暗地里的事，还去过西荡，去过北窑，滩上的前一拨鬼子被打死了，薛飞来滩上几次要见翻译，都是他串的，那桥下的光棍窝是个神秘的地方。翻译又努了一下嘴，他毫不犹豫地领着两个特务进了磨坊。

顾三禾看着特务进去了，想转身往铁匠铺子走，忽然有个草帽扣得极低的人从身边擦过，丢下一句话："联络点已暴露，撤。明晚的消息知道了。"他心中一凛，没追问，掏着烟点着了抽，那人已消失在磨坊屋旁的芦滩上。迟疑间，桥上已传来"踢踏、踢踏"的鬼子脚步声。他看了铁匠铺子一眼，里头烧炉子的风箱响起来了，"叮叮咚咚"的锤击声不紧不慢地应和着鬼子的脚步。

三禾又回到磨坊，寡妇娘儿俩都认识翻译，两个特务来了她们先慌作一团，躲在朝河沿的女儿屋里战战兢兢，他来了倒平静了许多。滩上都知道这顾五的弟弟是个好人，不像顾五，说他是身在曹营心在汉的徐庶，说不上是个"反汉奸"，反正和徐康不是一路货色。

寡妇对着翻译指了指河心，一只小船载着唐九、薛飞还有几个人飞也似的往南去了，三禾知道他们是从铁匠铺子底下出去的。他对船摇了摇手，然后同娘儿俩坐在床帮上吩咐着话，他说："马上有人来了，别说看见那只船。"娘儿俩连连点头。正说着，他听见隔壁铁匠铺子里在闹腾，知道鬼子的人进去了，脚步"噔、噔、噔"地从地面蹬到地下，又从地下蹿到地面，锅碗瓢勺在地上翻滚，"呼啦呼啦"的风箱响停了，铁锤丢在地上互相碰撞、声音十分刺耳。沈玉姑娘在尖叫，毛平在喝骂，老铁匠在呵斥，各种声音混杂在一起，传到这边屋里来，三个人听了有着不同的心情。娘儿俩害怕鬼子闯到这边来，不知道将要发生什么事情，幸好来了这个翻译，娘儿俩都裹着三禾的身子不放，这时候她们忘记了男女授受不亲。

三禾被母女俩抱着，其实他也抱着母女俩，他的心不在身边的女人身上，穿到隔壁的铁匠铺子里去了，他担心着老铁匠一家的安全。一想人都离开了，捉贼拿赃，捉奸拿双，应该也不好怎么毛家人的。心稍微放下来了，才发现娘儿俩像被狗追着的猫偎在他身上哆嗦着，一个箍腰，一个抱腿，刚想起捉奸拿双的话笑了。他对姑娘说："别怕，有我呢。"对寡妇说："大嫂，坏人进来了，你得委屈下，我怎么办，你都配合着。"寡妇点点头，她不知道翻译要做什么。

"嗵"的一声响，房门被推开。进来的是徐康，屋里的场面让他十分惊讶，三人亲热得很，特别是寡妇绝没做作，脸贴着顾三禾的脸，头在反辗着转，腰肢还在扭呢。听到有人进来，翻译抬起头，看见是徐康。寡妇还用舌头在撬小白脸嘴唇，正要得逞的时候，小白脸忽然头抬起来了，她好失望，蹿上去要咬他。他像恼火的样子说："胡闹！"寡妇极不情愿地松开了手，拉起女儿伏在朝东的窗口上看风吹得摇晃着的芦花。徐康说："哦哟，想不到顾老弟还爱这一口！艳福不浅哪，一抱就是娘儿俩。"翻译说："好多天不见徐科了，哪里享福去啦？闲来无事，趁着来催面粉，跟她娘儿俩闹着玩哩。"徐康"嘿嘿"奸笑两声，朝床底下看看。三禾知道他在隔壁没找到人，到这里来搜的。也笑了两声，说："老徐也来催面粉？"徐康说："隔壁是共产党和唐九的联络站，我来抓人的。"顾三禾惊讶，说："抓着了吗？"徐康盯着他的眼睛说："不知是谁走漏了消息，溜了。"顾三禾说："那就奇怪了，是谁呢？又是谁告诉你铁匠铺子是联络站的？别戏耍着你罢，我可没听说过。"他想了想，说："哦，怪不得你来磨坊了，怕藏在这里了？搜吧搜吧，大战在即，搜出来真是一大功。"徐康说："说笑了，真的搜出来，老弟你脱不了干系了，本来就有人说你是身在曹营心在汉呢。"他看着翻译的脸。三禾正色着说："有些笑话说不得的，既然这样，你还是真得仔细搜，你是特高科的，皇军红人，公事公办。"伏在窗口上的寡妇耐不得了，她转过身来拦着要走的徐康，说："姓徐的，都是滩上的人，你是看不得我孤儿寡母怎么的？怀疑我磨坊藏着野男人？那你搜啊！搜出了你连我娘儿俩一起抓走，搜不出得给我个清白！好不容易二公子看我母女可怜，来看看我们，偏偏给你撞来煞了风景。就是狗进来也用爪子扒个门响，你'汪'都不叫一声就踢门，太不够意思了吧！你那扒灰的叔叔是给日本人杀的，你要出气去河东啊，怎找到河西来了？也想拿我娘儿俩消遣吧？你敢吗？我就爱翻译个小白脸，他爱我！我爱他！你都看见了。吃醋啦？寻共产党、寻唐九，寻到磨坊里来了？我磨坊里五条黄牛三母两公，我邢寡妇你看见了，有了主，老早不是寡妇了，就剩三头母牛，要不，给你配条？"好一通说，吓得徐康带着人灰溜溜地走了。他临到门口回头对三禾说了句话："哦，告诉你老弟，根据可靠情报，木匠奶奶王桂娘也是帮共产党和唐九做事的，跑得了和尚跑不了庙，她是女人，不怕她不招的。万一供出自己人来就不好说话了。"三禾笑笑。看着徐康走了，他心在往下沉。连寡妇跟他打招呼说刚才演的贴面的戏过火了，别往心上去，这才感觉到嘴唇给她咬麻木了，舌头也给她搅得生生地痛。他拍了拍寡妇的肩，抚摸着巧巧的头发，心早飞到河东去了，怪不得徐康好长时间不见了，原来没闲着，在外面弄情报。上次把滩上的鬼子汉奸一锅端，偏偏让这条狗溜了，后患无穷哪。幸亏通知他的消息提前了一步，要不然连自己也给这畜生堵在铁匠铺子，是谁呢？徐康得的消息竟这样准确？一定是有自己人叛变了，三禾忧心忡忡。他离开磨坊往桥头走去，看样子徐康还没抓到他的把柄，一时半会儿是没事的。只是桂娘，徐康丢下了话了，新仇旧恨，加上他掌握的准确情报，他放不过她的。

　　桂娘搀扶着父亲回到面店，王洪喘息了一会儿回过神来了。父女俩高兴啊，虽然受到惊吓，但消息发出去了，徐宾也被杀死了，算是日本鬼子帮崔玲姑娘报了仇，也帮唐九和新四军斩断了徐康的一条臂膀。明天要打仗了，父子俩互相望了一眼，都是透着紧张的神色，似乎他们要上战场。桂娘趴在朝南的窗棂上，门前的炮楼竖了四年了吧，楼顶上飘着的那面膏药旗几个月前被拔掉了，再竖起来也只是两个月前的事，注定是短命鬼，估计不是明夜就是后天早晨，别说旗了，说不上炮楼也要倒塌。父女俩按钟头算着账，紧张，兴奋，盼着太阳快点越过头顶、快点落，全忘记了桥上刚受惊吓的事。当仿佛像在人间蒸发了一个多月的徐康站在门口时，还在忘情地算计着。"父女俩在算计什么呢？这么聚精会神。"徐康进门像鬼，脚步抬得轻轻的。父女俩都是大吃一惊，听声音就知道是他。王洪有些慌张，扶起被绊倒的板凳。桂娘虽然吃惊，但比父亲镇静得许多。她经的事太多了，鬼进了门由他去呗，该做什么还做什么。她连头都没抬，起身往灶后走去。徐康说："你还没有回我的话呢。""算计着日本人交给的任务，做这么多扁食要多少面、多少柴火。"她回着徐康的话，连头都没回，更别说看他一眼，继续往前走。徐康看着桂娘瘦削的肩背，实在佩服，刀架在她项上能让她皱眉头吗？天上没有，地上无双，只有女儿滩能遇上。徐康说："说好了做包子的，怎改扁食了？"忽然脸变了色，发现自己给这女人绕进去了。扁食的样子既像馍也像包子，不伦不类，是专用来祭鬼的。她是骂日本人还是笑他死了叔呢？他恼羞成怒了，再好的性子也受不得这样的奚落。

　　徐康一回来就得到徐宾被鬼子杀死了的消息。说真的，徐宾死不死，对他来说都不打紧，本来就没什么感情，只是在互相利用罢了，但心里难受。没有感情是一回事，是他的亲叔又是另一回事，打狗还要看主面，平白无故地就杀了，不仅是兔死狐悲，面子何在啊！他没敢直闯军营兴师问罪，反正明夜就进攻西荡了，等剿唐成功，他有了说话的资本再找军曹算账不迟，这一仗他胸有成竹。现在他把叔叔的死归咎到王洪父女身上了。他压住火，准备剿灭西荡后一并算账。可是桂娘把"包子"说成"扁食"，他受不住了，由不得恼羞成怒，桌子一拍说："木匠奶奶，你是欺人太甚啊，那就别怪我无情了。"吩咐站在门外的两个特务说："绑起来。"王洪大吃一惊，说："徐科长，就把包子说成扁食，你也不至于发这么大火吧？大人不计小人过啊，放了、放了。"他拦住了要绑桂娘的两个人。徐康脸沉下来了，说："王老板，不是计谁过的事，你父子俩都通着唐九和共产党，顾五说的千真万确，可惜上几次都给你们狡赖了。我离开滩上一个半月不是游山玩水，也不是逛窑子去的，都弄清了来龙去脉，这次回来就是一起跟你们算整账的。带走。"他手一挥。王洪看没有救了，擦擦手上的面粉，说："好好好，你这是公报私仇，女儿给绑了我也去陪着。"徐康说："不行，你得蒸包子。放心，你会进去的，包子蒸好了，有人来请你。"他吩咐特务把桂娘关进牢里，急匆匆地带着一队兵去了铁匠铺，没想却扑了个空。到磨坊搜查，又遭寡妇奶奶的一番羞辱，他暴跳如雷，跑回营房准备提审桂娘。一路想着会用什么办法叫桂娘生不如死！他一路小跑，在咬牙切齿，到了军营门口却被松尾叫去开会。徐康进了会议室，再没有出来，桂娘逃过了一劫。

桂娘被关在鬼子指挥部西隔壁，和她在娘家睡的那间屋中间只隔着一间柴房。原来是王贵堆豆腐渣用的，现在还有着豆腐臭。鬼子来了把这屋占了，木门换上了铁门，大概就是为关犯人用的，朝北的窗棂上趴满了"爬山虎"，屋子里漆黑一团。偶尔"爬山虎"叶子被风撩起，月光像碎片似的闪进来更加烦人。

西荡复杂，九湾十八汊，易守难攻，原本谈虎色变的鬼子为什么现在敢进犯呢？背靠着铁门面朝窗户的桂娘身在牢房，心在窗外，她百思不得其解。院子里刮起一阵旋风，虎藤叶儿给全部掀翻，月光"咣"的一下子像被谁拎着的一桶水，从黑暗中泼进来，屋子里一片惨白。桂娘忽然一惊，难道鬼子找到识道的向导？彭四？顾五？她摇摇头。还是唐九手下有人被收买了？谁去收买呢？徐康？对！徐康！怪不得他只在滩上露了个脸就一月有余不见了。桂娘不寒而栗，唐九啊唐九，你可曾做好备战的准备？还有一昼伏的工夫，内鬼能查得出来的。"大军马上压境，九哥，你在干什么？"

桂娘心急如焚，风过去了，爬山虎叶子又恢复了原状，屋里又是漆黑一团。她像一只夜鹰，不甘于樊笼的捆锁，目光在黑暗里左冲右突。"来人哪！来人哪！"她彻底失去了温尔雅之的性格，大喊大叫起来，还抓着门把子摇得"咣咣咣咣"地响。受伤未愈的那只手，结痂被全部崩落。连假如有人来了，为什么喊的理由她都没想好。还真有人来了，只是用枪托对着门敲打了几下，骂了声"疯子，你在找死，要不是皇军在开紧急会议，你想喊也喊不出声。"桂娘还是摇门，她只想出去，出去了，总有办法的，总比被困在这里好。

门又被枪托敲了一下，"疯子"，大概看门的兵被搅得极不耐烦，丢下一句话走了，而且走得很远，最起码听不到她声嘶力竭的喊声和门咣咣当当的响。她彻底失望了，像被抽掉筋骨的鸟，连扑凌的力气都消失殆尽。窗外的风再没刮起来，夜静得很，她喘息的声音要是窗外有人也能听见。

"娘……"是谁在叫她？声音很低。桂娘像被打了针兴奋剂，激灵一下坐起。雁儿？七星？还是天龙？她赶紧爬到门后耳贴着冰冷的铁皮。"娘，村上，我在这里！"月光如一桶水被泼了进来，村上掀开了爬山虎藤，窗棂格子里探出个清晰的脸面来。"儿啊！是你！"桂娘冲过来了，"能放我出去吗？娘有大事，我要出去！"

村上摇摇头，说："娘你别急，我已把消息告诉爷爷了，知道你急，才给你送消息的，还顺带了几个包子。""谁？是内鬼？还是外人？"桂娘知道村上晓得了她想知道的答案。"王洪山爷爷。"虽然声音极低，对桂娘来说不啻是静空霹雳。她颓然软瘫在地上，像一团泥，脑里一片空白。村上再喊她都没有听见。

第三十八章 雪夜女人

王洪山来到西荡口一晃就是六年了，他恪守尽责当着交通。夜听着渔夫摇橹声入眠、日看着樵夫扬斧入迷，他本来就是不太喜欢跟着人群的性格，是孤独的人生活在孤独的世界里。

还是去年腊月，半个月的大雪，满荡都是银的世界。王洪山推开门，雪连天、天连雪，看不见路了，也没有行人往这里走，他也懒得出去。但偶尔也有饿得不行出来讨食的兔子留下清晰的足印，兔子走不多远的，脚印报告着去的方向。王洪山滩口住久了，熟悉了这里的一切，看着雪地兔子的脚印，就能辨识出大小和公母。他看不到人，假设有人来也看不到这里有着居户，他的三间茅草屋，仿佛陷在雪中的草垛。但饶有兴趣的人还是会往这里走来，因为在他半截被埋在雪里的房子外，竖着十几棵高粱，没被收走的穗儿被鸟啄剩得差不多就是尖儿上一点点，逞紫红色，在漫天雪的世界里显得特别的艳，好像是停在高粱秆上的漂亮的长嘴渔鸟。

王洪山打了个冷战，关上门回到屋里，蜷缩着身子斜躺在床铺上。不知道是什么时间了，雪还在飘飘落落地下，好像太阳去了很远的地方，他不记得哪天见过阳光。没狗叫，连最不争气的寒号鸟都不悲叹了，王洪山感到今年的冬天比哪年都孤独得可怕，他多希望这时蹿来只饿极了要吃他的狼，他愿意在搏斗后无力的喘息中死去，不愿意被孤独折磨到死。他是当过兵的人，喜欢格斗，不喜欢寂寞，寂寞比死去还可怕。风，还在狂侵，来到屋前摇晃着的两扇木门，自第一片雪片儿钻进来，门就没被合上过，雪钻进来在槛前挤成一团。也不知道是什么时候了，风停了，窗外还在飘雪，西风夜静，他知道孤独拉着他进入了又一个不眠之夜。王洪山拉起棉被盖在身上，没觉得身上暖和，比先前还冷，棉被轻得像天上的云，厚厚的，崭新，还散发着天高地爽的今年的秋气，入冬前桂娘叫侄女婿木匠李三送过来的，身子冷不应怨被，烧火取暖的炉子早已熄灭，他不愿意架柴。他烦躁得老是在被里折腾。隔壁一声响，他打了个哆嗦，是从后窗棂口缝里钻进来的雪堆成了团，滚落在灶上的还盛着剩粥的碗里，这才想起，大半天没吃饭了，孤独，饥饿，寒冷裹着他不放。

　　看来不弄点什么暖个肚子，漫漫冬夜，难熬到天亮。他想着就动了窝，穿好棉裤来到灶房。这闹人心的雪明天可停得下来？要过年了，总得去滩上买点年货。他想着就打开大门想看看天。这门一打开，事儿来了，白茫茫的雪地上，一串清晰的人脚印从远处过来，一直延伸到他眼前场边的草垛子。比狗的脚印大不了多少，假如是人，肯定是个女人。奇怪，这天怎会有女人来这里？他走去仔细一看，由不得他大吃一惊，果真的，女人像个小孩侧着身子蜷缩在草垛上。她头上罩着一顶狗皮帽，套着宽松的棉袄，腰上系着根草绳，身子一动不动，像条被冻僵了的大狗。他轻轻地喊着："姑娘，姑娘，你醒醒、醒醒。"看不出年纪，"姑娘"是不分大小的。眼前的女子没响应，但王洪山看到了她颤抖了一下，应该是冻的。救人一命胜造七节浮屠，王洪山想都没想，独臂抄起女子就回屋。把女子放在灶后稻草上，返身关门，屋里一下子变得漆黑，一层木板隔成两重天。他摸索着点上油灯，小拇指大的火苗竟把屋子照得亮黄，他朝躺在灶后草上的女子看看，好像有怪怪的感觉。这女子怎么来到这里来的？他有些好笑，不由得想起古时候有个懒汉守着一棵树蒙头睡觉，最后竟拣到一只撞了树的兔子的故事。笑后他又自嘲，尽想好事，救人要紧，这女人冻麻木了时间不长，一袋烟工夫前他隐隐约约听到场上雪地上的脚步声，只是懒得没动，认为或许是个错觉。他环顾着屋子，桂娘为他造的这屋子没有收纳流浪女人的功能，但眼下是事实，没这屋子，这女人就会在雪地直眠到开春。然后，然后呢？往河里一扔。

　　王洪山扑打掉身上的雪来到灶后，这才有心思才认真地看了看躺在草上的女人：身上的棉袄破旧不堪，也不合身，太大，套在身上显得空空荡荡，幸亏用根绳拦腰拴着；脚上穿的棉鞋破开了口，没穿袜子的小脚指头从里面钻了出来，冻得像刚从泥地里挖出来的胡萝卜头。屋里虽然比外面暖和，姑娘还在颤抖，他赶紧坐到灶后去生火。从姑娘身边抽出一把干草，举向灯芯引来火种丢进灶膛，拈起几根秸秆塞进去，灶膛里开始燃烧起来了，不一会儿，秸秆爆起火星，"噼哩啪啦"声像爆着小鞭子儿，在静静的夜里特别清脆，屋子里顿时有了生气。尽管他做得自然，还是有些显得慌乱，他看着灶膛里的火，看着身边的女人，除了爆着的火星子，屋里还是静悄悄的。铁锅里发出的糊粥的焦味刺他鼻息时，才想起锅里还没有加水。他慌作一团窜到灶前，一瓢水倒下去，冷热相撞，锅里翻起了冲天的浪，蒸汽冲上屋顶。倒也好，屋里顿时暖起来了，王洪山一身燥热，顺手解开衣纽扣，褐红色的胸膛被汗渍洇得光亮。

　　他从锅里舀上半碗水，切了片姜，又从橱里拿下一只罐子，那里有桂娘给他买的红糖，他用勺挖了一块放进去，又加了一块，搅了搅，端起碗，吹了吹，来到灶膛前。他试着叫着："姑娘，姑娘。"女子还是那样，微微扭动着身子没响应，但呼吸清晰多了，还均匀，苍白干涸的嘴唇慢慢地转起了颜色，火光下显得润红，嫩艳。嘴小小的，像桂娘的嘴，只是脸上沾满了污垢，看不出黑白，但眉毛弯得好看极了，狗皮帽子掉在旁边，头发蓬散在稻草上，绝不像窑上棚户里的那些女人，头发团成一蓬草。这姑娘的头发黑得带点鹅绒黄，弯弯曲曲好像团过，但摊在草上挺顺溜，额头上的一抹流海挂在左边，脸框子全露出来了，像鹅蛋。看得出来，这女子长得蛮标志，棉袄太大了，绝不是她的，下摆直盖到膝下，身材和年纪都被裹在里头。王洪山蹲下身子，把碗凑在女子嘴边，女子仿佛没感觉，嘴没反应，他拿起勺舀起一口送过去，女子微微地扭动颈，水洒在她的面颊上，顺着颈流进了领口里，进嘴的水只有几滴。王洪山焦急起来，他不知道该怎么办了。女子又仿佛感到渴得难受，伸出舌尖搅动着嘴唇，舌尖是粉红色的，和灰白色的唇成了明显的对比，特别滋润和水灵，像河滩上吐着泡沫儿的肥蚌舌头。王洪山是河边上行走的人，由不得做着许多遐想。他不知道干涸了多年的心窝里，开始荡漾涟漪。周身开始有些奇妙的躁动，动作上就显得迟钝还犹豫不决。站起来、蹲下去，蹲下去、站起来，一碗水一半溅在身上。他干脆放下碗，给灶膛里又添了一把柴火，又拖了下风箱，火苗"呼"的一下窜出了膛口，一片红光映得灶后的一堆柴火像秋晚挂在天际的火烧云，大概是太热了的缘故吧，女子忽然大幅动作起来，王洪山停下手上的风箱，回头一看，顿时脸像被火烧了一样。姑娘的手在身上胡乱扯着，那根捆扎着破棉袄的草绳被扯落在一边，宽松的棉袄本来就没扣，对襟像鸟的翅膀摊在两边，这姑娘身上根本就没内衣。

王洪山脑海里一片空白。他是个规矩人，从来没碰过女人，更别说见过这样的。没碰过、没见过，不是没想过，年轻时走在街上和女人擦肩而过，他昂首挺胸，目不斜视，当兵的出身，谁都不知道他会用眼角的余光去看人。还有鼻子，像军犬，一口深呼吸，把女人的特有的气息收集过来憋住，夜深人静的时候，关上门、吹灭灯火，头埋在被窝里释放出来慢慢品味。漫漫长夜，辗转反侧，靠着胡思乱想品味着男女在床上的日子。可是现实是残酷的，这点胡思乱想也在孤独中由岁月吞噬完了。特别是西荡渡口一蹲几年，职责不允许这屋子让女人光顾，心如死灰，最后连屋前野狗肆无忌惮地在他面前交媾那场面，他都没了跟着冲动的感觉，讨厌地捡块砖头赶走。女人的话题早已不属于他王洪山的了，因为也没人和他提起，属于另一个世界。而今天"另一个世界"却莫名其妙地来到眼前，老天哪，你是不是在作祟我呢？一阵沉默，反而静了下来，他拍了拍身上的草屑准备站起，但已由不得他了，女子侧过身来，腿和手都像无骨的八爪鱼绕了过来，他一个激灵，他麻木了，像一根老榆桩杵在灶膛前，让大师雕塑。"八爪鱼"的触须在他身体上游动，脸，耳根，后背，前胸，慢慢地、慢慢地向下延伸，轻柔，滑腻，痒痒的，王洪山脑门子里没了思维，根根神经被八爪鱼挑逗得如同被弹奏着的琴弦。他开始大汗淋漓，喘着粗气，雕塑成功了，艺术的刀赋予了生命的活力，他在扭动，她在进攻，轻弹着唇舌，发出妖幻般的天籁之音，仿佛这一切都在梦呓中进行。王洪山彻底被征服了，今天他信了，有人说女人是水，其实他认为是在水中游动的精灵。但待到酣嬉淋漓的时候，王洪山脑神忽然归了位，一身热汗被惊冷了许多。他抽搐了一下，把女人细软的手抽了出来，叹了口气，轻轻地推开缠在他身上的腿说："别装了，起来吧，你是哪里来的？想去哪里？先喝口水。"女子终于睁开了眼睛，抖动着漆黑的长睫毛像夜猫子似的环视周围，她收起了手腿，站了起来，干脆甩掉了身上成了累赘的棉袄，光着身子旁若无人地向灶台走去，舀起一瓢锅里的水"咕嘟咕嘟"喝着，她确实渴了，顾不得斯文，只有半瓢水进入口中，还有半瓢水像瀑布样挂在胸前。喝完了水，抹了抹嘴，像只白皙小鼠寻找着什么："就没一点吃的？老头？"她转过头来望着沉默不语的主人，眼睛泛着清澈的蓝光，弄得王洪山没有发作的理由。他慢慢站起，听出来了，女子是江南口音，王洪山当了七年兵，走过天南海北，凭口音就能大致判断出对方是哪里人。他没回答，从橱里找出一块锅巴，倒进锅里。顺手从竹竿上抽下毛巾，说："脸比锅底好不了多少。"看都没看，从女子身后擦肩而过，又径自下了灶下，他得给灶膛加上把火。女子像个孩子似的看着他笑，说："老头不老实，以为我不知道，你在偷看我！"王洪山像小偷被抓了个"现行"，脸色像被火烧了一样，埋下脸，只有半个屁股搭在小凳上，他没有说话，心又恢复了刚才狂跳的频率，胡乱地向灶膛里添着秸秆。女子端着盆去了隔壁，那里是王洪山的"卧榻"之处，不见了女子的身影，他才慢慢平息着身上的无名火。一边用火铁在膛里整理着乱七八糟燃着的柴火，一边聚精会神地听着那屋里的动静。屋里除了一张床，就是一只骚味十足的尿壶，女子在屋里"咯、咯、咯"地笑，像唱歌的画眉。他又开始胡思乱想，忘了想叫那女子回答的话："你从哪里来的？想去哪里？"，眼前却想起了在场地上两只交配的狗。几声有节奏的击打声把他惊醒，"喂，老头，想什么哪？锅巴都煳啦！""喂"字拖得特别长，声音压得低低的，仿佛怕把他吓了。王洪山果然一惊，忙抬起头来看，姑娘一丝不挂，俯身站在跟前，屋里蒸汽如云缭雾绕，她像云端中的一尊玉雕，左手拿着勺，右手掩着胯下，肆无忌惮地看着他，声音是勺轻敲风箱发出的。王洪山头在膨胀，现在这突来的女人成了男人，他却成了羞羞答答的女人。女人抓着他仅存的一只手把王洪山拉到身旁，像押着俘虏去了里屋。

西荡口的茅草屋里多了个女人。女人让王洪山叫她"雪儿"，雪儿说她姓吴，无锡人。日本鬼子侵略了她的家乡，去年秋天，简陋的居家房子在鬼子飞机的狂轰滥炸下灰飞烟灭，父亲和妹妹也烧死在里面。她和娘在河边洗衣裳逃过一劫。家乡待不下去了，听说江北情况好些，母子俩跟着逃难的人来到女儿滩。在滩的桥头遇上查哨的特高科特务，因为没有良民证，又是外地口音，娘被抓走了，她侥幸逃走，滩上举目无亲，沿路乞讨。兵荒马乱的年月，长得好看不是好事，她在窑上棚户区晒衣绳上偷了件棉袄换在身上，顺手拣了个帽扣上，再把脸涂成这样。下雪天，什么都没讨着，饿得辨不清东、西、南、北，顺着路看见了棚户房，但大概是下雪的缘故，没人开着门，就来到这里。门关着，又看不见屋里有火，连叫的狗都没有，又冷又饿就倒在秸秆草垛下了。

现在女子说什么王洪山听着都认为是真的了。因为这叫雪儿的姑娘是躺在他怀里哭着说的，心善的男人最怕的就是女人的眼泪，身子都是他的了，还有什么不相信？吴雪儿就这样住下了，还一住不走，想走也走不了，王洪山能让她走吗？不管怎样在这里能衣食无忧，他绝不能让她再去讨饭的，心里的担忧他没说，这样的姑娘随便在滩上找，条件好的男人多的是，出了荡口还能回来是万万不可能的。有时候他穿着桂娘给他做的鞋还想着姑娘的吩咐，这屋子虽简陋，却担系着西荡和滩上乡亲安危，千万别要留客。有不少游荡在棚户区的卖身姑娘来过，他都嗤之以鼻，那是为钱不知羞耻的女人，不屑一顾。这女人不同，她是误走过来无路可走。他救了她的命，她愿跟他过日子，两个不同的性质。王洪山也曾怀疑过这女人的动机，但女人的温情已冲毁防堤。

当雪儿要去滩上找娘，王洪山拍拍胸口说这事放在他身上，他有个弟弟叫王洪，比他的名字少一个山字。家就在鬼子营房门口，炮楼脚下，开个面店，管着营房里的鬼子官儿的吃喝，连日本人里头都有最知己的朋友，娘的事他请王洪去说个情没话说的。雪儿高兴了，问："老头子，鬼子里谁是你的朋友啊？还肯帮你做事？你有这么大的能耐？"王洪山刚想说顾翻译时，话到嘴边没说出口，祸从口出，光图痛快，要害人的。他岔开话说："嗨唉，女人瓜瓜的，管这些闲事做什么？反正我能要得到人，凭他敢不给，我请荡里人去抢也能抢出来。"雪儿惊愕了，说荡里人你也认得？王洪山发觉自己只图说得痛快，不该说的说漏了，脸在变色。正想辩说时雪儿却转过了话题，她说："老头，你先别找人吧，我明天先去探探消息，跟我娘关在一起的人好多，都是老乡，要是知道了我有了落脚的地方都想来怎么办？你能养得过来吗？"王洪山忙点头，这事总算解了围。想着光图个让雪儿高兴，她这一句话也提醒了自己，这儿是荡里荡外的联络点，绝不允许有闲人的。就是让这姑娘住在这里，也要跟唐九和薛飞商议。他说："雪儿，你先去探探消息再说，说得也是，别告诉你住在这里。我这里也有些杂七、八的事，等处理好了，又寻到了娘，我们离开这里重找一个地方成个家，过个安顿日子，我有钱，我养你娘儿俩。"王洪山"娘、娘、娘"的，真把这女人当奶奶了。雪儿抱着王洪山哭起来了，说："老头，说话算数啊，我娘就是你娘，我们娘儿俩有家了，你真好，听你的。"

第二天一天无话，两人恩恩爱爱都在床上。反正外面是连天大雪，别说人了，冻得鬼都不敢走路，怕雪地上留下脚印。屋里生着火，锅里煮着肉，王洪山日子过得不错，吴雪儿打开橱柜，穿的吃的不仅齐全，还丰富。说真的，除了没有女人，组织上都想到了，桂娘隔三岔五地又叫窑上的干娘来瞟他，日子过得蛮滋润。第三天一大早，吴雪儿就走了，一直到天黑才回来，没到门口，就看见路上见草不见雪，还了本来面目，雪全给王洪山踏没了，这一天他不知走了多少个来回。他大老远看见了吴雪的影子，冲上去抱着回来的，也亏了他只剩一条膀子。吴雪儿阴沉着脸告诉王洪山，娘和那班被关着的人夜里生着法子跳出窗户，有人逃走，有人又被抓回，被抓回的当夜就被押上"小火轮"运走了，说是送到城里做"慰问妇"。没人看得清她娘是被抓走了还是逃走了，说完号啕大哭。王洪山咬着牙骂声狗入的，说明天我和你一起去找。吴雪儿抽泣着说："不能，老头，我没有和你说实话，我是有男人的，他跟我本在一块，前天跑散了，听说他逃出去了，正在找我。"王洪山一听说她有男人，顿时脸变了色，沉下来坐到灶膛前摸索着找烟台，灯火也不想点。吴雪儿笑了，把他手上的烟台抢过来丢在草里坐在他怀里撒娇，说："老头这么大的个子，心眼儿却密密细，我都跟你做夫妻了还跟他走吗？他再年轻我也不稀罕，这颠沛流离的日子我不愿过的，我就铁了心跟你过日子。"说着手也不老实、腿也不老实，还带着张嘴跟舌头。王洪山刚灭的火又给她挑逗起来，锅门前的稻草给两人搅得像狗窝。总有累的时候，吴雪儿躺在王洪山怀里说："老头，放心了吧？我可是要给你生儿子的，像猫、像狗、像老母猪，给你一窝接一窝地下，美煞你老头！"她帮王洪山重新穿上衣裳，点上火，叫他坐在旁边她烧起了火。王洪山第一次感到过上了男人的日子。灶膛里火旺着，吴雪儿站起来去了灶上，他说："老头，滩上你千万别去，那畜生也野得很，你不一定打得他过的。日子一长，以为我被枪打死了，飞机炸死了，土匪抢跑了，他寻不到我会走的。不能惹火烧身，更别跟别人说找到了女人。我们先掩息着过。"王洪山连连点头。

第二天吴雪儿又离开了渡口。到第三天夜里才回。她过了棚户区朝西望去，没看到王洪山接她的影子。进屋关上门，王洪山坐在灶火前默默不语，王洪山从昨晚知道她是有主的女人，就没了昨天的热情，虽说吴雪儿表态要跟他过个安顿的日子，他总觉得心里别扭。雪儿进门了，他抬起头说："回来啦？饭在锅里，自己盛。"吴雪儿说："就不问问我找上娘没有？"王洪山说："找上你那口子没有？"吴雪嘟囔着嘴说："还吃醋？不是和你说了吗，我不跟他过的，除非你嫌我。"说着又要哭了。王洪山给她这么一拿捏，一天的烦恼全没了，说："坐着，我盛饭来。"雪儿却破涕而笑，从包裹里像变戏法似的拿出许多东西，全是王洪山的，鞋子、袜筒、褂头、裤脑的，另外还有一块洋碱，香香的，最后掏出包"哈达门"香烟，抽出一根塞进王洪山嘴里，似乎十分不熟练，哆哆嗦嗦地点着火柴，王洪山深深地吸了一口，闭上眼睛，半天才抬头对空徐徐吐出串串烟圈。眼睛没睁开，身子往后退了两步，吴雪儿扑在他胸前又撒娇。王洪山吐出要烧到唇的烟头，抱起她疼爱地说："你真是条狐狸精。"

雪儿就这么隔三岔五地单个儿出去找人，有时候回来欣喜若狂，说有人看到了，有时候又是愁眉苦脸，说没有看到。有时候说不想在这里了，有时候说打她都不跑。弄得王洪山神魂颠倒。找娘的事，王洪山显得比吴雪儿更焦急。过了年后的三月，她从外面回来心事重重，很不高兴。王洪山哄骗了半天她才吞吞吐吐说了事情，说娘被她男人合着来逃难的叔伯兄弟绑回老家无锡去了，男人是个无赖，不知道听谁说她嫁了人，女婿是打鬼子的土匪联络官，还说她娘得到好多银两。因为嫁的是土匪，他不敢在滩上住了，前两天就连夜走了，说把她娘抓回去交给日本人。吴雪儿说着哭起来了，说："老头，你是土匪的联络官吗？"王洪山气得筋青骨爆，说："不是土匪！是打鬼子的英雄！他不是个东西，我明天就去荡里请他挑几个人给我去你家找他算账，我不相信他是三头六臂！"吴雪儿惊呆了，一双眼睛像铜铃，说："老头，小看你了，不是凡人啊！你认得去荡里的路？""闭着眼睛也能去！明天一大早我就去，只是撑不了船了，全冻着河，跑着去，得要半天。"雪儿高兴极了，说："老头，有这样的靠山我还怕什么？他抓了娘去没用，一把年纪了谁也不会怎样她，其实抓娘就是想逼我回去。这样啊，老头，"吴雪从王洪山怀里站起来说，"我明天先回趟无锡，你给我些钱，要去打点打点，打听到情况马上回来，你带几个人去接回娘，好吗？"还有什么说的？女人又在哭，眼泪比猫爪子还挠心。第二天天刚亮女人就走了，走的时候吩咐王洪山说："老头，千万别告诉人娶了我，连你那土匪英雄也别说，你要真欢喜，一定娶我就光明正大地娶，我可不愿让人说不正经，没结婚就跟你困了，丢人。"她忸怩着，说这话时害羞得像个黄花闺女。王洪山一只手紧紧勾住她，不说话，只是点头。要走了，王洪山要送，她没肯，说万一碰上人。王洪山靠在门框上看着她走了，女人走三步、退两步、一回头，冻红的手背一直揉着眼泪。王洪山不敢看了，心被揉碎。低下头不看她了，谁知道女人飞似的又回来了，扑在他身上说："老头，你是个残疾人，我要有个三长两短，有个合适的，别等我，我不怨的。"水滴石穿，铁打的汉子也经不起这样的揉搓，王洪山哭了。又缠绵了一阵，女人走了，走前掏出手帕给老头擦了擦眼睛，把手帕塞在他手上，说："她就是我、我就是她，别丢啦。记着啊，我俩的事千万别跟人说，包括你荡里的老板，还有王家人。"王洪山紧捏着手帕就剩点头和"嗯、嗯、嗯"地应着的份儿了。

吴雪儿这一走就是半年多，中间也曾来过信息，当他几近绝望时，就有了只言片语的消息，原本他只想去荡西找桂娘说说这事，这丫头王洪山绝对信得过，就是吴雪儿懂了也不会责怪他。来了消息他就不去了，消息都是叮咛他千万保守秘密。第一次得到消息是端午日子，大概是个早更头，他听到门外脚步声，起来打开门只见匆匆离开的背影，一个篮子挂在门扣上，两扎嘉兴粽子带黄酒，还有哈达门香烟，外带一副春夏穿的鞋袜，一张皱皱巴巴的烟盒纸上歪歪斜斜的几个字："见字如命，快了，不得说人听的。"没落款，他也认得是吴雪儿写的。东倒西歪，像孩子扔的泥团的几个字，正好和他配对。"见字如命"？应该是"如面"吧？不！应该是"如命"！王洪山将近枯萎的心里被烧了一团火。第二次是中秋。他端了张桌子坐在草垛前，烧了炷香，拿着两个月饼和梨供月，抓了把炒花生，倒了杯酒。都是桂娘坐着李三推的车送来的。姑娘带来了秋天要换的床上的垫盖和身上的夹衣，把旧的交给李三拿到车上，那是要拿回去洗，等明年打春后再送过来换。桂娘离开时，他欲说又止，来来回回了几次，一只手插在口袋里，手捏着吴雪儿上次带给他写着字的烟盒。想跟姑娘商量时，又不说了，仿佛"不得说人的"几个字在划他的手心。桂娘夫妻走了，他若有所失，神情恍惚，对着月喝起了闷酒，反正心里既堵得难过又空荡荡，当然想吴雪儿想得最多。看着李三跟桂娘一个推车一个坐车，他当然想，他一只手不比两只手的小木匠顶车的本事差。说实话，桂娘待他太好了，亲同已出，但男女之间不单是只要亲情。没有女人来他死了心，谁知道凭空里又杀出个程咬金来了呢？几个月的卿卿我我，他离不开那女人了。皓月在天，修着桂花树的吴刚忽然不见了嫦娥，他空对酒，能不难过？真是有着"每逢佳节倍思亲"的悲伤感觉，只是他说不出来罢了，酒往口中去，泪在后面跟，老泪纵横。正喝独酒时棚户前的路上来了脚步声。都这晚了，谁来？他以为听错了，近日总是心绪不宁，捕风捉影，这女人怎么一走又没了信息？他喝着酒，心想别疑神疑鬼的，喝个痛快，不醉不放杯，他"举头望明月，对饮成三人"，他不知道岂止三人，十人百人都有了，酒珠子洒在桌上，颗颗珠子里都是他和月的影子。醉了，他趴在桌上，月饼和犁滚落一地。

也不知过了多少时间，他感到有人在拍他的肩，先是轻轻地，后来重了，拳头像毛铁匠打铁的锤。王洪山先还扭动着身子推挡，说："别扰人，我正梦着人呢。"继续趴着，做着他的梦。看样子换锤打都没用，除非甩到炉里去让火烧。"梦着雪儿姑娘吧？"他醒了，"呼"地站了起来，虽站不稳，却急促地转动身子寻找人，东倒西歪，像个被抽着转的"倒锥"。"雪儿在哪里？"他总算抓住了桌子角，站稳了脚跟，他擦了擦转花了的眼睛，终于看到傍角坐着一个人，辨清了是个男人时，有些失望，也恼怒他搅了好梦。他手抓着陌生的不速之客的肩，说："你是谁？刚才你说什么？"那人痛得尖叫起来，说："你就这样对待丈人的？"那人大概顾忌着身份，揉着肩没跟他动真，但看得出来好像十分委屈的样子，在生气。"丈人？"王洪山在清醒，但也懵了，吴雪儿她父亲不是被鬼子飞机炸死了吗？又从灰烬里钻爬出来了？哪又来了个丈人？他看看雪亮的地面，那坐在凳上的人的影子，被当空的月直照着，像拖拖儿从磨坊里铲出的一堆牛粪，摆在洁净的场上实在大煞风景。他抬起头来认真地看着对面，个子比他矮些，年纪相仿，中等身材，白皙的脸皮，比他长得嫩相。

那自称"丈人"的男人没把自己当外人，说："坐啊？别傻站着，拿双碗筷来，讨你杯酒喝，最好添点菜。"说着拿起桌上的瓶吹了一口，嘴里嚼着花生。王洪山稀里糊涂就认了这个朋友，因为他提起了吴雪儿，最起码他认得，他给他倒酒，他动都没动，摆着丈人的架子。只是从口袋里拿出张皱巴巴的烟壳纸上面又是他熟悉的字："娘嫁给他了，算你丈人罢，爱叫不叫的随你。见字如命。"又是"命"。一看就知道是他昼夜想着的女人的笔迹，歪头斜脑，识不了几个字。他信了，捧着纸头子放在鼻子底下闻了吻、吻了又闻，要哭。

"信了吧？细婊子养的，漂亮，周正，浑身像玻璃屑子和糯米滋汁捏的，你捡了个大便宜。你就比我小一岁吧？却娶了个嫩水。我呢，妈的，却娶了个放到酒缸下也榨不出水的干货。"他恨恨地说着话，又呷了口酒。

王洪山说："到底是怎么回事？听你口音是本地人，什么嫩的干的？雪儿怎托你送来纸条的？雪儿的娘嫁给了你？她不是被女婿抓回无锡去了吗？"他似乎听懂了，但还是糊涂，又站起来了。来人劝他坐下，说："别急别急，听我细说，反正你再想女人今晚也得干熬，没办法的，陪我耐心喝酒倒省了心烦。心急吃不得热豆腐。"他把王洪山摁坐下，王洪山给他倒了杯酒，耐心听他说。

来人说他叫徐顺，住徐家酒坊东头，跟徐宾三服前的老堂，没得多少来往的，

"说了你也不认识，你不是本地人。"这个叫徐顺的看着王洪山笑着说，看样子他对王洪山的底细十分清楚：从小跟着堂叔、当官的王老先生，扬州长大的。他从对方的眼神中看到了有些信服，接下去说事了："我早死了老婆，老干货也没给我留儿子，没家眷的好处是一人吃饱、全家不饿。前三天嫁在无锡的姐姐回家看我，同行的还有个干货，说是给我做老婆，姓吴。"一说"吴"姓，王洪山眼珠子要蹦出来了，徐顺抓着他的一条膀子，怕他又起身，提起瓶又大呷了口酒："听人家说话急不得的。有能拿得出手的菜吗？"他看看桌上还剩不多的花生。"有、有、有，你个混蛋拿捏人！"王洪山边骂边起身进去拿菜，出来时端来老汁钵头，往桌上一摆，"混蛋，全在里头，撑死你。"徐顺筷子一扔，说："开口混蛋，闭口混蛋，我深更半夜地跑来是送给你骂的？我不说了，也不帮了，吴雪儿在哪里、什么时候回，给你带的什么话，全在我肚里，你自个儿琢磨去吧！"徐顺给他骂得真生气了，翻身要走。王洪山急坏了，忙赔不是，说："你大人不记小人过，老哥海量、海量！"他连连作揖。"什么老哥、老弟的，别乱叫，乱了辈分！叫丈人。"徐顺总算被劝住了，坐下了，但计较起辈分来："我没老婆，但看不上老干货，是我姐姐千说万说，说老干货没路走了才跟她来这里的，吴雪儿是我姐的干女儿，请人从她男人家把娘'偷'出来的，晓得徐康是我侄子，攀了我这门亲，他男人懂她嫁给了你也不敢来寻事。把你们认识的经过全告诉我。姐姐边说边流眼泪，我是个软心肠，见不得苦人，没嫌干湿就认了这门亲，两夜夫妻一做，今天就来这里，你不叫一声丈人，却一口一个狗……"呸，我也说不出口，他抽了自己一个嘴巴。再扬手，"丈人"，王洪山规规矩矩地叫了。徐顺把手放了下来，"嗳。"他应了一声，"这才像话。"

月叶子没了，天一抹黑。等王洪山酒醒了的时候，天快亮，他也不知道丈人什么时候走的，只记得几句紧要的话：耐心等，鬼丫头要回来的；娘跑了，男人把她告到官府，眼下被抓在牢；官中当差的无非是要寻几个钱，雪儿怕他心急才叫他先来这里，再带钱去无锡。他记得徐顺走前看着他笑，说知道你怕细东西落在狗官手里被糟蹋了！告诉你，细东西鬼得很，她进牢就放了风，说她身上得了梅毒，她叫娘在她前心后背涂上了让人一看就要作呕的五颜六色，臭臭的，顶风十里都不能闻的东西，别说糟蹋她了，连近身都不敢。王洪山记得徐顺再三吩咐说，他两人的事千万别告诉人，等她回来，娘儿俩一起办喜酒，她要明媒正娶。徐顺还靠着他耳朵说："听老干货说，这小婊子从小就犟，说话认真得很。"

第三十九章　西荡开战

　　吴雪儿回来了，那是九月初三夜，霜不比雪轻，到家门口的时候，王洪山早已关门，半披半盖躺在床上，吴雪走了后他都是这样困的，女人什么时候回来没个准头。半盖是用下身焐被，女人回来后有个热窝；不脱衣，是听到女人的脚步声能起来得快。吴雪儿这次没去场上的草垛，草垛上像去年下雪的夜，披着雪白的霜。吴雪儿小脚踩地声音小得很，女人就是女人，走路都像猫，温柔。王洪山早听到了，连鞋都没穿就冲出来开门。门一开，女人扑上来了，号啕大哭，仿佛受了天大的委屈。是王洪山抱进来的，门没顾着关两人就寻着对方的嘴。还是王洪山毕竟大了一辈人，怕万一西荡有人来传话——这阵子滩上事多，原来的鬼子已死的死，降的降，散的窝。炮楼南头堆了高低两座坟。新的一班鬼子又来了，熟悉滩上情况的铁杆汉奸徐康带着叔叔徐宾在得力地为鬼子卖命，桂娘被软禁在面店。一串串的事弄得滩上风声鹤唳，人心惶惶。王洪山劝开了女人，说你坐着歇，我给你烧水做饭。

　　王洪山问被抓了怎出得来的？吴雪儿大笑，说："老头，谁奈何得了我？你看，"她撸起肚皮，身上像生了许多包着脓的疮，还发出让人恶心的臭味。王洪山皱着眉说："怎弄成这样的？疼吗？"他伸手轻轻地抚摸着，那种疼爱像生在自己身上，由不得女人看着也是从心里感激。吴雪儿双手勒着老头的颈，肚皮贴在老头身上扭，王洪山说："真是个馋货，吃饱喝足，不就上床了嘛。"女人说："不嘛。你眼睛闭上。"王洪山由她去了，身上也热臊起来，早忘了臭味恶心的事。"老头，你睁开眼看。"女人忽然停止了扭动。王洪山睁眼一看，女人又掀起衣襟，他大吃一惊，本来东一块紫、西一块黑的肚皮上恢复了白里透红的原状。"看你自己"，王洪山发呆时，女人指着他的褂襟，什么梅毒"烂疮"，全粘在他身上了。女人自己笑得弯下腰，像《西厢记》里的红娘。王洪山也忍俊不禁，问："小东西，你哪学来的把戏？"吴雪儿说："老头，我家就是走江湖的出身，专会坑蒙拐骗，你可得当心哦。"

　　一夜无话，夫妻小别胜新婚，直到天明才消停下来。王洪山提起操办结婚的事，女人皱起眉头显得为难，吞吞吐吐地说："老头，好事就是多磨。这徐顺家里没想到这样复杂。原来他家里是有些家私，兄弟俩，他不娶我娘、兄弟间挺好的，娘进了门他兄弟变脸了，说带了我个拖油瓶冲着钱财去的。我娘说不要，他弟媳说'鬼信'？地上捡个狗屎也是见者有份，何况真金白银？娘在他家可以，我去不行，只要见我去，就敲断我的腿。我娘是什么人？拳头上走马，额头上立人的泼辣货。这几天把徐家打得鸡犬不宁，连徐顺也吓得不知道跑哪去了。谁知道他弟弟不知听谁说，我嫁了西荡土匪联络官，就找徐宾告密，徐宾肯定要告诉徐康，徐康再告诉日本人，这要出大事的。我娘给'将'住了，晓得还闹要出大纰漏，马上请小姐妹把徐顺找了回来，一起去弟弟家一把鼻涕一把泪地认错，说我不是她养的，路上拣的，树上落的，石头缝儿里崩的，反正看弟媳妇的脸变化神情现编现说，她那戏比梅兰芳还会演，说嫁徐顺就是奔日子来的，她写字据找中人，找保人，只要看见我去徐家酒坊、她就不算人，算……母狗？母猪？母……母什么来？我想不起来了，反正要多难听就多难听。眼下掩息了，没想到娘又生病住了院，这事只有等她出了院再商量，反正办不办喜酒，碍不着我跟你上床。"王洪山叹口气，至于办不办喜酒，他本来就没这想法，多事之秋，能少一事就省一事，只是新丈人提出这要求，他不好反对，人家是二十来岁的姑娘，他是"老头"了。办酒无非是用点钱，请些客，钱没问题，请客请哪些人他都想好了，无非就是堂兄王洪一家，唐九是少不了的。忽然说不办了，他感到有些突然。女人偎在他身上，说："老头，挺对不起你的，要么，就办……"看得出来，挺善解人意，也挺为难的。王洪山说："不办了，别让你娘……"话没说完，他的嘴被女人的小手捂住，一声嗔怪说："改口，老头，再'你娘、你娘'的我生气了，你也得叫娘！"王洪山脸红了，抓抓头，说："你娘比我还小两岁，叫不出口。"女人像条打滚的锦鲤，从王洪山胸脯上滑下来翻身朝里，把背脊梁给了老头。她生气了，王洪山忙扳回女人的身子说："叫娘、叫娘！"女人不生气了，抬头看看窗外，天已现鱼肚色。她赶紧起床，说："老头，我得赶去医院照看娘，去晚了她要急的。"王洪山说："那我也去看看她老人家。"女人"噗嗤"一声笑了："改得够快的呀，先说比你小两岁，现在又变成了'老人家'，学会了讨好人的本事，老实滑头。"她边说边摁着王洪山，说："你千万别去，我去算徐顺帮娘请的用人，没人认得出我就是她的'拖油瓶'。你一去不就露了馅儿？"王洪山又躺下了，女人出门前又吩咐了一句："还是那样，熬着点，跟什么人都不能说，免得那徐康叔侄顺藤摸瓜来这里。"王洪山见她又走，不高兴全堆砌在脸上。女人返身回到床前亲着他的额头，说："好老头，还有孩子脾气哩。"

日子又这样过起来，吴雪儿也偶尔回家，有时候乘船，有时候走旱路，鬼得很，王洪山有些起疑，从徐家园酒坊顺水路过来，必经唐九大本营前的南河道，目前还没人敢走，水下两头都设着暗篓，本地打鱼人都知道，唐九的人已悄悄地知会了他们，雪儿怎敢的？她和西荡里谁有联系吗？没等他问，这女人就看出了他的心思，总会说出个理由，再一撒娇，"老头"的疑惑和警惕心马上云雾顿散，撤防瓦解，现在的王洪山，吴雪儿说她娘为报被徐顺的兄弟羞辱之恨，去连云港花果山水帘洞跟孙悟空学本事去了，都深信不疑。

农历十月二十二夜二更天时分，王洪山听到屋后水塌小船靠岸的声音，他知道是已有半个月没回来的女人回来了，欣喜若狂，急急忙忙起来开门，人进来了，抓着他的手弯腰作呕，说要吐酸，王洪山说是不是坐船时候久了受凉？她摇摇头，直起腰用指头点着他额头半嗔半羞说："木瓜老头，你要做父了。"王洪山惊呆了，跳了起来，抱着吴雪儿连转几个来回，等王洪山静了下来，吴雪儿手摸着王洪山的脸庞，轻轻地说："老头，下不为例，以后不能这样闹，保不住要小产的。"王洪山点点头说："不闹，不闹。"这下是他哭了。

第二天女人没走，一天都待在屋里，她自己带回好多颜色艳丽的布块，拿着针线说要给孩子缝衣裳。王洪山说："别缝了，我叫桂娘来，用不着你操这个心的。"女人点点头。其实王洪山根本看不出她装模作样，指头粗的针半天都穿不进线。这一天两人好像都恨天长，显得焦急，都听说几千日本军人开进滩，军舰停在炮楼下的河滩，西荡这里要打仗。小小渡口热闹得很，荡里荡外的人频繁地在这里进进出出；也常有不认识的人鬼鬼祟祟，像幽灵似的在周围游魂，拾破烂的，要饭的，砍柴的，有时候一天能来三四个货郎担。吴雪儿躲在里屋不向外迈一步，王洪山端张凳坐在渡口用芦秆编畚箕，一只手做着两只手的事，缺的只手用嘴、用牙齿咬着代的；篙竿就在身边，靠着老杨树，他得随时要撑船接送进出荡的人。他心不在焉，眼看着西边的对河，东边的大路，又分心牵挂着屋里的女人，这时候他真希望吴雪儿还是留在医院里陪娘的好。日头还在东的时候，像爬，慢得像上山的乌龟；中午时分，像被李三用钉子钉在头顶；好不容易过了午，却不走了，像忘了行程在打瞌睡。王洪山恨恨地把没编好的畚箕摔在地下，骂太阳是个混账的东西。屋里又传来女人一阵阵烦躁的脚步声，他听得出，有时候还在踢。"嗵……嗵……嗵、嗵、嗵！"一声比一声重；"嗵、嗵、嗵，嗵……嗵……"一声比一声轻，踢不动了，反正在王洪山听起来不是女人在踢门，是在踢他的心。门踢坏了不要紧，他会修的，他怕伤了女人肚子里的元气。好不容易天在暗，西荡上空盘旋着归巢的鹰，一只，两只，然后是一片，密密麻麻，也不知是哪儿来的，像从远方飘来的树叶；身后老杨树顶上传来几声老鸦聒噪，今天王洪山不显得讨厌了，天快黑了，它要归林。

王洪山下滩系紧缆绳，收篙回家，匆忙得连那张凳子和编好的几个畚箕都没拿。两人关上大门，早早上了床。温顺了一会儿，王洪山听话，虽然紧偎着，但各自一个被窝，卿卿我我只是说说话。王洪山感觉到女人的心不在窝里，老是出神，耳朵竖着朝着窗外。他以为白天紧张怕了，到了夜里还心有余悸。他紧紧搂着隔着棉被的女人，说："没事的，没事的，有我呢，老兵油子鬼都怕三分。"就这么搂着，谁也没困意。估摸天近两更，还真有脚步声从东边传了过来，绝不是一个人，急促得很。雪儿尖叫一声钻进王洪山的被窝。一会儿工夫，脚步声停在自己的门口，接着是急促的敲门，没等王洪山起来，来人不耐烦了，门被一脚踢开，直闯到里屋来，雪亮的电筒灯光直扫到铺上。灯光射着他的眼睛，他根本看不出来了几个人："是谁？"只听见一个人走到铺前大喝一声"起来"！王洪山抬起身子问："你们是谁？私闯民宅？"脸上就挨了一巴掌，他被打蒙了，长这么大挨外人打是第一回，他是练过武的人，想一个鱼跃给靠近床沿的人拦腰一个扫堂腿，却给浑身颤抖的吴雪儿死死地抱着跃不起来。王洪山没敢蛮来，他不要紧，眼下有怀着孩子的女人。他压低着声音问："你们想做什么？怎不问青红皂白就打人？"来人说："哪有这么多废话？快滚下来！"说着，顺手就扯开被子，雪亮的灯光照射在他们身上。"哈哈！还是一对鸳鸯！"一屋子的淫笑声大起，王洪山害怕了，来的不是三两个人。强烈的电灯光下他睁不开眼睛，来了多少人、什么人，都在灯光后的黑暗中。他脑海里一片混乱，只能本能地护着女人。靠近的人灯光在脸上晃荡，说："还不滚下来，充着好汉英雄救美哩！"说着话时后面上来两个人，拽住他的胳膊拖下地。拿电筒的人走上前去，把女人身上最后那点布片儿扯得粉碎。吴雪儿左躲右闪，大声求饶，没有用的，像一只羊遇到一群野狗。王洪山大声喝骂，挣扎着要起来，却被扭着他的人用棍棒什么的击了一下头，他昏过去了。

待王洪山被一盆冷水浇醒，睁开眼睛已看清屋里了，桌上点起了煤油灯，地下烧着取暖的秸秆，暖烘烘的，他已被五花大绑捆扎起来，王洪山艰难地扭着头寻找女人，吴雪儿也被拖下来，被绑在支撑着屋梁的柱上。电灯光不时地在她身上照射，女人身体透明得像条要放丝的春蚕。男人们拿着秸秆捅着她取乐。王洪山哪受过这等奇耻大辱，眼睛通红，大吵大骂，可是没人理睬，大概也有人被骂得不耐烦了，用刀背拍打着他颈上暴起的青筋，王洪山骂不出声了，但怒睁着的双目还像铜铃。那狗把刀调转了一个方向，跟同伴们继续在女人裸体上玩着下流的把戏。吴雪儿悲怆地呼喊："老头，别顾我了，让我死吧……只是肚子里的儿……只恨我不是男人……"呼喊声不仅悲怆，还凄惨得很，绝没有半点对老头不能保护她的哀怨，但王洪山的心却被女人的呼喊声撕扯得粉碎。他愤怒的火随着无助在熄灭，老泪纵横，闭上眼睛，无力地问："你们要我怎样才……才放了她……"声音渐渐地低下去，睁开眼睛，寻找满屋子能帮助他的人，眼神几近哀求。没人理睬，只是在女人身上当着他的面重复着动作。奇耻大辱却又无能为力，他彻底崩溃了："畜生！求求你们了，放了她……你们到底要我干什么……"还是没人理睬，有人看着窗外。一个黑影闪晃了一下，传来咳嗽声。屋里的人停下手打开大门，一个算是斯文的男人进来了，屋里人听到咳嗽声马上停手，对着男子毕恭毕敬的样子看得出来这斯文的男人是他们的头头。屋里暖和，有人从他肩上接过披着的大衣，他搓了搓手环视着周围。走到女人跟前托着下巴、摸摸肚子，说："嘀，还怀着龙胎哪！"女人又是一阵凄楚的尖叫，仿佛肚里的孩子被捏着了嗓子。王洪山哀号："畜生，老子在这里，糟蹋女人算什么男人？"来人蹲下来了，说："哦，我倒没看，地下还躺着个男人。嘴还硬，我就不管他们了。"他抬头看着身后一班畜生，个个凶神恶煞，跃跃欲试地看着裸体的女人。王洪山不敢作声了，一副乞求的眼神望着来人。来人像评估待宰杀的猪或牛，拍打着从精神上被拿下的王洪山的腮帮说："我理解你现在的心情，心痛比断了胳膊痛多了，生不如死。但你不能死啊，这女人你本不该让她上床的，你不知道女人是祸水？她害了你，你也害了她，还破了她的家，现在她是有家难还，男人已告了官，说你拐骗有夫之妇，尽管她是情愿的，你两张嘴也说不清，不仅跟她困在一起，还怀了你的孩子。现在你俩是闹得无锡、徐家园酒坊都不得安宁。我知道你们是真心相爱，只有一条路了，靠我帮你，要吗？"被绑在柱子上的女人哀喊："老头，要啊，他们再糟蹋，孩子保不住了！"说着"唉啊唉啊"地哭叫，她扭动身子，咬着牙，歪着嘴，面颊纠皱得像核桃，疼痛得惨不忍睹，那样子像孙悟空在铁扇公主肚子里舞着棒头。"要、要、要，"王洪山一口一个"要"，他知道没有商量的余地，"先生，你帮帮我。"来人站起来，吩咐给女人松绑，让她穿上衣裳，说："你们带着她先走，我跟王先生谈谈。"王洪山问带她哪儿去？来人说："你别问了，你看得出来，我是个正人君子，三十来岁了，不近女色。看女人只当张画，绝不碰她。我能把这吴姓女人无锡老家的那些破烂事全给收拾清爽，她夫家的人一个不留；你给我办完事，带着她娘和徐顺也去江南，我用'机器快'送你们，给你一笔钱，到那里买几亩地，丈人、丈母帮你们带孩子，学范蠡、西施过隐居的生活，那是神仙过的日子哦。"王洪山看着他，心在战栗，他绝对不要学什么范蠡西施，他只是担心女人和孩子的安全。他说："你是谁？要我做什么？""徐康，名字你肯定熟悉，人你不认得的，你不是滩上人。"如当头一棒。他知道落在老虎嘴里了。"懊悔了？来得及。只是半个时辰我赶不去，那班畜生不是我，女人对他们来说是一摊血，他们是苍蝇。"王洪山老泪纵横，说："老天哪，我王洪山前世作了什么孽，你要我做什么……""带我们进西荡。"徐康回答王洪山，知道他明知故问。他吩咐手下把王洪山架下渡口，两只船在等候，王洪山像磨坊的牛被蒙上双眼，篙点、桨摇，船悄悄地带他走了，大概半个时辰工夫，船停下了，他被架进一个屋子，徐康只取下蒙着眼睛的布，没有松绑，他知道不放心他。徐康说："那女人母子能不能安全，在你身上。天快亮了，也就是委屈一天，今晚下荡，那女人随军舰同行，你带我们到了唐九大本营，立马送你二人离开女儿滩。"他看王洪山沉默不语，又吩咐一句说："人命关天哪，你是男子汉，得有担当。"这一天，是王洪山这辈子感到最长的日子。天空像被王贵撒上一层发馊的豆浆，白乎乎、灰茫茫的一片，枯黄的芦叶在浑浊的天空中飘浮，辰光僵持在那儿，难分出早晨和傍晚。王洪山像被蒙着双眼的牛，但是条要发疯的牛，他也曾呼号过，也曾哀求过，只要能见怀着他孩子女人，什么都愿做。可是他的呼号和哀求毫无用处，门外守着的两个彪形大汉如同庙里泥塑的"哼哈"。他哀号一声倒在地上，萎缩成一团，像泄气的皮球，但耳眼子还始终对着门外。也不知道什么时候了，王洪山听到开门的声音，仿佛像打了一针吗啡或点着了引信的爆竹，他从地上"噌"地蹿起来，他忘了自己的处境，发狂似的往外冲，当黑色的枪口抵着头才停下来："没有带我们到唐九的大本营，你还没有自由。"提着枪的是徐康。他又被蒙上眼睛，小船带到了一个地方，有人把他架起来向前走去，脚下摇摇晃晃，他知道又上了一只船。那时候是十月二十八的夜，面店的王洪、他的亲堂哥看见了他。王洪心如刀绞，弟啊，带鬼子去西荡的怎是你？老先生在天上看到是如何作想？他心痛包含着自责，扪心自问，平日对他的关心太少，他不知道，为把王洪山拉下水，徐康花了多少心血。

徐康押着王洪山上了舰，军舰在夜中向西北进发。没开大灯，低沉呜咽着行进，像黑夜的狼吼。王洪山说要见雪儿，要不然他是不会带路的。徐康一挥手，女人从身后的仓底出来了，两个女特务押着，穿着还算整齐，看样子没受糟蹋，只是头发蓬松，一脸害怕，显得惊恐不安，她哆哆嗦嗦地叫了一声"老头……"就凄凄惶惶地哭了起来，见王洪山向她奔去，慌忙摆着手又退后几步，说："千万别来！"身后的女人掀起她衣裳下摆，裤腰上插着两颗手榴弹。王洪山对着徐康大吼一声："姓徐的，你欺人太甚！有事冲我来，别专对女人做下作事，我操你祖宗八代！"徐康指着女人，说："你没得选择，船要进港了，我说话算数。"王洪山已红了眼，抓着徐康的衣领。女人一声尖叫，抱着肚子极度痛苦地倒在地上，是伤心还是受惊吓？惊动了胎中婴儿？这一声尖叫让王洪山放下手，他要去去不得，要救救不了，又一声哀号，抱着头蹲在地上。女人艰难地挪动着身子过来了，抱着王洪山哭着说："老头，你就听他们一回吧，带他们去西荡，徐科长说话算数的，夜里有个畜生跟我动手动脚的，被他看到砍掉了手。我听他在吩咐手下，叫送我们的船跟在后面，一到西荡就送我们走。"徐康不耐烦了，喝令把女人带下去时，船也行到了荡口。王洪山没选择了，女人进仓前又凄凄惶惶地回头看了他一眼。

王洪山蹲在船头甲板上，徐康拿着枪站在他身后。船顶着入港口，驾驶舱里的人迟疑了，眼前的口子比舰身宽不了多少，两边茂密的芦苇罩了半条河面。这样的河面深不了哪里去，船舰前昂后沉，进好进，搁了浅连头都不好调，里面埋伏一队兵，只有挨打的份。鬼子在驾驶舱里叽叽喳喳，翻译从舱窗口探出头来问徐康："喂，头，大尉说，别给这老头骗了！"徐康枪口在王洪山后脑勺轻点了一下，王洪山头不抬，也不说话。徐康朝后做了个手势，又是一声女人的尖叫。王洪山无力地朝眼前的口子挥挥手，头低垂着，恨不得藏在两腿间去。徐康一挥手，大副狠了狠心，船慢慢地朝里开去，他还不放心，用篙点了点水，大吃一惊，两丈来长的篙竿根本碰不到河床！他吩咐二副提升马力，舰一阵低吼向前冲了过去，舰尾搅起的浪花翻卷开来，两边的芦苇全给埋没在水里，庐山真面目出来了，两只舰并行也相安无事。船舰只航行了一支烟的工夫，眨眼间，芦苇不见了，宽敞的河面出现在舰前，港面像只葫芦，少说也有百顷水面，向四周望去，水天一色，远方树和芦苇掺杂，层次分明，树冠在灰蒙的夜空中沉睡，身下芦苇漆黑一团，像把这葫芦港编织了一道防风的篱笆，你看不出哪是岸，哪是水了，芦篱笆的倒影在水里摇曳。船舰沿影子转了一个圈，从漆黑一团的芦篱笆墙的倒影中显出了七八条有影淡光线的口子，向外伸去，宽窄不一，那应该是出港的出处，可是哪条通向唐九的大本营呢？徐康问王洪山，枪口硬抵着头，他就是不抬头。舰又转了一圈，他们连进来的口子也找不到了。驾驶舱里的鬼子先是惊呼，继而惊叹，徐康手心也捏了一把汗，后面跟上来三只舰，外面还有三只舰没进口子，只等他们信号弹的消息。他做了两手准备，预防王洪山半路上变卦。

王洪山将头埋在两腿间，已是心如死灰了。徐康收起了顶在他脑勺上的枪，轻拍着他的肩——不能再用硬的了，逼急了他要上梁山的："洪山哥，抬起头来，看看，往哪开？"王洪山像死了似的，一言不发。徐康向后招了招手，女人来了："老头……哥……"边叫边喘息，声音里充满悲伤，身子似乎笨重得很，只听叫唤，几步之遥，不见人来。王洪山听到了女人的声音，马上回过头来，女人捧着肚子，行动困难，费力地在舱口挪动。他顾不得了，猛地侧身向舱口爬去，拿出了当兵的本事，匍匐而行，两人手够着了，四目相看四行泪。女人瘫在男人怀里哭得凄凄切切："哥，老头，你快给他们指路啊，我们娘仨儿仨的生路你别自己挡了道。"王洪山长叹一声："罢了！罢了！"他手指着西南角的一个小河道，"我是女儿滩上第一个罪人！"

舱里的人出来了，前呼后拥，他不认识，领头的是鬼子中佐松尾。他皱着眉看着徐康，旁边的鬼子拿着指南针看着前方，唐九的大本营应在西北方向，这老头却叫往东南开。徐康看了倚在王洪山身上的女人一眼，女人用手勾着王洪山的颈，说："老头，对吗？那不是往南去啦？"王洪山把女人抱紧，点点头，不说话。徐康吩咐大副："开。"大同小异，进是口小，越开越宽，出了口子又进入了第二块港，这港不是"葫芦"了，像胃，顺着芦岸向前开了一袋烟的工夫就来到道口。道口两个，一宽一窄，相距一百来丈，宽的直插向西，窄的又斜向南。这时的女人不是病恹恹的了，坐在王洪山的大腿上，眼睁得大大的，看着两道口："老头，大的还是小的？""小的。"回答她的声音像闷在手心的苍蝇。舰朝小道口开去，女人自言自语："不可思议，不可思议。"开了一程，一个三岔口，女人问："老头，左还是右？""右。"徐康说："那是往回开了？"王洪山又不答话，女人勾着王洪山的颈撒娇。"右。"王洪山说，脸埋在女人的胸口，他连插在女人裤腰间的手榴弹不在了都没了感觉。拐过去了，又是一程，又是个三岔口，这次没等问就说："左，前面还是左。"头一直没抬，鬼子和徐康感叹万分，西荡的九湾十八汊全在王洪山脑子里。

王洪山迷迷糊糊，听到一阵清晰的浪涛声响，他彻底醒了，抬头睁开双眼，他的女人已不在胸前："雪儿，雪儿……"没有回答，船穿过了眼前的芦苇屏障，眼前又是一片大港，港的对岸亮着灯火。王洪山听到他熟悉的浪涛声，就知道把船舰带来了目的地。这眼前的港，这一路过来的湾，左多深，右多浅，道口到道口，用篙撑要上下舞动多少回就到，用橹摇挽几次桨，他闭着眼睛都知道。这水道是李家五虎、蒋家四龙带着他走过几趟，后来唐九又和他往来多少回才熟悉的，他本是旱鸭子，来到这里才会水。学的这一身本领是为了配合打鬼子的，没想到今天却带着鬼子来打唐九。只要出了这道口冲过去就是唐九的大本营，有脸和他见吗？他是痛心疾首，回不去了，他已听见舰上的鬼子在拉枪机，摇炮架，一场血战在即，倒在血泊中的是他女儿滩打鬼子的兄弟。王洪山一阵目眩，眼下只有一条道了，赶快带雪儿远走高飞。他刚想回头，一根冰冷的枪口顶上了腰间，扭头一看，是一个着日本军装的女人，挂大尉衔，好生面熟。他问："你是谁？要干什么？雪儿呢？"对方摘下军帽说："我就是啊，老头！在无锡长大的日本人，智由美子，中国名字吴雪儿。"如同五雷击顶，王洪山不知所措，接着浑身发冷，似乎那晚躺在雪地草垛上的是他不是她。王洪山知道自己中了女人计，回想起来，这一切都是徐康的计谋，日本人攻不破西荡，像苍蝇盯上了他这只有缝的蛋，怪不得别人。王洪山反而静下来了，比乘船逃离女儿滩心情好。他在口袋里掏烟，叼在嘴上也不点，看着对岸问吴雪："日本人不懂得羞耻的？"吴雪笑了，说："西施有丈夫在那里，还跟吴王睡了三年觉，她羞耻吗？"王洪山不说话了，他只知道西施是个美女，至于为帮她亡了国的皇帝报仇复国，给吴王做了三年妃子的故事他不懂，他看着对岸一群错落有致的简陋建筑，那就是唐九带领兄弟们为打鬼子卧薪尝胆的地方，而今天就为了这个女人将毁于一旦，他老泪纵横，悔之晚矣。站在他身后的吴雪儿有些害怕，她听到被她揉成了面团的汉子节骨在咯咯嘣嘣地作响，是悔、是恨，还是想引燃内火，将自己八尺身躯焚烧成灰？她极不自然地在后退。王洪山取下嘴上的烟，嵌在三个指头间碾动，他仍然看着对岸，问："徐康呢？""那是我们科长。"女人停止了移动的脚步说。"叫他出来吧，男人重许诺，他虽是你们的条狗，根还是女人滩的。给我弄条船吧，我已把你们带到这里，唐九就在对岸。"吴雪儿放松了警觉，转头朝里招呼了一声。徐康出来了，吴雪儿朝王洪山努努嘴，说："老头找你。"王洪山听到了两人靠近的脚步声。一阵风来，指头上的烟被碾得碎如尘灰，他揉成一个团向前弹去，一丈开外散开成雾，在河面上飘飘扬扬。他高喊一声说："唐九老弟啊老弟，我对不起你。是我引狼入室，没脸见你了，只是死也找个垫背的！"说着，一个旋风扫堂腿已过来了，女人两脚腾空，被狂风卷起，徐康扑地，像倒塌的朽木。这只是一瞬间的工夫，王洪山已转过身来，他残臂舞动着空空的袖子，像根美丽的绸带把女人的身段结实地卷起，另一只健全的手提起徐康向河心跃去。突如其来的变故，发生在驾驶舱前，鬼子们目瞪口呆，等反应过来赶出舱外时，只看见一团团气泡在水面向前移动。二副用竹竿试探着深浅，两丈长的篙点不到底。

松尾暴跳如雷，这一仗全靠徐康指点，他在西荡已用足了心思，这两个月来，除了荡里没来，周边都给徐康的狗爪子踏遍了，这一死，部队就变成了睁眼瞎。他回到舱里用电台向松尾报告，眼下箭已开弓已不好回头，北边两颗红色信号弹升空，水陆两路开始南北夹击。后面的三条船舰也开过来了，一字儿排开，冲出芦苇墙向对岸进发，炮响起来，炮弹准确无误地落在岸上屋顶。一阵轰炸，舰已开到河心，奇怪的是岸上毫无反击。松尾叫停。拿着望远镜看着对岸，按照道理炮击后应该有人在呼爹喊娘、四处逃命，可是现在却毫无动静，只有高挂在柱子上的"气死风"灯笼被余波震得在摇晃。莫非唐九的部队不驻扎在这里？他指挥着船舰向岸靠去。鬼子冲上岸，并不见一人，松尾带着鬼子来到还没被烧塌的议事厅门口，一条火龙在地面上游逛，火龙顺着吊在大厅顶上的油盘泼下的蜡油在速行。一郎感到不妙，下令撤到舰上，但为时已晚，一声巨响，高大的议事厅轰然倒塌，室内外的地雷被火龙引爆。埋在地下的火信子一直连到河沿，这边炸开了，那边又响起，上岸的鬼子被炸得鬼哭狼嚎，血肉飞溅。松尾当场被炸死，岸上一片火海。留在舰上的鬼子光看没办法，大炮机枪要打要扫没有对象。火顺着船坞木栈桥烧过来，一声轰响，栈桥下藏着几个油桶爆炸了，油带着火在港面上滚动蔓延，舰想调转身子也来不及，就开倒车，这条舰一个出口，挤在一块了，又是一阵轰响，撞上了水下的挂雷。两个时辰的工夫，来的八百多个鬼子和特工，活着的不多。风是西风，把河面上的带着燃烧的油直往东去，五只舰都往来的河道挤，中间的指挥舰反而调不过头来，它干脆往前开，绕开身边的船，胡乱地左拐，它发了疯地横冲直撞，却歪打正着，有一个连着大河道的口子就在西侧。

鬼子的意图早被中国军队掌握，虽然成了强弩之末，大势已去，但不甘愿，调集精锐部队来女儿滩消灭唐九。苏政委和唐九商量，本来想放进西荡来打，西荡上九湾十八汊，没人引路，走哪条道都只有挨打的份。没想到他们找到了引路的人。江政委和唐九调整战斗方案，干脆打开大门让鬼子进来，王洪山能带进荡，怎么打他不知道。他们连夜把妇幼病伤者全撤到荡西李三家去了，落个空巢给鬼子。唐九料定鬼子进来就是对着大厅一阵炮轰，所以炸药包和地雷埋在河沿栈桥附近，引爆的信子线连在一起，点火源头在大厅门口，房屋带着火球倒塌，点着了信子，到处炸起来了，烧起来了，港口出口处两侧又挂着水雷，舰进来时是有序的，一只只的开进来，碰不着那些家伙，逃命时慌了手脚，肯定挤在一起，只要撞上一只就会通通起爆，弦连在一起。但大意了，西边的口子没挂雷。

这边火光冲天，鬼哭狼嚎，苏政委和唐九带着一班人马就站在荡西高处，看得明明白白，政委叹息："只可惜让那条舰逃出去了。"唐九说："拐不过两道弯，有人去那儿等着哩。"苏政委"啊"了一声说："老唐啊，你不仅是骁将，还是个智星哩，你早料到会有漏网鱼？这是赶尽杀绝啊！"唐九指着已成一片焦土的大本营说："你看鬼子那炮轰的，是想让我活命吗？"

这时北荡枪炮声响起来了，唐九说："兄弟部队赶到了，松尾的参谋长正在打阻击啦。他们没想到从这里向他背后赶去的是我唐九，不是徐康。只是苦了老百姓，天亮后又得请他们挖埋鬼子尸首的坑。"苏政委说："看看去。"说着转身走了，回头一看，唐九没动，望着火势渐渐小了的大本营、泪流满面。苏建吩咐身后薛飞和任国泉陪他一会儿再离开。这西荡虽说荒凉，却给了唐九和他的兄弟们疗伤养息了八年。他对这里的一草一木都有着深厚的感情。如今为了抗日付之一炬，他怎不痛心？唐九沉浸在自己的思想和感受里，任国泉和薛飞没有惊动他，直到北边枪炮声越来越激烈才把他惊醒。他看看天，吩咐薛飞："该发消息了吧？"薛飞点点头，两颗绿色信号弹升上天空，像两根漂亮的雀翎。唐九和薛飞继续北上，那里松尾调来了，合围他们的部队；任国泉带着徐进和他的部队开着缴获的军舰悄悄向女儿滩巡回。

第四十章　东方晨曦

　　这次鬼子的扫荡计划很周详，假如没有村上泄密，唐九对王洪山的叛变绝不知情，西荡的结果可想而知。他们兵分三路，松尾本来应坐守滩上的据点，他却留下了田中大尉，亲自随徐康出发征伐唐九，他要亲眼看着唐九盘踞了八年的西荡王朝在他的狂轰滥炸下灰飞烟灭，然后带着得胜将士北上，配合守在荡北的参谋长浩本千夫，消灭想逃走的唐部残余，迎头痛击苏北来增援的中国部队。

　　站在炮楼上的田中，看到西荡方向上空两颗绿色信号弹升空，得手了！长舒了口气。他刚坐下不，河沿北端传来沉闷的军舰声。田中的思维全处在胜利的兴奋之中，没做他想，以为是凯旋的先遣部队，他做着庆贺的准备，命令留守的全部官兵到河沿迎接。部队正稀里哗啦沿着河沿列队时，回来的舰机器声突然吼叫起来，舰提为全速向这里冲过来，探照灯把河沿照得雪亮，把整装的田中和列队的士兵像舞台上的演员罩在光里。他们正用手挡着刺目的强烈光线时，枪响了，列队的鬼子像被收割的麦子，有序地向后倒下去。没死的鬼子被惊醒过来，晓得乘舰回来的不是自己人，正想着是抵抗还是逃命时，舰上部队已杀上岸来。站在楼顶上的田中这才看到，率先冲上岸的竟是他原来的手下、滩上的皇协军连长任国泉。他长叹一声，知道松尾进攻西荡一定失败了。他举起枪，倚着楼角，瞄准着这个曾让两任驻滩部队的长官信赖过的中国人射击了。

　　"闪开！"紧随任国泉冲上岸的徐进大喊一声，一把将他推开。徐进是个细心人，他看到领着列队的鬼子将官是打死徐宾的那个军曹。田中呢？所以他警惕着，一边冲一边抬头向炮楼上查望。他看到了，田中正对着任国泉举枪。他没来得及躲避，罪恶的子弹击中了他。他手下的兄弟愤怒了，向炮楼上冲去，冲到楼顶，田中剖腹自杀在上头。

　　任国泉悄悄返回西荡就是要打田中个麻痹大意、措手不及。他们开着缴获的军舰低速航行，一是拖延时间，二者不闹出大的动静让田中怀疑。田中听到军舰机器的沉闷声时，他们已到了王洪山那渡口，不到一里路时开足马力冲过来，田中绝没想到是敌人！战士们打扫着战场。部队并没有胜利后兴高采烈的样子。看着连长抱着牺牲了的徐进向楼顶走去，心里像堵着山。任国泉坐到田中等待胜利消息的那把椅子上，让徐进的头靠着肩，像抱着个小弟弟，让徐进的脸跟他一同朝向女儿滩。任国泉没有哭，他本来是个江湖人，笑随便，真笑、假笑、佯装、逗引，只要扯动嘴角都能看出各种笑的面孔，走江湖的人笑，你是辨不清笑的原因的；倒是哭不好装，像诸葛亮哭周瑜，陈寿点评也没说假哭。说他是"江湖人"，是说他没有一技之长，又不老老实实在家种田，习惯了专在外面"讨生活"养家糊口。江湖人也有好几类，一人吃饱、全家不饿的人好"混"，任国泉不是，他上有老下有小，"混"不得的。他要讨的生活能保证一家人"过"日子。为全家过日子，"过"和"混"是绝不同的两个概念，他圆滑，"圆滑"和"奸诈"也不一样，近不惑之年的人了，在哪里做事都能一面打墙、两面光。当皇协军纯粹也是为个饭碗，他知道给日本人当差就是汉奸，怎样办好银子多的差、又不做汉奸的事，他有这本事。他智商高，情商也不错，所以他被提拔得很快，只是三年的工夫，从班长当上排长，又当上连长。弟兄们信服他，东洋鬼子赏识他。他混得风生水起，但不知道为什么，混得心里绝不惬意，迷惘。自从薛飞和徐进来了，解了这个惆怅。他最佩服的是薛飞，文能执笔、武能端枪，有一身飞墙走壁的本事，还有一身义胆。任国泉提拔薛当连副，也是为自己的今后着想。薛飞是龙，他是条虫，只是早来了两年罢了，今后还得仰仗人家过日子。所以他尽管是连长，其实在自觉地顺着连副转。他像押宝，他庆幸自己押对了，薛飞办的都是正事，他代表着他的组织，在队伍里培植力量，他睁只眼、闭只眼，其实他都知道，但不干涉，这就是他的"圆滑"，因为薛飞办的所有事都是为了抗日。最后连他自己都被"培植"成"党羽"。

任国泉抱着徐进追忆着往事，有些手足情长、儿女情短了，第一次想哭出来，想哭时眼泪就滴下来了，滴在倚在胸前的徐进脸上。他轻轻地擦掉，又滴，再擦。后来他不擦了，他说："兄弟，女儿滩上不允许眼泪滴在死人身上的。我没把你当死人。"徐进是薛飞手下的一个虎将，指东打东，指西打西，三个人在皇协军里三年，情同手足，义同桃园结义，现在他却未雪国耻身先去，怎叫任国泉不伤心？当然共产党人不讲结义，但生死与共，感情像滩上的芦苇草，看似秆儿独立，其实泥土下的根子紧紧缠在一起。他把徐进悬垂的手臂托在胸前，说："兄弟，你这么不言不语，我怎向薛飞交代呢？"他根本没想到薛飞也把命给了别人。

滩上还是一片寂静，东方布着晨曦，楼下的河面泛亮，滩上因鬼子发动战事早已停市，连对河的铁匠铺子因昨天徐康带人去搜查也关门熄火。只有住在桥下的费拖拖儿天不怕、地不怕，牵着邢家磨坊的几条牛去吃草。他去的方向，就是刘林的宅地。人被打死了，房架子被烧了，可是草长得特旺。最茂盛的地方是四姨太青霞投河的滩口。没人敢去的，说闹鬼，也有人说不是鬼，是狐狸精，青霞借狐狸还魂，她眷恋这地方。各说各的想法，有人咒骂她是个狐狸精，说她害死了刘林；有人说她没有错，她只是想跟着刘林回滩过平常人的日子。更神乎地说，有人看见她跟刘林在场地上手搀着手数着屋面上的椽子和梁。青霞要小解，但茅厕也跟着被烧了，她向投河的豁口走去，刘林拿着偷回来的枪在给她望风。说得越发神乎事情就成真的了，那地方没人敢去了，本来离滩中心最近的风水宝地就成了死角。草，年复一年地长，自生自灭，长得疯狂。拖拖儿不怕，他的胆子本来不大，就是寡妇女人一句话胆子大了。连着磨了两天磨，总算给顾翻译交了差。他确实吃力，就回桥下睡觉——磨坊那里他是不肯睡的。是不敢，不是不肯，娘儿俩都用一种奇怪的眼神看着他。走出门外，寡妇女人说了句心疼的话："明天别来牵牛吃草了，别以为年轻，拖垮了身子。"他本来不想来的，因为他知道自己就是一头猪，吃饱喝足，躺下打雷都不醒。寡妇一说，他才知道第二天要放牛。他说："怎能不来？开磨坊，畜生是祖宗。你不说我也来，你挡不住的。"寡妇眼睛红了，他更来了劲。回到桥下他不敢躺了，怕睡过了头。但习惯是挡不住瞌睡虫的，幸好鬼子帮了他的忙，六条坐满了鬼子的船舰从他眼前过，"突突突……突突突……"黑烟顺着出烟的排气管对着他的脸打，他来了精神，没困意了，数着船，数着人，忽然他看到王洪山站在船头，徐康站在他身后。拖拖儿以为看错了，抹了抹眼睛再看，是他。他起了疑心，王洪山怎的帮起徐康来了？他怎变成坏人了？是桂娘叫他这样的吗？"这是个情况，得告诉王洪叔。"他叫王洪"叔"，其实谁都不懂他父亲比王洪大还是小，谁都没有看见过他父亲，他就像滩角落里的根芦苇，等别人发现了，他也能走能跑，从哪来的，芽娘在何方谁都不知道。他叫王洪"叔"，是有着自己的鬼心思哩，这样就跟桂娘同辈分又缩小了年纪。

鬼子军舰开走了，他准备上岸，头顶上的桥上又过起了鬼子的大部队。徐进叫他留心鬼子的行动，"行动"就是"情报"，一有情报就给他们送去。徐进没说"他们"是谁，但他知道，就是滩上有班打鬼子的人。也有给打鬼子的人收情报、送情报的。这班人都是有头面的人物。大人物不说，像新四军的政委，西荡的唐司令。只谈对他好的，薛飞、徐进、任国泉、顾三禾、王洪、桂娘，还有老铁匠。徐进叫他收情报、送情报，他不也就成了滩上有头面的人了？一想到这里他高兴起来，有头面的人就受尊重。他一个人混到了二十四岁，不是不想女人，是女人看不上眼，房无一间，地无一垄，他自卑。所以他不敢去磨坊，那寡妇娘儿俩巴结他，不是他是个人物，是没人伺候拉磨的牛。他好懊悔，怎才知道自己早已是个上了台面的人物？徐进没找卖鱼的马友林，没找剪头的赵二，裁衣店门都没进过，更别说找杀猪的荣青候了。头顶上的脚步声、马蹄响没有了，他想上面店给王洪叔送"情报"，一直腰，"咚"的一下撞了头顶，那个疼啊，拖拖儿直龇牙咧嘴，桥底就这么高，棚子没顶，顺着桥底搭的，他忘了。从前无论进棚出棚，他都是弓着腰，今天心急了点。他正揉搓着头顶的时候，对面铁匠铺子河下划来一只船，面店前的水阶上同时传来脚步声。他又缩进去，看看是什么人再说。人上了船，船朝桥底下划过来了，有人在轻轻地喊："费老弟，费老弟……"是女人的声音，桂娘！他"嗳"地回应着，从棚子里出来了，好了疮疤忘了痛，一高兴又撞了头。拖拖儿顾不得疼痛出来了，才看到船上不仅是桂娘，还有她父亲王洪，桂娘的干儿子村上、那鬼子的机要军官，撑船的是桂娘的男人、他姐夫小木匠李三，顾翻译坐在船尾。照道理说，他和翻译是最好了，可是经过昨天的事，他有着说不出来的滋味，徐康来查人，他竟左手抱着磨坊的女儿，还让寡妇咬他的舌头。有这么做事的吗？把我当什么了？滩上不是说了嘛，能穿朋友衣，不困朋友妻。虽说眼前什么都不是，做朋友，你该晓得我怎么想的？王贵揪着我的耳朵去磨坊做什么？就是给牛上套？翻译在给他摇手打招呼，他"哼"的一声，正眼都不看他，问桂娘说："姐，你们去哪？"桂娘说："去荡西家，鬼子打西荡去了，女人、孩子，还有伤病员都转在那里。我要回去照应。""我也去！"拖拖儿就要上船。"你别去，这里也要打仗了，鬼子就要完蛋，你留在这里帮联络，有情报就告诉铁匠伯伯。听话。"拖拖儿好像不太愿意，顾翻译说："你走了，磨坊里的牛明天谁牵出去吃草？"说话的语气和神情很狡黠。亏了翻译的提醒，他这才想起了跟寡妇说的话，他恋恋不舍地给小木匠挥了挥手，船走了。

　　他进了棚子，想躺也躺不下来。北边来了军舰，跟滩上新来的鬼子打起来了，军舰本来是鬼子的，从舰上冲上岸的却是新四军和抗纵的人，喊"杀"声最响的是徐进。后来听不到他的声音了，以为徐进带着队伍冲进了军营。要是晓得徐进挨鬼子打死了，他肯定不顾子弹的可怕，一定把他背回来的。他听到的是徐进最后一声"让开！"

　　炮楼前后没有声音了，滩上到处充斥着硝烟和血腥气味，任国泉在安排人构筑工事，反正都是自己人，不见能动的鬼子。他知道"胜利"了，胜利是"赢"的意思，不是"惬意"，是桂娘说的"鬼子完蛋"。他是负责送情报的人，没叫他参加构筑工事。天已大亮，他慌慌张张往磨坊奔，到了铁匠铺子门口，还雄赳赳气昂昂，到了磨坊门口头就闷了下来，心忐忑不安，他不怕娘儿俩的人，是怕那两双眼睛，烧他的骨头。他鼓着勇气抬手想敲门，缩回来了，怕娘儿俩没起床，要是慌慌张张地起来开门，没穿好理好，露这露那的，怎弄？他想推着试试？万一起床了，或知道他要来，留着门儿。他又畏畏缩缩，不敢，万一娘儿俩以为是坏人进去了，大喊大叫起来，他怎弄？正进退两难时候，门却轻轻地开了，是"娘"。"来啦？""来了。"他一进门就往牛栏跑，寡妇去拉手，他像被火灼了似的挣脱掉。拖拖儿把牛牵出来了，寡妇女人手上拿着四五个脆饼，边往他口袋里塞，边嗔斥着他说："叫你吃口早饭，我娘儿俩没人咬你的。"拖拖儿动都不动，两手盘着绕在腕上的牛绳头子。女人说："去吧，鬼子要完蛋了，能过上安稳日子了，别去北边那个鬼地方，早点回家。""嗳！"他从来没有这样高兴过，"回家"？！本来他准备牵着牛往南走的，南沟坎也有牛吃的草，女人说"别去北边那个鬼地方"，他偏偏去，要进这个家门，孤女寡母的，不显出点胆魄来还算男人吗？他牵着牛沿着滩往北走去，寡妇说的"鬼地方"就是刘林被烧了的那闹鬼、闹狐狸精的老宅地，草茂盛得很哩。他哼哼唱唱：

> 一条公牛两只角，
> 弯弯曲曲尖朝上。
> 两条母牛四只角，
> 尖尖儿躲在额头上。
> 三条老牛……

他唱不下去了，他唱的歌是自编的，三条老牛他知道应该是六只角，但他一直想锯掉剜他裤裆的那条公牛的一只角。今天说明天锯，明天说后天锯，只是还没锯，明天一定锯，不锯不是人！他夜里摸着大腿根被牛角剜的大疤痕恨恨地赌咒发誓说。

牛在前面走，他扭头往对河炮楼望去，看见了端坐在椅子上的任国泉，还有倚靠在他身上的徐进。拖拖儿以为兄弟俩在观滩景哩。他对着二人挥挥手说："鬼子沉了的军舰还在冒烟，你们还有这个雅兴？"说着兴冲冲地赶着牛走了。

牛一进刘林的宅地，由不得他了，挣脱了抓在拖拖儿手上的缰绳奋蹄冲进草地，尽拣嫩头吃，饱了还对绞着角，"哞哞"叫声此起彼伏，与荡北和滩南鏖战气氛极不协调。拖拖儿看着牛悠然自得地吃草，踱步，他早忘了这是闹鬼的地方，也忘了这里在打仗。他朝天躺下，柔和的太阳光当头照着，身上暖融融的，他想着磨坊女人的那句话："早点回家……"直到滩上像炸雷似的一声轰响，和伴着轰响发出的排山倒海的欢腾声、他才从好梦中醒过来，他看着天，太阳已渐歪西，想翻身时，身上盖着香扑扑的棉衣，侧头一看，一个女人坐在身边，是磨坊里的寡妇。红扑扑的脸，粉光油亮的头发，那双灼人的眼睛换了，诱人，温情脉脉，羞羞答答，眼神仿佛是个成熟的少女。拖拖儿本能地想挪开身子，女人的眼神却变了，显得比他还要自卑，还难过得要哭……她挣扎着想起来走开，低着头说了几句话"弟，我不是不要脸的女人，我真心地欢喜你，想嫁给你，我不光要你撑起磨坊，也想给女儿，给我，给你有个完整的家，嫌我给人困过？嫌我生过巧巧……嫌我……"本来的哭被理智关着，憋着，几个"嫌我……"打开了闸门，她真哭了，咬破了嘴唇在哭，边哭边挣扎着要起来，可是那双小巧的脚却撑不住痛苦万分，还没显得发福的身子。撑起，倒下，再撑起，又倒下。今天她没抹嘴唇，但却比抹小了的好看；头发挣脱开挽着的发网，凌乱了，在风中散开，像一片飘然的云彩；她的纤手撑着要着地的身子，弯曲的指头、柔软的细腰都要折断。真是万种风情更与何人说，又是千分悲哀，铁石心肠的人见了也会落泪。拖拖儿一个驴打滚把她抱在胸前，女人一声"我的亲……"泪洗粉揉成的腮帮，两只粉拳像敲鼓似的在他身上敲打，两人浸泡在幸福中，居然没听到炮楼被炸塌了的轰隆声。

滩上乡亲正欢天喜地地庆祝鬼子被消灭时，滩北传来低沉的汽笛声，让人压抑，人们不知道出了什么事情，顿时静了下来，纷纷走上桥头，唐九的十几条船从窑口开了过来，行得很慢，两岸的步骑伴着船队缓缓而走。人们看到船舰前的甲板上盖着一块块白布。船近了，船头上正襟危坐着一个大汉，面对前方，紫黑色面孔，豹眼钢须，一脸肃穆，他抱着一个男子，身子偎在他胸前，似在小憩。崔玲姑娘带着两女儿，一身白缟，跪在唐九面前。船到桥下才看分清，唐九抱着的是崔姑娘的丈夫薛飞。船缓缓穿过桥下，乡亲们看着唐九的项背已弓，强撑着的身子其实已佝偻。两岸的几千乡亲没想到"鬼子完蛋了"，他们等待的英雄是这样归来，十里长滩除了呜咽，鸦雀无声。

薛飞是为挡飞向唐九的子弹牺牲的。他和徐进这对兄弟何等相似！埋伏在荡北的鬼子看到西荡火光冲天以为王洪山带着徐康偷袭唐九得手了，欣喜若狂，正准备向南包抄时，唐九带着人堵住了他们的路，埋伏在鬼子后面的新四军又发动了进攻，鬼子成了"饺子"。

率先冲入敌阵的是唐九，近六尺高的魁梧汉子挥舞着砍刀在弥漫硝烟中左劈右砍，在鬼子面前腾跃蹦转，如压过来的山。紧随其后的是薛飞，肩负两职，一是杀鬼子，二是保护唐九，这是组织上交给他的任务。到目前为止，唐九还没有加入共产党组织，薛飞策反了滩上的皇协军后，服从组织安排，带着队伍参加了唐九的

"黄海抗日纵队"。唐九任命他当副司令，他婉言谢绝，说就当个卫队长吧，顶多讨个不带长的参谋当当，算个大哥身旁听差的。两人前后相交六年，却成莫逆，薛飞原先是从江湖上过来的人，拳脚功夫好，又有胆略，还识大体、重义，这样的人走哪儿都受尊敬，何况唐九？唐九少不得他了，在西荡队伍里没人不尊重薛飞的。

薛飞不离唐九身边，一身武功派上了用场，眼观六路，耳听八方，砍杀中灵活如猿。当他看到唐九杀红了眼，老是暴露身体的险处时紧张起来，边迎敌，边堵险，擦过身旁时还不时地提醒他。没用了，唐九已杀红了眼，脸上、身上溅满了鬼子的血，全神贯注在刀尖上，忘了自己是三军统帅，根本听不进薛飞的话。

渐渐地，战场上喊"杀"声小了，没了，连惊恐和尖叫都看不见、听不到，只有兵器撞击的金属声和枪托打烂头盖和脚骨的闷响。灵活跃动的人不多，只要还是站着的人，攻击行为都显得迟钝。唐九的最后一刀是砍在鬼子参谋长浩本千夫的右肩胛骨上，往回抽时很困难，卷了口的刀刃嵌着骨头，战场上敌对的两个统帅就这么对峙着不动，浩本左手满握着砍在肩上的刀，掌心的血顺着刀向唐九流来，染红了刀柄和唐九的虎口。这柄刀跟随了唐九已经二十二年，是把他抓走的海匪奖励给他的。海上的三年，他听话，乖巧，聪明，老海匪无后，收他为螟蛉，并把随身象征绝对权力和不可一世的武士道精神的大砍刀给了他。老海匪没想到螟蛉是知己知彼，没能力杀他，在忍辱负重，就像从黄海又来到女儿滩一样，不是逃避，是龙潜渊底待潮汐。当羽毛丰满，就是用老海匪的这把砍刀杀死了老海匪。他看着被砍倒不知已多少的鬼子，心想其中一定有老海匪的后人，一个无法挽救的民族，承传了对邻国侵略、霸道、奸淫妇女、杀人放火的嗜好，不可救药的劣根只有被付出血的偿还后才会醒悟。大砍刀柄是用核桃木精心雕制的，手握处是张开口的狼嘴里的舌头，坚硬的狼牙先张着，手握着舌头后就围着手腕合上，这样独具匠心的设计可谓用心良苦，既保护了手腕，又时刻提醒持刀者，上了战场，就是狼的战斗，存妇人之心就会被狼吃。

两人这样相持着，血从浩本满握着刀身的左手五指间流淌出来，一半滴在哀吟着的芦苇上，一半顺着刀身流向刀柄，血洇进雕刻品每一条细小纹路里，在没有月色的黑暗里，龇牙咧嘴的狼头泛着让人恐怖的亮光。"你是条汉子，投降吧。"僵持间，唐九读懂了对方眼神中不愿服输的书写，有些惺惺相惜地劝说。浩本摇摇头："你们中国有句古语，只有断头的将军，没有投降的将军，要么被你杀死，要么剖腹自尽。"唐九握刀的手一推，一扯，大吼一声说："成全你！畜生！"浩本的五个指头像被切的胡萝卜散落在地上，随着一声"咯嘎"响，手臂像悬垂的木棍。他没叫一声，目放绿光，咬牙切齿，像狼似的跳起来，像狼似的向唐九扑去。已转到这边来的薛飞将唐九推向一边，凌空一个鹞子翻身，双脚踢在他膝盖上，浩本腾起的身体变成与地面水平的门板，卧在地上，薛飞从他后心补上一刺刀。浩本还挣扎着翻过身来，看着给他致命一击的人是谁。薛飞已去，浩本死不瞑目，唐九蹲下，张掌合上他的双眼，轻轻地说："那是我的兄弟，叫薛飞。你懂一点中国古语，就自以为是，'良臣择主而事'你懂吗？你是勇士，但死得冤枉，你是在给魔鬼主子当兵，来人家家园明火执仗！死，没人把你当着英雄。"

战斗接近尾声，战场上呼声响彻云霄。唐九的一个兄弟冲到东滩最高处，面朝硝烟弥漫的战场，背靠密不透风的一排古柳，他挥舞着"黄海抗日纵队"大旗。绣着金龙的菊黄色的大旗，已被硝烟熏成褐灰，百孔千疮，像被雷击电烧、狂风撕绞不散的一团乌云，那条金龙依然在，虽然伤痕累累，但仍然威风凛凛。爪子、胡须，像乌云中一道道闪电。

旗下有一班女人，她们是自发组织起来的妇女救护队，王桂娘是队长，也不是队长，谁也没封她。有时候"领袖"还真不是要谁封的，那种人走到哪里，身后总有人未呼即应地跟紧。大旗下是一块向阳的斜坡，柳丛又挡着风，牺牲的战士被民工们抬在坡上，女人们小心翼翼地给他们擦掉身上的血、尽量包扎好伤口。庄重而又温和的神色，她们没把他们当成没了呼吸的人。正是秋冬相交的季节，天尚寒冷，男人们扛来门，女人们在门板上铺上絮，轻轻抱起放上去，缓缓地盖上被，仿佛怕把沉睡中的战士们惊醒。

唐九拖着疲倦的脚步走到桂娘身边。他默默无语地为桂娘打着下手，给牺牲了的兄弟整理着装，扣上风纪扣。他在哭，但没有出声。只有桂娘知道，硕大滚烫的眼泪滚落在她手背上。"你不能这样，他们在天之灵会伤心的，跟你出来就避不开不归路，无论是谁。只是他们愿意啊，愿意，因为只要能让兄弟姐妹还有后人好好地活，就得有人死。死得其所，死得光荣。你看看他们，九哥，面容安详，他们愿意。"桂娘没有哭，她像送要相亲去的长兄、小弟那样，纹丝不乱地给烈士们擦脸、洗手，换着鞋袜。桂娘说这句话的时候眼角闪过一道光，是悲伤和无奈，但因为有着自豪感，又能毅然决然地放下的光。她第一个丈夫走了就没回来，也是去打鬼子，两人分别的时候都知道结果。唐九"嗯"一声别过脸，用刀当拐，像生了一场大病似的，拄着沉重的躯干朝西边的高坡走去，薛飞紧随身后。天色微亮，场顶上的那排柳饱受了一夜炮火的摧残、残肢断臂，体无完肤。本来是滩上护堤的一道风景，经受过上百年的风吹雨打，本挺精神的，今天却在即将启开的夜幕中黯然失色，萎垂着头。薛飞扶着唐九走到坡的顶端，两人气喘吁吁。薛飞找了一块干净的地方让他坐下。天已是清晨，东方开始布着晨曦，天地相接的地方出现了一抹霞光，先是灰暗，后成淡色，接着淡淡的粉红，并开始从地平线向上涌动。一阵风过，唐九打了个冷战，桂娘给他绣着金龙的黑色披风抖落在地上浑然不知，他沉浸在悲痛中不能自拔。这一仗打完，不会再回西荡了，到荡西休整数天，他将带着部队打回海边老家去。鬼子像临死的兔子要骚动三脚一样，不甘心已去的大势，还在挣扎，他们又在海上布局。新四军希望唐九趁鬼子脚跟未稳，他带着队伍去海口老家打乱鬼子的布局，他爽快地答应了，只要是保家卫国的事他都愿意。只是没想到这么多兄弟没熬过这一仗就长眠在这里。胜利在望了，为什么……为什么呢？他望着默默无语地在为牺牲了的战士忙着后事的桂娘，忍不住潸潸泪下。他敬她，这女人有着男人比不上的胸襟和思想，可以称得上伟大，伟大之处在于对死和生看得透彻，特别是对于亲人的死。死不同于生，可以选择，只要死得其所，死得伟大，值得，这女人认为随时都行。在日本鬼子开始点燃侵略中国的第一把火时，她支持王浩走上抗战路，她知道那是条不归路，"风萧萧兮，易水寒，壮士一去兮不复还"，她没有阻挡，更别说像一般女人那样哭哭啼啼。人非草木，孰能无情？选择了失去亲人是悲痛的事，她没有阻挡是因为丈夫的选择没人阻拦得住，又因为是对的。面对侵略者，为了别人和家人活，就得有人以死相抗，她"平静"地承受着内心涌动的悲怆，不只是默默无语地为王浩准备行装，还为恩重如山的王家和选择了不归的男人留后献出身体，壮士启程之夜，她用伟大的爱为之送行。

面对着躺下的兄弟，唐九却不能像桂娘那样平静，总纠心于为什么死的是他们而不是自己？该谁死、谁不死，两个中必须死一个时，没人选择生，这就是兄弟，过命的兄弟。他望着躺着不动的过命兄弟，没办法控制住一腔悲情，他大吼一声"啊！苍天啊苍天，不灭倭寇、我誓不生还！"这一声"力拔山兮气盖世"的吼，回荡在百里芦荡上空。唐九捡起披风披在身上站起来，直挺腰杆，古铜色的脸庞被朝霞映得油亮，他手握着插在脚下泥土里的大砍刀柄纹丝不动，身后三尺来高的排柳墙衬托着，像一座竖起的铁塔。

崔玲姑娘的两个女儿从坡下跑来，孩子寻找父亲。跟鬼子触目惊心的厮杀，孩子在娘的卵翼下看到了司令伯伯和父亲的威勇，她们从害怕转变为没有什么惧怕了，伯伯和父亲是天底下最了不起的英雄。两孩子一路冲来喊着："伯伯！父亲！"娘在后面跑得跟跟跄跄，她是个小脚。唐九应答着，推开砍刀，张开双臂，像展翅的鹰等孩子扑过来。这时候他理解了桂娘的淡定，无法避免的"死"，换来的就是像这两个小孩子的无忧地开怀。

唐九掩着内心的悲伤拥抱着两个孩子，不懂事的孩子黏着伯伯，蹭着，亲着，像刚从惊吓中窜出来的猫。唐九不想把内心的痛苦感染给她们，一时里也忘情地跟她们嬉闹。他没关注危险将从身后袭来。薛飞全神贯注着黑黢黢的灌木林，虽然风平浪静，他不敢放松半点警惕，冥冥中他总有着一种不安的感觉，几次推着唐九下坡，可是他就不走，说想一个人静静。薛飞没再催促，天已在亮，丛林已渐渐地轮廓分清。他不敢大意，孩子们的叫声他听见了，他背向唐九又推了一把，说："下去吧，大哥，别让孩子疯，弟兄们在等你。"唐九只顾逗孩子，没应他的话，他要是知道这是薛飞留在世上的最后一句话，不会当老猫，一定是只鹰，抱着两个孩子飞下坡去的。

"唏……沙……"薛飞听到哪里传出了细弱的声音，大脑里"哗"地一激灵，周身像通了电。他侧着耳朵细听，又没了，是风吹动了树梢？是被炮火吓得钻进洞里的鼠、獾出来寻食？还是本来就是个错觉？他掏出了枪。妻子玲姑娘已奔上来了，拉扯着孩子，叫别纠伯伯。就这瞬间的工夫，丛林里蹿出个对着唐九开枪的鬼子，子弹向唐九背心飞来时，飞扑过来的薛飞也扣动了扳机，一梭子子弹打炸了鬼子的头，而他的胸膛也截留下本应属于唐九的那颗子弹。在生和死面前像徐进那样，义无反顾地选择了后者。

第四十一章　英雄长眠

军舰缓缓地停靠在滩前，唐九抱着薛飞遗体沉重走上跳板，承载过上万次走动的跳板还顽强地保留着韧性，但唐九走过却没有晃荡，每一步走得都艰难，但步子迈得很稳，仿佛怕惊醒了薛飞。环绕陵墓的苍翠松柏散发着浓郁的香味，他看着"沉睡"中的弟兄悲伤地摇头、心在滴血。仰首对着苍天，暗暗一声长叹："老天，你不公平！为什么早早地收走我的兄弟？他不聪明啊老天！竟选择替我先走，你为什么不阻拦？我要你老天做什么？"两丈来长的跳板，唐九足足用了一袋烟的工夫才走完，他知道登上墓地就是永别了。就这么磨磨蹭蹭地向前走去，总算登上埋葬着鬼子尸体的水墓，这是上岸的必经之路。人们把对侵略者的憎恨，用脚踩着他们的坟头来发泄，同时也想用这种方式告诫后代，无论什么时候都不能忘记国耻家恨。水墓顶端留着一丈见方的平台，专供蹬岸人歇脚的。唐九在平台上缓缓地转动身躯，带着薛飞看女儿滩最后一眼，头顶上碧空如洗，群雁盘飞不肯入巢；西天晚霞似锦，一阵阵流云从霞前飞过；半轮落日虽疲惫不堪，但还是强挣着捧出最后的余晖留在大地上；河面上有絮在飘扬，牵手慢慢升起的秋霭，盘旋成团、腾绕成圈，低沉在河面；几声蝈蝈啾啾，似乎给不同物种的邻居报着平安，先出来的是被炮火吓得钻进芦苇里的一对对水鸭，看着已开始熟悉了的庞然大物军舰，不哼，不吼，静静地停在岸下，还换了善解它们的主人，它们放开了胆游到河心，然后开始互相追逐。唐九紧抱着薛飞看着，看着，如痴如醉，醒悟过来，越发心酸，迟迟不肯蹬岸。

苏政委和崔玲姑娘娘儿仨跟着唐九登上水墓外，其余人都停留在舰的甲板上，他们静守着其他战友的尸体。苏政委劝说着唐九："太阳就要落山了，让飞弟入土为安吧。"唐九转过身来仰望着陵墓，像一尊石雕。苏政委没办法了，只有向桂娘求援。桂娘站在舰头在向南远眺，李三扶着她站在身旁，知妻莫若夫，王浩就是眼前的这摊水捎走的，但回来时只捎回遗物，青山处处埋忠骨，何须马革裹尸还？王浩留在远方。今天好多打鬼子的兄弟就要在这里安家了，他们好多都来自天南海北。他还有她，终于更理解王浩为什么叫战友把他的尸体葬在黄浦江畔。

薛飞为救唐九牺牲了，徐进为救任国泉牺牲了，桂娘知道唐九的悲恸已撼倒了一个男人的山，徐进和薛飞就像是他的左臂右膀。关张被害，刘备不就是只要报仇、不顾江山？她没有上去劝说，让他哭吧，最好是放声大哭，可是唐九没有哭，只有桂娘知道他心胸里早已翻江倒海。桂娘吩咐李三，跟兄弟们将烈士遗体抬起来，她率先走上跳板，登上水台来到唐九跟前，把薛飞垂悬的手挽置在唐九胸前，回过头来对崔玲姑娘娘一字一句地说："妹子，带着孩子前面走，让她们的父亲，还有跟在后面的兄弟——回——家。"

这一夜，整个滩人都没入夜。家家户户檐下、河下悬挂着白烛灯笼。街上脚步不断，说话时只轻言低语，仿佛怕惊扰疲倦极了、入土沉睡新来的邻居。四更天光景，天亮前的静，陵园里星星点点的纸烛又燃起，黄纸片片，有的带着火焰在墓群中围坟头飘扬，淡淡的火光照映着围着坟前打坐的男女们的脸，有的女人膝前还抱着喂奶的孩子，他（她）们不一定有亲人埋在这里，任谁劝说都没人肯离去。偶尔也有声声控制不住的悲泣。

滩上处处肃杀气，王家面店在蒸肉包。没有言语，都埋着头。原本想庆祝一番的，现在没人吃得下去。费拖拖拎着包子送给谁都不接。他面对着啼啼哭哭、悲悲切切、不吃不喝的人们，不能理解，亡者亡了，永远活不过来，活着的人还要活下去，要活就要吃，为什么热腾腾的包子到了嘴边不咬一口？他认为没道理，也对不起亡灵，天上有知，亡者会难过的。他不厌其烦，你不吃，就放在你手中，过一会儿看看，凉了，他又收回去，调换个热的，他像没思维的木偶，机械地轮番着折腾，折腾得包子露了馅儿，他就吃掉，不能浪费。上千人的，就数他心情好，因为邢姐——他不叫磨坊女老板叫"寡妇"了，改了"邢姐"，邢姐说要做他的奶奶了，本是"喜从天降"的事，万没想到一仗打下来却"牺牲"了这么多人，"祸从地生"。他不知道打鬼子的人死了用"牺牲"这个词儿或叫"烈士"的意思，肯定是句好话，要是知道自己哪天死，他就死在打鬼子的时候。叫邢姐告诉别人，他是"牺牲"的"烈士"，绝不允许提半个"死"字。

看着牺牲的人他也难过，像徐进，那是一等一看得起他费拖拖的哥，全滩没几个喊他费拖拖不带"儿"的，徐进在其中。名字后带上个"儿"，像老鼠拖笤帚，充大尾巴狗。听脆饼店老板娘徐碧说，带"儿"字的叫法是有身份的京城人，女儿滩怎么也叫起来了？其实她误会了，只有叫他的时候才带"儿"字，以前他十分生气，连刚学会说话的孩子也这么叫，你不搭理也没用，笑他说"拖拖儿生气了"！他也不搭腔，但心里在报复："我是像你祖宗的儿！"人家也没听见，但他自己颇为得意，祖宗就长了辈分。后来发现舆论上没多大效果，就改"以其人之道还治其人之身"，给人家名字也加"儿"字，结果自己叫起来也感到拗口，结果不了之。如今叫的名字不带"儿"字，还称兄道弟的"进哥"也牺牲了，不知道为什么，他心里酸酸的，但并不像其他人那么哭得死去活来，他冲上炮楼去，把他从任国泉手中抱过来，换衣，装殓都是他弄的——这是他的职业，他在滩上就做这个事，他胆大。他给徐进装殓，跟他说话，他根本没把他的"进哥"当"牺牲"人。现在还是这样，他在静默中的人群中穿梭，倒腾着冷热包子，他希望大家像他那样好好地活着，他无法忍受压得他喘不过气来的气氛，像被沉重的锅盖焖在锅里的蟹。他看出走路摇摇晃晃的桂娘，赶紧拿只最暖的包子送过去，说："姐，你带头吃，人是铁，饭是钢，一顿不吃摇摇晃晃，吃个吧。"桂娘感激地看了他一眼说："拖儿弟，先焐着，等会儿吃。"又离开了。姐跟他一样，不爱哭的人，今天眼圈儿红的不像，"拖儿弟"的叫法是头一回，太爱听了，太受用了，他受了感染，也想哭。

月挂滩头，冷风凄凄，他看着桂娘蹲到崔玲姑娘跟前说话，两个孩子在给火盆里添着黄纸，有用没用不知道，知道那在火中燃烧、在风中飘扬的片片黄纸寄托着母女或唐九对亡者的思念，悲伤时，哀思还没有其他什么方法代替。玲姑娘拿着薛飞生前的衣裳就着火光补着袖口。桂娘挺不住了，一阵眩晕，忙往回走。拖拖儿慌忙放下竹篮去扶他的姐，桂娘搭着他的手挨到门口，扶着门槛走不动了，每个死难的将士的不愿闭合的眼睛都是她轻轻掩上的，每一双没抿合的眼神都不一样，虽然都是折射着对鬼子的仇恨，但仇恨的背后，掩盖不住对生的眷恋，对家的挂牵。死者长眠了，生者如崔玲妹子，全念着长眠人、心如死灰。桂娘触景生情，一腹心酸倒出来了，眼泪像决了堤的水。王洪把女儿搀进屋子，说："姑娘，哭吧，哭吧，你带个头，哭出来比闷在心里好。"他拿出了久不拉的胡弦，拉的是《新婚别》的曲子，杜甫的。好凄凉：

……

暮婚晨告别，无乃太匆忙。

君行虽不远，守边赴河阳。

妾身未分明，何以拜姑嫜？

……

君今往死地，沉痛迫中肠。

誓欲随君去，形势反苍黄。

……

仰视百鸟飞，大小必双翔。

人事多错迕，与君永相望。

弦音随着云绕雾缭的蒸气从窗口向滩上飘去，起音用的内弦，上位，弓缓缓而行，指压放着颤音，低沉、悲怆，如涌动的乌云。河西有人伴着胡弦在唱，但唱的不是这词儿，一听声音就知道是徐碧，多事之秋，无论王洪的二胡还是徐碧的旦腔，都是久违的东西了。徐碧唱的是：

夜半寒月挂檐西，

新妇垂泪补战衣。

哀叹大哥新战死，

素旌未老插柳齐……

悲伤藏不住了，呼天喊地的哭声如决了堤，先从桂娘开始，接着漫压墓地，先只河东半滩，又飞过了河西，哭声四起。费拖拖在哭声中惊慌失措，无限茫然，坐在地下呜里哇啦地号啕大哭，把二十四年没哭成的眼泪哭流得干干净净。他边哭边向崔玲姑娘伸手，姑娘手上的包子早冷了，抽抽泣泣地说："姐，你也哭吧，千万别憋坏了身子。"姑娘把包子递给拖拖儿，站在来，没有哭，望着远方是吟，是唱：

……愧为男儿未尽孝，

无奈胡笳声犀利。

报国当先面利刃，

马革裹尸胆不怯。

恨啊……

壮志未酬身先去……

夫啊……

前赴后继有来人……

男儿最恨妇人泪，

二十年后再聚首！

三天后的女儿滩，刚过傍晚就热闹起来。人们都像赶集似的涌上滩头。家家门前改换成高挂的红灯笼。大桥上挤满了发疯的男女。埋葬了英雄就该为赶走了日本鬼子欢庆，日子还得往前过，老沉溺于悲痛中，壮士不欢喜，因为大家不再忧伤地过日子他们才死而无憾。

拖拖儿在人群里特别活跃，大概他仗着有了女人就有了身份，能够和刘布奇、赵二、荣青侯——最起码和打铁的毛平平起平坐。他也能在荣青侯的肉摊前嬉皮笑脸地打俏骂骚，也能背着手过桥，当然，木匠李三那一板一眼，循规蹈矩，见人恭谦的样子他做不来。仰着脸看人说话、低着头努力干活是爹娘死了后就成了这样，满以为改不了的，现在好了，有奶奶，有女儿，还有个磨坊，跟人说话得昂着头。昂头和仰脸是不同的，仰脸是看人鼻息，昂……他想着昂是个什么姿势，他牵着牛躲在刘林那块闹鬼的宅地里试着摆了几回，滩上的头面人怎样和人说话的，他想了又想，死了的王老先生，滩上没人比他有身份了，他和人说话不昂头，谦和啊；老铁匠，更不对了，他不仅昂着头，还瞪眼吹须，那是霸道，但是看什么人的，他吹胡子瞪眼是朝不三不四欺凌忠厚老实的小人，还有不听话的淘气鬼。他不买账三官殿背后的顾五，他爱虎着脸吓小时候的大富。那样子学不得的，他有这道行。他一个人躺在芦苇里痴想着和滩上男人怎样平起平坐，直到邢寡妇找来，两人在铺了厚实枯软一地的芦叶上又高兴了一回，等爬起来时什么都忘了。这儿好，闹鬼的地方，没人来，草长疯了，高，挡住了风挡不住太阳，随你怎么翻身打滚。磨坊里不行，除了磨坊和牛棚就是两间屋，娘儿俩的床隔层壁，壁又是砌的空心墙，吃过禁果魂就丢了。拖拖儿老早发现烂泥砌的空心墙上被巧巧捣通了几个眼，这边有事，那边咳嗽，寡妇羞羞答答地害怕，抖抖颤颤地做事，老是竖着耳朵听隔壁，就像被猫守在洞口里的老鼠。这儿没事，翻了天也没事，那天炮楼被炸塌了都没吓着他俩。两人还真得感谢刘林，把这其实不闹鬼的地方留给他跟寡妇绵延子孙。

拖拖儿人模人样地挺起了腰板，别的男人能做的事他也敢。人多热吵，他把寡妇娘儿俩丢在桥尾，往其他女人堆里钻去。人逢喜事精神爽，巧儿姑娘今天也不咳嗽了，跟着娘走上桥，东张西望看稀奇，拖拖儿丢下娘的手她也不知道。等前面有女人叫起来，才看见拖拖儿给三娥三娇抓住了。巧巧挺不高兴的，怪她娘说："你看他，都跟你好了，怎还这样的？""怎还'他''他''他'的？得改口的，叫'芽'。"寡妇嗔怪。巧儿忸怩着身子说："才比我大七岁，叫不出来。"寡妇看着女儿的眼睛，不禁想起了女儿也想嫁拖拖儿的往事，有些难意，她不晓得娘有娘的难处，打岔说："随你，叫什么都行，只要你高兴。"说着摸出块手绢儿来掩着眼睛，她难过起来。她也不想这个样子的，只是做个女人不容易，特别是带个磨坊，还有个生病的女儿。巧儿任性，但心好，见娘眼泪汪汪的，忙转弯儿，说："叫、叫、叫，只要你欢喜。"她还是没有叫，抬头找拖拖儿，却看见他蹲在三娇屁股后看小脚。巧巧一跺脚，掩着脸说："娘，他在耍流氓!"寡妇"噗嗤"一笑，说："他就是个没心没肺的，也就这么个胆，做在明里，像个做把戏的小丑，他是个识事理的人，叫他玩真的，你就给他十六个胆也不敢去的!"

　　寡妇识人，要不她不会缠着拖拖儿，她和女儿争，是看中他识事理。自己是过个了三十大几的女人，不是二月桃花、三月杏，找男人是为了磨坊能转，磨坊能转、才有钱给女儿养病，除了早死的男人，上她床的费拖拖不是第一个。眼见得人老珠黄，不是嫩葫芦了，得找个靠得住的人，有没有跟别的女人上床都无所谓。女儿是个嫩葫芦，又长得漂亮，想娶她的人多，不愁没人嫁的，还有女儿这病，听高先生说，不能早结婚。寡妇朝思暮想，真没想到个合适的对象，跛脚的王贵把费拖拖儿推进磨坊，她眼睛一亮，就是他!傻有傻的福，女儿也看上了他!这不是吃醋不吃醋的事，是过日子，她得赶在女儿前捷足先登。所以她勾引他、巴结他，她追他到了刘林的宅地，光天化日（没人看见不会伤风化）；光明正大（男没娶、女没嫁）；明媒正娶（老母牛在旁），她给了他，有些事比开磨坊简单，男女间的事不学无术的男人没学就会。她成了，而且她信心十足，这光棍对磨坊是死心塌地，对她会一夜不离。有件愧心的事她永远不会说实情的，拖拖儿说两人要养十个儿女，她连说"对的对的，二十个!"她没告诉他，一个也养不出来了，养巧巧是个难产，那肚皮里给巧巧住的房子给司朝清医生拆了，看外头，寡妇皮肉光鲜得很，里头却成了刘林被烧的宅基地，光长草，就是跳个蚂蚱进去也得闷死。

　　拖拖儿这些年四处混，沈万和窑上先学做砖，三天下来就唉声叹气。再搬瓦，搬了两天困了三天；跟桂娘外公学瓦匠，砌墙不敢攀凳；再学木匠，比李三教徒耐心的不多，锯木头走线，凿眼打手。他不是做一是一的料，只有混，混归混，不偷鸡摸狗。天理良心，无论是日本人，还是顾五候，都以为他好拿捏，叫他做坏事，他没回，吃饱喝足，两脚抹油，找不到了。滩上的乡亲，除了王洪、毛铁匠这些人，把他当平常看的不多，但对滩上乡亲的事，他从不把自己当外人，无论是邻居还是兄弟相争，他快人快语，路见不平，拔刀相助是常有的事。日本人奸污了二婆和玉儿姑娘，他是第二个跳下河奔军舰去跟鬼子拼命的。第一个是二枣，他跳下河就不见了，大家以为他淹死了，因为没有人看见他游过水，怎么回来的就没人知道了，反正滩上多他一个不多，少他一个不少，光棍一个。死也罢、生也好，碍不着谁。窑上做瓦的彭四倒常去他住的桥下玩，发现了个秘密，拖拖儿枕头下藏着好几双小脚女人鞋，他去时拖拖儿正好凑在鼻子底下闻。这事说出来滩上闹翻了天，牙科吴二，剃头匠赵二，跛子王贵，徐碧、周红、邢寡妇都涌到桥下去看稀奇。彭四是个唯恐天下不乱的人，尤其是关乎女人名声的事他搅动得最起劲。彭四把鞋拎出来，鞋子总是有味的，也学着拖拖儿的样子，闻闻，窑上人都晓得彭四不是个东西，有闻女人鞋和裹脚布的癖。他阴阳怪气说："香、香。"他拿出一只稍大点的举在头上晃，问王贵："贵哥这是嫂子的吧？"其他人没当回事，拎的是鞋子不是裤子，笑笑就算了，谁跟没芽娘的费拖拖儿计较？再说了，饱汉子晓得饿汉子饥，生就个男人，却没看见脱光了的女人是什么样，看看女人丢下的鞋还不行？况且都是穿坏了的旧鞋。只是滩上女人把鞋看得重，男人看着鞋，就想着穿鞋的脚，男人间喜欢比谁的奶奶脚大、谁的奶奶脚小，小脚撑着男人的面子哩。所以就是旧鞋要扔也是偷偷扔的。彭四见王贵不回答，又说："不是贵嫂子的是谁家奶奶的？好大的脚啊。"王贵正在想，好眼熟，脱口就说："这不就是我奶奶的嘛！"大家不大声说话了，窃窃私语，暗底下抿嘴笑他。王贵奶奶连走路都埋头，怕人家看过她的脸，现在鞋都给人看到了，看着鞋就看到脚，还是双大脚。王贵知道失言，恨不得抽个自己的嘴巴子。他恼羞成怒，冲下桥抓拖拖儿打，给下阶洗衣裳的桂娘挡住了。那天桂娘正好在娘家，她说："叔，拖儿弟的品性，叔你懂，别说吃猪肉了，连猪叫都绕道走。人都有七情六欲，不奇怪，他就住在你眼皮子底下，从小没娘没父，是你在照看他，为这小事别计较了。婶子漂亮得很谁都晓得，要说脚大就丢人，你侄女我就不好意思在人前走了。对吧，叔。"谁都知道，桂娘从小怕疼，脚没裹得起来。这一说在情在理，人都散了。她从彭四手上把鞋拿过来，狠狠盯了他一眼，彭四灰溜溜地跑了，他最怕桂娘。桂娘从地下捡起鞋，仔细地看，抬头说："多好的针线，让我拿回家好好学学，拖儿弟，好吗？"桂娘知道谁家的鞋面子什么颜色，用的什么布，沿口针眼密疏，谁一看都知道，只是碍着脸皮没认，王贵嘴快了点。拖拖儿红着个脸正愁没台下，连说："好好好，我只知道好玩。"这事就了了。

那时候拖拖儿还没跟磨坊母女好上。现在好上了，他还在看人家女人的鞋，巧儿帮娘急，娘却宽宏大量，说："不就是看鞋嘛，什么大不了的事。"邢寡妇说没什么大不了的事，其实她晓得拖拖儿有恋女人鞋的"癖"。他娘被失火烧死的时候才七岁，水淹一半，火烧全无，娘就给他留下一只鞋。他娘死的那天去河滩洗鞋，对着河对面的女人扯个话题没完没了，刚想蹲下洗鞋，对河对着她娘喊，说："你灶屋里着火了！"她扭头一看，已是火光冲天，她丢下鞋慌慌地跳上岸去，结果葬身火海里。当时拖拖儿在蒋荣青肉铺前玩，得以幸免，邻居在河沿前找到一只他娘的鞋，还有一只掉进水里是沉是飘就不得而知了。他就捧着这只鞋睡，闻着味儿想着娘，恋鞋成癖。

　　眼下的费拖拖是鸟枪换大炮，早已眼界大开了。对女人，他不再懵懂，寡妇把他当成了心，当成了肝，他是寡妇的祖宗，他是磨坊的中柱。没他，磨坊在艰难中凄凄切切地哀号；有了他，磨坊成天在奏乐。所以巧儿提醒本来是寡妇的娘：你看他，又盯女人的鞋了！娘笑笑，没事的，就那德性，像你到现在还恋小时候的烘干的尿布那味道一样，不算毛病。女儿还要说，她还笑，她不好告诉女儿，这男人永远是她的，她早已用女人的办法把他拿捏住了。男人不是靠管，要骗，打得死人，骗不死人，"骗"是根捆男人心的链绳。

　　傍晚时分，女儿滩沸腾起来。人们如同过节，拿出压箱底的衣裳穿了起来。裁缝刘布奇的老婆白牡丹今天穿的是旗袍——男人亲自帮她做的。第一回穿旗袍，令她兴奋不已。裁缝做了一辈子的老式衣服，洋式的从没做过，更别说旗袍。难得上趟城，看过洋人穿旗袍认为这样式太简单了，无非就是用两块长短、宽窄一样的布，缝在裉子下摆上，如同腰前腰后围着两条围裙。走路时别迈大步，款款而行，让大腿两侧的肉隐隐现现，仿佛是在云里雾里眨眼的星星。刘布奇奶奶长相一般，爱打扮，会打扮，也喜欢别出心裁。皮肤白，刘布奇吹："徐碧的两条腿是胡萝卜，他奶奶是麻萝卜。胡萝卜黄，麻萝卜白。"刘裁衣叫奶奶穿旗袍就是想让人看到奶奶隐隐约约的白腿。今天他就叫奶奶穿着"旗袍"来的，在磨坊买了两条灌面粉的洋布袋，洗了又洗，放到锅里用颜料煮成了粉红色。奶奶往门口一站，太惹眼了，那洋布轻薄，经不起风吹，不迈腿也飘，麻萝卜色的大腿、人家不是看的一条线，是圆滚滚的两肉柱子，拖拖儿喊蒋荣青来看，问他像不像拔了毛的猪？结果给刘裁衣敲了个毛栗子，邢寡妇跟着大家笑，刘裁衣夫妻好没趣，赶紧回家换衣裳去了。

　　炮楼倒了，鬼子败了，滩上的人疯了。不仅是裁衣奶奶，徐碧也穿起戏装，周红算见世面的人物，装扮最时髦，细腿裤，把屁股绷得急鼓鼓，高筒靴，西装蝴蝶结领带、礼帽、墨镜，全套武装。装扮得像徐康手下的特务。女人们都拢在桥上，一个个花枝招展。裁衣奶奶走了，拖拖儿又盯上了周红，因为周红太假了，腰勒得紧紧的，胸口向前凸得更厉害，他不服气，周红的胸鼓得比寡妇还大，这是犯忌的。他挤来挤去挤到周红前面，想验证一下胸口大是真是假，人们挤着女人向前，他忽然后仰，周红撞上了他的背。"哈！假的！假的！"他猛地转过来指着周红说。周红面红耳赤，一把揪着拖拖儿的耳朵寻寡妇："邢家嫂子，你管不管！"声音像打破了的锣。寡妇抿着嘴笑，说："还没结婚呢，不属我管的人。"寡妇今天好看，腮上打着粉，又用红纸洇红了嘴唇，细声细语，掩着嘴说话，像大家闺秀。周红说"好啊，你不肉疼我就下手了。"她大声叫起来："姐妹们，鬼子被打死了，拖拖儿不老实，也学鬼子欺负女人，来啊，今天高兴，把他当鬼子办了！"话刚落，身边男男女女起了烘，没等拖拖儿回过神来，"一、二、三，起！"被架得高高的向河里一扔，肥肥的身子，把清清的河水激起几尺高的浪。寡妇哭起来了，她没想到女人们会下这样的手，他不会游河哇。果真，那着水的地方翻了几朵深水花就没动静了，周红也着了急，这闹着玩儿的，要淹死了就是条人命啊！人一没了大家才想起他的好处来。别说装殓死人了，救火的、劝架的、抬杠、锄田，起房、造屋的，没他好像不行，白做还不拿工钱，没哪家嫌他，不嫌就是喜欢，只是碍着身份，不说罢。滩上不能没这么个人，跟寡妇好上了，大家还在担心，怕磨坊吞了独食。拖拖儿和滩上人的关系，就像撬门的配修锁，卖刀的靠强盗，花子就是抓蛇的，老鼠就是给蛇吃的一样，物物相克，世道平衡。拖拖儿能"平衡"女儿滩，要是淹死了，别说邢寡妇母女俩了，滩上人饶不得周红的。周红被身边的男女责备着，撞个胸口打什么紧，胸大胸小，只要荣青侯不嫌就好。一把年纪了，还填什么棉花装少嫩，骚的。出了人命吧，多好的拖拖儿没有了吧，加上寡妇嚎天嚎地地哭，还要跳河，周红也吓得哇哇哇地大哭起来，扯破领结，伸手从胸口扯出两把棉花说："早知这样，让他看呗、摸呗，插科打诨弄惯了的，没想到他不会水！"桥上正乱成一锅粥，面店前的人闹起来了，下水阶拎水的豆腐店王贵奶奶丢下桶惊叫两声就向岸上跑，大家仔细一看，原来水阶前浮出一具尸，屁股朝天、脸朝下。又死人了！大家顾不上邢寡妇和周红了，直奔河滩去。王贵从家拿来一根带钩爪的撑船篙子，跳下河沿，还没等伸篙，那尸体忽然从水中站起来，哈哈大笑着顺着滩在水里向南跑去。人们才看清是拖拖儿，没死！又惊又骇又骂又笑，大家一片惊呼，这个水下一个"猛子"十来丈远哪！还不算，憋着口气还装阵子淹死鬼去吓王贵老婆，那是何等的功夫！人们平时没见他游过水，那是昼里。他是光棍儿，又住在桥下，夜了没人了，却很少有人看到他脱光了常年难换的袍子，一泡河里就是半夜。这下人们又疯了，追到河沿，拿泥块扔他，笑他、骂他，他干脆脱掉缠在身上的袍子，举在头顶，两脚踩起了水，肥肥的肚子全浮出了水面。他指着站在河边还想扔泥巴的周红说："嫂子，你说的让我摸摸的啊，可别放赖！"嘿唉，这小子闷在水里还听到了桥上女人的哭诉声。周红拉着徐碧就下了滩，拖拖儿慌了，嘴却挺犟，边向水深的地方游、边放话吓女人："两个老东西，再靠近我就脱裤子！""好哇！脱裤子、脱裤子、脱裤子……"人们挥着帽子挥着上衣，呼啦啦的一声接着一声。

不知道滩上的人们多少年没这么高兴了。人哪，度过了艰难就得添点儿"彩"，要不会永远沉浸在久久积压痛楚阴暗中。拖拖儿是个"彩宝"，女儿滩真的不能没有他。闹够了还是老铁匠出来打了个圆场，人们发现老铁匠老了。他膀着王洪的肩，站在重新挂起来的王家门前"面"字旗下，举着拐杖扬着沙哑的声音喝着："娃啊，"老人是东北人，几十年还改不了乡音，孩子称"娃"，"看在老朽的面上，饶了娃，等把日本鬼子全部赶走，我提着这娃的耳朵过来，让你们找乐子好吗?!""好!"又是一阵哄闹。王洪说："老叔，你还在翻老皇历，说的话不算数了，拖儿的乐子再不是谁都能找的，名花有主，划甲、划保都不在你名下，归你隔壁磨坊邢姑娘。""哦?"老铁匠马上想起来了，哈哈大笑。

第四十二章　大爱无疆

　　夜深了，疯狂了近一天的人们，如同日落前的河雁要归巢了。他们停住了笑闹来到烈士墓前绕着走过一圈，算是告别，又下河滩点亮河灯。各家各户的窗前亮了起来，吱吱昂昂的关门声，此起彼伏；一钩弯月升起，赶走喧哗。女儿滩的夜，又捡回了失落了多少年的静。

　　顾五失踪了，萍姑娘死了，孤零零地竖在大片土地西南角的顾家院子，像落在盘角上的一粒高粱米，走近处看一片败象。除了一正两厢的砖瓦房没倒，四周尽是残垣断壁。桂娘叫李三撑着船，带她在顾家院后的大块土地上走了一周：院后坟地上的草长得比人高，那片让天龙逃过一劫的高粱地上，去年就没收割，穗子被鸟啄得精光，秆子没倒。

　　回家后李三和凤婶才晓得她要做什么：烈士们的遗孀、老人、孩子，还有唐九那些兄弟带的家小的，总不能做她家客，她想给她们在荡西安家。她告诉凤婶，滩上沈先生和她商量好了，一旦把大家安顿下来，就在这儿办个学校。老有居，小有学，那些还要出生入死的唐九的兄弟们才不会心挂两肠，她想操办这件事。凤婶听了没有说什么，其实她心里不淡定得很，她爱莫能助，这是大事情。只是说："儿啊，娘老了，这事你和他舅商量吧。"她望了望河边的屋子，夜深了，煤油灯火没原先亮了，她想去添些油。

　　"去哪儿他舅定下来了吗？"坐在桌前的桂娘，放下补着的褛子没回答婆婆，却把脸埋在摊在桌上的手臂弯里。凤婶望着渐渐变暗的那屋的窗户摇摇头，坐下来摸着桂娘的头，说："儿啊，顺乎自然吧，灯我也不去添油了，熄了火不碍说话。"她听到那屋里激烈的争吵声，谁还拍了桌子，油灯翻了，窗户纸和墙成了一色。凤婶叹了口气，说："有油也泼在地上。"她看见媳妇身子激灵了一下，心疼极了，说："起房子！办学校！儿啊，娘支持！只要他们还走在正路上，这里就是他们的家！"

　　"咣"的一声门响，唐九跌跌撞撞地进来。在李家进进出出了这么多年，今天是最不礼貌的一次。他仿佛因为气受够了又憋着，好不容易找到了发泄的对象，还虎着脸吩咐桂娘："倒杯茶来!"说完又像背了几十里水路的纤，浑身疲惫不堪。他在桂娘对面颓然坐下，像要散架的老牛。风婶给他端来一碗水放在桌上，拍着桂娘的肩说："儿啊，我先回屋去，你跟他舅说说话。"老人走了，那屋里还有好多人等着消息，唐老太太，沙婆婆都没睡。风婶带上了门。

"定啦?"桂娘把碗往他面前推去，拿起手中的褂子把线咬在牙齿上。她利索地打好结扣咬断线，三折两叠把褂子置在旁边。"什么时候出发?"她打开橱柜翻着其他东西，在问唐九的话。"后天，早六点。"她听着他说话的声音，有点可怜，想得到安慰呢，还是希望她说些留下的话? 唐九只看到桂娘脑后的发髻，桂娘就是转过身来也没看他，拿出一双鞋埋着头，弯着腰说："穿穿看。"唐九像个小孩，伸出脚又有些扭怩，两天没洗脚了，靠灶的脸盆里那块为他准备的脚布还是干巴巴的，他两天一夜都在开会没过来，一个漫长的会议比跟鬼子打一仗还难。

桂娘抓着他的脚往鞋里套去，唐九顺从了，坐下规规矩矩地试着鞋。他穿上鞋像个木偶，腿在打颤，眼泪落在桂娘头发上浑然不知。桂娘给纳这双鞋底的时候，就是在为他离开她做着准备! 这双鞋牛皮底、牛皮帮，鞋底钉着二十八个铜钉。水不浸，防滑，耐盐耐碱，照过去的做法，皮上应该还要浸层生漆。

还是几年前，他跟桂娘到河边清衣裳，他打着赤脚。早春二月，连石子儿也磨不破的脚也被冻得通红。桂娘看着心痛极了，说："人靠一双脚，才能打天下，半咸不淡的里河你能将就，日后回海上去可不能再这样的。"那时她就说过，曾经有一个纤夫从她门口过，进来讨杯茶喝，那赤脚纤夫，背上就背着这样的双鞋，说是他老婆做的。当时桂娘好奇，问纤夫说，背纤就很累了，鞋为什么不放船上? 纤夫说，背在背上踏实，就像背着老婆。桂娘说，她被他说得泪泅泅的。他说："那你也得给我做双啊，我也背在背上!"桂娘低下头，说："你就晓得贫嘴。我是得给你做双。"说这话时，她又抬起头来望着东方，那是他家乡黄海方向。当时他极不乐意，说："你就是生着法子赶我走!"这时候，他才知道，桂娘的心想得远了，知道小河小汊养不住他的。还有，别看她少言寡语，桂娘心里一直装着他。他心里乱哄哄的，背过头去。他不知道，自己穿着这双鞋，往后的路怎样走才对得起这双鞋，更甚者是做鞋的人。

"报告!"门外有人要进来。唐九仿佛没听见，想着过去的事情。桂娘说："兄弟进来吧，门开着。""嫂子好。"进来的是唐九的老管家，现在是军需处长了，从上到下都是国军官服，一副踌躇满志的样子。虽然已过了五十岁年纪，还摆着立正的样子，只是腿靠不拢，胸挺不直，大盖帽上的军徽和领带都对不准鼻梁，处处显得滑稽可笑。他是给唐九送军服来的，桂娘只是瞄了一眼，呢子布料，肩章上一颗星。

三天前，桂娘就知道了今天的结果。桂娘当然希望唐九带部队跟苏政委走，而国民党却在暗下里捣蛋，背后给他手下的兄弟封官许愿。人就是如此，患难中聚心，富贵中无情，国民党的封官许愿成功了，同生共死的兄弟大多数要加入国民党部队。单说着装，跟共产党走，土衣土布；加入国军，一身线卡，当官的还穿呢服。穿着这身衣服回黄海去，那才叫衣锦还乡；他们还对当年被官兵追杀才躲到女儿滩来的情景耿耿于怀，官兵就是杀人也不犯法，其他都是土匪，就是你在保护老百姓，也坐不好改名，行不得改姓。在名利面前，唐九的威望打了折扣——你老唐不去，我们走，那边已联系好了；连管家高篙都劝说着他。他绝望了。就这么吵吵嚷嚷了几天，还是共产党以抗日大局为重，派苏建来做了支持他们参加国民党部队的选择——抗战还没有最后胜利，唐九坚持参加新四军，队伍就可能散了。这支能打善战的部队积聚了唐九多少年的心血，不能散，更主要的还是去打鬼子，散，是鬼子最希望看到的，黄海上飘起的"唐"字旗，曾让他们闻风丧胆，不能倒！

国民党给这支部队的番号是"国民革命军黄海抗日独立师"，唐九任少将司令。

高篙见司令对他捧来的军装看都不看一眼，尴尬得很。退不是、进不敢，少爷的脾气他熟透了，又正在心情极不佳的时候。他用眼神向桂娘求援了。谁知道唐九猛回头抓着油光晶亮的军靴扔到门外去了。高篙吓得丢下军装跑了。

桂娘出门拾回靴，回屋捡起衣裳重新沿原折缝折起来。她坐在唐九的身旁擦着军靴沾的泥，再和给唐九做的土靴摆在一块。她把身子往唐九那靠近些，抓起他的手——唐九有些吃惊，这八九年来，她主动抓他的手是第一回。他回过头看着她，桂娘看着他，向两双并排的靴子努努嘴。她说："九哥，这双土靴你知道是我亲手做的，可那双军靴也不是天上掉下来的，还是老百姓的血汗钱，只是转了个弯儿，没那么直白。蒋委员长再有钱，不会把他家里的银子拿出来办军队、买军靴。衣服是个皮囊包裹，它裹不住人的想头。眼下最重要的是打鬼子，穿妹子做的靴和穿发的靴都是。要不嫌沉，你把妹子做的靴带走，离开这里的时候，你还得穿它旁边的军靴，别让盼着穿这身军服跟你多年的兄弟寒了心。"

唐九眼睛红润润的，他不敢看桂娘，抬头看着屋顶。他把桂娘的手握在巴掌里，揉着捏着。就要离开荡西了，受编了就没自由身，他不寒而栗，桂娘的手被他捏疼得在龇牙咧嘴都不知道。"九哥，妹子今天再给你刮下胡子。"桂娘用没被他握着的手摸摸他的下巴说。唐九控制不住自己了，一把将桂娘抱在胸口，桂娘没有抗拒，只是叹息，有些哀怜。眼前的男人是个乱世的英雄，英雄也有情，楚霸王不单爱乌骓，更爱虞姬，被兵围垓下，四面楚歌时，还击碗代器，唱"雅不逝兮可奈何，虞兮虞兮奈若何"。唐九戎马倥偬大半生，想找个知心知肺的虞姬，要求不高，但鬼使神差偏偏看中了我，八年来不离不弃。

"妹子，九哥要走了，"唐九抚摸着桂娘的额头，说："又多了许多纹，但我妹子更漂亮了。"桂娘抓着他的手，笑笑没置可否。她不想乱了他的好心情。但她更难受，深爱着的人，就是再丑，在他心中也是漂亮。流逝的时光是把刀，何况是在战火中流逝，多漂亮的女儿滩给战乱划得百孔千疮，一个女人哪能独善其身？唐九盯盯地看着她，说："妹子，你不该生在这个年代。"说话时满目悲哀。"不说了，"唐九叹了口气看着门外说，"八个三百六十五天，哥最大的收获是认识了你，今要离开了，哥又要成漂泊的浮萍，只是不知道漂流何方，出了滩后，连个说话的都没有了。薛飞老弟，徐进兄弟，他们是多于我哇，不肯结伴同行，你……"他说不下去了，桂娘不忍看唐九，从来没有看见过他这泪流满面地痛苦过。桂娘正不知所措时，听唐九长叹一声，说："妹子，哥从来不想过去事，老太太总说神仙不卖懊悔药。可是我懊悔过，你可要听？"桂娘说："你想说，我就听。"唐九说："要是我那夜在船上行强了多好！"一副狰狞面目似多可怕，桂娘知道他是装的，但只是狰狞的面目，爱却没半点伪装。她的身子被他箍得骨头都要碎了，她没有挣扎，只是没来由地要哭。

不知过了多久，唐九终于像一座山变成了流沙，身子软瘫在桂娘膝下，但箍着桂娘的两只手却没松指扣。他跪着，头无力地倚着桂娘。半头白发竖在桂娘眼下。她抱着他的头，心阵阵地紧缩。唐九至今没讨女人，也不近女色，是心里放不下她。她自责，认为误了他一生。平常日子桂娘默默无语，有条不紊地忙着事情，只有凤婶晓得媳妇心存波澜。桂娘看着唐九痛苦她更痛苦，过两天就走了，又提起老事。他心里有苦无处诉说。

给国民党收编，不是自己的心愿，他是被患难与共的兄弟绑上了战车。处出来的好兄弟薛飞、徐进又先他而去，他身边连个说说话的女人都没有。他也不知道队伍开向何方，说是黄海，黄海多大？这支队伍在国民党里是个杂牌，用时封他个将军，不用时是狗屁，他苦口婆心劝着大家跟共产党走，可惜兄弟们不懂啊，鼠目寸光，只看浮浅。桂娘知道，他再能打仗，在国军那里也不是嫡系，有朝一日不用了，说不上客死他乡时，给不给置办口棺木也说不准。她不寒而栗，抚摸着唐九的乱发泪如雨下。事隔八年，她经历了失去第一个丈夫，现在已是两个孩子的母亲，他仍对她刻骨铭心，但从没为难她一点。就这么过吧，无论是带着爱，还是带着恨往泥土里走。今天忽然提起，像剜着她的心。他是个刚强的人，不到痛苦极点他不会重提的。桂娘抱着唐九的头，浑身战栗。假如唐九这时候"强"她，她绝不会抵抗的！她哭着、叫着："九哥！是我害了你！我不能打仗，只能下面，却充个人儿灯，站在你的船头上学着梁红玉，还擂鼓，还舞旗，在你面前指东道西！你凭什么要信我呢，你是个男人就没自己的主见？我对不起你啊！九哥……"

她就这么揪着他的头发，半痴半醉，仿佛是断了线在空中远飘的风筝。桂娘心提前去了黄海，幻觉中看着浪峰叠涌中一叶孤舟被万千只船围猎，唐九在船头鏖战，猎猎战旗和他披在身上的金龙战袍被狂风和炮火撕成碎乱的条子，指挥台上的战鼓被卷起又抛下的浪涛击出震耳欲聋的凄厉声音。她想踏浪前去助一臂力，却迈不开步；想呼叫却喊不出声，双眼凄凄，朝天瞪看。"儿啊……儿啊……你醒醒啊！"凤婶使劲摇晃着桂娘。她回过神来了，身不由己颓然坐下，手还揪着唐九的头发。

"你们是怎么回事啊？啊？一个跪着，一个哭哭啼啼的，傻啦？"唐老太太把儿子拉起来。其实为什么谁都清楚。李三几次要进来，都给凤婶挡住了。凤婶理解儿子的心，一个大男人，奶奶跟唐九原来有那么一段事，唐九这么多年又不娶，孤男寡女的在一起总归不好，惹人怀疑。可是桂娘是个什么品性谁都知道，脾气是外柔内刚，凤婶对儿子说过，她要跟谁走，你把寡妇磨坊里的五条牛全牵来也拉不回头。她走了吗？没有，王桂娘不是水性杨花的女人！只是她念着唐九来到女儿滩，客居他乡的孤独。人家来滩上从没祸害人，又是要打鬼子的，绝不能冷落他。眼下要走了，身边没个亲人，海上漂泊不知到何年。离开这里再没有个说话的人了。男女相处绝不是只有男女的事，要相信人。李三没有进来，但却在窗外转着，唐九的抽泣声从屋里传出，他又对桂娘跪着，桂娘像木偶似的站着不动，李三急了，去北屋告诉老人，两老人这才进来，身后跟着一干人马。

后天唐九就要开发了，明天滩上两对男女乘这机会结婚为他送行。新郎是顾三禾和费拖拖儿，新娘是邢寡妇母女。鬼子的翻译官现在是女儿滩游击队指导员兼滩上支部书记了。那天徐康到铁匠铺子抓人，把翻译"逼上梁山"，左手搂巧巧，右怀抱她娘，还给寡妇趁机搅了舌头。没想到徐康做了好事，促成了一对亲缘。

巧巧看上了翻译，不仅会说日本话，看似文绉绉的，还会用会两国话的本事糊弄徐康和日本人，他跟他哥顾五侯肯定暗地里不是一个老子，要不怎能这么不对路的？她为自己发现了顾五侯娘的隐私兴奋起来，认为翻译是个正派人生的。那几天滩上发生了那么多的事，枪声、炮声，还刀光剑影的，酒店的扒灰老板徐宾竟被砍了头，太可怕了！可是那翻译却不怕，就在鬼子汉奸眼皮底下来她家寻欢作乐。她本来对那翻译就没什么坏感，鬼子汉奸应该凶神恶煞，他却像教书匠。所以他进来了她就没赶他走。但没想到一进她的屋伸出手臂就搂她的腰。她长了十七岁，第一次被男人抱，那种感觉，她没法表达，先是惊慌失措，脑门里一片空白，仿佛魂儿被抽走了；后来魂儿回来一半，她开始颤抖；再后来呢？她脸红了起来，至于翻译和闯进来的徐康说着什么，她一句都不知道，一门心思全在自己的肚皮上——翻译搂着她的手弯儿越收越紧，手早搭到她肚皮上去了，几个手指头还在上面揉来摸去。她的魂儿不得安生了，身子有种要飘的感觉，像春后复苏的小蛇，腰肢配合着翻译手指搓揉的节拍在他怀里扭动——她以为是男人在跟她调情，却不晓得缠着她的男人在想着法子不让徐康看出破绽——顾三禾不是怕徐康，是不能暴露，他还要利用翻译的身份做许多事。所以他也紧张，手指头无意识地在姑娘的肚皮上弹摸。他不知道已惹了祸，巧巧正是情窦初开的年华，已在扭动着身子迎合着他，呼吸开始急促，心跳像擂鼓，抓着他的手往另一个去处拉。"咚"！门被徐康带上了，这声响把三个人都还原过来，先僵在那里，忽然发现了什么，最先惊叫的是巧巧，她掩着脸跳进她的屋里，顾头不顾尾钻进被窝打着哆嗦。

　　至于后来滩上就打仗了，炮楼被端，松尾跳楼，然后唐九开着装着活人、死人的几只轮船回到滩上，然后，然后呢？她天天头伸出窗外看对岸，但再也没看到翻译在军营门口走了。那翻译算什么官不重要，巧巧是看中了他的人。她爱上了翻译，日夜想。她晓得拖拖儿跟翻译好，帮翻译做过事，就缠着拖拖儿去叫他过来，说她有话说，行为诡异得很，有时候还惊惊乍乍。寡妇知道女儿像"叫春"的猫，发情了。拖拖只想着自己和寡妇的幸福，不解巧巧的事，说："有什么话这样急？人家忙。"其实他也见不到翻译，人家去苏北根据地接受培训去了。巧巧以为他拿捏她，就"报复"：拖拖儿把牛卸了磨，喂好料，她就赶他出门，不肯让他住在家里，先说"寡妇门前是非多"，太阳落前你就得走；后来又说磨坊姓邢不姓费；说还要把和娘房间的隔墙上的洞捅捅大，只要隔壁有响声，她就爬起来看"西洋镜"；她接着又怪娘，说娘脸皮真厚，居然"乘人之危"搅人家的舌头，娘给巧巧弄得哭笑不得。

　　拖拖儿是个没心没肺的人，但也是个小心眼儿的家伙，他不愿意巧巧儿和翻译好，因为他最后跟谁好还没定哩；但他又是个没主意的人，更经不起巧巧的软硬兼施。问题是说媒的事他没经验，要是那小白脸儿不给他面子还一口拒绝，他在磨坊就无立足之地了。邢寡妇是经不得巧巧拿捏的，女儿不让他进门，娘跪在她面前也没用。左右权衡，拖拖儿认为巧巧是绝对不能得罪，得找人出来做小白脸的思想工作，找谁去说呢？"二婆？对，二婆！"他为自己的绝顶聪明高兴得跳起来了，二婆能对付无赖顾五就不能对付顾五的弟弟？小白脸摆架子，她就不能拿鱼叉照样戳他吗！

在拖拖儿心中，李二婆是女中豪杰，跟桂娘是滩上女人中的文武两状元。想好了主意，他就跟王贵要了两块豆腐，真的去荡西找二婆去了。二婆竟一口答应了，但她并不是看中了豆腐，是念着寡妇娘儿俩的苦。女人过日子不容易啊，寡妇又不会像她天不怕、地不怕的，为了把巧巧拉扯大，为了顾那个磨坊，人不人鬼不鬼地过着生活，她是没得办法。要是招了个有头有脸的女婿，寡妇就能光光生生的做人了。

顾三禾从苏北回来了，在桂娘家开"子婆"会（其实是"支部"会，是后来有人给二婆纠正的）。她趁他开会休息期间出来躲在丝瓜棚下尿尿的时候咳嗽了一声，说："小翻译，你尿完了来我家一趟。"她说完就走了，意思你不好不来，没商量。她叫人家"小翻译"，其实她比人家大不了几岁，仅是人家还是黄花郎罢了。"小翻译"被二婆突如其来的咳嗽声吓得只尿了一半，面红耳赤，看着二婆走了，也没了尿意，只是摇摇头无奈地笑笑，说了句"这个二嫂"。

会开完了，翻译来到二婆家。二婆单刀直入，说："二公子，你哥不是个东西，我和凤婶子两家给他搅得心里有损失、经济有损失，正在算账哩，父债子还，长兄为父。你得赔偿的。"翻译连连打招呼，哥哥做些缺德的那些事他都知道。只是赔偿的事，翻译挠挠头，怎说呢？"你说吧，二嫂，怎个赔偿法子你跟凤婶才解恨？""给我做女婿。""什么？！娟儿还小哩，你说笑话吧！"翻译以为听错了，回二婆的话。"娟侯是老二，大的十七，不小了。"二婆一脸正经地说，"二枣在外头跟个相好的养的。"翻译笑得直不起腰来，他说："你……你……你二嫂，二枣哥敢在外头找个相好的，鱼叉不是钉在我五哥身上了！""别笑，真的，是真的你可要？""要！不要是这个。"翻译张开五指做着乌龟爬的样子。"邢巧巧。"二婆眼球盯着顾三禾的眼球。

三禾呆在那里了。他才知道二婆给巧巧说媒来了。沉思了半天，问二婆说："是二嫂的意思、还是邢家嫂子的意思，还是……"二婆看有希望，挺高兴，说："我才懒得搅和你们年轻人的事哩，只是为巧巧讨个公道。你搂人家的腰，指头在人家姑娘肚皮上挠痒痒，姑娘魂儿给你挠走了。结果你打完了滩上的鬼子也走了，人家骂你跷脚婆娘负心汉，枉读了多少年的书，还说……"三禾扬手打住了二婆的话，说："她要真愿意，我娶。"二婆跳起来了，亲了他一口，说："读过书的人，可反悔不得的。"说着大概热起来了，又在解褂子纽扣。吓得二公子飞快地跑了。

原来顾三禾对巧巧印象挺好的，那姑娘像滩上在露水里长大的奶浆草，满身全是原野的气息，不施脂粉，红比桃花、白胜莲藕，朴实无华，却又散发着野性的芬芳；他讨厌现代派女人，那些花枝招展的现代派女人谈不上什么纯真了。他进磨坊第一眼就看中了巧巧，只是没往心上去，那只是个孩子。况且那时只是逢场作戏诓着徐康，他早忘了细节。可是人家记着哩，还"肚皮上挠痒痒"，真有哪事？顾三禾想不起来了，当时他只是想着如何对付徐康。二婆一说，他想起来了，挺难意的，三十来岁的人，脸也"唰"的一下红了。"愿娶、愿娶、愿……"他忙不迭声地说，"只是年纪……"二婆大笑，她拧了一把顾家二公子白里透红的脸蛋，说："你娘怎生出你这个尤物来的？怪不得巧巧花了心，我都想咬你两口！"吓得三禾慌忙溜了。

当寡妇懂了顾三禾愿娶巧巧的消息，她高兴得哭了起来，哭，不仅是女儿有了个好归宿，还有是费拖拖儿绝对是她的了！她见也懂了消息的拖拖儿没精打采，抿着嘴笑，你个鬼东西还想得陇望蜀哩！她见他卸了磨把牛牵出去吃草了，坐在屋里没来由地又想了许多。她将磨坊门关得紧紧的，屋里黑咕隆咚，知道外面看不见屋里了，她竟把衣裳脱光盘腿坐在石磨上，玉雕粉捏的身子在黑暗里闪着淡淡的绿光，她抚摸着微微下垂的乳房想着往事，男人活着的时候就是这样"折腾"她的。男人太欢喜她了。那时只有一头牛，磨有两副。牛拉一副磨，他推一副。推了一会儿，他说推不动了，她要帮他推，他不肯。说只要你脱光了坐在磨上他就来了劲。她羞红了脸，晓得男人喜欢看不穿衣裳的她。她捂着脸，任凭男人折腾，只要男人高兴就行。他推着磨，看着赤裸裸的她，有时候还伸手摸一把。真的，一斗麦子不知不觉中就磨光了，直到听到磨子的空响，男人才发现自己走了神……他早早地走了，留下了连死的心都有的她。

她就这么坐着，石磨凉飕飕的，她焐暖了，还盘着腿，欢喜她的人早走了，她看着沿着磨盘转的牛道上坑坑洼洼的牛蹄子的脚印，心在滴血，冤家留下的脚印全给他走后买来的牛踩得不知去向，天欺人，男人早逝；牛也欺人，连早逝的人脚印都没留一个。她想他哇，可想又有什么用，巧巧还小，靠弱不禁风的她养活不了他留下的骨肉。她要嫁了，不知道他可能原谅她？

巧巧跟她说了，顾家二公子说，生的伢儿还姓邢。那么磨坊就是还叫邢家磨坊！人家多懂事！还说他跟巧巧不论生男生女，都是你死鬼的后人，那是做不了假，即使巧巧偷人也碍不了这个理。"呸、呸、呸！怎想这龌龊事呢？"她脸红了，巧巧绝不是这样的，只是说叫死鬼放心，说的是磨坊永远叫邢家磨坊。可是……可是……她突然收起盘在肚皮前的双脚，夹紧大腿，双臂护着乳房，心突突地跳起来，仿佛谁要侵占她身子一般："亲亲！我……我……我得嫁人，我没办法，邢家磨坊要开下去，就得找人，你女婿是打鬼子的干部，做大事的人，指望不到他套牛拉磨的。现在有人来，你想留住他就得给他喜欢的东西，我只有这身子了，你肯吗？要不……要不……"。她要哭……她就这么痴痴地想着，连拖拖儿放牛回来她都不知道。他已在门外叫了几声，没有动静，就死劲地敲着门，她慌了，从磨盘上跳了起来，抖抖索索穿衣服，可小脚给裤子哪根线绊着了。她"哇、哇、哇"地哭起来了，越急越慌，脚指头给线搂得要断，提着裤子浑身哆嗦，尿沙沙地顺着腿流了一磨盘。拖拖儿见女人在屋里哭，被吓坏了，推倒门闯了进来，一看这样子大吃一惊，问怎么啦？她丢下衣裳又护着胸、夹紧腿，说："裤……裤子里钻……钻进蛇了！"

母女同庆，是滩上从来没有的大事，苏政委和唐九主婚。滩上头面人物都去了，高朋满座，但桂娘没去。她借口是曾经丧过夫的女人。其实她和邢寡妇好得很。唐九主婚，是个邢家的面子，顾三禾又是"身在曹营，心在汉"的打鬼子的功臣，本该去庆贺的。桂娘担心，婚事会触动唐九的心事，一定会隐隐作痛。她看着老夫人和唐九，心中暗自叹息："冤家啊冤家，谁能做你海上的擂鼓人？"

桂娘进屋，她还是给唐九整理着行装，一套一套的用包袱包好，边包边吩咐：春天穿的是淡青色布包的，夏天的是浅灰色，秋天是深黄，冬天是紫，她没有说为什么不用白黑，图个吉利。唐九从来没发现桂娘的话这样多，喋喋不休。唐九很不耐烦，根本不知道桂娘心里早乱了方寸。她不知道如何是好。包了又解，解了又包，唐九猛地把包裹推在地上，她扑在桌上放声大哭。唐九哭，只是没放声，他走到她身后抚摸着她战栗的背。

桂娘总算停下来了。她走到灶前从锅里舀来一盆热水，绞条毛巾给他焐了个脸面，端张凳子坐在他面前。"九哥，没个人跟着，我心里不得安生。"她抓着他的手说。"你跟我走?!"唐九来了精神，以为桂娘改变了决。桂娘哀凄地摇摇头。唐九垂下了头。"玲妹子要跟你去海上。"唐九又猛地站起来看着桂娘。桂娘庄重的表情不容他置疑。"这事她跟我说了多少回了，我不知道怎么说。"他在屋里走来返去，像打仗前碰上咬手的事，紧锁眉头，额头横纹里洇着汗珠："这……"唐九终于在桂娘跟前停下脚步，一种茫然的眼神看着桂娘。桂娘长叹了口气，这事是复杂，先不考虑唐九是不是欢喜玲姑娘，只谈伦理，道德，闲话，怎么说这事情。按凡人找婚配，玲姑娘如不是有过辛酸的身世，是个不错的女人，断文识字，知书达理，贤惠，贞淑。薛飞先从怜悯之心开始娶了她，后来却离不开她了，不仅多情还多才智，薛飞肩负新四军和唐九的双重使命在鬼子窝里作战，最后成功地带出三百来个伪军，除了胆识和智慧，他常说妻子功不可没的。两人恩恩爱爱，玲姑娘好不容易从阴影中走出来，薛飞却先她而去，玲姑娘当然痛心疾首。埋葬完薛飞，她带着孩子回到徐家酒坊去了，大家满以为她继续承管酒坊，抚养孩子打发余生，但三天前又回到荡西桂娘家来。姑娘和凤婶情同母女，她离不开这个家，嫁了薛飞，她大半时间还是住在这里，抚养孩子，陪着凤婶。桂娘没嫁过来的时候，她和凤婶子就分不开了。唐九说了个"这……"没下言了，桂娘知道他说不下去了，玲姑娘是他兄弟的遗孀啊，薛飞为他而死，尸骨未寒，苍天在上，绝不能悖伦理的。

门被推开了，唐老太太，凤婶，沙婆婆一行人进来了，其实她们都在门外。不是不怀好意地听"壁脚"，更不是不放心两人有什么见不得人的私情，是不放心桂娘可能把唐九的情绪抚平。要出海打仗了，可不能昏昏沉沉的。但没想到桂娘突然提起这事。

唐老太太抓着桂娘的手，看着她的眼睛，似乎在说："儿啊，你说的是真的？"桂娘说："娘亲，你平心而论，姑娘好吗？""好。"老太太流泪。"薛飞走了，娘你希望她再嫁人呢还是孤老终生？"桂娘问。"孩子还年轻啊，得嫁人，玲姑娘才二十五吧？不嫁人，飞儿九泉之下也不会瞑目的。你不是也嫁给李三了吗？你王家父母放心，嫁的人也称心，都什么年代了，别照老皇历，日子要朝前过的。"老太太看着桂娘，她还不明白姑娘到底要说个什么。"那薛飞希望她嫁个什么样的男人呢？"桂娘问。

崔玲姑娘出来了，大家发现，姑娘已在淡妆，憔悴的面颊上轻施薄粉，素色服装熨得毫无褶皱，只是走路时还有些摇晃，看得出来她不愿让大家跟着她难受，强打着精神。桂娘跟她说了半夜的话，薛飞把她从苦难中救出来，给了她做女人应有的尊严，她只以为能相依相伴白头偕老，她曾经做过把鬼子赶走了好多打算，指望着美梦成真。结果……结果突然而至的致命打击让她不能自拔，是桂娘在船上轻轻几句话让她猛然醒悟："妹子，王浩从走上去上海的那条船，我就知道什么结果。我能接受。生在这时道，男子汉不属于女人。"玲姑娘"自拔"了，所以她在坟头没有哀哀痛哭。男人做得对，换了自己也会这样。老是沉浸在痛苦中，凄凄哀哀，眼泪能把唐九淹死在歉疚悔恨的大海里。桂娘和唐九在说着话，先没出来，说到她了，她出来了，出来前还略薄粉。她对唐九说："九哥，薛飞走了，我代他跟你出征。我记得小时候父亲教我的一首诗。"她对着窗外吟起来，"驾长车，踏破贺兰山缺。壮志饥餐胡虏肉，笑谈渴饮匈奴血，待从头，收拾旧山河，朝天阙……"

吟着吟着，她仿佛跟着唐九神驰黄海。唐老夫人一把抱住姑娘哭不成声，她拍打着姑娘的肩，说："儿啊，过来，叫老身一声'娘'！"玲姑娘跪在唐老太太面前，磕了三个响头。

凤婶不知道什么时候去了她的屋子，一会工夫过来了，手上捧了根发黄的牛皮带。老人颤巍巍地捧给唐九，显得特别庄重，她对唐九说："玲儿父母早已过世，我就算她的娘，这儿是她的娘家，我李家三代武勇，保过家国，女儿跟你走不辱没你这草莽。这根盔带是老外祖李贤系的，打洋人死在海上，船上就落得这根盔带。朝廷不奖反而听佞臣之言，陷他不义。为留李家香火，李三祖父才带着我夫妻躲到西荡。时过境迁，我儿李三兄弟生来就不是他祖爷的料，我以为'半生已分孤眠过，山枕檀痕涴'，这根盔带定是含恨箱底、伴我西去，没想到今天能重见光日。唐壮士，你英雄正当年，千万莫儿女情长或被旧俗束缚，带着玲姑娘去吧，'八千里路云和月。莫等闲'，切不可'白了少年头，空悲切'。收下盔带，算我老太太的心意。"唐九"咚"的一声双膝跪下接过带子。凤婶又叫玲姑娘："儿啊，你一同过来，三秋树、去烦就简，我和唐老夫人就一同受礼。飞英雄尸骨未寒，老身不好说婚嫁的事，只是打鬼子，我儿崔姑娘不弱梁红玉！滩上只知道姑娘受尽摧残的女子，很少人晓得你书通诗文。刚才两句话就是你教的哩。有你陪他去南征北战，我和老夫人更能放心。"凤婶说着从手指上摘下金箍给姑娘戴上了，说："姑娘，这只箍是我婆婆的婆婆传下来的，本来给雁儿成婚用，她是英雄留下的血脉，也只因为是个女儿身，难得上战场，现在你认祖归宗，代她跟唐九出征，那就作为娘的随礼了。"姑娘跪下对老人磕了三个头。

第二天，滩上又是灯火辉煌，最热吵的地方是铁匠隔壁的磨坊。拖拖儿得先进磨坊，辈分摆在那里，他是从王贵家出来的，住在桥下，靠豆腐坊最近，吃王家的豆腐也最多，第一脚是王贵拎着耳朵踢进邢家的门，没有王贵就没有他今天的费拖拖儿，豆腐坊算是娘家。因为是招赘，磨坊得送上门礼，糖、糕、面、烟、酒、鱼、肉、茶八大样，送到豆腐坊一样不少。两家都不亏，豆腐坊对磨坊，门当户对。拖拖儿辰时进门，顾三禾巳时进坊，只是新女婿对丈人丈母行磕头礼，拖拖儿死活不肯，他还没三禾大，原来是给三禾跑腿的，现在三禾还要叫他丈人，还是二婆扯着耳朵才坐下来受拜的。顾三禾倒明事理，说辈分不可乱的，出了家门再说。婚礼闹得很晚，谁都没有睡意，临到天亮，唐九要开发了，他先到烈士墓前跟兄弟告别，然后蹚到砖桥中间跪别两岸乡亲，出滩比来滩威风多了，八条缴获的战舰，又造了八条新的，汽笛一路长号，浩浩荡荡离滩。徐碧请来一班票友，为壮士送行。桥头上丝竹声声，一台好戏，戏文中唱道：

漫漫长河水，书卷无尽头，开卷远去无考处，只唱近水头。

枪炮声响雪后霜，鬼子来滩头。

长滩涸、芦花萎，水见底、鱼虾瘦，倭寇横行万民愁。

红旗挥处义旗飞，全民杀贼，血染四荡败日寇。

倚桥栏，扬长袖，欢声笑泪绕滩头。

君负重任踏浪去，妾舀滩头水一杯。

踏浪去、水一杯，

杯中乡影励战将，

水中深情令君醉。

海上多战事，惜别休牵依，

从今始，

妆台尘埃无心洗，心系郎身任憔悴；

眉笔改作狼毫挥，念随鸿雁飞。

深锁绫锦换素裹，妾身为君守。

运筹帷幄败倭寇，纳言多思量。

秋风萧萧啊马嘶鸣、马嘶鸣，

捷报频传啊妾泪飞、誉故乡。

妾泪飞，洒滩头，心揣跳鹿折柳归，

万众欢腾君回时，莫贪杯。

沐浴更衣熏锦被，风撩娇躯落纱披，

妾倚篱门候。

春风无声篱门过，村外过客折道回，

夜夜如是夜夜是，月圆月缺夜换昼。

（女）：盼君回，

（男）：卸战盔；

（女）：已解绫衫挂床头，

（男）：南山放马心先归。

（合）：抛却皇恩浩荡旨，荡头双蝶水上飞。

晨曦开启时，月落星稀，唐九身系盔带，肩披海蓝色战袍站在船头，玲姑娘一身红装高站舰顶，拱手跟乡亲作别，十六条战舰向大海驶去。

第四十三章　女人心结

　　桂娘家小院子。天已近两更，皓月当空，院子三面临河，浩瀚的水面湖光潋滟，院子外的篱笆映得雪亮。篱笆门大着，李三被徒弟抓着到人家喝酒去了。走时还哼着上梁小调："脚踏金梯步步高，和合二仙把手招，招财问君谁家好……"小徒弟陈金逗他："李三木匠起高楼！""起你个头！"李三半嗔半笑，给徒弟头上敲了一个毛栗。唐九走了，李三走路都背着手，步子有些飘，好像原来心头上长了棵烦恼树，现在没了。现在只要上酒桌就喜欢跟徒弟拼酒，像上梁站柱说口话那样，编起"溜句"："喝酒不认亲，你一斤、我一斤。"凤婶说他"心眼儿小"，他不承认，说："有些事不是算工钱，大方不得的。"桂娘没插嘴，她是个豁达的女人，过日子不想裹进闲言碎语里。什么事情让李三这么喜形于色婆媳俩最清楚。

　　送走唐九跟玲姑娘，桂娘并没有轻松，仿佛魂儿被那海蓝色披风裹走了，她倒并不是婆婆说李三"小心眼儿"揣度的那种意思。唐九是个正人君子，男女相交不一定都是卿卿我我。她对唐九敬佩有加，但内疚。唐九高看了她，至今未娶，明知道是不可能的事，还"守身如玉""一厢痴情"。如今为了国家去海上打鬼子去了，唐九像是天上的鹞子，连着他的线缠绕在她心里，好牵挂。有些隐隐作痛。一阵风来，丝瓜花、扁豆花飘落在地，秋夜中涌动着残花。桂娘头有些眩晕，仿佛被高扬起的海浪抛起，瞬间又跌入涡底。她向在船头挥舞着砍刀和杀鬼子的唐九呼救，又怕分散了他的注意力。她拼命挣扎，不甘沉入海底，她认为还能为这世界上做点什么。但她不愿连累唐九，她能做的事与他相比，是土和金子的区别。她放弃了呼救，愿让旋涡带走。唐九却从群魔中拔天而起，像一条飞龙风驰电掣地过来把她从旋涡中卷出，她看见他已遍体鳞伤，海蓝色的战袍沾满了血。她悲怆地高叫一声"九哥……"几声凄怆的呼喊"娘！娘！"把她从噩梦中唤醒。她睁开眼睛一看，躺在婆婆凤婶的怀里，唐老太太和女儿雁儿、儿子七星，老郭的儿子丹丹，顾五的儿子天龙，还有玲姑娘的两个女儿，都围着她哭着叫"娘"，孩子们以为娘像那些陵园里的伯伯叔叔再不醒来，哭得悲天怆地。

桂娘醒过来了，应该是被五个伢儿"呼号"醒过来的，她不能不醒，不仅母子连心，做娘的还有着重大的责任，特别是对天龙。在没有把他抚养成人前，她不能离开这个世界。孩子们无助的哭声，把桂娘的心从大海上捞回来了，一院子的老老小小都指望着她，她不能死，那是自私。

月已偏西，不知什么时候乌云已从地平线上涌起，当乌云吞噬了月亮时，撒在湖面的万颗银光瞬间消失。顿时天底下一片黑暗。李三喝酒还没有回来，凤婶子老说儿子不成器，只是个承了鲁班的手艺，天性忠厚，地道的手艺人。儿子做人直爽，简单、透明。没娶妻生子前，既要在外为一家讨生计，又要照顾母亲，伴日出而出，随日落而回，过嘴的酒从来就没品出个什么滋味；现在李三的家，鸟枪换了大炮，落寞的小屋成了"红楼梦"里的贾府，茅屋里媪笑童嬉，篱笆上莺歌燕舞。家里人多了，热闹，特别是伢儿。他有时候成了"多余"人。早回、晚回都无所谓，有时间跟朋友、同行、东家，还有那些离不开的徒弟谈天、谈地、谈生意了。都是对着酒谈的。酒成了媒介，他生就是个与酒有缘的人，而且离酒不行，不喝酒，惜"语"如金，喝了酒口若悬河。天都三更了，李三还没回来，凤婶自言自语地说："孙悟空一千岁，还是石头变的，改不了劣根。儿啊，睡觉去。"她催桂娘进屋，刚才老人着实吃了一惊，这个家不单是李家的了，她可担不了这责任。媳妇要有个三长两短，可就是个地陷地塌的事。桂娘说："娘，你们带着孩子先回，我还想静静。"她叫的是婆婆凤婶、唐老太太，还有伺候唐老太太的沙婆婆三人。老人叹了口气，带着孩子进屋去了。孩子们早没了先前的叽叽喳喳声，个个哈欠连连急着往被窝里钻。

月被云裹住再也没出来，天要变了，风渐渐增大，湖面的波浪开始冲卷着两滩的芦苇。不一会儿，一道长蛇般的闪电把乌云撕裂开一条口子，一道道隆隆雷声仿佛从那口子里冲了出来、顺着湖面绵绵滚动。天开始丢雨点，桂娘站了起来，才发现婆婆又出来了，就在身后，老人给她送来披衣。婆媳俩同时望着东方，那里是浩瀚的大海，电闪雷鸣都是从那里来的，让她们牵挂的不是闪电、打雷，是夹杂在其中的沉闷炮声，她们为唐九夫妇，还有唐九带去的汉子们担心，"梦魂不惮长安远，几度乘风问起居"，儿郎们在打仗哪！母女俩嘴里说不怕战争，心里还是恐惧着打仗。她们不怕死，但是那屋里有活蹦乱跳的伢儿。子弹不分男女老幼，他（她）们不是为战争来到这个世界，是为了花满世界的人间。他（她）们还没看够这满滩的芦花，更别说外面满世界的桃花、杏花、山茶或隔海的樱花。女儿滩刚刚散了硝烟，海面上隆隆炮声又响起，这对伢儿太不公道。

婆媳俩就站在时下时停的雨空中，没想进屋，两人到底在想什么不太知道，但不想把听到了的又开战了的炮声带进伢儿身边是不会错的。因为伢儿问及"假如日本鬼子投降了，还会打仗吗？要打和谁打仗啊？为什么啊？"娘儿俩不知道怎么说。

"婶子、婶子，你过来一下，二婆不吃不喝又开始作践！"天都两更了，篱笆门外有人喊凤婶。婆媳俩一听就知道是二枣。她叹了口气，这孩子，唉，脑子什么时候能转过弯来？

本来二婆好了，她从阴影中开始走出，坏在磨坊邢家母女的那场婚礼中，几个女人嚼舌根子。触景生情是说看到景象引起联想——二婆坐上酒席，好事的女人就身体密集交织着目光，不认识二婆的女人都想认识认识谁是二婆。不是交结，是好奇，看看被鬼子奸了的女人是个什么样子。冲到滩边的人都看到了，没看到只听说的人咂嘴、叹息、同情，但生性下流且没人性的人就喜欢打听细节，还有甚者连人的味儿都没有了，说鬼子要抓她，往河里一跳不就没了下面的故事？丢人现眼的。然后有人爆料，二婆原本就不守妇道，结婚的当晚她却钻进二枣被窝里去了。继而又联想着李京救二枣的事，说太不简单了，这样的男人天下少有，胸襟比黄海宽大，竟不计前嫌！褒着李京，贬着二婆。

好多人边喝酒边对她指指点点。二婆见人们众目睽睽地看着她，还以为自己穿得寒碜或哪里打扮得不得体，直到听到有人说："她就是被鬼子奸的那个……"才如雷劈顶，发了疯似的跳出磨坊回家去了。

磨坊母女的婚礼凤婶跟二婆桂娘的份子礼去了，人没去，唐九夫妇明天就出发，她婆婆俩在给他们整理行装。凤婶跟二婆住屋就隔一层篱笆，二婆从篱笆那边过时放声大哭，娘儿俩闻声出来了，问她话又不搭腔，晓得大事不好，穿过篱笆门跟着她走，二婆一脚就去厨房，一边找刀、一边痛哭着咒骂着谁。桂娘进门，她已把刀拿在手，对着颈干就砍，幸亏桂娘手快，死死地抓住了她的手腕，二婆人疯，颈下皱得像鸡皮，刀下去只割破皮肉没伤着气管，血冒出来了，也很怕人的。桂娘夺，二婆抢，两人抢来夺去，把桂娘的手腕拉了条口子，血也流出来了，赶来的凤婶提手给二婆一个嘴巴，手松了，刀落在桂娘手中。二婆扑在凤婶怀里号啕大哭。婆媳两个半天才劝下，抽抽泣泣地说着想死的来龙去脉，婆媳相互看着，都叹气摇头。生就个女人已属不容易，二婆本就是个要强的女人，被鬼子奸了成了她的短处，可是这短处就像费麻子惹的天花，成了麻子是铸成的事实，要说好是不可能的了，她最怕的就是被人提起。可世上就是有爱嚼舌根的人。桂娘说："嫂子，烂泥里的藕是白的，粪地里的胡萝卜是黄的，浊自浊，清自清，嘴长在别人脸上，谁想说谁说去。"二婆说："就是不白了，就是不黄了，就是不得清了！我的妹子！"说着又哭。"你一死，嚼你舌根子的更有理由了，值得吗？嚼舌根子的只敢背着，有敢当面的吗？当先我被唐九抢去西荡过了一夜，说三道四的还少吗？她说她的，你过你的，像听坟场里的鬼话，别当真人。疮害在别人身上，疼的不是自己。你是受害的人，说这话的缺教养。公道自在人心。"桂娘几句话起了用场，二婆说："那阵子说你的坏话人多的是，妹子你怎挺过来的？"桂娘说："听见了也当没听见，装聋子，跟嚼舌根的较真没意思，你掩不住人家的嘴。"

二婆不寻死觅活的了，但心结还没有全部解开，那些嚼蛆子女人冷嘲热讽的神色在眼前晃荡。她成天躺着，赖在床上不起来，唉声叹气，三十来岁的年纪，头发开始白，一揪就掉一把，眼神显得滞钝。衣裳脱了就不想穿、穿了就不想脱，饭端到床上，也扒不了几口。二枣想不出什么法子来，叫大女儿贵儿去把凤婶叫来，凤婶儿对着贵儿说："你先回去，马上就来，乖。"凤婶子做好了藕饼，桂娘说她去。离开家门前，悄悄地吩咐李三去滩上叫个人来。

桂娘来到二婆家。二婆蓬头散发，半拉着裤子坐在马桶上，伢儿们见三婶来了，"呼"的一下都围过来，齐喊"三娘"。二婆是娘，元宝奶奶蚕姑娘是"二娘"。桂娘放下碗，吩咐孩子们先吃，她走进里屋，二婆上床斜躺着，全没了往日跟顾五拼命地生气。桂娘正想说着让她宽心的话，大门口传来女人的骂声："人死了没有啊？我来收尸，有没有赶晚？"在门口蹲着玩的姐弟三冲出去高声喊着"奶奶！奶奶！"桂娘对二婆笑了，退了出来。滩头的徐碧来了，是她吩咐李三去请的。

那天突遭横祸后，人们用船把二婆送到河西脆饼店。原来高海天把范家闲着的房子租下来开了分号诊所。范家过去在滩上算得上是个大户人家，有钱。要不，也买不起从京城被拐卖过来的名角徐碧。高先生把诊所开到这里，也不单单看的是有空房，还有人。徐碧是修道院出身，从小学过护理，能帮他做好多事，两人在一起还说得来话。有人愿嚼蛆就嚼吧，干脆不偷偷摸摸的了，明明没做见不得人的事，你爱怎么说就怎么说。北隔壁姑嫂俩有时候也偷偷来侦察一番，穿着白大褂的徐碧，和穿着袍子的高先生，给人家病人正儿八经地看病，包扎打针、煎药，就是免不了头碰着头、屁股撞了屁股，病人都没说闲话，你总不能抓把糟糠搓成绳、死雀儿说成在天上飞吧，没人信哪！关键是范五乐意。

徐碧无意说起高先生在找房子开诊所分号（当然是不是无意那是另一回事），范五急忙问："想开哪里？定了吗？我家有房啊，来我家啊！"那急于求成的样子仿佛是一桩大买卖，唯恐被他人抢走。徐碧全部理解范五的意思，她当然愿意，但总有些忌讳。徐碧原本就是想让范五出头，可是看着范五这个样子，徐碧不免心里隐隐作痛，良心上不该这样作祟人。

　　高海天对范五生育能力的先天性缺陷一清二楚，范五的父亲带他来找他看过，但爱莫能助，为安慰范老头，也开过几十服药，他心里知道，这药只是补身，不能补春。徐碧进了范家，两人老是吵架，其实说吵架是不对的，一声高一声低的都是女人在哭、闹、骂，男人可一句都没说。三娥愤愤不平，范五从她门口过，他骂范五没用，说："五哥，你喝了乌龟尿哩？她凭什么这么对你？就凭那张破脸蛋？骚的！你问她，上头脸面可能盖得住下……"范五连忙掩住她的嘴，说："妹子，她没跟我吵架，是在做戏哩！"

　　范五晓得是自己的缺陷让徐碧怨天怨地，换谁还能天天笑着个脸？人家没七老八十，是该骚的年纪！他就变着法子诱她去高先生那里去，说是看病，是给徐碧有个解闷的机会。高先生是滩上最有学问的人，他信得过他，娘子已经够苦的了，再不能让不三不四的人欺负，找也应该找个不仅靠得住，还体面的人。他第一次看到从高海天郎中店回来的娘子，气喘吁吁，脸色红润，碎步走得飘起来，还在他额头上亲了一口。他像喝醉了酒似的高兴。她高兴他就高兴，他才不往深处想呢。

　　高海天要开分号找房子，范五听徐碧这么一说，自己找高先生去了。连个字据都没有，他就把河东郎中店的东西搬过来了，诊所分号就这样开了起来。他在门口贴烧饼，奶奶徐碧在里头帮高海天打下手，范家早没吵架声了，徐碧的嗓子唱得比过去更有声色，屋子里多了须生，高先生还唱得人模人样。范五听着里头男欢女悦，烧饼贴得比早先还起劲。他要的就是这样的日子。

　　二婆被鬼子糟蹋得不成样子，凤娘第一想的就是送到河西范家去，高先生擅长妇科，徐碧又会护理，范五心善，不会对二婆少脆饼。要把一只破蛋壳子还原起来不是一天工夫，弄回荡西二婆肯定活不成的。王汉林抓鱼的船就在河边的芦苇里，他见凤婶招手，飞快地撑过来把二婆送到范家，徐碧抱着二婆哭得像个泪人似的，不知道是哪戏文里的几句，唱个不停：

　　想奴家，遇强盗，饱受欺凌；
　　满以为，世间苦，为奴派定。
　　谁知晓，楝果苦，还有莲芯。
　　小冤家，皮肉嫩，天仙羞见，
　　却落到，大漠内，禽兽成群。
　　儿啊……儿啊，身不足惜玉入土，
　　儿啊……儿啊，香陨荒郊无人怜，
　　无人啊……怜……

唱到伤心处竟不能自已。

戏子懂戏文，懂戏文的人其实就是有文化，懂戏文才能入戏，入戏就是动了真情。徐碧这一唱，又看到二婆的遍体鳞伤，她想起做女人的苦楚，因为她是女人。生在寒门学唱戏，长得漂亮被有钱人买去做了外室，结果被那有钱人的太太卖给了女儿滩范五，苦的是范五又不是真男人⋯⋯这一路走来，不是人是牲口，惺惺相惜，一看见二婆这个样子，她动了真情，认二婆做了干女儿，把二婆留在脆饼店养伤。

第四十四章　范五死了

范五病了，还病得不轻，他天生胆小，滩上发生的一连串的事把他吓病了的。从淮阴来的政府军对刘林开的那一枪开始，青霞投河，牙医店的老太太为儿子拔牙的一张椅子被火烧，毛惠，隔壁蒋珍儿，住在她家养病的二婆……受这一惊吓，范五就爬不起来了，二婆外伤好了，能行走自理，范五却过了气。范五无后，丧事上，披麻执杖是二枣夫妻。本来已挺过来的二婆，送殡经过她被强的滩岸上时，岸坎下有块几丈见方的不毛地，不知是谁多了句嘴："嗳，二婆就是在那左边的凹塘里被……"虽然压低了嗓音，但对她来说如雷击顶，痴呆呆地杵在那里。身边的人还以为她为丧事劳累过度，搀扶着往前走，直到死者入土。大家都帮徐碧收拾余事去了，她一个人回家，半个时辰的路，二婆走了三倍工夫。回家后不吃不喝直到今天，约莫半个月了。桂娘没办法，才想起徐碧，就叫李三去请她过来劝劝。毕竟她们是娘俩，二婆的命，大半是徐碧服侍过来的。

范五死了，徐碧伤心，虽说是鲜花插在牛粪上，对自己却百依百顺，人生一世，什么情啊爱的，那是戏文里的东西，男女两个在一起了，没分开过日子就是不想放下对方。范五没吵没闹，却默默无闻、不辞而别地先走了。人没死，你只死死地眼盯看着对方的毛病，范五一死，徐碧就想着他的好处了。她守着躺在棺盖上的范五尸体哭诉：

亲啊……
你在滩上奴北平，戏子烧饼结了亲。
暗地毛病不该娶，死心塌地贴烧饼。
有个丈夫挂个名，空披绸缎好伤心。
奴明里搓丝织绿巾，羞你辱你三十年。
你却不生半点气，郎君戏子只调情。
婢眉奴眼笑相迎，佛相送奴桥上行。

亲啊……

活时嫌你窝囊废，死了才知你啊……

横着长的银啊，

竖着生的是金……

二婆什么时候走的，身子怎么样了，徐碧什么都不晓得，心全扑在办范五的"七事"上了。昨天范五"三七"，她前天就把二枣叫来帮忙，两夜没让他回去。早上李三来喊她，她正跟高海天商量范五"五七"上的事，一听说二婆怎么怎么的，她才想起今天干女儿没来。早上她还在问二枣，你奶奶今天要来吧？她父的"七"怎能不来？二枣含含糊糊地说："要来的、要来的。"他怕徐碧，风风火火，又是死了丈夫，伤心着，不敢惹她。但二枣也是个经过世面的人，他给道士打了招呼，画字磕头的事叫他，一个女婿半个儿，女人代不得的。"三七"算个"大七"，客也多，帮忙的也多，徐碧没想着要二婆做的事。李三一说，她急了，骂二枣："这儿死了的不得活了，你奶奶活着还往死里钻！你的嘴呢？给奶奶缝啦？怎么不放个屁？还是放屁没缝了？那么多人帮忙少了你不转？快去推车，混账东西，糊涂！"这就坐着二枣的车，跟着李三来到荡西。

二婆听到徐碧说话的声音，撑着起来叫了声"娘"，徐碧指着二婆的脸喝骂："你还认得我是娘啊？都是女人，就是你金贵？不是你作践的，你怕谁嚼舌根啊？作践的畜生都给撕成了碎片，你也解恨了吧！你寻死，嘴长在别人脸上，想嚼蛆时你能缝了她的嘴？背后嚼我舌根子的事的鬼东西多了，我听到了就去寻死？还是当着她们的面脱下裤子保证：'再看见我去郎中店你就拿针来缝'？呸！这世道上谁做贞节烈女？那是戏文上唱的！你还寻死寻活的？连桂丫头说了你也不听。好啊，死就死啊！桂姑娘，找绳子！二婆，我跟你说啊，你可不是我身上掉下来的肉，你想做的事不敢做，我做得出，这不，你要死，别害我，先把你生的几个没长毛的东西用绳搂死你再死，我可不帮你又收尸又带伢儿。我眼泪流了几大盆，白疼你了，成全你！说，先搂大的还是先搂小的？说啊！"伢儿们从来没见这阵势，抱着奶奶的大腿哭成一团。徐碧就像没看见似的，还直着嗓子喊："别哭丧，等你娘先为你们哭丧，没死的再嚎不迟！"床上的二婆放声痛哭。桂娘一看，心里舒松了一口气，这女人啊，心里闷着事，只要一哭就开了窍。徐碧没放松："嚎、嚎个毛！你不搂死伢儿我先带走，晚上等我和你高叔办完了酒，你就算我死了，到滩上来帮我吼几声丧，我九泉下会谢你的！"说着吩咐，"小木匠，把伢儿抱上车，她要死，到我门里来吊，你范五叔走了不远，赶着做个伴！呸！没出息的东西！"顺手将门一带，"哐"！二婆呆若木鸡，好半天喘不出气来。桂娘掩上忍不住要笑的嘴走了。原来她还以为，女儿滩上二嫂子算得上"春"骂武打的头牌货，今天才领教了真头牌的张嘴。

桂娘笑完了又叹息，要说女人不容易，戏子要排在前头，在台上，要明眸流转顾盼生辉，才博得满堂喝彩，到台下低声下气看人脸色去讨生活。既要学戏，还得学会怎样应付三教九流。徐碧的一番痛骂把二婆骂醒了，被鬼子糟蹋了已是不幸，但有人把这不幸当戏看是没人性。世上人有千千万，不得一样的，都是像竹筒里的筷子长短高矮一个样，还不分公母，有意思吗？你说你的，我过我的，天天说盐也成了没味的豆渣。但你陷入里头不能自拔就错了。桂娘悄悄地隔着篱笆看，二婆起来了，还下河滩梳洗一遍，嘴巴上的褶子里扑了粉，换了一套干净的衣裳，打着精神、满心欢喜地跟在后面的二枣要扶她，还给推到岸埂下去，好险跌了一跤。二枣骂了句"春"话，她头也不回地说了句："再骂'春'话我就撕烂你的嘴。"

那天晚上徐碧办了两桌人，算是她和高海天圆房，不藏藏掖掖的了，暗垫改成明盖，只是把房做在西头，她和范五困的上首屋原封不动。干娘的大喜日子，二婆去了后就不准徐碧做事，她把伢儿往奶奶跟前一送，说："娘，你好好打扮一番，扑点粉涂点胭脂，晚上给我们来段《甘露寺》里头孙尚香的戏吧。""你娘恶得像个夜叉鬼，还懂个孙尚香哩！"徐碧抱着二婆的儿子笑弯了腰。二婆装着咬牙切齿，说："娘，你别打嘻人，今天孙子就跟你睡，叫你跟干父两人床上的戏演不成！"徐碧要抓她打，她像条泥鳅，滋滋一扭拐着小脚跑了。徐碧叹了口气，心病难治，对准了药，好得快。二婆挽起袖子做事去了，还给二枣派这派那，她灶房里搓圆子，堂屋里点烛上供祭祖，床上垫新草，铺被盖，换枕头，搬马桶，她"一手遮天"，里里外外二婆张罗得滴水不漏。晚上徐碧给大家喝了两碗酒，戏是少不了的。她唱的是"程派"，《凤还巢》音腔幽润婉转，真个柔美好听。

　　日前领了严亲命，
　　命奴家在帘内偷窥郎君……

先是西皮导板，后改慢板。她唱，高海天用筷头时敲桌面时敲碗，近朱者赤，近墨者黑，他摇头晃脑，敲得有板有眼。徐碧唱"偷窥"两字时，害羞答答，顿韵挫节，"窥"字要绕老半天才得出唇。郎中仰起头凑着她耳朵悄悄说着俏皮话："不是偷窥，那天你是直闯进来的，胆大得很。但我可没有让你如愿。"徐碧唱没停，只是兰花指拧着了他肥嫩的肉耳坠，等"君"字余音全尽才放手。郎中龇牙咧嘴了半天，但打着拍的筷头还能打在点子上。

人散夜静，二婆是个懂事的人，儿子女儿都想赖在奶奶家不走，都给二婆两巴掌吓着跟自己回家去了。高先生拴上大门，关上二门，院子里今夜没一个病人。他搀着酒多了的徐碧进了房间，想待候她洗漱上床。洗漱好了，徐碧不准高先生关房门，眼瞪着对面的房间，那是她和范五睡了二十九年的屋。她又想唱，高海天说："今天就不唱了，说说话好吗？平常你来店里找我说话，要门关起来说，我不肯，你哭，我晓得你是苦命女人，就依了你，关起门来你唱，把我当着看戏的，我拍手是你唱得真好，你投入了角色，把我当成了戏里的郎君，要做爱，结果闹了好多闲话，吴二说我店里闹老鼠，闲言碎语满天飞。你还来，我还等，就是图给你个高兴。戏子苦，但也是个人啊，来到滩上就是滩上的女人。我们清清白白，范五懂，人家说他老实忠厚，懦弱得很，明知人家说着我俩的闲话，他还送你到桥头。他坏着呢，心眼儿多得像他贴的脆饼上的芝麻，别人还以为看着我们狼狈为奸他装聋作哑哩。"徐碧偎在他身上，高海天慢慢地给她扯着发里的白丝。徐碧说："我相公是真心让我跟你好，他是个爷们儿，自己有缺陷不是我的过，他希望我活出真正的女人味来，而不是做太监娶女人做摆饰。唉……"高海天说："我知道。"他扶起徐碧坐起来，两人看着对面的屋子，触景生情，徐碧泪如雨注，想起了鬼子在桥头杀徐宾的那天晚上的事。

徐康正式露面后，把桥头管控交给了徐宾。徐宾为报私仇，老是无事生非，人模狗样地盘查行人。高先生河东一个诊所，河西一个医院，徐宾狗仗人势，不准高先生去河西。越是威望高的，他越是看得紧，老铁匠生了病不大走动了，滩上人物就剩高海天。他就拿捏。

高先生好多天去不了河西，急煞了徐碧。就是王洪推车来磨坊买面的那天早上，徐碧等不得了，直接想去河东找先生，走到桥头就被特务拦住。回家闷闷不乐，把怨气撒在范五身上了，撒完气又唱：

奴家本非乌鸦身，戏楼取"凤栖"，名享半京城……

指望倚枝挡风雨，没想到，你范五，枉为男儿身。

……

霜染海棠姿色尽，鬼不鬼来人不人……

徐碧在屋里哭，范五仿佛像没听见似的，从徐碧由桥头返回到家，他紧紧地关上大门，全神贯注地盯着街上的动静，奶奶再哭也不会死，鬼子万一闯进院子杀了她是大事，他胆战心惊地从门缝里瞄着滩上的情况，鬼子的军曹杀徐宾，扬刀的时候他惊叫一声晕过去了，仿佛刀是朝着徐碧砍来的。等醒过来的时候，他顾不了尿湿的裤子，去屋里寻找撑门的木棍，边找木棍边喊"娘子"，屋里却没有"娘子"的声音。他朝屋里一看，"娘子"昏躺在地上，这才紧张起来，想起了刚才徐碧哭唱的事。其实徐碧哭哭啼啼，笑笑唱唱已是屡见不鲜了，范五习以为常，但唱昏过去却是第一次。他抱起徐碧呼喊着"娘子，娘子!"一声比一声高，就是呼不醒。范五坐在地下敲头击胸，不知道怎么办好。正着急时，门外急促的敲门声响起，他以为鬼子来了，反而不怕了，他对徐碧说："别怕，娘子，有我在，别怕，两死一，我死。"说着又苦着脸："只是都死，为夫就没办法了。娘子知道为夫是个没用的人，正如你唱的'你范五，枉为男儿身'。要是高先生在就好了，一箩范五都比不上高先生一个。"

敲门声越来越急，范五的心要蹦出来了，颤颤抖抖毫无主意，嘴里念念叨叨："老高……老高……你这时候死到哪里去了？要死了，要死了，我死不要紧，你快把我娘子救走，你快把你娘子救走……你不能都是光说不做的无情人。"语无伦次，但紧抱着徐碧的两手没放，眼盯着大门。虽然目光恐惧，但想做困兽犹斗、要守护他娘子的架势还是令人置信的。门被推开了，看到进来的人，他大喊一声说："亲老子，你终于来了! 快、快，她昏过去了!"范五没想到进来的还就是他念念叨叨的"老高"。自徐碧进了范家，他对这"老高"是既恨又慕，还妒忌，但又少不了。徐碧在他面前是个喜怒无常的"娘子"，逢到娘子发怒火、生怨气、徒伤悲时，他十分惧怕，不是怕娘子打了他或拿他出气，是怕她伤了身子，可是又没法子对付，他就去找"老高"，"老高"能治百病。

高海天被隔在河西已是几天了，他知道徐碧的脾气，也挂念着她。早上他在郎中店里看见徐碧没过得了桥，病恹恹地回去了，他心急如焚。就这时候桥上发生了鬼子杀了徐宾的事，王洪又被"吓"得躺在地上，他赶忙从店里冲过来，不是为徐宾，徐宾死了滩上还得放鞭炮庆贺的，他是冲王洪来的。一看无碍，脸上、身上的血是徐宾喷出来的血溅的，他放心了，高先生送王洪回家后，就匆匆赶到范家，徐宾一死，桥上已撤了岗哨。

高先生叫范五把徐碧抱到床上，范五说："你抱啊。"他没说裤子湿了缠在腿上动起来困难，说实话，腿也软了，没有刚才撑门时的力气。高海天一来他放心了，身子就跟着软塌。高海天顾不上什么男女授受不亲，把徐碧抱上床，轻轻地呼唤，徐碧没说话。他把着脉，知道已无大碍，静静地陪着她，一会儿徐碧眼角却滚落出两颗泪珠，说了句"冤家"。女人醒了，没有睁开眼，挣着身子扑在高海天怀里。高海天像哄着小孩，说："别怕，别怕，徐宾被鬼子杀了，狗咬狗一嘴毛，畜生死有余辜。"两人就这么拥着、坐着，离范家不远的铁匠铺子还有磨坊发生的事他们全然不知。过了一阵，还不见范五回屋，徐碧不放心，叫高海天搀扶着来到院子，看见范五又找了根棍子抵着大门，但他已气若游丝。徐碧扑在他身上哭得死去活来，她知道范五想用那根棍子挡住想进来的鬼子，只要她安全，做什么他都愿意。

只过了十来天吧，范五死了，临死前握着徐碧的手交给高先生，看见高先生握着了才断气，脸露笑容，如释重负，很安详，像放心出门看蒋荣青杀猪去了没两样。

范五这一死，徐碧开着眼，闭上眼，全都想到了嫁给了范五的许多好处。望着对面的屋，哭得天昏地暗，高海天就这么抱了一夜。第二天到了晚上，徐碧说："先生，你先去河西住几夜吧，我……"高先生什么也没说，烧水、摊被，服侍她上了床，才吹熄灯掩门去了河东老店。这中间滩上闹起了特务，弄得人心惶惶，高先生对她一个人睡放心不下，要来跟她伴夜，她说她去河东，反正不让先生睡在河西。高先生知道徐碧内心别扭，来范家三十年，衣来伸手，饭来张口，但没做回丈夫，总感到对不起范五。范五过百天的那个晚上，徐碧请老铁匠和王洪过来做中人，写下"招婿为婿"，有了儿女要姓范的"纸面"，两人才正式在范家居住。

过了段日子，徐碧告诉先生，两个月没来"身子"了。先生一搭脉，好生激动，说："太太，你有喜了。"徐碧说："多大年纪了，还喜？你想'后'想疯了吧？"先生说："不瞒娘子说，这段日子，你病病恹恹的，我在给你煎药调理，也就多了份心思。为人一世，草木一秋，但能有个完整'过程'还是应该做的。你孤苦伶仃从京城被卖到这里，举目无亲。嫁的人又是不女不男。人到中年，太阳歪西，我不能眼看着你又孤单地离开这个没后人能记起你的世界，不是我自私，你得要个孩子，享受天伦之乐是人生不应缺少的过程。看着娘子想着范老哥就撕心裂肺地哭，我就想着，无论是男是女，伢儿生下都姓范，他是范家的独苗，给他留个后吧。皇天不负我心，你真的有喜了。"徐碧看着高海天，仿佛不认得似的，过了一会儿，叫了声："我的卿卿……"扑在先生的怀里。

那天写招婿为婿的纸面文书，海天买了四色糕点过来的，徐碧请出范家祖上牌位，二婆、二枣早把白烛换红，供上糕点。徐碧从箱子里拿出从来没见过的汗巾给了高先生，还有一盒脆饼，脆饼能放时间长些，烧饼软的。脆饼、烧饼是范家的起家之缘，这些算范家的聘礼；汗巾，是她娘把她卖到戏班子时给她的，汗巾黄海边没有，是北方的东西。按娘家的规矩，娘家给的汗巾，是女儿嫁人时的定情物。几十年压箱底没动的，眼下派上了用场，她取出来给了高郎中。两人在范家祖宗前当着众人的面磕头，算认了"祖"。然后两人坐在堂上，让二婆夫妻带着伢儿磕头，这就完整了，认了女儿女婿，范家有了外戚。写招书的时候，高先生要写招婿为"子"的，徐碧没肯，先生在滩上有头面的人物，"招"字就已经给了范家面子，再招婿为"子"太埋汰人家了，"高"姓要改"范"姓的。

那天正好是农历七月二十一，日本鬼子中午十二点宣布投降。女儿滩像煮开了的锅，沸腾了，顾三禾召集滩上的积极分子和骨干组织庆典，他是共产党组织在滩上的最高长官：党支部书记；女儿滩乡长。只是匆忙点，在桥中间搭了个彩门。到了晚上，十里河滩张灯结彩，水面上银光点点，岸上的灯和漂在河里的灯交相辉映。范家招婿认亲仪式一结束，一家人迫不及待地出来了。徐碧一身戏装打扮，那个扮相，女儿滩人大开了眼界。高先生一身西装，两人手牵着手走上桥来，徐碧"噫……呀……"一亮嗓子不亚莺啭凤鸣，整个场子全静下来：

> 恨胡儿乱中华，强兵压境，
> 幸三镇肯同心，共伸忠愤
> 明日里抗金兵分头应战，
> 全仗那中军帐号令森严……

这句的"严"字拖腔却越来越低，人们抬头向桥上看去，徐碧兰花指指着王家面店前松柏翠绕的烈士墓园唱不下去了，好半天才续上一句：

> 得胜鼓慰忠魂……
> 哭不成声……

顾三禾来了，紧紧握着徐碧的手，轻轻地说："碧姨，谢谢你，烈士九泉有知，忠魂在舞。今日庆祝胜利，又逢你们大喜，唱点高兴的。"他悄悄附着徐碧的耳朵说："赵二夫妻在你们后头，哭得像个泪人儿似的，唱高兴的。"赵二的媳妇蒋玉姑娘被鬼子糟蹋死了，徐碧一哭，当然难过。高先生说："对，唱点高兴的，我也和上一两句。"最后两人合唱了四句，至今大家还记得词儿：

> 一线劫后余生牵，二度梅开太平年。
> 三生石前情早定，四方朝拜谢乡邻。

　　炮楼被端了，滩上久违了的早市又恢复了往日的热闹，大大小小的店铺里，无论老板还是伙计，都用讨好的表情招呼着探头的客人，连满脸是汗的毛平，抢锤敲打着火红的铁块时还不时地扭头望一眼门外。老铁匠干脆端来椅子当门一坐，左手一把花生，右手握着刚温的酒壶，耳听着儿子"叮叮当当"的锤声，眯着眼睛笑跟来往的行人点头打招呼。媳妇玉姑娘在炉旁拉风箱，风吹腾起的火焰能给太白金星炼长生不老的神仙丹。说是春天，满屋却滚动着只有盛夏才有的热浪。毛平打着赤背，玉姑娘大敞着怀，今天她有些心不在焉，拉风箱时停时拉，严重影响炉里的活，她顾不上挨男人训斥，眼睛一直盯着老铁匠，老人昨晚上床前就说头痛、头昏，她放心不下。她对毛平低声说："今天少打两把锄吧，爹头疼着哩。"毛平骂她说："丧门星，老爹好好儿的，你在咒他死？"玉姑娘没理睬，拉风箱的手看着慢下来了。她担心的事真来了，老铁匠手上的壶掉在地上，花生米洒了满街，歪歪扭扭地倒下去。她腿疾眼快，冲上去一把扶住，连叫着："爹你怎么啦？"她边叫边看着斜对门烧饼店，看高先生可在门口。毛平扔下锤了，跳出来直骂沈玉："你、你、你，还看什么，怎么办哪天哪？天哪？"他碰到突发的事就是这样。沈玉司空见惯，不慌不忙，喊在家的女儿秀儿："快，倒半碗温水！"水来了，她把公公的嘴巴轻轻捏开，朝秀儿点点头，秀儿把碗递到娘嘴边，她含了一口，埋下脸，对着公公的嘴一点一滴地润着公公干燥得发白已张不开的裂唇，老人已醒过来了。高海天来了，看似粗糙、其实心细如发的沈玉令他感叹不已。这女人不简单，从发现自己跟毛平做不了夫妻就想着往后的日子，心思缜密得很。能行能断，得到了就止步，她得给毛家体面，人活在世上，面子金贵！

　　老铁匠躺了，探望的人络绎不绝。下晚桂娘急匆匆赶到铁匠铺子时，老人已在弥留之际。她握着沟壑如犁、糙坚如甲，抡了一辈子铁锤的老人的手轻轻呼唤着爷爷。老人听见了，喉咙抽动，嘴唇微张，应该想要说点什么，手指还在她掌心抽动，几句清晰的话屋里人都听了个明白："闺女啊，天南海北，我们竟成了邻居，是缘分；我都是跟你学的，只记着别人的好，心里从不记恨，看似亏了，但心里踏实。闺女你做得好哇，你是标准的女儿滩上的女儿，大家都要向你学，别哭……闺女，人就像水面的萤虫，闪烁的日子好短暂……'唰'的一下，还没放屁的工夫长……还没听到屁响，就……没……啦……"桂娘点头又摇头，老人又问："你、你、你九哥有……有……有消息吗？还……回……回……来……吧？打虎亲兄弟，上阵父子兵，滩上跟着去的人要帮他啊……你……你……你也放……不……下…他……吧……"桂娘心里一阵慌，要哭，她没法回答。

　　唐九离滩的时候，滩上好多青壮年跟他当兵走了。张一篙子的儿子卢张飞也去了，参军的人中，年纪最大的是费麻子。张强为了安抚费麻子的心，儿子的名字中带了个"费"字，但只能是别音，"费""飞"差不多，叫卢张飞。虽然谁都晓得伢儿是麻子的种，但面子账还是要顾的。伢儿只能姓卢，卢家把珮姑娘嫁给张强的时候说好了是"招婿为子"的。别说伢儿了，应该张强也要改姓卢。可那时候顾不得这些小节，珮姑娘肚子大了，急着找个有个像样的人收，指"像样的人"。不像样的光棍多的是，有个女人站在窑顶上打个喷嚏，仰着脸张嘴，想等唾沫星子的几十、几百基本都是光棍。

　　张强说暗地里让儿子认他是父亲，费麻子跪下就朝张强磕头，说篙子是他的再生父母。为了报答张强的恩情，他真的把珮姑娘的父母当丈人丈母了，先把被他捣烂了的两家的隔帐重新修好，还跟着老爹上窑挖泥。张强窑上忙，伢儿又多，卢家有事麻子全包了。当然对儿子更好了。儿子决心跟唐九去海上打鬼子，他也报名。唐九看他年纪大不肯收，他脸上麻点子全鼓起来了要跟唐九拼命。就这样他跟着儿子一起上了黄海。卢张飞回来了，负伤回来的，不算重，脸上给飞溅的弹子儿烫了几个深麻点。唐九晓得伢儿家里的情况，三家合一子，不能让他再在部队，强送他回滩。费麻子也跟儿子回来了，是躺在棺材里回来的，炸死费麻子的那块弹片是替卢张飞挡的。父子情深，没人不晓得他是他的儿子，只有儿子不懂。世上就是那样，为了儿女能好好地活着，做父母并不是把命看得怎样值钱。卢张飞扶棺送麻子回乡，高家、卢家、一窑的人、满滩的人都哭，包括卢珮姑娘，特别是卢珮姑娘的父母，看到躺着不动、舒展得面皮平坦的费麻子，都忘掉了他跟女儿偷情给他们的难堪，却念着麻子的好处来，特别把生留给了卢张飞。卢家就这么一个独苗啊。

　　卢张飞葬完了麻子就来到荡西看唐老夫人，他是个懂事的男子汉，跟老夫人只说好的不说坏的，坏消息只能告诉桂娘，唐九心情并不愉快，他老惦念着滩上的人。还有国民党只指望他打鬼子，待遇却当成小妾生的，不是亮出唐字号旗，沿海乡亲常接济，他们就成了散兵游勇。

　　桂娘看着在弥留期间还记挂着海上战事的老人，能告诉实情吗？铁匠张着嘴，目不转睛地盯着桂娘。桂娘说："有消息！好消息！打完了鬼子就回滩找你喝酒。他说回滩哪儿都不去了，住你铁匠铺子底下，跟你合床！"老铁匠笑了，闭上了眼睛，他相信这王家姑娘的话，她不会说谎。

　　日本鬼子投降了，唐老太太老是由桂娘陪着来到滩上大桥上，她请沙婆婆从面店端来张椅子靠桥栏坐着，望着去大海的方向。张强的儿子带来的好消息只是消息，她要见到儿子好好儿地带着兄弟们站在面前才相信。鬼子都投降了怎还不回来呢？就是军务忙也应该叫崔玲姑娘回来告诉她，黄海、东海就那么大，又没说叫你打到南海、北海去。老人是个聪明人，她不敢往坏里想。忧愁埋在心里只是不说，现在是满头白发，流干了泪，天天望着远方望着天边，最后眼睛看不见了，在心里呼着儿子的名字。桂娘安慰她说："娘，九哥会回来的，海并不是无边，就是舰开到对岸也会回头，你平白无故地伤心要伤身体的。你不在了，九哥回来问我要人，我怎交代？"老妇人很听干女儿的话。再不去海边了。她在赌气：小子你总有回来的一天，我不可能再来河边接你了，就坐在堂上等，你回来了，叫你到堂前跪一天。桂娘嘴里在安慰着，心里比老太太还难受，唐九生死不明比死了还揪心，因为亲人死了，生者就彻底断了念头，像王浩那样。生死不明，煎熬着活着的人。桂娘看着老夫人强装欢笑，其实心如刀绞，真可谓"一夜思亲泪，天明又复收。恐伤慈母意，暗向枕边流"，着实难为了姑娘。

第四十五章　挥泪锄奸

1947 年的秋天，三官殿来了一班人马，外罩黑衣裤，内衬白布衫，圆口鞋、青绑腿，头扣一顶礼帽，斜背匣子枪，骑着脚踏车来的。他们先到顾家园里转了转，然后来到三官殿驻扎下来。殿前挂起了牌子，写着"国民革命军通州先遣还乡团女儿滩分团"。午后，骑着脚踏车沿滩贴着告示，通知乡民于第二天吃过饭到殿里开会。赶走日本鬼子，国民党正式发动了内战，滩上新四军的有生力量都被调到苏北打仗去了，只给党支部书记兼游击队教导员顾三禾留下少数骨干，党的工作由公开转到地下了。

形势变化有些突如其来，又要开什么会更弄得人心惶惶。顾三禾通知大家别硬顶着，开会就开会，探探情况。

刚过了中秋，送走老铁匠也不久。滩上的芦花已发了黄，只等西北风起就转灰色。太阳开始将三官殿院前的白果树影子向东拉长的时候，树下已挤满了来开会的乡亲。当主角儿登台亮相时，大家倒吸了一口气。一身黑衣黑帽队伍中，唯一戴大盖帽、穿国民党中尉军服的军官、却是失踪了四年的顾五。顾五没死！这几年上哪去了？回来又要干什么？摇身一变又投靠了国民党，而且带来一班人马。人们不禁朝人群里看，他们在为桂娘担心，这畜生回来可是跟邱萍母子的生死有关系？

当年昏沉沉的顾五，不分东南西北地跑，迷迷糊糊来到了镇子上。西街头酒楼原是他的老据点，老板早晨开门，随着门闩一拔，却滚进一个人来，老板吓了一跳，摸摸鼻息不是死人，他放心了，赶紧和伙计抬进来。老板蹲下一看，认出了是顾五。他和一班混混儿经常在这里胡闹，搅得少了好多生意。好长时候不见落得他个高兴，结果又来了，真是阴魂不散，老板叹了口气，这家伙所作所为镇上早有所闻。正想怎样打发时，顾五醒了。醒归醒，他不走，说就这店里住下，说老板少他的钱。老板跺脚不已，好人不能做哇，他发觉顾五的神情不对，像生了脑子病。只好在厢房里搁了张铺让顾五住下来。养了几天，顾五清醒了，算不错，还躬躬腰算是谢了谢老板救命恩。老板心里说，别谢了，赶紧走，我谢你！果真顾五要走，只是向老板借点钱，他要去淮阴。老板是巴不得他早走。急忙从柜台里拿出几块大洋给了顾五。

顾五从镇上坐船来到淮阴，那时脑子还是糊涂，他认识淮阴当团长的陆国栋团长，就是派人来滩上打死刘林和七姨太的那家伙。陆国栋找他姐夫司朝清看好过花柳病。这是多少年前的事，是在姐姐家认识的。他不知道怎么忽然想起来了，就去找陆国栋。陆国栋接待了他，他自报家门，陆国栋客气得很，好酒好菜招待他，还留了几天，他发现陆国栋过的日子那才叫日子，妻妾成群，出门小汽车，当兵的见了他立正敬礼，那威风不是滩上能见的。他不走了，说谎说姐夫叫他来谋个差事，混个前程。陆国栋说："好哇，小事一桩。"其实陆国栋已看出他脑子出了问题，胡乱搪塞他，交给后勤当个军需官。慢慢地，病好了，家里的事他全想起来了，第一件事就想着报仇。他把儿子没了、老婆死了都归咎到桂娘身上。日本人投降了，部队调防，陆国栋的这个团调到了通州，他跟着回来。陆国栋烦他，给了个"还乡团"长头衔叫他回家。顾五欣喜若狂，只要了一套中尉军服这就回来了，算是衣锦还乡。回到顾家院子一看，不到两年的光阴，院子里杂草丛生，墙塌树枯，檐下挂满了蜘蛛网。他触景生情，念子之情倍增，他立刻赶到镇上，还是那个酒店，一身戎装腰里还挂着枪，老板吓得浑身抖颤，总算认出来了，是他救的顾五。马上叫老婆亲自煨酒。顾五说："老哥，今天我顾五就不客气了，酒不喝，给我出点血，帮我办十六套青衣黑帽，十六部脚踏车，我是奉陆司令命令回滩建'还乡团'的。"老板苦着脸，说："这……我……"他为难，衣裳没几个钱，脚踏车不是几个洋钱买得到的。顾五站起来了，他寻他二年前在这里睡的床铺。老板吓得忙拉着他的手说："我的亲老子，办、办、办，三天后送到滩上。"顾五说："后天饭时候我带着十六个兄弟在这里喝酒吃饭，算开张。记个账。"顾五就就这样"还乡"了。

顾五两手叉腰，跛着步子在人群里找人。十六个便衣端着枪站在殿檐下虎视眈眈地看着来开会的乡亲。人们和顾五怒目相对。看着顾五左顾右盼的样子晓得在找桂娘。他们一个紧挨一个把桂娘一家护在人堆里。毕竟桂娘是个人不是根针，顾五两次一瞄就看到了，说："我老顾今天回来，说是为政府做事，其实当官我不感兴趣。我是要借这身皮回来跟新四军、跟我邻居李三木匠的奶奶要儿子的。眼下政府已收拾了日本鬼子，接下来就收拾共产党了。我晓得我的弟弟一直在为共产党做事，我回来还没来得及找他。共产党的末日到了，还敢和蒋委员长对抗！叫……叫什么的呢？"他抓头皮想着新听来的词儿，"对，叫什么'投石'？就是共产党连子弹都没了，找石头跟国军打，打得赢吗？"读过书的人能听得出来，他想说个"以卵投石"的词儿，虽是好笑，但笑不出来啊，这畜生昏糊了脑子找桂娘算账，那是恩将仇报哇。滩上谁都晓得发生在天龙、七星两个伢儿间的事。他在继续演讲："不要紧，你们帮我给三禾带个信，只要他识相投降政府，把参加共产党组织的人名单交出来，滩上的官还是他当，我不稀罕。我只要报仇。报了仇还管我的一亩三分地。"他对被大家围在白果树下的桂娘招招手说："桂娘，你出来啊，别以为大家护着你就没事啦？一人做事一人当，别做缩头乌龟。"桂娘过来了，人们不让，她手揽着的伢儿大概被人踩了脚，哭着喊"娘!"顾五先没看见伢儿，一声"娘"使他兴奋起来，下台阶朝人堆里走去，人们不让道，他对天就是"当当"几枪："谁挡打死谁!"桂娘大声说："谢谢大家，请让个道，两年不见，我愿陪东家拉拉家常。"人们只好让开，但桂娘还是难走，手上的儿子被枪声吓昏了，裹着她的腿。顾五不急，边等桂娘边开会："我顾五出去两年算开了眼界，也升了官。原先我只是个混混儿，只为钱。现在我是为了国，为党国，"他一个立正，"能肝脑涂地，大义灭亲，我顾五掌握着对你们的生杀大权!我这官是国民党下的委任状!共产党的红人桂娘先害了我儿子断了顾家的根，然后又分了我祖上留下的地!旧仇新恨像团火在心头燃烧。当还乡团长就是回滩报仇!桂娘，出来啊!还天龙命来!"顾五咬牙切齿，和得了狂犬病的疯子没区别。乡亲们毛骨悚然，他们又为桂娘担心了，情不自禁地拢起刚让开的道。顾五扳开枪机，凶神恶煞地对着最前面的高海天，是他和王贵手扣着手挡住了桂娘。他真要打了。却没提防从旁边蹿出个矮个女人，像是只护雏的母鸡，袒胸露腹，张着两臂，掀开的衣襟在风里猎猎作响。没等顾五回过神来，腮帮和眼皮被带尖甲的指头掐进肉里。冤家路窄，顾五已看出是断头坝前的二婆!顾五一声惨叫，丢下枪捂着眼睛，"疯狗!母狗!你还把我当顾五候?"他打着圈圈地跳，嘶叫喝骂不停。骂归骂，他没忘蹲下身子摸枪。不知道是谁把枪踢到人群里了，摸不着他暴跳如雷，歇斯底里地喝叫手下："开枪!开枪!别管老小，往死里打!"混混们把枪举起来了，"枪在这里哪。你摔到我脚下了。给你，叫他们放下，东家!"桂娘在人群里大声高喊。混混儿枪放下了，他们也不全是猪头脑。真的开枪他们没人能出这殿门，来开会的人上千，殿里殿外里三层外三层，人们已开始向他挤来，只要枪响，他们马上就会被捣成肉酱，更别说陆国栋给顾五的这些破枪能不能打得响还是个问题。当年为给二婆报仇，连鬼子兵舰都敢烧的滩上人不能惹急了的。桂娘出来了，左手拿着顾五的枪，右手护着天龙。他把枪递给顾五，说："冤有头债有主，东家别对大家摆刀弄枪的，你把枪扔到我脚下了，我在这里。"顾五稍稍平息了些，像磨坊下磨的牛，喘着粗气。他摸索着接过枪，用袖子擦干脸上的血，睁开眼，说："好、好、好!到底是有见识的女人，算你有种，敢作敢当。你说账怎么算？"桂娘说："钱财没有，要命一条，你真要吗？"顾五没回她话，他眼盯桂娘护着的伢儿。三四岁吧，长得虎头虎脑，眼睛特别秀气，顾五想，这就是桂娘的儿子了，不晓得什么原因，这伢儿似乎在哪里看到过。

　　桂娘来开会，把三个伢儿都留在家托付给老太太。走到半路，才发觉天龙跟在后头，这伢儿一步都不肯离娘。顾五一露面，大家晓得对桂娘不利，就把她一家掩在中间。桂娘把天龙护在身后，天龙抓着娘的裤子不放。一声哭，暴露了桂娘的位置。桂娘往前走，天龙抓着娘不放，裹着娘走。顾五的脸被抓破，黑一块、红一块难看极了。天龙吓得趴在桂娘怀前不敢抬头。顾五蹲下身来抓起伢儿的手捏在掌心，对桂娘说："桂娘，你倒是享受天伦之乐，儿子四岁了吧？我的儿子假如不死也这么大了吧。可惜啊，死在你手上了。这几年你晓得我老五是怎么过的吗？"顾五越说越激动，刚才的一点感应全被仇恨冲走。他站起来，对着桂娘又开始手舞足蹈，情深处号啕大哭，他说："我日夜想我的儿子，那是天上的龙啊，可他死啦，在这个女人手上当作新四军的伢儿死了，我能不报这个仇吗？"桂娘想说，天龙就在你眼前哪，顾五！可是怎么说呢？顾五这个样子天龙能认吗？她决定不说了，她理理乱发，护着天龙，她说："我听懂了，顾东家今天还乡原来是寻我报仇的，你认为是仇就报吧，刀砍枪打我不眨一眼，在顾家园子里、你为了几个钱已叫我死过一回了，那天算起，活到今天就是赚的。我只是弄不明白，问问东家，你儿子是条命，人家新四军的儿子就不是条命？他父母在打鬼子哪！你却倒行逆施，帮鬼子残害善良！苍天在上，三尺神明也在哀叹！邱萍妹子救走了那伢儿，丢下了天龙，她为什么这么做呀？她是在为你赎罪！你到今天还在发昏，寻我报仇，挥舞着枪对着乡亲！我死不足惜，邱萍姑娘的死，还不能令你醒悟！你怎混账到这等程度了的呢！"桂娘越说越激动，想起邱萍动了真情，她摸着被吓得抖抖颤颤的天龙叹了口气，心里在说："儿啊，你命不济，怎摊上这样的父亲？为娘就剩最后一个办法了，给他说破旧事，把你还给顾家，不知道可能让他回心转意？"她抬头看看顾五，正想着如何开口。没想到顾五一脚踢倒桂娘，抓住天龙的双腿，倒提起向空中一甩，桂娘一声惊叫，忽地站起来对着天龙张开双臂，落下的伢儿把她砸躺在地，母子俩都跌倒在顾五跟前。顾五抬起脚向母子踩去，桂娘猛地翻身，蒲扇大的脚板落在她背上。

　　"死了！死了！都死了！"顾五一阵狂笑，脚踩着桂娘的背，挥舞着枪对着人群开枪，一个头顶上一直扣着帽子的人骂了声"畜生"猛地抓住他的手腕，子弹向空中飞去。事情发生得太突然，乡亲们惊呆在那里，等回过神来，第一关心的是桂娘娘儿俩的死活,人们往前涌。谁也没看顾五高举双手拍打着巴掌,又跳又蹦地跑出殿外。那畜生又疯了,比上次疯得更厉害。那次是神志不清,喃喃自语地问人:"去阴间怎么走?去阴间怎么走……"这次是狂犬病。

桂娘渐渐从昏迷中醒过来。手上还吊着水。她睁开眼睛急促地找着天龙。转头一看,天龙就坐在身边,小手挠着她的手心。天龙大叫起来说:"娘醒了!娘醒了!"房门开着,门外走进一群人来,凤婶、杨素、唐老夫人、干娘云姑,还有滩上喜欢打俏骂骚的徐碧、周红、三娥那班老女人,人多屋小,三禾带着的同志没有进来。在最前头的是穿着白褂子的司先生。原来顾五走了后,桂娘和伢儿都被送到司家庄来了,桂娘肋骨断了几根,天龙也奄奄一息,高海天把母子俩送过来的。人家是高手,只有司先生能妙手回春。

天龙坐在桂娘身边,伢儿没有伤骨头,只是吐了几口血,好得快,只要有娘看见,他就不怕,桂娘昏迷,伢儿一步不肯离开,用小手指划着娘的掌心。这是司先生教的,吩咐天龙,只要娘的手指头在动就赶紧叫他。天龙就坐在娘身边不停地挠着她的手掌心一边看着指头,忽然发现娘的手臂在扭动,还睁开眼睛看着他,高兴地大声喊叫:"娘醒了!娘醒了!"在外头等着消息的大人进屋来了。

殿里开会后的十来天,几个还乡团便衣车晃铃响,耀武扬威地向荡西李家骑来。走头的是顾五。人们嘀咕,那畜生不是疯了吗?怎又醒过来了?还能骑脚踏车?去李家不是好事,有人去司家庄送消息去了。眼下滩上不仅有顾五的还乡团,陆国栋还派出一个连队。顾五得势了眼下他又扩充了部队,像朱功、窑上的彭四,如苍蝇闻到臭味都参加了还乡团。而新四军的主力都拉到黄桥去了,滩上形势蛮严峻。顾五的病多年不发,殿里开会乐极生悲又发,眼下又好了,高海天说,这种病叫神经分裂症,阵风阵雨、时好时坏、受不得刺激,这病最让人头疼,你当狗打吧,他不是狗,你当他是人吧,咬人比狗还厉害。人们恨得咬牙切齿,巴不倒他早死,可是共产党有政策,这倒为难了他亲弟弟三禾。那天顾五朝人群开枪,就是顾三禾抓着他的手腕才没伤到人。顾五没认出来,三禾头上扣着帽子,他又是在发飙的时候。

那天顾五摔七星,毙桂娘(他已忘了细节,以为木匠奶奶被他一枪毙了),为儿子天龙报了大仇,高兴得发狂病发,手舞足蹈,标准的乐极生悲。他回到家里阵笑阵哭,把大家关在堂屋里,他拿着扫帚乱舞,那些下三滥给他打得鼻青脸肿,懊悔跟着他加入了还乡团。想悄悄溜走时给彭四劝住了。不晓得他从哪儿弄来几片药片给顾五一吃,昏昏沉沉睡了几天几夜,眼睛一开,疯病又好了,只是病恹恹的没精打彩,但阴森森、光怪陆离的眼神让手下更加害怕。顾五醒过来第一句话问的是："那小畜生给摔死啦？"大家面面相觑，彭四回答说"死啦。"其他人不说话。其实有没有死，谁都不知道，那天顾五一走，混混儿在他前头溜了，没人想杵在那里挨打，跟着朱功回到顾家院子。其实细想想经过，他们也认为那伢儿必死无疑。"小木匠奶奶死啦？""死啦！"这下子是异口同声，这些人投奔顾五，只是图吃图喝，狐假虎威做些偷鸡摸狗、欺男霸女的事，没人愿杀人越货。顾五因为吃了药的缘故，无精打采在家好多天，有这班混混儿陪他开心，圆了些精神，又神气了。陆国栋派人催问他捉拿共产党员和新四军骨干的结果，他紧张起来，马上开始行动，决定亲自出马。临走时还没忘记心头之恨的另一个人。他吩咐朱功："把屋后那痴货的娘儿俩的坟挖开，尸骨扔到乱坟场去喂狗！"他说的是早死了的邱萍和邱萍的娘、他的丈母。邱萍为了救七星，用儿子天龙调包，顾五对奶奶恨之入骨，还连累了她的娘。他还要办的一桩事，就是"倒算"，共产党把他家的地全分了，他得要回来。顾五吩咐贴出告示，怎么分怎么退，还要退回种了几熟的粮。退回的标准按滩上最好收成算。他吩咐朱功，把关桂娘的那间屋扩大，前后窗子砌实，屋里竖十根一人高的桩，门改铁的，像政府押犯人的监狱。谁敢违抗就抓。这些事朱功在领着人办了，他亲自带着一队人马往司家庄开去。要找共产党，得找到三禾，他是共产党在滩上的头。他回来十多天，派人四处打听，没有弟弟的消息，唯一的办法就是叫姐姐姐夫出面，弟弟最听姐夫姐姐的。他现在再不是过去的顾五了，他是政府的人，还是还乡团团长，没辱没顾家脸面。他信心十足，姐姐要帮他的，都是为弟弟好，只要三禾把共产党组织交出来，这团长他让给弟弟，三禾肚里有墨水，自己是草包，不是带兵打仗的料。他走到半路上，忽然又回了头，他拐弯来到荡西李三家，看看小木匠怎样给桂娘娘儿俩办丧事的，他想再羞辱小木匠一番。

　　已是傍晚。李家篱笆门大开。伸展在篱笆门前篷上的丝瓜藤早没了能吃的果实，藤开始干瘪，叶子枯黄，几根挂在头顶上的老丝瓜破了皮露出里头的筋骨。今年又缺水，要不是靠河沿，干枯的瓜藤都能烧火了。加上这几天还乡团带着队伍到处招摇过市，无心料理当值，瓜豆也是庄稼，你不给它"妆"，它是不好好儿"嫁"的。

　　顾五进门，二婆坐在门口小凳上磨刀，天热，她敞着斜襟。一手握着刀柄、一手抓着刀背，低着头弓着腰，身子前仰后合，乳房跟着摇摆，像两条荡在头顶上的丝瓜。顾五本来大大咧咧地过来的，见了二婆，脊椎骨仿佛软了许多，像二婆这种不怕死的女人最难缠的，他不想惹，但她挡了他进院子的道。顾五咳嗽了一声，二婆似乎没听见，向前倾着身子前仰后合，刀在沙石上沙沙地响，太阳斜照在磨得已发了青的刀刃上，山墙上划出一道道闪烁的弧光。

顾五恼羞成怒了，说："二婆，你是倚邪卖邪，还是以为是个女人？请你让让道，我要进去办公事。那天枪子儿怎没钻着你的？不长记性！"二婆直起腰，将刀举过头，侧着身子借阳光看磨的火口，顾五才发现二婆戴着老花眼镜。她用手指头试着刀刃锋不锋利，还是没答话。顾五在拔枪了，说："你这个长角的蛮货，原来看在两家是紧密的邻居份上，我让你三分，今天的顾五早不是过去的顾五了，还把我当王贵卖的豆腐？你不让路我就扳你的角！"没等他拔出枪，二婆刀一挥，砍断了撑着瓜篷的竹竿，瓜篷"哗"的一声全罩在顾五头上，一捧枯叶扬起一捧灰尘，钻进了他的眼睛，顾五措手不及，像条被箍在网里的野猪。二婆笑得前仰后合直不起腰来。顾五在挣脱，在咒骂，跟着来的狗腿子们在门外掩嘴偷着笑，滩就那么大，认识顾五的人没人不认识二婆，在有些方面二婆比顾五的名气还大，拿鱼叉戳朱功，顾五叫她"亲娘"，这故事没人不晓得。当然出了大名的还是被鬼子奸了的事。

要挣脱出来是难，瓜藤又密又硬，顾五在里头咆哮，手下只是看着笑，没人前来解围。他们已经发觉跟着这疯子团长混不出什么名堂。但也有看不过去的，来帮他拉藤，拿着刀的二婆眼一瞪，吓得连忙退回路上。顾五边挣扎边咒骂，大概是药吃多了的缘故，手脚上没了力气，边喘息边看着倚在门框上的二婆，只是不说话，但大家看得出来，是在请她帮忙，二婆仿佛没看见，端起凳往院子里走去。"二婆，别这样，人家是团长，又是邻居，网在里头多难看？"院子里出来位坐着轮椅的老太太，后面的老太推着车，长得壮实，穿得利索，一看就知道会些拳脚功夫。坐椅的是唐老夫人，推车的是沙婆婆。顾五不认识。老太太发话跟凤婶子一样灵，一脸不情愿的二婆扬起刀"唰、唰、唰……"对着罩在顾五身上的瓜藤挥舞，连顾五那些跟班都闭上了眼睛，顾五吓得像没魂灵的干尸一点都不敢动弹，唯恐被那疯货的刀碰着。藤散落了一地，他抖抖颤颤地出来了。等被解了围却又露出凶神恶煞相，一转身用枪顶着二婆的额头，他出手时二婆就防着他，因为是紧密的邻居，对顾五比自家养的猫狗都熟悉。他出枪、她出刀，比顾五还神速，比他还狠，枪口没到她额头，她已把刀架在顾五的颈侧，还马上出血了！顾五枪口前抵，她一步不让，刀刃入皮，顾五眼在喷血，二婆瞳仁儿在燃火。她目不斜视，就盯着顾五的眼睛，对方要开枪时，眼神里一定会有瞬间的闪忽，她让他颈动脉出血一定抢在他扣扳机的前头。顾五不断地侧头，他想躲开刀刃，可刀像吸血的蝗，紧"咬"着血管。二婆做事从不想退路，所以拿刀的手在用力，稳稳地，手脚一点都不抖，垂挂的乳房不摇摆了，杵在胸前仿佛在擂鼓助威。二婆就这镇定，顾五额头上已在大把大把地冒汗，下面也湿了裤子。他不想死，所以在想着法子，看来除了讨饶没其他办法了，他松了手叫"亲娘！我在办公务，可能给我留点面子？""猪狗不如的东西，你亲娘在阴间急得跺脚！"二婆没收刀，还在往里用力，她现在手在抖了，眼睛里在流泪，二婆想着被他朝天摔去的天龙。"姑娘，放下吧，这样欺压乡里横行霸道，总会有人收拾的。"唐老太太来到面前吩咐二婆。二婆恨恨地放下刀进屋去了，她晓得唐老太太的意思，只是不想让顾五进屋，这里还有十几个唐九走时留下的遗孀和老人、伢儿，万受不得惊吓的。顾五舒了口气，把枪插在腰里。见二婆走了，又狠起来，问老太太："我还以为人都死光了，终于有人出来了啊。小木匠呢？"还没等唐老夫人回话，二婆又从屋里跳出来了，扬着刀，又蹦又跳地骂："我不该听干娘的话，该杀了你个畜生！桂娘娘儿俩都被你杀了，你还要怎样！"顾五说："欠债还钱，杀人偿命，我家两条命得有人抵。她们该死！今天我不想杀人了，只是来看看小木匠怎样操办斋事的。"他朝门里看看，说"怎么啦？就没请个和尚道士？瓢不动、勺也不响，太冷静了吧，对不起死人。木匠呢？"二婆又扬起刀，说："混蛋顾五，你欺人太甚！"顾五这下有了防备，一转身枪口抵着了二婆的头，二婆手短，就是扬刀也够不着顾五的颈。顾五凶狠地说："再前一步，就崩了你个母狗。"他枪上的扳机已开了。

　　轮椅已推到顾五跟前，唐老太太拉住了二婆，对顾五说："哦，我知道了，你就是坝南头的顾东家，现在是国民党的还乡团顾团长。你该报的仇你报了，就不该再来的。桂娘娘儿俩没了，元宝去蒋家过日子，李三背井离乡，凤婶子卧床不起，这个家就剩我个孤老婆子守门。你满意了吧，还带着人来对我们这些女人舞刀弄枪的？"顾五说："你是谁？""我儿子也是国军，官儿不大，走的时候说是封的国民革命军黄海抗日纵队司令，叫唐九。"唐老太太不紧不慢地说。顾五慌忙收枪，连说"对不起、对不起，原来是唐司令的娘。"说着慌忙走了。后来才晓得顾五回来的时候，陆国栋吩咐过，千万别碍着唐九的家人，听说唐九离开女儿滩的时候把娘留在滩上没走。唐九当海军司令是蒋委员长钦点的，三十年河东、三十年河西，官场里的事谁也说不清，陆国栋是老江湖了，照顾好唐九的娘是为了给他自己留条后路，他们这支部队是地方杂牌，上头没靠山的。顾五只知道唐九跟桂娘好，走得近，没想到他娘就住在她家。老太太一报家门，顾五就溜了。他带着人马去了司家庄，私仇报了，现在是办公事，他去姐姐家就是想叫姐姐、姐夫出来做弟弟的工作，投降不好听，"反正"，登报申明退出共产党，再带着滩上的共产党员和新四军游击队员"反正"，他就大功告成了。说不上还能高升到城里去呢。那不是顾家坟头冒青烟了？他边走边想，忘了刚才被二婆拿刀拼命时的难堪，也忘了裤裆里还湿漉漉的难受，一门心思想着只要弟弟出来帮自己一把，顾家的屋檐头会高了一丈，滩上没人能比得了，说不定那时候木行的刘三和也会带着三十六样重礼来祝贺，他心想最好都折成大洋送来。

顾五带着属下一路骑着车、摇着铃向西走去。去司家庄必经徐家酒坊，他又想着酒坊里的好酒，回来时带十坛，庆贺时要用的。一行人跟着他过了酒坊到了屋后的坝头，坝头四、五丈长，又狭又矮，全被高高的芦苇裹在下头。过了坝头就能看见司家庄了。他们到坝头时已是天黑。顾五立功心切，一马当先冲过坝头，出坝头时像从芦苇中钻出来的獾狗。看见姐夫家院门前的灯笼时才回头，却没看见手下没跟上来。他下车回走几步，看着刚过来的坝头黑咕隆咚，这才有些害怕，刚想喊叫，腰间却被硬邦邦的东西顶住了。一身抖颤，知道不好，毕竟也在兵营里混过一年半的人，晓得遇到了对头，顶着腰眼的是枪，而且对方还是个好手。他想拔枪时枪已被对方拔走，他举起手来，心有不甘，问："哪方好汉？要钱到我顾五家里，身上不便的，能不结仇就别结，我的人在后头。"似乎话起了作用，枪口就离开了，他松了口气，以为身后的人晓得他的身份，晓得话里的分量。顾五大大咧咧地放下手，想转身时，身后的人说："手还举起来。"声音低沉威严得很，还有扳开扳机的响声。顾五才晓得想得太天真，但声音好熟悉，一下子想不起来。他只得乖乖地把手重新举起手。他听从吩咐慢慢转身，对方离他不到一丈距离，天上的亮月子已经升过了芦头梢子，他看到来人的大概面貌，瘦长身材，三四十岁的样子，面部大概不想让他看，把帽檐压过了额头。顾五一看就放心了，他认出来了，"嘿、嘿、嘿"地笑起来，说："帽子扶正吧，以为我认不出来？帽檐只能扣着额头、遮不了下巴，这尖下巴是我顾家的种，我下巴方，和老子一个样，姐姐和你尖下巴像娘，你让我找得好苦，弟弟！"顾五激动起来，手放下来往前走去。"别动！"对方枪口始终对着他，退后两步，迟疑了一下还是摘掉了帽子，顾五一看，果然是他亲弟弟，又往前走。顾三禾说："再往前一步就开枪。"顾五有点蒙了，他摊开双手极为委屈，说："三禾，你把我好心当着驴心，为了救你，我今天专门去姐姐家请她劝说你退出共产党，参加国民党，没想到这里遇到，我们不是狭路相逢，是兄弟！兄弟俩还舞枪弄刀的不让人笑话？放下、放下。"他自说自话又上前一步。"怦！"亲弟弟开枪了，打中了他的腿。顾五跪下了，捧着伤腿像猪似的嚎叫，骂顾三禾"忘恩负义的畜生，猪狗不如！大逆不道，还真开枪！"他只顾自吼，全没看到弟弟的脸在痛苦地扭曲，枪跟着手在抖。顾三禾面对着哥哥，没忘记儿时旧事。父母体弱多病，姐姐嫁得早，他是哥哥带大的，两人相差八岁，父母老来添子，当然没办法给他个好身子，哥哥五大三粗，欢喜赢弱的弟弟，背他上学，教他学水，带着他上树掏鸟窝，下荡摘莲蓬，是哥哥顾五给了三禾童年难忘的记忆。直到三禾去了东洋留学两人才分开。没想到回来后哥哥变成这样，最终反目成仇。但这"成仇"并不是家长里短的"家事"，顾三禾没得选择。跟哥哥今天这最后一面，是他跟组织上提出的。见面不是谈儿女情长的事，是执行枪毙的任务，顾五留不得了，再让他活下去祸滩殃民。

顾五的行动顾三禾一直派人盯着，三禾已在还乡团里安插了内线。顾五带队刚出发，消息就送到司家庄，只是等了半天，不晓得他转身去了荡西桂娘家。顾五在李家胡作非为，三禾就带着队伍来了，他们藏在芦苇里，看到二婆转危为安，就在前头撤回，早组织好了在半道上杀顾五的方案。

他们在制定方案时，桂娘就躺在隔壁床上，东隔壁屋里的讨论她听得分分清清；她的西隔壁是司先生和夫人的卧室，桂娘听到顾三禾的姐姐顾淑芬在痛哭。同胞姐弟，手足情深，桂娘听着哭声心里不是滋味，她看着身边的天龙，对顾五似乎在减些恨意。娘没了，生父没了，对伢儿不公平。她对给她挂水的司朝清说："先生，请你把苏先生请来，我想给他说几句话。"先生知道桂娘要说什么，摇摇头，说："姑娘，不要当说客了，壮士断腕，该断则断，关乎无数人生死攸关的事，存不得仁人之心。畜生罪有应得。"他给桂娘插上针，由不得桂娘分说，带上门去了淑芬那边，他得去安慰夫人。顾五该不该杀，得由新四军的政府决定，只是执行任务的是顾五的亲弟弟，杀的时间和地点，又是利用他奔姐姐家来的路上，司朝清心里也不是滋味。他往隔壁走时，仿佛听到了小弟三禾打死哥哥的枪声。

顾五是死了。跟顾五来的几个狗腿子没跟得上顾五，混混儿们不急，悠哉游哉地骑着，司家庄他们认识。顾五过了坝头，下车准备喊他们的时候，混混儿们已悠哉不起来了，一个个被芦苇里伸出有圈儿的绳索套住了颈，连喊都没喊出声倒在地上，倒地的脚踏车相互碰撞叮叮当当地响。锄奸队员从芦苇里出来了，混混儿们被当粽子捆起来。坝头那边一声枪响，队员们就押着俘虏过来，顾三禾抱着满身是血的顾五在哭，那一枪打在顾五头上。三禾看见战友来了，像没事人似的站起来，队员叫他回庄，说尸体他们处理。三禾摇摇头，抱起顾五叫队员帮忙让他背上，像喝醉酒的汉子，摇摇晃晃地朝顾家院子后的乱坟荡走去。

桂娘受伤后，苏政委认为顾五还要去她家闹事。吩咐大家暂时躲着点，避他锋芒。桂娘娘儿俩在司家养病，元宝跟蚕姑娘带着伢儿去了蒋家。李三在外头做活，在谁家做就宿谁家。顾五被枪毙了，徒弟第二天大早在滩上看到了新四军的布告，赶紧来告诉师傅。李三等不得了，跟主家告了个假，先回家看娘，再去司家看奶奶和儿子。走到三官殿大门前才天亮。忽然看到了一个人靠在殿前大门上，浑身是血，头肿得像巴斗。他又怕又惊，手执斧头慢慢靠近。对方抬头痴呆地对他笑，他心一颤，认出来了，就是布告上说的被枪决了的顾五。李三心都要跳出来了，被吓的。斧头落在地上都不知道，跟跟跄跄地往庄上奔跑，他估计顾三禾还在司家庄，没跑多远就遇上任海泉，原来费拖拖儿也看了布告，磨坊墙上就贴了一张。还有昨天深夜顾三禾回来拿了张遮麦子的芦席，他问做什么？顾三禾不说，眼眶儿红的。三禾走了，邢寡妇才告诉他的，说顾五被女婿打死了（顾三禾现在是他们俩的女婿了），女婿是大义灭亲，可打死的毕竟是他亲哥哥，他难过。回来拿芦席裹尸去的，尸体丢在乱坟荡。他啧啧嘴说女婿懂道理，天不亮他就牵牛出来放草。拖拖儿好奇，不怕鬼，牵着牛就奔乱坟荡，那里草也多。他大摇大摆地从顾家院子去乱坟荡，顾五都被打死了，他有什么怕的？拖拖儿进了顾家院子，顺着去荡里的道走，必经过去关押桂娘的屋，还有顾露姑娘抱着天龙走过的坝头，再牵着牛钻进了高粱地，想着这些地方让天龙九死一生、他牙咬得痒痒地对着地啐了一口，说："顾五啊顾五，我专程来看看你，你死得一点不冤，怪不得我女婿！"

牛进了高粱地就不肯走了，高粱秆子还没全枯，甜甜的，极对牛的口味。拖拖儿干脆放下牛直奔坟地。老远就看到发白的芦席，芦席是他编的，他认识。拖拖儿还没走到芦席那里，芦席却动起来了。他再不怕鬼也毛骨悚然，两腿打战，眼看着捆芦席的绳断了，席开了，人慢慢地站起来了，当然是顾五，满脸是血。他盯着顾五，顾五也盯着他，他五官已被吓得变了形，顾五却对着他痴笑，当然比哭还可怕。费拖拖儿尖叫一声转身就溜，牛望着他的背哞哞地叫他也没听到。费拖拖儿一路狂跑去了司家庄。女婿顾三禾，还有共产党组织的干部都在哪里。鬼子投降了，又开始打起内战，滩上驻了国民党部队，顾三禾把组织活动的据点迁移到司家庄。

李三认出了靠在殿门的是顾五，马上向司家庄跑去，半道上遇上了顾三禾和任国泉带的锄奸队，顾五的姐姐顾淑芬和姐夫司先生也在后面，拖拖儿带的路。幸好碰上李三，要不然他们还得往乱坟荡赶。一干人来到殿前，殿门已打开，顾五躺在地上，眼睛睁得大大的，又是另一种可怕的样子。老尼妙玉合掌念着大悲咒。司朝清蹲下轻轻叫着"老五……老五……"没有应答，他指头搭着颈脉，摇摇头，抹上眼睑，说："死了。"顾淑芬趴在顾五身上放声痛哭，顾三禾脸色铁青，拉起姐姐说："别哭了，姐。他走到这一步我们都有责任。别哭了，影响不好。"司朝清大略看了看顾五头部那枪伤，站起来拍了拍三弟的肩膀、摇了摇头，枪打偏了，没一枪致命。他能想象到小内弟打大内弟那一枪时手在不停地抖。叹息了一句，说"'本是同根生，相煎何太急'，不为做皇帝，是为大义。阿弥陀佛。"他对妙玉老尼行了个合掌礼，说："内弟已下地狱，弟子不在组织，作为姐姐、姐夫夫妇出资，请师太帮超度一下。算给顾家先人做个交代。"妙玉还礼，说了声："我佛慈悲，施主放心，阿弥陀佛。"

"当……当……当……"殿内晨钟响起，是老尼带弟子做早课的时候，坝头外已来了好多随老尼早课来诵经的俗家弟子，任国泉布置着警戒，他（她）们被拦在坝外。老尼行礼送客，顾淑芬悲哀地看着地上躺着的顾五，看着三禾一言不发，似乎有话说，只是难以启口。顾三禾在流眼泪，他知道姐姐的意思，痛苦地看看既是老朋友又是老大哥，现在又是战友的任国泉。苏政委已离开司家庄，临时请示来不及，他好生为难。生平他第一次碰上这样的事，就是怎样处理顾五的尸体。他晓得姐姐要给哥哥用棺材收殓，但组织上对待被枪毙的敌人没这规矩，只允许家属用席一裹埋了。顾三禾看看任国泉，任国泉也拿不出主意，再看着姐夫，先生也为难，一时想不出好办法来，就这时候凤婶来了，黑扎头布捆着头，二婆搀扶着艰难地走着。人们让开道，凤婶来到门前，指着尸体说："东家，你就这么走啦？躺着也不行，我李家和你还有笔账没算清。"转头吩咐儿子："三儿，请拖侄儿施把手，把东家抬回去，两家账算好了，两不赊欠，你给东家打口棺材。"她对顾三禾说："顾书记，这是我两家邻居间的事，与你们的政策没一毛关系。"说完就叫二婆搀扶着走了。李三按娘的吩咐，跟费拖拖抬起早已僵硬的尸体往家走去。顾淑芬和顾三禾姐弟相拥着放声大哭，放心了，也算是为顾五送行。民间的事用民间的法子办吧，凤婶是明大义的人，不仅小木匠能给顾五做口薄皮棺材，还有天龙给顾五披麻执杖，再找到被挖出来的邱萍母女尸骨，葬到顾家坟园去，一家人能合坟，姐弟俩是对顾家在天父母之灵有个交代了。心结解开，两人如释重负，抱着大哭一场。

远处传来炮声。任国泉有新的任务，和三禾告别，互道声珍重走了。三禾对姐姐、姐夫说："我也得走了，国民党调集部队去增援黄桥的敌人，滩上驻军要走了，上级决定就地消灭，为减少主力军压力，苏政委率领部队已在来滩的路上。我要带留在滩上的战友去拖住敌人。"说完要走，司朝清说："别忙，我跟陆国栋还有些交情，让我试试，能劝投成功也是好事，医生救死扶伤，要是没人死伤多好。"顾三禾这才想起了姐夫曾经在淮阴行辕行过医的事，高兴地挽着姐夫的胳膊匆匆走了。

天，快亮了。东方开始布着晨曦。

尾 声

时光像个雕刻匠，多少年后，女儿滩如同地球上许多村庄、河流一样，被时光雕凿得河道变窄，河床增高。竞发千帆南来北往，只有选择行驶在新开的河道中，女儿滩早已不再接纳。她像博物馆一样，得收藏起人们希冀遗忘掉的故事。拱桥上的砖，剥落了许多，那不是风化，是被堆满在桥上的故事的沉重碾碎，又随波逐流去了远方。好像有位名人说过，大人物的故事，流传在大街小巷；小百姓不是没有故事，而是无人作书，只是一代一代的在口头传颂。那说故事的人哭过，哭得天昏地暗；听者笑过，笑得双眼喷泪。真的也好，假的也罢，女儿滩发生的事对女儿滩人来说，是刻骨铭心。不信？那你顺着女儿滩的九湾十八汊走一圈，问一问那满荡青了又枯、枯了又青的千年芦花，春天时想着往事，忍不住心花怒放；到了秋天，垂首不语，藏住满滩过去的悲伤。

作者写于南通 2015. 10. 24
再稿于北京 2022. 2